소설 소태산

한민족의 위대한 영혼

소설 소태산
少太山

이혜화 지음

북바이북

차례

일러두기

1. 이 작품은 소태산 박중빈의 전기를 바탕으로 한 소설로 얼마간 허구적인 장치가 있다.

2. 대개의 인용문은 독해의 편의를 위해 현대어로 약간 손질하였다.

3. 나이 계산은 배 안의 나이를 인정하는 전통적 계산법에 따랐으며, 월일(月日)의 표기는 한글인 경우가 음력이고 아라비아 숫자인 경우가 양력이다.
   〈예〉 음력: 삼월 스무엿새, 양력: 3월 26일

4. 지문에 쓰이는 주인공의 지칭이 연대적 진행에 맞추어 '진섭-처화-박중빈-석두거사-소태산' 등으로 바뀌지만, 시기에 따라 일관성 있게 사용함을 원칙으로 하였다. 아울러 원불교 교단에서 쓰는 공식 호칭 '대종사'는 객관적 지칭으로 부적합하여 제외하였다.

프롤로그

소태산 박중빈을 친견한 전라남도 영광군 백수면 길룡리 고로(古老)들은 이구동성으로 증언했다.

그 어른이 어찌케 생겼냐고라? 얼굴은 참 요로코 둥글으시고 몸은 어디 한나 모난 디가 없고 나무랄 디가 없이 쪽 빠져불었응게. 얼매나 이쁘든지 징그럽게도 이뻤지라우. 달덩이 마냥 둥실히 생겨갖고 아조 훤힜응게. 눈이 좋아 광채가 나고 코도 덜렁허시고 참 이뻤응게. 키도 자오지간 훤칠허게 크시고 피부색은 애들모냥 깨깟해갖고 뽀얀 힜응게. 말씀을 허시며는 이런 방에서 가만가만 허시도 기양 독 속에서 나온 듯기 쿵쿵 울린단 말여. 그 웅장허신 말씀을 옆에서 들은다 치면 간이 벌렁벌렁힜응게. 그 양반 앞에 가면 누구라도 그냥 몸이 오그라들어부러. 아, 나는 아적까지 이날 평생 그런 양반은 못 봤어. 이승 사람이 아니고 꼭 하늘서 내려온 신선 같았응게.

그 어른의 능력이라고라? 그 양반이 호둔법(虎遁法, 호랑이로 둔갑하는 술법)을 쓰셨지라우. 백수면에서 수십 년 면장을 허든 김태연이란 사람이, 아무개가 도를 깨치셨다 허니까 시험을 보러 왔어. 첨엔 고개만 까딱 허고 양반발을 착 개고 앉도만. 그 어른이 한두 말씸을 가만가만 헌게 지가 그냥 무릎을 팍 꿇어부러. 그러드니 안절부절못허고 몸을 달달 떨어. 다시 몇 말씸을 헌게, 편히 지내시라고 큰절을 올리고 막 도망을 히부러. 나중에 김태연이헌테 들으니께, 그쩍에 이 어른이 한순간 대호(大虎)로 둔갑을 허시드라네. 지가 먼 재간으로 버티겠능가?

한번은 제자분덜허고 변산을 가시는디 날은 저물고 갈 길은 멀어. 야, 느그덜 나으 말대로 히볼래? 그럼시렁 제자들을 한 줄로 세우고, 꼭 나으 뒤만 밟아라 힜어. 인자 차례대로 그 어른 발자국만 밟아 가다가 한참 만에 봉게로 심도 하나 안 들이고 산길 백 리를 갔어. 축지법을 쓴 것이라. 또 곰소에서 법성포까지 바다를 갈르고 수시로 댕기셨당께. 바다서도 축지법은 통힜겠제.

그뿐 아녀. 개간헐라고 갯바닥 막든 방언 때 이약이여. 뚝을 미처 막지도 못힜는디 물때가 되아서 조수가 막 밀려옹게 이 어른이 무신 주문을 외더라요. 그렇게 바닷물이 금 그어놓은 것맹키로 어느 만큼서 딱 끈치고 더는 못 들어와. 일을 다 막음허고 주문을 풍께 그때사 들어왔다 그 말이여. 또 그날로 일을 끝내야 허는디 해가 저물겄다 싶으면 손을 뻗쳐 해를 잡는 시늉을 혀. 그런다 치면 해가 저그 옥녀봉에 걸친 채 꼼짝을 못 허고 있다가 일 막음허고 법술(法術)을 풀어불먼 그때사 졌다 안 허요! 그 어른은 사람이 아니지라.

영웅은 그 자신의 비범성이 만들어낸 실체가 아니라 당대 민중의 갈망이 빚어내는 신화의 그림자일지도 모른다. 그러면 진정으로 그의 정체를 본 사람은 누구인가?

1891년(신묘년) 5월 5일(삼월 스무이레), 전라남도 영광군 백수면 길룡리 영촌에서 태어났다는 사실은 필요한 정보일 듯하다. 아버지 박성삼(朴成三)과 어머니 강릉 유씨(江陵劉氏) 사이에서 났다는 것이야 모른들 별 아쉬움이 없는 장치일 수도 있다. 하물며 시조 박혁거세의 30세손인 밀성대군을 중시조로 하는 밀양 박씨 34세라든가, 밀성대군 16세 규정공 현(糾正公 鉉)을 파조로 하는 규정공파의 19세가 된다든가 하는 계보야 한갓 장식에 불과하리라. 박중빈의 첫이름은 진섭(鎭燮)이요, 자는 처화(處化)였고, 훗날 대각을 이루고는 스스로 중빈(重彬)으로 개명하고 소태산(少太山)으로 법호를 삼았으니 혹 여기 어디쯤엔가 정체의 비밀을 파고들 단서가 숨어 있을까.

유월의 늦은 밤이었다. 진섭은 삼밭재 마당바위 위에 길게 누워 있었다. 약간 비탈이 진 바위에는 몸을 누이기도 좋았고, 낮 동안 달구어져 밤이 되어도 열기가 식지 않아서 따뜻했다. 더구나 초승달이 지고 난 맑은 하늘엔 별들이 함빡 돋아나 있어서 생각보다 무섬증이 나지도 않았다. 아까부터 수리부엉이가 '부우우웃……부웃붓!' 울고, 이에 질세라 올빼미가 '우 우 우후후!' 응대를 하는데, 밤하늘 산골짝에 메아리치는 소리가 유난히 크게 들렸다. 진섭은 낮에 보았던 수리부엉이가 생각났다. 늙은 소나무 가지에 앉아 졸던 놈, 갈색 얼룩무늬 옷을 입고 뿔처럼 귀깃을 세운 채 꼼짝 않고 있다가 진섭이 다가가자 매서운 눈을 동그랗게 뜨고 사나운 부리로 위협하던 놈, 어쩌면 지금 그놈이 우는 것인지도 모르겠다. 어른들은 부엉이가 사람 눈을 빼먹는다고 겁을 주었지만, 진섭은 이미 그런 말에 겁낼 시절은 지났다. 고작해야 꿩 토끼 아니면 쥐나 도마뱀 정도를 잡아먹는다는 것도 알았다.

진섭은 하늘을 우러렀다. 남쪽에서 북쪽으로 길게 이어진 은하수, 미리내가 정면에 보인다. 흩뿌려진 가루처럼 도무지 헤아릴 길이 없이 부옇다. 일곱 살 이후로 진섭에겐 세상일이 온통 의문투성이였고 미리내처럼 몽롱하고 혼란스러웠다. 진섭은 틈나는 대로 옥녀봉에 오르기를 좋아했다. 옥녀봉에서 바라보는 하늘땅은 영촌 마을에서 바라보는 세상과 많이 달랐다. 그는 선진포 너머로 아득히 바라보이는 태청산의 회청색 빛깔을 사랑하며 산골 밖 세상에 대한 동경심을 키웠다. 동쪽 노루목의 숲을 바라보면, 어릴 때 엄마 등에 업혀서 산등성이에 걸려 있는 달을 잡으러 가자고 보채던 일이 생각난다. 또 언젠가 구름을 만지고 싶어 옥녀봉을 오르다가 안개 속에 길을 잃고 헤맸던 두려운 기억이 떠오른다. 저녁이면 지친 표정을 하고 서해 칠산바다 속으로 미끄러져 빠지던 태양이 이튿날 동천에 해말간 얼굴로 솟아오르는 것을 보면서, 저 해는 어디 숨었다가 아침이면 반대편에서 나올까 궁금해 못 견디던 시절도 있었지. 와탄천 건너 바로 코앞에 있는 촛대봉의 작으나마 빼어난 모습은 말할 것도 없거니와 남쪽 멀리로 보이는 수리봉이나 봉화재의 웅자를 전후하여 층층이 겹겹이 둘러친 구수산 구십구봉의 수려한 산세는 아무리 보아도 싫증이 나지 않는다. 꿈틀거리는 용맥의 흐름이며 하늘과 맞닿은 공지선(空地線)의 아슴푸레한 보랏빛 금, 그리고 맑고 청청하던 하늘에 어디선가 금방 몰려드는 구름이 바람과 사귀면서 희롱질하는 그림, 이들을 보면서 그는 그 이치가 얼마나 궁금했던가. 그래도 삼밭재 기도를 어쩌다 시작하게 되었던가 생각하면 스스로도 신기하다.

열한 살 되던 해(1901) 시월 보름, 아버지 따라 마읍리(영광군 군서면) 선산으로 시제를 모시러 갔을 때였다. 조상께 제사를 모시기 전에 따로 간소한 제물을 차려 정갈한 자리를 택해 산신에게 먼저 제를 올렸다. 으레 그러려니 하고 지나칠 일이건만 호기심 많은 진섭에겐 예삿일로 보이지 않았다. 그는 산신제가 끝나기를 기다려 어른들에게 질문 공세를 폈다.

"조상님 모시는 시향인디 왜 산신한테 먼처 지사를 올리지라우?"

마읍리 살면서 묘지기를 하는 아저씨가 선뜻 나서서 대답을 했다.

"산신이사 이 산의 주인잉게 먼처 히야 쓰제."

"산신이 차말로 있긴 허다요?"

아이가 궁금해하는 게 기특했던가, 무장(茂長) 살아서 무장할아씨라 불리던 이가 끼어들었다.

"아믄! 기시다 말다. 산신님은 그냥 기시는 게 아니라 그 조화 능력이 말로 다헐 수 읎제."

"조화 능력이란 게 뭣이다요?"

"병든 사람 병도 나숴주고, 가난헌 사람 부자 되게 혀주고, 말 허자면 소원 성취 히준다 그 말이다."

"글먼 산신님은 몰르는 것도 없이 다 안다요?"

"아믄! 조화 능력이 만헝게 못 헐 것이 읎는디 몰르는 것이 있으먼 되간디."

"글먼 사람이 산신님을 만낼 수도 있다요?"

"솔찬히 어렵긴 허겄제. 글도(그래도) 정성이 지극하면 만낼 수도 있다더라. 물무산 산신령을 만낸 수복이 이야기 니 못 들었나?"

무장할아씨는, 한 어머니가 병약한 자식 수복이를 구하려고 영광 물무산 산신령에게 사 년간 치성을 드렸더니 어느 달 밝은 밤 산신령이 나타나서 아들에게 건강과 수복을 점지했다더라 하는 전설을 이야기해주었다.

산신은 조화 능력이 한량없고 모르는 것이 없다는 말씀, 그리고 지극한 정성이 있으면 사람이 산신령을 만날 수 있다는 말씀, 그것은 암울한 동굴의 미로에서 한 줄기 불빛을 만난 기쁨이었다. 영험하신 산신령이라면 사람이 모르는 우주의 신비와 인생의 진리를 알 것이니, 그의 오랜 의문을 속 시원히 풀어줄 것이라는 희망과 기대가 구름처럼 피어올랐다. 기실 진섭에게 그것은 대안이 없는 출구였다. 진섭은 이로부터 산신을 만나기 위한 기도에 들어갔다. 산신을 만나러 어디로 갈 것인가는 그다지 걱정되지 않았다. 신령님은 굼깊은 골이나 높은 재에 머물며, 간절한 소원을 가진 사람이 지극한 정성을 바칠 때 홀연히 나타나 기적 같은 도움을 베푼다고 했다. 전부터 동네 어른들이 하는 얘기를 듣기로 구수산의 신령님은 큰골, 개암골 혹은 삼밭재 등에 잘 나타난다고 했다. 거기서 신령님을 보았다는 사람도 적지 않다고 했다. 진섭은 큰골, 개암골보다는 삼밭재를 택하기로 했다. 거기는 큰골이나 개암골에 비해 인적이 드물어서 산신님과 은밀히 접견하기가 더 수월할 것 같았고, 으늑한 골보다는 양명한 재가 만만하고 그의 성격에도 맞았던 것이다.

영촌 집으로부터 십 리가 족히 되는 길, 그것도 산길이어서 오르내리기가 쉽지 않았지만 진섭은 마음을 도슬렀다. 산신령이란 존재가 미심쩍긴 하지만 어차피 신령이라면 인간이 땅띔할 수 없는 초월적인 것이 아니랴. 진섭이 무슨 일에든 맘만 내키면 건둥반둥하지 않는 성격이지만 산신에게 발괄하는 이 일에 이렇게까지 골똘히 매달리게 될 줄은 그 자신도 미처 몰랐으리라. 그는 날마다 산을 찾았다. 알맞게 해찰을 하며 오르다 보면 시간은 좀 더 걸리지만 그리 지루하지 않고 재미도 쏠쏠했다. 마당바위에 올라 사방을 향하여 두루 큰절을 올렸다. 시제 때 배운 대로 공수를 하고 무릎을 꿇어 양수거지로 엎드리면 머리는 절로 바위의 꺼칠꺼칠한 바닥에 닿았다. 한두 번이 아니라 열 번 백 번, 지칠 때까지 무수히 반복했다. 지성이면 천지 귀신도 감동한다고 한 한문 글귀가 생각났다. 산신님은 결코 호락호락 아무에게나 아무 때나 나타나서 도움을 주시지는 않으리라. 내가 정말 지극한 정성을 보일 때만 홀연히 나타나시리라. 그는 서두르지 않았다.

그러던 어느 날 이런 생각이 났다. 그래, 정성을 바치려면 제물을 바쳐야 되는 것이다. 시제 때도 그랬지만, 제수 없는 제사가 어디 있던가! 진섭은 산마루로 골짜기로 오르내리며 산과일을 따모으는 일을 했다. 기도를 시작한 그해 늦가을에는 밤, 개암, 도토리, 잣에 더러는 홍시를 구할 수도 있었고, 이듬해 여름부터는 산딸기, 으름, 머루, 다래 등을 더 모을 수 있었다. 산과를 모으는 일은 재미도 적지 않았다. 고라니나 노루, 다람쥐, 산토끼 같은 산짐승을 뒤쫓고 꿩, 꾀꼬리, 멧비둘기 같은 산새를 튀기기도 하다가 샘을 만나면 목을 축이고 시장기를 느끼면 모은 과일 중 일부로 요기를 했다. 잘고 터지고 덜 익은 것은 자신이 먹고 성한 것, 큰 것,

잘 익은 것은 모아 가지고 와서 마당바위 위에 늘어놓고 다시 또 사방에 대고 절을 했다. 그렇다고 늘 그렇게 할 수는 없었다. 겨울로 접어들면서 산과를 수집하기가 어려워졌기 때문이다. 그는 집에서 좋은 음식을 보면 몰래 가져다 마당바위에 진설하곤 했다. 그러나 그것도 마땅한 음식을 구하기가 쉽지 않았고, 어른들 몰래 하는 일이라 항상 조마조마했다. 명절 때 쓰려고 벽장에 갈무리한 장동감을 몇 차례 훔쳐낸 뒤 마침내 어머니에게 들키고 말았다. 그는 할 수 없이 산신기도의 비밀을 이야기했다. 아버지는 모르는 일로 해달라고 부탁도 했다. 어머니는 아들의 고민과 소망을 진작부터 알고 있었기에 그의 기도가 얼마나 간절한 것인지 이해할 수 있었다. 그것은 섣불리 꾸짖거나 말린다고 될 일이 아님을 알았다. 어머니는 아들의 기도를 위해 도움을 주기로 마음먹고 제물을 마련해주는 일을 은밀히 추진했다. 때로는 과일이나 건어물을 챙겨주었고, 어떤 때는 흰무리를 쪄서 들려 보냈다.

진섭의 정성은 비가 오나 바람이 부나 쉬지 않았고, 어느 때는 눈보라를 뚫고 올라가 손등이 얼어 터지도록 쉬지 않고 치성을 올렸다. 백 일이 흘렀고 이백 일이 되었다. 한 해가 지나고 두 해, 세 해가 지났지만 신령님이 출현하실 기미는 어디에도 없었다. 그러자 문득 이런 의심이 갔다. 어쩌면 신령님이 밤에만 나오실지도 모르잖나? 본래 귀신이나 신령들은 닭이 울면 사라진다고 하지 않던가! 나는 어쩌면 낮에 별을 보려고 애쓴 턱인지도 모른다. 옳지! 밤에 치성을 올려보자. 그로부터 여름이면 밤샘 기도를 해보았다.

어둠이 주는 두려움과 새벽의 한기에 몸과 마음이 움츠러들었지만 그의 의지를 꺾을 만큼은 아니었다.

이젠 별자리를 찾아보는 것도 익숙해진 버릇이다. 으스름 녘에 별이 돋아나는 것을 찾다가 '별 하나 나 하나 별 둘 나 둘……' 하면서 별을 헤아리는 재미랑, 초저녁의 개밥바라기 별로 시작하여 북두칠성이랑 견우성 직녀성을 찾아 전설과 연결시켜보는 것도 재미있다. 아니, 더 재미있는 것은 별똥 떨어지는 것을 잡는 것이다. 별똥을 주워다 구워 먹으면 쫄깃하고 맛이 좋다고 하던데 정말 그럴까. 오늘밤엔 별똥이 안 떨어지려나. 삼밭재에 떨어진다면 누구보다 먼저 차지할 수 있을 텐데. 별똥 먹는 상상을 하던 진섭은 문득 배가 출출함을 느꼈다. 잠을 자면 모르는데 너무 늦게까지 깨어 있다 보니 배가 고파진 것이다. 가까이 있는 옹달샘에 가면 냉수는 배부르도록 마실 수 있다. 그냥 잠을 잘까 샘물을 마시러 갈까 망설이다가 갑자기 글방 훈장님 생각이 났다. 따지고 보면 산신기도랑 글방 사건은 무관한 것이 아니다.

"봉학이 니는 안 궁금허냐? 서쪽으로 진 해가 왜 날마다 동쪽에서 뜨는지, 사람이 어찌서 태나고, 죽으믄 어처코롬 되는지, 그랑 것 궁금하지 안허냐고."
"나는 진섭이 니허고 달브다. 그런 것보담도 소리 허는 게 좋다. 어쩌코 득음을 혀갖고 춘향가, 적벽가, 박타령 이런 걸 완창허나 고것이 더 궁금허다."

"니허고 나는 영 딴판 같은디 탁헌 것이 있긴 허다."

"뭣이?"

"우리 둘이는 글 배오는 거이 재미없다는 것 말이다. 글 배오는 것 말고 허고 자픈 것, 알고 자픈 거이 따로 있다는 거."

"맞다. 그렇게 나는 니가 좋은갑다. 글방에 니가 안 댕기믄 나도 핑계 김에 안 댕길 틴디!"

"오늘은 뭔 소리 들켜줄래?"

"신 오위장의 〈광대가〉 한번 부를랑게 들어봐라잉! '광대라 하는 것이 제일은 인물치레 둘째는 사설치레 그 지차 득음이요 그 지차 너름새라…….'"

봉학은 혼자 고수 흉내까지 내면서 〈광대가〉를 흥겹게 불렀다.

　　……너름새라 하난 거시, 귀성지고 맵시 있고, 경각의 천
　　태만상, 위선위귀 천변만화, 좌상의 풍류 호걸, 귀경하는 노
　　소남녀, 울게 하고 웃게 하고, 이 귀성 이 맵시가, 어찌 아니
　　어려우며……

맵게 찬 동짓날, 나란히 글방 가는 길에 그날도 둘이는 오순도순 죽이 잘 맞았다. 말끝마다 입에선 허연 입김이 퍼졌다. 그날 훈장 집에서 팥죽을 쑤었다. 구수하고 달달한 팥죽 쑤는 냄새에 식욕이 동한 학동들은 저마다 입맛을 다시는데 때맞추어 한 사람씩

눈짓으로 불러냈다. 옆에 있던 박봉학이도 안채로 불려 들어갔다. 이제 글방인 사랑방엔 진섭이 한 사람만 남았다. 이제나 저제나 조만간 저도 부르겠지 하고 기다리던 진섭은, 결국 체념하고 도시락에 싸 온 밥을 혼자 먹기 시작했다. 겨울 들어서는 도시락을 먹을 때마다 따끈한 물을 내다주곤 했는데 그날따라 물도 주지 않았다. 혼자 찬 도시락을 다 먹을 때까지 끝내 진섭은 불리질 않았다. 제자리로 돌아온 다른 학동들이 입가에 묻힌 붉은 팥죽 자국을 보는 진섭은 한편으로 화도 났지만, 왜 훈장님이 자기를 따돌리고 박대하는지를 몰라서 어리둥절했다. 내가 무얼 잘못했을까? 혼자 곰곰 궁리했다. 그래, 며칠 전 훈장님은 "지난 갈에 봉께 느그 집 마당에 감이 겁나게 많이 열렸드만" 하고 운을 뗐었다. 그 후 다시 한 번 "진섭이 느그 집에 장동감이 맛이 들었을 틴디…… 폴쎄 홍시가 되았을 틴디……" 하고 채근하였다. 진섭이 이걸 뻘로 듣고 부모에게 전하질 못했는데 그 일로 눈 밖에 났는가.

옆 동네인 구호동(九虎洞)의 훈장 이화숙(李華淑), 그는 인품이 꼬장꼬장한 선비는 못 되었고 그렇다고 꽁생원같이 얌전한 샌님도 아니었다. 그보다는 오히려 남들 앞에서 펑펑 큰소리치며 우쭐대기 좋아하는 성격으로 어느 만큼은 세상 물정에 밝았고 이재(理財)에도 어둡지 않았다. 한편, 진섭은 결코 모범적인 학동은 못 되었다. 글공부를 열심히 하지 않는 것은 그렇다 치고 엉뚱한 질문을 하여 선생을 난처하게 만드는 일이 잦았다. 예컨대 하늘 천(天)을 가르치면 글자나 외워 쓸 생각은 않고, 하늘이란 게 도대체 무엇이냐, 해와 달은 왜 뜨고 지며 별은 왜 보였다 안 보였다 하느냐, 구름은 어디서 생겨나서 어디로 사라지느냐, 하늘은 왜 빛깔이 푸르냐, 하느님이 정말 하늘 어디에 살고 있느냐 등등……. 어렵사리 『천자문』을 떼고 『동몽선습』에 들어갔지만 그 버릇은 버리지 못했다. 한번은 '택우필승기(擇友必勝己, 벗을 고를 때는 반드시 자기보다 나은 사람으로 하라)'를 두고 "누구나 지보담 낫은 사람 허고만 벗헌다 치믄 암도 사귈 수 없지 안허겄어라?" 하고 따져서 훈장을 애먹인 적이 있었다.

이제 팥죽 사건까지 났으니 둘 사이는 영 껄끄러워졌다. 그러던 어느 날 훈장이 친구를 맞이하여 대화를 하는데 가만히 듣자니 그가 친구에게 또 허풍을 떨고 있었다.

"나가 이래 뵈도 담이 큰 사람이여. 평생 뭔 일에든 놀라본 적이 없단 말이여. 칼이 목에 들어와 벡히도 아닌 건 아니고 긴 건 기여. 베락을 쳐봐라, 내가 눈 하나 꿈쩍헌가!"

가만히 듣자니 진섭의 밸이 꼬였다. 그는 당돌하게 판에 끼어들었다.

"글먼 지가 훈장님을 한번 놀라게 히보까요?"

어처구니없다는 듯이 한 번 노려보고 난 훈장은 사뭇 멸시하는 말투로 이렇게 대답했다.

"뭣이여? 인석아! 어디 한번 놀래켜봐라. 만약에 안 놀라믄 나는 니를 그냥 두고 못 봐븐다잉!"

"아, 좋지라우. 오널 해 떨어지기 전에 지가 훈장님을 놀라게 못 허믄 뭔 벌이든 달게 받지라우. 그 대신, 훈장님이 지시믄 어쩌실라요?"

"어쩌긴 뭘 어쩌? 그만이지, 인석아!"

"지는 딴 건 바라지두 안허지만, 훈장님! 요담부턴 팥죽을 주실라믄 사람 차별 말고 공평허게 주시씨요."

이렇게 되자 훈장의 친구가 중재에 나섰다.

"자네, 언제 팥죽 쒀서 야만 안 준 적 있는 모양인갑네. 자네가 지믄 팥죽 공평허게 주는 건 약속허소. 글고 만약에 훈장님을 놀라게 못 허믄 너는 반다시 종아릴 맞아야 헌다. 내가 증인이 될 팅게 나중에 딴소리허믄 안 되아!"

"예, 지가 멀라고 어르신 앞에서 헛소릴 헌다요?"

그날 오후, 진섭은 슬그머니 밖으로 나왔다. 넓은 마당 한편에는 땔감이 무더기무더기 쌓여 있었다. 어차피 강미로 들어오는 글방 수입은 보잘것없는 것이고, 훈장의 생계를 해결하는 수입원은 따로 있었다. 그는 남의 산장을 수호하고 말림을 맡는 산지기로, 겨울철이면 인부를 사서 산림을 벌채하고 거기서 생긴 땔나무를 거룻배로 날라 법성장에 내다 팔았다. 일 년 소득의 태반을 거기서 거뒀던 것이다. 진섭은 큰 더미를 피하여, 집에서 때려고 따로 긁어모아 쌓은 벼늘(땔감 무더기)을 눈여겨보았다. 저 정도라면 없어져도 큰 손해는 안 볼 것이고 또 큰 벼늘까지는 거리가 충분하다고 판단하였다. 그는 훈장의 어린 아들을 꾀어 부엌에 가서 성냥을 가져오라고 시켰다. 철없는 아이는 시키는 대로 성냥을 가져왔다. 진섭은 서슴지 않고 솔가리에 불을 댕겼다. 불이 붙기 시작하자 아이를 시켜 얼른 "불이야!"를 거듭 외치게 했다. 마른 솔가리는 금방 불이 활활 붙었고 연기도 피어올랐다.

"불이야! 불났소!"

훈장이 제일 먼저 뛰어나왔다. 버선발로 허겁지겁 달려 나온 훈장은 우왕좌왕하고 소리소리 지르며 어찌할 바를 몰랐다. 겨우 정신을 차린 그는 얼른 저고리를 벗어서 눈에 띄는 오줌통으로 가서 오줌을 적시더니 솔가리 벼늘로 달려가 불길을 잡으려고 안간힘을 썼다. 저고리에서 물기가 빠지면 다시 오줌통으로 가서 또 오줌을 적셔 오고, 잠시 후 다시 오줌통으로 달려가는 식으로 반복하며 허둥댔다. 마을 사람들이 달려오고 덤벼들어 불길을 잡고 보니 기실 피해는 별것이 아니었지만 훈장으로서는 그야말로 혼비백산이었다. 보기 좋던 훈장의 수염은 불길에 그슬려 반이나 날아갔고, 옷은 오줌에 젖고 재투성이가 되어 말이 아니었다. 우두망찰하다가 겨우 뛰는 가슴을 진정하고 가쁜 숨을 가라앉히던 훈장에게 결정타를 먹인 것은 아들의 고발이었다.

"아부이, 진섭이 성아가 불 났다. 내가 봤다."

저만큼서 불구경을 하고 있던 진섭이 의기양양한 목소리로 말했다.

"훈장님, 인자 지가 이겼지라? 이담에는 지헌테두 팥죽 주시겠지라?"

노발대발한 훈장과 줄행랑을 놓는 진섭의 쫓고 쫓기는 달음박질 뒤 진섭은 서당을 그만두었다. 서당을 그만두고 빈 시간이 허전하던 판에 시제에서의 문답은 그가 몰두할 거리를 준 맞춤한 계기였다.

별자리가 이미 서쪽으로 기운 듯 진섭의 눈꺼풀도 차츰 무거워졌다. 꿈결처럼 산신령님이 나타날지도 모른다. 수염수세가 푸짐하고 머리와 눈썹까지 온통 하얀 할아버지, 길고 울퉁불퉁한 지팡이를 짚고 호랑이를 강아지처럼 거느리고 긍엄하게 출현하실 신령님! 그분은 진섭의 절실한 소원을 듣고 기특하다 하시면서 어떤 질문이라도 다 받아주시기로 허락할 것이었다. 진섭은 그동안 산을 오르내리면서 혹은 기도를 드리면서 수백 번, 수천 번도 더 곱씹었던 질문들을 혹시라도 빼먹지 않도록 차근차근 엮어갈 것이었다. 신령님은 빙그레 웃으면서 천천히 고개를 끄덕이고 나서 알기 쉽게 하나씩 답하기로 되어 있었다.

진섭은 꿈속에서 옥녀봉 마루턱에 서 있었다. 진섭은 눈을 아래로 돌렸다. 산 아래 와탄천 조수의 물길은 만조가 되어 영촌으로 돛드레미로 선진포로 밀물져 들어오고 있다. 매바위를 감돌아 물길을 거슬러 가면 한시랭이 앞으로 하여 구시미 나루로, 그리고 법성포구를 거쳐 칠산바다까지 벋어간다. 아, 바다! 바다는 어디까지 흘러가는가? 조수는 왜 하루에도 두 번씩이나 들고 써는 것이며, 달마다 사리 조금은 왜 생기나? 바다에는 어떤 고기들이 얼마나 많이 살고 있을까?

진섭의 의문은 꼬리를 물고 계속됐다. 사람은 어떻게 해서 태어나는가? 늙는다는 것, 죽는다는 것은 또 무엇인가? 읍내로 시집 갔던 큰누나가 아이를 낳다가 얼마 전에 죽었다. 죽으면 끝일까? 사람은 왜 사는가? 살아야 한다면 또 어떻게 살아야 되지? 어른들은 걸핏하면 팔자를 말하는데 팔자라는 것은 대체 무엇일까?

서쪽 하늘에는 붉은 놀빛이 눈부시게 찬란하다. 산 밑 마을에 땅거미가 깔리며 성큼성큼 어둠이 다가들 무렵, 와탄천 갯물은 불빛처럼 일렁거리고 매바위 건너 대덕산 서편 능선은 금빛으로 반짝인다. 바야흐로 밤이 다가오고 있다. 그러면 밤과 낮은 어째서 날마다 한 차례씩 바뀌는가? 춘하추동 계절의 바뀜은 어떻게 일어나는가? 무엇이? 어떻게? 어째서? 등 온통 의문투성이다. 그에게 이 의문을 시원하게 풀어줄 사람은 아무도 없었다. 부모님도 훈장님도 아니었다. 어떤 어른도 아니었다.

"산신령님! 지발 싸게싸게 나오시랑께요."

진섭의 산상기도는 천일이 지났다. 혹시나 하고 기대했던 천일에도 산신령님은 나타나질 않았다. 기도와 함께 자라나는 진섭은 어느새 열다섯 살이었고, 그 겨울이 다가오면서 보람 없는 기도가 이제 꽉 찬 사 년이었다. 그렇지만 이제까지 바친 정성이 너무나 아까웠기에 진섭으로서는 기도를 그만둘 수도 없었다. 그렇다고 무작정 기약 없는 기도 정성을 계속한다는 것도 허무하기 짝이 없는 일이 아닌가! 마냥 시쁘지만 이제 와서는 굽도 접도 못하는 처지다.

도사의 표적

○

    1905년, 열다섯 살 나이의 진섭은 당시의 조혼 풍속에 따라 혼례를 치렀다. 처가는 같은 백수면 내 홍곡리 장지촌에 사는 제주 양씨(濟州梁氏)네 가난한 집안이었다. 신부는 사남매 중 둘째딸로, 용모나 성격이 살부드럽거나 고운 태가 없는 대신 키도 크고 뼈대가 굵직굵직하여 여장부다운 억척스러움이 있어 보였다.

    결혼 후 진섭에게는 몇 가지 변화가 있었다. 우선 진섭이라는 아명 대신 처화(處化)라는 자(字)로 불리게 되었다. 그리고 결혼을 전후하여 생가인 영촌 집을 떠나 같은 길룡리의 구호동(九虎洞)으로 이사를 했다. 열한 살 때인 신축년에 물난리가 나서 영촌 집이 훼손되는 바람에 박성삼은 터를 옮겨서 새 집을 짓기로 작정했는데 이 무렵에 와서야 겨우 공사를 마치고 살림살이를 옮긴 것이다. 세 번째 변화는 어린 시절 이화숙 훈장과 결별하고 나서 중단했던

글 배우기를 다시 시작한 것이다. 같은 동네 사는 십여 세 연상의 김화천(金華天) 훈장에게 가서 『명심보감』『추구집』을 배우고 『통감』을 2권까지 뗐다. 아버지의 뜻을 어기지 못하여 시작한 공부이긴 하지만, 처화는 이번에도 흥미를 잃어 일 년을 못 넘기고 중동무이를 했다. 네 번째 변화는 사 년 동안 공을 들이던 산신기도를 마침내 포기하고 잼처 새로운 구도의 계기를 만난 것이다.

장가든 후 처음으로 새해를 맞이하여 세배차 처가에 들른 처화는 장지촌에서 하루를 묵게 되었다. 그는 그날 밤, 처가 식구들이 둘러앉아 이야기책을 읽는 자리에 동참하였고, 여기서 『박태보전(朴泰輔傳)』과 『조웅전(趙雄傳)』이라는 고소설을 듣게 되는데 이 중에 특히 『조웅전』에서 영감을 얻는다.

송(宋)나라 문제(文帝) 때 천자의 총애를 받던 좌승상 조정인은 우승상 이두병의 참소를 받아 음독자살한다. 조 승상의 죽음을 애통히 여긴 황제는 유복자 조웅을 궁중에 불러 또래의 어린 태자와 함께 있도록 배려했다. 그러나 얼마 후 황제가 죽자 역적 이두병은 어린 태자를 귀양 보내고 스스로 황제가 된다. 이에 분격한 8세의 조웅은 이두병을 비방하는 격문을 대궐문에 써 붙이고 어머니 왕씨와 함께 망명길에 오른다. 이두병의 추격을 피하여 갖은 고생을 한 끝에, 왕씨는 삭발하여 절에 의탁하고 조웅은 여기서 월경대사(月京大師)를 만나 학문에 통달한다.

학문을 마친 십오 세 조웅은 큰 뜻을 품고 산을 내려온다. 길을 가다가 저자에서 초라한 행색으로 칼 한 자루를 놓고 임자를 기다리던 이인을 만나 보검을 얻게 되니 이 사람이 화산도사(華山道士)였다. 그의 안내로 남방 칠백 리에 있는 산중의 철관도사(哲觀道士)를 어렵사리 만난다. 조웅은 철관도사에게 도술과 육도삼략이며 천문, 지리를 배우고 용마까지 얻게 된다. 스승의 허락을 얻고 모친을 만나러 길을 떠나는데, 도중에 장 진사 댁에서 하루를 유하게 되고 여기서 장 진사의 딸 장 소저와 백년가약을 맺는다.

　마침내 스승으로부터 천하평정의 명을 받은 조웅은 서번의 침략을 받은 위(魏)나라를 구하고 그 나라의 대원수가 되어 역적 이두병을 치게 된다. 조웅은 이두병의 항복을 받아낸 뒤, 섬에 유배당해 목숨이 경각에 있던 태자를 구하여 황제로 추대한다. 이리하여 송(宋)은 다시 회복되고, 조웅 일가는 영화를 누리고 백성은 태평성대를 구가한다.

　산신을 만날 기대가 깨진 후 마음 붙일 곳이 없어 만사가 시뜻하던 처화에게 이 소설의 사연은 흔감할 만했다. 동갑내기인 십오 세의 조웅이 스승을 만나 소망을 성취하는 것을 보면서 그는 번개같이 스치는 충격에 환호하였다. 나는 왜 진작 스승 만날 생각은 하지 않았던가! 이화숙이나 김화천과 같이 글자와 문장을 가르치는 서당 훈장이 아니라 천문, 지리, 인사를 꿰뚫고 불가사의한 권능을 구사하는 화산도사와 철관도사 같은 스승이야말로 나의 오랜 의문을 해결해줄 참 스승이 아니겠는가? 도사(道士)라! 도사라는 말은 처화에게 무한한 매력을 주었다. 그동안 있는지조차 아리송한 산신을 만나고자 허비한 사 년의 세월은 다시 생각하고 싶지도 않았다. 그러나 도사는 실제로 세상에 있는 존재가 아니더냐! 그렇다면 기필코 도사를 만나리라, 기필코 만나리라!

이때부터 처화의 방황은 일정한 방향을 잡았다. 그는 기인, 달사, 도인이 어디 있다는 소문만 있으면 불원천리하고 달려갔다. 새색시와 정이 없는 것도 아니건만, 신혼의 단꿈보다 스승을 찾아 오랜 소망을 성취하는 일이 더 급했다. 그가 일곱 살 어린 시절 옥녀봉 위에 피어오르는 구름을 보고 품었던 의문을 단초로 하여 자연과 인생에 대해 가졌던 회의는 해결의 기미가 전혀 없었다. 아니, 해결의 기미가 없다기보다 오히려 의문이 의문을 낳고 의문에 의문이 보태져 점점 깊은 안개 속으로 빠져들고 있었다. 그 어떤 쾌락도, 그 어떤 유혹도 그를 흔들 수는 없었다.

이로부터 처화의 생활은 아연 활기를 띠게 되었고, 다시금 기대와 희망에 부풀었다. 그는 이로부터 초월적 능력, 탁월한 지혜를 갖춘 스승을 찾아 방황하였다. 이 방황은 통산 육 년이나 걸렸다. 그동안 가지가지 경험을 통하여 흥분과 실망, 기대와 좌절을 반복하면서도 쉽사리 단념하지 못한 것은 그가 지난날 무모한 산신기도를 사 년이나 계속한 것과 같은 이유에서였다. 그는 천부의 종교가였기에 저 카필라의 태자가 왕좌와 환락을 버리고 설산의 고행을 육 년이나 계속한 것처럼, 그에게는 부모와 처자를 돌보는 일이나 인간세상의 재미와 욕망이 발붙일 수가 없었다. 이 기간에 그가 겪은 방황의 실상은 그리 많이 알려지지 않았다. 아마도 깊은 산골에 자취를 숨긴 도사와 은사, 바닷가 포구의 뱃사람과 낙도의 섬사람 등 빈부귀천을 가리지 않고 만나 견문을 넓혔을 것이다. 그나마 전해지는 것은 자신이 제자들에게 가르침을 베풀기 위하여 과거의 경험을 틈틈이 이야기한 것과 주변 사람들의 단편적인 증언을 주섬주섬 모은 것뿐이다. 그 가운데 몇 가지는 다음과 같은 것들이다.

지리산 노고단 근처에 새나 뱀과 소통하는 이인(異人)이 산다는 소식을 접하고, 처화는 허위허위 달려갔다. 추분에 한로까지 지나 제법 쌀쌀한 날씨였다. 소문을 따라 찾아가 그 이인을 만나기는 그리 어렵지 않았다. 줄잡아도 백 마리나 됨직한 까마귀 떼가 하늘을 순회하고 있고, 주변 나뭇가지에 유난히도 까마귀가 많이 앉아 있는 곳을 찾아가 보니 말로 듣던 그 이인이 있었다. 그의 주변에는 항상 까마귀 떼가 있다는 말대로였다. 머리가 치렁치렁 길고 검은 수염이 뼘 반이나 되는데 나이는 그다지 많아 보이지 않았다.

"전라도 영광서부텀 어른을 뵈러 찾아왔구만이라우."

"우째 왔노? 와 왔노?"

"여짜보고 싶은 게 있는디 갈차주실라요?"

"그라이. 뭐시 궁금하노?"

"어른께서 까마구를 맘대로 부르고 보낸다는 것이 사실이다요?"

"암만! 못 믿어믄 비이주께."

이인이 기묘한 휘파람 소리를 내며 팔을 들어 손짓을 하자 까마귀 수십 마리가 금세 날아들었다. 새들은 이인의 머리나 어깨에 앉기도 하고 팔에 매달리기도 하였다. 날개를 퍼덕이며 서로 이인에게 가까이 다가가려고 자리다툼까지 벌였다. 이윽고 다시 휘파람을 불고 손짓을 하자 이번에는 모두 훨훨 날아 하늘 높이 흩어지는 것이었다. 처화는 신기한 모습에 입을 다물지 못했다.

"또 딴 건 못 허신다요?"

"비얌도 부린다카이. 자, 보거라."

이인은 한동안 발꿈치로 땅을 구르고 지팡이로 바위를 쳤다. 그러자 이번엔 뱀들이 모여들었다. 얼룩덜룩한 유혈목이며 구렁이에 살모사까지 금세 일고여덟 마리가 모여들었다. 이인은 망설이지 않고 손을 뻗쳐 큰 구렁이를 잡아 목에 척 걸치더니 나머지 뱀들도 새끼줄 토막 다루듯이 주섬주섬 들었다 놓았다 했다.

"또 딴것도 허신다요?"

"지금은 때가 아이다만, 여름엔 뻐꾸기 같은 날짐승도 부를 수가 있제."

"그것 말고 또 있다요?"

"내 나이사 이제 마흔댓이다만, 앞으로는 환갑 이전에 새나 비얌뿐만 아이라 범이나 노루 같은 큰 짐승부텀 벌이나 개미 새끼 같은 미물까징 다 부리묵을 요량이네."

처화는 이제 본론에 들어갈 차례라고 생각했다.

"글먼 그담엔 어찌케 된다요? 사람 사는 데 그게 어디에 좋당가요?"

"음, 남들 못 하는 거 항께 기냥 좋지. 뭐 딴 뜻은 없다카이. 날짐승, 길짐승에다 미물, 벌개이꺼지 정을 나누고 살믄 그것만도 기냥 좋은 거 아이겠노?"

"글먼 어른께서는 사람이 인생을 어찌케 살아야 헌다고 허신다요?"

"내는 재물 욕심도 없고 가정 욕심도 없다카이. 속세가 싫어갖고 산에 숨어 사는 사람인께 할 말 없대이."

이인은 다시 까마귀 몇 마리를 불러내더니 휘적휘적 걸어서 숲으로 사라졌다. 처화는 사라지는 이인의 흔들리는 머리채를 망연히 바라보았다. 그는 까마귀나 뱀이 아니라 인간의 문제를 알고 싶은 것이었다. 인도(人道) 아닌 축생도(畜生道)에는 관심이 없다. 그는 씁쓸하게 웃었다.

어느 늦은 봄 오정이 한참 기운 무렵에 처화는 법성포 근방의 주막거리를 걷고 있었다. 주막집 앞에 웬 거지가 흙바닥에 털썩 주저앉은 채 따뜻한 봄볕에 해바라기를 하면서 조는 둥 자는 둥하고 있었다. 시장기를 느낀 처화가 주막집으로 들어가려다 말고 잠깐 거지를 바라보았다. 보아하니 비렁뱅이치고도 상거지였다. 땟국 흐르는 피부에 냄새 나는 누더기야 기본이라 하겠지만, 이 늙수그레한 거지는 온몸에 부스럼이 나서 살갗은 트고 고름이 흐르고 있었다. 그런가보다 하고 주막으로 들어서려는데 별안간 그가 잠꼬대하듯 중얼중얼 무엇인가를 읊었다. 가만히 듣자니 이건 막된 육두문자가 아니라 유식한 풍월문자였다.

"대몽을 수선각고 평생아자지라, 초당에 춘수족하니 창외일지지라(大夢誰先覺 平生我自知 草堂春睡足 窓外日遲遲)."

처화는 깜짝 놀라 돌아보았다. 다시 봐도 행색은 분명 거지였다. 그가 이런 고매한 시구를 읊다니 이건 예삿일이 아니다. 이 구절은 추구(抽句)를 배울 때 시를 좋아하던 훈장 김화천이 『삼국지연의』에서 제갈공명이 읊은 시라면서 가르쳐준 적이 있는 그 유명한 대목이었다. 처화는 발을 멈추고 거지에게 시선을 멈춘 채 시구의 의미를 음미했다.

> 큰 꿈을 누가 먼저 깨칠 건가
> 평생을 내 스스로 아노라
> 초당에 봄잠이 족하니
> 창밖에 해는 더디도다

'큰 꿈을 누가 먼저 깨칠 건가? 평생을 내 스스로 아노라! 큰 꿈을 누가 먼저 깨칠 건가? 평생을 내 스스로 아노라!' 이 구절을 두어 번 입 속으로 되뇌던 처화는 갑자기 정신이 번쩍 들었다. 그렇다! 이것은 이인, 도사, 신인 들이 일상 사용하는 변장술이다. 권능과 형적 등 자기의 정체가 드러남을 천기누설처럼 알고 감추는 것, 말로만 듣던 도회(韜晦)니 권회(卷懷)니 혹은 도광(韜光)이니 하는 것이 바로 이것이로구나. 『조웅전』에서 화산도사는 보검의 임자인 조웅을 만나기 위해, 거친 베옷에 검은 띠를 매고 무릎을 겹쳐 갠 채 좌판에 칼 한 자루를 댕그라니 놓고 앉아 있었다. 그 꼴이 꼭 복슬강아지 같다고 했것다. 이 고름이 흐르는 부스럼투성이 거지가 어쩌면 내게 천지조화와 인생대사를 해명해주러 온 도사일지 누가 알겠느냐? 처화는 거지에게 다가갔다. 악취가 진동해 코를 싸맬 지경이었지만 그는 한껏 정중하게 대하였다.

"시방 읊은 풍월을 듣고 봉게 어른께선 범상헌 양반이 아닌 것 같은디라?"

"뭔 소리랑가? 나가 배고퐁게 헛소릴 힜나벼!"

처화는 그의 도회에 속지 않겠다고 다짐하고 우선 거지를 술청으로 끌고 들어가서 해장국을 곱빼기로 시켜 먹였다. 술도 먹고 싶다기에 막걸리도 먹고 싶어 하는 만큼 먹였다.

"어른께선 도사지라? 말 안 혀도 다 앙게 우리 집으로 싸게 갑시다. 지가 스승님으로 모실랑게 좋은 말씸이나 혀주시쑈."

처화는 그를 데리고 집으로 와서 넙죽 절까지 하고 나서 부모에게도 소개하였다. 방을 치우고 사흘을 묵게 하며 극진히 봉양하였다. 혹시나 혹시나 색다른 말을 할까 기다리고, 나중에는 기다리다 못해 자연과 인생사에 대해 슬쩍 질문을 던져보기도 했지만 끝내 허사였다. 알고 보니, 부모 덕분에 소싯적에는 밥술이나 먹고 글줄이나 읽다가, 부모가 죽자 중도이폐하고 재산을 죄다 날린 후 처자와도 헤어진 채 병든 몸을 끌고 떠돌아다니는 파락호에 불과했다.

하루는 아버지 성삼 공이 처화를 불러 희한한 소식을 전했다. 지리산 깊은 골에서 수십 년 도를 닦고 천문지리와 신통묘술을 통달한 처사 한 분이 읍내에 머무른다기에 사람을 부려 초빙을 했다는 것이다. 처사는 먼저 아버지 박성삼에게 장담을 했다.

"나는 지리산에 입산하여 천황봉 아래 석굴에서 이십 년 수도한 끝에 신통을 얻은 지가 이미 오래요. 댁의 아들이 나를 따라 배운다면 반드시 불가사의한 능력을 얻을 것이외다."

"지 아들내미는 어려서부터 도를 닦아왔는디 선상이 없어 혼차 고상허고 안 있소잉. 처사가 자석 놈을 지자 삼아 갈차주신다면 백골난망이지라우."

"그러면 먼저 성의를 보여야 할 것이오."

외양간에 놓인 농우를 본 처사는, 제자로서 스승을 맞이하는 폐백으로 소 한 마리를 요구했다.

"성사가 되면 그쯤 아낄 내가 아니요. 그리 헐 수도 있지라우."

박성삼은 아들을 불러 인사를 시켰다. 그동안 유명짜한 도사를 여러 번 겪은 처화는 처음부터 이 처사가 미덥지 않아서 기분이 뜨악했다. 도사라면 스스로 도사라고 허풍을 떨지 않는다. 이화숙의 허풍에 실망하여 훈장에게 골탕을 먹이고 자퇴했던 서당 일이 떠올랐다. 더구나 농가에서 무엇보다 소중한 농우를 내놓으라니, 정작 도사라면 그렇게 탐욕을 부릴 리가 없지 않은가? 칼 장수로 위장했던 화산도사가 보검을 조웅에게 주면서 언제 돈 한 푼이라도 받았던가!

"도를 얼매나 닦으셨는가 몰르겄으나, 말씸을 듣자 헝게 처사님은 차말로 장헌 것 같소. 헌디 처사님은 뭔 능력을 갖고 기시다요?"

처화는 예도 안 갖추고 상대를 시험했다. 처사는 젊은이의 태도가 적잖이 토심스럽지만 일을 그르치지 않을 양으로 참을성을 보였다.

"내가 얻은 신통력은 일일이 매거할 수 없으나 하나만 말하자면 육정육갑(六丁六甲) 신장을 능히 부리어 둔갑의 술법을 행한다네."

"글먼 지가 보는 앞에서 신장을 불르고 둔갑술을 써보시쑈. 글고 나서 스승으로 모시든 농우를 드리든 헐 팅께."

처사는 그러마고 다짐하더니 그날로 방 하나를 깨끗이 치워 달라고 했다. 그는 거기 들어앉아 제단을 설치하고 큰 소리로 주문을 외기 시작했다.

"수리수리 마하수리 수수리사바하…… 상청상제 동화대제군 영오수육인천서 병사육정육갑지신 천유십이계녀 나연천녀오인,

통섭신병 삼원대장 화광대장 부해대장 후풍대장 차동중성 각령신
병백만 해조오, 법력신통 천변만화 영득준오육갑신인 입재단전
영오칠정구궁 보우이신 사지종오, 상조원군 여도합진 화형연혼
책공가 부승천섭운 급급여율령……."

저녁밥을 먹고 해 질 무렵 시작하여 두어 식경이 지났을 때 처
사의 입안에선 침이 마르고 얼굴에선 진땀이 흐르기 시작했다.

"갑자신 청궁원덕, 갑술신 임제허일, 갑신신 중권절략, 갑오
신 문경욕인, 갑진신 양창초원, 갑인신 자선화소…… 정묘신 인종
문백, 정축신 인귀문공, 정해신 인화문통, 정유신 인수문경, 정미
신 인공승통, 정사신 인혜거경……."

목청을 높여 열나절이나 외어도 아무런 징험도 없자 처사는
점점 몸이 달았다. 박성삼은 초조하게 기다렸고, 처화는 옆에서
느긋이 지켜보았다.

"주인장, 이럴 수가 없소. 아마도 근동에 초상난 집이 있거나
아니면 해산한 집이 있는가 싶소. 만일 그게 아니라면 이 방에서
전에 초상이 났거나 해산한 일이 있을 것이오. 새로 딴 방을 하나
치워주소."

처화는 처음부터 믿지 않았지만 그의 말을 듣고 보니 더욱 허
무맹랑한 사술 같았다. 사람의 일이라는 것이 낳고 죽는 일이 가장
큰일일진대 생사를 멀리해야 쓰이는 도술이라면 그것을 어디다 쓰
겠는가. 그래도 기왕 벌인 굿판이니 어디 하는 꼴이나 더 두고 보
자 싶어 그의 간청대로 새 방을 치워주었다. 처사는 새 방에서 밤

새워 송경을 하고 주문을 외었으나, 어디 될 법이나 한 일인가. 부유스름한 새벽녘이 되어 박성삼과 처화가 잠깐 자리를 비운 사이 그는 담장을 넘어 줄행랑을 치고 말았다.

처화는 고승을 만나 법을 묻고 싶어 군내에 있는 불갑사(佛甲寺)를 찾아갔다.

"매월 열여드렛날 지장재일허고 스무나흗날 관음재일에 법회를 모시고 기도를 드리니까 그때 오시지요."

스님 말씀 따라 날짜를 별러오던 처화는 다시 불갑사를 찾았다. 사월 스무나흘 관음재일, 마침 대웅전에선 신도들을 대상으로 기도법회가 있었다. 스님은 '고통에 허덕이는 중생을 해탈시키겠다는 관세음보살님의 본원력에 의지해 각자가 처한 고난을 극복하고 소원 성취를 위해 기도하는 날'임을 강조하였다. 처화는 태반이 여자 신도들인 모임에 동참하기가 적잖이 쑥스러웠지만 뒤에 쭈그리고 앉아서 모임의 진행을 지켜보았다.

…… 나모라 다나다라 야야 나막알약 바로기제 새바라야 모지사다바야 마하사다바야 마하가로 니가야 옴 살바 바예수 다라나 가라야 다사명 나막 까리다바 이맘알야 바로기제 새바라 다바 니라간타 나막하리나야 마발다 이사미 살발타 사다남 수반아예염 살바보다남 바바말야 미수다감 다냐타 옴 아로계 아로가 마지로가 지가란제 혜혜하례 마하모지 사다바

사마라 사마라 하리나야 구로구로 갈마사다야 사다야 도로도
로 미연제 마하미연제 다라다라 다린나례 새바라 자라자라
마라 미마라 아마라……

『천수경』 신묘장구대다라니를 지성으로 외우는 모습에서 그
는 혼란을 느꼈다.

……시리시리 소로소로 못쟈못쟈 모다야 모다야 매다라
야 니라간타 가마사 날사남 바라 하라나야 마낙사바하 싯다
야 사바하 마하싯다야 사바하 싯다유예 새바라야 사바하 니
라간타야 사바하 바라하 목카싱하 목카야 사바하 바나마 하
따야 사바하 자가라 욕다야 사바하 상카섭나네 모다나야 사
바하 마하라 구타다라야 사바하 바마사 간타 이사시체다 가
릿나 이나야 사바하 먀가라 잘마이바 사나야 사바하 나모라
다나다라 야야나막알야 바로기제 새바라야 사바하

스님은 『관음경』을 설하며, 중생이 갖가지 고뇌를 받을 때에
관세음보살의 이름을 한마음으로 부르면 관세음보살이 곧 그 음성
을 듣고 모든 중생의 고뇌를 해탈케 한다고 했다.
"부처님은 무진의보살에게 말씀하셨습니다. 관세음보살의 이
름을 지극한 마음으로 외우면 큰불 속에 들어가더라도 불이 그를
태우지 못할 것이요, 큰물에 떠내려가게 되더라도 얕은 곳에 이르

게 되며, 태풍 부는 바다에 배를 탔더라도 파도가 능히 삼키지 못할 것이며, …… 관세음보살의 이름을 받들어 가지되 단 한순간이라도 예배하면 백천만억 겁에 이르도록 한량없고 가없는 복덕의 이익을 얻는다고 하셨습니다.”

신도들은 관세음보살을 부르고 또 부르고 또 불렀다. 그들은 절을 하고 또 하고 또 했다. 처화는 슬그머니 나왔다. 적어도 그가 찾는 것은 이것이 아니었다. 그는 고개를 좌우로 흔들며 천천히 경내를 벗어나 터벅터벅 걸었다.

한번은 영광 읍내 무령교회를 세우고 목회를 하는 선교사 배유지(裵裕祉, Eugene Bell) 목사가 설교하는 자리에 참석하였다. 다소 어눌하긴 하지만 중년의 배 목사는 조선말을 제법 잘하였다.

“…… 예수님이 보리빵 다섯 개와 물고기 두 마리로 장정 오천 명을 먹이고도 열두 광주리가 남는 기적을 보인 것이 성경에 있습네다. 장님이 눈을 뜨고 문둥이가 병이 낫고 죽은 아이가 살아난 이야기도 성경말씀에 있습네다. 기적, 미러클은 이천 년 전에만 있는 것이 아닙네다. 오늘날에도 하늘님은 기적을 행하십네다. 정말, 하늘님은 거룩하십네다. 오, 할렐루야!”

목사는 양팔을 들어 하늘을 떠받치는 시늉을 했고, 신도들은 ‘오, 할렐루야!’를 따라 외쳤다. 말을 이었다.

“병든 사람, 가난한 사람, 고통 속에 있는 사람은 하늘님께 기도하십시오. 건강하고 싶은 사람, 부자 되고 싶은 사람, 행복하게 오래 살고 싶은 사람은 하늘님께 기도하십시오. 하늘님이 모두 들어주십네다. 이것이 기적입네다. 「마태복음」 7장에서 예수님은 이렇게 말씀하십네다. '구하라 그러면 너희에게 주실 것이요, 찾으라 그러면 찾을 것이요, 문을 두드리라 그러면 너희에게 열릴 것이니, 구하는 이마다 얻을 것이요 찾는 이가 찾을 것이요 두드리는 이에게 열릴 것이니라. 너희 중에 누가 아들이 떡을 달라 하면 돌을 주며 생선을 달라 하면 뱀을 줄 사람이 있겠느냐.'"

처화는 고개를 저었다. 그가 찾는 진리는 이런 것이 아니었다.

'생사고락 그 이치, 우주 만물 그 이치'를 탐구하는 처화의 방황은 계속된다. 초인(도사, 이인)을 찾기 위한 처화의 유력도 계속된다. 이 무렵 모악산 일대에서는 신인(神人) 출현에 대한 소문이 슬슬 피어나기 시작했다. 그 신인은 정읍 출신 증산 강일순으로 금산사 기슭 원평 구릿골(동곡)에 자리 잡아 기행이적을 행한다고 했다. 피폐한 삶에 시달리던 민중은 지푸라기라도 잡으려는 심정으로 무언가 신이한 인물에 쉽게 홀릴 준비가 돼 있었다. 증산은 신이한 도술로 각종 질병에 시달리는 사람들의 병을 고쳐준다 했다. 누구는 폐병을 고쳤고, 누구는 해수병 혹은 성병을 고쳤다 했다. 앉은뱅이가 걷고 눈먼 자가 눈 뜨고 죽은 자를 살렸다고도 했다. 그것도 청수를 얼굴에 뿌려서 혹은 글씨 부적을 써주어서 혹은 손으로 한 번만 만져서 고친다고 했다. 처화는, 증산이 위독한 제자에게 오줌 찌꺼기를 먹여서 살렸다는 이야기를 전해 듣고는, 어디서 듣던 소리를 닮았다고 생각했다. 예수가 땅바닥에 침을 뱉어 버무린 흙을 맹인의 눈에 바르고 무슨 못에 가서 씻겼더니 소경이 눈을 뜨더라 했던가. 소경, 앉은뱅이, 죽은 사람 등등 배유지 목사의 기적 설교와 많이도 닮지 않았는가. 증산은 진정 예수의 아류인가. 처화는 증산에게 매력을 느끼지 못했다. 더구나 하늘에서 번개치고 우렛소리가 나는 걸 보고 꾸짖으니 하늘이 잠잠해지더라는 데 이르면 할 말이 없었다.

그래도 한 번은 찾아가 만나보리라 맘먹고 미적거리고 있었는데, 언제부턴가 증산이 실은 미친 사람일 뿐이라는 소문이 돌기 시작했다. 천지공사라는 의식을 행하면서 해괴한 언행을 한다는 데서 소문은 자꾸 퍼졌고 조롱거리 우스갯거리로 전락했다. 증산을 만나보려는 생각을 차츰 접어가고 있었지만 그렇다고 처화가 증산에 대한 단편적 소문과 언행조차 무심히 흘려보낸 것은 아니었다. 그러던 중 제자 김형렬과 증산이 나누었다는 대화에 주목하였다. 김형렬이 "많은 사람이 선생을 광인이라 합디다요" 하니, 이 말을 들은 증산이 "거짓으로 행세한 지난날에 세상 사람이 나를 신인이라 하더니 참으로 행하는 오늘날에는 도리어 광인이라 이르는구나" 하더라 했다. 이 말을 듣자 처화에게 번개같이 스치는 생각이 있었다. 『조웅전』의 화산도사가 그랬듯, 난세에는 정체를 감추고 짐짓 거지처럼, 광인처럼 혹은 농판처럼 도회(韜晦)하는 신인들이 있지 않던가. 양광양취(佯狂佯醉)!' 처화는 당장 아내에게 행장을 꾸려달라고 부탁하고 발정을 서둘렀다. 어쩌면 이번에는 그간의 헛수고를 보상받을 만한 큰 스승을 만날지도 모른다. 처화는 갑자기 흥분되었다.

만 나이로는 열여섯 살에 불과한 처화가 증산을 찾아 김제 원평 구릿골에 도착한 것은 정미년(1907) 동짓달이었다. 이후 김제, 정읍 일대를 오가며 증산의 뒤를 밟다가 유명한 천지굿의 결정적인 장면을 목격하게 된다. 소문을 좇아 제자와 주민 스무 명 남짓이 모여 있었는데 처화도 그 가운데 끼어들어서 증산의 언행을 예의 주시했다.

증산은 방바닥에 눕고 그의 세 번째 부인 고수부(고판례)가 증산의 배 위에 올라탔다. 고수부는 칼을 거꾸로 잡아들고 증산을 내려찍을 듯이 협박했다.

"나를 일등으로 정하여 모든 일을 맡겨주실랑가요?"

"그대를 일등 수부로 정하여 천지 대권을 주리다."

"그 약속을 믿어도 된당가요? 천지 대권을 정말 주실랑가요?"

"모다 드리겠소. 대인의 말에는 천지가 쩡쩡 울려 나가나니 오늘의 이 다짐은 털끝만치도 어김이 없으리다. 증인도 세우겠소."

증산은 차경석 등 세 사람의 증인을 세우고, 부적을 그려서 불사르기도 했다. 처화는 옆에 있던 젊은 종도(從徒)와 말을 텄다.

"이게 뭣을 허자는 공사지라우?"

• 난세에 거짓으로 미친 체 혹은 술에 취한 체하며 정체를 숨기고 사는 일.

"억음존양(抑陰尊陽)의 선천을 정음정양(正陰正陽)으로 바로
잡을라는 개벽공사지라우."

"남존여비라 한 선천이 잘못되었으면 후천에선 남녀동권이라
선언허믄 될 것을 일케까정 허는 까닭이 뭣이요? 쫌 해괴허지 않
소?"

"우리 선상님은 하늘도 뜯어곤치고 땅도 뜯어곤치는 권능을
가지셨소. 이러코롬 히야 남녀동권도 되지라."

"저그 저 여인이 시상 여자들의 대표라도 된다요?"

"고 수부는 선상님께서 십오 년 정력을 들여서 만내신 분, 천하
일등 무당이라고 허셨소. 장차 천하 사람의 두목이 된다 힜지라우."

여러 날 만에 길룡리로 발길을 돌린 처화는 증산의 지난 언행
을 복기하듯 더듬었다. 거기서는 생사고락 그 이치도 우주만물 그
이치도 찾기 어려웠다. 설령 그런 이치가 어디 숨어 있다 해도 그
렇게 이치를 수수께끼처럼 꽁꽁 감춰서는 안 된다. 오히려 어리석
은 중생에게는 수수께끼를 쉽게 풀어주는 것이 맞다. 알고 보면 진
리 자체가 단순할 것이었고, 그 해설은 보다 간이하게 알아듣기 좋
게 해야 할 것 같았다. 주문, 부적, 기행, 이적은 후천의 길도 아니
려니와 인도정의에는 꼬물도 맞지 않다. 처화는 이렇게 허겁지겁
달려온 자기가 영 우스웠다. 씁쓸한 웃음만이 떠올랐다.

사람들은 그에게 주문을 외우라고 충고했다. 누구는 "시천주
조화정 영세불망만사지"만 외면 만사형통이라고 했고, 누구는 "훔

치훔치 태을천상원군 훔리치야도래 훔리함리 사파하"만 외면 소
원 성취를 한다고 했다. 그러나 처화가 찾으려는 것은 그런 것이
아니었다.

주모의 기둥서방

○

　기유년(1909) 정월 스무나흗날, 처화의 부인 제주 양씨는 첫 애를 낳았다. 시집온 지 네 해 만에 얻은 경사였다. 딸이었다. 맏 딸이라고 맏네[昆禮]라고 불렀다. 애기 아버지 처화는 착잡한 감 회에 젖었다. 임신 열 달 동안 따뜻한 위로의 말 한 마디도 못 해준 처지이고 보니 아내의 수고가 미안했고, 자신을 낳아 이토록 길러 준 부모님께 새삼 고마움을 느꼈다. 그리고 첫국밥 먹는 산모 옆에 서 빽빽거리고 우는 핏덩이를 보면서 생명의 신비와 인연의 불가 사의를 맛보았다.

　애기 아버지 처화의 엄장과 몸집은 놀랄 만큼 컸다. 다섯 해 전 조랑말을 타고 백두개재를 넘어 장가들러 가던 꼬마 신랑이 아 니라 씨름꾼처럼 우람한 체격을 자랑하는 헌헌장부가 되어 있었 다. 그는 자신이 이제 어른이 되었음을 알았다. 장대한 몸뚱이가 그것을 증명했고, 그의 피를 받고 태어난 한 생명이 그것을 확인하였다. 그러면 그럴수록 그는 십 년의 공부가 아무런 보람도 없이 제자리걸음을 하고 있는 현실 앞에 부끄러움을 감출 수가 없었다. 너무나 답답하고 우울했다.

"야야, 아마 맏네가 즈그 아베 보고 자와서 우는갑다. 니가 한 번 달래보그라."

딸아이를 할머니 품에서 받아 안고 마당으로 나온 처화는 서투르나마 둥개질을 하며 아이를 달랬다. 무슨 설움에 겨운 듯 입술까지 바르르 떨며 울던 아이는 신통하게도 울음을 뚝 그치고 아빠를 빤히 올려다본다. 요 어린것이 눈물 한 방울도 없이 어디서 그런 애절한 목소리를 만들어내더란 말인가? 제까짓 게 무슨 슬픔이 있길래? 무슨 슬픔이 있길래……. 웬일인지 처화의 눈에 맏네의 얼굴이 뿌옇게 변해 보였다. 이윽고 굵은 눈물방울이 아이의 얼굴 위로 후드득 떨어진다. 겨우 울음을 그쳤던 아이가 놀라서 다시 자지러지게 울기 시작했다. 그러자 아이의 울음에 전염된 듯 이번엔 애 아빠가 참았던 울음을 터뜨렸다. 얼굴을 하늘로 향하고 '흑흑! 우우!' 소리를 내며 어린애같이 울었다. 한이 많은 사람처럼, 설움이 많은 사람처럼 울음이 봇물 터지듯 터져 나왔다.

이날 이후 처화는 웃음뿐 아니라 말을 잃었다. 웬일인지 아침에 훌쩍 나갔다가 어둑어둑해서야 후줄근한 차림으로 돌아오곤 했다. 그러던 어느 날 아버지가 아들을 불러 앉혔다.

"봐라! 너 요짐 어딜 그러코롬 싸돌아 댕기냐?"

"다시 삼밭재를 댕기고 있지라우."

"그러먼 또, 산신 만낼 치성이간디?"

"하이고야, 아부지! 징허게 고상혔고만 그 짓을 멀라고 또 허 겄어라?"

"긍게 그 잰지 꼬랑인지는 왜 자꼬 댕기나 그 말이여."

"글씨, 집에서는 아무 생각도 못 헝게 안 그요? 그 꼬라당은 풀 한 폭지, 독 한 덩이까정 정이 들었으니께 감시렁 옴시렁 생각 허고 거그 가서 쪼께 앙겄다 오는구만이라."

"아조 거그다 집을 지야 쓰겄다."

"……."

근래 들어 부자간에 간격이 한참 벌어져 있었다. 둘은 서로 말 못할 애증이 팽배해 있으면서도 한편으론 마냥 서로에게 미안 한 마음과 가엾은 정이 흥건했다.

박성삼에게 처화는 어떤 아들이었던가. 부모를 잃고 고아나 진배없던 박성삼이 손도 맞은 것도 아니면서 고향 군서면을 떠나 몇 해를 떠돌던 끝에 백수면 길룡리로 굴러들어온 것은 스무 살을 훌쩍 넘겨서다. 박성삼이 길룡리에서 머슴을 산 집 주인은 유호일 이었다. 군서면 출신으로 제금 나서 백수면으로 온 후에 길룡리에 정착하여 중농으로 성장한 유호일은, 어쨌건 같은 군서면 출신이 란 인연으로 박성삼과 엮였다. 나이로 보나 일세로 보나 상머슴 대 우를 받아야 할 처지이지만, 아쉬운 대로 중머슴의 박한 새경에 들어온 박성삼은 그럭저럭 한 해나 지나면 다른 집으로 옮길 작정을 하고 머슴살이를 시작했다. 그럼에도 군소리 없이 삼 년을 머문 것은 순전히 주인집 큰딸 언년이 때문이었다. 가난하여 노총각으로 떠돌던 박성삼보다 열 살이나 어린 언년이었지만, 한창 포실하게 물이 오르던 언년이는 박성삼을 무랍없이 따랐고, 박성삼은 그런 언년이를 좋아했다.

이들 사이를 눈치챈 유호일은 언년이 열여섯 살 되던 해 봄에 서둘러 묘량면 왕촌 광산 김씨네로 시집을 보냈다. 그해 날새경을 받는 대로 유호일의 집을 나온 박성삼은 이를 악물고 자수성가를 다짐하였다. 스물일곱에 드난살이로 대흥리 나주 임씨와 살림을 차렸고, 마름 일을 하면서 제법 농토도 마련하였다. 이런 판에, 돌림병으로 남편을 잃은 언년이가 의지할 데 없이 어린 남매를 데리고 친정으로 돌아왔다. 두 사람의 관계는 급속도로 회복되었고 언년이가 임신을 하면서 결국 소실로 들어오게 된 것이다.

언년이와 사이에 낳은 첫 아들이 처화이니, 두 사람 모두에게 처화는 애틋한 정이 있었다. 처음부터 이렇게 됐어야 하는 것이었다. 유호일이 방해만 안 했더라면, 박성삼이 가난한 머슴만 아니었더라면, 누구도 말리지 못할 사랑의 결실로서 맞이했을 맏아들이었다. 더구나 이 아들은 어려서부터 얼마나 총명하고 기특하던가. 제가 네 살 되던 해에 있던 일은 생각날 때마다 얼마나 어른들을 어이없게 했던가.

하루는 아들과 함께 조반을 먹고 있었는데 제 밥을 다 먹은 아들이 아비 밥그릇에서 밥을 덜어갔다. 아비는 하는 짓이 귀엽기도 했지만 짐짓 아들을 꾸짖었다.

"어른 밥에 함부로 손대다니, 오늘 아베한테 종아리 쪼까 맞아야 쓰겄다."

그러자 아들은 당돌하게 불복했다.

"싫어! 글먼 내가 먼첨 아부이를 놀래킬 팅게 맘대로 혀!"

"아베를 놀라게 허겄다고라? 어디 한번 히보그라. 오늘 중으로 그리 못 허먼 종아리는 꼭 맞아야 헌다!"

식곤증에 빠진 아비가 사랑에서 잠시 풋잠이 들었을 무렵, 아들이 느닷없이 큰 소리로 외쳤다.

"우와, 동학군이다! 쩌어그 노루목에 동학군 바라!"

잠결인 듯 꿈결인 듯 동학군이란 말 한마디에 깜짝 놀라 깨어난 아비는 정신이 번쩍 들었다. 때맞추어 다시 한번 아들의 외침이 들렸다.

"노루목에 동학군이 왔다! 동학군이다!"

아들의 긴박한 목소리에 기겁을 한 아비는 혼비백산하여 뒷문을 차고 나가 담을 넘어 집 뒤 대나무 숲으로 달려가 몸을 숨겼다. 두 식경이나 숨을 죽이고 숨어 있었으나 종내 아무 일도 없었다. 아들의 당돌한 장난이었다. 지주를 돕는 마름 일로 인해 소작인들의 원성이 없지 않던 터라 동학군의 표적이 될지도 모른다는 두려움을 품은 아비는 지레 겁이 나서 혼쭐이 난 사건이었다. 네 살배기의 장난이라고는 도저히 상상할 수도 없는 일을 당하고 나서 아비는 오히려 가슴이 설레었다. 이놈은 보통 놈이 아니다. 크게 될 놈이다.

　같은 느낌을 훈장집 방화 사건에서 똑같이 맛보았다. 남들은 어찌 보았을지 모르나 박성삼은, 어쩌면 자기가 당한 것과 유사한 일을 훈장도 당했을까 놀랐다. 네 살 때와 열 살 때의 시차는 있을망정 아비와 선생을 이렇게 경악케 한 놈이라면 다음엔 세상을 놀라게 할 큰 재목이 될 것이라 기대했다.

　훈장집 방화사건 이후 글방을 그만두었을 때 실은 홀로가 아니라 덤으로 자퇴를 한 놈이 있었다. 소리꾼을 꿈꾸는 박봉학 그였다. 글방 오가는 길에 소리를 하고 정작 글방에 가선 글 읽기를 도무지 싫어한 놈 말이다. 박봉학의 아버지 박학규와 박성삼은 형님아우 하는 사이였다. 촌수야 멀지만 같은 밀양 박씨 규정공파이다 보니 그랬고, 박학규는 나이도 많은 데다가 글줄이나 읽은 덕에 당당히 집안 장형 노릇을 자처했다.

　"아오님, 두 놈이 같이 글방을 그만둔 게 이상혀. 봉학인 공부 안 허고 소리허고 잡다고 저러고, 진섭인 공부 안 허고 산신기도에 빠졌다든디 이게 수상혀. 그전에 어른덜이 '소리꾼과 도꾼은 못 말린다'고 혔어. 신기 만헌 여자는 언제고 내림굿 허고 무당 되아야제 안 그러면 신병으로 지 명에 못 죽드끼, 타고난 소리꾼과 도꾼은 아무리 말려도 안 된다는 말이제. 이전에 명창 권삼득이란 자는 양반 가문 출신으로 집안에서 죽일라고까정 혔어도 안 되아서 결국 문중에서 퇴출혔다 안 허든가."

"성님은 그러면 봉학일 소리광대 맹글라고 헌다요?"

"내가 환갑이 다 되어서 얻은 외아들인디 저걸 워째야 헐렁가 몰르겄네. 권삼득처럼 비개비(양반 출신 광대)를 맹글어야 헌다 생각허면 한숨만 나오네. 도꾼은 훨 낫제."

"머가 낫다요? 지 성들은 막일 시키도 지는 공부 갈차볼라고 힛는디 속이 상헙니다요."

"도꾼이 성현 될 싹수 아닌가. 중국에서도 제자백가가 다 도꾼들이고 우리 조선서도 고승이나 선비들은 다 도꾼덜이랑께. 가깝게는 진묵 스님이나 이서구(李書九) 관찰사도 도통헌 도꾼덜이여. 글 읽어서 과거 보든 시절도 지났는디 차라리 도꾼이 되면 좋제. 워찌 아는가, 혹시 진섭이가 봉추(鳳雛)일랑가."

"봉추는 또 뭣이다요?"

"삼국지에 나오는 와룡 봉추 있잖여! 봉새 삐아리가 봉추제. 나는 봉학이가 소리꾼 아닌 도꾼 싹수가 보인다면 얼메가 좋을까 싶네. 솔직히 자네가 부러워야."

박학규는 갑자기 목소리를 낮추더니 마치 천기라도 누설하는 양 속삭였다.

"신라시대부터 도선국사『유산록』이라는 풍수서가 있는디 영광에, 아그 용이 여의주를 물고 강을 건네는(兒龍渡江形) 명당이 있다 힛어. 길룡리서 법성포로 뻗은 용맥이 아룡도강형인디 거그에 진혈처가 있단 이야그여. 인걸은 지령이고 성인은 말세에 나는 벱잉게 영광에서 도통헌 도인이 곧 날 수도 있다 이 말이여. 동네 이름이 무담시 길룡리간디?"

그해 여름, 대조선국 오백 년 사직이 무너지고 백성은 일본의 노예가 되었다. 민심은 흉흉했고 처화의 삼밭재 머무는 시간은 한층 길어졌다. 이 무렵부터 박성삼은 건강이 좋지 않아 자리에 눕는 일이 잦아졌다. 가을이 되자 하루는 큰처남 유선숙을 불렀다.

"처남! 처화가 공부헐 기도막 하나 지어주소. 돈이 얼매 없응게 비바람 피헐 초막이나 쳐줌시렁 아수운 대로 쓰라 험세."

유선숙이 마당바위 근처 개미절터에 삿갓지붕을 인 작은 초막 하나를 엮었다. 처화는 이 기도막으로 거처를 옮기고 본격적인 구도 명상에 들어갈 궁리를 했다. 손 없는 날 옮기라는 모친의 성화로 입주를 미루던 차에 부친 박성삼의 병환이 위중해지더니 시월 그믐날 마침내 오십구 세를 일기로 숨을 거두었다. 처화는 그야말로 하늘이 무너지는 아픔을 맛보았다. 약관의 나이가 되도록 처화는 지게 한 번을 지지 않았고 밭에서 김 한 번을 맨 적이 없었다. 당자가 도무지 세상일에 관심이 없고 들일은커녕 집안일조차 거들 생각을 않는 데다가, 보다 못한 어머니가 혹 쇠꼴이라도 베어 오라고 잔소리를 할라치면 아버지가 펄쩍 뛰었다. 딴 자식 열 번을 부릴지언정 이 별난 아들은 큰일 할 인물이니까 그런 허섭스레기 일로 수고를 끼치지 말라고 당부하였었다.

아버지의 죽음은 처화의 생활에 일대 변화를 주었다. 하늘에서 방황하던 그의 넋을 갑자기 지상으로 끌어내렸고, 산에 머무르던 그의 마음을 문득 마을로 끌어당겼다. 그가 기나긴 환상에서 깨어났을 때 그는 한 집안의 가장이 되어 있었다. 육남매 가운데 초취 소생 셋 중 첫째인 큰누나는 시집갔다가 일찍 죽었고, 둘째인 맏형 군옥(君玉)은 재당숙[眞圭]에게 양자로 갔고, 셋째인 중형 만옥(萬玉)은 이미 다섯 해 전에 요절하였다. 그리고 재취 강릉 유씨 소생이자 넷째인 작은누나는 법성면 사는 이천 서씨 집으로 출가하였다. 이제 집에는 위로 모친 유씨가 있고, 아래로 스물한 살의 젊은 아내와 두 돌이 채 안 된 어린 딸, 그리고 유일한 동복아우 한석(漢碩)이 있었다. 아우는 아직 열네 살의 선머슴애에 지나지 않으니, 식구 네 사람이 모두 처화가 책임져야 할 가솔이었다.

처화는 아버지의 임종 장면을 잊을 수가 없다. 아버지는 딴 식구, 딴 자식은 제쳐놓은 채 안간힘을 쓰며 처화의 손을 잡았다.

"니가 도를 이루고 큰일 허는 걸 똑 봐얀디 아베는 고목맹키로 요로코롬 쓰러져부렀다. …… 나 한나 죽는 것이사 서러울 게 읎는디, 진섭아! 니 성공얼 못 보고 강께 이거이 한이다. 학규 성님이 니를 봉새 삐아리라 힜응게 나는 시방도 그 말얼 하늘맹키로 믿는다. 진섭아! 진섭아!"

아버지는 아들 이름을 거듭 부르며 눈물을 흘렸다. 그러던 아버지의 유지를 받들기 위해서도 이렇게 맥을 놓고 있을 수는 없는 노릇이었다. 초상을 치르고 한동안 허탈한 심사를 추스르기 힘들던 처화는 간단한 취사도구를 챙겨 들고 삼밭재 삿갓집을 찾아들었다.

처화는 매일 밤마다 찬물로 목욕을 하면서 용맹정진했다. 앉

아 있으면 아버지, 어머니와 형제들의 일이 떠올랐다. 아내와 막
내의 얼굴이 떠올랐다. 산신을 만나겠다고 오르내리던 마당바위
며, 도사를 만나겠다고 고달팠던 세월이 떠올랐다. 눈을 감으면
모습이 떠올랐고 눈을 떠도 생각이 났다. 그전에는 이렇게까지 환
상과 망념에 시달린 적이 없었는데 이번에는 어쩐 일인지 갖은 번
뇌가 머리를 침노한다. 처화는 아랫배에 힘을 주며 깊은 호흡을 해
보았다. 아랫배가 불룩 나오도록까지 깊이깊이 숨을 들이마신 뒤
잠시 숨을 멈추었다가는 답답한 가슴을 씻어내듯 푸욱 뿜어냈다.
뱃살을 당기면 불렀던 배는 꺼지고, 그 대신 다물었던 입술이 터지
며 쏟아지는 바람에 입술이 떨려 푸르르푸르르 소리가 났다. 그렇
게 한동안 숨을 몰아쉬면 좀 가슴이 편해지고 마음이 가라앉는 것
을 느낄 수 있었다. 그러다 보면 어느 순간에 아버지에 대한 그리
움도, 어머니에 대한 걱정도, 아내에 대한 미안함이나 딸애에 대
한 연민도 모두모두 사라졌다. 때로는 무리를 부르는 말승냥이의
울음소리가 들리고 개호주가 눈에 불을 켜고 곁으로 지나가는 눈
치였다. 그럼에도 마음에 물결은 일지 않았다.

　본래의 자기 생각으로 돌아오면 오랜 방황 끝에 다시 찾은 고
향처럼 편안해졌다. 그것이 결코 즐거운 자리는 아니건만, 처화에
겐 돌아온 원점이 오래 입어온 헌옷처럼, 오래 신어온 신발처럼 편
안했다. 일월성신과 풍운우로상설, 우주의 조화(造化)와 만물의
변태, 인간의 생사와 고락, 하늘·땅·사람, 춘·하·추·동……. 동짓
달 추위가 기승을 부리는 속에서 한 이레를 버티었다. 깊은 밤중

자시(子時)의 야기가 쌩하니 초막을 감돌고 있는데 문득 처화의 입에서 한줄기 광선처럼 주문이 떠올랐다.

"우주신적기적기(宇宙神適氣適氣)"

처화는 황홀한 기분을 느끼며 주문을 외기 시작했다. 처음엔 말 배우는 아이처럼 어눌하게, 걸음마 배우는 어린애처럼 조심스럽게 입에 올려보았다.

"우-주-신-적-기-적-기……."

속도를 조금 빨리하여보았다.

"우·주·신·적·기·적·기……."

자신이 붙기 시작하자 속도도 점차 빨라졌다. 우주의 신령한 기운이 몸에 임하고 있음을 느꼈다. 갑자기 몸이 떨리기 시작했다. 손이 떨리고 팔다리가 떨리더니 기운이 전신으로 흘러갔다. 추워서 덜덜 떨리는 것이 아니라 온몸에 열기가 오르면서 부들부들 떨렸다. 그의 눈에는 찬란한 빛이 보이고 그의 귀에는 황홀한 음향이 들렸다.

"성님! 서엉니임!"

처화는 눈을 떴다. 앞에는 아우 한석이 앉아 있었다. 처화는 시선을 천장에 못 박고 잠시 머리를 굴렸다. 이제 생각이 난다, 어제 그 황홀한 시간, 살이 떨리고 몸이 떨리는 시간이 흐른 이후 의식을 잃었나 보다. 그리고 죽음 같은 잠으로 이어졌다. 그 사이 이미 날이 새고 아침 해가 뜬 지도 한참인가 싶다. 밖에서는 산새 소리가 소란스럽다.

'한석이, 야가 여그까지 먼 일이당가?'

"성님! 으째야 쓰까 몰루것소. 엊지녁에 난리가 났는디 성님 안 지싱게 어메만 고상 안 힜소! 자세헌 이약은 내려감시렁 허입시다."

처화는 짐작이 갔다. 읍내 조 박사(정칠품 성균관 벼슬)네 망나니가 다녀간 게 틀림없다. 아버지가 죽은 후 알게 된 일이지만, 아버지는 지주 조 승지의 마름으로 있는 동안 그 어른으로부터 상당한 부채를 얻어 쓰고 있었던 모양이다. 조 승지와 마름 관계인 부친은, 준 사람도 받으려니 하고 준 빚이 아니었듯이, 굳이 갚아야 되는 빚으로는 생각지 않은 것 같은데 1910년에 조 승지가 죽자 졸지에 상황이 달라져버렸다. 조 승지의 차남으로 이만석지기 아버지 재산을 상속한 조 박사는 야심 있는 사업가로 부친의 채권, 채무 등 재산 정리를 하면서 부친의 오랜 마름인 박성삼을 해임시키고 채무를 상환토록 통고하였던 것이다. 그러고 보니 조 승지가 죽은 당년을 못 넘기고 아버지가 세상을 뜬 것도 우연이 아니었다는 의심이 갔다. 아버지는 가망 없는 부채 상환에 마름 일까지 떼이고 나자 혼자서 무던히 고민한 것으로 헤아려졌다.

삼우제가 지난 지 사흘도 안 돼서 조 박사가 보낸 사람이 처화를 찾아왔다. 그는 읍내서도 소문이 고약한 사람으로, 몰인정한 조 박사가 채권 행사가 여의치 않은 사람들에게만 골라 보내는 해결사였다. 그는, 초상을 치르고 아직도 경황이 없던 처화에게 사뭇 공갈을 치면서 속히 빚을 갚지 않으면 달구지를 끌고 와서 가재

도구를 몽땅 털어 가겠다고 을러댔다. 빚진 죄인이라고 쩔쩔매며 겨우 달래 보냈더니 그 사이에 또 왔던 모양이다.

"그 몽니쟁이가 말여라, 정지 가서 소드랑부터 띠갖고 가겄다고 겁주드랑게라."

아우는 억울해 못 배기겠다는 듯이 그동안 식구들이 당한 협박과 모욕을 하나씩 털어놓았고, 그때마다 처화는 그 일을 자기가 직접 당한 것보다 더 가슴이 아팠다. 가장이 되어 홀로 계신 모친과 어린 아우, 그리고 처자식이 몹쓸 행패를 당하도록 버려두고 혼자 안전한 곳으로 도피해 있었다는 자괴감으로 몹시도 비참한 기분이 들었다. 처화는 자신의 구도 역정에 큰 차질이 닥쳤음을 직감했다. 이제까지 가정을 보살피는 일이나 식구들의 의식주를 해결하는 일은 자기 몫이 아니라고 생각하며 살아왔다. 그러나 이제 가정사를 떠나서는 한 발짝도 움직일 수 없다는 것과, 그 짐이 온전히 자기 몫임을 깨달았다. 어느 날 저녁, 일본인 아베〔阿部〕의 농장 마름을 하며 이웃 마을에서 사는, 배다른 큰형 군옥이 찾아왔다. 형제라곤 해도 열한 살이나 맏이인데다 키가 장대같이 크다 보니 어릴 때부터 자살궂게 지낸 적이 없는 사이이지만, 그래도 동생의 딱한 사정을 알게 되자 이 대책 없는 아우를 찾아와 충고했다.

"인나, 처화야! 니도 인자 돈벌이를 혀야 안 쓰겄냐? 농새는 백날 지어봐야 입에 풀칠허기 바쁘제 돈이 안 된다. 농새는 느그 안사람 혼차서도 헐 수 있응게 니는 장사를 혀라. 그리야 빚을 가릴 거 아니겄냐?"

그러잖아도 이웃이나 친구들로부터 같은 말을 몇 차례 들었지만 장사라곤 도무지 이면이 없는 터라 어쌔고비쌔다가 결국 형의 충고를 받아들이기로 했다. 어머니 유씨가 가락지를 빼주고 아내 양씨가 참깨와 녹두를 팔아 밑천을 마련해주자 처화는 무작정 길을 나섰다. 우선 선진포 나루로 해서 구수미, 법성포 장을 보러 가는 장사치들의 뒤를 쫓아갔다. 달가워하지 않는 그들을 따라다니며 그들이 하는 일을 보고 처화는 차츰 장삿속을 익혀갔다. 때로는 굴비 같은 해산물을 취급하고 때로는 소금이나 연초, 곡물을 사고팔았다. 후에는 더러 거울, 빗 같은 방물과 공산품도 가지고 다니며 팔아보았다. 주로 영광 읍내, 목냉기, 구수미, 법성포를 오가고 더러는 장꾼 따라 무장, 해리까지도 나갔다. 어떻게 하든지 빚을 갚아야 한 맺힌 공부를 계속할 수 있으리라는 생각 때문에 기를 썼다. 그러나 일은 뜻대로 풀려가지 않았다. 남들은 쉽게쉽게 곧잘 하는 것 같은데 처화는 잘 안 풀리는 이유가 있었다. "본전에 팝니다, 밑지고 팝니다" 하는 식의 입에 발린 소리도 할 줄 몰랐고, 고객 앞에 엉너리를 부리고 얼렁뚱땅 물건을 떠맡기는 짓도 할 줄 몰랐다. 게다가 보기에 수더분하거나 털털해서 사람이 꼬일 만한 상호가 아니잖은가. 차라리 근엄하여 선뜻 다가서기 힘든 표정에다 기운과 덩치가 사람을 압도하고 있으니 누가 감히 흥정을 하려고 들질 않았다. 결국 석 달 만에 거덜이 나고 말았다. 빚쟁이는 수시로 드나들며 성화를 해댔고, 그때마다 조금만 기다리라, 며칠만 참아달라 비굴하게 사정을 하는 일도 이제 신물이 날 판인데 장사 밑천마저 날리고 나니 눈앞이 캄캄했다.

이럴 때면 아버지 생각이 간절하다. 마음 쓸 일이 없이 도 닦는 일에만 전념할 수 있도록 울타리가 돼주고 그늘이 돼주었던 아버지의 은혜가 얼마나 컸던가를 비로소 알 것 같았다. 이럴 때마다 처화는 아버지를 찾아갔다. 평상에 관을 눕히고 이엉을 둘러쳐서 막을 만들고 용마름으로 마무리한 초분, 아직 아버지는 풍장의 과정을 거치고 있었다. 더러는 명날(命-)이 되도록 초분에 얼씬거리는 것조차 싫어하는 자식도 있다지만, 생시에 서먹했던 처화와 아버지의 관계는 사후에 오히려 가까워졌다. 갈 때마다 처화는 초분의 용마름을 쓰다듬으며 오열하고 넋두리조차 했다. 때로는 아버지에게 용서를 구하고 때로는 아버지의 은혜에 감사드렸다.

장사를 작파하기로 결심하고 해물 몇 가지 등 남은 물건을 구수미 장돌뱅이한테 헐값에 통새미로 넘기고 돌아오던 저녁, 처화는 어깨가 축 처져서 선진포 주막에 들렀다. 앞서 온 패들이 마당과 술청 두어 군데에 각기 자리를 잡고 떠들썩한 모습이라니, 바야흐로 석양의 주막 분위기가 무르익고 있었다. 처화는 술청 안으로 들어가서 한 구석에 앉아 탁주를 시켰다. 술이 나오자 주전자를 바꿔가며 꿀꺽꿀꺽 세 사발을 들이켰다. 입맛이 써서 종일 비워놓았던 창자에 술이 들어가자 금세 취기가 화끈 올랐다. 술국과 김치가 나왔지만, 맨입에 다시 사발이 넘치도록 술을 따라놓은 처화는 창자가 에이는 쓰라림을 맛보았다. 세상도 싫고 자신도 싫었다. 눈물이 핑 돌았다. 누구에겐지 모를 화가 불현듯 치밀었다.

"함평떡, 안주 대신 자네 거웃 한 개 술 우게 띠워돌라."

마당 평상 위에서 술판을 벌인 네 명의 꾼들이 아까부터 주모를 놓고 치사스러운 장난을 치고 있었다.

"니, 어지껫밤 서방질허고 뒷물은 잘 힜제?"

낯빛이 시커멓고 양 볼이 두둑한 치가 치근덕거렸다. 주모는 못 들은 체 자기 말만 했다.

"안주가 부족허면 더 시키지라. 그래사 나도 돈 벌제."

"안주 폴아 푼돈 벌지 말고 속곳 벗어 하룻밤에 목돈 벌어부러."

이번엔 몸이 마르고 코끝이 빨간 치가 눈자위를 게슴츠레 뜨고 웃었다.

"함평떡! 니, 내 말 안 들리나? 그러면 나가 직접 뽑을 팅게 너는 못 이기는 척 기양 있그라잉."

시커먼 치가 손을 뻗어 치맛자락을 잡자 주모가 손을 홱 뿌리쳤다.

"많이도 안 뽑고 우리 숫자대로 딱 니 개만 뽑을란다. 안 아프게 뽑을랑게 씨팔, 쫌 참아주라."

이번에는 다른 치 둘이 주모의 팔을 잡아주고 시커먼 치가 치마 밑으로 손을 쑥 집어넣었다. 코끝 빨간 치만 손 놓고 구경 삼아 빙글빙글 웃었다. 산전수전 다 겪은 주모도 더는 받아넘기기 힘들었는지 앙칼진 소리를 팩 질렀다.

"이 동냥치 같은 자석들아, 저그 갈래끼 도진(암내 난) 우리

개한티나 가서 사정해봐라!"

주모는 팔을 잡은 작자들의 손등을 야무지게 물어뜯고서야 풀려났다.

"아니, 이 썩을 년이 주제도 몰르고 디질라고 환장힜는개벼!"

"저년, 애저녁에 깨를 벗겨불걸!"

처화가 자리에서 일어났다.

"시끄럽다, 이 시러베아들놈들아!"

처화는 벼락같이 소리를 지르더니 한달음에 마당으로 달려갔다. 그는 술꾼들이 앉아 있는 평상을 통째로 번쩍 들어 엎어버렸다. 놀라운 괴력이었다. 사람 넷이 앉은, 평 반(坪半)은 실히 될 평상을 교자상 한 개 다루듯이 팽개치는 것을 보자 술꾼들은 땅바닥에 고꾸라진 채 감히 덤벼볼 엄두도 못 냈다. 누구라도 걸리기만 하면 당장 요절을 낼 듯 버티고 서서 눈을 부라리는 처화를 보자 술꾼들은 슬금슬금 꽁무니를 뺐다. 도거리로 덴겁을 한 주모도 엎어진 평상, 던져진 술상과 나뒹구는 그릇을 주섬주섬 챙기며, 그릇이 그나마 안 깨진 것만도 다행인 듯 슬며시 몸을 사리고 만다.

이후로 처화에 대한 소문이 무성했다. 그가 힘이 항우장사라는 둥, 안주도 없이 말술을 먹는다는 둥, 성미가 불같아 누구든 잘못 걸리면 뼈다귀도 못 추린다는 둥. 어디든 술판에 처화가 가면 사람들은 슬금슬금 꽁무니를 빼거나 아니면 처화에게 술과 밥을 대접하며 알랑방귀를 뀌었다. 양양해진 처화는 배가 출출하면 슬슬 주막거리나 시장바닥을 어슬렁거렸고, 그럴 때마다 사람들은 처화를 박대하지 못했다. 한번은 어떻게 알았는지 한시랭이 투전방에 처화가 불쑥 나타났다. 그는 다짜고짜 투전목과 판돈을 두 손으로 몽땅 쓸어 모으더니 투전목은 요강 속에 던져버리고 판돈만 들고 뚜벅뚜벅 걸어 나갔다. 벙어리 냉가슴을 앓는 꾼들의 시선이 자신을 따르는 것을 의식한 듯, 처화는 그들을 향해 따라 오라고 손짓을 했다. 꾼들을 인솔하고 앞장서서 술집으로 들어간 처화는 주인에게 판돈을 다 털어놓고 꾼들과 함께 술에 고기에 걸판지게 먹었다.

돈 실러 가자 돈 실러 가자
영광 법성으로 돈 실러 가자
달 떠온다 달 떠온다
동령(東嶺)에서 달 떠온다
저 달 뜨면 배질해 가자
칠산바다로 고기 잡으러 가자
지화자 지화자 에헤야 아아하하

술에 취한 처화는 그들과 함께 목청껏 노랫가락도 불러댔다. 이로부터 사람들은 처화를 주정뱅이, 날건달로 혹은 폭한이나 불량자로 낙인찍어 따돌렸고, 처화는 처화대로 자포자기하여 방황하였다. 그는 대각을 이룬 후 그때의 상황과 심경을 이렇게 노래하였다.

여봐라 남주야 말 들어라 나도 또한 중생으로

세상에다 밥을 두고 매일 통곡이러하니

생사고락 그 이치며 우주 만물 그 이치를

어찌하면 알아볼까 이러구러 발원하여

이 산으로 가도 통곡 저 산으로 가도 통곡

사방 두루 복배(伏拜)하고 산신을 만나볼까

도인을 만나볼까 이인을 만나볼까

이리저리 하여보나 조실부모 이내 몸이

사방에 우접(寓接) 없어 일편단신 되었으니

의식 도리 전혀 없고 일일 삼시 먹는 것이

구설 음해 욕이로다……

이런 상황에서 한 여인이 홀연 처화의 생애 한복판으로 뛰어들었다.

처화가 사는 같은 길룡리의 한 부락인 귀영바위 김성서(金聖西)에게 어느 날 신통한 생각이 떠올랐으니, 그것은 처화와 바랭이네를 묶어주자는 것이었다. 처화의 부친 박성삼이 살아 있을 때 그와는 막역한 친구로 지냈는데, 이제 그가 애지중지하던 셋째아들 처화가 저렇게 무너지는 꼴을 두고 볼 수가 없다는 의리가 얼마간 작용하였다. 그보다 더 아쉬웠던 것은 바랭이네였다. 바랭이네는 읍내 사는 누이의 수양딸인데, 과부가 되어 아이를 둘이나 달고 그나마 친정이라고 돌아와 살고 있었다. 누이로서는 갑자기 군식구가 셋이나 늘었으니 짐스럽기도 했고, 또 젊은 나이에 혼자 사는 꼴이 보기 싫어서 오빠 김성서를 볼 때마다 어디서든 사내 하나 엮어주라고 성화를 대던 터였다.

"여봐라, 처화야! 니가 내 말만 듣는다 치면 빚 갚을 질(길)이 왜 없으까."

김성서는 처화를 불러내어 술을 사 먹이며 살살 구슬렸다. 얘기인즉 바랭이네와 주막을 하나 차리라는 것이다. 마침 귀영바위 길가에 쓸 만한 오두막을 하나 봐두었는데 거기라면 길손들도 많아 제법 술장사, 밥장사가 될 것이니 한 해만 모으면 그깟 빚은 갚고도 남을 것이라고 바람을 잡았다. 처화는 귀가 번쩍 띄었다. 그것은 물에 빠진 처화에게 지푸라기는 되고도 남았다. 바랭이네라면 처화가 전혀 모르는 여자도 아니었지만 김성서는 좀 더 자세한 사연을 들려주었다.

신빙할 만한 구전 자료에 의하여 유추하건대 그 여자는 1883년 전남 나주군 영산포에서 태어났다. 그는 네 살 때 밖에서 놀다가 엿 사준다는 낯선 사람 등에 업혀 유괴되어 여러 해를 이집 저집으로 전전하였다. 그러다가 흉년이 들어 먹고살기가 힘들어지자 영광 읍내 김 진사댁에 팔려 온 것이 제 나이 아홉 살 때였다. 처음에는 동자치로 출발했지만 그 후 김 진사와 그 부인의 호의로 수양딸이 되어 성장하였다.

열일곱에 장성 사는 문재환(文在煥)에게 시집을 가서 스무 살 때에 아들을 하나 낳았다. 아명을 바랭이(호적명 文章玉)로 하다

보니 이로부터 어미는 바랭이네로 불리게 된다. 스물세 살에, 남편이 병사하고 네 살짜리 아들과 둘만 남게 되자 바랭이네는 친정으로 돌아와 지내다가, 외지에서 들어와 대장일을 하며 살던 박판동과 재혼하였다. 여기서 스물여섯 살 바랭이네는 다시 아들 옥봉이(호적명 朴正右)를 낳았다. 낫, 호미, 괭이 같은 농기구를 만들거나 벼려주던 박판동의 대장간은 장소를 옮겨 다니면서 애를 써보았지만 별 재미를 못 보았고, 부부간의 불화까지 일자 박판동은 바랭이네 모자를 버리고 떠나버렸다. 박판동에겐 본처가 따로 있었다는 얘기도 전한다.

"긍게 지가 뭣을 히야 헌당가요?"

처화는 아직 자기가 바랭이네와 같이 주막을 한다는 것이 무엇을 뜻하는지 알 수 없었다.

"아따, 주막은 여자 혼차는 못 헌당게. 왼갖 잡놈덜을 다시릴 사내가 있어야 허능기라. 넘들이 니를 함부러 보지 못헝게, 기양 버티고만 있어도 바랭이네한텐 심이 안 되겄냐. 첨 시작헐 때나 곡식이든 돈이든 쪼까 대줘라. 글먼 잘 혀나갈 거이다."

"말허자면 지보고 기둥서방 허라 이 말씸 아이다요?"

처화는 모처럼 큰 소리로 껄껄 웃었다. 눈물이 찔끔 나도록 웃었다.

"왜? 싫어? 그라믄 없든 일로 헐꼬마? 난 느그 아부지 생각해서 뀌민 일인디 없든 일로 허자고마."

김성서는 짝짜꿍이를 들킨 듯 얼굴이 붉어지며 허둥지둥 손을 내저었다. 그러나 처화로서는 꼭이 거절의 뜻으로 웃었던 것은 아니었다. 김성서가 한 걸음 물러서자 이번엔 처화 쪽에서 당황하였다.

"아자씨, 그게 아니지라. 지가 언제 싫다 혔어라우? 쪼께 생각헐 시간을 주씨요."

이때다 싶은지 김성서는 단숨에 밀어붙였다.

"생각은 뭔 생각? 쇠뿔도 단김에 빼라 안 혔나."

아내와 어머니가 어떻게 받아들일까, 그들을 설득할 수 있을까 잠시 망설이던 처화는 저지르고 보자는 배짱이 생겼다.

"빚 가리자는 것인디 기둥서방임 어쩌고 기생서방임 어쩌겠소! 말씸대로 허지라우."

그날로 김성서가 주선하여 바랭이네를 만났다. 곰보지만 밉상은 아니고 허우대가 큰데다 덕 있게 보이는 여자였다. 처화는 결심을 하고 아내한테 말했다.

"임제, 속 끓이지 마소. 임제도 알다시피 시방 내 행편이 찬밥 따순밥 가릴 처지간디? 더구나 내가 집에 붙어 있어 봤자 짐만 되제 뭔 보탬이 되겠소."

아내 양씨는 검다 희다 내색을 않고, 어머니도 "집엔 자조 들러야 헌다"고 토를 달 뿐으로 별 이의가 없었다.

주막 개업은 김성서의 주선으로 착착 진행되었다. 우선 귀영바위 앞 길가 빈 오두막을 거저 얻다시피 빌렸다. 어차피 한 살림 차리는 셈이고 보니 솥단지부터 밥상, 물동이, 술대접에 간장종지며 숟가락까지 이리저리 주섬주섬 얻고 빌리고 더러는 사기도 했다. 끝으로 처화가 양식 몇 말에 돈냥이나 보태주고 나니 주막은 어렵사리나마 문을 열 수 있었다. 문을 연 이틀 사흘은 오가는 길손들이 가물에 콩 나듯 기웃거리더니 한 파수가 지나고 보니 제법 손님들이 꼬이기 시작했다. 구수미나 법성포로 장 보러 가느라 나루터를 향하는 장꾼들이며, 반대로 선진포 쪽에서 읍내 방향으로 나가는 나그네들이 다리도 쉴 겸 일차 머물러 목을 축이거나 요기를 하고 가기에는 거기가 안성맞춤인 길목이었기 때문이다. 게다가 바랭이네의 감칠맛 나는 음식 솜씨와 인정스러운 마음 씀씀이가 손님 끄는 데는 일등공신이었다.

주막에 장꾼이 몰려 바랭이네가 손님을 받느라 아무리 바쁜 시간에라도, 아홉 살짜리 바랭이가 잔심부름을 할지언정 처화가 일을 도와주는 적은 거의 없었다. 그러나 처화가 가끔 얼씬거리는 것만으로도 불량배의 행패는 어림없었고, 설령 처화의 그림자가 비치지 않더라도 이 주막 바깥주인이 처화라는 소문만으로도 주정꾼이 범접을 못 했다. 그것만으로도 바랭이네는 만족했다. 자기 모자를 버리고 도망간 박판동은 물론 첫 남편 문재환도 감히 이름 석 자를 못 들이밀 만큼 인물 좋고 훤칠한 사내, 그가 든든한 울타리가 돼주니 좋고, 바랭이, 옥봉이 두 애들까지 세 식구 먹고사는 걱정이 없으니 좋고, 게다가 오가는 장꾼들이 던지는 색정 있는 눈짓과 걸쭉한 농지거리조차 영 싫지만은 않았다.

이 무렵 처화는 다시 병이 도졌다. 식구들을 떠나서 바랭이네한테 엎혀사는 처지지만, 빚쟁이한테도 한 반년 후를 기약하여 유예를 받아놓고 난지라 한숨 돌릴 만했던 것이다. 처화는 귀영바위를 찾아갔다. 귀영은 귀의 사투리로 이 바위의 생김새가 귀처럼 생겼다 해서 붙여진 이름이니, 이 바위로 인해 마을 이름도 귀영바위가 된 것이다. 귓속처럼 옴팡 들이파인 돌구멍이 큰 것 작은 것 해서 두 개가 우묵하게 자리 잡고 있는데, 작은 것은 장대한 처화의 몸을 수용하기엔 무리였으나 큰 것은 안성맞춤이었다. 햇빛과 비바람을 피할 수 있었고 조용했다. 석가모니가 길상초를 깔고 보리수 아래 앉았듯이 처화는 참억새를 꺾어 깔고 바위구멍 안에서 책상다리를 하였다. 아늑하고 조용하고 알맞게 그늘진 바위 속 공간이 마치 모태 같았다.

지난해 삼밭재 삿갓집의 잊지 못할 체험 이후 거의 예닐곱 달을 허송한 뒤였기에 한동안 호흡이 고르지 못하고 장좌 능력도 떨어져 있었다. 몸이 따끔거리고 얼굴과 목덜미에는 거미와 개미가 기어 다니고 있었다. 다리는 저리고 허리는 뻐근하고 엉덩이가 배겼다. 그간의 쓰라린 세월이, 긴 동안 벼리고 벼려진 그의 정신의 칼날을 얼마나 마모시켰는가, 혹은 숱하게 담금질한 육신의 철주를 얼마나 부식시켰는가를 생각하며 처화는 몸서리를 쳤다. 하루이틀, 사흘 나흘, 혹은 닷새 엿새. 그는 막무가내로 버티며 자신의 먼지 끼고 녹슨 정신과 육신을 추스르려 혼신의 힘을 기울였다. 한 달쯤 지났을 때 그는 차츰 변화를 느꼈다. 파다 만 우물에 괸 구정물과 진흙을 퍼내고 걷어내자 맑은 샘물이 다시 조금씩 솟기 시작했다. '우주신적기적기 우주신적기적기 우주신적기적기······.' 문득, 잊었던 친구의 옛 이름이 떠오르듯 지난날의 주문이 떠올랐다. 자기도 모르게 입안에서 튀어나온 주문에 그는 놀랐다. 그동안 이 주문을 왜 까맣게 잊고 있었던가. 그런데 이상하게도 얼마 후부터 이 주문과 함께 다소 변형된 주문이 튀어나오기 시작했다.

"시방신접기접기(十方神接氣接氣) 시방신접기접기 시방신접기접기······."

황홀한 빛살이 귀영바위 귓속으로 비쳐 들었다. 삼밭재에서 겪었던 이상한 떨림과 어지러움이 한두 차례 더 찾아왔다. 처화는 자신의 몸이 날아갈 듯 가벼워지고 키가 쑥쑥 자라나는 느낌이 들었다. 몸에는 물오른 버들처럼 팽팽한 생기가 돌고 마음에는 자신감이 절로 붙었다. 그러나 그 기간은 오래가지 않았다. 점심도 거른 채 어스름 녘에야 귀영바위 명상을 끝내고 돌아와 보니 바랭이네가 풀이 죽은 모습으로 어렵게 말했다.

"저그 처사 양반! 양식도 얼메 없고 술 살 돈도 떨어졌는디 인자 어쩌끄나요?"

바랭이네는 처화의 호칭을 늘 처사 양반이라고 했다. 하지만 동네 아낙들은 처화를 흔히 장촌 양반이라고 부른다. 부인 양씨 친정이 장지촌이라서 '장지촌 새댁의 서방 되는 양반'이란 뜻에서 '장지촌 양반'이라 부르던 것이 나중엔 줄어서 장촌 양반이 된 것이다. 그러나 바랭이네는 장촌 양반이라는 택호를 부르기가 싫었다. 남의 서방임을 굳이 입에 올리고 싶지가 않았기 때문이다. 그래서 외숙 김성서가 처화를 설명할 때 처사라고 한 말이 생각나자 처사 양반이라 부르기로 작정했던 것이다.

"넘덜은 잘 몰릉게 날건달이니 불량자니 허지만, 알고 보면 처화는 시상에 드러나지 안허고 숨어서 도 닦는 선비여, 말허자면 처사(處士)제."

그렇다, 허울 좋은 처사 양반은 애초 믿을 게 못 되었지만, 바랭이네도 못 믿을 여자였다. 인심 좋게 술이고 밥이고 덤썩덤썩 주고는 대개가 외상이었다. 그러다 보니 앞으로 남고 뒤로 밑졌다. 손님이 많이 들수록 밑천이 달렸고, 두어 달 하다 보니 드디어 바닥이 난 것이다. 처화의 경영은 다시 원점으로 돌아갔다. 아니, 원점으로 돌아갔다기보다 오히려 적자였다. 이렇게 된 바에야 바랭이네와 한 집에 살 이유도, 또 그럴 필요도 없었다. 처화는 바랭이네한테 조용히 일렀다.

"바랭이네, 그간 고상헛고만. 인자 주막 문을 닫고 친정으로 돌아가든지 허소. 나도 구호동으로 들어가야 쓰겄소."

그러자 바랭이네는 금방 목을 놓아 울기 시작했다.

"하이고, 나는 처사 양반얼 하늘맹키로 믿었는디, 몰른(마른) 하늘에 날베락도 유분수지 이 말씸이 먼 말이오?"

알고 보면 바랭이네도 딱하긴 했다. 친정이라고는 하지만 피도 살도 안 섞인 처지에 구메혼인일망정 출가시켜준 것만도 과분하지 않은가. 그런데 첫 남편 사별하고 애까지 데리고 들어가 신세를 졌다. 다시 두 번째 남편 얻어 내보내자 애만 하나 더 생기고 남편은 달아났으니 이번엔 애 둘을 끌고 찾아들어 가 또 신세졌다. 그런 판에 다시 주막을 차려주고 사내를 붙여준 것인데 이제 무슨 면목으로 세 식구가 친정으로 기어들어 간단 말인가. 이는 양부모 아닌 친부모에게라도 못할 짓이다. 그러나 바랭이네가 정작 서러운 것은 '하늘맹키로 믿었던' 처사 양반의 배신이었다.

파시에서 서성이는 구도자

○

'이 일을 어쩌끄나?'

당장 벼랑 끝으로 몰린 처화는 무능한 자신을 놓고 뼈저리게 자책하였다. 손끝 하나 까딱할 수 없는 무력감에 시달리면서 우두커니 앉아 있었다. 이웃사람들, 피붙이들, 친우들이 오다가다 인사 삼아 들러 위로를 했다. 더러는 돈을 벌 묘안이랍시고 가지가지 권고도 하였다. 처화에게 그들이 고맙지 않은 바는 아니었지만, 그 권고란 것들이 열이면 열 다 무책임한 소리, 가당찮은 것이었다. 더구나 앞서 겪은 두 차례의 실패가 그를 섣불리 움직이게 하지 않았다. 그러던 차에 천정리 사는 이인명(李仁明)이 찾아왔다. 그는 작은외숙 유성국(劉成國)의 절친한 동무로, 나이가 열두 살이나 위였기에 처화를 조카처럼 대했고 처화도 그를 아저씨로 부르고 있었다.

"조카 있능가?"

이인명은 부대한 몸에 쿵쿵 울리는 걸음으로 마당을 들어섰다.

"아자씨, 오셨소!"

처화는 이인명의 출현이 내심 반가웠다. 저번에 들렀을 때 그는 다정한 말로 처화의 처지를 위로하고 살 궁리를 해보자고 격려하고 갔었다. 재산도 꽤나 있다고 소문이 났고 언행이 가볍지 않던 그인지라 혹시나 하는 기대가 없지 않았는데, 오늘 들어서는 품이 무언가 빈손은 아닐 것이란 직감이 있었던 것이다. 지난해 초겨울에 이인명이 도움을 준 일이 생각났다. 여러 해 개초를 하지 않아 이엉이 썩고 용마루마저 주저앉은 데다 웬 개망초까지 서너 그루나서 볼썽사나운 지붕을 본 이인명이 지나가는 말처럼 "지붕을 당장 손봐야 저을(겨울) 나겄는디!" 한마디 하고 갔었다. 며칠 뒤 일꾼 둘이 딸린 달구지에 이엉과 용마름까지 싣고 온 그는 손수 감독을 하며 군새를 총총히 박아 약식으로나마 개초를 해주었다. 그때 처화가 한 일이라곤 서투른 솜씨로 새끼 몇 발을 꼬아주고 바랭이네 시켜 식사 한 끼 챙긴 것이 전부였다. 길룡리엔 짚이 귀해 갈대나 억새로 지붕을 이었는데 부분 개초일망정 볏짚으로 해준 것을 보면 이인명의 호의가 결코 인색하지 않음이니 처화로서는 그런 배려가 눈물겨웠다.

"조카, 실은 내가 요번에 타리(서해 임자도에 딸린 작은 섬)로 장사나 나가볼까 허는디, 자네도 함께 가세. 집 떠나믄 고상이사 되겠지만도 돈은 솔찬히 벌 수 있을 거여."

이인명은 이미 혼자 다 결정한 듯했다.

"조기 파시도 폴쎄 끝질 판인디 인자사 타리엔 가서 뭐 헌답디여?"

"조기 파시야 위도(蝟島) 이약이제, 타리 파시는 민어 아니당가! 민어는 시방부텀 시작이랑께."

처화는 주먹이 붉어서 따라갈 형편이 못 되기에 짐짓 관심 없는 듯 눙쳐보는 것이지만, 그 정도의 바다 사정을 모르지는 않는다. 조기보다 길이만도 두 배나 되는 민어는 담박하면서도 단맛이 있어, 매운탕도 좋지만 횟감으론 일급이다. 특히 일본인들이 민어회를 좋아해서 이맘때면 일본 사람들이 민어를 사가려고 타리 항에 배를 대놓고 기다리고, 게다가 값도 좋아 해마다 민어 파시가 성황을 이룬다는 소식은 진즉부터 들어 알고 있었다.

"배편도 알아뒀응게 닷새 말미 동안 준비를 허소. 내가 좀 빌려줄랑게 비용 걱정일랑 말고, 조카는 엄니랑 식구헌티 서너 달 떠나 있을 거라 말만 혀!"

이인명의 말인즉 지망지망하거나 쩨쩨함이 없다. 매사에 신중하지만 한번 결심을 하고 나면 거침없이 밀고 나가는 박력이 있다. 처화는 구미가 바짝 당겼다. 이번에는 일이 될 것 같은 예감이 들었다.

"야, 그러면 아자씨만 믿고 그리 헐라요. 나사 빈털터리 주젠게 그리 아시고라."

"아따, 이 사람. 자네 외숙 성국이를 봐서라도 내가 조카네 이러고 있는 꼴을 기양 못 보제. 글타고 내가 거저 도와주는 것이 아니여. 다 받을 궁리 히갖고 주제, 띠멕힐 염려 있음사 아무리 조카라도 나 못 줘!"

이때 밖에서 이들의 말을 엿듣고 있던 바랭이네가 불쑥 들어왔다.

"처사 양반, 나도 갈라요."

"바랭이랑 옥봉이를 두고 어딜 따라간당게라우? 딴생각 말고 여그 있으요."

"나도 가면 쓸 디가 없지 안헐 것이구만요. 밥도 짓고 빨래도 히야제라. 공밥은 안 묵을랑게 데리꼬 가주씨요."

"안 된당께!"

"왜 안 된다요? 바랭이랑 옥봉인 읍내 할매한테 보낼 거구만이라."

바랭이네는 순순히 물러갈 기미를 보이지 않고, 처화가 이 처치 곤란한 혹 때문에 난감해하자 이인명이 중재에 나섰다.

"바랭이네도 따라오라 허제. 여자 헐 일이 따로 있응게 함께 가기로 험세."

울상이던 바랭이네는 금세 얼굴이 환하게 펴지고 신이 났다. 처화는 이인명에게 겉보리 석 섬을 빌리고 아내에게서 약간의 노자를 얻어 이인명을 따라나섰고, 바랭이네는 애 둘을 친정어머니한테 막무가내로 떠맡기고 나서 솥단지, 냄비, 밥그릇, 수저 등을 챙겨 들고 앞장섰다. 유성국이 친구에 대한 고마움 반, 생질에 대

한 염려 반으로 함께 배를 탔다. 법성포에서 뜬 배는 처음엔 칠산
도를 서쪽으로 바라보며 남서로 항해하였다. 그러다가 각시도를
옆에 끼고 한동안 남하한 뒤 다시 낙월도를 북쪽으로 바라보며 서
진하여, 마침내 임자도 서북쪽 연안에 딸린 타리섬에 도착했다.
길이 익은 이인명은 미리 약조라도 한 듯, 한 객줏집으로 일행을
안내했다. 주인 내외가 반갑게 맞아주는데, 이인명의 소개로 인사
를 나누다 보니 주인 남자는 본관이 같은 밀양 박씨였다.

　"종씨를 봉께 참말로 반갑소잉. 난 밀성대군 35세손이요만,
종씨는 워쩌케 되시오?"

　"나는 34세손이요, 규정공파지라."

　"하이고, 지도 규정공파지라. 지 아자씨뻘이 되는구만이라."

　주인은 가문을 퍽 자랑스럽게 여기는 사람이었다. 장롱 속에
소중하게 간직했던 세보(世譜)까지 꺼내 보이며 신이 나서 혈연관
계를 계산했다. 알고 보니 21세에서 갈려, 처화가 청재공파임에
비하여 주인은 참의공파였다. 더구나 주인은 5대조가 영광 군수였
다는 이유로 하여 영광 손님이라면 각별히 정을 가지고 있던 판인
데 처화가 영광 사는 일가, 그것도 같이 규정공(밀성대군 16세)을
파조로 한다는 데서 그만 감격했다. 그는 곁쪽(근친)이 없어 외로
웠던지 종친도 일가붙이랍시고 처화를 위한 일이라면 온갖 협조를
아끼지 않으니, 고단한 처화의 처지에서는 그야말로 귀인을 만난
셈이었다.

　"가만히 봉께 일가 양반은 이런 디 오실 어른이 아니다 자픈

디, 뭔 사연이라도 있당가요?"

"넘우 빚을 썼는디 갚을 길이 막막혀서 왔지라우. 우리 아자씨 성화에 따라나서긴 혔소만 막막허긴 마천가지지라."

처화의 딱한 처지를 대강 들은 주인은 발 벗고 나섰다. 본시 아버지 때 함평에서 지도(智島)로 들어와 자리를 잡았는데, 아버지는 근검절약으로 약간의 재산을 모아 외아들인 그에게 물려주었더란다. 장삿속이 밝은 그는 부모 유산을 밑천 삼아 부지런히 파시를 따라다니다 보니 돈깨나 모았다고 했다. 육지에도 농토가 꽤 있었고 자기 배도 네 척이나 있어 임자도 일대에선 내로라하는 유지로 대접받고 있었다. 주인은 우선 머무를 집 한 채를 마련해주면서 물자도 대주고 고깃배도 알선해주었다. 고기잡이 나가려는 뱃사람들에게 주인집 배를 빌려주고 거기다 양식과 생활용품을 대주면, 그들은 잡아 온 고기로 대가를 치렀고, 처화는 이를 다시 장사꾼들에게 넘기는 식으로 돈을 벌었다. 그런데 처화에게서 물자를 공급받은 배들은 하나같이 만선이 되어 안전하게 돌아왔고, 따라서 처화에게 내놓는 대가도 푸짐했다. 더구나 이것이 소문나자, 워낙 속신(俗信)에 민감한 뱃사람들인지라, 박처화한테서 물건을 가져가면 재수가 좋다더라며 너도나도 모여들었다.

처화가 자리 잡는 것을 보고 외숙 유성국은 돌아갔지만 이인명은 자기대로 재미를 보고 있었고, 바랭이네는 또 그녀대로 일이 즐거웠다. 처화는 모처럼 사람 사는 것 같아 근심걱정이 없었다. 따로 집을 얻어준 후에도 객줏집 박씨 내외는 처화를 깍듯이 일가 어른으로 대접했고 음양으로 도움을 주었다. 특히 안주인은 얼굴이 절색이었고 수단이 비상해서 뱃사람들에게 인기가 높았는데, 알고 보니 종씨의 본처는 목포에서 애들과 따로 살고 있었다. 처화는 처음부터 마음이 쓰여 짐짓 거리를 두었지만 안주인이 처화를 대하는 태도는 매우 은근하고 각별했다.

파시가 저물고 추석이 다가오자 철새처럼 모였던 장사꾼이며 뱃사람들이 저마다 귀성길에 올라 썰물처럼 빠져나갔다. 처화 일행도 귀가 준비를 서둘렀다. 처화는 생전 처음으로 두둑한 소득을 챙기고 가족 친지들에게 줄 몇 가지 선물도 마련했다. 이 가운데는 특이한 선물이 하나 있었다.

"이번엔 바랭이네가 젤로 고상 많았네!"

입에 발린 말이 아니라 정말 바랭이네를 데리고 오길 잘했다 싶었다. 영리하지는 못하지만 진국이었고 헌신적이었다. 알아서 하고 찾아서 하는 일은 못하지만 시킨 일은 틀림없이 했고 눈치 보거나 잔꾀 부리는 일이 없었다. 이런 바랭이네를 소개해준 김성서가 고마웠다.

"바랭이네! 내가 거그 외숙헌티 신세진 걸 생각해서 좋은 선물 한나 갖고가고 자픈디?"

"그게 뭣이당가요?"

"쩌그 버린 도구통(절구)이 씰 만헌디 어쩌? 괜찮허요?"

객줏집 안주인이 전하는 말로는, 처음 누군가 만들어 쓰다가 버린 것을 딴 사람이 갖다 썼는데 그가 또 그걸 내다버렸다 한다.

볼품없이 크고 거칠게 만들어서 누구한테 이쁨받기는 글렀지만 조금만 다듬어서 잘 다루면 제법 쓸모가 있어 보였다. 푸짐하고 후덕해 보이긴 해도 아무렇게나 얼금얼금한 것이 꼭 바랭이네를 닮았다 싶어 처화는 큰 소리로 껄껄 웃었다.

귓갓길, 항해 중에 있던 사건은 신비주의 덧칠이 돼 있어서 사실과 신화가 혼재되어 있지만 교조를 숭배하는 이들 사이에 아직도 은밀히 전해지는 매력인즉, 이 일화가 중생 구제의 갸륵한 소식을 담고 있는 알레고리로 보이기 때문인가 싶다.

한가위를 나흘 앞둔 팔월 열하룻날, 객줏집 내외와 아쉬운 작별을 하고 법성포행 배에 올랐다. 이른 조반을 먹고 출발한 돛단배는 임자군도 해역을 벗어나, 올 때의 역방향으로 북동진했다. 처음엔 잔잔한 해면을 미끄러지듯 잘도 나아갔으나 한 식경쯤 지났을 때 서쪽에서 구름이 몰려오고 거슬거슬 바람이 불기 시작한다. 마치 그동안의 풍어를 묵인하고 장사 재미를 허용했던 것이 억울해서 심술이라도 부리듯, 끝내 비바람이 폭풍우로 발전하고, 성난 파도는 단숨에 배를 삼킬 듯 기세가 등등했다. 배는 요동치기 시작했고 마침내 킷다리가 부러지고 풍석도 찢기고 돛줄은 끊어진 채 배 안으로 물까지 밀려들었다. 산더미 같은 파도가 밀어 치면서 배는 공깃돌처럼 오르내리고, 배 안에선 사람인지 짐짝인지 구별도 없이 이리 우르르 저리 데굴데굴 몰리고 메다꽂히며 걷잡을 수가 없었다. 선객들은 울고불고 토하고 아우성인데, 처음엔 어떻게 해보려고 안간힘을 쓰던 선인들조차 이제 손을 놓고 같이 울부짖을 뿐이었다. 이 난리 속에서도 몸과 마음이 흔들리지 않은 사람은 오직 박처화 한 사람뿐이었다. 그는 파도와 바람의 흔듦을 거스르지 않고 그것에 몸을 맡기고 있었기에 오히려 거의 흔들리지 않는 것처럼 보였다. 그의 몸은 파도와 하나였고 바람과 하나였다. 마침내 처화가 자리에서 일어나 도사공에게로 다가갔다. 그의 걸음은 안정돼 보였고 한 걸음 한 걸음이 자로 잰 듯하였다.

"이 못난 놈아! 이 만헌 목심이 누구를 믿고 있는디 너꺼정 정신을 못 채리고 이러능겨?"

처화는 따귀를 불이 나게 갈겼다. 두어 차례나 얼얼하도록 따귀를 맞고 난 도사공은 비로소 정신이 든 듯 사공들을 닦달하며 배를 추스르기 시작했다. 처화의 불호령이 있은 후 이상하게도 광풍은 미친 기가 가라앉고 노도는 성질이 유순해지는 것 같았다.

"사람이 아무리 죽을 지경을 당헌대도 정신만 채리먼 살 길이 있는 법이오. 모다덜 평소 지은 죄를 하늘에 실심으로 고백, 참회허고 앞으로는 바로 살기로 다짐헌다 치면 천지신명이 감응허실 것이오."

삽시간에 배 안은 조용해지고 선객들은 이 구세주 같은 청년의 말을 따라 저마다 혹은 손을 모아 비비고 혹은 바닥에 엎드려서 머리를 조아리며 기도를 올렸다. 처화 역시 하늘을 우러러 눈을 감고 간절한 기도를 하였다. 바람은 길든 짐승처럼 잔풍해졌고 그악스럽던 파도도 너누룩해졌다. 배는 부서지고 찢어지고 부러진 채 표류하던 끝에 까치섬[鵲島]에 이르렀고, 거기서 섬사람들의 도움으로 겨우 목숨을 건질 수 있었다.

"저참에 뺨따구를 너무 시게 갈겨서 미안쩍소. 솔찬히 아팠겄
지라?"

배 수리하는 것을 지켜보며 처화는 도사공에게 넌짓 한마디
건넸다. 나잇살이나 먹은 터수에 젊은이에게 뺨을 맞고 보니 민망
스러웠는데 상대가 먼저 사과 겸 말을 걸어주니 사공으로선 황감
했다.

"먼 소리라요. 거그는 우리 뱃동무나 선객들 모다한테 은인
아닌게라우! 고로코롬 맞고 나서야 정신을 차라서 내가 여럽고(부
끄럽고) 고맙지라. 긍게 쪼까도 미안쩍어 허지 마씨요."

"근디 선장님 말이다요……."

처화는 어조를 낮추어 은근히 물었다.

"선장님은 그께 무신 죄를 참회허신 게라우?"

잠시 망설이던 선장은 덩달아 어조를 낮추더니 이내 대답을
했다.

"내가 참회는 지대로 혔지라. 이 배 선주가 늦둥이 아그 한나
를 두고 얼매 전에 죽었는디 내가 마침 이 배를 차지헐 궁리를 허
던 참이었소. 맘을 고로코롬 묵응게 그 죄를 받아 그랬능개비다 자
퍼 참말로 참회를 지대로 혔지라. 다신 고런 맘 안 묵겄소."

"옳아, 그렁께로 글겄지라. 글고 말고!"

닷새 만에 다시 출발하니 한가위가 지나서야 귀가를 했다. 처

화는 가족의 환영을 받고 생전 처음 떳떳한 가장 노릇을 하였고, 빚쟁이한테 그간 시달리던 채무를 호기롭게 갚았다. 암치 한 두름을 가져갔을 때 모친과 아내가 감격하던 모습은 오래도록 잊을 수가 없다. 김성서에겐 돌절구를 선물하여 사례하고 이인명에겐 빌렸던 곡식을 되갚았다. 그런데 신바람이 나서 타리섬에서 돌아온 바랭이네는 친정에 맡긴 자식들을 찾으러 갔다가 뜻밖에도 눈앞이 캄캄한 일을 마주했다.

"옥봉인 니가 섬에 드가고 보름도 안 되았을 때 지 애비가 찾을라 왔길래 쥐부렀다. 니도 키우기 심들고, 또 지 애비가 지 자식이라고 내노라 카는디 워찌게 못 준다고 버티겄냐잉."

아직 어미 품을 그릴 어린것을 제 아비한테 보내버리다니 친정어머니랍시고 믿고 맡긴 자기가 어리석다 싶었다. 하긴 남이나 진배없는 수양어머니한테 그 어린것을 몇 달씩 맡기고 떠난 어미로서 할 말도 없고, 또 어떻게 제 어미한테 연락하여 허락받고 내줄 처지도 아니잖은가. 그래도 어미로선 서운하기 짝이 없었다. 더 기가 막힌 건 바랭이였다. 무슨 병인지 병색이 완연했던 것이다.

"열흘은 되았는갑다. 밥도 안 묵고 잠도 잘 못 자고 저런다. 밤마다 열이 겁나게 올르제. 낮에는 열이 좀 내리는갑다만 식은땀을 그리 흘려싸. 탕약을 짓어다 한 댓세 믹였는디…… 인자 지 애미 왔응게 낫겄제."

두 말 않고, 몸이 까라질 대로 까라진 바랭이를 데리고 귀영바위 집으로 돌아온 바랭이네는 제 설움에 한참을 울었다. 전후 사정을 들은 처화는 바랭이네가 참 안됐다 싶었다. 우선 먹고살 양식이나 넉넉히 사서 들여놓아주고 나서, 바랭이를 데리고 법성포 한의원으로 갔다. 의원은 바랭이 손을 잡아 진맥을 하더니 약을 한재 지어주면서도 정작 처화와 눈인사를 나눌 때는 말없이 고개만살래살래 흔들었다. 가망이 없다는 뜻으로 읽혔다. 바랭이는 지어온 탕약은커녕 미음도 넘기지 못하며 하루에도 두세 번씩 까무룩의식을 잃는 일이 잦았다. 한번은 반짝 정신이 들더니, 제 이마를짚어주는 처화를 보고 겨우 입술을 달싹여 말했다.

"아부지이…… 고마워라우……."

어린 옥봉이는 처화를 보고 아버지라고 곧잘 불렀지만, 바랭이는 처화한테 좀처럼 '아버지' 소리가 안 나왔던지, 꼭 불러야 할자리에서도 '쩌어그요!'로 대신하곤 했었는데 별일이다 했다. 초저녁에 마당에서 약을 달이던 바랭이네가 허겁지겁 문을 열고 들어오더니, 지붕 위로 혼불이 날아가는 것을 보았다며 울음을 터뜨렸다. 처화는 상서롭지 못하게 호들갑을 떤다며 혀를 끌끌 찼지만,바랭이는 끝내 그 밤을 못 넘기고 갔다. 처화는 이튿날 일찌감치,바랭이 시신을 끌어안고 차마 놓지를 못하는 제 어미를 겨우 떼어놓은 뒤, 수의는커녕 깃것 한 자락 쓰지 못한 거적주검을 지게에지고 구수산 기슭 애총 터로 갔다. 자그마한 시신을 묻고, 혹시나제 어미가 찾아올지 모르는 일이다 싶어서 맷돌짝만 한 돌 두 개를가져다 표석으로 세워놓고 돌아서는데 처화의 눈에서 거짓말처럼눈물이 후두둑 떨어졌다. 겨우 아홉 살 짧은 생을 마감하고 떠나면서, 그나마 부정이 그리웠던지 처화에게 '아부지이' 하고 부르던 모습이 눈에 아른거렸다. 오래 살라고 천한 이름을 지어줬건만, 밥 한번 양껏 먹어보지도 못하고 제대로 된 옷 한 벌 걸쳐보지도 못한 채 저승길을 떠난 외로운 혼백을 생각하니 가슴이 쓰렸다.

한 달쯤 지나자, 생사 간 두 자식을 떠나보내고 상성이 난 바랭이네는, 속이야 오죽하랴만 마치 미련을 다 떨쳐버린 듯 표정이 밝아졌다. 그 대신 처화에게 눈에 띄게 집착했다. 하기야 이제 그녀가 마음으로나 몸으로나 의지할 데라곤 처화밖에 없기도 했다. 원망이 남은 듯 수양어머니하고는 연을 끊다시피 하고 지냈다.

한편 처화는 타리섬 나들이 이후 빚쟁이에게서 해방된 것만으로도 심신이 한결 개운했다. 타리섬에서 종씨로부터 도움받은 일이 떠올라서 이때 비로소 문중에 드나들며 일가와도 교제했다. 동네에서도 처화는, 그동안 따돌림받던 처지에서 벗어나려고 짐짓 애썼고, 동네 사람들도 이제 처화를 평범한 이웃으로 받아들일 준비가 된 것 같았다. 그러나 처화가 평범한 생활인으로 산 기간은 그리 길지 못했다. 빚을 갚고 보니 그동안 수도 적공하지 못한 세월이 더욱 아쉬웠던 듯 마치 밀린 숙제를 하는 학생처럼 전보다 더 열심히 정진하기 시작했다. 남들이 볼 때 처화는 그저 우두커니 앉아 있는 적이 많았다. 입은 굳게 다물어져 있고 눈은 분명히 뜨고 있으니 잠들지는 않았는데, 사람이 오고 가는 것과 날씨가 춥고 더운 것도, 배가 고프고 목이 마른 줄도 모르는 것 같았다. 그의 눈은 무엇인가를 응시하고 있는 것 같기도 하고, 혹은 초점을 잃고 허공을 헤매는 것 같기도 하고, 어찌 보면 이 세상이 아닌 딴 세계를 여행하고 있는 것처럼 보이기도 했다. 불러도 듣지 못하고 눈앞에 손을 저어보아도 반응이 없으며 톡톡 어깨를 건드려보아도 깨어나지 않았다. 아마도 잠보다 더 깊은 잠에 빠져서 꿈보다 더 깊은 꿈을 꾸고 있는 것 같았다. 그 꿈속에서 그는 겹겹이 덮인 안개와 구름을 뚫고 하늘로 하늘로 솟아오르고 있었다. 구름층을 뚫고 오르면 맑고 푸른 하늘, 밝은 태양이 비치고 있을 것 같은데 그게 아니었다. 한 겹을 지나면 또 다른 구름층이 기다리고 있다. 그것을 겨우 허우적거리며 헤치고 솟아오르면, 보다 검고 두터운 층이 그를 기다리고 있다. 이럴 때마다 그는 자력의 한계를 느꼈다. 절망감을 느꼈다. 이런 고비마다 그는 '이 일을 어찌할꼬?' 하며 탄식했다. 그러나 처화는 고비를 용케 넘겼고, 그때마다 자기도 모르게 떠오르는 주문을 외웠다.

"우주신적기적기 우주신적기적기……."

주문이 절로 떠오르면 입술과 혀와 턱은 누가 시킨 것도 아닌데 저들대로 신이 올라 외우기 시작한다. 한두 시간이 아니라 한나절을 외고 밤을 새워 외웠다. 지치지도 않고 침도 마르지 않은 채 저들대로 신이 나서 들썩거렸다. 주문이 때로는 '시방신접기접기'로 바뀌기도 하지만 그것은 그들이 알아서 해주었다. 한바탕 주문을 외우고 있으면 그의 좌절, 그의 절망은 위안이 되었고, 그에게는 새로운 힘이 공급되는 듯했다. 주송이 끝날 때마다 그는 혼곤한 잠에 빠지곤 했다. 죽은 듯이 깊은 잠을 자고 일어나면 그의 정신은 맑아지고 쇠했던 몸에 원기가 소복되었다. 그러면 다시 우두커니 앉아서 '이 일을 어찌할꼬?' 하고 나서 구름을 헤치고 하늘로 오르는 작업을 개시할 수 있었다.

1913년 여름, 귀영바위에 있는 주막집어 장맛비에 무너져 내렸다. 본래 낡은 집이기도 했지만, 지붕에 이엉이 썩어 골이 나고 비바람에 시달리던 흙벽에는 외가 드러나도 누구 하나 돌보는 사람이 없었다. 한 밤 달구비가 주룩주룩 내리자 마침내 부엌 쪽 기둥까지 기울고 창호가 성한 데가 없어 도저히 머물 수가 없게 되었다. 처화는 그나마도 아는지 모르는지 관심이 없이 우두커니 앉아만 있으니 보다 못한 바랭이네가 나섰다.

"처사 양반! 정짓간 기둥이 쓰러지고 비가 들이체라우. 아궁이할라 성치 안해서, 인자 밥도 못 짓게 되았어라. 더는 못 버팅게 딴 디로 이사혀야 안 되겄소?"

"……."

"쫌 보소, 처사 양반! 쩌그 노루목 빈집으로 당장 욍게뽑시다."

"……."

바랭이네는 비가 뜸한 때를 가려 이삿짐을 옮겼다. 구호동 본댁에 가서 처화 모친 유씨에게 사정해서 작은아들 한석이 손을 빌려 함께 짐을 날랐다.

노루목은 어린 시절, 진섭(처화)이 엄마 등에 업혀 바라보면 달이 얹혀 있던 곳, 철없이 엄마에게 달 잡으러 가자고 졸라댔던 곳이 아닌가. 선진포로 해서 구수미나 법성포로 오가던 장꾼들 덕분에 한때는 제법 길손이 북적대던 밥집 터이기도 했다. 바랭이네한테는 또 그 나름으로 너무나 낯익은 곳, 쓸쓸한 추억이 서린 곳이었다. 옥봉이 아비 박판동을 만나 성냥간(대장간)을 하면서 새살림을 차렸던 곳이요, 그가 처자를 버리고 떠난 뒤 달포를 버티며 혹시나 되돌아올까 기다리던 곳이었다. 그가 고향에 둔 부모처자를 찾아갔다는 것. 그래서 다시는 돌아올 가망이 없음을 알고는 울면서 짐을 싸들고 아비 다른 두 아이를 업고 걸리면서 읍내 친정을 향해 차마 안 내키는 발길을 내디뎠었다. 이제 애들은 기억 저편으로 모두 떠났다.

더러는 뜯어 옮기고, 더러는 제풀에 주저앉고, 단지 아래윗방에 정짓간이 갖춰진 한 채만이 성한 채로 주인을 기다리고 있었다. 말이 성한 집이지 실은 사람의 온기가 사라진 지 오래여서 창이 찢기고 문짝이 떨어지고 지붕은 주저앉은 품이 귀영바위 집보다 별로 나을 게 없다. 그나마 다행인 것은 기둥, 들보, 서까래 등 뼈대만은 재목이 좋아서 아직도 멀쩡하게 버티고 서 있다는 점이다. 집 앞에는 구수산 깊은 골짜기, 절골, 수도암골과 백두개재에서 흘러내리는 물을 받아 나르는 도랑이 있었다. 장맛비에 불어난 도랑물이 노루목 산모롱이를 감돌아 영촌 앞으로 하여 강변나루 갯벌로 수런수런 물소리를 내면서 달려갔다. 안개 자욱한 뒷산에서는 주름진 골마다 빗물이 급류로 내리고, 고개 주변 팽나무와 물푸레 등 거목들의 잎사귀는 빗방울에 부딪혀 후두둑후두둑 수선스러운 소리를 내고 있었다.

처화는 방바닥에 굳게 앉아 다시 허공을 응시했다. 상투는 언제 틀었는가 망건도 쓰지 않고 빗질도 하지 않았다. 머리칼은 가닥가닥 흘러내려, 뒤통수는 그만두고라도 앞쪽에서조차 이마를 덮고 눈까지 가린 채 발을 치고 있었지만 손을 대지 않았다. 살랑거리는 바람이 때때로 빗방울을 몰아 창문 안으로 흩뿌릴 때마다 그의 머리칼도 흔들렸다. 금방 잡힐 듯 잡힐 듯 빠져나가는 것, 열릴 듯 열릴 듯 닫히는 것, 처화는 그것이 무엇인지를 몰랐다. 그 정체를 알 수 없었다. 손을 뻗치면 사라지고 거두면 다시 나타나 꼬리를 치는 것, 아! 이놈을, 이놈을 내가 기어이 잡아야 하는데, 하는데…… 아, 잡아야 하는데, 하는데…….

순간 어둠이 는개비같이 내려앉더니 낯익은 모습이 앞에 나타났다.

"아니, 니 바랭이 아니냐?"

"왜 아니겠어라우. 아부지!"

"아부지? 아아, 그려 아부지 맞다. 그런디 니는 죽었는디 어찌케 여그 나타났어야?"

"아부지 볼라고 왔지라우. 아부지는 나 안 보고 자왔소잉?"

바랭이의 창백한 얼굴이 처연하게 웃고 있었다.

"니 보고 자픈 건 느그 어무이가 몬저제."

"어무이한테 먼첨 갔는디 나를 못 알아채드라고요. 어무이는 영대가 어두와서 그라제라."

"니 어려운 말도 쓰구만그랴. 근디 나한텐 위째 왔당가?"

"아부지가 딱해서 충고헐라 안 왔소! 왜 아부지같이 잘난 어른이 요리 참혹허니 살어라우? 인자 빚도 다 갚았겄다, 타리섬에서 돌아왔을 때맹키로 쫌 사람마냥으로 살으소."

"니가 나더러 충고를 헌다고? 니 저승이나 싸게 갈 일이제 왜 여그 와서 어른을 놀려쌌냐?"

"잘 알면 귀신같다 안 허요? 지가 죽기 전엔 철부지제만 인자 아부지헌테 충고헐 만허요. 혼이 몸을 떠나면 아홉 배는 영대가 밝어진다 힜응께라."

바랭이의 파리한 낯에 자꾸 측은한 표정이 어른거린다.

"지발 시수허고 모욕도 허고 옷도 채리 입고, 그 훤헌 인물로 살 길을 찾으셔라우. 그 잘년 도꾼 사리(놀이) 그만두먼 아무리 아부지가 묵고살 방도를 못 찾겄소? 우리 어무이도 아부지 만네 징허게 고상힜고만. 수도협네, 인자 고 짓거리 그만두소."

"고연 놈, 고 짓거리라니! 니가 뭣을 안다고 어른헌티 고런 소릴 함불로 허능겨?"

처화는 큰 소리로 바랭이를 나무랐다. 무슨 가위눌린 듯, 소리를 지르려 애쓰는데 소리가 되어 나오지는 않는다. 문득 정신을 차리고 보니 바랭이 혼신은 어디에도 없다. 참 괴이한 일이다.

지나다니는 사람들이 기웃거리며 헤픈 관심을 보였다. 웬 사람이 돌부처처럼 저리 버티고 있는가, 언제부터 저리 앉아 있는가, 언제까지 저리 앉아 있으려는가, 무슨 일로 저리 앉아 있는가, 정신이 성한가 아니면 실성을 했는가? 사람들은 쉬어갈 겸 숫제

마루에 올라앉아 담배를 피우며 두런두런 의견을 나누다가 떠들썩하니 말싸움을 하기도 했다.

"저 봐! 우두커니 앉거만 있는 게 영락없이 정신 나간 사람이랑께."

"글 안혀! 눈이 초롱초롱허구만."

"아따, 꼼짝도 안 허는 걸 보니께로 실성헌 것 맞구만 멀!"

"글씨, 멀쩡헌 사람을 미친 사람 취급허면 쓰간디?"

"맞다니께, 미쳤다니께!"

"아니, 성헐 거이다."

처화는 자리를 옮겨 공부를 해보리라 결심했다. 그동안도 생각은 간절했지만 어디로 가야 할지도 막연했고 비용 장만도 짐스러워 머뭇거리던 터였다. 그런데 도사를 만나러 방황하던 시절에 이어 장돌뱅이로 다니던 때 무장(고창)에 들른 김에 마지막으로 찾았던 선운사(禪雲寺), 울창한 동백숲으로 병풍을 치고 말없이 앞산과 마주앉아 입정을 즐기던 대웅전이 문득문득 생각났다. 거기나 가보면 어떨까.

구호동 본가를 찾아갔다. 안일 바깥일 가릴 것 없이 아내 양씨가 혼자 집안 살림을 꾸려가는 사정을 너무도 잘 알고 있는 터였지만 그나마 기댈 데라곤 아내밖에 없었고, 노자 몇 푼이라도 마련할 능력이야 설마 없으랴 싶기도 했다.

"그러잖아도 니허고 의논헐 것이 있는디 잘 왔구마."

"어무이, 먼 일이다요?"

"저 한석이 말이다. 인자 장개도 보내야 헐 거인디 무신 심이 있어야제? 아무래도 연성리 당숙모헌테 보내야 쓰겄다."

맏형 군옥은 진작 재당숙[鎭圭]에게 양자로 갔다. 이제 하나뿐인 아우 한석마저 후사가 없는 또 다른 재당숙[世圭]에게 양자를 보내겠다는 것이다. 처화로선 할 말이 없었다. 한석이도 이제 열일곱 살이었다. 자신이 열다섯 살에 혼인한 걸 생각하면 한석은 늦었다. 그러나 혼례 치를 비용도 없거니와, 혼례를 치른들 무얼 먹고 사는가. 감사나운 밭뙈기나마 약간 있다 하나 그것은 아내 양씨 혼자서도 해낼 수 있고, 또 거기서 나오는 소출로는 지금 식구가 먹고살기도 벅차지 않은가?

"어무이! 지가 면목이 없구만요. 공부도 아직 멀었고 지는 아무런 심도 못 되어라우. 엄니 뜻대로 허시게라우."

언제 왔는지 맏네가 아버지 옆에 와서 제 아버지 눈치를 살피고 있었다. 어느새 다섯 살, 어쩌다 보는 아버지라 응석 한 번을 못부리고 크는 애가 가엾었다. 그러게 니를 안고 내가 울었제. 처화는 얼른 곁을 주지 않는 아이를 덥석 안고 아내 방으로 갔다. 아내는 어린 나이서부터 험한 농사일에 시달리면서 지내느라 겉으로 드러난 살갗은 모두 햇볕에 그을려 구릿빛이 되었고, 손발은 거칠어질 대로 거칠어져 있었다. 새댁 때의 고운 태는 이제 어디서도 찾아볼 길이 없다.

"부인! 당신 보기 민망시롭소. 남펜을 잘못 만나 당신이 이 고상이구려."

잠자리에서 처화는 한 손으로 아내의 손을 꼭 잡고 다른 손으로 손등을 쓸어내리며 위로했다.

"지는 괘안허구만요. 엄니헌테 죄송시롭고 만네가 불쌍허지…… 지는 잘 살아라우."

처화는 정말 천부적으로 다부진 체격을 타고난 아내가 믿음직스럽다고 생각했다. 곱상하고 나긋나긋한 여자, 고양이 같은 여자가 아니라 수더분하고 투박스러운 여자, 소 같은 여자를 각시로 맞이하길 참 잘했다 싶다.

"고맙소, 당신! 내가 비록 못났제만, 당신의 공을 물버큼으로 맹글진 안헐 것이오. 당신 은혜를 갚기 위해서라도 내가 꼭 도를 이뤄야 쓰겠소."

처화는 아직도 수줍어하는 아내의 속옷을 곰살갑게 벗기고 오래오래 정성껏 정성껏 애무해주었다.

이튿날, 어머니께 인사하고 대문을 나서는 처화에게 아내가 따라붙었다.

"만네 아부이! 당신, 돈 필요허시지라?"

처화는 얼굴이 달아올랐다. 시동생 일 때문에 걱정하는 어머니 말씀을 듣고 정작 자기 아쉬운 소리는 입 밖에 벙끗도 못하고 가는 지아비의 속내를 읽어버린 아내, 처화는 못내 겸연쩍었다. 어젯밤의 정성스러운 애무에 무슨 딴 뜻이 있어서인 듯 아내가 오해하진 않았을까 하는 생각이 들자 더욱 낯이 뜨거워졌다.

"실은…… 노루목엔 행인들이 만허서 공부허기에 덜 좋은 곳잉게 한 번쯤 어디로 훌쩍 떠나서 적공을 혀야 쓰겄소. 무장 선운 사찜 가고 자픈디 맨손으로사 갈 수 있겄소?"

아내는 섶을 젖히고 젖가슴께를 뒤적거리더니 꼬깃꼬깃 뭉쳐 두었던 지폐 몇 장을 꺼내서 서방 손에 쥐여 주고는 누가 볼세라 사립 안으로 총총히 사라졌다. 처화는 돌아서서 아내의 뒷모습이 사라진 사립문께를 한참 응시하다가 무거운 발걸음을 천천히 옮겨 노루목으로 향했다.

이튿날 처화는 괴나리봇짐을 챙겨 들고 무장으로 향했다. 선 운사의 가을은 불타듯이 뜨거웠다. 붉은 단풍, 노란 단풍이 녹색 소나무, 잣나무와 어울려 장관을 이루고 있었다. 원주 스님을 찾 아가서 사정을 이야기하니 요사채 옆에 딸린 방을 하나 치워주었 다. 이부자리도 한 채 내주고 두툼한 좌복도 하나 넣어주었다. 처 화로서는 모처럼 호강스러운 도실이 마련된 것이어서 저절로 수도 가 될 듯싶었다.

대웅전 앞에서 늙은 배롱나무 가지 사이로 바라보면 시리도 록 푸른 하늘을 배경으로 단아하게 서 있는 석탑, 본래는 구 층이 건만 이제 육 층만이 남았다는 늙은 석탑의 창연한 아름다움이 처 화의 가슴에 서러움을 샘솟게 했다. 그런가 하면 길게 뻗은 동백숲 길을 걸으며 쩍쩨그르르 호르르르르, 혹은 찌르륵찌르륵 끼익끼 익 하며 노는 새와 벌레 들의 울음소리를 듣노라면 자연의 경이로 운 속삭임에서 한없는 생명의 환희가 용솟음쳤다. 팔상전을 지나 산신당에 이르자 그는 발길을 멈추고 산신의 화상을 눈여겨보았다. 절로 입술이 벌어졌다. 삼밭재에서 산신을 만나겠다고 기를 쓰던 어린 날을 생각하며 그는 자꾸자꾸 웃음이 나왔다. 아내의 배려가 한층 고맙게 생각되었다.

정작 선운사의 나날은 실망스러웠다. 기대한 대로라면, 하루 이틀 사흘 나흘, 처화의 공부는 날로 무르익을 것이었다. 그러나 그게 아니었다. 단풍철을 맞이한 사찰은 하루 종일 시끌벅적 소란했고, 절 식구들도 구경꾼이든 신도든 손님이 많이 꼬이는 것을 반기는 눈치였다. 더구나 재가 들거나 제사가 있을 때마다 요사채에서는 음식을 장만하느라 분주했다.

"스님, 여그가 쪼끔 불편해서 그라는디, 한적헌 암자로 욍게 주시면 쓰겄소잉."

한 주일을 못 버틴 처화가 원주에게 하소연을 했다. 원주는 선선히 수긍하더니 도솔재 쪽으로 좀 더 깊이 자리 잡은 소속 암자로 처화를 안내했다. 이 암자는 속인들로부터 격리돼 있었기에 본사보다는 한결 조용했다. 아무의 눈도 의식하지 않고 오로지 공부에 몰두할 수 있을 것 같았다.

"속가가 생각날 때까정 얼메든지 기시구려."

사십대의 풍채 좋은 암주(庵主)는 인심 후하게 말했다. 그러나 갈수록 수미산이라 단 사흘을 넘기지 못해 처화는 다시 후회했다. 오히려 선운사 요사채가 한결 나았다는 것을 알았다. 암주는 놀랍게도 주색에 찌들어 있었던 것이다. 언제부턴지 모르나 불공을 드립네, 절 살림을 돕네 하고 암자를 들락날락하는 여인네 두엇이 보였다. 그중에도 예쁘장한 이십대와 걱실걱실한 사십대의 두 과수댁 눈치가 수상쩍다 싶었는데 하루 저녁은 서로 티격태격하기 시작했다. 그러다 말려니 했더니 웬걸, 곧장 서로 입에 담지 못할 온갖 욕지거리를 하고 끝내는 머리채를 잡고 대판 싸움을 벌였다.

"대그빡에 피도 안 몰른 지집년이 어디 감히 넘으 사나를 꼬시나, 이 잡년아! 가르젱이를 짝 찢어 쥑일란다."

"시상에, 우리 스님이 멀라고 저런 늙은 것을 상대힜으까이! 우리 스님은 내 가르젱이가 젤 좋다드라. 니같이 썩은 건 쌔부렀다 안 허나, 야!"

"니 미쳤나? 칵 주둥아리를 쪼사분다이. 어디 죽어바라, 요 자껏!"

"오매! 이년이 내 멀크락 다 뽑네! 사람 쥑이네!"

다행히 승부까지는 그리 오랜 시간이 걸리지 않았다. 사십대가 승기를 잡았는지 기세등등 욕설을 난당으로 퍼붓는다 했더니, 이십대가 앙칼진 비명에다 패자의 넋두리를 늘어놓으며 대성통곡을 하였다. 처화로서는 나서서 말릴 수도 없으려니와 모른 체하고 방에 들어앉아 있기도 불안하였다. 이런 난장판이 벌어졌는지도 모르는 암주는 낮에 하산하였다가 밤이 늦어서야 술이 거나하게 취하여 돌아왔다.

"박 거사! 지무시능가?"

암주는 처화의 방을 찾아들었다. 그새 두 번째였다. 기름지고 혈색 좋은 얼굴을 들이밀며 다가오는 그에게선 숨을 안 쉬어도 술

내가 풍풍 풍겼다.

"내가 속세에 가서 장어 안주 삼아 곡차 좀 힜소이다. 알고 보면 부처와 중생이 따로 있는 거이 아이고 속세와 도량이 따로 있는 게 아이라. 다 한난 기라. 수도허는 사람에겐 시상이 다 도량이제 승속에 무신 차이가 있겄능가. 이백오십 계, 오백 계, 그게 말짱 마구니 놀음이제. 나는 대승 무애행잉게 그런 소승 수행을 진즉 해탈해부렀어. 지집 품는다고 수행 안 되란 법이 어딨간디? 여자를 품으나 목침을 안으나 같은 겨. 그놈이 달브면 수행이 안 된 거여. 술을 마시나 숭늉을 마시나 그놈이 달브면 한참 멀었어. 쇠고기 씹으나 칡뿌리 씹으나 머가 달바! 수도는 걸림이 읎어야 허는 거여. 박 거사, 내가 진묵 시님 야그 쪼까 히주까?"

그날 밤 잠을 못 이루고 뒤척이는데 처화 앞에 바랭이 혼이 또 나타났다.

"아부지! 나 또 왔어라우."

"왜 또 왔어?"

"보고 자와서 왔어라우. 지 송장 지고 가서 묻어준 걸 생각허믄 얼매나 고마운지 지가 그 은혜를 잊어불겄어라우?"

바랭이는 이번엔 답답한 표정으로 처화를 쳐다보았다.

"그려, 고건 글다 치고 왜 또 왔나잉?"

"답답해서 왔지라우. 아까침에 봉게 스님한테 꼼짝 못 헙디다요. 딱 진묵 스님 탁했구만이라. 도꾼 노릇을 헐 작정이면 그 스님 맹키로 멋지게 허시쇼잉. 묵을 것 다 묵고 마실 것 다 마시고 품을 것 다 품고, 그라고도 수도 잘 된다 안 허요? 멀라고 그리 지지리 궁상을 떨으요?"

"아따, 니놈이 또 충고를 허러 왔는갑다. 니 말짝시로 묵을 것 다 묵고 마실 것 다 마시고 품을 것 다 품으면 무신 수도가 되아? 허고 싶은 것 참기도 허고, 허기 싫은 것 허기도 허는 게 수도제. 어중이떠중이 파계승들이 진묵 스님 포는 꼴을 나는 못 봐번져."

"거 맘에 읎는 소리 허덜 마시요잉. 당장이라도 툭툭 털고 일어나 배롱나무 동백숲도 구경험시렁 천천히 걸어 일주문 밖으로 나서면, 바로 주막에선 지름진 풍천장어에 향긋헌 막걸리가 안 지다린다요? 술 따르는 작부의 흰 손목이랑, 앵두 같은 입술 박속같은 잇바디 새이로 흘러나오는 육자배기 한 자락이면 작히나 좋소. 극락이 어디 따로 있간요."

"이놈이 못 허는 말이 없네그려! 어린놈이 멀 안다고 되숭대숭 떠벌여!"

"아부지, 귀신은 나이가 읎응게 지두 알 만큼은 알어요. 아부지두 한시랭이 목넹기 술집에서 그런 재미 안 봤어라?"

"저런 경칠 놈!"

듣다 못한 처화는 곁에 있던 목침을 들어 바랭이를 겨누었다. 어느새 바랭이는 흔적조차 없이 사라졌다.

처화는 선운사 수도를 헌 후 보름도 못 채우고 도망치듯 하산하였다.

연화봉의 춘정

　선운사에서 내려온 처화의 심경은 착잡하였다. 다시 노루목에 오긴 했으나 수도의 전기를 마련하려던 모처럼의 시도가 물거품이 되고 보니, 이렇게 주저앉고 마는가 싶은 좌절감이 엄습했다. 옹이에 마디라고 일마다 규각이 나버렸지만, 선운산 쪽에서 공부를 해야 직성이 풀릴 것 같은 예감이 오래전부터 그의 뇌리에 가득했다.

　"성님! 내가 꼭 선운산 자락에 들어가서 공부를 히야 쓰겄는디 마땅히 가 있을 디가 읎어서 걱정이여라우."

　처화는 돛드레미〔帆懸洞〕김성섭의 방문을 받자 대뜸 하소연부터 했다. 김성섭은 부친 적부터 맺어온 세교 때문이기도 했겠지만, 남들이 처화를 폐인으로 취급해도 그만은 결코 버리지 않았다. 골격이 우람한 데다가 성격이 담대한 김성섭은 비록 남의 산지기를 하고 있을망정 학문도 있고 사람됨이 허술하지 않았기에 처화로서도 존경심을 품고 호형호제하며 지내온 터였다.

"얼매나 있을라는디?"

성섭은 짚이는 데가 있긴 한 모양이지만 신중하게 일을 풀어가고 있었다.

"고거사 미리 말헐 수 있간요? 공부가 잘 되면 한 반년쯤 있을랑가 몰르고, 아니면 서너 달? 또 몰르지라, 저번 선운사맹키로 한 달도 못 채우고 올랑가도."

성섭은 턱수염을 두어 번 쓰다듬더니 결심이 선 듯 고개를 천천히 끄덕거렸다.

"아오님이 그리 원허면 한 간디 소개해볼 디가 있긴 헌디, 거처는 빌린다지만 묵는 거까지 그짝에서 해결해돌랄 수는 없제!"

"하믄 글치라우! 몸 붙일 디만 있으면 되았제, 묵는 거이사
……."

처화는 사뭇 신이 났지만 한편으론 식비 문제가 적잖은 짐이었다. 다시 아내에게 부탁할 염치도 없거니와 지난번 선운사에서처럼 하숙비를 치르기로는 경비가 너무 많이 들지 않는가.

"우선 식량은 쪼께 장만해볼 팅게 나헌테 맽기고 따라나서드라고. 내가 일간 먼첨 댕겨와봐야 알겄지만 내 부탁을 거절허진 안헐 거여."

이월 초, 아직도 혹한이 산골을 점령하고 세전부터 내린 눈이 녹을 생각을 않는데, 성섭은 처화를 안내하기 위하여 앞장을 섰

다. 김성섭은 식량으로 쌀 대두 한 말과 간장 한 병을 겨우 장만하였고, 처화는 핫옷 한 벌을 준비했을 뿐 염치 불고하고 빈손으로 덜렁덜렁 따라나섰다. 선진포에서 배를 타고 지아닐로 나가 거기서부터는 걸었다. 해가 뜨기 전에 떠난 길이건만 공음을 지나 상하면 하장리에 이르렀을 즈음엔 해가 떨어졌다. 그중 큰 집을 찾아들어 주인을 정하고 사랑방에서 하룻밤 신세를 진 후 이튿날 다시 부지런히 걸었다. 김성섭은 강단이 있고 몸도 단단하여 휘적휘적 잘도 걸었지만, 박처화는 나이도 한창때련만 평발이 돼서 오래 걷기가 힘겨워 속도가 나지 않았다. 해리를 거쳐 주막에서 중화하고 심원면에 이르러 궁산, 주산, 마산을 거쳐 월산리에 도착하고 보니 해는 수평선 너머로 퐁당 빠지고 경수산 꼭대기만 놀빛에 물들어 있다. 김성섭은 연강한의원(蓮岡漢醫院)이라 한 번듯한 집으로 서슴없이 들어섰다.

"바로 여그라네. 근방에선 유명헌 의원이여. 피부병은 벨나게 영광, 장성, 부안, 정읍서꺼정 환자가 찾아온당께. 김준상이라고, 언양이 본잉게 나허고 종씨는 아니지만 세의(世誼)가 자별허고 선대에 우리 신세를 진 일도 있응게 나를 달리 생각허도만."

당귀, 천궁, 팔각회향 등 약초 향이 물씬 풍기고, 붓으로 이름을 적은 건재 봉지가 보꾹에 줄줄이 매달려 있는 대청을 지나 방으로 들어갔다. 약재 이름이 적힌 서랍이 가지런한 약장을 배경으로 하여 창백하리만큼 흰 얼굴에 콧수염을 잘 다듬은 한 중년의 의원이 단정히 앉아서 손님과 상담을 하고 있었다.

"어서 오시구려, 사둔! 하메 오실랑가 혔도만!"

환자를 문진하고 있던 중이라 잠깐 눈을 들어 성섭에게 인사를 하더니 처화에게도 힐끗 눈길을 주어 목례를 하고는 자리를 권했다. 한 젊은이가 방 한편에서 작두로 건재를 썰거나 약연에 갈기도 하며 한눈팔지 않고 일에 열중하고 있었다.

"어서 오시쇼."

문진과 진맥을 마치고 나서 환자의 배에다 침을 몇 대 꽂아놓고 돌아앉은 김 의원이 처화를 정면으로 보며 반기는 인사를 했다. 처화는 큰절로 예를 표했다.

"초면에 신세를 지게 되아서 염치가 없구만이라우."

"신세랄 것까지사 머 있겄소잉? 그저 빈집 지킬 분이 오싱게 우리가 뎁다 고맙지라."

침을 거두고 첩약 한 재를 지어서 환자를 보내고 나자 김 의원은 더 자상한 얘기를 했다.

"여그는 심원면 월산리지만 연화리에 내 산이 쪼께 있는디, 연화봉이라고 풍광과 전망이 괜찮허요. 내가 연꽃 연(蓮) 자, 메 강(岡) 자, 연강이라 자호헌 것도 그러지라. 초당 아래 시암이 나길래 돌로 쌓아 우물을 맹글었는디 물맛이 달어라우. 여름이나 가을이면 피서 겸 수양처로 이용허고 돌림병 있을 땐 피막으로도 쓸라고 짓어놓은 초당인디, 지금은 추와서 지내기가 될 것이오. 낭구는 있응게 군불을 넉넉이 지피고 밥도 혀 자시소."

김성섭과 처화는 저녁 대접을 받고 그날 밤을 거기서 유(留)

했다. 주인과 세상 얘기랑 건강 지키는 법을 이야기하다가 안에서
내온 오미자차와 과줄까지 대접받았다. 이튿날 처화는 연화리 산
77번지 2호에 위치한 초당으로 갔다. 비록 세 칸밖에 안 되는 좁
은 집일망정 몇 그루 교목과 관목 수풀에 둘러싸인 초당은 정갈하
고 조용하여 수양처로는 안성맞춤이었다. 처화는 '여그야말로 내
가 그리든 독공처로다' 하고 감탄하였다. 어떻게 이런 골에 이런
집이 있었던가. 꼭 처화를 위해서 하늘이 점지해둔 터 같았다.

   김 의원이 진작 사람을 시켜 장작 여남은 다발을 준비해두었
고, 불쏘시개로 쓰라고 솔가리와 삭정이까지 두어 다발을 해놓았
다. 또 비워두었던 집이니 추울 것이라며 미리 군불을 넉넉히 때어
놓아서 방 안에 들어가 앉으니 편하기가 선운사 요사채 부럽지 않
았다. 그러나 첫날밤이 지나면서 사정이 악화되었다. 초봄이라지
만 잔설이 덮인 산간에는 아직도 동지섣달의 냉기가 똬리를 틀고
앉아 한낮에도 기를 펼 수 없을 만큼 추운데 그나마 해가 지고 나
면 사지가 오그라들고 턱이 떨렸다. 처화는 군불 땔 생각을 하지
않았다. 밥을 지어 먹을 생각도 하지 않았다. 그에게는 낮도 밤도
없었고 밥 먹는 것도 잠자는 것도 정해진 때가 없었다. 일상적인
어떤 틀도 그를 구속하지 못했다. 그는 모든 인위적 관행, 문화적
틀을 거부했다. 그에게 강요된 것은 아무것도 없었다. 있다면 그
것은 스스로를 통제하는 의지였다. 그는 자기 몸을 통제하여 몸의
욕구를 의지대로 다스리지 않으면 안 된다고 생각했다.

   그의 몸은 아직도 그의 의지대로 고분고분 움직여주질 않았

연화봉의 춘정 • 103

다. 그래도 그의 혀와 그의 눈과 그의 귀와 그의 살갗, 그의 코는 반란을 일으키지 않았다. 그의 위장과 창자도 길들여졌다. 그러나 아직도 몸은 편안하고자 했고, 쉬고 싶어 했다. 잠을 자고 싶어 했다. 그는 강인한 의지로 그의 몸이 원하는 것, 요구하는 것을 거부하였다. 이를 극복하고자 채찍을 들었다. 목이 타는 듯한 갈증도, 창자가 달라붙는 허기도 그는 짐짓 모른 체하고 앉아 있을 수 있었고, 온몸이 오그라드는 한기도 견딜 수 있었다. 다만 졸음은 견디기 어려웠다. 아무리 가부좌를 틀고 앉아 조임근을 당겨 밑을 오므리고 목과 허리를 꼿꼿이 세워봐도, 수마는 침노했다. 앉은 채로 잠이 쏟아졌고 선 채로도 잠은 왔다. 심지어 방 안을 이리저리 걸어보아도 잠은 잘도 왔다. 처화는 우물로 가서 옷을 훌딱 벗어부치고 얼음물을 퍼서 냉수욕을 했다. 동이에 물을 퍼 담고 바가지로 연거푸 알몸에 퍼붓노라면 절로 턱이 덜덜 떨리고 입에선 신음소리가 났다. 바람기라도 있으면 서릿발로 살을 찌르는 듯 따갑고 얼얼하였다. 감각이 마비되어 추운 건지 아픈 건지 혹은 매운 건지 구분이 되지 않았다.

그는 좌복을 펴고 앉아 호흡을 고르면서 오로지 자신의 의식을 한군데로 모았다. 처음에는 붉고 탁한 불꽃이 흐늑흐늑 느슨하게 타올랐다. 그것은 경계가 불분명하고 아주 너그러웠다. 정월 잔디밭에 놓던 쥐불의 불길처럼 펑퍼짐하고 약했다. 호흡이 안정되고 기운이 차츰 단전으로 모이면서 불꽃은 폭이 좁아지고 주황색으로 바뀌었다. 불길은 조금 기세를 얻은 것 같았다. 의식은 점차 명료해지고 불꽃은 칼날같이 날카롭게 빛나면서 새하얀 빛을 발했다. 이제 불꽃은 더욱 가늘어지고 폭풍처럼 강렬하게 바람을 뿜었다. 쉬익쉬익, 소리가 서릿발같이 날카롭게 고막을 때린다. 여기서 멈춰서는 안 된다. 처화는 불꽃의 너비를 더욱 좁혀가고 의식의 칼날을 꼭두까지 몰고 갔다.

불꽃은 이제 송곳처럼 가늘고 예리하게 바뀌면서 새파란 빛을 발하기 시작한다. 바람을 가르는 소리, 쉬익쉬익하던 소리는 사라졌다. 흔들리던 불꽃은 화석이 된 듯 전혀 움직이지 않는다. 이런 상태가 되면 의식은 어디론가 사라지기 시작한다. 우주와 내가 따로 없고 세계와 내가 하나 되는 순간이 왔다. 호흡은 거의 그치고 심장조차 조용히 잠드는 것 같다. 시간도 처소도 잊고 자신의 존재마저 잊어버린다. 처화의 입정은 몇 시간이 되기도 하고 며칠이 되기도 하는데, 이 기간 동안 그에게는 추위와 더위도, 배고픔과 목마름도 없었다. 이런 무렵이면 문득 잔잔한 흥분이 밀물처럼 몰려오는 때가 있다. 그 기운은 마치 무명베 피륙에 배어드는 핏물처럼 소리도 없이 스며들어, 손끝부터 발끝까지 온몸을 삽시간에 점령했다. 온몸이 뜨겁게 달궈지고 그의 입에선 신음이 터졌다. 그리고 그 신음은 주문이 되어 나왔다. '우주신적기적기'에서 '시방신접기접기'로 가던 주문은 다시 변화를 보였다.

"일타동공일타래(一陀同功一陀來) 이타동공이타래 삼타동공삼타래…… 십타동공십타래."

이것이 무엇을 뜻하는지 그는 모른다. 천상의 계시처럼 그는 이 주문을 외웠다. 주문을 지성으로 외다 보면 그의 몸이 가볍게 부상하였다. 동체가 텅 빈 듯, 마치 풍선처럼 가볍게 부풀어 올랐다. 그의 궁둥이는 땅바닥에 붙어 있건만 그의 머리는 하늘로 하늘로 떠올랐다. 어쩌면 그의 머리와 엉덩이 사이의 몸통이 무한정으로 늘어나는 것인지도 모른다. 그의 머리는 산보다 높게 올라 구름을 뚫고 하늘로 하늘로 끝없이 솟아오르고 있었다. 낮은 구름층을 뚫고 솟으면 또 한 겹 구름층이 있고 다시 뚫고 오르면 다시 한 겹이 지붕처럼 덮여 있다.

"십타동공십타래 구타동공구타래 팔타동공팔타래 칠타동공칠타래……."

이번에는 역으로 목을 옴츠리며 지상으로 지상으로 몸을 낮추는 것이었으나 그의 눈은 여전히 하늘 높이를 바라보고 있었다.

"…… 사타동공사타래 삼타동공삼타래 이타동공이타래 일타동공일타래!"

옴츠린 개구리가 도약하듯이, 여기서 그는 다시 지표를 차면서 용수철처럼 튀어 오르기 시작한다. 보다 높이 보다 위로 더 밝은 곳을 향하여 그는 용솟음쳤다. 마치 바다 밑에서 숨을 참고 수면 위로 오르는 솟구침과 다시 바다 밑까지 내리는 자맥질을 되풀이하고 있는 잠녀처럼 더러는 앞서보다 더 높이 솟기도 했지만 그보다 못한 높이에서 다시 옴츠리기도 했다.

"일타동공일타래 이타동공이타래 삼타동공삼타래……."

처화는 이렇게 반복되는 일이 결코 지루하거나 짜증스럽지 않았다. 그네를 좀 더 높이 날려고 배를 내밀고 발을 뻗으며 올라 갔다 내려오고 내려왔다간 다시 차고 올랐다. 끝없는 비상을 도모 하듯이 그는 그렇게 매번 기대와 의욕을 가지고 나아갔고, 물러날 때도 새로운 도약, 새로운 비상을 꿈꾸며 물러났기에 거기엔 언제 나 짜릿한 환희가 있었다. 그러기를 얼마간 반복하고 나면 피로가 몰려왔다. 그는 그대로 잠이 들었다. 앉은 채로도 잤고 그대로 쓰 러져 자기도 하였다. 심연의 바닥에 가라앉은 듯, 아주아주 깊이 잤다. 잠에서 깨어난 처화는 목마름을 느끼기도 했고 배고픔을 느 끼기도 했다. 혹은 추위를 느끼기도 했다. 그는 일어나 부엌에 군 불을 지피고 밥을 안쳤다. 밥이 되면 간장을 찬 삼아 식사를 했다. 그것이 하루에 한 끼일 수도 있고 사흘에 한 끼일 수도 있었다. 세 월이 가는 것, 주야가 변하는 것이 그에겐 아무 의미도 없었다. 그 는 절대 시간, 절대 공간에서 잠깐씩 밖으로 나들이를 나왔다가 다 시 복귀하는 것 같았다.

김성섭이 찾아왔다. 얼음이 녹은 골짜기에서 물이 흐르고 나 무에선 연둣빛 잎눈이 돋아나고 있었다. 산수유가 꽃을 피우고 진 달래가 피기 시작하는데, 동백은 새빨간 꽃잎과 노란 꽃술로 보는 이를 한껏 현혹했다.

"아오님, 그동안 워찌 지냈당가? 나는 아오님 얼어죽지 안헐 랑가 굶어죽지 안헐랑가 걱정이 태산이었는디 외레 신수가 훤허 구만!"

"성님 덕분에……(쿨럭쿨럭)…… 성님 덕분에 잘 지냈어라우. (쿨럭쿨럭쿨럭쿨럭)……."

요즘은 날씨가 많이 풀렸건만 시도 때도 없이 기침이 터졌다. 터졌다 하면 얼굴이 빨갛게 되고 숨이 차오르도록 그치질 않는 바람에 처화는 고통스러워했다. 졸음을 쫓느라고 얼음물 목욕을 밤마다 하며 얻은 병이었다.

"추우에 몸이 상혔등가벼? 요짐도 밤이나 아척엔 되게 추웅게 군불을 꼭 때더라고!"

마땅찮다는 듯이 처화를 지청구하고 난 김성섭은 처화 옆에서 하루를 유하기로 했다. 그날 밤, 처화는 그가 적공하고 있는바 포부와 경륜을 김성섭에게 조금씩 털어놓았다. 비록 그가 처화의 깊은 뜻을 다 알 수는 없더라도 처화는 김성섭이 자기 경륜과 무관한 사람일 수 없음을 알고 있었다. 그것은 김성섭 쪽에서도 마찬가지였다. 이 열두 살이나 손아래인 고향 후배가 탁월한 인물이 될 것을 믿어 의심치 않았다기보다는 어쩐지 자꾸 끌리고 있음을 진작부터 알고 있었다. 그것이 무엇인지 무슨 까닭인지 손에 잡히는 것은 없으나 자신이 처화의 손바닥 안에서 벗어날 수 없음을, 그의 포로가 돼 있음을 온몸으로 느끼고 있었다.

"성님, 성님은 학문이 있응게 내가 을푸는 풍월이 먼 소린지 들어보시오!"

研道心秀千峰月 修德身如萬斛舟
(연도심수천봉월 수덕신여만곡주)

도를 닦으니 마음은 천 봉우리에 솟은 달보다 빼어나고
덕을 닦으니 몸은 일만 섬 실은 배와 같도다

처화는 더 이상 부연함이 없었고 김성섭 역시 아무 말도 묻지
않았다. 그러나 그는 처화의 경륜이 이미 그가 가진 저울로는 측정
할 수 없이 무겁고, 그의 됫박으로는 헤아릴 수 없이 큰 것임을 깨
달았다. 박처화의 국량과 인품이 그가 가진 두레박 끈으로는 닿을
수 없이 깊은 우물임을 알았지만, 적어도 그것이 도(道)와 덕(德)
의 세계라는 것만은 놓치지 않았다.

봄이 무르익듯, 처화의 독공도 점차 무르익어갔다. 일월성신,
산천초목 등 만물만상이 모두 처화의 관심권 안에서 해체되었다.
생로병사, 희로애락 등 인생살이 모두가 처화의 관심권 안에서 난
도질당했다. 뿌리에서 시작하여 둥치로, 줄기로, 가지로, 잎사귀
로 샅샅이 쪼개고 후비고 파헤치고 뒤집으며 천 갈래 만 갈래 더
가를 수 없을 때까지 자꾸자꾸 나누어 너덜너덜해질 때까지 찢어
발겼다. 그러다간 되짚어 이번엔 잎사귀에서 가지를 거쳐 줄기로
둥치로 하여 마지막엔 뿌리까지 가면서 모으고 합치고 묶고 간추
리며 하나로 하나로 엮어나갔다. 백 번이고 천 번이고 다시 하고
거듭하기를 헤아릴 수 없이 반복했다.

하늘을 새까맣게 덮으며 이동하던 가창오리 떼가 물러간 뒤
산색은 완연히 봄이었다. 꽃이 피고 새도 울고, 연둣빛 초목에 덮

인 온 산이 잔치를 준비하고 있는데, 아무리 절기를 잊은 도꾼이라지만 처화도 이제 낮에는 핫바지가 주체스러웠다. 선정에서 나와 가부좌를 풀고 조용히 몸을 일으킨 처화는 창문을 열고 하늘을 우러렀다. 구름 한 점 없이 말간 하늘에 까투리 한 마리가 푸두둥 날고 그 뒤를 따라 무지갯빛 깃털을 햇빛에 반짝이며 장끼 한 마리가 '꿩꿩' 울음과 함께 창공으로 솟구친다. 이에 응답이라도 하는 듯, 황갈색 날개를 퍼덕이고 나뭇가지 사이로 쫓고 쫓기며 숨바꼭질을 하던 어치 한 쌍이 느닷없이 '꺄악꺄악' 호들갑스러운 울음을 토해내서 호수 같은 산속의 적막을 마구 휘젓거려놓는다.

처화는 툇마루에 여자가 앉아 있음을 벌써부터 알고 있었다. 실은 선정 중에, 다가오는 음기가 심상찮음을 느끼고 자리에서 일어났던 것이다. 어떻게 대처할 것인가, 잠시 망설이며 생각을 다듬었다. 지게문의 두 짝 가운데 한 짝만 열어놓고 있었는데 처화는 문으로 다가가 닫혀 있던 문짝을 마저 열어젖혔다.

"아이고메!"

역시 묘령의 처자가 있었다. 마루 끝에 걸터앉아 있던 처자는, 문이 열리자 죄를 들킨 사람처럼 화들짝 놀라 일어났다. 옆에 나물 바구니를 끼고는 있었지만, 처자의 옷차림은 화사한 나들이 차림이었다. 자주 끝동을 단 노랑저고리에 분홍치마, 그리고 치렁치렁한 머리에 제비댕기를 드리우고 있었다. 시골 아가씨 같지 않게 흰 살결에 수줍음으로 붉게 물든 양 볼이며, 복숭아처럼 솜털이 보송보송한 귓바퀴에 늘어진 살쩍이며, 처자의 모습은 한창 고왔다.

이 깊은 산속에 느닷없이 나타난 처자를 보며 처화는 옛이야기 속에 나오는 선녀를 연상하지 않을 수 없었다. 석 달 가까이 여자의 모습은 구경조차 못하고, 너무나 엄혹한 자기 다스림으로 칼날 같은 바윗등을 타고 천인단애를 걸어온 듯, 뼈 깎는 수행의 긴장을 지나 닥친 여자와의 조우! 못에서 올연히 솟아난 한 송이 연꽃인 양 아리땁고 싱그러운 모습 앞에 그는 한순간 현기증을 느꼈다.

"누간디 먼 까닭으로 여까지 왔당가?"

처화는 짐짓 무심한 듯 물으며 얼른 나이를 짚어보았다. 열일고여덟쯤 되었을까?

"죄송허구먼이라. 지는 연강의원 큰딸인디 산나물 뜯을라 왔다가 쉴 참에 들렀어라."

처자는 정말 무슨 잘못이라도 저지른 양 죄송스러워했다. 아하, 김 의원 큰딸이었구나. 그러고 보니, 그날 약방에서 하룻밤 유할 때 다과를 대접받는 자리에서 잠깐 본 듯도 했다. 그 처자가 이렇게 곱게 생겼던가! 처자는 좀처럼 떠날 생각을 하지 않았다. 적이 난감했다. 처화는 자리를 떨치고 일어났다.

"처자! 나는 바깥에 쪼께 볼일이 있어 나가볼 팅게 쉬었다 가소."

처자의 원망스러운 시선을 외면하고 뚜벅뚜벅 걸어 나온 처화, 그는 무작정 산봉의 정상을 향해 걸었다. 나뭇잎도 풀잎도 싱싱한 연둣빛으로 반짝반짝 윤기가 돌고, 계곡도 잔설 녹은 물을 내리느라 돌돌돌 지줄대며 한창 즐거워 보였다. 알자리를 보던 멧새가 포도동 날아오르고, 청설모 한 마리가 먹이를 찾고 있는 소나무 옆가지에선 다람쥐 한 쌍이 짝짓기 준비에 바쁘다. 그가 아직도 핫바지 저고리 차림으로 방구석에서 계절을 잊고 처소를 잊은 채 정진하는 동안 얼어붙었던 산은 바야흐로 온통 새 옷으로 갈아입고 성장(盛裝)한 처자처럼 봄바람에 들떠 있었던 것이다. 생기로다, 생기로다, 모두가 생기로다! 우주는 살려고 하는 꿈틀거림으로 가득 차 있다. 하나도 죽은 것이 없다. 우주 만물이 다 생생약동하는 기(氣)로 충만해 있고, 그 기는 변화의 수레바퀴를 돌리고 있는 것이었다.

정상에 올라 사방을 두루 조망하였다. 북쪽으로 경수산, 소요산의 산봉이 웅긋쭝긋 보이고, 남쪽으로는 비학산과 개이빨산, 동쪽의 화실봉까지 굽이굽이 능선들이 달음질을 치고 있다. 다시 눈을 서쪽으로 돌리니 낮은 구릉 밖으로 곰소만의 갯벌과, 가까이 대섬이 보인다. 처화의 눈은 바다를 따라 남쪽으로 이동했지만 구릉에 가려 그 이상 볼 수는 없다. 그러나 마음은 송이도, 낙월도, 임자도…… 그리하여 타리섬까지 단걸음에 내려가고 있었다. 타리섬을 생각하자 어쩐지 그의 눈앞에 그 고마운 종씨의 젊은 부인이 당돌하게 떠오른다. 그런 섬에 그만한 미인이 있으리라곤 누구도 상상하지 못할 일이다. 처화 일행이 떠나오던 날, 그 여인은 숫제 통곡을 하듯 울며 배웅했다. 머무는 동안 그 여인이 처화를 왜 그리 후대하였으며 떠날 때 왜 그리 울음까지 터뜨렸던가. 그것은 남편의 겨레붙이라든가 여러 달 함께 지내던 사람과의 석별 때문이라고 설명하기엔 석연치 않아 남들이 머리를 갸웃거릴 일이로되 처화는 그 사정을 잘 알고 있었다.

하루는 석양 녘에 종씨를 찾아갔더니 그 여자가 반색을 하고 맞아주었다. 좁은 섬이라 하루가 멀다 하고 만나는 처지였는데, 어쩌다 한 사흘 종씨를 못 만났기에 궁금해서 찾은 길이었다. 여자는 남편이 바쁜 볼일 때문에 아침에 지도(智島)엘 갔는데 그날은 물론 못 오고 어쩌면 목포까지 다녀서 한 이틀 뒤에나 귀가할 것 같다고 했다. 처화가 긴한 볼일이 있어 찾은 것이 아니라 그냥 가겠다고 하니, 여자가 펄쩍 뛰며 방으로 끌어들였다. 호의를 무시할 처지도 아니고 그런 환대가 낯선 것도 아니어서 못 이기는 체 들어가 좌정하였다. 그러자 여자는 회를 푸짐하게 뜨고 일본 상인한테 얻었다는 정종(청주)을 내왔다. 종씨와 함께한 자리에서는 종종 있던 일이지만 혼자, 더구나 여자의 단독 시중을 받기는 처음이로되 뿌리치질 못하여 그대로 먹고 마셨다. 더 어둡기 전에 일어나려 하자, 이번엔 저녁밥 때가 되었는데 그냥 보낼 수 없다며 기어코 잡았다. 과하다 싶게 다부니는 여자가 오히려 민망할까 봐 박정하게 뿌리치지 못하고 결국 석반까지 대접받았다. 처화가 일어서자 이번엔, 시간도 이미 늦었고 남편이 없어 적적하니 자기 집에서 자고 가라고 붙들었다. 그 잡는 품이, 눈가에 교태가 흐르고 말씨가 은근하여 아무리 아둔한 사람이라도 여자의 속뜻을 알 만했다. 아, 이럴 수가 있나? 종씨를 생각해서라도 이럴 수는 없다! 주기가 살짝 올라 발그레한 얼굴을 남자의 턱밑에 받쳐 들고 애원하는 여자의 애련한 자태는 능히 남자의 간장을 녹이고 욕정을 흔들 만하였다. 처화는 여자의 얼굴을 외면하고 방문을 열어젖혔다. 거기 섬돌에 가지런히 벗어놓았던 신이 보이지 않는다. 순간 당황하였지만, 사태가 곧 파악되었다. 여자가 진작 감추었을 것이다. 남자를 잡아두기 위해서도, 의심스러운 남의 눈길을 따돌리기 위해서도 필요했을 터였다. 자, 이제 어쩐다? 이 일을 어쩐다? 처화의 망설임이 여자에게 용기를 주었던가 보다. 여자는 숫제 노골적으로 보챘다. "딱 한 번만 보듬어주면 좋겠어라오!" 남자의 목을 깍지 낀 손으로 부여안고 몸부림을 쳤다. 못 보내겠노라. 절대 그냥은 못 보내겠노라. 그냥 가면 나는 치마 쓰고 바다에 몸을 던질지도 모른다. 갖은 애원과 협박을 매몰차게 뿌리치고 나선 처화는 맨발로 마당에 내려서서 뚜벅뚜벅 걸어 나갔다.

지금 처화에게 왜 그 아낙 얼굴이 떠올랐을까? 아낙의 "딱 한 번만 보듬어주면……" 하던 목소리가 귓가에 맴돌았다. 타리섬의 아낙과 연화봉의 처자를 겹쳐보았다. 아니야 아니야, 그는 천천히 머리를 가로저었다.

어느새 해가 기울고 있다. 숲을 헤치고 다시 하산 길로 접어들었다. 초당이 가까워질수록 처화는 점차 불안해지기 시작했다. 그럴 리야. 설마 그럴 리야. 그러나 설마가 아니었다. 처화는 걸음을 멈추었다. 툇마루에 한 송이 꽃처럼 동그마니 앉아 있는 처자, 그 여자는 무얼 골똘히 생각하는 듯 머리를 숙인 채 쪼그리고 앉아 있었다. 숲에 몸을 감추고 처자의 동정을 좀 더 지켜보기로 했다.

곧 떠나겠지. 곧 내려가겠지. 그러나 처자는 좀체 떠날 기미가 없었다. 해가 길어졌다곤 해도 산속이라서 날이 일찍 저무는데, 처자가 저렇게 버티면 어쩔 것인가. 한참을 기다려보았다. 여자가 마루에서 일어섰다. 아, 이제야 내려갈 모양이다. 저도 더 버텨봤자 소용없음을 깨달은 모양이다. 그러나, 그러나 그게 아니었다. 처화는 깜짝 놀랐다. 처자가 성큼 방 안으로 들어가는 것이 아닌가. 더는 무춤댈 필요가 없다. 초당을 향해 빠른 걸음으로 걸어갔다. 이젠 정면 대결밖에 달리 방법이 없어 보였다. 가는 길에 싸릿가지를 한 대 꺾어서 매끈하게 다듬었다.

"처자! 먼 일로 방에까지 들어와 기싱고?"

여자는 얼른 일어나 머리를 숙인 채 옷고름을 만지작거렸다. 그러더니 결심이 선 듯 입을 열었다.

"저참에 어른을 첨 뵈고 사모허는 맘이 생겼어라우. 도 닦고 지시는디 글먼 안 되는 줄 암서…… 그새도 두 차리 올라와서 먼발치서만 어른을 뵈고 내리갔는디 인자 더 전딜 수가 없어라우."

"처자! 아무리 시대가 개명되았다 혀도 남녀유별은 성인의 말씸인디 요리 산속까지 사나를 찾아댕김시로 너무 당돌허구만이라. 더구나 내 나이가 적잔허고 상투를 틀었응게 아낙 있는 남정네임을 몰르진 안헐 건디 가풍 있는 집안의 큰애기로서 감히 헐 짓이다요?"

짐짓 엄한 어조로 꾸짖었으나 처자는 단단히 각오를 하고 온 듯 고개를 숙인 채 물러날 기미는 도무지 없었다. 처화는 안 되겠다 싶어 준비했던 극약 처방을 택하기로 했다.

"안 되겠구만! 정숙허게 부도를 딲고 연분을 지다리다가 육례를 갖추고 낭군을 맞아 비로소 몸을 허헐 일이거늘, 낯선 남정네한테 자진혀서 몸을 내놓겠다? 이는 창기의 음탕헌 짓거리나 하등 다름없응게 으째야 쓰까? 내가 연강 선상헌테 은혜를 입고 있음서 따님의 실행을 몰른 척헐 수 없어서 불가불 직고헐 일이로되, 처자가 개과천선헐 기회를 한 번 주기로 허지라. 그 대신 벌은 안 내릴 수 없응게 치멧자락을 걷으소."

처화는 목침을 내놓고 회초리를 들어 될수록 소리가 크게 나도록 장판을 되우 쳤다. 처자는 비로소 사태의 심각성을 깨달은 듯, 수치심과 절망감에 울상이 되어 어찌할 바를 모르고 처화의 눈치를 살폈다. 처화의 표정에는 서릿발이 돋아 있고 눈매는 칼을 세운 듯 감히 쳐다볼 수가 없었다. 처자는 별수 없이 엉거주춤 일어섰다.

"얼렁 목침 욱에 올라가 종아릴 안 걷을 것이여?"

빈틈을 주지 않고 몰아치는 성화에 처자는 버선발로 목침에 올라서서 종아리를 걷었다. 처화의 회초리는 쉬익쉬익 바람을 가르며 처자의 버선목 위 하얗게 드러난 종아리를 여지없이 휘감았다. 벌건 자국이 나고 금방 그 자리가 부풀어 올랐다. 겨우 석 대를 때리니 처자는 치맛자락을 움켜쥐었던 손을 놓고 고꾸라지면서 울음을 터뜨렸다.

처자가 사라진 뒤, 골짜기에는 아직도 처자의 울음소리가 여운을 길게 끌며 남아 있는 듯했고 툇마루에는 빈 바구니만 덩그마니 놓여 있다. 처화는 문을 닫고 앉아 눈을 감았다. 한 경계가 지나 갔음을 알았다. 단전에 힘을 부리고, 호흡은 깊게깊게 마시고 느릿느릿 뱉으며 숨을 골랐다. 마군이는 험상궂은 얼굴, 뿔난 도깨비의 형상을 하고 오는 게 아니라 이렇게 곱고 예쁜 모습으로 다가온다는 것, 그것을 물리치고 난 감회가 승리자처럼 통쾌하기만 한 것이 아니라 이렇게 가슴이 저리다는 것을 다시 한번 확인하였다. 눈을 감았으나 눈물로 얼룩진 처자의 얼굴이 어른거린다. 문밖에 아직도 처자가 머리 숙인 채 쪼그리고 앉아 있을 것만 같다.

처화는 가부좌를 풀고 지게문을 열어젖혔다. 날은 이미 어둑어둑 저물어가고 있다. 처화는 우물로 내려가 샘물을 실컷 들이켰다. 그리고 따로 물 한 동이를 길어다가 놓고 수세미로 툇마루를 닦았다. 처자가 앉았던 자리를 박박 문질러 닦았다. 무슨 인분이라도 묻어 있는 것처럼 물을 붓고 닦고 다시 붓고 닦았다.

어둑한 방문 앞에 바랭이가 나타났다. 싱글싱글 웃는 모습이 꽤나 유들유들하게 보인다.

"아부지이."

말끝을 유난히 길게 끌었다.

"왜 또 왔냐?"

"그 처자가 안되았지라우?"

"다시 보기 싫다."

"아부지는 그 처자를 보기 싫은 게 아니라 겁이 나죠잉?"

"무신 겁이 나겄냐, 이 자석아!"

"그러면 처자가 앉았든 자리를 왜 그리 유난시롭게 닦으까요?"

"꼴도 보기 싫응게, 앉았든 자리도 싫응게 그라제."

"맘이 흔들렸응게, 보내고도 맘이 흔들링게 고런 거 아니고라? 속으로는 처자가 한 번만 더 올라오면 이참엔 못 이기는 티끼 해달라는 디로 히줘야 쓰겄다, 고런 맘 아니고라?"

"이놈! 꼴도 보기 싫응게 다신 나타나지 말어!"

"헤헤! 처자 앉았든 자리 닦고 닦듯기 지가 나타난 자리도 물 퍼다 닦지라우. 근디 지가 나타났든 자리는 허공인디 어찌케 닦어라우? 헤헤! 아부지 속맘으론 지가 그립제라? 그랑게 지보고 다신 나타나지 말라고 야단허시는 거지라우? 지는 다 알어라우. 지가 영대 밝은 귀신인디 그찜사 몰를 리가 있간요. 헤헤, 헤헤!"

바랭이 모습이 사라진 후에도 웃음소리는 좀처럼 떠나지 않고 메아리처럼 귀에 남아 울렸다. 바랭이가 다시 나타나면 이번엔 처음부터 쫓아 보내리라고 다짐했다. 좌복을 펴고 좌정한 지 한참을 지나서야 처자도 없고 바랭이도 없다. 비로소 평소대로 호흡이 조절되고 기운이 단전으로 가라앉았다. 참 편하다.

진달래는 지고 산벚꽃이 흐드러지게 피어 봄바람에 눈보라처럼 날리는데 김성섭이 찾아왔다.

"성님, 잘 왔으요. 그러잖아도 고만 길룡리로 가야겄다 허든 참이요. 같이 갑시다."

"왜 더 있잔허고? 몬저는 여름을 나고 갈 것마니로 말허드
니……. 옳아, 묵을 게 동났제? 그러잖아도 내가 집에 있다 쪼까
생각혀봉게 쌀 한 말 가지고 들어왔는디 석 달이나 되았더라고. 이
사람 하메 식량은 떨어졌을 틴디 어디서 쌀말이나 구해다가 묵는
가, 그냥 굶고 앉았는가 걱정이 되아서 온 참여."

"쌀은 첨 갖고 온 게 아직 남았구만이라. 항아리에 보시쇼."

김성섭은 항아리를 열어보고 깜짝 놀랐다. 아직 두어 되나 실
히 남아 있지 않은가!

"참말로 아새 갖고 온 쌀을 안즉 묵고 있당가?"

"그런다 안 허요!"

김성섭은 고개를 끄덕였다. 그래, 이 사람은 하늘이 키우는
사람이다. 정말 무서운 사람이다.

처화는 초당을 떠나 내려오면서 나뭇가지를 꺾어 먼지를 터
느라고 옷을 툭툭 쳤다. 석 달 동안 평상복이자 좌복이자 이불이었
던 핫옷, 옷은 나뭇가지가 닿는 대로 먼지가 푹석푹석 일고 천이
여기저기 툭툭 터지며 솜이 비어져 나왔다. 둘은 한의원에 들러 취
사도구와 연장 등 빌렸던 물건을 돌려주고, 그간의 은혜를 사례하
는 뜻으로 남은 쌀을 전한 후 길을 떠났다.

한낮이 되자 덥기도 하고 목이 말랐다. 물 마실 데를 찾았으
나 인가는 없고 마침 논가에 샘이 보였다. 바가지가 없으니 부득이
손바닥을 오므려 물을 떠 마시리라 생각하고 일단 마음을 먹자 갑
자기 샘물이 분수처럼 솟구쳐 올랐다. 김성섭은 물론 처화도 놀랐

다. 처음 쓰게 된 기계의 성능을 미처 파악하지 못한 사람의 실수처럼 그는 자신도 모르게 생긴 초능력의 통어 방법을 아직 체득하지 못했던 것이다. 주막에 들러 잠시 쉬며 점심을 먹고 다시 길을 떠났다. 한동안 걷다 보니 김성섭은 담배가 피우고 싶어졌다. 부시쌈지를 열어보고야 부싯깃이 떨어졌음을 알았다. 처화는 부싯깃은커녕 담배도 없었고 겨우 담뱃대만 가지고 있을 뿐이었다. 처화는 어쩌다 심심풀이로 혹은 사람을 만난 인사로 담배를 피우는 일이 영 없지는 않았지만, 담뱃대는 본새로 가지고 다닐 뿐 거의 피우지 않았다.

"정심밥을 묵고 낭게 담배 생각이 간절허네! 부싯깃이 없어서 부시도 못 쓰고 행인할라 읎으니께 난감허이."

"성님, 쫌만 참으소. 요리 산모퉁이를 지나면 모정(茅亭)이 하나 있고 거그서 농부 시 사람이 낮참을 묵은디 찌개 들에논 화리가 옆에 있구만이라. 걱다 불을 붙입시다."

처화는 무심히 말하되, 마치 눈에 보이듯이 묘사를 하는 것을 들으며 김성섭이 놀랐다. 이게 또 무슨 뚱딴지같은 소리야, 하고 걸어가다 산모퉁이를 돌아서 보니 아니나 다를까, 아까 처화가 말한 그대로였다. 이 사람, 귀신 다 되었구나! 김성섭과 처화는 농부들에게 양해를 구하고 화롯불에 불을 붙였다. 김성섭이 먼저 대통을 화롯불에 찔러 넣어 불을 붙이고 나자 이어서 처화가 담뱃대를 입에 물고 화롯가로 다가갔다. 처화의 마음이 불에 가 있자 순간 화롯불이 회오리바람에 말린 듯 풀썩 솟아올랐다. 불똥과 재가 날리고 농부들은 놀라 자리를 피했다. 이번에도 김성섭이 놀랐고 처화 역시 놀랐다.

"농부네덜, 용서허소. 역부로 헌 일이 아닌디 이러고 되았구만이라."

처화와 성섭은 서둘러 자리를 떴다. 김성섭은 처화가 점점 낯설고 두렵게 느껴졌다.

노루목에 뜨는 태양

O

연화봉에서 한 수도로 어느 정도 자신감을 얻은 처화는 노루목에 돌아온 뒤 한층 깊은 내공에 빠져들었다. 이 무렵 처화가 우두머니가 된 것 같다는 소문이 동네방네 왜자했다. 영촌 개울가에서 빨래를 헹구는 아낙네들의 화제에도 장촌 양반(처화)이 단골로 올랐다.

"복돌네! 거그 장촌 양반 소식 들었능가?"

"먼 소리여? 여러 가지 이약덜을 헝게 어디꺼정 믿어야 헐랑가 몰르제."

무슨 대단한 사건이나 되는 듯이 호들갑을 떠는 무장댁이 못마땅한 듯 말은 시큰둥하게 받았지만, 복돌네도 속으론 적잖이 솔깃했다.

"아, 벨꼴이랑께! 어지께 우리 아 아부지가 봉께 장촌 양반이 귀영바위 질척(길섶)에 우두커니 서 있었다 안 하요. 근디 다그가 자시 봉께 글씨 허르끈을 내리고 있드라제 머여. 오짐을 누고 나서 바지 추끼는 걸 잊어불고 고러코롬 멜거니 서 있었던 거이제.”

“오매! 참말로 근단 말여? 글면 그놈도 내논 채로?”

“암만! 내논 채로제. (깔깔깔……).”

“시상에! 뻴나네이! (깔깔깔깔……).”

아낙들은 한바탕 배꼽을 잡고 웃었다. 이번엔 평소에 말수가 적던 장돌뱅이 장(張)씨 처까지 끼어들었다.

“저, 지두 우리 그그자헌테 들은 야그가 있구만이라.”

“무신? 어디 히봐!”

“법성포 장날인디, 아칙에 장촌 양반이 먼 바람이 불었능가 법성포엘 간다고 선진포 나리(나루)에를 나왔드래요. 그런디 배를 탈 때가 되아도 장촌 양반이 보이덜 안허드라네요. 글도 우리 그그자는 그저 그렁개비다 힜제. 그래서 장을 보고 저녁나절이 되아서 나리에 네리 봉께 쩌그 당산낭구 뒤쪽에 웬 사람이 하나 서 있는디 그가 장촌 양반이드라요. 혼이 나가갖고 땡뻨에 땀을 뻴뻴 흘림시로 허공을 바레보고 있드랑께라. 긍께 아칙나절부텀 그때까정 고대로 꼼짝 안 허고 벅수맹키로 서 있든 것이제라.”

얘기가 무르익자 복돌네도 거들었다.

“이건 바랭이네헌테 직접 들은 이약인디, 바랭이네가 조반상을 차라주고 지심메러 밭에 나갔다가 정심때도 한참 지네서 들어왔데나. 그란디 봉께 장촌 양반이 밥을 묵을라고 꼬창에다 비베 놓고 숟구락을 한 손에 든 채 멍허니 있드랑께라. 포리란 포리는 다 모이들어 밥이고 찬이고 새까맣게 달라붙어 있고 말여, 글씨!"

"추접서서 저걸 워째? 쯧쯧쯧……."

처화에겐 주체로서의 자아와 객체로서의 세계가 최악의 상황으로 치닫고 있었다. 우선 의식주 등 생활 형편이 말이 아니었다. 당시 조선 사람의 살림살이가 다 그랬다지만 처화의 경우는 그중에도 유난히 참담했다. 본가에서는 먹고살기가 점점 어려워지자 하나밖에 없는 아우 한석이 재당숙에게 출계한 데 이어 어머니 유씨마저도 작은아들을 따라가야 했다. 큰아들 처화가 폐인이 돼가는 판에 기대할 것이 없었던 것이다. 더구나 며느리 혼자 아등바등 농사라고 지어야 입에 풀칠하기가 빠듯한데, 맏딸에 이어 다시 배가 불러오고 있는 며느리를 보며 입 하나라도 덜자고 간 것이다.

한편 바랭이네는 어땠을까? 바랭이네는 더러 김매기 등 남의 밭일에 나가 품삯을 받거나 큰일 치르는 집에 가서 일을 도와주고 식량을 조금씩이나마 얻어 왔지만, 일거리가 자주 있지도 않았다. 귀영바위서 주막을 하던 경험을 살려 한때는 서속(黍粟, 기장과 조)으로 오라기술을 빚어 장꾼들에게 팔아 돈을 벌어보려 했지만 그것도 뜻 같지 않았다. 철따라 푸성귀나 나물, 쑥 혹은 호박, 감자 같은 것을 섞어 죽도 쑤고 밥도 해서 근근이 끼니를 때우다가, 그도 안 되면 하루 한 끼로 굶기도 하고 하루 이틀은 물만 마시고 견디기도 해야 했다. 입은 옷이 단벌이고 보니, 빨래를 할 때는 맞빨이라 이불을 종일 둘러쓰고 있어야 했고, 개초를 제때 못한 지붕은 썩고 곯아 잡초가 무성하였다. 장마철엔 여기저기서 빗물이 새고 지지랑물이 방바닥에 흥건히 괴어, 앉아 있는 처화의 무릎까지 적신 일도 있었다.

이런 가운데 처화의 몸이 망가지고 있었다. 배에는 물동이라도 올려놓은 것처럼 커다란 적(積)*이 들어 북통 같은데, 언제부턴가 몸에는 부스럼이 함빡 돋아 건드리지 않아도 피고름이 흘렀고, 피딱지가 굴 껍데기처럼 닥지닥지 달라붙었다. 감지도 않고 빗질도 않는 머리는 까치집이 된 지 오래다. 영양 부족으로 살갗은 누렇게 뜬 데다 볼과 눈자위는 꺼지고 살집이 사라진 자리에 광대뼈만이 유난스레 불거져 보였다. 겨울철에는, 연화봉에서 얻은 기침병이 만성 해수로 고질이 되어 한번 발작을 일으키면 숨이 꼴깍 넘어갈 지경이었다. 특히 부스럼은 악성이라, 한때는 몸에서 뜯어내는 고름딱지 피딱지가 한 됫박이나 될 정도여서 마침내 처화가 용천뱅이(문둥이)란 소문이 돌았다. 노루목 길목을 다니던 행인들이 일부러 길을 에둘러 다니고 애들은 무섭다고 근처에 얼씬도 않았다.

이런 처화의 뒤에는 두 여인이 있었다. 부인 양씨는 점을 치러 다니기도 하고, 판수를 불러 경을 읽기도 하고, 심지어는 무당을 불러 푸닥거리도 했다. 처화의 건강이 회복되고 하루빨리 본정

---

* 한방 용어로, 오랜 체증 끝에 오장에 생기는 종양.

신이 돌아와 평생소원을 성취하고 큰 인물이 되기를 기원했다. 그녀는 또 남편이 노루목에서 구도의 마지막 고비를 넘으려 치열하게 발버둥을 치던 삼 년 동안, 자기도 밤마다 개암골 기도터를 찾았다. 정화수를 떠놓고 사방에다 아홉 번씩 큰절을 올리며 천지신명, 일월성신, 산신님께 남편을 위해 비손을 했다.

"천지신명님 전에 비나이다. 천하 만물 다시려 잡아 귀인 되기를 바라옵고, 복이 무쇠 방석으로 되드락 점지혀주옵소서. 만사가 대길허고 백사가 여일해서 우리 집 양반 소원 풀어주고 뼁 나사 주십사 빌고 또 비옵니다."

양씨 부인이 기도를 다닐 때 바랭이네도 노루목에서 기도를 모셨다. 냇가에서 목욕재계하고 샘에서 청수를 한 대접 떠다 바위 턱에 받쳐놓고 아침저녁으로 손비빔을 했다.

"비나이다 비나이다 천지신명 전에 비나이다. 우리 처사 양반 씨인 잡귀 다 물리체주시고 병마가 물러나게 해주소서. 또 빌고 비나이다. 우리 처사 양반 발복허서 영광 고을 원님 되게 허옵소서."

한번은 처화가 바랭이네 비손을 듣고 한마디 거들었다.

"바랭이네! 거그가 나를 위해서 기도허는 것은 고맙네만, 제우 영광 고을 원님이라니 당치 않소. 기왕 공을 들일랴거든 요리허소. '신묘생 박처화 만국 만민 다 구제허고 일체 생령 제도허는 성자 되기를 비나이다.'"

당시 노루목 형편이 아무리 생쥐 입가심할 것도 없는 부등가리 살림이라지만 또 사람이 죽으란 법은 없던가 보다. 끼니를 때우지 못할 때면 사정을 알고 도와준 소수의 후원자가 있었으니 김성섭과 곽문범 등이 그들이다. 연화봉 수양 후원자였던 김성섭은 아침마다 조밥 한 그릇씩을 남몰래 가져다주곤 하였는데, 처화는 그것을 두 끼로 나누어 소금국에 말아 먹고 허기를 달래며 정진하였다. 김성섭의 장남으로 열네 살 나이에 밥 심부름을 하던 홍철은 당시 처화의 행색을 이렇게 회상했다.

"상투도 틀지 안허고 빗질 한번 지대로 안 헌 채 머리는 산발을 힜어. 저을(겨울)이면 손발이 얼어터지고 쉬염엔 입짐이 얼어붙었는디, 잠을 자시는지 꿈을 꾀시는지 기양 바우맹키로 앉아 지시더랑께. 나는 어링게 무서와서, 문을 쪼께 열고, 갖고 간 조밥 한 뎅이를 얼릉 들에놓고는 꼬랑지가 빠지드락 달음질쳤제."

이웃 마을 천정리에 살던 곽문범은 박씨네 집안과는 세교가 있었고, 어려운 때 신세도 진 일이 있어 처화의 사정을 그냥 보아 넘길 수가 없었다. 그는 종종 두루마기 안에, 좁쌀이나 수수가 되든 혹은 보리쌀이 되든, 양식 두어 되씩을 숨겨가지고 왔다. 처화가 하루 이틀 연속 굶는 때면 알고나 오는 것처럼 곽문범이 곡식 자루를 들고 찾아와 방 안에다 말없이 디밀어주고 갔다.

"그땐 해년마다 숭년이 들어 식구 묵을 것도 읎는디 넘한테면 양식을 넉넉이 보태줬겄능가? 벵으로 죽기 전에 지레 굶어 죽는갑다 히서 쪼끔썩 갖다났제."

1915년 동짓달 그믐, 처화는 간밤에 아버지 제사를 지냈다.

아내 양씨, 일곱 살 난 장녀 맏네, 그리고 이제 겨우 백일이 지난 아들 길진(吉眞)이 나란히 누워 잠든 것을 보면서 처화는 한숨을 쉬었다. 열여섯 꽃다운 나이에 시집와 언제 한번 즐거운 날을 못 보고, 주리고 헐벗으며 소처럼 일만 한 아내, 이젠 새색시 때의 고운 태를 찾아볼 길 없이 돼버린 얼굴을 이윽히 내려다보았다. 아우 한석은 물론이고 한석이 모시고 있는 어머니조차 발길을 끊었다. 처화의 사정이 보기 딱해서인지 지난해부터는 명절에도, 기제사에도 길룡리에 오지 않았다. 그래도 아내는 어려운 생활 형편에서나마 제사상을 갖추 차려놓고 남편을 데리러 노루목으로 왔으니 고맙기 이를 데 없다. 시선을 돌려 올망졸망한 애들 얼굴을 들여다보노라니 더욱 애잔한 마음이 그의 가슴을 저몄다. 답답한 가슴을 식힐 겸 밖으로 나왔다. 마루 끝에 걸터앉은 처화는 하늘을 우러러보았다. 그믐밤, 구름까지 짙게 덮이니 별빛조차 찾을 길이 없다.

"내 신세가 똑 먹구름 덮인 그믐밤이로구나!"

처화는 자조 섞인 목소리로 중얼거려보았다. 아버지가 그리웠다. 언제나 처화의 편이 되어 어머니보다도 더 처화를 지지하며 수도의 길을 후원하던 아버지가 오늘따라 간절히 그립다. 그 아버지가 떠난 지도 다섯 해, 그 사이에 처화는 얼마나 망가졌는가. 이제는 아우도 갔고 어머니도 지쳐 떠났다. 더구나 이복형이나 누이와는 무슨 거래가 있을 수 있겠는가. 문중에서도, 동네에서도 폐인으로 낙인찍혀 누구도 사람대접을 해주지 않는다. 처자식과도 한 집에 못 살고, 가엾은 바랭이네같이 모자란 듯 바보인 듯 사는 사람만 그나마 그를 거두어주고 있다.

생각하면 열한 살 때 산신기도로 시작한 구도생활 십오 년, 그에게는 오직 빼앗기고 잃은 것뿐 아무것도 얻은 게 없지 않던가. 나라가 망한 것은 그렇다 치고라도, 아버지를 잃었고, 살림이 무너졌고, 가족마저 흩어졌다. 체면도 위신도 사라진 지 오래다. 문중에선 그를 숫제 일가로 취급하지도 않았고, 마을에선 진작부터 그를 성한 사람으로 보지 않는다. 이제 와선 건강마저 망가져 겨우 목숨만 부지하고 있는 것 아니냐. 전탈전여(全奪全與), 진리는 다 주기 전에 다 빼앗는 이치가 있다고 했던가! 그래, 남은 건 이제 이 모진 목숨 하나밖에 없구나. 말할 수 없이 비감한 생각이 들자 어느덧 눈에선 눈물이 흘렀다. 차라리 이 목숨마저 빼앗아가려무나! 처화는 흑흑 느껴 울었다. 일곱 살 때, 옥녀봉 하늘에 피어오르는 구름을 보고 의심을 발한 이래 삼밭재의 산신기도 네 해, 스승 찾아 방황하기 여섯 해, 다시 혼자서 공들이기 삼 년인데 아직도 뜻을 이루지 못했으니 이 기약 없는 공부는 언제나 끝나려는가!

언제부턴가 바랭이 혼령이 나타나 처화를 지켜보고 있었다. 다시 나타나면 쫓아 보내리라던 지난 다짐과는 달리 처화는 짐짓 바랭이를 못 본 체했다. 바랭이도 이번엔 눈앞에서 알찐거리는 대신 그의 귓가에 와서 속닥거렸다. 경박하게 히죽거리기보다는 사뭇 진지하게 속삭였다.

"아부지 메골(몰골)이 정말 말이 아녀라. 인생도 청춘도 고로코롬 긴 것이 아닌디 도를 이룬다고 공연시리 근천 떨지 말고 인자

노루목에 뜨는 태양 • 129

라도 맘을 바까묵으요. 생각허고 보면 지난번 타리섬에서 아부지
는 돈 버는 법을 다 배웠지라. 홀홀 털어불고 인나서 돈도 벌고 건
강도 챙기소. 아부지가 누구디야. 인근에서 암도 못 건드는 장사
가 아니등가요. 맘만 고치묵음사 금방 몸땡이도 좋아지고 돈도 잘
벌 것이요. 글먼 문중에서 누가 감히 박대헐 거이며, 동네선 누가
아부질 업신여길 거이제라? 집안을 인내키고, 양자 간 아오헌테
붙어묵는 어무이도 모시다 살면 또 얼매나 좋아허시겄어라? 그간
고상만 허든 부인은 얼매나 짓거허고, 자석덜은 또 얼매나 신이 나
서 살겄소? 우리 어무이도 아부지가 거둬 살아야제라. 써빠지게
고상헌 게 짠허지 안허요? 아부지, 인생이란 벨로 길들 안허요. 요
로코롬 빙들어 앓다 죽는다 치먼 도는 머고 공부는 머다요? 맬짱
헛고상이지라. 공수래공수거, 이 짜룬 인생을 왜 그러고 심들게
살고 식구덜까정 비참허게 맹근다요? 징허요, 차말로 징허요."

처화는 머리를 흔들며 괴로워했다. 바랭이 말이 영 틀린 말도
아니지 싶었다. '아오헌테 붙어묵는 어무이'라든가 '써빠지게 고
상헌 게 짠허지 안허요'라든가 그런 말 한마디 한마디가 그의 살을
저며 내는 아픔을 주었다.

"되았다, 이놈우 자석아! 인자 고만 가보그라."

"글고 헐 말 더 있소. 아부지 같은 인물이먼 호의호식험서 떵
떵거리고 살 수 있어라우. 거그다가 여자덜도 잘 따리제라. 영웅
호색이라는디 지 발로 걸어오는 여자덜을 차다니 고건 벙테나 허
는 짓이라요. 열 지집 마다허는 사나 읎단 말도 있잖소? 타리섬 종

씨 작은집이사 넘으 여자라 글것지라 허드라도 연화 가시네 같은 큰애기사 얼매나 좋소. 짜룬 인생 맘꿋 재미지게 살다 가는 것이제, 뭐 땀시 이러코롬 근천시롭게 살으요? 아부지 고자요?"

"징헌 놈! 니가 조방꾼이냐? 지발 꺼져라."

"아니, 요곳 한 말씸만 더 헙시다. 까놓고 말헌디 이까튼 멧꼬랑에 먼 희망이 있다고 여그 죽치고 있으요? 대처로 얼럼 가씨요. 아조 왜눔덜 서울로 쳐들어가든지, 내친 짐에 미국까정 가든지, 고건 담 일이고 몬저 경성으로 싸게 가씨요. 여그는 아부지 같은 인물이 썩을 디가 아니랑께라."

처화는 화들짝 놀랐다. 내가 바랭이한테 놀림을 받은 게 아니라 마군이한테 홀리고 있었구나. 아니 마군이도 아니다. 바랭이 혼령도 마군이도 아니다. 바로 내 자신, 나의 오염된 혼에 홀리고 있다. 어쩌면 그것은 오염된 혼이 아니라 가장 순수한 혼일지도 모르지. 처화는 혼란스러웠다. 한참 머리를 움켜잡고 몸부림쳤다. 머릿속이 하얘진다. 그렇게 얼마나 흘렀을까. 생각이 차츰 질서를 찾아가고 마침내 의식이 가다듬어지자 작은 깨달음이 왔다.

나는 아무것도 잃은 게 없다. 누구에게 무엇을 빼앗긴 적도 없다. 내가 버린 것은 있을지언정 누가 빼앗은 것이 아니다. 내가 일곱 살 그때부터 소중하게 간직하고 싶었던 것, 그것은 아직까지 놓지 않고 있다. 가슴 속 깊이깊이, 누구도 빼앗을 수 없는 곳에 그대로 가지고 있지 않은가. '생사고락 그 이치며 우주 만물 그 이치를 어찌하면 알아볼까' 그 한 생각, 그 한 서원을 해결하기 위하여 나는 남들이 소중히 여기는 많은 것들을 기꺼이 버렸다. 다만 어린 가슴에 뿌려진 그 한 낱의 씨앗은 내 가슴 가운데서 싹이 트고 잎이 피어 무럭무럭 자랐고, 언젠가 꽃이 피고 열매를 맺도록 하기 위하여 나는 김매고 거름하고 물 주면서 이제까지 키워오고 있는 것이 아니더냐! 세상에 어떤 누구하고도 무엇과도 바꿀 수 없는 보물을 나는 가슴속에 품고 키워왔다. 내 목숨을 던져서라도 지킬 수밖에 없는 귀한 것, 대단히 귀한 알 하나를 나는 품고 있는 것이다. 비록 기약 없는 부화(孵化)를 꿈꾸는 어미새일망정 내겐 버릴 수 없는 서원이 있다. 죽는 날까지 놓지 못할 꿈이 있다…….

처화는 노루목으로 돌아와 새로운 각오로 가부좌를 틀었다. 허리를 펴고 단전에 힘을 툭 부린 채 호흡을 시작했다. 처음엔 무겁고 좀 느리게 들이마셨다가 가볍고 좀 빠르게 뱉어버리고, 다시 길고 강하게 들이마시고 또 짧고 약하게 뱉는 식으로 반복하여 기운을 안정시켜갔다. 숨은 조금씩 골라지고 호흡은 더욱 느리고 섬세하게 바뀌어갔다. 덥고 탁한 기운은 아랫배로 밀려 내려가고 차고 맑은 기운은 머리로 삽상하게 떠오른다. 물기운과 불기운이 각기 자기 자리를 잡아가며 옥지(玉池)에서 맑은 침이 샘처럼 솟아난다. 달고 서늘한 침이 입안에 고이기 시작하여 가득 차면 목구멍으로 살며시 삼켜 내렸다.

숨은 점점 가늘어지고 가벼워지기 시작한다. 밧줄같이 굵고 힘이 들었던 것이 새끼줄처럼, 다시 노끈처럼, 무명실처럼, 명주실처럼 점점 가늘어진다. 마침내 거미 꽁무니에서 줄이 나오듯이,

누에의 입에서 실이 나오듯이 가늘고 기나긴 선이 되어 끊어질 듯 끊어질 듯 이어지며, 들어갔다 나오고 나왔다간 다시 들어갔다. 이제 숨의 출입을 오감으로 온통 감지할 수 있다. 그것은 안개처럼 몽롱하고 보얀 빛깔을 띠고서, 풀솜처럼 보드랍게, 엷은 풋내음, 갯내음을 풍겼다. 사르륵사르륵 들릴 듯 말 듯한 소리를 머금고서, 청렬한 샘물처럼 달콤한 맛을 내면서, 코끝에서 단전까지, 쥐면 꺼질세라 불면 날아갈세라 조심조심 움직이고 있다. 칠산바다로부터 밀려오는 조수가 와탄천을 타고 영촌 마을까지 밀물로 들어왔다가 다시 썰물이 되어 나갔고, 달은 초승달에서 상현달을 거쳐 만월이 됐다가는 이지러지기 시작하여 하현달에 이어 그믐달이 돼버렸고, 해는 봄과 여름을 거쳐 가을이 되고 겨울이 되었다. 그의 호흡 가운데서 지구가 돌고 달과 별이 돌고 우주가 운행했다. 마침내 심장이 멈추고 숨조차 끊어질 듯한 한 고비를 넘어서면 이제 다시 머리가 조금씩 움직여서 위로 위로 솟기 시작하고, 마침내 지붕을 뚫고 용오름이 시작된다. 이럴 때면 처화의 입속에선 스멀스멀 주문이 기어 나온다. 전에는 큰 소리로 주문을 외기도 했지만 이제 입술을 달싹거리지 않고 혀조차 움직이지 않고도 주문을 외울 수가 있다.

"일타동공일타래 이타동공이타래 삼타동공삼타래…… 십타동공십타래."

구름을 한 겹 두 겹 뚫고 오르다 보면 더 오를 수 없는 한계에 도달한다. 그러면 새로운 시도, 다시 한번 도전하기 위해 바닥까지 서서히 내려간다.

"십타동공십타래 구타동공구타래 팔타동공팔타래 …… 일타 동공일타래."

처화는 마침내 더는 솟을 수 없는 구름의 벽을 만났다. 그것 은 이른바 금성철벽처럼 견고한 것이었다. 호흡도 주문도 그 벽 앞 에 너무도 무력함을 알았다. 처화는 의식을 한군데로 모으며 불꽃 을 벼리기 시작한다. 연화봉 초당에서 단련하던 '불꽃 벼리기'가 유용함을 알았다. 처음엔 펑퍼짐하고 느슨하게 타오르던 검붉은 불꽃을 점점 좁히고 죄어가노라면 불꽃은 주황색으로 변한다. 여 유를 주지 않고 좀 더 날카롭게 벼리면 하얗게 빛을 뿜는다. 의식 은 수정알처럼 투명해지고 불꽃은 폭풍처럼 강렬하게 바람을 일으 킨다. 쉬익쉬익하는 소리가 밀려오면서 서릿발같이 날카롭게 고 막을 때린다. 불꽃이 새파란 빛을 발하기 시작하면 의식의 칼날은 하나의 점이 된다. 바람을 가르는 소리도 사라지고 송곳처럼 가늘 고 예리한 불꽃은 화석이 된다. 이 송곳 같은 불꽃을 무기 삼아 저 구름의 벽이 보이는 강고한 저항을 뚫는다. 더 견딜 수 없는 구름 은 구멍이 뚫리고 그 사이로 눈부신 햇살이 쏴아 쏟아진다. 황홀경 에서 숨 막히는 환희에 젖어 바라보는 옥빛 푸른 하늘을 보며 그는 좀 더 많은 빛을, 좀 더 넓은 하늘을 원했다. 그러나 다시 구름이 덮이고 햇살은 차단된 채 푸른 하늘 자락은 아쉽게도 꼬리를 감추 고 만다. 황홀한 환희와 암담한 좌절이 해가 뜨고 지듯이, 조수가 들고 나듯이 수시로 교차되었다. 이것은 단지 환상과 현실의 마군이 놀음인가, 나는 그 놀음에 농락당하고 있는 한갓 가련한 꼭두각시는 아닐까. 이런 혼란스러운 의심이 처화를 엄습한다.

"내가 한 생각을 얻기 전에는 혹 기도도 올렸고, 혹은 문득 솟아오르는 주문도 외웠으며, 혹은 나도 모르는 가운데 적묵에 잠기기도 하였는데, 우연히 한 생각을 얻어 지각이 트이고 영문(靈門)이 열리게 된 후로는, 하루에도 밤과 낮으로, 한 달에도 선후 보름으로 밝았다 어두웠다 하는 변동이 생겼고, 이 변동에서 혜문(慧門)이 열릴 때에는 천하에 모를 일과 못 할 일이 없이 자신이 있다가도 도로 닫히고 보면 내 몸 하나도 어찌할 방략이 없어서, 나의 앞길을 어떻게 하면 좋을까 하는 걱정이 새로 나며 무엇에 홀린 것 같은 의심도 나더라."(대종경, 수행품 46)

삼월 스무이레 처화의 생일을 앞둔 며칠 전부터 바랭이네는 밤마다 불안과 무섬증을 겪고 있었다. 처화에게 도움을 청하고 싶었으나 도무지 입이 떨어지지 않는다. 혼자 곰곰이 생각하던 그녀는 부엌에서 노는 식칼을 들고 나가 처마 끝에 매달았다. 마침 소피를 보러 나왔다가 이 광경을 본 처화가 표정 없는 얼굴로 물었다.

"거 칼은 왜 풍경맹키로 처메에 매다요?"

"무서서 방법허구만이라."

"뭣이 무섭고, 무신 방법을 헌다고 그러요?"

"처사님은 참말로 암것도 모르요. 요 메칠 밤새 베라벨 귓것*

---

* '귀(鬼)+ㅅ+것'의 구조를 지닌 합성어로 분석되는 것으로 '귀신',

덜이 아우성을 침시렁 도까비불이 집을 싸고 새복까정 뺑뺑 도요. 난 솔찬히 무서와서 칼을 달아매먼 잡귀덜이 물러갈랑가 자퍼서 매달지라."

"바랭이 죽을 때 혼불을 봤다드니 인자 나 죽을 혼불인갑소."

"혼불이 아니고 도까비불이라 안 허요!"

"귓것이람사 내 몸에 석화 껍닥처럼 붙어 산 지 오랜디 멀 그 래쌓소."

처화는 불꽃 벼리기의 한계를 알았다. 구름벽 뚫기가 역부족임을 알았다. 그런 한계를 깨달았을 때 처화는 이제 자신이 아무것도 할 수 없음을 알았다. 모든 것을 단념하였다. 어떤 것도 의도하지 않았다. 모든 것이 포기되었다. 이글이글 불찌가 튀던 그의 눈은 이제 까막바보의 청맹과니가 되었다. 감각도 잃고 의식도 정지한 상태로 돌아갔다. 그의 지능은 퇴화하고 감성은 무화하였다. 그는 이제 나무고, 돌이고, 구름이고, 바람이었다. 어린 아기이고, 백치이고, 미치광이고, 아니 차라리 송장이었다. 그는 단지 껍데기였고, 허물이었고, 텅 빈 것, 아니 그는 이제 거기 없었다.

병진년 삼월 스무엿새(1916년 4월 28일) 이른 새벽, 처화는 말없이 앉아 있었다. 야기가 감돌아 선선한 느낌이 방 안에 가득한데, 휘정거렸던 우물에 흙탕이 가라앉으며 물이 맑아지듯이, 온통 혼돈으로 헝클어졌던 머리가 점점 정리돼갔다. 이전과는 달랐다.

'마귀', '도깨비'의 의미(표준국어대사전).

온몸의 피와 기가 다 빠져나간 듯 머리가 텅 비고 가슴도 몸통도 온통, 피 한 방울 살 한 점 남은 것 같지 않다. 그 가운데 의식이 깨기 시작했다. 길고 오랜 깊은 잠에서 깨듯이 그의 의식은 유리구슬처럼 투명하게 드러나고 있었다. 한 번도 이런 기분은 겪은 적이 없다. 무엇이 잘못되고 있는가, 내가 죽어서 저승에 온 것인가. 처화는 방문을 열어젖히고 마당으로 내려섰다.

스무엿새, 달 없는 깊은 밤, 그는 검게 물든 숲과 산등성이의 윤곽을 가늠하며 동서남북을 휘휘 둘러보았다. 하늘에는 별이 총총히 박혀 빛을 발하고 있다. 맑은 바람이 가볍게 불고, 청랑(淸朗)한 기운이 온 골짜기에, 온 하늘에 가득히 차 있다. 처화에게 그것은 결코 낯익은 것이 아니었다. 그는 이 낯선 분위기를 어떻게 받아들여야 할지 다소 어리둥절했다. 아직은 무엇인지 모르지만 이건 분명 기분 좋은 것이다. 온 우주 공간이 아직은 깜깜한데 그에겐 전혀 어둡게 느껴지지 않는다. 아! 그런데 왜 이럴까? 내가 왜 그동안 그리 고생을 했던가? 일곱 살, 그때부터 구도의 길 스무 해 동안 내가 무엇 때문에 그리도 애태우고 고생을 하였던가. 우주에, 인생에 문제는 아무것도 없다. 의문도, 모를 것도 없다.

동이 트고 있었다. 저 장다리봉, 선진포, 촛대봉 그쪽 하늘이 부유스름하니 밝아질 것이다. 상여바위봉, 삼밭재, 설레바위봉이 새벽빛을 멀리 받아 밝게 솟아 보인다. 무엇이 달라졌는가? 아니다. 아무것도 달라진 건 없다. 정말 달라진 건 없다. 도무지 달라질 게 없다. 모든 것은 있는 그대로 완벽하다. 저 옥녀봉의 바윗돌

하나, 노루목의 풀 한 포기조차 달라질 게 없다. 앞 도랑의 물은 늘 그렇듯 지절거리며 흐르고, 눈썹바위봉 위로 떠가는 구름도 늘 보던 대로다. 그렇다. 달라진 건 나뿐이다! 내게 무언가가 일어났다. 내 머리에서, 내 가슴에서, 내 창자도, 내 쓸개도, 내 발가락도 무언가 변화가 일어났다. 아직 그것이 무엇인지는 모르지만 분명히 일어났다. 일어났다. 일어났다.

"바랭이네, 소금 좀 주소. 세숫당(대야)이랑 머리빗도 주고……."

처화는 소금으로 양치를 정성 들여 했다. 이어서 머리를 감고 세수를 했다. 머리를 말린 뒤 빗질을 잘 해서 상투를 틀고 동곳까지 꽂고 망건을 썼다. 때 끼고 긴 손발톱도 꼼꼼히 깎았다. 석경에 얼굴을 비춰 보았다. 참으로 오랜만에 비춰 보는 얼굴이었다. 홀쭉하게 찌그러진 볼, 움푹 꺼진 눈자위, 울퉁불퉁 튕겨져 나온 뼈, 묵은 가랑잎같이 윤기 잃은 피부. 이럴 것이 아닌데 내가 왜 이렇게 흉악한 몰골이 됐더란 말인가.

바랭이네는 너무나 놀랐다. 이 양반이 왜 이렇게 딴사람이 돼버렸는가. 이 양반, 혹시 진짜 실성한 것은 아닐까. 그녀는 서둘러 구호동 본댁으로 달려갔다. 노루봉에서 송홧가루가 눈처럼 날렸다.

"성님! 성님! 처사 양반이 딴사람이 됐어라우. 얼렁 가서 보랑께로."

바랭이네의 수선스러운 설명을 듣고 양씨도, 이게 무슨 꿈같은 소리냐 하고 한달음에 노루목으로 갔다. 마침 처화는 방을 깨끗이 치우고 마당에 나와 집 주변을 쓸고 있었다. 돌은 돌대로 골라 내 치우고 흙모래는 흙모래대로 모아 곯은 땅을 메우고, 잡초는 뽑아내어 한쪽에 두었다가 두엄발치로 가져갔다. 부인 양씨와 바랭이네는 도랑을 미처 건너지도 않고 서서, 입도 다물지 못한 채 처화의 하는 꼴을 물끄러미 바라보았다. 비질한 마당 위에 송화가 곱게 덮였다.

"시상에, 저 양반이 벨일이제. 왜 생전 안 허든 짓을 헌다냐!"

"가만! 시방이 실성헌 게라우, 먼첨이 실성헌 게라우?"

그 후로 처화의 변화는 용모에서부터 드러나게 달라졌다. 식사를 때맞추어 하고 몸을 청결히 해서 그런지, 볼에 살이 붙고 얼굴에선 윤기가 돌고 빛이 났다. 온몸에 흡혈 박쥐처럼 닥지닥지 달라붙었던 부스럼 딱지가 우수수 떨어지더니 피부가 희고 윤택한 본래의 모습으로 돌아갔다.

처화는 처음에 가졌던 반신반의로부터 벗어나 점차 자신의 깨달음에 대한 확신을 얻어갔다. 하루는, 동학도 두엇이 구수미 장터로 가던 길에 노루목에서 쉬면서 수운 최제우의『동경대전』에 있는「포덕문(布德文)」을 놓고 대화를 하고 있었다.

"자네는 이 구절을 어찌케 생각허능가. 수운 선상께서 경신년 사월 초닷새에 각도허고 상제님 말씸을 받들 참인디, 이 보소! '연즉 서도(然則 西道)로 이교인호(以敎人乎)이까? 글먼 야소교(耶蘇敎)로 사람을 갈칠깝쇼?' 자, 다음에 보자구. '불연(不然)이나 오유영부(吾有靈符)허니 기명(其名)은 선약(仙藥)이요 기형(其形)은 태

극(太極)이요 우형(又形)은 궁궁(弓弓)이니 수아차부(受我此符)
허여 제인질병(濟人疾病)허고 수아주문(受我呪文)허여 교인위아
즉(敎人爲我則) 여역장생(汝亦長生)허여 포덕천하의(布德天下矣)
라.' 새기먼, '그러지 안허다, 나한테 신령시로운 부작이 있는디 그
이름은 선약이요, 그 모냥은 태극이요 또 궁궁이니, 나의 이 부작
을 받아서 사람을 갈치되 나를 위해서 헌즉 니 또한 길이 살아 천
하에 도를 페리라.' 여그서 그 모양이 태극이니 궁궁이니 허는 기
뭣이제라?"

"나도 궁금해서 묻고 싶었제. 「수덕문(修德文)」에도 '흉장불
사지약(胸藏不死之藥)허니 궁을기형(弓乙其形)이라' 안 힛는감!
'가심에 불사약을 갈무리혔응게 그 모냥이 궁자 을자라.'"

두 사람의 대화를 엿듣던 처화는 잠시 생각을 했다. 영부니
선약이니 하는 말의 본의가 쉽게 이해됐다. 그 모양이 태극이니 궁
궁이니 혹은 궁을이라고 말하는 것도 금방 알 수 있었다. 신기했
다. 전에 한 번도 읽어본 적이 없는 수운의 글, 「포덕문」이나 「수
덕문」의 수수께끼 같은 구절이 하나도 이상하게 생각되지 않고 전
혀 낯설지 않다니 이상했다. 아무럼, 그렇고말고! 처화는 빙긋이
웃으며 고개를 끄덕끄덕했다.

또 하루는 노루목에서 쉬어가는 유생 한 사람과 대화를 하게
되었다.

"경서를 배우셨당께 젤 좋아허는 글귀가 뭔지 한 구절만 외와
주시겄소?"

"나는 역(易)을 질로 좋아허지라. '부대인자(夫大人者)는 여천
지합기덕(與天地合其德)허며 여일월합기명(與日月合其明)허며 여
사시합기서(與四時合其序)허며 여귀신합기길흉(與鬼神合其吉凶)헌
다.'(건위천 문언전) 이 구절이 질 좋지라우."

유생은 기다리기라도 한 듯 금방 술술 외웠다.

"미안허요만, 한번 새겨주시겄소?"

"그러지라. '대저 대인은 천지와 더불어 그 덕을 합허고, 일월
과 더불어 그 밝음을 합허고, 사시와 더불어 그 순서를 합허고, 구
신과 더불어 그 길흉을 합헌다' 그 말이제라."

처화는 그 뜻이 확연히 떠오르며 황홀한 느낌이 들었다.

"내가 제우 통감 둘째 권까지 읽다 그만뒀는디, 구겡도 못 헌
『주역』 구절이 이러코롬 나의 생각과 딱 맞아떨어징게 참말로 신
기헌 노릇이여. 옛날 사람덜이 구신 같구만이라!"

처화는 이로부터 자신감을 가지고 주변의 사물을 바라보고
부딪쳐보았다. 도무지 어떤 것도 한 생각의 도가니 속에 들어와서
녹아버리지 않는 게 없었다. 그는 어린 날부터 그를 괴롭혀온 숱한
의문들을 하나씩 떠올려보았다. 어느 것도 걸릴 게 없다. 인생의
생사고락 이치도 우주의 천태만상 이치도 확연히 꿰뚫어볼 수 있
었다. 훗날 처화는 이를 "시방삼계(十方三界)가 장중(掌中)의 한
구슬같이 드러나다"라고 표현했다. 처화는 환희에 넘치고 자신감
에 부풀었다. 훗날 처화는 이를 설명하는 데 '심독희자부(心獨喜
自負)'라는 한문구를 차용하였다. 그것은 법열의 황홀경이었다.

처화는 이때 자신의 심경을 드러내는 시구가 문득 떠올랐다.

"청풍월상시(淸風月上時)에 만상자연명(萬像自然明)이로다. 맑은 바람이 구름을 걷어간 후 동산에 보름달이 둥실 떠오르매 어둠에 싸였던 삼라만상이 절로 환하게 드러나는 격이로구나."

처화는 이 기쁨을 주체할 수가 없었다. 억만 사람 중에 내가, 다름 아닌 내가 어쩌다가 '생사고락 그 이치와 우주 만물 그 이치'를 알아냈을까! 참으로 희유한 일이고 신기한 일이다, 하는 생각이 들자 환희에 벅찼다. 처화는 기쁨을 주체할 수 없어서 삼밭재로 한달음에 달렸다. 나뭇가지도 풀잎도 그의 성공을 축하하고 새소리 바람소리조차 그의 성공을 찬양하는 것만 같았다. 발씨가 익은 길이라지만 어느새 올라왔는가 싶게 하나도 힘든 줄 모르고 마당바위에 도달하였다. 그 어린 나이에 산신을 만나려고 기도하던 날들을 떠올렸다. 그는, 그가 이제 산신을 만났음을 깨달았다. 아니 그 자신이 이미 산신이 되었음을 깨달았다.

"얼씨구 조오타!"

그는 황소 영각 뽑듯 있는 힘껏 청을 돋워 소리를 질러보았다. 엄청난 메아리가 여기저기서 되돌아왔다.

"얼씨구 조오타!"

처화는 이 황홀한 기쁨을 드러내기론 그냥 소리 지르는 것만으로는 성에 차지 않았다. 한바탕 노래로 춤으로 표현하고 싶은 충동에 몸서릴 쳤다. 박봉학에게서 배워 알고 있는 유일한 노래 〈흥타령〉이 떠올랐다. 처화는 너럭바위 위에서 팔을 추키고 다리를 들며 춤을 추었다. 그리고 진우조로 목청껏 소리를 질렀다.

"아이고 대고 허-어-흐-웅 성화가 났네. 헤-에……."

춤판을 마치고 다시 삼밭재를 한달음에 내려온 처화가 이번에 역시 한달음에 김성섭을 찾아 돗드레미(범현동)로 갔다.

"성님! 내가 기언치(기어코) 의문을 다 풀어불었소. 인자 공부를 막음해번졌어라. 고맙소, 성님!"

김성섭은, 용모부터 다른 사람과 달라져버린 처화를 보며 어리둥절하였다. 이게 대체 꿈인가 생시인가 황홀하였다.

"아오님, 꿈만 같네그랴. 그런디 다 풀고 봉께 그 도가 뭣이여?"

"만유가 한 체성이며 만법이 한 근원인디, 이 가운데 생멸 없는 도와 인과 보응되는 이치가 서로 바탕허여 한 두렷헌 기틀을 지었소이다."

처화는 문득 정색을 하고 엄숙하게 천천히 말했다.

"이만허먼 알 만허요?"

김성섭은 그것이 무슨 뜻인지 짐작조차 되지 않았다. 그러나 그는 처화의 득도를 확신하였다. 스무 해를 지켜본 그의 통찰이 처화의 득도를 확신케 한 것이다. 처화는 마음속으로, 김성섭을 첫 남자 제자로 인증하였다.

"아오님, 난 무식혀서 아직 잘 몰루겠네만 아오님이 득도헌 것을 확신허네. 글먼, 인자 뭣을 어찌케 허실 텐가?"

"성님, 나는 혼차 좋을라고 이십 년을 독공헌 것이 아녀라우.

인자 만국 생령을 파란 고해에서 건지야 안 허겄소? 죄고에 신음
허는 생령을 건지고 병든 시상을 고칠라 허요."

김성섭은 한때 증산도에 빠져, 와탄천 건너 대둔산 깊은 골짝
에서 치성을 드리던 일이 생각났다. 증산 교조가 화천(사망)한 후
교단이 산산조각이 나면서 그도 실망하고 손을 털었지만, 성섭은
득도한 처화가 이제 연전에 연화봉 시절 보인 것의 몇십 배 되는
이적을 나톨 것으로 믿었다. 증산보다 더 큰 신통을 보여줄 것을
기대했다.

"아오님, 그래 제생의세(濟生醫世)헌다 치면 뭣을 어찌케 시
작허려능가? 아오님도 수운 선상마니로 영부, 선약을 가주왔능가?
증산 상제마니로 천지공사라도 허실 양인가?"

"성님, 먼차 나의 도를 전헐 사람덜을 모타(모아)주씨요. 글
고 내가 유·불·선에 서교까지 경서라는 경서는 몽땅 한번 열람을
히야 쓰겄소. 그것들을 구허는 대로 갖다주씨요."

김성섭은 자기가 가지고 있는 유서와 음양 복술서 등을 챙기
고, 불서며 동학서 등도 구하는 대로 가져다 바쳤다. 유서로는 사
서삼경과 『소학』 등이었고, 불서로는 『선요』『팔상록』『불교대전』
등이었고, 『동경대전』과 『용담유사』 같은 동학서와, 『옥추경』『음
부경』『도덕경』『남화경』 등의 도선서 등과, 서교의 『신약』『구약』이
이 무렵 처화의 머리맡에 쌓여갔다. 처화의 독서 속도는 상상을 초
월할 만큼 빨랐다. 그는 결코 문자 풀이에 매달리지 않았다. 그것
은 독해라기보다 열람이었고 열람이라기보다 일별이라 함이 적절

했다. 마치 연병장에 정렬한 장병을 사열하는 도원수의 모습이었다. 그는 장병 하나하나의 군장이나 표정을 살필 필요가 없었다. 한 끝에서 다른 끝으로 '훑어보는' 것으로 충분했다. 어떤 글을 보아도 금방 대의를 알아버렸다. 석가, 노자, 공자, 혹은 예수나 수운까지 처화는 시공을 뛰어넘어 곧 그들과 친해졌다. 바로 말이 통하고 뜻이 맞아 거칠 것이 없었다. 이때 처화가 깨친 것은 세 가지였다. 하나는 자신이 오랜 공부 끝에 알아낸 것을 이미 고인들도 알아냈다는 것이요, 둘은 고인들의 앎이 옳긴 하되 그 경지에는 깊고 얕음의 수준 차가 있더란 것이요, 셋은 그 내용이 시대에 맞는 것과 맞지 않는 것이 있더란 것이었다.

처화는 김성섭의 도움을 받아가며 쓸 만한 인물을 접견하거나 몸소 만나러 다녔다. 그가 김화천 훈장을 찾은 것도 그 무렵이었다. 근동에서는 그래도 글줄이나 하는 사람이니 그를 끌어들이리라 하는 생각이 든 것이다.

"훈장님, 뵌 지가 솔찬히 되았구만이라우. 그간 평안허셨고라우?"

"어서 오시게. 먼 바람이 불었당가?"

"오널 훈장님께 글 한나 배우러 왔어라우."

처화는 훈장에게 「마하반야바라밀다심경(摩訶般若波羅蜜多心經)」을 불쑥 디밀었다.

"머이당가?"

김 훈장은 적잖이 곤혹스러웠다. 처음부터 무슨 말인지 알아

보기가 고약했다.

"나가 언제 불서를 보기나 했간디?"

"그러면 경 이름이라도 좀 새게주실랍니까?"

"글씨…… 마가반약파라밀다심경이라? 이거 무신 소리다냐?"

"그러면 훈장님, 지가 한번 새게볼 팅게 맞나 보시지라우. 마하반야바라밀다심경이라…….."

처화는 경의 이름부터 시작하여 좍좍 읽고 거침없이 새겨갔다. 김 훈장은 이 애송이 제자의 능수능란한 경서 해독에 어이가 없었다. 이 어인 일인가? 내가 제 실력을 빤히 아는데, 글공부라면 그리도 싫어하던 이 어쭙잖은 제자가, 괄목상대도 유분수지 이럴 수가!

"훈장님, 지가 쪼끔 배운 걸 갖고 사람덜허고 이약이나 히볼까 자픈디 어디 알아들을 만헌 사람이 몇 있으까라우? 훈장님이나 기셔야 지가 심이 나제 안허겄소잉. 꼭 좀 오서서 지가 틀리면 바롸주시게라우."

기가 죽은 김 훈장이었지만 그래도 자기를 알아주는 것이 고마워 처화의 모임에 나가기로 약조를 하지 않을 수 없었다.

에루화 낙화로다

　대각을 이룬 후, 시대와 세계 속에 스스로의 입지와 경륜을
자각한 처화는 이름을 바꾸었다. 거듭 중(重), 빛날 빈(彬), 박중빈.
　박중빈은 김성섭이 내준 범현동 전주 이씨 제각(祭閣)에 자리
를 잡고, 찾아오는 사람들을 접견하거나 경전을 열람하느라 바쁜
날을 보냈다. 하루는 김성섭이, 같은 면 천정리에서 몽학들의 훈
장 노릇을 하는 김성구를 데리고 왔다. 훤한 이마와 기름한 얼굴에
이목구비가 뚜렷하고 키가 훤칠하였다. 눈에는 총기가 형형하고
우뚝한 콧날과 굳게 다문 입술에는 굳은 의지가 서려 있어 척 보기
에도 범상한 인물이 아니었다.
　"이 사람은 내 조카메느리의 오라버니 되는 사둔이네. 학문이
짚어 열일곱부텀 훈장 노릇을 허고 있제."
　김성섭의 소개 없이도 박중빈이 알 만한 사람이었다.

"이 사람이라믄 나도 안면은 익지라우. 이름이 김성구라 힜든 가?"

"야아, 본관은 김해고 성인 성(聖) 자, 오랠 구(久) 자 쓰지라 우. 경인생이구."

"반갑네. 내가 신묘생잉게 자치동갑여. 근디 자네가 천장봉 아래 훈장 노릇을 히서 문자속이사 상당허겄지만, 천지 이치를 깨 치고 생사 해탈을 못 허면 아무 소용없는 거여. 대장부라면, 진리 공부를 허고 난 담에 성인의 도덕을 펴서 도탄에 빠진 생령을 구허 는 큰일을 혀야 쓰지 않겄능가?"

중빈은 성구의 손을 덥석 잡고 간절히 당부하였다. 낯이 익은 이 사람, 가까이 지낸 바는 없으나 엊그제까지 폐인으로만 알고 있 던 이 사람이 이렇게 딴사람처럼 용모가 달라지다니! 성구는 자신 을 꿰뚫어보는 듯한 중빈의 눈빛을 대하자 절로 고개가 숙었다. 학 문도 변변찮고 나이도 한 살 아래 되는 사람한테 굽히고 들어가는 것에 적잖은 갈등을 느낀 것도 사실이지만, 중빈에게는 그가 거역 할 수 없는 힘이 있음을 온몸으로 감지했다. 그것은 산 같은 위엄 이었으며, 또한 천 길 빙산도 녹일 듯한 따사로움이었다.

"야아! 내가 아직 그럴큼 큰일을 감당헐 심은 없제마는 함께 정성을 모트기로 약속허지라우."

박중빈은 잡은 손을 다시 한번 힘 있게 쥐며 만면의 웃음으로 기뻐하였다.

박중빈이 하루는 구호동 본가에 가서 모처럼 아내와 맏딸 맏네 등 식구와 단란하게 저녁 식사를 하고 나서 쉬고 있을 때였다. 아내의 품에서는 지난해 팔월에 태어나 아직 돌도 안 된 맏아들 길진이 안겨 엄마 젖을 빨고 있었다.

"맏네 있냐?"

누군가 안마당으로 들어서는 인기척이 있다 싶더니 마루 끝에서 외숙 유성국의 목소리가 들렸다.

"할아씨!"

미처 제 어미가 자리에서 일어서기도 전에 여덟 살짜리 맏네가 얼른 방문을 열고 깡충 뛰어나갔다.

"외숙이 뭔 일로 오시지라우? 저녁 진지는 허겄어라우?"

박중빈 내외의 인사를 받으며 들어서는 유성국의 몸가짐이 유난히 조심스러워 보였다. 마치 어려운 어른 앞에 나서는 아이처럼 조신하며 방에 들어선 유성국은 갑자기 생질인 박중빈 앞에 풀썩 무릎을 꿇고 앉더니 머리를 숙여 절을 했다.

"외숙이 왜 이러시오? 이게 무신 경우다요?"

열한 살 연하인 조카 앞에 무릎 꿇고 큰절을 하는 외숙 유성국을 보며 식구들이 놀라 어리둥절하였고 박중빈은 더욱 난처했다.

"조카님, 인자부텀 조카를 스승님으로 모실라네. 부데 나의 여생을 인도허시게. 내가 일찌거니 수운 대신사를 하늘맹키로 받들고 '시천주조화정 영세불망만사지'만 지성으로 독송했제만, 인자 가까온 디 스승이 있는디 뭣 땀시 멀리서 도를 구허겄능가?"

박중빈은 유성국의 진지한 구도심에 감동하지 않을 수 없었다.

"외숙이 지금까정 나의 든든헌 후원자가 되아주셨듯이, 앞으로는 모든 생령을 고해에서 건지는 대도회상(大道會上) 창립에 주춧독이 되아주써요. 외숙의 영생(永生)은 내가 저버리지 안헐 것잉게."

유성국은 이인명(李仁明)을 데리고 왔다. 그는 귀영바위에서 빚쟁이 독촉에 시달리며 수도도 하지 못하고 고통받던 시절에 처화를 타리섬으로 데리고 가서 장사 밑천까지 대주며 돈을 벌게 해준 은인이었다. 이인명이 아니었더라면 악착같은 채귀(債鬼)의 성화를 어찌 벗어날 수 있었겠는가. 김기천과 같은 동네에 살았고 유성국과도 절친하게 지내는 처지에, 나이가 박중빈보다 열두 살 연상으로 김성섭과는 동갑이었다.

박중빈은 연성리로 사람을 보내어 아우 한석에게 이 모임에 동참하도록 요청하였고, 어머니 유씨도 작은아들에게 형의 일을 도우라고 당부하였다. 여섯 살 연하인 한석은 형이 집안일에 더 충실하기를 바랐고, 형의 일이 무슨 일인지 이해가 안 되는 대목도 있었지만, 형의 요청과 어머니의 당부를 물리치진 않았다.

김성섭은 또 오재겸(吳在謙)이라는 사람을 데리고 왔다. 면내 학산리 이장 일을 보는 그는 집 짓는 데 재주가 있었다. 집안은 대대로 불교를 신봉했으나 정작 본인은 증산교에 몰두하는 중에 박중빈의 제자가 되었다. 그는 박중빈보다 네 살 위였다. 오재겸은 같은 학산리 사람으로 친척 간인 오내진(吳乃眞)을 인도하였는데, 그는 박중빈보다 무려 십팔 세 연상임에도 제자가 되었다. 오재겸은 또, 읍내 장을 보러 갔다가 사돈 간인 이재풍(李載馮)을 만나자 박중빈을 도통한 스승이라고 입에 침이 마르도록 칭찬하였다. 동학 접주였던 부친(이인범)이 갑오년 기포 때 선두에 서서 농민군을 지휘하며 용맹을 떨친 일을 자랑스럽게 기억하는 그는 사회 개혁의 의지가 강한 인물이었다.

"군서면 학정리 신촌 불덕산 밑에 사는 이재풍이라 허요."

훤칠한 키에 준수한 용모를 지닌 이재풍이 혼자서 찾아와 인사를 했을 때 박중빈은 그의 인물됨을 첫눈에 알아보았다.

"반갑네이. 오재겸 씨한테 폴쎄 함자를 듣고 기둘르든 참이제. 마침 나와 같은 신묘생 갑재이라 헝게 더 반갑구만! 선친께서도 동학에 들어 나라와 백성 건지는 일을 허셨다든디, 우리 함께 시상 바루고 사람 건지는 일을 히보세나."

이재풍은 박중빈의 광채 나는 용모와, 가슴에 와 박히는 말 한마디 한마디에 압도당하고 매료되었다. 그는 기쁨으로 충만한 얼굴을 들어 제자 되기를 간절히 청하였다.

"재풍이! 학정리서 불갑사(佛甲寺)까정 거리가 얼매나 될라나?"

박중빈은 아까 이재풍이 군서면에 산다는 것을 들었을 때부터 번개같이 머릿속을 스치는 것이 있었다. 간밤의 몽사가 너무나 요연히 떠올랐다.

허우대가 거방지고 풍채가 헌거로운 도승 하나가 찾아오더니 장삼 소매로부터 작은 책 한 권을 꺼내어 바쳤다. 도승은 은근한 목소리로 "선생은 이 경전을 아시겠습니까?" 하고 물었다. 그 책을 받아보니 책 뚜껑에 '金剛般若波羅蜜經(금강반야바라밀경)'이라 적혀 있었다. "첨 보는 책이요만 보면 알 듯도 허요." 도승이 다시 말했다. "이것이 선생의 종지(宗旨)인즉 두고 잘 읽어보십시오. 저는 이만 물러갑니다." 도승은 표연히 떠나갔다. 그는 지금까지도 경 이름의 글씨체까지 생생히 기억하고 있었다.

"한 십 리 되지라우."

"부탁이 하나 있는디…… 불갑사 가서 『금강반야바라밀경』이란 책이 있는가 알아보고, 있거든 한 권 얻어 오소."

불갑사에는 『금강경』 목판이 있었다. 이재풍은 한지를 사다 주고 스님에게 부탁하여 한 권을 찍어다 박중빈에게 바쳤다. 박중빈은 도사의 말을 거듭 떠올리며 책을 펼쳤다. 그는 앉은자리에서 책을 독파했다. '범소유상 개시허망 약견제상비상 즉견여래(凡所有相 皆是虛妄 若見諸相非相 卽見如來)…….' 잠시도 숨 돌릴 새가 없었다. 멈출 수는 더욱 없었다. '일체유위법 여몽환포영 여로역여전 응작여시관(一切有爲法 如夢幻泡影 如露亦如電 應作如是觀)…….' 마침내 읽기를 끝냈을 때, 그는 이렇게 탄식했다.

"서가모니 부처님은 대차(과연) 성중성이요, 불법은 만법 가운데 최상이로다."

한여름이 지나도록 박중빈은 찾아오는 이들을 면담하는 틈틈이 경전 읽기를 꾸준히 했다. 하루는 박중빈이 한문 경전을 열람하는 모습을 지켜보던 김성섭이 불쑥 물었다.

"아오님, 거 다 알겠능가?"

광산 김씨 족보 수찬 작업을 삼 년간 주도한 적도 있으리만큼 한문이 능한 김성섭이었다. 그가 보기엔, 글이 짧은 박중빈이 유·불·선의 경전을 정말 알고나 보는 것인가 늘 미심쩍던 판이었다. 김성섭의 마음을 읽은 박중빈은 빙그레 웃었다.

"성님! 붓을 드시구려. 내가 시방 떠올르는 시구가 있는디 한 번 받아 적어주실라요?"

김성섭은 적이 같잖은 생각이 들긴 했지만 이내 종이를 펴고 붓을 잡았다.

"야초점장우로은(野草漸長雨露恩)이요 천지회운정심대(天地回運正心待)로다. 들풀이 점점 커남은 우로의 은혜요, 맘을 바로고 천지의 돌아오는 운수는 기둘르도다. 시사일광창천중(矢射日光蒼天中)허니 기혈오운강신요(其穴伍雲降身繞)로다. 화살로 창천의 일광을 쏭게 그 구먹에서 오색구룸이 내리와 몸을 휘감도다……."

부지런히 받아쓰던 김성섭은 일사천리로 줄줄 나오는 박중빈의 속도를 따라잡을 수가 없어 쩔쩔맸다. 더구나 당황하고 보니 알던 글자도 얼른얼른 떠오르질 않았다. 박중빈은 틀린 글자를 고쳐주고 막힌 글자를 가르쳐주었다.

"성님, 야초점장에 점자를 검을 흑(黑)에 점칠 점(占) 헌 점 점(點) 자로 쓰면 되간요? 삼수변에 벨 참(斬) 헌 점점 점(漸)으로 쓰기야제…… 아니, '강신요'의 감길 요(繞) 자도 막히요? 아, 실 사 변에 요임금 요(堯) 자 아이다요!"

미초(未初, 오후 1시)부터 미말까지 계속 불러대는 시구를 받아 적는 동안 김성섭은 진땀을 뺐다. 딴 것이라면 모를까 문자속은 박중빈보다 자기가 몇 수 위라고 자부했는데 이렇게 참담한 꼴을 보이다니……. 그는 쥐구멍이라도 찾고 싶은 심정이었다. 더구나 글자는 그렇다 치고 시의 내용인즉 너무나 심오해서 그로서는 새겨주어도 그 깊은 뜻을 감히 짐작조차 할 수 없었다.

"성님, 내가 이 경전덜을 봉께 말만 달랐지 뜻은 같은 게 만허라우. 아까 쬐께 생각힜든 것인디, 내가 쓸 팅게 보실라요?"

박중빈은 붓을 뺏어 거침없이 적어나가며 설명을 했다.

"불가의 『반야심경』에선 '공즉시색 색즉시공(空卽是色 色卽是空)'이라 힜고, 유가의 주염계는 '무극이태극 태극이무극(無極而太極 太極而無極)'이라 힜고, 도가의 노자 『도덕경』에선 '무위자연(無爲自然)'이라 힜고, 동학의 수운 『동경대전』에선 '불연기연(不然其然)'이라 힜어라우. 이게 다 같은 말이제라. 공이니 무극이니 무니 불연이니 허는 거나, 색이니 태극이니 자연이니 기연이니 허는 게 모도 마천가지 소리지라우."

김성섭은 아리송하여 도무지 아는 체를 할 수 없었다. 박중빈은 김성섭이야 알아듣거나 말거나 개의치 않고 제 흥에 겨워 계속했다.

"성님, 나는 말여라, 이런 말덜보담 진공묘유(眞空妙有)가 맘에 드요. 무(無)보담은 공(空)이 낫고, 색(色)이니 자연이니 허는 것보담은 유(有)가 쉬워. 그러지만 그냥 공보다는 진공, 그냥 유보담은 묘유가 낫지 않겠소? 지극히 청정헌게 자취가 없고 일체의 색상을 떠났웅게 참으로 비었다는 것이요, 그럼시렁 그 가운데 신묘불측 무궁무진헌 조화가 다 갚아 있응게 묘허게 있다는 거요. 맞소! 고거이 좋겠소. 이게 이른바 진리의 체(體)와 용(用)이란 것이지라이."

"아오님! 야소교도 통헐 만허요?"

김성섭은 겨우 거들 만한 것을 찾았다는 듯이 조심스럽게 물었다. 다만 평소에 '헌가'가 절로 '허요'로 바뀌었다.

"아믄! 서양사람 말툰게 뽄새는 달브지만 뜻은 같지라우. 가만 있자…… 음, 여그 보요. 「요한복음」이라. '태초에 말씀이 계시니라. 이 말씀이 하느님과 함께 계셨으니 이 말씀은 곧 하느님이시라. 그가 태초에 하느님과 함께 계셨고 만물이 그로 말미암아 지은 바 되었으니, 지은 것이 하나도 그가 없이는 된 것이 없느니라.' 긍게 여그서 말씀과 만물이 곧 그 소리제라. 무극이태극(無極而太極)이고 공즉시색이고 무위자연이고……."

김성섭은 진작부터 박중빈에게 마음속으로 진정 승복하고 있었지만, 이제 그 인간적 깊이가 어디까지인지를 가늠할 수 없으매 두려움을 느꼈다.

"성님, 모꼬지 한번 가집시다. 날짜는 이달 초엿샛날, 밤이 좋겠지라. 날 찾아왔던 사람들 모도 연락해주씨요."

박중빈의 의견이 김성섭에겐 이미 명령이었다. 김성섭은 유성국, 김성구, 김화천, 오재겸, 오내진, 이인명 등을 비롯하여 알

만한 사람들에게 한껏 선전을 하였다. 연성리 박한석에게도 미리 연락을 해놓았다.

집횟날에는 여남은 명이 모였다. 들일에서 돌아와 저녁밥을 먹은 사람들은 '이첨저첨 저녁모실 삼아' 하나둘씩 모여들었다. 저마다 담뱃대를 물고 앉아 시절 얘기, 날씨 얘기, 동네 소식 등을 화제 삼아 잡담을 엮어나갔다.

"자, 인자 우리 아오님 말을 들드락 헙시다."

김성섭은 좌중이 박중빈에게 주목하도록 좌석을 정리하였다.

"반갑소, 여러분! 김성섭, 오내진 씨맹키로 장형뻘 되는 분덜도 있고, 김화천 훈장님도 지시고 외숙 어른도 지시고 헌디 불초 이 사람이 외람되단 생각이 들지만, 지가 십수 년간 왼갖 고초를 저끔시렁 수도 끝에 깨친 바 있기로 오널 이 자리에서 여러분과 이약을 쪼께 히보까 헙니다."

말을 끊고 대중을 둘러보니, 무슨 얘기가 나오려나 궁금한 눈빛들이 역력하였다.

"내가 도를 깨친 후, 요 몇 달 동안 우리 성섭 성님이 구해다 주신 경전을 열람허고 나서, 시국 돌아가는 것을 관찰허다가 감상이 생깄는디 여러분덜 의견 먼저 듣고 나서 내 생각을 말씸드릴까 싶소."

박중빈은 남폿불 아래서 모인 이들의 면면을 일일이 눈도장 찍으며, 마치 모두의 동의를 구하듯이 뜸을 들였다.

"어서 허시게! 우린 거그 허자는 대로 헐 팅게."

김화천이 먼저 점잖게 격려해주자 여기저기서 동의해주었다.

"좋소. 그러먼 몬저 수신(修身)·제가(齊家)·치국(治國)·평천하(平天下)라 힜응게 지금 시대에는 몸 닦는 수신을 어쩌코롬 헐 것인가 말씸덜 히보씨요."

그러자 한동안 머뭇거리며 나서기를 꺼리더니 누군가 한번 말을 꺼내자 너도나도 한마디씩 하고, 남의 말에 토를 달고 말곁을 채서 따지기도 하며 토론이 어우러져갔다.

"요런 시국엔 수양이나 힘서 분수 지키고 사는 기 젤로 중요허제. 부화뇌동허지 말고 조심조심 살아야 허지라."

"덮어놓고 조심만 험 되간디? 격물치지라고, 옛날이나 지금이나 사물의 이치를 궁구해서 지식을 갖춰야 허는 거여. 알아야 멘장이라고 뭘 허든지 알아야 혀. 무식해선 안 되아."

"맞구만이라우. 헌디 격물치지도 시대 따라 달버징게 요샌 신학문을 혀야 되갔구만요."

"내 생각엔 말이시, 시대가 워찌 되았건 성인 말씸은 안 벤헌다 이 말여. 『대학』에 안 그렸능가, 소위수신이 재정기심(所謂修身在正其心)이라고, 수신의 기초는 맘 바로는 것이 젤이지라."

"시대가 어떠니 저떠니 험시렁 조심만 허고 앙거 있다면, 알먼 뭣을 허고 맘을 바로먼 또 뭣을 허겄소. 지행합일(知行合一), 실천헐 줄을 알아야제. 자오지간 한 가지라도 실천허는 것이 수신의 길이랑께."

토론이 무르익으매 박중빈이 나섰다.

"인자, 충분히 의견이 나온 듯싶소. 내가 들응게 모도 맞는 말씸인 것 같소. 그먼 수신은 그찜 히두고, 요번엔 집안 다시리는 제가에 대해서 이야그혀보씨요."

이번에는 아까보다 더 활발한 논의가 이루어졌다. 제법 열기가 있었다.

"제가는 수신에 있다 힜응게 몬저 가장이 수신을 잘 히서 가솔헌테 본을 보여야제. 그래야 자석 농사도 되아."

"난 제가는 어렵게 생각헐 일이 아니라 가화만사성이란 말 한 메디먼 족허다고 보요. 부부, 부자, 성제(형제)가 화목허먼 제가는 지절로 되제. 안 그요?"

"내 생각엔 머니머니 혀도 돈이라고 보구만. 살림만 넉넉허먼 누가 머라 혀도 새이좋게 살기 마련여. 아무리 수신을 혀도 아침밥 묵고 지녁 끄니 걱정허는 신세먼 가화만사성이 되간디."

"난 생각이 쫌 달브요. 재산 만헌 집, 부모만 죽으먼 자석덜이 머리 터지드락 재산 쌈 안 허등가? 의식주는 걱정 없이 살아야 허지만 중요헌 건 역시 맘이제."

"인간 도리 잘 지키고 법 어기지 안허먼 집안은 잘 굴러가고 복 받제라."

"자, 수신과 제가에 관해선 여러분이 허신 말씸이 대체 맞는 갑소. 그 의견을 정리헐 겸 나의 생각을 보태먼 이려요."

박중빈은 여기서 이른바 '최초법어'로 일컬어지는 '수신의 요법'과 '제가의 요법'을 설했다.

"성인의 갈침은 땅에 떨어지지 안헌다 힛웅게 우리가 언제나 잘 받들어야 허겠지만, 또 성인도 시속을 따린다 안 힜소? 우리는 시대에 따라 벤허는 모든 학문을 준비혀야 허는 것이 수신의 도리라 보요. 또 정신을 수양허여 분수를 지키고, 사리를 연마허여 시비 이해를 바르게 판단헐 줄 알아야 허고, 매사에 지행이 골라 맞아야 쓰겄지라……."

박중빈은 때로 예화를 들기도 하고 부연을 하긴 했지만 정리된 조목조목은 다 알 만한 것들이었다.

때마침 성섭의 식구들이 옥수수와 감자를 쪄서 내오고, 미숫가루도 꿀물에 타서 넉넉히 내왔다. 중빈은 음식을 밀어주며 이 사람 저 사람 권하고, 자기도 감자 한 개를 집어 들었다. "저녁밥 묵은 것이 자위나 돌아야 들어가제." 어쩌구 말은 그렇게 하면서도 배가 출출할 시각이 됐든지 너도나도 옥수수나 감자를 하나씩 집어다 먹고, 미수를 맛있게 후룩후룩 마시기도 했다. 음식 그릇을 잠깐 사이에 비우고 나자 담배를 다시 피워 무는 사람, 담소하는 사람, 하품하는 사람 등 가지가지다. 중빈은 적당한 때에 다시 좌중을 주목케 했다.

"내가 도를 깨고 봉께 참말로 걱정되는 게 하나 있소이다. 시대는 물질 개벽이 되는 때라 문명은 인자 겁나게 발전헐 것이요. 근디 사람들이 찬란허고 편리헌 껍닥 모냥에 홀레부러서 일찍 손 쓰지 안허먼 시상이 생명을 구허지 못헐 중병에 걸릴 팅게 이것이 큰 근심이지라."

중빈은 잠깐 말을 끊고 반응을 살폈다.

"그 중병이 무신 벵이당가?"

"수운 선상도 괴질 운수를 걱정혀서 선약(仙藥)을 처방힜고, 증산 선상은 병겁(病劫)을 염려허여 의통(醫通)을 말씀허깄지라. 근디 서양에서 겁나게 무서운 돌림벵이라도 들어온당가?"

박중빈은 좌중의 긴장을 읽으며 무거운 어조로 말을 이었다.

"몸의 병보담 천 배 만 배 무서운 맘의 병, 사회의 병을 걱정허는 것이어라. 내 말을 잘 새겨들어보씨요. 첫째가 '돈의 병'이오. 인생의 온갖 향락과 욕망을 이룰라치면 뭣보담 돈이 필요허다는 것을 알게 된 사람들이 의리나 염치보담도 오직 돈을 중히 알게 되었소. 이리 가도 돈, 저리 가도 돈, 가는 곳마다 돈 노래요, 두 사람이 만내도 돈, 시 사람이 만내도 돈, 모트는 곳마다 돈 공사라, 부자·부부·형제·붕우 가릴 것 없이 윤리가 다 무너지지라우."

박중빈은 패륜적 사건의 예화까지 들면서 차근차근 이야기를 엮어나갔다.

"둘째는 '원망의 병'이오. 자석들은 부모를 부모는 자석들을, 남편은 아내를 아내는 남편을, 성은 아오를 아오는 성을, 이 사람은 저 사람을 저 사람은 이 사람을, 서로서로 원망해서 미워허고 싸우고 살상까지 허는 난리판이오. 넘의 은혜 입은 것은 잊어번지고 은혜 준 것만 기억허고, 갚을 의무는 잊어불고 받을 권리만 기억허고, 넘의 장점은 안 보이고 단점만 들추니께로 이 난리가 끈치지를 안허라우. 셋째는 '의뢰의 병'이오. 부형이나 친척이나 붕우라도 자기보담 잘사는 사람, 세력 있는 사람이 있으면 거그 의세히서 호의호식헐라 들고, 한 사람이 벌면 열 사람이 뜯어먹고 살다가 망해도 같이 망허자 헝게 이거 큰 병 아니겠소?"

등불에 비추인 표정을 살피자니 고개를 끄덕끄덕하는 사람도 있지만, 이야기가 길어지자 여기저기서 하품하는 사람, 조는 사람이 보였다. 호기심과 기대에 찼던 처음 분위기는 이미 사라진 지 오래였다. 박중빈은 덧붙이고 싶은 이야기를 아꼈다. 모꼬지는 이경(二更) 중에 끝났다. 그날의 모임은 무슨 결의가 있었던 것도 아니고 무슨 계획의 발표가 있었던 것도 아니었다. 그냥 그렇게 이야기를 나누다가 끝났다.

"그 사람 도통을 허기는 헌 것이여? 싱겁기는 늑대 불알이라드니, 난 무신 신통헌 소리가 나올랑가 기둘러도 물에 물 탄 듯 술에 술 탄 듯 밍밍허드만. 거 다 뻔헌 소리 아녀라!"

그들은 돌아가는 길에 둘씩 셋씩 짝지어 가면서 첫 집회 참석의 소감들을 나누고 있었다.

"틀린 이약은 한 메디도 없드만. 그라긴 혀도 쪼끔 허전허긴 혀. 뭣에 홀린 것도 같고 쓱은 것도 같고 말이시……."

"뭐 한나라도 도통헌 소리가 있어야제라."

"무신 큰 벵이 걱정이라 히서 난 염벵이나 호열자보담 더 무서운 벵이 오는갑다 겁을 잔뜩 묵었드만……."

대체로 실망스럽다는 게 중론이었다. 유성국과 김성섭이 가장 난처하였다.

"쩌그, 나는 다 좋드만 사람들은 쪼께 달리 생각힜는갑소. 사람 입맛이 노상 묵는 밥과 물보담 떡과 술이 더 댕기는 거맹키로, 도통헌 말을 듣고 신통시론 걸 보고 자파 혀."

"내사 아오님 도통헌 걸 믿지만, 넘덜은 그 증거를 보고 잡다 안 허든가? 말도 벨나고 허는 짓도 벨나고…… 긍게 앞으로는 말도 여그 촌사람맹키로 말고 경기 양반 말로 고준허게 허고, 그스기 넘덜이 깜짝 놀랠 신통도 뵈주고 허소. 그란 거 헐 수 있는 걸 나는 다 알고 있응게 허는 말이여."

박중빈은 쓸쓸하게 웃었다.

"말씨 이약은 알겄소. 잘 될랑가 몰르겄소만, 될수락 사투리 대신 고준허고 점잖은 말씨를 게려 쓰기로 히봅시다. 앞으로는 팔도 사람이 다 모일 팅게……."

말은 이른바 '고준한 말씨'로 차츰 고쳐가기로 마음먹었다. 이후 박중빈은 친근한 소통을 보장하는 사투리 구어체 말투와 품위가 있고 보편적인 표준어 문어체 말투 사이에서 절충점을 찾으려고 노력했다. 사적인 대화는 전자로 공적인 법설은 후자로 하는 차별화의 흔적도 드러난다.

그들이 박중빈에게 실망한 것 이상으로 박중빈도 그들에게 실망했다. 그래도 그중 나은 사람, 말귀를 알아들을 수 있는 사람들 같아서 불러 모은 것인데 고작 그 정도라니! 여기서 최초 가사 〈탄식가〉가 절로 나온다.

소원 성취한 연후에 사오 삭 지내가니

소원 성취 이내 일을 쓸 곳이 전혀 없네

어데 가서 의논하며 어느 사람 알아볼까

이리 가도 통곡이요 저리 가도 통곡이라

이 울음 이 탄식을 어찌하여 그만둘꼬

박중빈은 앞길이 막막했다. 절로 통곡이라도 하고 싶은 답답한 심정을 가눌 길이 없었다. 그는 한동안 아무도 만나지 않고 혼자의 시간을 보냈다. 어느 날 그는 혼자서 옥녀봉을 올랐다. 어린 날 구름을 잡으러 올랐던 정다운 산, 그는 꼭대기에 올라 동남방으로 천엽같이 첩첩한 구수산의 산세를 보았다. 그리고 다시 눈을 돌려 와탄천, 법성포, 칠산 앞바다로 이어지는 물길을 따라 눈을 주었다. 비로소 가슴이 트여오기 시작했다. 발밑으로 갯물에 잠긴 큰소드랑섬, 작은소드랑섬의 그림 같은 풍경을 내려다보면서 차츰 가슴이 벅차올랐다. 소리꾼 박봉학이라도 있으면 동편제 우조로 호탕하게 한 가락 뽑으라 부탁하고 싶다.

그칠 곳을 생각하니 허허담담 노래로다

산이로구나 산이로구나 층암절벽 산이로구나

천봉만학 좌우산천 우뚝 솟아 높아 있고

물은 흘러 대해로다 일 년 삼백육십 일에

사시절이 돌아와서 산도 또한 산이 되고

물도 또한 물이 되아 천지 만물 되았도다

박중빈은 하늘을 향해 팔을 벌리고 짐짓 호탕하게 웃어보았
다. '열렸구나 열렸구나 밝은 문이 열렸구나' 으하하! 다시 좀 더
크게 웃었다. '춘추법려로 놀아보자 에루화 낙화로다' 으하하! 얼
씨구!

범도 시장하면 가재를 잡아먹는다고, 낮은 민도에 실망한 박
중빈은 부득이 한 걸음 물러나 방편을 쓰기로 했다. 때마침 신흥
교파가 사방에서 일어나 기적을 앞세워 신비의 장막을 치고 궁핍
과 질병으로부터의 구원을 장담했다. 지역 민심이 급격히 그쪽으
로 쏠리고 있었다. 이를 본 그는 '내가 마땅히 이 기회를 이용하여
방편으로써 여러 사람의 단결과 신앙을 얻은 후에 정도를 따라 정
법 교화는 차차 하리라'(교사) 결심했다. 박중빈은 김성섭과 유성
국을 시켜, 개안을 했다고 소문난 태을도 도꾼을 초치해서 천제에
게 치성을 드렸다. 음식을 차려놓고 추종자와 식구 들이 목욕재계
한 뒤 '흠치흠치 태을천상원군 흠리치야도래 흠리함리사바하' 어
쩌구 하는 태을주를 따라 외우고 수없이 절을 했다. 치성 드리기
이레가 지나자 박중빈은 주변 사람을 황홀케 하는 언행을 연출했
다. 예상은 적중했다. 박중빈이 개안을 했다, 도통을 했다, 천제와
통령을 하더라고 소문이 났다. 귀가 얇고 호기심 많은 지역 주민들
이 기웃기웃 모여들기 시작했다.

둑을 쌓아 바다를 막다

○

얼마 후 박중빈은 사십여 명의 추종자를 얻고 상당히 고무되었다. 특히 그를 따르는 제자들의 태도가 크게 달라졌다. 집회 때 그들은 박중빈을 스승으로 알아 윗자리에 모실 줄도 알게 되었고, 나이가 십여 세나 위인 이들도 이제 박중빈에게 깍듯이 '합쇼'를 하였다. 어느 날 모임에서 유성국은 이렇게 제안했다.

"우리가 쩌그를 선상님으로 모심서 호칭부터서 엉거지침헝게 못쓰겄소. 내 생각엔 당신님이라 불르는 것이 좋을 것자운디 어쩌요?"

이의가 없었다. 그간에 자네니 처화니 하고 혹은 아우님, 조카네 하다가 '거기'라고 하며 우물쭈물 그때그때 넘기자니 누구나 불편했던 바이다. 더구나 외숙 되는 분이 그렇게 부르겠다는 데야 딴사람이 이의를 달 일이 못 됐다. 이로부터 호칭은 '당신님'으로 통일되고, 점차 나이나 혈연적 위계를 초월하여 지도자로서의 권위가 강화되어갔다.

그러나 박중빈에겐 또 다른 고민이 생겼다. 사십여 명의 추종자를 모은 것이 돼지 잡고 술 따라놓고 치성을 드린다, 천제와 대화한다 하며 방편을 쓴 덕이니, 그것이 한때의 권도로서는 불가피했더라도 길게 끌고 갈 일은 아니었다. 그럼에도 이들 추종자들은 거기서 한 발짝도 나서려고 하지 않았다. 사오 개월이 흐르도록 만나고 대화를 해보아도 그들에게선 정법에 대한 이해도 신념도 찾아볼 수가 없었고, 다만 일시적 허영심으로 요행수나 바라고 모이는 오합지중이었다. 떠돌다가 언제고 떠나가버릴 부평초 같은 신심이었기에 믿음이 없었다. 게다가 통제적 생활에 익숙지 않아 도덕적 훈련을 받을 만한 준비가 도무지 되어 있질 않았다.

박중빈은 김성섭과 유성국을 조용히 불렀다.

"두 분은 내 뜻을 잘 아실 테니께 말인디, 마흔 넘게 제자가 생깄다 헌들 저들이 다 내 참 제자는 아니오. 인자 나도 생각을 바까야 될 듯싶으요. 인자 특별히 진실허고 신념이 굳은 사람 몇만 뽑아주씨요."

"몇 명이나 뽑으야 쓰겠소?"

"우주의 기운을 시방(十方)에서 한나로 모튼다는 뜻에서 열 명으로 새 출발을 헐라 허는디 몬저 팔방을 대응헐 야달 명을 골라주씨요."

유성국과 김성섭은 사십여 명 명단을 놓고 여덟 명을 뽑느라

고심을 했다. 모두 남자뿐이니 성별 배려는 불필요했지만, 배제된 이들이 가질 섭섭함을 고려하지 않을 수 없었고, 당신님의 의중을 짚어내기도 수월치 않았다. 그들이 일차로 뽑아낸 인물은 이랬다.

김화천, 나이나 학식이나 어른 노릇을 할 분이고 당신님의 스승이었으니 대접으로라도 넣는다. 이인명, 타리섬 장사 공덕만으로도 빼놓을 수 없다. 박한석, 당신님 친아우가 되어 속 깊은 내조자가 될 터이니 넣지 않을 수 없다. 오내진, 나이로도 가장 어른이고 성격도 활동적이니 넣는다. 이재풍, 의기가 있고 신실하니 넣을 만하다. 오재겸, 오내진과 이재풍의 인도자로 성실한 사람이니 꼭 들어갈 사람이다. 김성구, 학문도 있고 능력 있는 사람이니 없어선 안 될 사람이다. 이렇게 뽑고 보니 김성섭과 유성국, 자기네들을 포함시키면 아홉이 되었다.

"당신님! 우리가 아옵을 뽑았응게 보시고 한 사람을 제끼시게라."

"이들이 특별히 진실허고 신념 굳은 사람들이 맞소?"

"우리 눈에 그러코 베였소. 허기사 이런저런 체면도 무시헐 순 읎었구만그랴."

박중빈은 입을 굳게 다물고 신중하게 고개를 끄덕거렸다.

"욕보셨소. 나의 뜻과 엥간치 맞으요."

며칠 후 박중빈은 김화천을 제외한 명단을 김성섭에게 주고 그들만의 모임을 주선하도록 지시했다.

약속한 시각이 가까워지자 이씨 제각에는 선택받은 여덟 명이 하나둘 모여들기 시작했다. 박중빈은 오는 이들을 한 사람씩 따뜻이 맞아들이며 손을 잡고 은근한 눈길로 정을 나누었다. 여덟 명이 다 모이자 박중빈은 틀스러운 모습으로 목소리에 위엄을 보이며 천천히 말했다.

"내가 도를 깬 뒤, 도덕을 펴서 시상을 바로고 생령을 건질라는 간절헌 서원으로 그동안 사람들을 만나고 모꼬지를 갖고 혔소. 근디 가만이 생각해봉께 이 일을 허자면 나와 항께 한 단(團)이 되아 큰 서원을 시우고 심을 모틀 혈심 인물덜이 필요허리라 생각되았소. 여그 모인 야달 분은 그동안 내가 봉께 진실되고 신념이 굳어서 천하 대사를 도모헐 동지덜이라고 인정되아서 뽑은 것이오."

박중빈은 여덟 사람의 얼굴을 하나하나 쳐다보고 그들과 일일이 눈을 맞추었다. 그들은 자신들이 대단히 큰 일에 부름을 받은 것임을 자각하자 두려움을 느꼈다. 또한 박중빈의 위엄에 더욱 압도당하였다.

"여러분이 나를 넘과 달리 따리는 것은 무신 까닭이오? 병을 나슬라고 그라요? 오래 살라고 그라요? 부자가 될라고 그라요? 물 우게를 걷고 축지법을 쓰고 맘대로 비바람을 불리는 도사가 될라고 그라요? 아니면 선녀만치로 고운 여자를 만나 재미 보고 자파 그런다요? …… 그런 거라면 나는 단 한 가지도 여러분에게 약속헐 수가 없소."

모두들 숙연하여, 눈도 깜박이지 않고 박중빈을 우러러보았다.

"여러분이 나를 따리는 뜻이 장차 뭣을 헐라고 그라는 것인지 어디 말들 히보소."

광제창생(廣濟蒼生)을 주장하는 동학을 신봉했던 유성국이 먼저, 익히 써먹던 대답을 했다.

"장차 창생을 널리 제도헐라고 그라요."

김성섭이 말했다.

"그러제라. 당신님을 따라서 시상을 바로고 생령 건지기를 서원허요."

나머지 사람들도 모두 한마디씩 했다.

"우리도 같은 생각이지라우. 이러코 우리를 믿고 뽑아주싱게 고맙기 끗이 읎소. 뼈에 새겨 보답허기로 다짐허요."

박중빈은 두어 번 머리를 끄덕이고 나서 매우 감동받은 듯이 말했다.

"여러분의 서원은 이 시상에서 다시없이 큰 것이요. 범상헌 사람의 생각을 초월헌 것잉게 반다시 천우신조가 있을 거구만이라."

조금 뜸을 들인 뒤, 박중빈은 다시 엄숙하게 말했다.

"만일 이와 같이 중헌 서원을 시우고도 중도에 혹 변심이 생길 때엔 어쩌끄라우?"

잠시 침묵이 감돌았고, 박중빈은 여덟 명 하나하나의 얼굴을 찬찬히 훑어보며 압박하듯이 대답을 촉구했다.

"우리가 만일 중도에 변심헌다면 생명으로 속죄혀도 여한이 없겄소이."

가장 연장인 오내진이 또박또박한 목소리로 말했다. 그러자 나머지 사람들도 다투어 맹세를 하였다.

"맞소. 우리가 요런 중헌 서원을 시웠는디 변심허면 사내대장부가 아닐 것잉께."

"시상과 창생을 위해서라면, 목심 걸고 맹세허지라우."

박중빈은 상기된 얼굴로 한 사람씩 손을 잡고 경하의 뜻을 표했다.

"여러분들은 인자 참말 중대헌 결심을 혔소. 오늘의 이 다짐을 잊지 말으시고 목심이 다헐 때까지 동지가 되아 큰일을 헙시다. 여러분은 인자 성인의 질(길)에 들어선 것이오. 참으로 경하드리요."

이로부터 박중빈은 여덟 명의 제자를 본격적으로 훈련시키며 조직의 역량을 키워갔다. 우선 매월 세 번씩 제각에서 야간 집회를 가졌다. 매월 삼육일(三六日, 엿새, 열엿새, 스무엿새)에 모여서는 지난 열흘간의 마음 씀씀이와 행실을 반성하고 점검하였다. 그러기 위하여 박중빈은 '성계명시독(誠誡明示讀)'이라는 이름의 수첩을 만들었다. 그는 여기서 단원들의 신성(信誠)이 나아졌는가 물러났는가, 또는 착한 마음 가지고 바른 행실을 하며 지냈는가 그렇지 못한가를 조목으로 만들어 점검하게 하였다. 박중빈은 상당히 치밀한 점검 방법을 고안하였으니, 단장이 제시한 계명들을 성실히 지켰으면 청색 표시, 보통이면 적색 표시, 안 지켰으면 흑색 표시를 하여 제출케 하고, 아울러 각자 양심껏 과오를 고백하고 반성하도록 하였다. 계명 가운데는 연고 없이 살생을 하지 않는다,

남의 물건을 훔치지 않는다, 남의 여자를 탐내지 않는다, 과음하지 않는다, 연고 없이 남과 다투지 않는다 등이 있었다.

"시상을 바로고 창생을 건지기 위해서 목심도 내놓겄다는 서원이 쫌이라도 흔들리지 안헜는지, 나를 믿고 나의 지도를 따릴라는 맘에 변동이 없고 더 돈독해지는지, 우리 단을 소중히 여기고 우리 단원 동지들을 애끼는 맘이 간절해지는지 스사로 양심에 묻고 다짐허시오."

거짓으로 기재하고 시치미를 떼려는 단원은 여지없이 적발되어 호되게 꾸지람을 들었다.

"이녁이 나를 쇡이는 것은 곧 자신을 쇡이는 것이고, 결국 하늘을 속이는 것이요. 이는 쇡일 수도 없지만 천벌을 자초허는 것잉게 각별히 조심허시오."

박중빈의 엄숙한 표정과 추상같은 눈길 앞에서 단원들은 몸이 오그라드는 두려움을 느꼈다. 조금이라도 나아가는 단원, 잘한 단원을 보면 흐뭇한 마음으로 격려하고 아낌없이 칭찬하였다. 그들은 기쁨과 보람으로 용기백배하였으며 단장에게 더욱 깊은 존경과 신앙을 바치지 않을 수 없었다. 그러나 그들의 마음 한구석에는 아직도 성숙하지 못한 소망과 의심이 자리하고 있었다. 그들이 관심을 두는 것은 이해하기 어려운 비결이나 신통묘술이며, 바라는 것은 수고 없이 행운이나 얻으려는 것이었다. 스승이 기대하는바 진리의 묘체를 궁구하거나 인도 정의를 분석하는 공부는 원치 않았고 또한 흥미도 없었다.

1917년(시창' 2) 구월 초엿새 예횟날이었다.

"당신님! 오내진 씨가 변심헌갑소."

김성섭이 단장에게 조심스럽게 보고했다. 단장은 놀랄 일이 아니란 듯 담담하게, 그러나 걱정스러운 표정으로 받아들였다. 오내진은 예회에 두 차례나 불참하였었다. 단원들이 그동안 그를 만나보고 설득하며 단장에게만은 이리저리 둘러댔는데, 더는 감출 수 없어 오늘 이실직고한 것이다. 단장은 내심에 짐작한 바가 있었겠지만, 얼굴에는 언짢은 기색이 역력했다. 오내진을 추천한 오재겸이 가장 난처한 처지였다.

"송구시롭구만이라. 집안 어런이고 또 당신님한테 데꼬온 것이 난디 일이 이로코롬 틀어지고 봉께 면목이 없으요."

"그래, 어떠코 지낸다 헙디여?"

"술 묵고 당신님과 우리 단을 숭본다 안 헙디여. 차마 듣기 민망시뤄서 그스기허지만 욕도 헌다 안 허요."

오재겸의 대답에 앞서 김성구가 불쑥 나섰다. 김성구는 오내진을 만나 같이 술을 마시며 한 얘기가 있었기에 마음이 켕겼던 것이다. 오내진의 불평에 맞장구를 친 것이다.

"아니, 그 사람이 지 말로는 도통을 헜느니 개안을 헜느니 큰

---

*   불법연구회(원불교) 초기 연호로 시창(始創)을 썼다. 박중빈이 대각을 한 1916년을 원년으로 하는데 후에 원기(圓紀)로 바꾸었다.

소릴 침시렁, 솔직헌 말로 천자문도 지대로 띤 적이 읐는 무식쟁이 아니랑가. 대신에 무신 신통 이적을 보여주지도 못헌디 아모 소득도 읐이 미쳤다고 지를 따라댕긴다냐? 내가 볼 땍엔 그 사람, 한메디로 사기꾼인 겨."

"글씨, 나도 의심이 안 가는 건 아니라우. 저참에 내가 고금(학질)에 걸레서 죽을 고상을 안 힜소! 그 양반이 정작 도통을 힜으면 그까튼 고금찜은 고칠 수도 있었지라? 야소씨(예수)는 죽은 사람도 살렸다 허고, 수운 선상이나 증산 선상도 벨 빙을 다 고쳤는디! 내가 서너 직째 앓고 한축으로 시달림서 송장이 다 되았을 찜에 김성섭 씨가 오드만, 당신님께 나 빙들어 죽게 생깄다 함께 제우헌다는 말이, '어여 의원한테 데꼬가라'고 말만 허드라 안 허요?"

"긍게 도통힜단 소린 멜짱 거짓말여, 사기꾼이랑께!"

"글씨, 그래도 도덕을 말허자면 그 양반 말씸이 백 번 맞는디…… 아자씨! 우리 그라지 말고 쫌 더 지켜봅시다요. 그때 가서 암만 혀도 벨 수 읐다 싶으면 기양 나와번집시다."

"앗게! 그런 사람허고는 비각일세. 난 폴쎄 막음혔네. 조카님은 더 오래 있음서 사기를 당허든지 함께 사기꾼이 되든지 알아서 허소. 난 성미가 칼 같응게 아니면 아니제 미련 같은 건 읐네."

김성구는 오내진의 말소리와 표정이 아직도 생생하게 느껴졌다. 그의 말이 가슴에 와서 메아리쳤다. 갈등이 일었다. 변심하면 천벌이 있을 것이라고 큰소릴 쳤는데, 생명으로 속죄하겠다는 그에게 아무런 벌도 내리지 않는 걸 보면 당신님의 말은 엄포였는가. 나도 좀 더 지켜본 뒤에는 결단을 내리리라. 어느새 내심으론 두 길 보기를 하고 있었다.

"앞전에 오내진 씨가 생명을 걸고 변심 안 허기로 맹세헌 적이 있는디 인자 와서 저러코롬 허니 장차 천벌이 참말로 있다요?"

이재풍이 물었다. 그의 눈에는 의심의 그림자가 언뜻언뜻 지나고 있었다. 박중빈은 천천히 고개를 끄덕였다.

"내가 오늘에 있어 그의 앞일을 미리 판단허고 자프지는 안허나, 만약 그가 앞전에 헌 말이 농담이 아니고 진심에서 헌 것이라면, 그 말 한마디가 극히 중헌 것이오. 누구든 그를 만나거든 시방이라도 뉘우치고 돌아오드락 타일르소. 안 그러면 후회혀도 소용없을 것잉께."

김성구는 '글씨……?' 하고 고개를 외로 꼬았고, 딴 단원들도 미심쩍어하는 이들이 많았다. 열엿샛날 예회에도 오내진은 오지 않았다. 구월 스무닷새 오후 일곱 시경, 술에 취한 채 집에 들어온 오내진은 식구들이 지켜보는 가운데 마루에서 고꾸라지면서 피를 토하고 죽었다. 단원들은 이 소식을 듣고 소스라치게 놀랐다. 특히 스무엿새 예회에 나와서야 이 소식을 접한 김성구는 모골이 송연하여 절로 진땀이 흘렀다.

"당신님! 지가 큰 죄를 저질렀구만이라. 스승을 의심허고, 까딱허면 배신을 헐 뻔했지라우. 다시는 의심 같은 건 읎을 팅게 용서허시씨요."

김성구는 무릎을 꿇고 박중빈 앞에 엎드려 사죄를 드렸다. 박중빈은 단원들에게 이상한 자취를 안 보이려고 작심했지만, 더러는 깨우침을 주기 위해 신비한 빛을 살짝 드러내 보이기도 했다. 이재풍은 언제부턴가, 박중빈이 도통한 것을 확인하기 위하여 그의 상호에서 부처님의 삼십이 상과 같은 특별한 표적을 찾아내려고 골몰했다. 이를 눈치챈 박중빈은 어느 날 이재풍과 단둘이 있는 시간에 상투를 풀고 정수리에 배코를 쳐달라고 부탁했다. 이재풍이 칼을 들고 다가서 머리를 헤치니 정수리에 문득 깊은 샘이 뚫리고 소용돌이가 일었다. 그 소용돌이를 보고 있자니 그의 온몸이 그 속으로 빨려드는 것이 아닌가. 그는 깜짝 놀라 몸부림을 치며 뒤로 벌렁 자빠졌다.

"어째 그런당가?"

박중빈은 태연히 그의 꼴을 쳐다보며 시치밀 떼고 있었다. 이재풍이 다시 일어나 머리를 헤치고 보니 이제는 아무렇지도 않았다. 희한한 노릇이었다.

"이 사람아, 성현의 인격을 그 법과 행실에서 찾지 않고 육신의 표적으로 찾을라 허는 것은 못난 짓이여. 성현이 범인과 달른 점은 그 형상이 아니라 맘에 있는 것이여."

오내진의 후임으로는 유성국의 추천을 받아 박경문(朴京文)이 선정되었다. 그는 김성섭이나 이인명과 동갑으로 단장보다 열두 해나 연상이었다. 촌수는 멀지만 단장과 같은 집안으로 항렬은 조카뻘이었다. 체구가 왜소하고 허약한 체질이었으나 부지런하고 순박한 농사꾼이었다. 다시 짠 단은 이제 헌신적인 단원들에 의하여 전과 비교할 수 없으리만큼 견고한 조직이 되었고, 단장의 권위는 한층 공고해졌다. 박중빈은, 미리 그린 팔괘도(八卦圖)를 펴놓고 설명을 했다.

"인자 우리는 새로운 단을 맹글었소. 단이란 뭐냐? 한 맘 한 뜻이 되아 한 사업에 힘을 모트자는 것이지라. 그먼 왜 야달을 골랐으까? 동서남북에 간방 닛을 넣어 팔방을 뜻허지라. 여그다가 하늘을 응허는 단장과 땅을 응허는 중앙이 있어서 시방이 되고 이는 곧 우주를 상징허는 것잉게, 우리의 단이 모든 생령을 건지기 위해서 우주의 기운을 모톱시다. 인도상의 이치를 밝힌 문왕 팔괘에 근거해서 여러분의 방위를 정해줄 테니께 그 깊은 뜻을 새기드락 허시오."

단원들이 죽 둘러앉은 가운데 박중빈은 팔괘도의 방위를 하나씩 짚으며 해당 단원을 하나씩 배당하였다.

"서북쪽에 해당허는 건방(乾方)은 이재풍, 북쪽에 해당허는 간방(艮方)은 이인명, 동북쪽에 해당허는 감방(坎方)은 김성구, 동쪽에 해당허는 진방(震方)은 오재겸, 동남쪽에 해당허는 손방(巽方)은 박경문, 남쪽에 해당허는 이방(離方)은 박한석, 서남쪽에 해당허는 곤방(坤方)은 유성국, 서쪽에 해당허는 태방(兌方)은 김성섭이 되오. 나는 단장이 되아 하늘을 응허는디, 다만 땅을 응헐 중앙 단원이 빠져 있소. 중앙을 맡을 단원은 우리가 모시고 와야 쓰겄는디 그는 멀리서 올 팅게 시간이 쫌 걸릴 것이오."

단 조직을 정비한 박중빈의 발걸음이 갑자기 바빠졌다. 그는 확신에 찬 표정으로 단원들을 설득하였다.

"여러분이 이미 나를 신앙험이 깊어지고 내가 또한 여러분을 생각험이 깊어져서 우리의 평생은 서로 떠나지 못헐 처지에 있소. 우리가 장차 세계를 위해서 함께 큰 공부와 사업을 헐라면, 몬저 공부헐 비용과 사업헐 자금을 준비해야 허겄지라. 또한 이것을 시행허기로 허먼 부득불 무신 기관을 시워야 허겄지라. 인자 기성조합을 창설허고 앞으로 헐 일을 준비헐 것잉게 여러분은 나를 믿고 나의 지도에 잘 따라주씨요."

박중빈은 침을 꿀꺽 삼키고 숨을 고른 후 단원들에게 질문을 던졌다.

"여러분 가운데 술과 담배를 묵는 사람이 멫이나 되오?"

"우리도 시상 사람덜맹키로 펭소 다릴 술 묵고 담배도 피우지라우."

"그럼, 술과 담배를 안 묵고 안 피우면 우리 생명 유지에 무신 지장이 있소?"

"기양 버릇이제 지장이사 있겄소. 따지면 외려 해가 더 만허겄지라."

"여러분이 의복을 입을 때, 비단을 입는 것과 미영(무명)을 입는 것이 각자의 생명을 지키고 몸을 위허는 디 어뜬 차별이 있소?"

"사치허고 검소헌 것이 몸 치장허는 디야 차이가 있겄으나 몸 위허는 디야 무신 차이가 있겄소이?"

"여러분이 가령 지름진 괴기반찬에 밥을 묵으나 푸징가리(푸성귀)와 나물로 밥을 묵으나 주림을 구허고 생명을 유지허는 디 차이가 있소?"

"입을 더 질겁게 허고 그러지 못헌 차이사 있겄지만 배 불리고 생명 유지허는 거야 뭣이 달브겄소."

"여러분이 가정 살림허고 벌이허며 사는 디 한 달이면 노는 날 없이 내내 일허오?"

"사람마다 차이가 있고 철 따라서 달브긴 허지만, 누구나 노는 날이 있지라우."

박중빈은 단원들의 대답을 듣고 나서, 모두들 대답을 잘했다고 칭찬을 했다. 다시 말을 계속했다.

"우리가 경영헐 공부와 사업은 보통 사람이 다 허는 게 아니오. 보통 사람이 다 허지 못헐 것을 허자면 보통 사람과 달븐 특별헌 생각과 특별헌 인내와 특별헌 노력이 없이는 성공헐 수가 없소. 그런디 알다시피 우린 모도 무산자라, 음식이든 의복이든 특별헌 소비 절약이 아니면 단돈 몇 원도 내놓을 수가 없소. 무신 방법으로 공부 비용과 사업 자금을 마련허겄소? 그런즉, 아까침에 여러분이 말헌 것맹키로 생명과 건강에 지장이 없으면 우리가 검소허게 묵고 입고, 술 담배를 줄이거나 끊고, 일은 하레라도 더 해서 생긴 수입을 조합에 저축허드락 헙시다. 또 각자 안사람들한테도 부탁을 해서 끄니마다 좀도리쌀(끼니마다 절약하여 모으는 쌀)을 보티게 허씨요. 티끌 모아 태산잉게 장차 큰 자본이 모여 우리의 공부와 사업에 완전헌 토대가 될 것으로 믿소."

단원들은 이의 없이 동의했고, 그에 대한 결의를 나타내기 위하여 어떤 단원들은 담뱃대를 즉석에서 분질러버리고 금주·단연을 선언하기도 했다. 그들은 정관을 만들어, 단장을 저축조합장으로 추대하고 단원 모두는 조합원이 되었다. 매월 마지막 예횟날을 저축의 날로 삼아 모두 열심히 참여한 결과 수개월 만에 이백 원의 거금을 모으는 성과를 올렸다. 단원들은 가난한 자기들의 단합된 능력이 달성한 놀라운 보람에 기쁨을 감출 수가 없었다.

박중빈은 조합원들을 이끌고 옥녀봉 중턱으로 올랐다. 저녁해가 뉘엿뉘엿 기울고 있는데 입석리, 선진포, 돗드레미, 영촌, 노루목…… 곳곳에 저녁연기가 한가롭게 피어오르고 있었다. 영문을 모르고 따라온 조합원(단원)들은 조합장(단장)의 시선이 가는 방향을 따라 같이 시선을 모았다. 조합장은 맞은편 촛대봉을 바라보는가 하면 왼쪽으로 옮겨 마촌앞산봉을 바라보는 것도 같고, 그런가 하면 오른편으로 옮겨 장다리봉을 바라보는 듯도 하였다. 조합장의 시선은 마침내 와탄천·길룡천 물길 따라 질펀하던 바닷물이 써버리고 넓게 펄이 깔려 삼각주를 이룬 간석지에 와서 멈추었다.

"자, 이 갯벌을 보시오. 해수면이 점차 낮아짐서 갯벌 태반은 기양 쓸모없는 행자밭, 버려진 땅이 되고 있지 않소? 우리가 인자 자금을 약간 장만혔응게, 나는 그것을 기금으로 해서 여그다 언(堰)을 막아 논 쳐서 우리 조합의 기본 자산을 삼을라고 허요. 이는 버려진 땅을 이용헝게 폐물 이용이 되고, 곡물 생산이 불어낭게

민생에도 큰 도움이 될 것이오. 여러분의 뜻은 어쩌요?"

조합원들은 허를 찌르는 조합장의 제안에 어안이 벙벙하였다. 이 무렵 서해안, 특히 영광 일대는 홍농벌을 비롯하여 여러 곳에서 간석지 개간공사가 이루어지고 있었기에 개간 자체에 대해서는 이해가 없지 않았다. 그러나 이들은 거의 일본인의 막대한 자금과 조선총독부의 기술 지원으로 이루어지는 간척이었기에 가난한 조선인의 자력으로는 엄두조차 낼 수 없는 일이었다.

"정말로 지당헌 말씸이긴 헙니다. 우리 면내에서도 입암리, 장산리, 덕호리 같은 디서 개간을 허등만요. 그런디 지가 들은 말로는 총독부의 기술 지원을 받고도 막대헌 자금이 든다고 헙디다. 우리는 총독부 기술 지원을 받을 처지도 못 되는디 기백 원 자본으로는 택도 없지라오. 아마 주먹구구로도 만 원 돈 가지고 제우 추진헐 수 있을랑가 몰르겠소."

일속을 좀 아는 이인명이 난색을 보이자 이구동성으로 우려하는 견해를 표하고 서로 끄덕거리면서 동의하였다.

"여러분의 염려는 타당헌 줄 아요만, 세상일이 돈만 갖고 되는 것은 아니오. 첫째가 마음잉게, 꼭 이루겠다는 맘만 있다면 분발심도 나고 꾀도 나고 정성도 나서 어려운 일도 이뤄내는 심이 생기는 법이오. 더구나 사(私) 없이 공도 사업을 헌다 치면 하늘이 돕고 사람이 돕는 이치가 있응게, 여러분이 꼭 허겠다는 각오만 있다면 남치기는 나헌테 맽기시쇼."

조합장의 확신에 찬 말씀을 받든 조합원은 더는 이의가 없었다.

"여러분이 이 큰일에 한맘으로 응해주싱게 고맙기 끗이 없소. 그런디 이런 일은 언약만으로 헐 수 있는 일이 아니라 반다시 철저헌 생각과 희생적 노력을 약속해야 허는 것인디 어쩌요?"

그들은 단장에 대한 존경과 신뢰가 확고함을 재삼 다짐하면서 서약서를 썼다.

우리들은 다행히 대도회상의 초창 시대를 당하여 외람히 단원의 중한 책임을 맡은바 마음은 한 사문(師門)에 바치고 몸을 공중사에 다하여 영원한 일생을 이에 결정하옵고 먼저 방언공사를 착수하오니, 오직 여덟 몸이 한 몸이 되고 여덟 마음이 한마음이 되어 영욕 고락에 진퇴를 같이하며, 비록 천신만고와 함지사지(陷之死也)를 당할지라도 조금도 퇴전하지 아니하고 이 일심을 변하지 않기로써 혈심 서약하오니, 천지신명은 통촉하사 만일 이 서약에 어긴 자 있거든 밝히 죄를 내리소서.

그들은 이 서약서에 전원이 서명하고 날인하였다.

박중빈은 아내 양씨를 달래어 재산을 정리하였다. 우선 밭과 집을 팔고, 뒤주, 가마솥 같은 가구에서 놋요강이며 시초갓(가공하기 전의, 말린 연초 꼭지)에 이르기까지 돈 될 만한 것은 다 내다 팔았다. 그 돈이 오백 원이 되자 그중에서 오막살이를 하나 장만한 뒤 당장의 생활 밑천으로 쓰도록 백 원을 떼어내고 나머지 사백 원을 조합에 내놓으며 말했다.

"우리가 저축헌 돈 이백 원에 이 사백 원을 합쳐 모도 목탄을 사드락 허시오. 내가 짚이는 일이 있응게 돈 되는 대로 목탄을 사서 잘 쟁여두먼 큰 소득이 있을 듯싶소."

박중빈은 배다른 맏형 박군옥을 시켜 선진포 나루터며 구수산 골짜기를 돌아다니며 보이는 대로 목탄을 사들이게 하는 한편, 성(姓)이 다른 동복형 김정집(金正集, 법명 樂喆)에게는 손수 숯을 굽게 하였다.

"자네, 내 부탁 하나 들어주소. 시방 목탄 구매에 돈이 달리는디 어디 가서 한 사백 냥만 빌려오소."

김성구는 어느 날 급한 호출을 받고 달려갔더니 단장이 뜻밖에도 빚을 얻어오란다. 그것도 거금 사백 원을 당장 마련하라는 명령에 눈앞이 캄캄했다.

"지금 시상에 어디서 그런 큰돈을 빌린당가요? 더군다나 누가 뭘 믿고 우리헌테 빌려주겠어라? 난감허요."

"아따, 자네 동네 천정리에 부자 김덕일이 돈이 만허다고 허도만! 거그 한번 가보소."

당신님이 거기까지 내다보고 하는 부탁이니 못 하겠다고도 못 하고 일단 물러나오긴 했으나 김성구의 발걸음은 천 근만큼이나 무거웠다. 김 부자가 돈이 많다고는 하나 워낙 꼼꼼한 사람이라 담보 없이 돈을 빌려주는 일이 없는데, 사십 원도 아닌 사백 원을 그냥 빌려줄 턱이 없다.

"김 주사! 길룡리 박처화 심바람으로 갯벌에 언(堰) 막을 돈 빌리러 왔소."

김성구는 눈 딱 감고 주저할 것 없이 말해버렸다. 어차피 기대는 하지 않았다.

"박처화 몸을 받아 왔다고라, 언 막을 돈이라고라? 얼매나 필요허다요?"

"사백 냥! 담보는 없고만이라."

김성구는 체념하듯이 말했다. 대답은 들어보나 마나라고 생각했다. 어이없어서인가 망설임인가 잠시 침묵이 흘렀다. 그 시간은 길지 않았다. 고작해야 깊은숨 한 번에 못 미쳤다.

"그러제라."

김성구는 제 귀를 의심하였다. 김덕일은 달랑 차용증서 한 장을 받고 즉각 사백 냥을 내주었다. 김성구는 기쁨에 겨워 한달음에 달려가, 자신이 무슨 큰 공을 세운 듯 사백 냥 얻어낸 경위를 신이 나서 설명하였다. 같이 있던 조합원들도, 하늘이 우리 사업을 돕는다고 흥분하여 떠들었다. 조합장만은 반응이 심상했다.

"그라겄제! 아믄, 그리야제!"

이듬해(1918) 봄, 목탄 값이 폭등하였다. 한 포에 이십오 전 내지 삼십 전에 구입한 숯을 불과 일고여덟 달 만에 열 배나 되는 이 원 오십 전 내지 삼 원으로 판매할 수 있었다. 이는 구주대전 (제1차 세계대전)의 영향으로 일본의 목탄 수요가 폭발했기 때문이었다. 음력 삼월, 구천 원의 거금을 쥔 박중빈은 관청에 신고 절

차를 마친 후 드디어 방언공사에 착수하였다. 측량을 하고, 물막
이용 청솔을 베어 오고, 말뚝과 재목을 준비했다. 삽과 가래, 지게
와 수레를 확보하고 일꾼들을 모았다. 제각에서의 모임은 폐하고
그 대신 갯벌 가까이 있는 강변주막을 현장 사무소 겸 집회소로 쓰
기로 하였다.

박중빈은 몸소 현장에 나가서 공사를 감독했고, 여덟 명의 단
원들은 처자식 등 집안 식구들을 다 동원하고, 상당한 놉도 사서
작업을 했다. 작업은 물이 빠진 시간에 집중될 수밖에 없었으므로
많은 제약이 있었지만, 이렇다 할 장비가 없으니 맨손으로 하는 것
이나 진배없어 그 애로는 말로 다 할 수가 없다. 밖에서 흙을 져 나
를 수가 없기에 청솔가지를 얼키설키 놓고 안팎으로 가지런히 말
뚝을 박으며 개흙을 쌓아 둑을 만들어가는 방식인데, 물이 한 번
들어왔다 나가면 거의가 도로 아미타불이 되고 오히려 재료와 장
비마저 잃어버리는 일이 비일비재했다. 그들은 삼복염천과 엄동
설한을 무릅쓰고 비바람에 맞서가며 바닷물을 막아 자그마치 육백
미터 길이의 둑을 쌓아갔다.

"손 장사, 이짝에다 부리소. 여그가 곯았어. 아니, 요짝! 요짝!"
박중빈은 지게에 흙을 잔뜩 짊어지고 오는 젊은이에게 짐 부
릴 곳을 지팡막대로 지정해 보였다. 그러나 손 장사로 불리는 젊은
이는 들은 척도 않고 저 하고 싶은 대로 아무 데나 부리고 말았다.
그는 장골에 힘이 장사여서 남보다 갑절은 짐을 질 수 있었기에 큰
체가 대단했다. 누가 뭐라 하든 감독하는 사람의 말을 들은 적이

없이 제멋대로였고, 그걸 좀 나무라면 당장 지게를 팽개치고 가버렸다. 오늘도 그는 몇 차례나 지시하는 것을 못 들은 척하고 자기하고 싶은 대로 했다.

"예끼, 이놈!"

박중빈은 지팡이를 들어 손 장사의 지겟다리를 딱 치면서 호령을 했다. 순간 손 장사는 지게를 진 채로 벌렁 자빠지더니 그 길로 졸도해버렸다. 실로 순식간에 일어난 일이어서 사람들은 어리둥절했다. 지겟다리를 좀 치고 호령 한마디 했다고 저렇게 내숭을 떨고 자빠지다니, 이해가 안 되었다. 그러나 그것은 내숭이 아니었다. 손 장사는 눈조차 허옇게 뒤집힌 채 사지를 부들부들 떨었다. 그제야 이게 아니구나 싶었던지 사람들이 달려가 손 장사의 팔다리를 주무르고 물을 떠다 뿌리고 한바탕 법석을 떨었다. 겨우 정신이 돌아온 그는 아직도 두려움이 가시지 않은 듯 두 눈을 두리번거렸다. 뒷날 그는, 자기가 천둥소리를 들었고, 벼락을 맞은 줄 알았었노라고 고백했다.

영산에 꽃이 피어

◯

"내가 앞전에는 아오님 지견이 우리보담 훨썩 승허고 벨시로 운 재주가 있는 줄 알았는디 오널 이 언 막는 걸 봉께 참말로 폭폭 해 베이네잉."

하루는 박중빈의 글방 친구 고현태(법명 *露衆*)의 형이기도 한, 천도교 간부 고진국이 찾아왔다.

"어느 시월에 조수 들락거리는 바다를 막고, 어느 시월에 거 그서 쌀이 나오길 기둘린당가? 고건 가망 읎는 일이제."

"들고 봉게 그러구만요. 글먼 인자 어쩌끄나요?"

"폐일언허고 돈 천 원 한나만 나한테 주소. 애써서 언을 안 막 고도 좋은 일이 생길 팅게!"

"어뜨코 좋은 일이 생긴다요?"

"얼메 안 가서 우리 천도교가 권세를 잡는 날이면 감사(監司)

한 등 허기는 여반장이여. 언답은 물론 문전옥토가 눈앞에 시글시글헐 테니까로 그게 가서 거그 맘대로 골라 갖는 것이 빠른 길이제. 아, 아오님이 요런 이치를 몰르고 한정 읎는 시일에 허고만헌 금전을 써감시롱 바다를 막겠다고 저러코롬 히쌍게 내가 워찌 폭 폭허지 안허겄능가?"

"하이고 성님, 그러면 진작 일러줄 일이제 왜 인자사 알리주요잉? 그란 줄 알았으면 아새(애초) 일을 시작허딜 말 것인디, 폴씨 시작을 히부렀으니 진퇴양난이요."

박중빈은 몹시 아쉬운 듯 능청을 떨었다.

"진퇴양난일 것이 뭣이여? 어려운 걸 버리고 쉬운 걸 택허고, 더딘 길 놓고 속헌 길 취허는 것이 사리에 맞제. 어떤 생각 말고, 메칠 후에 내 아오를 보낼 테니께 아순 대로 천 원 한나만 납부허시게."

"하야튼 간에 보내보소. 준비가 될랑가 몰르지만서도."

며칠 후 고현태가 찾아왔다.

"성이 보내서 왔구먼! 그건 그렇고 밖에서는 우리 조합에서 언 막는 일을 어뜨코 말허등가?"

"글씨……."

고현태는 적이 난처한 듯 망설였다.

"글씨는 무신 글씨? 들은 대로 솔직허니 말해보게."

"벨로 좋게딜 말은 안 허제! 숯장사 혀서 멫 푼 벌었다제만 얼메 안 가서 아까운 돈만 바다 속에 털어넣을 것이라고도 허고, 돈

잃으면 조합도 못 허고 쌈질이나 험성 갈라설 사람덜이라고도 히 쌓고, 어뜬 사람은 언을 막고 그 바닥에서 곡식을 심어 묵으면 손 가락에 불 써갖고 하늘에 올라간다고 장담허더만."

박중빈은 속으로 쯧쯧 혀를 차고 나서 말했다.

"성님한테 가서 그라게. 이번에 돈이 꼭 될 줄 알았는디 아직 돈을 마련허지 못혔응게 뒷날 보내드리마고."

꾀음꾀음해서 돈을 가로채려는 속내를 다 읽어서 짐짓 어쌔 고비쌔는 뜻도 모르고 얼마 후 다시 고현태를 보내왔다.

"성님이 꼭 믿응게 쪼께도 으심 말고 얼렁 보내돌라고 허시도 만."

"현태! 저 사람들이 모도 자네 성님보담 멍청헌 사람들로 베 이나? 보게나, 자네도 알다시피 저 이인명 씨는 아덜 보기 위해 첩 을 여럿 갈아치우고 근자엔 서울 여자를 첩으로 얻어놓고 거덜먹 거림서 한량으로 놀든 양반이제, 천정리 사람 김성구는 글만 아는 양반이라 비가 와서 마당에 널어둔 곡식이 다 떠내려가도 눈 한나 깜짝 안 허든 선비고, 우리 외숙 유성국 저 양반도 암만 없이 지내 도 일허는 법이 없든 분이제, 학산리 오재겸은 돈냥이나 굴리고 산 다고 눈도 나쁘지 안험서 금테 안경을 쓰고, 이장이랍시고 풍이나 떨든 사람 아닌가. 저 불갑면에서 온 함평 이씨 이재풍이란 사람도 생전 지게 한 번을 안 져본 사람이라네. 그렇다고 나나 내 아오 한 석이가 언제 막일을 지대로 히보았겄나. 성섭이 성님이나 경문이 조카님 정도가 그나마 일을 히본 사람이제. 글도 내가 걷어붙이고

개펄에 드가 가래를 잡응게 모도 군말 없이 덤벼들어 일을 시작헌 것이 인자 지법 돌아가지 안허든가?"

이후로 고현태는 다시 돈 심부름을 오지 않았고, 고진국도 다른 사람을 보내지 않았다.

단원(조합원)들은 낮에 힘겹게 언막이를 하고도 저녁이면 강변주막에 모여 단장의 설법을 듣고 때로는 흥겨운 소창(消暢) 시간도 가졌다. 처음 이 자리엔 조합원들만이 모였지만 차츰 그 가족과 일꾼과 동네 사람들까지, 그리고 남자 어른들만 모이던 데서 여자나 아이들까지 모여들었다.

"왼종일 언뚝 막을라 욕덜 봤구만. 고단허긴 허겄지만 마음공부는 한시도 쉴 수 없는 것잉게, 오늘도 한 말씸 허리다."

박중빈의 설법은 결코 고원하지 않았고 일상생활에 가장 비근한 것이어서 그들은 피곤하다곤 해도 대개는 흥미를 가지고 들었다. 그의 설법에는 재미있는 이야기도 있었고, 종종 친히 지은 가사를 운곡에 얹어 창하게도 했다.

"시상에는 살인, 강도, 사음(邪淫) 같은 큰 죄악을 짓는 사람도 많지 않소? 그런디 이런 큰 죄악도 알고 봉게 작은 허물로부텀 시작되는 수가 만헙디다. 바늘도독이 쇠도독 되드라고, 작은 실수를 하찬허게 여기다간 난중에 가서 용서받지 못헐 큰 죄를 저질르게 되는 법이어라. 그렇게 누구나 자조 자게 행실을 살펴서, 아니다 싶으면 미적거리덜 말고 고치기에 심써야 된다 이 말이여."

이쯤에서 박중빈은 일부러 사투리를 많이 섞어가며 예화를 흥미롭게 풀어간다.

"남방에는 잔내비맹키로 생긴 성성이란 즘생이 사는디, 이 즘 생은 심이 시고 동작이 날래갖고 사람 심으론 잡지 못헌다 안 허요? 그란디 이 성성이란 놈이 술에는 약허단 말이시. 그리서 독헌 술을 한 동우 퍼다가 이놈이 잘 댕기는 길목에 놓아두는 거라. 글면 이놈이 술을 보고 첨에는 '사람아, 느그덜이 날 잡을라고 술 갖다놨구마. 허지만 나는 안 쇡제이.' 허고 씩 웃음서 지나가제라. 가다가 봉께 술 생각이 나거들랑. 이놈이 생각허기를 '쪼까만 묵으면 벨일이사 있간?' 돌아와 술을 정말 쪼께만 묵고 가제. 쪼께 가다가 생각헝게 더 묵고 자픈 거라. '쪼까 더 묵어도 괜찮허것제.' 돌아와 다시 쫌 더 묵제. 그러코 또 와서 묵고 또 다시 묵고…… 쩌 그 딸막네! 이놈이 그러코 멫 번이나 묵었을 것 같소잉?"

"나가 알간요? 기양 이약이나 허소이. 하하하……."

딸막네가 웃음을 터뜨리자 나머지 사람들도 기다렸다는 듯이 하하, 허허 웃음판이 벌어진다.

"나도 멫 번인지는 몰루지만 언제 막음허는 줄은 알제! 바로 동우가 바닥이 나야 끝나는 것이여. 그리가꼬 이놈이 술이 대취히서 휘파람도 불고 노래도 허고……."

"당신님, 성성이가 무신 노래까정 헌다요?"

오재겸이 빙긋이 웃으며 딴죽을 건다.

"아, 기분이 좋응게 안 그라겄소! 사람 노래가 아니라 성성이 노래라는 거이 있겄제?"

박중빈이 이렇게 능청을 떨면, 오재겸은 또 못 이기는 체하고 물러난다.

"맞으요! 어련허겄소. 그다음 이약이나 허시쇼잉."

"먼 이약을 또 허요? 인자 끝이제."

"아닌디?"

"꼭 손에 쥐어줘사 알겄소잉! 그리서 얼메 안 가 곯아떨어져 쿨쿨 잠이 들면 폴이랑 다리를 새내끼로 꽁꽁 묶어갖고 가서 잡아묵는 일만 남았제 머."

이야기는 끝이 났지만, 다시 한번 새겨둘 것이 있다.

"긍게 이놈이 첨엔 쪼께만 마시기로 헌 술이 커져부러갖고는 한 동우가 되고, 질래 생포도 당허고 생명도 잃게 되는 것 아닌감. 사람도 마천가지라, 첨에는 한두 가지 작은 허물을 고치지 못허다가 그 허물이 차꼬 쌓이면 결국 큰 죄악을 저질러서 앞질을 망치지라. 긍게 우리가 어찌케 조심 안 허겄소. 안 그요?"

그들은 또 법열이 나면 흥겹게 노래를 하기도 했다.

"성님이 〈경축가〉 또 한번 불러보씨요잉."

김성구가, 한때 창을 배운 적이 있는 김성섭에게 단장이 지은 가사 〈경축가〉를 불러보라고 꼬드긴다. 전부터 두어 번 불러 박수를 받은 바 있기에 하는 소리다.

"아마 우리 맏네 어멈도 넘우 소리 공으로 듣진 안헐 거구먼이라!"

단장까지 부추기자 김성섭은 못 이기는 체하고 목을 가다듬어 가사를 불렀다. 곡은 육자배기풍으로, 발림까지 섞어가며 판소리 창하듯 활기 있게 불렀다. 〈경축가〉는 148구의 장편가사인데 '세계 조판 이 가운데 제일 주장 누구신가'로 시작하는 탓에 '세계 조판가'란 별칭으로 불리기도 했는데 마무리는 이렇게 끝났다.

영산(靈山)에 꽃이 피어 일춘만화(一春萬花) 아닐런가
일춘만화 되고 보면 사시절이 이 아닌가
사시절을 알게 되면 순리역리 알 것이요
혼몽(惛夢) 자각될 것이요 풍운 변화 알리로다
풍운 변화 알게 되면 차별 이치 없어지고
일원 대원 될 것이니 경축가를 불러보세
경축가 사오성(四五聲)에 백발이 없어지고
백발이 없어지니 소년 시절 이 아닌가
일심으로 경축하니 우리 천지 만만세라

사람들은 적절히 '얼씨구우, 조옿다' 추임새를 넣고 무릎까지 치면서 흥겨워했다. "마안만세라아—"를 호기 있게 뽑으며 끝내자, 모두 박수를 치더니 시선을 김성섭 큰아들 홍철에게 향했다.

"야, 이번엔 홍철이 니가 소리 쫌 히봐라. 아부지맹키로 허진 못해도 신식 창가는 헐 수 있제?"

김성섭의 장남인 열다섯 살짜리 홍철은 어린 나이에도 방언 공사에 참여하여 온갖 궂은 심부름을 도맡아하는 일꾼이었다. 그는 쑥스러운 표정을 짓더니, 역시 박중빈이 지은 가사 〈권도가〉를 창가풍으로 씩씩하게 불렀다. 사람들은 이번엔 숫제 같이 박수를 쳐서 박자를 맞추면서 흥겨워했다.

여러 교회 생겨나서 각자 옳다 하건마는
근본 마음 모를진댄 동귀일리(同歸一理) 알을쏘냐
유도(儒道)로 문을 열고 불법(佛法)으로 주인 삼아
차차차차 알아보고 차차차차 깨달으니
복혜양족 얻는 법이 이 일 위에 또 있을까
만일 다시 있다거든 재주대로 알아보소
갈 길 없다 갈 길 없다 이 길밖에 갈 길 없다
자고로 성웅 대인 이 길로 갔나니라
의심 말고 작심하여 소원 성취 하여서라

한편 박중빈의 말속을 눈치챈 양씨(만네 어미)는 바랭이네를 데리고 부엌으로 나가더니 햇감자 한 소쿠리를 껍질째 쪄 왔다. 방언공사 시작 후로 양씨와 바랭이네는 강변주막(방언 관리소)에 상주하며 일꾼들을 위하여 식당 일을 책임지고 있는 터였다. 대중은 기다렸다는 듯이 달려들어 감자를 먹으며 왁자지껄 즐거워했다.

언 막기는 그런대로 진척이 빨랐다. 처음에는 조수의 간만이 심해 사리 조금과 밀물 썰물을 가리며 한 보름간은 갯벌의 뻘땅이 질어서 일을 못 했고 나머지 보름만 일했으나, 둑의 기초가 다져지면서는 사리 조금을 가릴 것 없이 공사를 진척시킬 수 있었다. 흉보고 조소하던 동네 사람들도 하나둘 품 팔러 모여들었다. 알상투에다 수건을 질끈 동이고 소매와 가랑이를 걷어붙인 채, 흰 고의적삼을 입은 오십여 명 인부가, 가래와 뻘삽으로 흙을 파고 지게와 들것으로 흙짐을 져 나르는 모습을 먼빛으로 보면, 꼭 뻘밭에 앉은 백두루미 떼를 보는 듯 장관이었다.

어려움이 닥쳐오고 있었다. 그것은 역시 자금난이었다. 김성섭이 앞장서서 증자를 하고 다른 조합원들도 이에 따랐지만 워낙 여유가 없는 사람들이라서 큰 효과가 안 났다. 게다가 천정리 부자 김덕일은 빌린 돈 사백 원을 갚으라고 심하게 독촉했다. 그는 자기가 빌려준 돈으로 방언공사가 제법 착실히 진행되는 것을 보고, 머지않아 수만 평의 옥답이 생기리란 소문이 들리자 은근히 욕심이 났다. 그는 관청에다 간석지 대부 원서를 제출하고 언답을 뺏으려고 갖은 수단을 동원했다. 그는 천 원짜리 호마를 사서 타고 도청과 경찰서를 수시로 드나들며, 권세와 금력을 동원하여 동분서주하였다. "기는 놈 우게 나는 놈 있는 중(줄)은 몰랐제? 느그덜이 스서 언을 막지만 나는 앙거서 막을란다." 그는 큰소리치며 요로에 청원을 내었고, 그에게 곧 허가권이 떨어질 것이란 소문이 파다하였다. 아직 허가권을 받지 못하고 공사에만 전념하던 조합원들은 낭패감이 자심하였다. 그러잖아도 자금이 달리는 판에, 김 부자가 안으로 빚 독촉을 성화같이 하는 일방 밖으로는 칼자루를 쥔 당국을 요리하고 있으니, 안팎으로 궁지에 몰린 상황이었다. 조합원들은 김덕일을 성토하며 분개하였고, 방언공사가 남 좋은 일만 하는 헛고생이 아니냐며 낙심천만이었다. 박중빈은 조합원들을 이렇게 달랬다.

"나도 걱정이 안 되는 건 아니지만, 우리는 우리 일만 묵묵히 헙시다. 이전에 쓰지 못허든 땅을 개간해서 양전옥답을 맹글어놓는다 치면, 설령 그 사람의 세력에 밀려 땅을 뺏긴다 헐지라도 개간의 공로자는 우리들임이 틀림없소. 평소 조밥, 수시밥(수수밥)이나 묵는 길룡리 두메 사람들이 쌀밥을 묵게 되고 사회에 유익허다면 그것만으로도 우리는 만족헐 일이오. 우리가 첨부터 우리 배를 불리자 헌 일이 아니라 공익을 위해서 착수헌 것이 아니겠소? 우리가 천하에 도덕을 펴서 고해 중생을 건지는 사업에 자본으로 삼자는 목적에는 좀 어긋나요만, 그 사람을 욕허거나 미워허진 마시오. 사필귀정이라 혔응게 결과를 하늘에 맽기고 우리는 우리 헐 일만 헙시다."

김덕일은 김성구를 끌어다 온갖 모욕을 가하고 심지어 폭행까지 하면서 빚을 갚으라고 독촉했고, 조합 사정을 누구보다도 잘 아는 김성구로서는 어쩔 수 없이 자기 땅 서 마지기를 팔아 빚을 겨우 가렸다. 그 후로 공사는 조합장이 구해 온 자금과 단원들의 추가 증자에 힘입어 순조로이 진행되었지만, 허가권 문제는 점점 꼬이는 것 같았다. 특히 김덕일의 집사 최 아무개는, 허가권이 곧 자기네한테 나오게 되었으니 인제 간석지는 몽땅 김덕일의 소유로 넘어가게 되었다고 입소문을 퍼뜨리고 다녔다. 조합원들은 조합장의 눈치를 살피면서, 작업을 하기는 하나 정작 일이 손에 잡힐 턱이 없었다. 조합장의 뜻을 모르는 바는 아니나 그래도 너무나 억울하지 않은가.

그러던 어느 날 뜻밖의 소식이 들려왔다. 김덕일이 낙마하여 위독하다는 것이다. 미운 짓은 했을망정 담보도 없이 거금을 빌려준 것은 얼마나 고마운 일이었나. 그 돈이 아니었다면 목탄업 투자로 막대한 이득을 올릴 수도 없었고, 방언공사를 착수할 엄두조차 못 내었을 것이 아닌가. 박중빈은 김덕일의 공덕을 생각하며, 김성구를 파견하여 문병하였다. 김성구는 조합장의 고마운 뜻을 전하고 병고를 위로하였다. 그러자 김덕일은 숨을 헐떡이면서도 굳이 이 말을 했다.

"내가 천벌을 받는갑소. 김 훈장(김성구)한테도 내가 못 헐 짓을 했고 조합에도 죄가 큰디 요로코롬 문병까정 와중게 고맙기 이를 디 없고만이라."

며칠 후 김덕일은 죽었고, 그가 타고 거들먹거리던 말도 급사했다. 다시 며칠 후 조합 앞으로 간석지 대부 허가권이 정식으로 나왔다. 공교롭게도 같은 날에 김덕일의 집사 최 아무개가 경찰에 긴급 구속되었다. 김덕일 사후에 고인의 재산을 횡령하려던 일이 발각되었다는 것이다. 조합원들은 허가권이 나온 것을 누구보다도 기뻐했지만, 그들은 기쁨보다 더욱 두려움을 느꼈다. 오내진의 급사에 이은 김덕일의 횡사는 조합원들의 마음속에 죄복의 보응이 얼마나 무서운가를 일깨웠고, 단장에 대한 경외심은 한층 돈독해졌다.

방언 마무리 공사를 한창 진행 중이던 그해(1918) 동짓달, 박중빈은 또 하나의 공사를 벌였다. 그것은 옥녀봉 아래에다가 회당을 건축하는 일이었다. 돛드레미 제각에 이어 강변주막도 이제 너무 비좁아 집회를 갖기엔 불편하였다. 다행히 자금 사정이 다소 호전되자 조합장은 조합실 겸 도실(道室)의 신축이 급선무라는 생각이 들어 결단을 내린 것이다. 건축은, 아홉 제자를 기념하는 상징적인 뜻을 살려 아홉 칸으로 설계되었고, 공사 감독은 건축에 경험이 많은 오재겸이 맡아 하였다.

박중빈은 상량식 날에 돼지 한 마리를 잡게 하고, 떡과 막걸리도 넉넉히 준비하여 조합원과 그 가족, 그리고 일꾼들에게 푸짐하게 먹였다. 그리고 손수 붓을 들어 마룻대에 오언과 칠언 시구 각기 두 짝씩을 썼다.

梭圓機日月 織春秋法呂
(사원기일월 직춘추법려)
둥근 베틀에 해와 달이 북질하여
춘추법려 비단을 짠다

松收萬木餘春立 溪合千峰細雨鳴
(송수만목여춘립 계합천봉세우명)
솔은 일만 나무의 봄기운을 다 거두어 청청히 서 있고
시내는 일천 봉우리의 빗물을 합쳐 우렁차게 울더라

앞엣것은 장차 회상을 펴려 함에 그 원대한 경륜을 드러낸 것이요, 뒤엣것은 신흥 교회들이 우후죽순처럼 난립하지만 그중 큰 소리칠 회상은 따로 있으리라는 메시지를 담았다. 회당은 이듬해 정월에 준공되었다. 이것이 불법연구회(원불교) 최초의 교당이니, 흔히는 구간도실(九間道室)이라 불렸다. 그러나 박중빈이 명명한 정식 명칭은 턱없이 긴 '대명국영성소좌우통달만물건판양생소(大明局靈性巢左右通達萬物建判養生所)'였다. 여기에는 대회상 건설의 포부를 안고 있는 박중빈의 경륜이 암호처럼 숨어 태동하고 있다.

기미년 삼월 하순, 갖은 시련과 곡절을 겪던 방언공사는 착공 열두 달 만에 마침내 완공을 보았다. 이로써 이만 육천 평의 논이 생겼으니, 이는 아홉 명의 조합원들이 최초로 이룩한 가슴 벅찬 기적이었다. 누구도 이런 일이 가능할 것이라고 믿지 못했지만, 지도자가 단장 박중빈이었기에 누구도 성공을 의심할 수 없던, 예약된 기적이었다. 들판은 정관평(貞觀坪)이라 명명했다.

해님이 달님을 만났을 때

○

밖으로 떠들썩하게 정관평 공사를 착공하고 난 얼마 후, 박중빈이 안으로 은밀히 진행한 일이 있었다. 그것은 장차 그의 수제자가 될 영생의 도반 송규(宋奎)를 데려오는 일이었다.

박중빈이 대각을 이룬 후 처음 단(團)을 만들 때부터 여덟 사람의 제자만 뽑아 한 자리를 공석으로 남겨 두었지만, 무오년(1918) 방언공사가 시작될 때에 조합원 자격으로 참여한 제자 역시 여덟 명이었다. 박중빈은 십인 일단(十人一團)이라는 완성형에서 한 사람이 빠진 것이 못내 마음에 걸렸다. 이 일이 마음에 걸린 사람이 또 하나 있었으니 그는 오재겸이었다. 임시로 중앙 대리를 맡고 있던 그로서는 누군가 모르지만 어서 그 자리를 임자에게 넘겨주어야 한다는 강박관념에 시달리고 있었다. 단장은 중앙 자리를 봉도(奉道)라고 명명하면서, 이는 하늘의 직명이라고도 했고, 땅을 응

하는 자리라고도 했고, 당신의 후계 자리임을 넌지시 귀띔하기도
했는데, 비록 임시라거나 대리라고 하여 한 자락 깔아놓긴 했을지
라도 자기가 그 대임을 맡기에는 너무 버겁고 짐스러웠던 것이다.

"우리가 만날 사람이 가까이 오고 있소."

오재겸은 지난해 칠월에 있던 일을 기억하고 있었다. 단장은
하늘을 살피고 별자리의 움직임을 눈여겨보던 끝에, 옆에 있는 오
재겸만 들을 만큼 작은 소리로 말했던 것이다. 그로부터 돌이 지나
고 다시 삼 개월, 이제 시월이었다.

"내일 장성 쫌 댕겨오소. 장성역에 가서, 체격이 쪼깐허고 얼
굴이 께깟허게 생긴 소년이 기차에서 내려, 미차 갈 곳을 정허지
못허고 망우리는(망설이는) 것을 보게 될 것이오. 그를 곧장 이리
데리꼬 오드락 허시쇼. 혼차 가기 뭣허먼 재풍이랑 함께 가는 게
좋겠구만이라!"

오재겸은 '체격이 쪼깐허고 얼굴이 께깟허게 생긴 소년'이 가
리키는 바를 금방 눈치챘다. 저녁에, 오재겸이 사돈이기도 한 이
재풍과 함께 장성 갈 나들이 준비를 하고 있는데 단장이 불렀다.

"내일 장성 갈 일은 그만덜 두소! 생각혀봉게 안즉은 좀 일러
비네그랴. 뒷날 자리 잡아 앙근 후에 데리꼬 옵시다."

그 후에도 박중빈은 종종 하늘을 보며 천기를 살폈다. 산색이
온통 연둣빛 신록으로 화사한 단장을 하고 송홧가루가 갯가에 노
랗게 깔리기 시작하던 사월 하순, 박중빈은 문득 결심이 선 듯 말
했다.

"우리가 그러코롬 기둘리고 찾던 사람이 멀리 있지 않소. 내일 그 사람을 만낼라 허는디 정읍 길 잘 아요?"

오재겸은 정읍 길에 익지 않았다.

"정읍이 발에 익진 안허요. 물꼬 물어서 가면 안 되겠어라?"

박중빈은 오재겸 대신 김성섭을 앞세웠다. 사리 때라서 비록 공사를 쉬는 기간이긴 했지만 방언공사를 시작한 지 한 달밖에 안 됐으니 다음 작업을 위한 준비에만도 바쁜 나날인데, 이토록 서두르는 단장의 속내를 남들은 모를 것이다. 더구나 사람을 보내서 불러도 되련만, 질러가도 백여 리나 되는 길을 몸소 걸어 찾아가는 깊은 뜻을 누가 알 것인가. 귀인을 찾아가는 예로서 두루마기에 갓을 갖춰 쓰고 육날 미투리를 신고 나서는 단장의 정중한 행장을 보며 김성섭이 궁금한 듯 물었다.

"정읍엔 누굴 만낼라 가시능가?"

"내가 늘 말허지 안했소? 우리가 만낼 사람이 있다고. 인자 그 사람을 찾을 때가 온 것 같소."

두 사람은 걸어서 무장, 고창을 거쳐 홍덕에서 하룻밤을 유하고 일찍 서둘러 정읍으로 들어갔다. 정읍에 닿기까지는 김성섭이 앞에 서서 안내를 했으나 일단 정읍에 들어서자 박중빈이 앞장섰다. 김성섭으로서는 더는 안내할 바를 모르거니와, 정읍에서부터는 웬일로 박중빈이 발씨 익은 길을 가듯 성큼성큼 걸었다. 누구에게 길을 묻지도 않았고, 더구나 길을 잘못 들어 우왕좌왕하거나 혹은 어느 쪽으로 갈까 망설이는 일이 전혀 없었다. 당도한 곳은 북면

화해리, 남쪽으로 시루봉이 바라보이는 둑길이었다. 바깥쪽으로는 개울물이 돌돌거리며 흐르고, 안쪽으로는 못자리판에서 초록빛 모가 바람결에 물결치듯 흔들리고 있었다. 박중빈은 북쪽으로 몇 겹 논배미를 건너 저만큼 보이는 마을(화해리 새터)을 바라보았다.

"쩌그 마실을 보면 느티나무가 있잖소. 그 뒤편에 남쪽으로 싸립문 난 집이 있을 것이오. 드가서 경상도에서 온 손님이 있다 허거들랑 데리꼬 나오소."

박중빈은 둑에서 기다리고 김성섭은 성큼성큼 논두렁길을 걸어 마을로 향했다.

이때 송도군은 화해리 김기부(金基富, 법명 道一)의 집에서 머물고 있었다. 이 집에 오기 전에는 대원사(大院寺)에서 적공을 하였다. 김기부의 모친이자 증산 도꾼이었던 김씨(법명 海運)는 원평으로 도 받으러 다니던 길에 같은 도꾼이었던 구씨(법명 南守)를 만나, 참 도인이 대원사에 머물고 있다는 소문을 듣고 함께 대원사를 찾았다. 애초 김씨는 가벼운 호기심에서 찾아간 길이었으나 송도군의 선풍도골을 대하자 너무나 황홀하여 넋을 잃었다. 김씨는 집에 돌아와 아들에게 양해를 구하고 방을 치운 뒤, 다시 대원사로 달려가 기어이 송도군을 데리고 돌아왔다. 도꾼으로서 김씨는 참 도인 송도군을 자기 집에 모시는 것을 생광스럽게 여겼던 것이다.

당시 대원사는 노승 둘과 동자승 하나가 있으면서 죽으로 끼니를 잇는 궁핍한 절이었다. 송도군은 대원사에 몸을 의탁한 지가 두어 달, 이제 더 진대를 붙을 만큼 이면이 없는 사람도 아니지만, 그렇다고 달리 갈 만한 곳도 마땅치 않던 판이었다. 송도군이 김씨의 강권에 못 이기는 체하며 따라나선 것이 지난 정월이니 벌써 석 달 가까이 되었다. 김씨는 송도군을, 만국 일을 다 경륜하는 분이라는 뜻에서 '만국 양반'이라고 부르며 온갖 정성을 다하여 공궤하고 있었다.

청명한 쪽빛 하늘과 연두색 들판, 그리고 원근에 따라 초록색과 갈맷빛이 겹겹이 보이는 산색이 조화를 이루어 가슴이 온통 환하게 밝아지는 아침나절이었다. 박중빈은 증산 강일순의 고향 시루봉을 그윽이 바라보다가 고개를 돌렸다. 논두렁을 따라 걷는 김성섭의 훤칠한 뒤태를 쫓다가는 화해리 마을 느티나무와 올망졸망한 초가지붕을 하나씩 점찍어가며 송도군의 사처를 어림짐작해보았다. 얼마나 기다려온 상면인가를 생각하니 적이 초조해지기까지 하여 둑길을 서성거렸다. 이제나 보일까 저제나 보일까, 눈길을 자주 보내며 마을길에 나타날 두 사람을 기다렸다. 얼마쯤 기다렸을까? 기실 짧은 동안이었지만, 박중빈에게는 그 시간조차 지루하게 느껴졌다. 이윽고 느티나무 뒤로 두 사람의 모습이 나타났다. 처음엔 거리가 멀고 나뭇가지에 가려 분별이 안 되었지만 그들이 마을 고샅길을 벗어나 논가로 나서자, 육 척 장신의 풍채 좋은 김성섭과 함께 오 척 단구의 자그마한 소년의 모습이 얼른 구별되었다. 박중빈은 설레는 마음으로 송도군의 다가오는 모습을 끝까지 지켜보았다. 송도군은 자기를 찾아온 인물이 누구인지 궁금한 듯 발걸음을 머뭇거리며 몇 차례나 머리를 들어 박중빈 쪽을 바라보았다. 마지막으로 송도군이 둑에 올라서자 두 사람은 비로소 시선을 정면에서 마주하였다. 소녀처럼 희고 고운 피부, 망건 아래 갓끈 따라 동글동글 선이 부드러운 윤곽, 단정한 이목구비에 유난히 총기 있어 뵈는 눈빛! 이십팔 세 박중빈은 부드러운 미소를 얼굴 가득 머금고 십구 세 송도군을 바라보았다. 깎은서방님 같다더니 송도군이 꼭 그랬다.

송도군은 몇 걸음 밖에서 발을 멈추고 박중빈을 우러렀다. 박중빈의 얼굴을 보는 순간 그는 감전된 듯 깜짝 놀랐다. 아니 이럴 수가? 그렇다! 저 원만하고 빛나는 용모, 내가 정신 기운이 맑아질 때면 종종 뜬금없이 떠오르던 그 상호가 분명하다. 저 춘풍화기 감도는 미소까지가 꼭 맞는구나. 송도군은 아침 해를 바라보는 아이처럼 눈이 부셨다.

"원로에 소생을 찾아주시니 감사합니다."

송도군은 비로소 두 손을 읍한 자세로 모으고 머리를 공손히 숙여 예를 갖추었다. 박중빈은 몇 걸음 송도군에게로 다가와 그의 작고 보드라운 손을 감쌌다.

"우리 만남은 숙세의 약속이었소. 나는 이날을 늘 기둘르고 있었지라!"

"지도 기다리고 있었습니더. 다만 언제 어데서 뵐 수 있을지 그걸 몰라 답답했지예."

"진작 만내고도 싶었지만 때가 아니길래 참고 기둘렀소. 인자
우리가 만날 때가 되았고, 만나서 함께 헐 천하 대사가 있소."

송도군은 박중빈을 안내하여 마을로 들어갔다.

"어무이, 오늘 귀한 손님이 지를 찾아오셨어예."

송도군은 김씨에게 박중빈을 소개하면서 접대를 당부하였다.
송도군은 김기부보다도 네 살이나 연하였기에 그를 형님으로, 김
씨를 어머니로 부르면서 지내고 있던 터였다. 김성섭은 이웃집에
방을 하나 빌려서 따로 쉬게 하고 송도군은 박중빈을 자기 방으로
모시고 와 정회를 털어놓으며 밤새워 이야기를 나누었다. 박중빈
은 먼저 파란 많던 구도생활과 경륜을 이야기해주었다. 송도군은
박중빈의 경륜과 구도 과정이 자신과 흡사함에 놀랐다.

"참 신기하구마! 억수로 닮았심더!"

송도군은 자기의 살아온 내력과 구도 역정을 이야기하기 시
작했다.

송규의 본명은 도군(道君)이요, 본관은 야성(冶城)이니, 경상
북도 성주군 초전면이 고향이다. 그는 두메산골에 터 잡아 살면서
유가적 전통을 중시했던 가문의 장손이다. 일곱 살부터 조부 송성
흠(宋成欽)으로부터 한학을 배우기 시작하였고, 열네 살부터는 영
남 유학의 거두 공산 송준필(恭山 宋俊弼)의 고양서당(高陽書堂)
에서 공부하였다. 그는 이렇게 유가적 가풍에서 촉망받는 영재로

자랐으나, 뒷날 그의 스승이 된 영광의 도꾼 박중빈과 일치되는 성향을 보이고 있음이 주목된다.

"지 열 살 때 일인데예, 어무이를 따라 미영(목화)밭에 가던 길에 옷이 남루한 낯선 사람이 있길래 혼자 떨어져갖고 한동안 그 사람과 이바구(이야기)를 나누었어예. 난중에 어무이가 '니가 아는 사람이가?' 묻길래 지는 '아이라예. 쌩판 모리는 사람입디더. 말로만 듣던 그 도사 이인인가 싶어 몇 가지 이치를 물어본께 한 개도 모릅디더' 하니까 어무이가 되게 어이없어 하데예."

이는 박중빈이 이인, 도사를 찾아다닐 때 걸인을 후대하며 이치를 묻던 일과 많이 닮았다. 그 후로도 도군은 도인을 찾아 명산을 방황하였다. 또 세상 이치를 몰라 가슴이 답답하고 날마다 근심이 커지자, 이를 잊으려고 어느 때는 집에 있는 동동주를 몇 사발 들이켜고 만취하여 시달리기도 했고, 오랫동안 집 근처 거북바위에 가서 청수를 떠놓고 밤마다 축원기도를 하기도 했다. 이는 훈장네 솔가리에 방화를 하기도 하고 삼밭재 마당바위에서 산신기도를 하던 박중빈의 행태와 상응한다고 하겠다.

"지가 도에 발심한 것도 처가 덕입니더. 처가 쪽에 도꾼들이 있었어예."

십삼 세에 성주 여씨(星州呂氏)네 규수와 혼인한 송도군은, 십팔 세 되던 해 이월에 장모 제사 보러 처가에 갔다가 집안사람 중 여 처사(呂處士)라는 도꾼이 가야산에서 도를 닦는다는 것을 알고 그를 찾아 나선다. 이는 박중빈이 십육 세에 환세 인사차 처가에 갔다가 『조웅전』 등 고소설 읽는 것을 듣고 발심하여 도사 찾기에 나서는 것과 닮았다고 하겠다.

박중빈이 글공부에 재미를 못 붙여 제대로 서당을 다니지 못한 데 비해 송도군은 일찍부터 한학을 정통으로 배웠고, 게다가 두뇌가 명석하여 상당한 학식을 갖출 수 있었다. 그러나 송도군 역시 끝내는 한학에 흥미를 잃고 구도적 욕구로 인해 가출을 하였으니, 이런 점은 본질적으로 두 사람의 숙명적 결합을 가능케 한 원인이라 하겠다. 소년 송도군의 출세간적 포부는 그의 시를 본 장인이 일찍이 알아보았다고 전한다.

海鵬千里皐翔羽 籠鶴十年蟄鬱身
(해붕천리고상우 농학십년칩울신)
바다의 붕새처럼 깃을 치며 천 리를 날고 싶건만
조롱 속의 두루미 되어 십 년간 몸도 옴쭉 못 하네

정사년(1917), 십팔 세 송도군은 고향에서 백여 리 떨어진 가야산에 들어가 도꾼들을 만나 접촉하기를 세 차례 하는데, 여기서 그는 여 처사를 만나지 못한 대신 유학과 불교에 실망한 신흥 종교의 도꾼들을 만난다. 주로 증산교 계통의 도꾼들이었다. 그들은 자기들이 경상도에 머물고 있으면서도 경상도를 하도(下道) 전라도를 상도(上道)라 이르면서, 제대로 도를 닦으려면 상도로 가서 대도인을 만나야 하리라는 정보를 주었다.

"결단을 못 내리고 망설이던 차에 하루는 꿈에 희한한 계시를 안 받았능교. '네가 전라도로 가야 크게 성공할 것이다. 앞으로의 대도는 오거시서(五車詩書)나 팔만장경으로는 안 될 것이요 간명한 법이라야 된다. 그런 법이 되어야 세상에 쓰이게 될 것이며 그런 법이 나와야 일체중생을 제도할 것이다.' 그래서 사월달에 증산 선생 자죽(자취)을 찾아 전라도로 왔지예."

증산 사후 증산의 도맥(道脈)이 이른바 수부(首婦)인 고판례(高判禮) 여인에게 전해졌다는 말을 들었기에 그는 꼭 고 수부를 만나고 싶었던 것이다. 송도군은 고 수부가 교단을 형성하고 있던 정읍으로 갔다. 그런데 이때는 고 수부와 이종 간이자 증산의 고제 중 하나인 차경석이 통교권을 장악하고 고 수부를 연금시킨 상태여서 송도군에겐 '사모님(고 수부)'을 만나는 것조차 허락되지 않았다. 거구에 위풍이 당당한 삼십팔 세의 장년 교주 차경석은 작달막한 키, 해사한 얼굴의 당돌한 소년 송도군을 의외로 경계하였다. 고 수부를 만나는 데 실패한 송도군은 정읍 두승산 시루봉 아래 손바래기[客望里] 마을에 있는 증산의 생가를 찾았다. 거기엔 증산의 부모와 본처, 딸, 누이동생 들이 살고 있었다. 부모는 너무 늙었고, 본처 정 부인은 수도와 무관한 평범한 여인네였고, 무남독녀 강순임은 아직 어린 소녀에 불과했다. 그러나 누이동생은 고부 선돌마을[立石里] 박 모에게 시집을 갔다가 애를 못 낳아 친정으로 쫓겨 온 뒤, 지성으로 증산도 치성을 드리는 도꾼이 되어 있었다. 송도군은 결국 '사모님' 대신 선돌댁 지도로 백일기도를 모시며 태을주 치성을 하였다. 송도군은 여기서 영계(靈界)의 신비한 힘과, 음계(陰界)의 내밀한 기(氣)를 얼마간 체험할 수 있었다. 그러나 회의가 일었다. 선돌댁의 도움으로 상당한 신통력을 얻은 것은 사실이지만, 자신이 진정 원했던 공부는 이게 아니라는 생각이 들었다. 세상일에 대한 의문이 풀린 것도 아니고 마음의 힘을 얻은 것도 아니었다. 더는 선돌댁에 기댈 것이 없었다.

이 무렵 고 수부는 마침내 차경석의 구속과 감시망을 벗어나는 데 성공하여 김제 백산에 있는 종도 집에 머무르게 되었다. 이 소식을 전해 들은 송도군은 혹시나 하는 기대를 안고 당장 찾아가서 고 수부를 만났다. 그러나 고 수부에게서도 더 배울 바가 없음을 알았고, 고 수부 역시 송도군이 가까이에 있는 것을 껄끄러워했다. 그는 다시 손바래기로 돌아왔지만 거기서 떠나야겠다는 결심을 굳혔다.

"순임아, 내는 마 속히 여를 떠나야겠데이. 니를 언제 다시 볼랑가 모르겠다만 잘 있거레이. 그동안 오래비 시중을 잘 들어줘가 고맙데이."

증산의 무남독녀 강순임은 송도군을 오라버니라고 부르며 많이도 따르고 시중도 잘 들어주었었다. 열네 살의 순임은 도군과의 이별을 몹시 서운해했다. 순임은 눈물을 글썽이더니 얼굴이 발갛게 달아오르며 엉뚱한 제안을 했다.

"오라버니! 나 오라버니 각시 되고 싶으요."

어린애로만 알았던 순임으로부터 뜻밖의 말을 듣고 송도군은 어이가 없었다.

"그런 소릴 하면 몬쓴다. 오빠 벌써 각시가 있다카이."

"그건 나도 알지라이. 그래도 각시 하면 안 될랑가, 오라버니? 우리 아부지도 우리 어무이 말고 고 수부를 새어무이로 맞아들였는디……?"

순임은 눈물을 흘렸다. 송도군은 당황하였다. 누이처럼 다정하게 대한 것이 독이 되어 순진하고 어린 순임이가 이런 마음까지 먹게 되었던가 싶어 후회가 되었다. 도군은 속으로 고개를 절레절레 흔들었지만, 입 밖으로 나온 말은 다소 엉뚱했다.

"순임아, 니 말이 일리가 있구마. 그래도 부모님의 허락을 받아야 한께 내가 고향에 가서 알아보꾸마. 그새 니도 어른들께 여쭈어보거레이."

송도군은 순임을 다독거리며 쌈지를 풀어 엽전 몇 닢을 손에 쥐여 주었다. 순임은 눈물을 훔치면서 더는 조르지 않고 송도군과의 이별을 받아들였다.

"오라버니! 나도 선사헐 게 있어라우."

순임은, 아버지 증산이 서재처럼 쓰던 별실로 송도군을 안내하였다. 순임은 천장 한 귀퉁이를 가리켰다. 거기는 찢어진 곳을 때운 듯 도배지를 덧댄 부분이 보였다.

"아부님 시상 뜨시기 전에 책 한 권을 쩌그다 옇고 봉함시렁, 훗날 여그를 끌르고 이 책을 찾아갈 임재가 있을 것잉게 그때까장 암헌테도 말허지 말라고 일르싰지라. 생각해봉께 오라버니가 그

임재 같은 생각이 들어라우."

송도군은 호기심과 기대로 눈을 크게 뜨고 곧 천장의 땜질 부분을 뜯어냈다. 과연 오래 묵은 종이에 한문으로 꼼꼼히 적은 책 한 권이 나왔는데 표지엔『正心要訣(정심요결)』이라 적혀 있었다. 송도군이『정심요결』을 품에 간직하고 모악산 대원사로 몸을 옮긴 것은 해가 저무는 동짓달이었다. 대원사는 증산이 사십구 일을 기도하여 득도한 곳이라 하고, 혹은 석가 후신이라는 진묵이 머문 곳이란다. 불현듯 이제부터는 불법을 공부해야겠다는 생각이 들었다. 간혹 눈을 감고 깊은 생각에 잠기다 보면, 원만한 용모의 큰 스승과, 고요한 해변 뻘땅(갯벌)에 붉은 행자(칠면초)가 깔린 평화로운 풍경이 떠올랐다. 그는 자신의 스승은 필시 그분일 것이라고 생각했다. 언제 어디서 만날 것인가, 아련한 그리움이 가슴에서 망울망울 커나가고 있었다.

박중빈은 사랑스러운 자녀를 보는 아버지처럼 벙긋이 미소를 띠고 송도군을 바라보았고, 송도군은 흥분과 희열에 차서 상기된 얼굴로 박중빈을 우러렀다.

"우리 인연이 참말로 지중허네. 비록 혈연은 없으나 그보담 더 짚은 법연이 있응게 형제지의를 맺고 천하 대사를 함께 도모험이 어쩌?"

박중빈이 송도군에게 먼저 제의를 하였다. 송도군은 감격스러웠다.

"불감청(不敢請)이나 고소원(固所願)이라는 말이 이때에 딱 들어맞는 문자 같심더. 소생을 아우로 받아주신께 억수로 감격임더."

잠시 후 박중빈은 송도군의 도가 어느 만큼이나 무르익었는가 넌지시 떠보았다.

"그래, 내가 보아허니 아오님은 수양을 주로 혀서 심을 많이 얻은 듯헌디 이즈막엔 어느 경지까지 갔는고?"

"남사스러운 수준입니다만 행님 앞에서 뭘 숨기겠습니껴?"

도군은 조금쯤 수줍은 듯, 조금쯤 자랑스러운 듯 자신의 수양 정도를 고백하였다.

"주문을 외고 단전호흡을 하고 명상을 하면서 기가 쌓이고 정신이 맑아진께, 마 안 봐도 비이고 안 들어도 들리고, 미래를 점치는 힘도 생겼심더. 음계의 이매망량을 다루고 자연 현상을 조작할 능력도 생겨갖고…… 요전에는 어무이가 나를 믹이려고 딸네 집에 가서 달걀을 몇 개 몰래 숨카갖고 왔는데 안 봐도 다 알 수 있어서 나무란 일이 있어예. 한번은 뒷산에서 도깨비 떼가 불을 날리고 빽빽거리며 설쳐갖고 동네 사람들을 송신하게 하길래 메밀범벅 한 동이를 쑤라 캐갖고 그놈들을 멕이고 멀리 내쫓은 적도 있고예. 바로 어제는 또 같은 동네 사는 증산 종도 한 사람이 무리한 요구를 해싸면서 안 들어준다고 지를 욕하기에 주문으로 돌풍을 불러써 그 집의 지붕 이엉을 싹 날려 보내뿄다 아잉교."

박중빈은 때로 머리를 주억거리긴 했지만, 송도군의 이야기를 들으며 가타부타 평을 하지 않고 다만 입가에 잔잔한 미소를 머

금을 뿐이었다. 오랜 별리를 겪은 뒤에 만난 연인들처럼 방에서는
두 사람의 도란거리는 속삭임이 그치지를 않았고, 밝혀놓은 등잔
불은 닭이 세 홰를 자치는 소리가 난 뒤에야 꺼졌다. 하루를 더 묵
으며, 두 사람은 때로 회포를 풀고 때로 다짐을 두고 때로 경륜을
나누었다. 김씨는 이들 두 사람의 심상찮은 상봉을 처음부터 미심
쩍게 바라보았다. 혹시 저 사람이 만국 양반을 데려가버리는 것은
아닐까? 데려가겠다고 않더라도 만국 양반이 스스로 저 사람을 따
라나서진 않을까? 앉았다 섰다 부썹을 못 하던 김씨는, 보자고 부
르는 도군의 은근한 목소리에 가슴이 철렁 내려앉았다.

"어무이, 그동안 지 땜새 고생을 마이 하셨는디, 지가 아무래
도 영광으로 떠야겄소."

아니나 다를까 만국 양반은 김씨에게 작별을 통고하는 것이
었다. 김씨는 그 자리에 털썩 주저앉았다. 그리고는 투정부리는
어린애처럼 막무가내였다.

"안 되지라우. 고로코롬은 못 허지라우. 내가 사대육신이 요
러코롬 멀쩡헌디 암 디도 못 보내지라."

송도군은 난감했다. 박중빈과 함께 영광으로 가서 형님으로
모시고 천하 대사를 도모하자고 밤새 한 다짐이 수포로 돌아가게
된 것이다. 어머니(김씨)의 성미를 모르는 것도 아닌데 그만 형님
을 따라가고 싶은 욕심에 앞뒤 가릴 것도 없이 철석같은 약속을 해
버렸으니 어쩔 것인가.

"아오님, 나 장꽌 보세!"

이러지도 저러지도 못하고 낭패스러운 표정으로 서 있는 도군을 박중빈이 조용히 불렀다.

"그럴 줄 짐작은 혔네. 아직 이 집과 인연이 미진허니께 이번에는 동행허기 심들 것이네. 이첨저첨 얼메쯤 더 머물르게나!"

"그럼, 언제 다시 행님을 뵐 수 있을까요?"

"그건 아오님이 결정을 허시게. 그때 내가 사람을 보냄세."

도군은 대단히 아쉬운 듯 입맛을 다시면서도 쉽게 체념했다.

"당장 행님을 따라나서지 몬하는 기 아쉽심다만, 심월상조(心月相照) 심심상련(心心相連) 행님을 그릴 거라예. 칠석날에 만내기로 하시는 게 어떻십니꺼?"

"그거 택일치고는 특갑(特甲)이네. 허허허!"

중빈은 비록 본새로나마 가지고 다니던 담뱃대를 도군에게 신표로 주고, 김성섭과 함께 돌아왔다. 송도군은 그로부터 석 달을 손꼽아 기다리며, 형님이 그리울 때면 주고 간 담뱃대를 꺼내 물부리를 물어보았다. 거기에선 댓진의 매콤한 내음과 함께 형님의 향기로운 호흡, 구수한 체취가 묻어나서 그리움을 적이 달래주었다. 기다리던 칠석날 아침 마침내 전갈이 왔다. 정읍 연조원(連朝院) 주막에서 김성섭이 사람을 보낸 것이다.

"어무이, 지가 영광을 댕겨와야겠어예. 혹시 쉽게 몬 오더라도 걱정 마시고예, 언제 어무이가 기별하고 지를 만내러 한번 오시소."

김씨는, 그동안 도군이 뜸을 들여놓은 덕에 더 붙들지는 못하나 허탈한 맘을 둘 데 없어 눈물짓고, 큰아들 기부를 시켜 연조원까지 배웅을 하게 하는 것으로 서운한 마음을 달랬다. 송도군을 반갑게 맞이한 김성섭은 서둘러 길을 떠났다.

"내가 질나래비 설 팅게 따라만 오시게."

"해 딴에 들어갈까예?"

"질러가는 소리질을 잘 앙게 저물기 전에 들어가세그려."

김성섭은 지난봄, 둑길에서 서성거리며 기다리던 당신님(박중빈)을 위해 송도군을 인도해 갔듯이, 다시 한번 송도군을 데리고 당신님에게로 안내하게 되었다. 다른 점이 있다면 그때는 송도군을 앞세우고 김성섭이 뒤따라 걸었지만, 이번에는 김성섭이 앞장서 휘적휘적 걷고 송도군은 행여 김성섭을 놓칠세라 종종걸음으로 따르는 것이었다. 또 그때는 한달음에라도 뛰어갈 수 있는 가까운 거리였다면, 이번에는 질러가도 백 리 길이 되는 데다 몇 차례나 재를 넘고 내를 건너는 험한 노정이었다. 연조원에서 동계를 지나 흥덕, 무장, 발막을 차례로 거쳐 지아닐로 하여 선진포 나루에 이르기까지 송도군은 힘에 겹고 숨이 가빠 미처 따라잡지를 못했고, 앞장서 걷는 김성섭은 그만 너무 앞질러가는 바람에 뒤따르는 송도군이 올 때까지 한참씩 기다려주어야 했다. 성미 급한 김성섭은 욱걸으며, 아장거리며 뒤따르는 송도군의 애기걸음이 답답하고 짜증스러웠지만 내색을 하지 않았다. 그 대신 장마통에 끊어진 진구렁 길이며 흙탕물 넘치는 개울 길을 만날 때마다 송도군을 가뿐하게 업고 성큼성큼 걸었다. 두어 차례 비를 맞았지만 둘 다 개의치 않았다.

"인자 얼매 남았지예?"

"이러코 먼 길을 한목에 걷기는 첨이시제? 쪼께 참으시게."

등에 업혀 미안해하는 송도군을 안심시키려고 김성섭이 그렇게 말했지만, 도군은 노정이 버겁거나 김성섭의 수고가 미안하기에 앞서 영광에 있는 그리운 형님과의 재회를 기다리는 설렘으로 남은 길이 궁금했던 것이다. 중간에 도시락 점심을 먹느라고 한소끔 쉰 것 말고는 줄곧 걸었다.

비에 젖고 땀에 절어 지친 몰골로 송도군이 박중빈 앞에 나타난 것은 저녁나절, 해가 서산에 겨우 반 뼘이나 걸린 시간이었다.

"행님, 기체후 만강하셨십니껴?"

후줄근한 몰골과는 대조적으로 밝은 웃음을 띠고 인사하는 도군의 동탕한 얼굴을 대하자 중빈은 덥석 손을 잡으며 오랜 연인의 해후처럼 반가워했다.

"칠석날 만나자는 아오의 착상은 그랄 듯허네만 칠석우(七夕雨)에 옷 적실 중은 미차 내다보들 못했든가? 허허허……."

중빈은 마침 방언공사를 감독하고 있던 길이라 도군에게 공사 내역과 진척 상황을 대강 설명하였다. 발밑에선 짱뚱어 새끼가 우스꽝스럽게 툭 비어져 나온 눈망울을 두리번거리며 갯구멍으로 들락거리기 바빴고, 뻘게들은 발길에 차일 듯 발발거리며 기어 다녔다. 산골에서만 살아온 송도군은 눈앞에 펼쳐진 갯벌과 붉은 행자에 박중빈을 묶어 보며 다시 한번 놀랐다. 꿈엔 듯 생시엔 듯 수시로 떠올리던 곳인지라, 그는 생전 처음 보는 이곳의 풍경이 낯설

지가 않았다. 이런 도군의 감동을 아는지 모르는지 중빈은 방언공사 안내에만 열심이었다.

"아오님, 저 사람덜이 나를 찾아온 것은 도를 배우러 온 것인디 내가 무신 까닥에 도는 안 갈치고 저러코롬 심들게 바다를 막으라 힜는지 알겠소?"

박중빈은 일꾼들이 개펄에 빠져서 옷과 얼굴에 흙을 묻힌 채 땀을 흘리는 현장을 가리키며 이렇게 물었다. 도군은 잠시 생각하고 나서 대답하였다.

"저 같은 소견으로 행님의 깊은 뜻이야 우짜 헤아리겠능교만, 두어 가지 있겠다 싶어예. 저토록 어려운 일을 함시롱, 우선 저 사람들로서는 단결된 지들의 힘이 얼매나 큰일을 해낼 수 있을지 시험하는 기회가 될끼고예, 행님으로서도 저들의 위인과 신심을 재량(裁量)하는 기회가 될 듯합니다. 또 근검절약으로 자작자급하는 방법과 뜻도 알끼고 절로 참을성도 안 길러지겠십니꺼?"

박중빈은 고개를 가볍게 끄덕이더니 느닷없이 엉뚱한 질문을 했다.

"아오님이 증산의 도를 배웠당께 묻겄네. 그 천지공사(天地公事)라는 게 뭣이고, 또 고것을 어떠코롬 힜다든가?"

"선천시대의 상극과 원한을 청산하고 상생과 해원의 후천 개벽시대를 열기 위한 제의(祭儀)를 천지공사라 캅디더. 방법은, 종이에 부적을 그리거나 글로 써갖고 불사르기도 하고, 신이한 말을 하고 주문을 외고 독경을 하기도 하고, 더러는 신명 앞에 식혜, 청수 혹은 시루떡과 돼지고기를 공물로 바치고 풍악을 울리고 노래하고 춤추며 굿을 하지예. 그 밖에도 별스러운 갖가지 법술(法術)을 다 씁니더."

"영부를 불살라 청수에 타서 묵고 주문을 외우고 가무를 허고…… 그런 일은 수운(水雲)도 허긴 혔제. 아오는 그런 짓거리를 어처코 생각헌당가?"

송도군은 박중빈의 속뜻을 미처 헤아리지 못해 눈치를 살폈다.

"자네도 그런 짓을 허고 잡나? 그러코롬 혀서 신통을 부리고 이적을 비고 싶나? 바람을 불리고 도깨비를 놀리고 그라는 선천시대 풍속이 그리 재미지든가?"

도군은 중빈의 시선을 마주 받을 수가 없었다. 언제나 춘풍화기만 감도는 형님의 눈빛에 서릿발 같은 위엄이 감돌았다. 송도군은 머리끝이 쭈뼛하고 두려워 도무지 얼굴조차 들 수가 없었다.

"내 말을 잘 들어두게. 나도 천지공사에 착수했네만 나의 방식은 그분덜과는 달브네. 수만 년 버려졌던 간석지를 개간허는 저 방언공사가 땅(地) 공사라, 이런 것이 바로 물질개벽이라 허는 것이네. 다음 차례는 오래 묵정밭으로 버려졌던 마음밭을 일구는 하늘(天) 공사라, 이것이 곧 정신개벽이라 허는 것이네. 땅 공사로 땅이 응(應)허고 하늘 공사로 하늘이 감(感)허면 내가 짜는 후천개벽의 천지 도수가 지대로 드러날 것이네. 영육이 쌍전허고 도학과 과학이 병진해야 후천 개벽이 되는 것이여. 선천은 일꾼[勞動者]과 도꾼[修道者]이 따로따로 놀았지만, 후천은 일꾼과 도꾼이 둘 아닌 온전헌 사람이 사는 세상이라네."

박중빈은 야간 법석에서 단원들에게 정식으로 송도군을 소개
하며 부푼 기대를 숨기지 않았다.

"그동안 빠졌던 한 자리를 채웠응게 우리 단은 인자 완성이
되았소. 열 사람이 각기 시방을 응해서, 피면 우주가 되고 모트면
한 몸이 되아 천하사를 경영헐 것이라, 나는 참으로 기쁘요. 비록
나이는 어리지만 이 사람을 만났응게 우리의 대사는 인자 결정났
소."

그러나 박중빈은 송도군을 방언공사에 참여시키지 않았다.
김성섭의 집에 일시 머무르게 한 뒤, 곧 옥녀봉 밑에 토굴을 파고
그 속에 유폐시켰다. 송도군은 이듬해 봄까지 토굴 생활을 하면
서, 밤이면 종종 박중빈을 만났다. 그는 부서졌고, 재건되었고 완
성으로 다가갔다. 토굴은 감옥이었고, 자궁이었고, 알껍데기였다.
박중빈은 그를 품어주었고 때맞추어 껍데기를 쪼아주었다. 줄탁
동시(啐啄同時). 그는 죽었고 다시 태어났다. 어느 날 박중빈은 송
도군에게 한 일(一) 자와 둥글 원(圓) 자를 운으로 주며 시를 지어
보라고 했다. 도군은 즉석에서 붓을 들어 적었다.

萬有和爲一 天地是大圓
(만유화위일 천지시대원)
삼라만상은 조화하여 하나가 되니
천지는 곧 크게 둥근 것일러라

박중빈은 고개를 크게 끄덕이고 말했다.

"내가 오늘 자네에게 새 이름을 줌세. 별이름 규(奎), 송규를 자네 법명으로 허세. 규성(奎星)이 밝으면 천하가 태평허다고 힜겄다!"

송도군은 박중빈 앞에 무릎을 꿇고 앉아 말했다.

"지가 전날에 분부를 받들어 결의형제하고 스승님을 감히 행님으로 불렀으나 이는 황송한 일입니더. 인자부터 형제의 분의(分義)를 해제하고 부자의 관계로 바꾸도록 허락해주시이소."

"자네 좋을 대로 허게."

박중빈은 빙그레 웃었고, 송도군은 일어나 큰절을 올렸다.

죽어도 여한이 없다

○

"吾等(오등)은 玆(자)에 我朝鮮(아조선)의 獨立國(독립국)
임과 朝鮮人(조선인)의 自主民(자주민)임을 宣言(선언)하노
라……."

기미년(1919) 봄, 서울에서 만세운동이 일어났다. 일제의 가
혹한 식민통치 십 년차에 이르러 그동안의 분만(憤懣)과 원한이
폭발한 것이었다. 방언 막바지에 마무리 공사가 진행되던 무렵에,
영광 장에서도 만세 사건이 일어났다는 소문이 들려왔다. 조합원
들도 예서제서 수군거렸지만, 조합장 박중빈은 짐짓 못 들은 체하
고 공사 지휘만 열심히 했다.

실은 며칠 전, 조합원들이 모르는 사연이 있었다. 야밤에 읍
내에서 검은 두루마기를 차려입은 젊은이 하나가 박중빈을 찾아왔

다. 군서면 이재풍이 다리를 놓은 눈치였지만 저희끼리 약조가 된 듯 이재풍도 시치밀 뗐고 젊은이 역시 그들 관계는 입도 뻥긋하지 않았다.

"영광 도동리 사는 조주현(曺柱鉉)입니다. 경자생이지라우."

"갓 스물에 창녕 조씨로구만. 무신 일로 왔나?"

"어른께서도 알고 기시겠지만 시방 경향 각지에서 만세운동이 한창입니다요. 우리 영광에서도 만세를 부를라고 헙니다. 길룡리 조합원들도 동참했으면 허는디 어르신 허락을 얻어야 헌다기에 왔습니다. 기왕 어르신께서 이번 거사에 지도자로 나서주신다면 더 바랄 것 없겠구만이라."

"만세는 왜 부르는디?"

"그야 독립허자는 것이지라우."

"만세 불름 독립되나?"

"당장은 안 되아도 조선민족의 뜻을 만천하에 드러내는 일 아닙니까요."

"대처, 그렇겄네. 그런디 내가 거그 이름 올리면, 우리 조합원덜이 만세 부르면, 그다음엔 워찌 되는가?"

"의로운 일잉게 허는 것이제 그담 생각을 왜 헙니까요."

"이보게, 자네들이 만세를 부르는 걸 말릴 수도 없고 말려서도 안 되겠지만, 나는 달브네. 왼갖 고상 다 허고 일 년 만에 방언 공사를 끝막음허는 판인디, 만세 한 번 부르면 그게 다 날라가네. 나나 조합원덜은 헐 일이 태산인디 졉혀서 감옥에 가야 헐까, 아니면 타지로 도망을 가야 헐까? 독립운동이 좋긴 허지만 사람마다 처지가 달붕게 방법도 달브다네."

"그렇지만 만세운동을 주도허는 민족지도자들도 천도교, 기독교, 불교 같은 종교인들입니다. 현실을 떠나서 종교가 설 수 없는 일 아닙니까?"

"내가 종교를 표방헌다고 혀서 기독교나 불교, 천도교허고 비교가 되는가? 인자 막 돋아나는 새싹을 낙락장송과 비교허면 어쩌나?"

조주현은 입맛을 다시며 난감한 표정이었다. 뱃속까지 징건한 느낌이지만 이치를 따져 조목조목 타이르는 데야 달리 할 말이 없었다. 박중빈은 이 열정적이고 총명한 젊은이를 휘하로 끌어들이고 싶은 충동을 느꼈다.

"이름이 뭐라고 힜제?"

"아명은 기둥 주(柱) 솥귀 현(鉉) 주현입니다만, 실은 관명(冠名)이 거듭 중(重) 빛날 빈(彬)입니다요. 외람되게도 어르신네 함자와 같은 줄을 요짐에사 알았구만이라."

조주현은 쑥스러운 빛으로 얼굴을 붉혔다.

"부친께서는 누구신가?"

"지가 복이 없어서 부친을 니 살 때 잃었습니다요. 함자는 기쁠 희(喜) 자, 불꽃 섭(燮) 자 쓰셨지라."

선친 이야기를 하면서 조주현의 낯빛이 처연해졌다. 박중빈은 천천히 고개를 끄덕였다. 희섭(喜燮)은 박중빈의 족보명이다.

무언가 이 젊은이와 묘하게 얽히는 느낌을 지울 수가 없다.

"그려! 그런디 거 관명이 자네에겐 어울리도 안허고 너무 버겁네. 바꿀 생각 없는가?"

"집안 어른이 지어주신 거라 그냥 갖고 있긴 하지만 지도 맘에 들진 안허라우. 말이 나온 짐에 어르신이 하나 지어주시지라."

잠깐 생각을 하고 난 박중빈은 이내 대답했다.

"신령 령 구름 운, 영운(靈雲)이라 허게. 영광에서 떠도는 구름이란 뜻도 되지만, 새기기 나름이제."

"지가 풍류를 쫌 알고 시조 짓기를 좋아허는디 아시고 지어주신 듯해서 맘에 듭니다요."

만세운동에 동참해달라고 설득하러 온 처지를 잊고 둘은 진진한 대화를 나누었다. 일찍 아버지를 잃은 조주현은 박중빈에게 아버지 같은 푸근한 정을 느꼈다. 박중빈은 이 젊은이를 끌어들이면 동갑나기인 송도군과 어울려서 자기의 경륜을 펴는 데 도움이 크리란 생각이 들었다. 그럼에도 이 자유분방한 망아지를 길들이려면 적잖은 품이 들 줄을 알았다. 게다가 지금은 전혀 때가 아니었다.

"독립만세는 기언치(기어코) 불러야 허겄지만, 몸조심허게!"

조주현은 큰절 한 자리를 하고 바람같이 사라졌다. 박중빈은 조주현이 떠나고 나서 이재풍을 불렀다.

"나한테 뭐 헐 말 읎나?"

이재풍은 질끔했다. 조주현의 만세 시위에 동참하고 싶은 자기 마음을 스승에게 들킨 것 같았다.

"조주현이 지를 몬저 찾아온 걸 당신님껜 알리지 못했습니다
요."

"그 집안 내력은 아나?"

"쪼끔 알지라우. 영광 아전 조희섭이 기첩한테서 얻은 아들인
디 머리가 비상허다고 헙디다. 아비가 고창 아전 신재효와 항꾼에
경복궁 지을 때 거금을 내고 오위장 벼슬을 받았지라우. 이름 좋은
하눌타리지만⋯⋯."

3월 14일 영광에선 오백 명이 모여 만세 시위를 했다. 이튿날
엔 소문을 타고 군중들이 더욱 많이 모여 천여 명이 넘을 만큼 기
세가 절정을 이루었다. 조주현 등 주모자 넷에게 체포령이 내리고
일경의 수색이 전개되었지만, 조주현은 이미 영광을 떠나 멀리 도
망하고 없었다.

이월 열엿새, 매월 열흘마다 있는 예회(법회)가 구간도실에
서 열리고 있었다. 지난 열흘 동안 생활하면서 계를 범하지 않았는
지, 법답게 성실히 생활했는지 성계명시독을 점검받았다.

"오늘은 은혜에 대해 말씸드릴 팅게 잘덜 들으시오."

단장의 법설 시간이었다. 낮에 아무리 힘든 노동에 피곤하더
라도 모두들 단장의 법설은 항상 기대를 가지고 기다렸고, 귀 기울
여 들었다.

"흔히들 하늘님이나 부처님이 우리를 사랑허신다느니 자비를

베푸신다느니 허지라우. 그렇게 생각헐 수도 있고 그런 식으로 말헐 수도 있기야 허겄지만, 나는 누가 누구를 특별히 사랑헌다거나 누구에게 자비를 베푼다고 허기보담은 있는 그대로가 온통 은혜라고 생각허요. 꽃 피고 새 우는 화창헌 봄날이 하늘님의 사랑이라고 헌다면 눈보라 치는 엄동은 하늘님의 미움이 되고, 비가 알맞게 내려 농사가 잘 되는 것을 하늘님의 사랑이라 헌다면 홍수가 지거나 가뭄이 들면 이건 하늘님이 우리를 미워허는 것이 되는가? 부처님이 자비로 아들을 낳게 해주싰다 허면 딸 낳은 건 부처님이 무자비해서 그런 것이 되고, 무병장수허는 것이 부처님의 자비라 허면 다병단명헌 것은 부처님의 저주가 되지 않겄느냐 이 말이오. 내가 아는 것은, 우주에 편만헌 이치는 누가 이뻐서 사랑허지도 안허고 누가 미워서 저주허지도 안헌다는 것이오. 내가 본 바로는 우주 만유가 온통 은혜 덩어리요. 우리가 눈만 잘 뜨고 보면 꽃이 펴도 은혜 꽃이 져도 은혜, 봄도 은혜 겨울도 은혜, 비가 와도 은혜 비가 안 와도 은혜, 아들을 낳아도 은혜 딸을 낳아도 은혜, 살아 있는 것도 은혜 죽는 것도 은혜라. 그런디 중요헌 것은 은혜라는 게 어디서 엤다 받아라 허고 던져주는 횡재가 아니고 우리가 발견헐 줄을 알아야 되는 것이어라."

박중빈은 말을 끊고 단원들을 둘러보았다. 말귀를 알아듣는가 못 알아듣는가 한 사람씩 점검을 하였다.

"딴 건 몰라도 죽는 것이 왜 은헨지 몰르겄어라이."

김성구가 고개를 갸웃거렸다. 다른 사람 두어 명도 '맞어라!'

하는 표정이 역력했다.

"자기 부모나 처자식이 죽는 것을 보면 맘이 슬푸고 가심이 아픈디 은혜를 느낄 틈이 없겠제. 근디 말여, 원근친소나 빈부귀천이 없는 진리 자리에서 보면 반다시 은혜를 느낄 만허요. 만약에 죽지 않는 금수나 썩지도 타지도 않는 초목이 있다면 그놈이 좋을 것 같소? 죽는 사람이 있어야 태어나는 사람도 있게 마련인디, 어린애는 자꾸 낳고 어른은 백 살, 이백 살 안 죽고 살아만 있다, 글면 시상이 어찌케 될 것 같소? 겨울이 가야 봄이 오고, 밤이 가야 아침이 오제. 숨도 내쉬어야 들이쉴 수가 있는 법이 아닌감? 그래서 『음부경』에 이르기를, 생은 사의 근본이요 사는 생의 근본이라고 헌 것이제. 생이 고마우면 사도 고마운 것이지라. 안 그렇소?"

"맞소! 듣고 봉게 당신님 말씀이 지당허요."

"사가 없으면 생도 없응게 사도 생도 은혜로구먼."

유성국과 이재풍이 차례로 동의를 하자 모두들 고개를 끄덕거렸다. 박중빈은 다시 은혜에 대해 비근한 예를 들어가며 자상히 설명하고 보은하는 길이 무엇인지도 가르쳐주었다. 그러고 나서 의문 나는 것을 묻도록 하였다.

"당신님, 난 잠깐 이런 의문이 들었소. 장성 살던 우리 당숙이 소에 받혀 고상허다 돌아가싰는디, 재종형보고 소에 은혜를 말허면 수긍헐 수 있을랑가 허고 말이오."

묵묵히 있던 이인명이 불쑥 물었다.

"거참, 괴씸헌 소놈이로구만! 자식의 처지에선 소가 웬수 같겄네. 누구 인명 씨헌테 대답 좀 히볼라요."

아무도 대답이 없자 박중빈은, 부형 같은 연장자에게 사양하고 듣기만 하는 송규(송도군)를 보고 은근히 대답을 채근했다. 송규는 조심스럽게 말했다.

"지는 이렇게 생각이 드네예. 홍수에 부모를 잃은 사람이라 카먼 물이 아무리 원수 같애도 하루 한 끼라도 물 안 먹고 살 수 없고, 처자를 화재에 잃은 사람이라 카먼 불이 아무리 원수 같애도 하루 한 끼인들 불 없이는 몬 사는 기 아인가 하는 것입니더. 그렇다면 부모를 죽게 한 소가 비록 밉고 괘씸하나 세상에 소가 없으면 농사짓는 데도 심들고, 도살하여 고기와 가죽을 쓰지도 몬하이 얼마나 인간이 아쉬울까를 생각했어예. 더러 해를 끼친다 캐도 소는 역시 있어야 하겠고 그라이 그 은혜가 적지 않다 하겠심더."

"옳거니! 송규가 대답을 썩 잘 혔느니."

박중빈은 흡족한 표정으로 칭찬을 했다. 그러자 박경문이 이의를 제기했다.

"소는 글다 치드라도 모구, 베룩, 빈대 같은 물것이나 쥐, 독새 같은 해로운 물건덜도 은혜라고 히야 허요?"

"물론 짧은 생각으로는 해롭기만 헌 것도 있고, 없었으면 좋겠다 싶은 물건도 없진 안허겄제. 허나 몰라서 그러제 알고 보면 시상에 쓸데없는 건 하나도 없는 법이지라. 우리가 알게 몰르게 서로 의지허고 서로 도우며 사는 것이 동포요. 보소! 옻낭구는 쓸데없는 것 같지만 쓰는 법을 알고 봉게 칠이랑 약으로 요긴허게 쓰이고, 지네나 굼벵이도 해충으로만 생각허기 쉬우나 약재로 소엄(효험)이 크다 안 허요."

박경문은 물론 좌중이 과연 그렇다는 반응이었다. 그러나 이재풍만은 고개를 외로 꼬고 있다가 무엇인지 말을 할 듯 말 듯 망설이고 있었다. 이런 사정을 아는지 모르는지 단장은 기분이 썩 좋아 보였다.

"이재풍 씨, 먼 이약이든지 인자 혀보소."

박중빈은 이재풍이 아까부터 개운찮은 낯으로 망설이는 눈치를 채고 발언 기회를 주었다. 평소 기상이 늠름하면서도 용모가 단정한 이재풍은 오늘따라 미소년처럼 불그레 상기된 얼굴에 큰 결심이라도 선 듯 말을 꺼냈다.

"시방, 이런 말 허는 것이 쪼까 조심시롭긴 허요만, 모도 다 은혜다 은혜다 허시니께 말씸입니다. 우리 조선을 요로코럼 압박허고 조선사람을 종 부리듯 허는 일본도 은혜시롭다 혀야 허는지, 그놈이 목구멍에 생선 까시 걸리드끼 히서 아모 말씸도 안 들어옵니다요."

좌중에 일순 긴장감이 돌았다.

"누구라도 대답혀보시오."

단장은 별스럽지 않다는 듯 대답할 사람을 찾았지만, 정작 입 여는 사람은 아무도 없었다. 오히려 그런 곤혹스러운 문제를 제기한 이재풍이 못마땅하다는 분위기였다.

"말이 나왔응게 대답이 없을 수 없제. 송규! 증산 선상이 헌 말씸 중에 뭔가 있제?"

송규는 준비된 대답처럼 얼른 말했다.

"네, 증산 말씸 중에 이런 대목이 있었심더. '조선을 서양으로
넘기면 인종의 차별로 학대가 심하여 살아날 수가 없고, 청국으로
넘겨도 그 민족이 우둔하여 뒷감당을 못 할 것이다. 일본은 임진란
이후 도술 신명 사이에 척이 맺혀 있으니 그들에게 맡겨주어야 척
이 풀릴지라. 그러므로 그들에게 일시천하통일지기와 일월대명지
기를 붙여주어서 역사케 하고자 하나, 하나 못 줄 것이 있으니 곧
인(仁)이니라. 만일 인자(仁字)까지 붙여주면 천하가 다 저희들에
게 돌아갈 것이므로…… 저희들은 일만 할 뿐이니 모든 일을 밝게
하여주라. 그들은 일을 마치고 갈 때에 품삯도 받지 못하고 빈손으
로 돌아가리니 말 대접이나 후덕하게 하라' 그랬다 안 카등교."

"그러니께 조선사람이 남의 종 될 팔자는 면헐 수 없는디 서
양이나 청나라 종이 되는 것보다야 일본 종이 되는 게 낫다 이 말
이제! 게다가 일본이 인정(仁政)을 쓰면 조선이 영영 종 신세를 면
허지 못헝게 악정을 펴는 게 조선이 독립허는 데 유리허단 말이시.
그러게 일만 허고 가는 일본한테 말이라도 후덕하게 혀라 안 힜는
가. 그리고 봉게 일본이 은혜는 은혜라 히야 쓰겄네!"

박중빈은 남의 일을 말하듯이 했고, 자기 말로써가 아니라 증
산의 말을 빙자하였다.

"조선이 남의 종 될 팔자라고 당신님이 말씸힜는디 그게 먼
팔자간디 그러코롬 된다요?"

이번엔 유성국이 팔자라는 말에 남다른 반응을 보였다.

"팔자란 것은 하늘님이나 부처님이나 조상님이 주시는 게 아니요. 개인도 자기 팔자를 자기가 맹그는 것이고, 나라의 운명도 그 나라 사람들이 지어서 받는 것이지라. 그걸 일러 인과응보라 허요. 조선이 넘우 종 되는 것은 넘우 탓이 아니라 조선이 진즉에 자기 팔자를 그리코롬 지어놓았응게 피헐 수 없는 업보라 이 말이오. 인자부텀 우리는 조선이 어떤 업을 지었간디 넘우 종노릇을 허는 과보를 받는 것인지 연구를 히서 하레라도 일쩍 종노릇 면헐 길을 찾아야 쓰지 안허겄소?"

"시방 한양에서 봉기헌 만세운동이 온 나라 방방곡곡으로 퍼져 나가고 있고, 엊그저께는 영광 장에서도 수백 수천 군중이 모여 만세를 불렀다 허는디, 당신님은 그 일을 어처코 생각허셔라우?"

김성구였다. 연구심이 깊은 그는 나름대로 만세운동을 해석하는 데 갈등이 적지 않았다. 진정 정의로운 독립운동인가, 한갓 불령분자들의 소요인가? 단장이라고 소식을 못 들었을 리는 없는데 어찌하여 가타부타 말이 없는가? 맞대놓고 따지지는 못하고 숙제처럼 속에 품고 있던 의문이 이재풍의 용기 있는 질문 끝에 자연스레 틈을 비집고 나온 것이다.

"만세소리는 묵은 시대인 선천을 보내고 새 시대인 후천의 도래를 준비헐라는 개벽의 상두소리요. 이런 가사 아시오? '홀연히 각지(覺知)하니 바쁘더라 바쁘더라 시대가 바쁘더라.' 우리 일이 시급허요. 어여 방언 마치고 기도드립시다."

기미년(1919) 삼월 스무엿새. 이날은 박중빈이 삼 년 전 노루목에서 대각을 이룬 날이요, 그가 탄생한 후 만 이십팔 년을 채우는 날이요, 땅 공사인 방언의 공식적 준공일이다. 박중빈은 이 뜻 깊은 날을 하늘 공사의 개시일로 잡았다.

　"여러분! 지난 한 해 동안 추우와 더우, 비바람과 눈보라를 무릅쓰고 고상이 참 만혔소. 분에 넘치는 돈을 내놓고, 심에 제운 일을 허고, 시상 사람들의 조소와 훼방을 받음서, 잘 참고 잘 전디었소. 우리는 결국 바다를 막아 옥토를 이루는 땅 공사를 성공적으로 마쳤소. 우리는 가난헝게 절약절식으로 저축해서 자본을 모탔고, 넘덜이 생각도 못 허던 일, 넘덜이 엄두도 못 내던 일을 혔고, 또 자게 팔다리를 부려 노동을 헌 결과, 쓸모없어 내뿐 땅을 인자 어엿헌 농토로 바꽸소."

　단장의 말을 들으며 모두들 눈시울이 뜨거워졌다.

　"선천시대의 도가(道家)에선 몸은 두고 입으로만 도덕을 설교혔소. 그러지만 후천시대는 물질개벽의 시대요 영육쌍전(靈肉雙全)의 시대라서 정신과 함께 물질을 개벽허고, 입으로 말만 허는 게 아니라 몸으로 실천허는 시대요. 인자 영혼뿐 아니라 육신도 소중히 여겨야 허는 시대임을 알았을 것이오. 인자 우리가 경제적·물질적 토대를 마련혔응게 정신개벽을 위해서 또 하나의 공사를 시작헐 차례요. 지금 물질문명은 그 세력이 날로 치성허고, 물질을 사용해야 헐 사람의 정신은 날로 쇠약해져서 개인·가정·사회·국가 모도가 물질의 노예가 되아 인도 정의가 무너지고 도덕이 땅에 떨어졌소. 이대로 두면, 장차 창생의 고통이 한이 없을 것잉게 앞으로 우리가 심쓸 바는 정신개벽이요. 정신력을 확장허고 물질을 선용허게 해서 창생을 널르고 널른 낙원세계로 인도허자, 이 말이지라."

박중빈은 잠시 뜸을 들이며 단원들을 둘러보고 다시 말을 이었다.

"우리 열 사람이 한나가 되아 방언공사로 물질개벽의 뜻을 실천혔듯이 정신개벽도 우리 열 사람이 한나가 되아 앞장서야 허오. 옛 성현들도 창생을 위해 지성으로 하늘에 기도해서 천의를 감동시켰다 허지 않소? 우리도 이때를 맞아 전일헌 맘과 지극헌 정성으로, 모든 사람의 정신이 물질에 끌리지 안허고 물질을 사용허는 사람이 되기를 기도해서 천의를 감동시켜봅시다. 인즉천이요 천즉인이라(人卽天 天卽人) 힜응게 여러분 각자의 맘은 곧 하늘맘이라, 각자의 맘에 천의를 감동시킬 요소가 있고, 각자의 몸에 또한 창생을 제도헐 책임이 있음을 늘 명심허시오."

이로부터 단원들은 매월 3·6일 밤마다 목욕재계하고 도실에 모여서 단장의 지시를 받고 기도의식을 가졌다. 단장은 단원들의 팔괘 방위에 따라 구수산 봉우리 하나씩을 지정해주었다. 노루목 뒷산 노루봉을 중앙봉 삼아 송규가 이를 맡고, 옥녀봉은 건방으로 이재풍이, 마촌앞산봉은 간방으로 이인명이, 촛대봉은 감방으로 김성구가, 장다리봉은 진방으로 오재겸이, 대파리봉은 손방으로 박경문이, 공동묘지봉은 이방으로 박한석이, 밤나무골봉은 곤방으로 유성국이, 설레바위봉은 태방으로 김성섭이 배정받았다.

"기도는 경건헌 맘으로 한결같은 정성을 바쳐야 되는 것잉게 평소 금계를 범허지 말 것이며, 더구나 당일은 더 심신을 재계허고 사심 없이 허시오. 이 기도는 나만 복 받자는 게 아니라 창생을 구 허겄다는 거룩헌 뜻으로 시작허는 것잉게, 우주의 시방을 응헌 열 사람의 정성이 하나가 되아야 허는 것이라, 기도 시작허는 시각과 마치는 시각을 일치시켜야 더 큰 위력이 날 것잉게 각별히 유념덜 허시오."

단장은 미리 준비한 회중시계와, 흰 바탕에 검은 팔괘를 둥글 게 배치하여 그려 넣은 단기를 하나씩 나눠주었다. 단원들은 시계 와 단기를 받아 소중히 챙기고, 향과 초, 그리고 청수 그릇과 물병 을 들었다. 단원들은 9시에 도실을 나서, 각자 배정받은 산봉에 도 착하여 깃대를 꽂았다. 물병에서 청수를 따라 청수기를 채우고 촛 불을 켠 뒤, 시계를 보며 10시 정각이 되기를 기다렸다. 중앙봉에 자리한 송규는 도실 쪽 옥녀봉에서부터 반대쪽 대파리봉까지 팔방 을 둘러보며 스무엿새 칠흑 같은 밤하늘에 여기저기 불씨가 하나 씩 피어나기를 기다렸다. 하나, 둘, 셋…… 여덟 군데를 마음으로 점검하고 시계를 다시 보았다. 촛불에 비추어 재깍재깍 시계바늘 의 움직임을 따라가다가 긴 바늘 끝이 숫자 12에 이르러 정각을 알려주자 먼저 천지신명 전에 재배를 올린 후, 손 모아 정성껏 심 고(心告)를 드리고 나서 무릎 꿇고 앉아 공동 발원문을 읽었다.

단원 아무개는 삼가 재계하옵고 일심을 다하여 천지신명 전에 발원하옵나이다. 무릇 사람은 만물의 주인이옵고 만물은 사람의 사용물이며, 인도는 인의의 주체요 권모술수는 그 방편이니, 사람의 정신이 능히 만물을 지배하고 어질고 의로운 대도가 세상에 서게 되는 것은 이치의 당연함이옵니다. 근래에 와서 그 주체가 자리를 잃고 권모사술이 세간을 덮어서 사람으로서 마땅히 지켜야 할 도리가 크게 어지럽습니다. 저희 단원들은 위로 스승님의 거룩한 뜻을 받들고 아래로 일반 동지의 결속을 굳게 하여 시대에 적합한 정법을 이 세상에 건설한 후, 나날이 쇠퇴해가는 세도인심을 바로잡기로 간절히 발원하옵니다. 원컨대 천지신명이시여! 일제히 감응하시와 무궁한 위력과 한없는 자비로써 저희들이 원하는 바를 이루게 하여주시옵소서.

이 시간에 단장은 도실에 남아 촛불을 켜고 청수를 떠놓은 뒤 좌복을 펴고 앉았다. 가부좌를 틀고 눈을 감고 있으면 그도 어느새 삼밭재 험한 산길을 오르고 있었다. 금방 스라소니나 늑대라도 튀어나올 것같이 어둡고 깊은 숲, 그는 당찬 어린 시절이 되어 능선으로 골짝으로 오르락내리락하며 산마루를 향해 숨 가쁘게 걷고 또 걸었다. 더러는 그루터기에 걸려 고꾸라지기도 하고 더러는 돌부리를 차서 발가락이 빠질 듯 아프기도 했지만, 그에게는 땀 흘리며 허위허위 오르는 이 길이 발에 익었고 시커먼 수풀도 다정했다.

풀숲에서 찌르륵찌르륵 우는 벌레소리가 들리는가 하면 어디선가 실개울에선 돌돌거리고 흐르는 물소리도 들려온다. 가끔씩 발정한 산고양이가 울음소리를 자지러지게 내며 눈에 불을 켜고 길 앞을 가로지르기도 한다.

마침내 삼밭재에 올라 하얗게 빛나는 샘물을 두어 번 움켜 마시고 마당바위에 올라 비로소 밤하늘을 본다. 깜깜한 밤하늘에 야기를 머금은 미풍이 목덜미를 스치며 땀을 들이고 있을 무렵, 그는 총총한 별밭을 우러르며 우주를 느낀다. 영겁을 느낀다. 우주와 자신이 한 몸 한 마음임을 온몸으로 온맘으로 느낀다. 천지여아동일체(天地與我同一體)요 아여천지동심정(我與天地同心正)이라.

그는 아홉 명의 제자들을 하나씩 생각했다. 송규를 빼고 보면, 기실 그들은 두메산골의 그렇고 그런 사람들이었다. 두어 사람은 다소 비범한 데가 없지 않지만 반대로 한두 사람은 범인 축에도 못 끼일 위인들이다. 그러나 그의 법은 초인을 위한 것이 아니라 범인을 위한 것이며, 잘나고 강한 자뿐 아니라 못나고 약한 자에게 더 필요한 법이다.

나는 솥이 되리라. 아주 크고 뜨거운 가마솥이 되리라. 돌같이 굳은 낟알이라도 푹푹 삶아서 잘 퍼진 밥이 되도록 하여 만인을 먹이리라. 억만 인을 먹이리라. 이재풍, 이인명, 김성구, 오재겸, 박경문, 박한석, 유성국, 김성섭 그리고 송규. 박중빈은 제자들 하나하나를 머리에 떠올리며 그들에게 기운을 밀어주었다. 하늘과 땅의 영기를 그들에게 불어넣었다. 그들 아홉과 자신의 기가 통하고 마음이 연하도록 안간힘을 썼다. 가까운 옥녀봉에서 기도를 마치고 먼저 하산한 이재풍이 도실로 돌아왔을 때, 그는 일렁이는 촛불에 비친 단장의 얼굴에 눈길을 모았다. 망건 아래로 온 얼굴에 핏물처럼 눈물처럼 흐르는 땀을 보았다. 이후 매번 그랬다.

칠월 열엿샛날, 도실에 모인 단원들 앞에 나선 단장의 낯빛은 평소 같지 않게 근엄했고 분위기는 이상한 긴장감에 휩싸였다.

"여러분이 기도를 시작헌 지 인자 백 일이 지났소. 밤길에 험헌 꼬랑을 걸어 산길을 올르다가 나동그라지기도 허고, 혹은 장마철에 삿갓 쓰고 도랭이 입은 채 물을 건네다가 죽을 고비를 넹기기도 험서 한결같이 정성시로운 기도를 혀왔소. 그나 나의 경험헌 바로는 하늘을 감동시키기엔 아직 거리가 있는 듯허요. 이건 여러분의 맘 가운데 사념이 남아 있는 까닥이 아닐까 싶소. 여러분이 사실로 인류와 세계를 위헌다고 헐진대, 우리의 정법이 세상에 드러나서 모든 창생이 도덕의 구원을 받는다면 여러분의 몸이 죽어 없어지더라도 여한이 없음을 증명해야 허오."

일순간 도실 안은 찬물을 끼얹은 듯 고요했고, 단원들은 어안이 벙벙하여 자기들의 귀를 의심하였다.

"내가 듣자니 서양에서도 야소씨는 인류의 죄를 대속허느라고 십자가에 못 박혀 목심을 희생혔다 허고, 동양에서도 살신성인으로 이적을 나툰 성현들이 많소. 여러분이 기왕 시방세계 일체 중생을 위해 한 목심 바치기로 혔는디, 천지신명이 어찌 그 정성에 감동치 안허겄으며 또한 여러분의 소원에 어찌 성공이 없겄소. 머지않은 장래에 정법이 다시 세상에 출현허고 도덕 회상이 바로 서서 혼란헌 인심이 점차 정돈되면 창생의 행복 또한 한이 없을 것이오. 그리 된다면 여러분은 곧 세상을 구헌 구주요, 그 음덕은 또한 만세를 통해 멸허지 안헐 것이오."

단장은 잠시 말을 멈추고 단원들의 면면을 살핀 뒤, 다시 말을 이었다.

"그러나 생사는 인간대사라 함부로 헐 일이 아닝게, 단원 중에 만일 자신 땀시든 가정 땀시든 생명 희생에 쪼끔이라도 남은 한이 있다면 숭키지 말고 말허시오. 그런 사람에게는 생명을 바치지 아니허고도 큰일을 헐 수 있는 다른 도리가 있응게 반다시 생명을 희생허는 일만 여러분의 능사는 아니요. 그렁께 쪼께도 나의 말에 끌리거나 동지들의 체면 땀시 대답허지는 말소. 만일 육신 희생에 털끝만치라도 불안헌 생각이 심중에 끼여 있다면 비록 열 번 죽어서 목심을 바친다 혀도 천지신명은 감동치 안헐 것이오. 여러분은 이 점을 이해허고 진정으로써 대답허기 바라오."

단장의 간곡한 권유를 들으며, 단원들은 이제 단장이 자신들의 목숨을 요구하고 있음을 의심할 수 없게 되었다. 그 목숨이 인류 구원의 담보임도 확실히 알게 되었다. 그러고 보니 만감이 교차하였다. 지나간 세월과 가족을 뒤로하고 나는 이제 세상을 하직해야만 하는가. 지난 일 년간 뼈 빠지게 일하여 방언을 마치고 수만 평의 농토를 얻었는데 이제 죽는다면 그런 일이 다 헛일이었단 말인가. 지난 백 일간 온갖 정성을 들인 기도의 끝이 결국 목숨을 바치는 것으로 대미를 장식하는 것이란 말인가. 너무 허무하지 않은 가. 너무 억울하지 않은가.

그러나 한편으로 생각하면 또 이렇다. 단장을 만나 스승님으로 모시기 전까지 사실 나의 한 몸이야 얼마나 하찮은 존재였는가. 오내진이처럼 술에 취해 사라진들 가족이나 서러워할까 모르지만, 그 밖의 남이라면 그 누구도 슬퍼하거나 아쉬워할 것이 없는 평범한 인간이었다. 그런데 지금은 세계 인류를 구원하고 대도 정법을 드러낸다는 거창한 명분을 가진 죽음, 살신성인의 성자가 된다는 것이다. 어차피 이 세상에 있으나마나 한 값없는 인생을 살다가 조만간 사라질 몸이라면 이것이 얼마나 거룩한 죽음이냐.

단장을 믿어도 될까? 과연 단장의 말은 진실인가? 아니, 아니! 하늘이 두 쪽이 날망정 당신님의 인품을 의심할 수는 없다. 적어도 저분은 눈곱만큼도 우리를 속인 적이 없고 허언을 한 적도 없다. 저분을 의심한다면 벼락을 맞아도 싸다. 더구나 저분은 우리가 목숨을 내놓기 싫다면 그만두어도 좋다고 했다. 살아서 할 수 있는 큰일도 있다고 했다. 우리가 맘에 없이, 체면 때문에, 남에게 떠밀리어 억지로 목숨을 내놓는 일은 하지 않아도 된다고 했다. 하지만 죽는 일이 사는 일보다 더 중요한 일, 더 필요한 일인 것만은 틀림없다. 그건 틀림없다. 목숨 바치는 것보다 더 큰 희생이 없듯이 그보다 더 크고 거룩한 일은 없다.

"저희 같은 미천한 중생들이 대도 정법과 창생 구제를 위하여 미력이나마 보탤 수 있다면, 지들로선 천재일우의 영광이요 홍복입니더. 이는 오로지 사부님의 크나큰 은혜이기도 합니더. 우째 망설임이 있겠능교?"

이제까지, 막내둥이로서 항상 연장자들에게 차례를 양보하고 겸손하게 따르던 송규가 이번에는 앞장섰다. 그 말소리는 단호하고도 간절하여 듣는 이의 가슴에 깊은 파문을 일으켰다. 나머지 단원들은 절로 비장한 감동이 와서 몸이 떨리고 목이 메었다.

"시상에 한 번 나서 한 번 죽는 것은 정헌 이치인디 쪼까 일찍 죽고 늦게 죽는 차이뿐이지라. 온 인류를 위해서 죽는다 치면 얼매나 자랑스러운 일이겠소이? 나는 기꺼이 이 한 목심을 바치겠소."

김성섭이 활발하고 씩씩하게 말했다. 그러자 나머지 단원들도 남에게 질세라 앞다투어 맹세를 했다.

"동서고금에 이러코롬 한뻔에 여러 사람이 살신성인의 희생을 자발적으로 다짐허기는 참으로 흔치 않은 일이오. 서양의 야소교는 한 분의 희생으로부터 교세가 대창헜는디, 우리는 아홉 사람이나 목심을 바치기로 맹세했소. 인자 우리 도덕, 우리 회상의 발전은 날을 기약허고 크게 흥헐 것이며, 그대들 희생으로 구원받는 창생의 수가 한량이 없을 것이오. 이 맘이 곧 하늘뜻이라, 천의(天意)를 놓고 어찌케 그대들 마음이 따로 있으며, 그대들 맘을 놓고 어찌케 천의가 따로 있겠소."

박중빈은 단원들의 장한 뜻을 무수히 칭찬하고 격려하였다. 이로부터 열흘간 치제를 계속하여 준비 기간으로 삼고 칠월 스무엿새(8월 21일)를 최후의 희생일로 정하였다. 각기 단도를 하나씩 가지고 기도 장소로 가서 기도를 마치고 10시 정각에 똑같이 자결을 하기로 약속하였다. 모든 일은 비밀히 추진되었다. 이재풍은 단장의 명을 받아 영광 장에 가서 단도 아홉 자루를 사다가 각자에게 나눠주었다. 단원들은 자신들의 사후를 위해 미리 처결할 가정사를 정리하면서, 기도 끝에는 저마다 칼을 갈았다. 날을 한껏 세워 배코를 칠 수 있을 정도로 날마다 정성 들여 간 칼을 어떤 단원은 은밀한 곳에 숨겨두기도 했고, 어떤 단원은 짚으로 날을 감아 허리에 단단히 차고 다니기도 했다.

칠월 스무엿샛날 저녁, 아홉 단원들은 한 사람의 낙오자도 없이 도실에 모여들었다. 저마다 단도를 허리에 차고도 하나같이 얼굴에는 장쾌한 빛이 가득했다. 상을 가운데 두고 아홉 단원을 빙 둘러앉힌 단장은 단원들의 얼굴을 하나씩 뜯어보고 나서 기쁨에 찬 표정으로 말했다.

"참으로 희한헌 일이오. 죽음을 앞둔 사람들이라면 빈부귀천을 막론허고 비감한 맘이 들 것인디, 지금 여러분의 얼굴을 봉게 슬픔과 근심이 없고 외레 기쁜 빛이 만면허니 이게 웬일이오?"

"사람의 생사라 허는 것은 누구나 조만간 다 있는디 시방세계를 위해 죽는 것은 천만 인 가운데 젤로 어려운 일이제라. 이건 아무나 허고 잡다고 헐 수 있는 일이 아니지라우. 내가 미천헌 범부로서 당신님 같은 스승을 만내서 세계를 한집 삼고 인류를 한 권속으로 보는 큰 갈침을 당부데이(몸소) 실천허게 됭게, 대장부다운 죽음을 앞두고 장쾌헌 기상이 넘쳐서 지절로 그리 되는가 싶으요이."

오재겸의 대답에 모두들 동감이라고 고개를 끄덕거렸다. 단
장은 청수 한 동이를 중앙에 떠다 놓고 단원들을 자기 방위에 맞추
어 앉게 하고, 회중시계와 단도를 각자 앞에 가지런히 놓게 하였다.

"인자, 티 없이 맑은 우리 맘을 나타내는 정화수 앞에 시계와
단도를 놓고 각자의 희생을 서약허는 증서를 쓰드락 허겄소. 목심
을 내놓는 디 여한이 없음을 다짐험서 각자 이름 밑에 맨손〔白指〕
지장을 찍으소."

송규는 단장으로부터 준비된 백지를 받았다. 복판에 쓰인 '死
無餘恨(사무여한)' 주변으로 빙 둘러가며 단원의 한자 이름이 차
례로 적혀 있었다. 그는 이재풍, 이인명, 김성구, 오재겸, 박경문,
박한석, 유성국, 김성섭 등으로 돌아가며 지장을 받았다. 인주 없
는 지장이지만 모두들 신중하게 엄지를 눌렀다. 어떤 사람은 마치
인주 없이 찍는 것이 아쉬운 듯 손가락에 입김을 불고 나서 찍기도
하였다. 송규는 끝으로 자신의 지장을 찍고 증서를 상 위에 올려놓
았다. 단원들은 마지막으로 결사의 심고를 올렸고, 심고가 끝나자
송규가 증서를 받들어 단장에게 바쳤다. 단장은 증서를 들고 촛불
에 비추었다. 엄숙한 표정으로 묵묵히 증서를 살피던 단장의 얼굴
에 일시에 환한 미소가 피어올랐다.

"그럼 그렇지! 마침내 혈인이 나왔소. 자, 이걸 보시오. 이는
여러분의 일심 기도가 천의를 감동시킨 결과로 나타난 이적이오!"

단원들은 방금 자신들이 맨으로 찍은 지장이 핏빛 자국으로
선명히 나타난 증서를 바라보며 저마다 놀라움을 금할 수 없었다.

어떤 단원은 자신의 손가락에도 피가 배어나오지 않았는가 불빛에 비춰보기도 하고, 다른 단원은 손바닥에다 엄지를 거듭 문질러보기도 했다.

"음부공사(陰府公事, 진리계에서 이루어지는 일)는 여그서 판결이 났소! 우리의 일은 반다시 성공이오!"

단장은 증서를 촛불에 댕겨 소지 올리고 하늘에 고하였다.

"자, 여러분! 인자 이녁들이 자결헐 일만 남았소. 곧 시계와 단도를 들고 기도처로 가시오. 10시 정각, 시각을 어기지 말고 결행하드락 허시오."

아홉 단원은 혈인의 이적을 목도하자 자신들의 희생이 하늘의 감응을 끌어냈다는 기쁨과 보람에 의기양양하여 기도처로 걸어나갔다. 단장은 어둠 속으로 뿔뿔이 흩어지는 단원들의 어깨와 등, 발걸음을 잠시 지켜보았다. 거기엔 기죽음이나 처연함이 아니라 씩씩함과 당당함이 보였다. 단원들의 뒷모습을 잠시 지켜보던 박중빈은 갑자기 생각난 듯 큰 소리로 외쳤다.

"잠깐 기둘르소! 내가 이녁들에게 한 말씸 더 부탁헐 게 있응게 다시덜 모이시오!"

단원들은 단장의 돌연한 부름을 이상히 생각하며 발길을 돌려 다시 도실로 모여들었다.

"여러분의 맘에 천지신명이 감응허였고 음부공사가 끝났소. 여러분의 뒷모십에서 이미 죽음을 각오헌 장렬한 기운을 보았소. 오늘 여러분은 생명을 기언치 희생하지 안허도 되겠소. 다만, 오늘 이 순간부텀 여러분의 몸은 곧 시방세계 영겁의 창생 앞에 바친 것잉게, 앞으로 대도 정법을 펴고 제생의세의 대업을 성취허드락까지 어뜬 천신만고와 함지사지를 당헐지라도 오늘의 '사무여한', 이 맘을 잊지 말소. 가정 애착과 오욕 탐착이 생기드라도 오직 오늘에 죽은 심(셈)만 잡는다면 거그에 끌리지 안헐 것이니께 그 끌림 없는 순일헌 생각과 '무아봉공(無我奉公)'의 정신으로 공부와 사업에 전일허고 길이 중생 제도에 노력해야 허오."

단원들은 목숨을 건졌다는 안심보다도 오히려 자결을 목전에 두었던 자로서의 흥분을 진정할 수가 없었다. 단장은 송규에게 명하여 단원들을 인솔하고 노루목 뒤 중앙봉에 가서 함께 기도를 드리도록 했다. 단원들이 기도를 마치고 얼마만큼 흥분을 진정시켜 돌아왔을 때, 단장은 미리 단원들에게 준비된 쪽지를 하나씩 주었다. 그것은 단원들의 법명이었다. 이재풍은 재철(載喆), 이인명은 순순(旬旬), 김성구는 기천(幾千), 오재겸은 창건(昌建), 박경문은 세철(世喆), 박한석은 동국(東局), 유성국은 건(巾), 김성섭은 광선(光旋), 송도군은 이미 정한 대로 규(奎)였다.

"그대들의 전날 이름은 곧 세속 이름이요 사사 이름이었소. 그 이름을 가진 사람은 이미 죽어벼렸고 인자 세계 공명(公名)인 새 이름을 주니께 삼가 받들어가지고 창생을 제도허시오."

월명각시가 미륵을 품다

○

둑막이 공사가 한창 무르익을 때의 일이다.

주민들의 예상과는 달리 공사의 성공적 마무리가 눈에 보이게 되자 박중빈과 조합은 이상한 기류에 말렸다. 호사다마라지만, 방언공사 초기엔 허가권을 놓고 통째로 뺏으려던 부자 김덕일이 조합원의 기를 죽이더니, 이번엔 번듯한 이만 육천 평 땅이 논배미로 형태를 갖추어가기 시작하자 분위기가 해괴한 쪽으로 흘러가고 있었다.

"정읍에서 차천자(차경석, 보천교 교주) 나고, 신태인에서 조천자(조철제, 태을교 교주) 나고, 영광에선 박천자 났구만이라."

"그랑게 제자가 아옵이라 힜등개벼. 삼정승 육판서를 몬저 뽑아는 것이여."

"누가 영의정이랑가?"

"나이는 어리고 키는 쩨깐혀도 그 경상도서 온 송 모가 영의 정 된다 안 헙디여?"

애먼 소리라 당사자들로서는 웃고 말 수도 있는 소문이지만, 일경의 끄나풀들에겐 깜짝 긴장할 대목이었다. 만세운동의 영향으로 조선인들의 민심을 모으는 인물이나 집단이라면 언제 일제를 향해 칼을 겨눌지 모르는 일이었기에 그들은 날카로운 감시의 눈초리를 집중하고 있었다. 여기에 포착된 정보가 점차 의문을 증폭시켜갔다.

"박중빈, 그 양반 도술이 대단허네. 그날로 막음헐 일이 안즉 남았는디 해가 자발없이 떨어질락 항게 손꾸락으로 해를 갈킴서 그 자리에 멈치라고 명령을 허더라네. 아, 그렇게 해가 두어 식경 텍이나 고 자리서 꼼짝 안허고 머껐다 안 허나."

"한번은 걸레(거룻배)가 안 보이고 길은 바뿐게 선진포서 법성포까정 바다를 갈르고 걸어가드란다."

"몬젓번엔 뚝을 쌓는디 사리 때가 되아서 밀물이 밀려옹께 무신 주문을 외와서 물이 못 들어오게 헸다잖여."

이렇게 신이한 도력을 지닌 인물이라면 민중을 동원하기도 손쉬울 것이라고 생각하니 보통 문제가 아니었던 것이다.

"그 사람덜이 무신 돈이 있어갖고 그 큰 자금을 마련허제? 품싹만도 겁나게 들 틴디 말이시."

"숯장시나 험서 동냥치맹키로 살든 사람덜이 무신 돈이 있었 것어라? 혹시, 돈을 찍어내는 건 아닝가 몰르제."

"아니먼 독립운동에 줄을 대고 있을랑가?"

소문의 꼬리가 이쯤에 이르자 일경은 바짝 긴장했다. 다만, 이렇다 할 꼬투리도 없이 함부로 수사하기가 난처했다. 그렇지 않아도 뒤숭숭한 시국에 섣불리 자극을 주는 것은 여간 조심스러운 일이 아니었다. 영광서에는 홍 순사라는 젊은 자가 있었는데, 마쓰모토 사부로〔松本三郎〕 서장은 그를 상당히 유능한 조선인 경찰로 인정하고 있었다. 하루는 서장이 홍 순사를 따로 불렀다.

"홍 순사, 나는 자네를 누구보다도 신임한다. 싯데루카(알고 있지)? 이번에 내가 중요한 임무를 하나 맡기겠는데 공을 세우면 효죠(表狀)를 주겠다. 와카루(알겠나)?"

서장의 격려와 '중요한' 임무 부여에 고무된 홍 순사는 의기양양하게 길룡리로 왔다. 그는 방언공사 현장으로 가서, 공사 마무리에 바쁜 조합원들의 일하는 모습을 한동안 벋버듬하게 바라보더니, 짐짓 큰 소리로 호기 있게 불렀다.

"박중빈! 박중빈이가 누구여?"

박중빈은 머리를 들어 그를 바라보면서 공손히 대답했다.

"내가 박중빈이요만, 뭔 일이다요?"

"아, 거그가 박중빈이라! 나 장꽌 봐야 쓰겄네."

이때 오재겸이 단장을 제치고 식식대며 앙바틈한 홍 순사에게 다가가더니 느닷없이 불호령을 내렸다.

"아야, 홍가야! 니는 성(형)도 읎고 애비도 읎냐? 어른 함자를 동네 아 이름맹키로 함불로 불러대는 것은 억서 배아묵은 버르

장머리다냐?"

오재겸은 누가 말릴 새도 없이 뻘삽을 들먹거리며 홍 순사에게 육박해 들어갔다. 홍 순사는 뜻밖의 기습에 놀라 미처 손쓸 새도 없이 뒷걸음질치더니, 자기를 주시하는 조합원들의 험악한 표정을 재빨리 읽고 나서 사세부득이임을 깨달은 듯 그냥 돌아갔다.

"성님! 그 호로자석한테 뽄때 한번 잘 비셨소."

"그 뻘삽으로 다리몽생이나 뽀사뿌렀으먼 더 좋았을 거인디."

조합원들은 저마다 한마디씩 하며 모두 통쾌하게 웃었다. 이번에는 아우 한석이 힐난하듯 단장에게 말했다.

"성님은 저까튼 왜눔 꼬붕헌테 멀라고 그러고 쩔쩔매고 그라요?"

그들의 기고만장한 기세가 누그러지길 기다리던 박중빈은 어두운 얼굴을 들어 조합원들을 보며 천천히 말했다.

"그 사람이 나를 안즉 잘 알지 못해서 그러는디 크게 탓헐 게 뭐 있겠소. 넘을 교화허는 사람은 상대를 완력으로 굴복시킬 것이 아니라 늘 맘으로 복종케 해서 감화시켜야 허는 법이오. 질 자리에 질 줄 알면 반다시 이길 날이 오지만, 이기지 아니헐 자리에 이기면 반다시 지는 날이 오게 마련이제라."

아니나 다를까 이튿날 당장 홍 순사가 동료 일경 두 명을 더 데리고 오더니, 일본도를 빼들고 위협하여 오재겸을 오랏줄로 묶고 박중빈을 함께 연행하였다. 홍 순사는 혹시나 박중빈이 소문대로 도술을 부려 공격하거나 아니면 딴 데로 도망칠까 두려워 시종 박중빈의 등 뒤에서 칼을 겨눈 채 따라갔다. 어제만 해도 호기를 부리던 조합원들은 모두 코가 쑥 빠져가지고 일경들이 멘 총과 절그덕거리는 일본도를 보면서 침 먹은 지네처럼 숨소리조차 크게 내질 못했다.

오재겸은 그들에게 모욕과 구타를 무수히 당하고 나서 이튿날 석방되었다. 박중빈을 놓고는 고등계*가 나서서 미주알고주알 별것을 다 신문했다. 특히 방언에 쓰인 자금의 출처를 꼬치꼬치 캐물었고, 독립군과의 연계나 화폐 위조까지 추궁하였다. 동네 일꾼들에게 품삯으로 지급한 돈을 수거하여 위폐 여부를 정밀 조사하기도 하고, 금전출납부를 압수해다가 꼼꼼히 대조 확인하였다. 박중빈은 의연히, 그러나 다소곳이 그들의 신문에 응하며 사실대로 진술하였다. 어디에도 트집 잡을 꼬투리가 없자 그들은 결국 십삼일 만에 박중빈을 석방하였다. 경찰서에서 나오자 박중빈은 조합원들을 안심시키는 한편, 단장을 생각하는 의기로 욕을 당한 오재겸을 위로할 겸, 그를 대동하고 부안 봉래산에 있는 월명암으로 휴양을 떠났다.

내변산 산길을 걸으며 박중빈은 오재겸에게 옛이야기를 들려주었다.

---

* 일제 강점기에, 한국인의 독립운동 및 정치적·사상적 동향을 감시하고 탄압하는 일을 맡아보던 경찰 부서.

"보소! 내가 부설거사 이약을 헐 팅게 잘 들어보더라고."

부설거사(浮雪居士)는 통일신라 선덕여왕 때 경주에서 태어나 일찍이 불국사 원성 스님에게 득도한 후 영조(靈照), 영희(靈熙) 두 스님과 함께 도반이 되어 각처로 다니며 수행을 하였다. 세 사람이 부안 변산(봉래산)에 와서 십 년간 수행을 하고 나서 이번엔 문수 도량인 오대산으로 가던 도중, 만경 백련지 마을에 사는 구무원이라는 신도 집에서 유숙하게 되었다. 처음엔 하룻밤만 묵어가려던 계획이었으나 연일 폭우가 내리는 바람에 부득이 며칠을 머무르게 되었는데, 여기서 뜻밖의 사건이 일어났다.

구무원에겐 묘화(妙花)라는 이름의 딸이 있어 용모가 곱고 나이가 십팔 세 방년이었지만 불행히도 벙어리였다. 놀라운 일은 부설 스님의 법설을 들은 묘화가 말문을 연 것이다. 더구나 그는 부설 스님을 연모하여 죽기로써 스님과 부부 되기를 소원하였다. 부설은 한 생명의 소중함과 인연의 막중함을 생각하며, '수도는 검은 옷(승복)을 입느냐 흰 옷(속복)을 입느냐에 달려 있지 않고, 진리는 저잣거리나 산골짜기를 가려 머물지 않는다(道不在緇素 道不在華野)' 하는 말로 소신을 밝히고 결국 환속하였다.

영조와 영희 두 도반은 십 년 후를 기약하며 오대산으로 출발하고, 부설은 묘화와 부부가 되어 처가에서 새살림을 시작하였다. 그들은 날이 새면 밭에 나가 씨 뿌리고 김매며 소 먹이고 나무를 하는 등 하루도 쉬는 날이 없이 일했고, 해 저물면 또 집에 들어와 수도에 전념하였다. 이렇게 지내는 사이에 아들 등운(登雲)과 딸 월명(月明), 두 남매를 낳고 단란한 가정을 이루었다.

십 년 후 영희, 영조 두 스님은 경주로 돌아가는 길에 옛 도반의 소식이 궁금하여 부설을 찾아왔다. 세 사람은 그동안 닦은 각자의 도력을 시험하기로 하고, 물병 세 개를 노끈에 달아 들보에 매달았다. 영조와 영희가 각기 방망이를 들어 병을 치니 병이 깨지고 물은 쏟아졌다. 이번엔 부설이 치니 병만 깨질 뿐 물은 얼어붙은 듯 허공중에 그대로 달려 있었다. 놀란 영조, 영희 두 스님은 부설거사 앞에 머리를 조아려 절하고 공부의 지름길을 일러달라고 간절히 부탁하였다. 부설은 자리에 단정히 앉은 후 큰 소리로 외쳤다.

"사대육신은 인연이 다하여 흩어짐이 저 병과 같으나, 참된 성품은 육신이 흩어져도 멸하지 않음이 저 물과 같다네. 그러므로 공부의 요체는 밖에 있는 것이 아니요 안에 있는 것이라, 스스로 자신을 반조하여 자성에 그름이 없고 어지러움이 없고 어리석음이 없도록 해야 하네. 그렇게 한다면 걸음마다 삼계를 뛰어나고 육도를 벗어날 것이네."

부설·묘화 부부와 등운·월명 남매 등 네 식구는 저마다 수도를 게을리하지 않은 결과 일가 모두가 도를 이루었다.

"늘그막엔 부설거사가 다시 이 변산에 들어와 수도를 혔다 안 허든가. 딸 월명 각시가 수도허든 자취가 월명암으로 전해지고, 아들 등운 조사가 수도허든 자취는 계룡산에 등운암으로 전해지고, 묘화 부인과 만경에서 살던 집은 부설원이 되았다 허데."

무료하고 힘든 산행길에 오재겸은 흥미도 있고 적이 감동한 눈치였다.

"그란디 하레도 쉬지 안허고 씨 뿌리고 지심메고 소 믹이고 낭구 험서 워찌케 도를 이룰 수 있간요? 처자석 없고 직업도 없이 산속에서 수도만 허는 스님덜도 못 이룬 것을…… 거그다가 처와 자석까정 온 가족이 도를 이룬당께 말씸여라."

"옛날엣직 부처님 당시에도 유마거사란 분이 출가 제자들보담 도가 승혔다 허고, 중국에도 방거사란 분이 있어 한집 니 식구가 항꾼에 득도혔다 허고, 조선에선 부설거사 집안이 그 본이 되고 있지 안헌가! 앞으로는 수도헙네 허고 가족 버리고 산속으로 들어가거나, 직업 없이 지냄서 사회적 의무나 인류를 외면헌 도꾼덜은 발붙일 디가 없을 거여."

두 사람은 실상사에 잠시 들러 절 구경을 하고 점심 공양을 받은 후 구곡로 계곡을 따라 걸었다. 포근한 봄볕에 눈이 녹으면서 계곡에는 맑은 물이 도란도란 흐르고, 소나무와 상수리나무가 총총히 박힌 숲도 봄기운이 돌아 연둣빛으로 맑다. 백천내를 끼고 걷다가 금강소, 봉래구곡을 지나 선녀탕, 분옥담을 거쳐 험한 바윗길을 허위허위 올랐다. 아직은 수량이 적어 장관을 구경할 수 없었지만 직소폭포에 이르러 한동안 땀을 들인 뒤 월명암을 향했다. 박중빈의 목적지는 월명암이었던 것이다.

월명암에는 당대 명승 백학명(白鶴鳴) 선사가 주석하고 있었다. 은행나무, 느티나무, 전나무, 산수유, 감나무 등 각가지 나이든 수목을 뜰에 놓고 대나무 숲으로 울타리를 둘러친 월명암은 작은 암자에 불과했으나 선방을 따로 갖추고 관리할 만큼 공부하는 분위기가 역력했다.

사미승의 안내를 받아 객실에 들었다. 사미승이 내온 차를 마시고 기다리자니, 얼마 후 학명선사가 사미승의 안내를 받아 들어왔다. 오십삼 세의 학명은 조선뿐 아니라 일본과 중국의 선승들과도 교유하여 그 법력의 도저함이 국제적으로도 공인된 대가였다.

"일개 과객이 대덕을 뵙자 청해서 실례가 만헙니다."

박중빈은 공손히 합장하여 예를 표하고, 자신의 출신과 신분을 간략히 소개했다. 첫눈에 이 젊은 친구가 예사 인물이 아님을 알아본 학명은 객이 영광에서 왔다니 더욱 반가운 생각이 들었다.

"나도 고향이 영광이고 출가도 불갑사에서 혔지라. 반갑소. 그런디 어뜬 일로 이 깊은 산골까지 오셨소?"

"실은 그저께 아침에 영광서 부안 쪽을 바러다봉께 허공 중천에 맑은 기운이 서려 있어서 휴양도 헐 겸 그 기운을 따라 여까장 왔지라우."

"용허시오. 바로 그저께 결제를 허고 스무 명 대중이 선을 시작힜소."

학명은 자리를 고쳐 앉으며, 다시 한번 이 젊은이의 비범성에 주목했다.

"월명암의 연혁이 궁금헙니다."

"네, 초창은 신라 신문왕 때 부설거사가 허시고, 그 후 진묵 스님이 중창을 허셨지라우."

박중빈은 짐짓 월명암의 역사를 물었고, 백학명은 성암(性庵) 스님이 철종 14년에 삼창한 일과, 지난 을묘년(1915)에 자신이 사창한 일 등의 자질구레한 내역을 제쳐두고 부설과 진묵만 언급 하였다.

"스님께선 조선 불교의 진로를 어뜨케 보시능가요?"

"한매디로 생산 불교가 되아야 허지라. 신도덜이 갖다주는 시주만 받아묵고 공부는 지대로 안 험시롱 신선놀음이나 헐라면 멀라 중이 된다요? 아직 나도 실천을 못 허고 있소만 강령은 반농 반선(半農半禪)이요. 사원마다 노는 땅이 만헝게 선객덜이 한펜 으론 농사짓어서 자급허고 한펜으론 선허고 이러코 히야 쓰지라. 중이 제우 동냥질이나 댕김사 존경받게 되간요. 시대가 영 달븐디 ……."

박중빈은 방언공사가 진행 중임을 이야기하고 서로의 생각을 교환하였다. 학명은 중빈의 생각이 자신과 매우 닮았다고 생각하 며 지기를 만난 듯 매우 기뻐하였다. 박중빈과 오재겸은 후대를 받 으며 십여 일을 유하고 나서, 후일을 기약하고 학명과 석별의 정을 나누었다.

두 사람이 길룡리로 돌아오자 단원들은 각별히 반갑게 맞이하였다.

산상기도'를 성공리에 마친 박중빈은 송규를 월명암으로 보내어 학명에게 몸 붙이게 했다. 그는 송규를 보내면서 다만 한 가지를 일렀다.

"니, 월명암에 가서 얼메간 머리 깎고 중노릇 좀 히야 쓰겄다. 그라고 불경은 보지 말그라."

박중빈은 송규와 김광선(성섭)을 제외한 제자들에게 종전의 기도를 연장하여 이백 일 될 때까지 계속하도록 당부하였다. 그러고 나서 박중빈은 김광선을 대동하고 김제 원평을 거쳐 모악산으로 들어갔다. 거기엔 고찰 금산사가 있었다.

금산사는 백제 법왕 원년(599)에 창건하였는데, 통일신라 혜공왕 2년에 진표율사가 미륵불의 수기(授記)를 받아 중창한 후 법상종을 열어 미륵 신앙의 근본도량으로 삼았다. 역사에선 후백제 견훤이 그 아들 신검에게 유폐당했던 절로도 유명하거니와, 임진란 때는 뇌묵, 처영 등의 승병장들이 승병을 훈련시킨 곳이기도 하다. 정유재란 때 팔십여 동의 전각과 암자가 전소한 뒤 재건하였고, 그 후로도 수차례 중창 불사가 이루어졌다.

• 원불교사에서는 이 기도를 두고 혈인(血印)을 통하여 진리계의 인증을 받은 기도란 의미에서 법인기도(法認祈禱)라고 부른다.

전하는 이야기대로라면, 절터가 본디 아홉 마리 용이 사는 못이었는데 율사가 소금 수만 섬을 풀어 용을 쫓고 그 자리에 절을 세웠다. 금당에 철제 육장불(六丈佛)을 세우려 했으나 못을 메워 지은 바닥이라 여러 차례나 내려앉았다. 하루는 율사가 꿈을 꾸니, 미륵보살이 현몽하여 "솥을 걸어라. 그 위에 부처를 세우면 바로 서리라" 했다. 그 말대로 하니 과연 불상이 제대로 섰다. 철제 육장불은 정유재란 때 소실되고 그 밑의 솥만 남아 아직까지 미륵 대불을 떠받치고 있다. 미륵대불은 인조 13년(1635)에 수문대사가 재건한 도금 목불상으로 키가 삼십구 척이나 되는 초대형 입상이며, 양옆에는 역시 그에 버금가는 대형 협시불이 모셔져 있었다. 그 밖에도 금산사에는 미륵전을 비롯하여 노주(露柱), 석연대, 석등, 오층석탑, 육각다층석탑 등 소중한 문화재가 즐비하다.

"무신 날인디 절에 사람이 저러고 만헐꼬?"

미륵전과 대적광전, 대장전 등 건축물이 풍기는 장엄미와, 석탑·석연대·석등 들이 빚어낸 세련미가 어우러진 성스러운 공간, 거기엔 무슨 행사라도 준비하는 듯 사람들이 북적거리는 분위기였다. 특히 미륵전 주변에는 무슨 구경거리라도 생긴 듯 웅성거리며 모종의 열기까지 풍기고 있었다.

박중빈은 미륵전 앞에 정면으로 버티고 섰다. 안은 통층으로 되었으되 외양은 팔작지붕의 삼층 탑파 형태인 전각은 웅장하고 아름다웠다. 일 층에는 대자보전(大慈寶殿), 이 층엔 용화지회(龍華之會), 삼 층엔 미륵전(彌勒殿)이라는 편액이 따로따로 붙어 있었다. 석가모니를 주세불로 하는 선천시대 말법기가 지나고 후천 개벽시대의 당래불로서 미륵불의 출현을 기다려온 조선 민중의 간절한 여망이 전각 안팎에서 끈적끈적 묻어나고 있었다. 현실이 고통스럽고 삶이 고달플수록 민중들은 손기름 묻혀가며 돌미륵을 어루만지고, 목불 위에다가는 금니를 덕지덕지 바르며 그날이 오기를 가슴 저리게 기다렸던 것이다.

김광선이 사람들을 만나보고 이야기를 나눈 뒤 박중빈에게 돌아왔다.

"알아보았소. 올해가 증산 화천(사망) 10년이 되는 해인디, 구월 열아흐레가 증산 탄신일인 대순절(大巡節)이등만요. 안즉 한 달이나 남았는디 폴쎄부텀 증산도 각파에서 증산에 환생을 기둘림서 뫼드는 중이다 안 허요!"

증산은 자신의 출생 배경을 "동토(東土)에 인연이 있는 고로 이 동방에 와서 삼십 년 동안 금산사 미륵전에 머물렀노라" 했고, 임종을 앞두고는 "내가 금산사 가서 불량답(절에 딸린 논밭)이나 차지하리라" 혹은 "내가 금산사로 들어가리니 나를 보고 싶거든 금산사로 오라" 하였다. 그의 종도들은 그러잖아도 스승의 원만한 얼굴이 금산사 미륵불과 흡사하다는 믿음을 가지고 있던 터라, 사후에 증산이 금산사에서 미륵불로 환생하리란 열망을 키워왔던 것이다. 그리하여 그들은 화천(사망) 십 주기가 되는 이번 대순절을 미륵 환생의 최적기로 점치고 있었다. 박중빈은 김광선의 인도로 미륵전에 들었다. 고개를 젖혀 한참을 올려다보아야 눈에 들어오는 미륵대불의 얼굴, 그 금빛 찬란한 상호로부터 점차 눈길을 내려 마침내 시선이 발밑에 이르자, 박중빈은 비로소 빙그레 미소 지었다.

김광선은 미륵전 옆 송대에 자리하고 있는 노전에 방 하나를 빌려 박중빈을 안내하였다. 송대 노전은 미륵전을 관리하고 조석으로 예불하는 스님들의 숙소였다.

"성님!"

둘이 있을 때는 아직도 박중빈은 김광선을 형님이라고 편하게 불렀다.

"금산사 창건주 진표율사는 부안에서 왔소. 변산(봉래산)에서 미륵불의 수기를 받아 모악산으로 온 것이제라. 헌디 진묵 스님 역시 변산을 거쳐 금산사로 왔등만요!"

노전 숙소에 들어와서 자리에 앉더니, 박중빈은 감개무량한 듯이 말했다. 진표율사가 변산 불사의방장(不思議方丈)에서 금산사로 왔고, 진묵은 변산 월명암에서 금산사로 석장을 옮겼다. 어쩌다 보니 박중빈도 변산 월명암을 다녀서 이제 금산사로 왔다.

"성님! 내일 동네 내려가서 짚신골과 짚 한 동만 구해 오소. 그냥 놀기도 무료헝게 짚신이나 삼읍시다."

이튿날부터 박중빈과 김광선은 노전 뒤에 자리를 잡고 짚신을 삼기 시작했다. 먼저 신날을 꼬았다. 다음에는 신날을 쑥쑥 훑어 길을 낸 뒤 양쪽 발가락에 걸고 고를 걸어 허리에 차고 신총을 낸다. 미립이 난 김광선은 익숙한 손놀림으로 좀 빨리 나갔고, 박중빈은 손이 설어 느리기는 했지만 서두르지 않고 꼼꼼하게 삼았다. 증산교 신자들은 점점 불어났는데 박중빈과 김광선의 모습이 그들의 호기심을 상당히 자극했다. 젊은이와 장년, 횐칠하고 늠름한 용모의 두 사람이, 서두르지도 않고 게으름 피우지도 않으면서 한가롭고 여유만만한 표정으로 짚신을 삼는 모습은 묘한 감동을 주었다. 특히 희고 맑은 얼굴, 장대한 풍채를 가진 젊은이의 끼끗하고 비범한 상호는 대하는 사람들마다 각별한 감동을 일으켰다. 이들은 젊은이의 상호가 미륵전 대불과 닮았다고 수군거렸다. 그 형형한 안광을 중심으로 얼굴 전체가 신비한 광명을 발하는 것이 미륵대불의 금색광명과 닮아 보이기도 했다. 이들 증산도 치성꾼들 가운데도 중년의 두 여인이 남달리 박중빈을 우러러 그 주변을 맴돌았으니 그들이 훗날 제자가 되어 이만갑(李萬甲), 구남수(具南守)라 법명을 받은 이들이다. 구남수는 이미 정읍에서 화해리 김해운과 함께 대원사로 가서 송규를 만났던 그 여인이다.

"저만침 잘난 얼굴, 훌륭헌 상호를 갖고 워짜다 짚세기나 삼고 있다요? 참 희한허요."

원평이 집인 그들은 치성을 드리고 남은 음식을 가져다 대접하기도 하고, 무언가 신비한 자취를 찾고자 말을 걸거나 행동거지를 유심히 살피기도 했다.

짚신이 한 죽쯤 되면서부터는 해진 신을 신은 사람을 보는 대로 바꿔 신겼다. 대순절은 다가오고 금산사는 점점 불어나는 치성꾼들과 증산 종도들로 더욱 북적댔다. 증산의 환생, 미륵불의 화현을 기다리는 열기가 나날이 달아오르더니 마침내 구월 열아흐레 대순절이 되자 대중의 수는 최다가 되었고 분위기는 절정을 이루었다. 그것은 구세주의 탄생을 기다리는 목마름이었고 신앙이었다. 박중빈은 이날따라 짚신 삼는 일을 하지 않고 송대를 거닐다가 방으로 들어오더니, 김광선에게 벼루를 얻어다 먹을 갈도록 했다. 될수록 진하게 갈게 했다. 묵즙이 끈적끈적 달라붙을 때까지 정성스럽게 갈리자 박중빈은 붓을 중동까지만 풀어 먹물을 가볍게 묻힌 뒤, 방문 중방 위 벽지에다 조심스럽게 동그라미를 그렸다.

"성님! 이게 뭘 그린 것인지 아시겠소?"

"금메! 무신 고리 같은디, 그건 멀라고 그리지라?"

"이게 곧 '일원상(一圓相)'이라고 불르는 것이오."

"거게 무신 뜻이 있다요?"

"있다마다! 일원상에는 온 우주가 다 들어 있고 모든 이치가 다 갋아 있소. 언어도단허고 유무초월헌 자리지라우. 보기에도 원만구족허지 않소?"

박중빈은 자기 말에 스스로 감동한 듯, 일원상을 황홀한 눈빛으로 바라보았다.

정오가 지나자 박중빈은 김광선을 데리고 산책을 나섰다. 노거수가 된 소나무들을 뒤로하며 대적광전, 명부전, 대장전, 종각을 돌았다. 웬일로 갑자기 군중들의 움직임이 빨라진다 했더니, 미륵전 앞으로 사람들이 몰려가고 있다. 누군가 비명을 질렀고, 그 바람에 경내 분위기가 순식간에 어수선해졌다.

"무신 일인가 가보시쇼."

광선은 대적광전 앞마당을 가로질러 휘적휘적 군중 속으로 들어갔다. 밀리는 군중을 헤치며 미륵전 앞마당까지 이르러 보니 거기에 한 젊은 남자가 땅바닥에 반듯이 뉘어 있었다. 사람들은 그를 둘러싸고 어쩔 줄을 몰랐다. 그의 얼굴은 핏기가 사라져 희다못해 푸르스름하게 보였고, 사지가 몇 차례 가벼운 경련을 치더니 몸뚱이가 장작개비처럼 굳어갔다.

"뭔 일이지라? 이 사람이 왜 이러고 되았소?"

"몰르제요. 기양 미륵부체님을 치다보고 나오더니 갑제기 빗자락맹키로 픽 쓰러지구만이라. 펭소 디게 짱짱허든 사람인디 어째 갑제기 죽게 되았능가 몰르겄어라."

가족인 듯한 여인이 울면서 발을 동동 굴렀다. 그때 어떤 사람이 물을 한 바가지 떠가지고 와서 입을 벌리고 먹이려고 했으나 아래윗니가 견고하게 봉합된 것 같았다. 누군가 얼굴에 뿌리라고 하자, 물은 곧 얼굴에 뿌려졌다. 젊은이의 사색이 된 얼굴은 경직이 되어 아무런 반응이 없었다. 몇몇 사람은, 젊은이가 이미 죽었다고 단정했다. 어떤 사람들은 그의 눈꺼풀을 까서 동자를 보기도 했고, 숨을 쉬는가 코에 손가락을 갖다 대기도 하고 맥이 뛰는가 진맥을 하는 등 야단법석이었다. 그리고 그들마다 머리를 흔들거나 손사래를 치고 절망적이란 낯빛을 지었다. 그들의 눈치를 살피던 가족과 친지들은 그럴수록 애가 닳아 어쩔 줄을 몰랐다.

"멀쩡허든 젊은이가 갑제기 씨러졌다 안 허요. 죽은 거 같다고딜 허는디……."

김광선이 부지런히 되돌아와 박중빈에게 보고했다. 이미 박중빈도 미륵전 쪽으로 다가오고 있던 참이었다.

"가봅시다."

김광선은 사람들을 헤치면서 박중빈을 현장으로 안내했다. 모여 섰던 사람들은, 마치 의사의 출현이라도 본 듯 이 비범한 젊은이에게 길을 터주었다. 박중빈은 환자에게 다가가 상체를 굽히고, 오른손을 들어 검지로 그의 이마 위에 십자를 긋고 왼손으로는 관자놀이를 짚었다. 이어서 잠시 눈을 감고 기운을 모았다. 이윽고 박중빈은 몸을 일으켜 아무 일도 없었던 듯 군중을 헤치고 노전 쪽으로 걸어갔고 그 뒤를 김광선이 바쁘게 따랐다. 그러자 죽은 듯 누워 있던 남자의 얼굴에 화색이 돌고 경직이 풀렸다. 그는 눈을 번쩍 뜨고 부스스 일어났다. 그는 그동안에 무슨 일이 일어났는지 아무것도 모르는 듯, 잠에서 갓 깬 사람일 뿐이었다. 이런 일들이 잠깐 사이에 일어났기에 어리둥절하고 있던 구경꾼들은 그제서야 겨우 사태를 깨달은 듯 갑자기 '와아!' 하고 탄성을 내질렀다. 그들의 얼굴에는 위기를 벗어났다고 하는 안도감과 함께 신비를 목격한 사람만이 보이는 황홀한 표정이 역력했다.

"생불님이 나섰다!"

누군가 감격스러운 목소리로 외쳤다. 그러자 여기저기서 한 마디씩 소리쳤다.

"미륵불이 오셨다!"

"증산 천사님이 환생허싰는개벼!"

입을 옮기며 사람들마다 더욱 그럴듯한 목격담이 만들어지고, 그리하여 대순절날 한낮에 금산사에 미륵불이 화현하여 죽은 사람을 살려냈다는 소식이 번져나갔다. 이 사건에 충격을 받은 사람이 많았지만 그중에도 이만갑, 구남수 두 여인은 자기들의 선견지명, 지인지감(知人之鑑)이 적중했음에 남들보다 몇 배나 감격스러워했다.

또 하나의 충격은 김제경찰서 고등계에 가해졌다. 그들은 만세운동의 여파를 겨우 잡은 터에 독립지사들이 산중 암자에 은신하여 소요를 주도할 것을 우려하고 전전긍긍하던 판이라 바짝 긴장했다. 그런 인물이라면 언제라도 군중을 동원하여 만세를 부를 수 있기 때문이다. 금산사 담당 끄나풀한테서 보내온 정보를 접한 김제경찰서에서는 이튿날 작전을 개시하여 형사 세 명을 금산사로 급파했다. 그들은 혹시 대중이 알면 저항이 있을까 우려하여, 노전에서 잠든 박중빈을 첫닭울이 꼭두새벽에 은밀하게 연행했다. 뒷날 박중빈은, 그의 제자 중 일본 순사로 있던 황이천과의 대화를 통하여 그때의 일을 이렇게 회고하였다.

"내가 새복에 김제경찰서로 끌려가지 안혔겄능가. 사람 살렸다는 것이 죄는 안 될 것이고, 벨 죄도 없응게 기양 앉혀놓드만. 경찰서가 무섭다고덜 허는디 난 참 좋기만 허데."

"머가 그러큼 좋든가요?"

"아, 생각혀보드라고. 밖에 있으면 식사가 궁색헌디 거그

있응게 삼시 시 끄니 밥은 꼭 주제, 목말르다먼 물 주제, 밤
되면 재워주제, 잠이 들면 지켜주제, 아침 되면 또 깨워주제,
극락이 따로 없등만, 왜덜 경찰서가 무섭다고 해쌓는지 몰르
겄단 말여."

"아니, 거가 무신 극락입니까. 유치장, 거그 좋은 디 아닙
니다."

"이 사람아, 죄 짓고 있으면 자게 안방에 들어앉아 있어도
무서운 벱여. 거가 지옥이지 벨수 있간?"

박중빈은 일주일쯤 경찰서 유치장에서 '극락' 생활을 마치고
영광 길룡리로 돌아왔다. 시월 초엿새, 이백일기도의 회향을 열흘
앞둔 자리에서 박중빈은 제자들에게 중요한 선언을 하였다.

"인자 우리가 배울 것도 부처님의 도덕이요 후진을 갈칠 것
또한 부처님의 도덕이라, 여러분은 몬저 이 불법의 대의를 연구해
서 생로병사와 인과보응의 이치를 자각해야 헐 것이오. 나는 폴쎄
이 불법의 진리를 알았으나 이녁들한테 지금까지 이런 말을 단정
적으로 허지 안혔소. 그 까닭은 우선 이녁들 생각이 아직 그 진리
를 받아들일 정도에 미치지 못혔기 때문이고, 또한 이 나라에서는
불법이 수백 년간 천대를 받아온 뒤끗잉게, 불법을 내세우면 누구
나 호감이 안 가고, 존경허는 맘이 적을 것을 염려헌 따문이었소.
그리서 그동안 인심의 추세를 따라 발심 신앙에만 주력해왔던 것
이오. 그나 그 근본적 진리를 발견허고 참다운 공부를 성취해서 일

체 중생을 복락과 지혜의 길로 인도헐라 허면 불법을 주체로 삼지 안헐 수 없소."

박중빈은 잠시 말을 멈추고 대중을 둘러본 후 말을 이었다.

"다만, 미래의 불법은 종래 불교와는 제도가 달버야 허오. 직업을 가지고 세간 생활을 험서, 일과 공부(수도)가 둘이 아니고 생활과 불법이 따로가 아닌 제도가 되아야 허오. 또한 부처님을 믿는 것도 절간에 모신 등상불을 숭배허는 것이 아니라 우주 만유를 다 부처로 보고, 진리 부처님을 항상 모시고 사는 생활이 되아야 헐 것이오. 이런 세상은 법당과 부처가 따로 없응게, 부처의 은혜가 안 미치는 곳이 없는 낙원세계가 될 것이오. 당신들은 진실로 기꺼 허시오. 시대가 천만 번 변허나 이 같은 기회 얻기 어렵고 이 같은 회상 만나기 어려운디, 여러분은 다행히 이런 기회 만나 이 회상의 창립주가 되았응게 참으로 복이 만허고 광영시로운 일이오."

박중빈을 믿고 존경하는 단원들은 단장의 말씀을 듣고 처음엔 다소 얼떨떨하였으나 곧 기쁨과 감격을 느꼈다. 단장은 이어서 말했다.

"앞으로 방언조합이니 저축조합이니 허고 불르던 것을 인자 불법연구회 기성조합으로 고쳐 불르드락 헙시다. 글고 지난번 백일기도 끝에 사사로운 이름을 버리고 세계의 공명인 법명을 주든 것마니로, 이번에는 당신덜한테 법호를 드리겠소. 이재철(재풍)은 한 일(一) 자 일산, 이순순(인명)은 두 이(二) 자 이산, 김기천(성구)은 석 삼(三) 자 삼산, 오창건(재겸)은 넉사(四) 자 사산,

박세철(경문)은 다섯 오(五) 자 오산, 박동국(한석)은 여섯 육(六) 자 육산, 유건(성국)은 일곱 칠(七) 자 칠산, 김광선(성섭)은 여덟 팔(八) 자 팔산, 글고 이 자리엔 없지만 송규(도군)는 솥 정(鼎) 자 정산(鼎山)으로 허고, 나는 소태산(少太山)이라 허기로 혔소."

단원들은 법호를 받는 것이 신기한 듯 수군거리면서도 저마다 자부심을 느꼈다.

"법호의 의의는 머신가? 인자 당신덜은 이 회상에서 지도자의 위치에 스게 됨을 뜻허는 것이오. 그러면 지도자는 어뜬 자격을 갖추어야 될 것인가? 어디 말들 히보소."

"지도받는 사람보담 어쨌든 많이 알어야 헐 것 같으요. 도덕이든지 시상 지식이든지…… 알아야 면장이라고 허지 안헙디까! 물론 지행(知行)은 일치혀야 허고라우."

삼산 김기천이 먼저 말했다.

"지식도 중허지만, 나는 신용이 젤이라고 생각허요. 친구를 사궈도(사귀어도) 신의가 있어야 허는디 더군다나 실답지 안헌 사람을 누가 지도자로 따리겠소? 권모술수나 감언이설로는 사람을 한때 속이고 유혹헐 순 있을랑가 몰르제만 질게 가진 못허는 법이오."

이번에는 일산 이재철이 유창하게 말했다. 그러자 팔산 김광선이 뒤를 이었다.

"모도 좋은 말씀인디 난 이 이약을 허고 잡소. 지도자는 지도받는 사람을 상대히서 사리를 취허먼 안 되지라. 첨엔 사심 없이 지도허다가 일단 신망을 얻은 뒤에는 그걸 낚숫밥으로 지도받는 사람에게 사리를 취허다가 이미 얻은 신망을 잃어번지고 마는 경우가 허다허요."

여러 사람이 돌려가며 혹은 찬동의 말을 혹은 보정(補正)의 말을 하는데 남의 말을 무이지도 않고 생각들이 두동지지도 않았다. 이들의 말을 묵묵히 듣고 있던 소태산 박중빈은 머리를 끄떡거렸다.

"여러분의 말씸이 모도 옳은 말이고 다 도움이 되는 말이오. 법호를 가진 지도자로서, 앞으로는 지도받는 대중덜한테 부끄럽지 않게 각별히 조심허시오."

박중빈은 오창건을 대동하고 다시 월명암으로 떠났다.

돌이 서서 물소리를 듣다

○

"사산! 저그 우바우재 좀 보소."

박중빈은 가던 길을 멈추고 서서 사산 오창건에게 말하며 지팡이로 저만큼 떨어진 재를 가리켰다.

"저 재가 뭐를 탁혔소?"

오창건은 스승이 가리키는 곳을 보았다. 거기엔 어마어마한 흰색 코끼리의 형상이 우뚝 서 있었다. 거대한 몸뚱이에 길게 늘어진 코며 검게 파인 눈, 그리고 축 늘어진 넓은 귀, 그것은 분명 코끼리였다.

"아, 똑 코끼리를 보는 것 같어라우."

오창건의 입에선 절로 경탄의 소리가 나왔다.

"옳제! 코끼리여라. 인도 나라에서 백상은 젤로 상서로운 동물이라 허지 않소! 부처님이 전생에 코끼리였다는 본생담도 있다든디, 우리 길 앞에 백상이 보잉게 어쩐지 조짐이 좋구만이라."

박중빈은 빙그레 미소를 지으며 오창건을 바라보았다.

"암면요, 그래야제라. 우리 앞날에 좋은 일이 기둘리고 있을 것만 같구만요."

짐짓 밝고 씩씩한 목소리로 대답은 했지만, 오창건은 가슴이 저렸다. 어제(기미년 시월 스무날) 길룡리에서 발정한 길, 연화리까지 와서 하룻밤을 자고 오는 길이다. 초겨울의 쌀쌀한 산바람이 옷깃을 파고드는데, 겨우 바랭이네가 챙겨준 미숫가루와 누룽지로 요기를 하고 나서 이백 리 길을 터덜거리고 걷는 스승의 행색이 너무나 초라해 보였다. 전북 부안군 보안면 우동리, 실학의 창시자 반계(磻溪) 유형원(柳馨遠)의 고택에서 자리를 빌려 한참 동안 다리를 쉬고 다시 길을 나선 지가 반시간이 채 안 됐건만 박중빈의 걸음걸이는 그다지 가벼워 보이질 않았다. 오창건은 어제 길룡리 출발 때 있던 석별의 장면이 자꾸 눈에 밟혔다.

새벽길을 나서는 박중빈을 배웅하러 가족과 남녀 제자들 스무나문 명이 나왔다 그들은 돌아올 기약이 없는 소태산의 이번 출가가 무엇을 뜻하는지 잘 알고 있었다. 대각을 이룬 이십대 박중빈이, 제자를 모으고 저축조합을 결성하여 방언이라는 불가사의한 공사를 성공리에 마치고 법인기도로 혈인의 이적을 연출하는 등 하는 일마다 경외스럽고 위대한 업적을 이루지 않았던가. 그러나 그는 일경에 연행되어 신문받는 등 요시찰인으로 지목되어 사사건

건 감시를 당하며 운신이 자유스럽지 못했다. 게다가 방언공사로 바다를 막아 이만 육천 평의 논을 만드는, 기적 같은 일을 이루어 냈다고는 하나 처음 낸 모는 염독(鹽毒)으로 빨갛게 타들어갔다. 결국 나락은 구경도 못 하고 볍씨만 날렸다. 남의 말 하기 좋아하는 동네 사람들은 조합의 실패를 부풀려 박중빈과 제자들을 비방했다. 신심은 변함없으되, 당장 처자식을 먹여살릴 길이 막연하리만큼 제자들은 궁지에 몰렸다. 저마다 기가 꺾이고 풀이 죽어 있는 조합원들의 모습을 보는 것도 조합장으로선 난감했다.

"여러분! 내가 없더라도 언답 관리 잘 허고, 그동안 허든 마음공부 놓지들 말소. 몸은 비록 떨어져 있지만 맘만은 늘 연해 있응게 그깐 거리는 암것도 아니오."

허우룩하다기보다 침울하기 그지없는 별리의 장이었다. 박중빈은 팔산 김광선의 아들 홍철이 아까부터 훌쩍거리고 있는 모습을 보자 일부러 우스갯소리를 하였다.

"아따, 홍철이 야 봐라잉! 낼 모레먼 시악시 볼 놈이 얼라같이 운다. 서너 해만 지나면 옥답이 될 것잉게 니는 언뚝 잘 보야 헌다? 기(게) 구녁 나면 십년공부 나무아미타불여. 내가 날마다 한 번썩 공부 잘 허고 있는지, 언뚝은 잘 보고 있는지 감시헐 팅게잉? 나 없다고 빈둥거리면 안 되아! 목냉기 만신은 앉아 삼천 리서서 구만 리 본다고 큰소리치드라만, 내가 그까튼 이백 리 밖을 못 볼 성싶냐? 느그덜 이불 속까지 딜다볼 것이여, 헛허허허!"

아무도 따라 웃지는 못했다. 선진포에서 거룻배를 타기 전에,

김광선이 법인기도 때 나눠 가졌던 회중시계 여덟 개를 거두어 바쳤다.

"달리 여비를 챙겨드리지 못형게 이 시계나 갖고 가씨요야. 시계 갑시가 적지 안헐 팅게 요긴허게 쓸 날이 있잖겄소? 정산(송규) 것은 월명암 갈 때 갖고 간 바람에 한나가 부족허요."

박중빈은 아무 말 없이 받아서 오창건에게 넘겼다. 외숙 유건은 돗자리 두 닢을 오창건에게 메여주었다.

"가는 길에 장테나 부잣집에 들려 갑시나 잘 쳐돌래서 여비로 보태 쓰소."

박중빈이, 배웅 나온 제자들의 손을 일일이 잡아 위로하고 나룻배에 오르자, 그들은 얼굴을 돌렸다. 하늘같이 믿던 스승과의 메별이 마냥 허탈한 듯, 남자들은 눈물을 훔치거나 코를 훌쩍거렸고, 여자들은 숫제 소리를 내어 울음을 터뜨리기도 하였다. 삐거덕삐거덕 노 젓는 소리와 함께 거룻배는 미끄러져 지아닐 쪽으로 향하고, 어느새 나루는 저만큼 멀어지고 있었다. 배웅객들의, 눈물 젖은 얼굴 윤곽이 흐려지면서 박중빈은 손을 들어 흔들었다. 언제까지나 떠날 줄 모르고 나룻가에 서서 마주 손을 흔드는 제자들을 바라보는 그의 낯에도 비감한 빛이 감돌았다. 오창건은 배웅하는 제자나 떠나는 스승이나 차마 볼 수 없어 건너편 옥녀봉 꼭대기를 바라보면서 연신 눈물을 닦았다.

"당신님! 걸키 심들지라우? 평발은 먼 길을 걸음허기 어려운 법인디⋯⋯."

오창건은 스승이 부대한 몸집에다 평발이어서 걷기에 쉬 피로를 느끼는 것이 더욱 안쓰럽게 생각되었다.

"사산! 내가 평발이라고 숭보지 마소. 석가불도 평발이었응게."

"참말이다요? 무신 과보로 엣직(옛적) 부처님이나 당신님이 같은 평발이 되았지라?"

"아, 전생에 도 닦네 수양헙네 허고 산이나 굴속에서 노상 헹감치고(가부좌하고) 안 앉었든가! 앞으로 부처나 도인은 가만이 앉거만 있지 말고 싸돌아댕겨야 될 거이구만! 발에 불이 나드락 동분서주히야제, 앉거 있을 틈이 어디 있간?"

"아, 그레서 석가부처님은 앉거 기신디 미륵부처님은 모도 서기시구만요!"

"아믄!"

오창건은 정색했고, 박중빈은 빙글빙글 웃었다.

코끼리바위를 지나면서 소태산은 오창건에게 엉뚱한 제안을 했다.

"사산! 내가 가사를 하나 을풀 팅게 사산은 판소리 창법으로 따라 히볼라요?"

오창건은 전에도 여러 번 단장이 지은 가사를 부른 적이 있기에 새삼스럽지는 않았지만, 한창 재를 넘는 숨 가쁜 때에 가사를 읊겠다는 스승의 속내를 몰라 어리둥절했다. 그래도 질세라 맞받았다.

"어디 을풔나 보쇼잉. 숨창께 짜룹게 허셔라우!"

"아믄!"

박중빈은 숨을 몰아쉬고 나더니 큰 소리로 가사를 읊었다.

전반세계(氈盤世界) 이 가운데 나열한 우리 동포

북방지강(北方之强) 다 버리고 도덕으로 힘을 써서

역력히 밝혀내어 산과 같이 높게 하면 군군면면(郡郡面面)
통하리라

북방현무(北方玄武) 돌아가고 일춘만화(一春萬花) 돌아와서

면면촌촌(面面村村) 꿈을 깨니 신천지가 이 아닌가

용(龍)과 봉(鳳)을 찾는 사람 잇수〔里數〕 멀다 탓을 말고

도로상에 길을 물어 치산(峙山) 봉산 넘어가서 암중여래
대면하소.

"자, 사산! 젤로 짤룬 노랭게 얼럼 창으로 불러보소."

오창건은 몇 차례 따라 배우더니 금방 가사를 암기하여 창을
하였다. 처음엔 자진머리로 불러보더니 숨도 가쁘고 흥도 안 나던
지 이내 진양조로 바꿔 느긋이 불렀다.

······일추운만화아 돌아와서어/ 며언면-촌-촌 꿈으을 깨니

시인천지가 이이 아닌가아······

······얼씨구 좋다!

박중빈은 오창건이 운곡에 맞춰 불러가자 추임새까지 넣으며 좋아했다. 오창건이 물었다.

"근디, 전반세계가 뭣이다요?"

"음, 양털 같은 것으로 짠 피륙이 전반이요. 요샛말로 양탄자라 허는 모냥이드만. 그것맹키로 시상 사람덜이 평등허게 골고루 노나갖고 서로 돕고 어울려 살면 그게 전반세계 낙원세계고, 그런 시상 맹그는 게 우리 회상이 헐 일이제."

"그럴라면 도덕을 밝혜야 허고, 도덕을 밝혜자면 여래를 만내야 헌다, 그 말씸이지라우? 근디 북방지강은 뭣이다요?"

"남방지강의 반대제!"

"남방지강은 또 뭣이다요?"

"『중용』에 나오제라. 북방지강은 폭력이고 남방지강은 도덕의 심 아니겠소!"

"글먼 치산은 알 만헌디 또 봉산은 뭣이다요? 새 봉(鳳) 자 봉산(鳳山)이다요, 봉아리 봉(峰) 자 봉산(峰山)이다요?"

"아무러믄 어쩌요. 그런디 왜 쑥 봉(蓬) 자 봉산(蓬山)은 안 나온당가? 우리가 가는 변산이 봉래산이고 봉래산이 봉산(蓬山)인디……."

"알 만허요. 근디 암중여래의 암은 또 무신 암이다요? 어두울 암(暗) 암중(暗中)이다요 바위 암(巖) 암중(巖中)이다요?"

"냅두소. 아무런들 어쩌요. 그런디 왜 암자 암(庵) 자 암중(庵中)은 안 나온당가?"

선진포서 지아닐까지 잠깐은 거룻배 신세를 겼을 뿐, 두 사람은 이백 리 길 월명암을 꼬박 이틀을 해동갑하고도 반나절을 걸어 도착하였다.

"이게 뉘신가! 어여 오시쇼, 박중빈 거사."

학명은 박중빈의 입산을 쌍수로 환영하였다.

"당분간 월명암 신세를 겼음 헙니다. 객승 거두드끼 우리 두 사람 좀 거두어주심 은혜가 크겠습니다."

"여가 본시 부설거사가 창건헌 절잉게 우리 출가 승려가 객이고 재가 거사가 주인이오. 박 거사가 머물르게 되면 주인이 지 집 찾아온 격이 아니겄소?"

박중빈은 비굴하지 않을 만큼 공손히 예를 차렸고, 학명은 농 섞어 말을 받으며 환영의 뜻을 표했다.

"명안이 어디 있냐? 외숙 오싰는디 머 헌다냐?"

명안(明眼)이란 정산 송규를 가리킴이니, 학명은 송규를 제자로 맞아 명안이란 법명을 주고 어느 제자보다도 애지중지하던 터였다. 송규는 학명에게 실망을 주지 않으려는 방편으로 외숙과 생질 사이라고 둘러댔던 것이다. 이윽고 연락이 닿은 송규가 잰걸음으로 달려왔다.

"원로에 평안하십니껴?"

석 달 반 만에 사부를 뵙는 송규는 너무나 반가워 뛸 듯이 기뻤다. 그렇지만 학명 스님의 눈치를 보느라 내색을 못 하고 속마음으로만 기꺼하며 큰절을 올렸다. 파르스름한 빛으로 반질반질 윤이 나는 머리며 발그레 홍조를 띤 토실토실한 볼이며, 마치 한창 피는 사미니처럼 고운 명안 상좌를 바라보면서 학명은 다시금 박중빈에게 감사를 느꼈다.

"중빈거사! 야가 두뇌가 명민허고 기(氣)도 안정되아서 국(局)만 키우면 큰 그륵이 될 것 같소. 이런 법기를 나한테 맽겨주싱게 참 감사허요."

"과찬인 줄은 아요만, 스님께서 잘 걷어주싰응께 지가 감사허지라우."

이로부터 박중빈과 오창건은 방 하나를 얻어 쓰면서 월명암 신세를 지게 된다. 박중빈이 비록 젊은 거사이지만, 학명으로서는 모처럼 말이 통하고 뜻이 맞는 상대였다. 그는 박중빈이 일상생활에 불편을 느끼지 않도록 배려하였고, 틈나는 대로 자리를 함께하여 불법을 논하고 불교의 앞날을 걱정하였다.

"스님은 내소사(萊蘇寺) 같은 부자 절을 두고 왜 이런 빈찰로 오싰소?"

이건 박중빈이 들은 얘기가 있어 슬쩍 말 딴죽을 걸어보는 것이었다. 순진한 학명은 고지식한 변명을 하였다.

"아, 글씨 말이요. 그게 이러쿠롬 된 것이구만! 한번은 실상사 한만허(韓滿虛)가 송만암(宋曼岩)허고 날 찾아 내소사로 안 왔겄소. 전부텀 나더러 월명암에 선원을 내자고 험서 꼭 내가 그걸 맡아사 쓰겄다고 뽀짝거렸는디 말여, 이날은 잡담 제허고 나를 유혹해서 사하촌 민가로 끌고 갔소그려. '스님, 오널은 곡차 한잔 허고 무애도인, 해탈도인 진면목을 보이소.' 아, 그러드랑께. 나를 진묵허고 나란히 본다나 어쩐다나…… 그래서 내가 무애도인 되고 진묵당허고 동렬에 올른다고 추는 디 혹해서 주는 대로 넝큼넝큼 받아묵은 것이 말술은 안 되아도 됫술은 되았든갑소. 내가 속 (俗)에 있을 적에도 술은 약했거든. 기양 곯아떨어졌제라. 후에 깨고 봉께 여그 월명암여. 난중에 들은 이약인즉, 기골이 장대헌 만허가 날 업고 만암이 부추긴 채 산을 넘어 여까지 왔다 안 허요? 말허자면 산중 부대쌈을 당헌 심이지라."

박중빈은 짐작이 갔다. 월명선원을 살리려는 방편으로 함정을 판 만암과 만허. 함정인 줄 알면서 짐짓 빠져준 학명. 그는 내소사 대중들을 뿌리치고 공식적으로 월명암 행을 할 수는 없었기에 만허 등에 업혀 가면서, 속으로는 시원섭섭한 마음이었을 것이다. 선풍을 재흥할 사명감에 젖어 있던 그로서는 아마 만허 들의 짓거리가 내심 바라던 바였을지도 모른다. 박중빈은 전설 같은 그들의 행태가 참 아름답다고 생각했다. 그러나 그건 역시 어두운 시대의 풍속이지 밝은 시대에 참고할 법도는 아니라고도 생각했다.

"지 제자덜 같으면 그런 기특헌 짓은 숭내도 못 낼 것이지라 우."

박중빈은 너털웃음을 웃어주었다. 박중빈은 화제를 돌렸다.

"스님의 〈백양산가(白羊山歌)〉를 얻어 읽은 적이 있는디 의미도 짚고 문자도 아름다웁디다. 그런디 지는 〈신년가(新年歌)〉가 더 맘에 들더구만이라."

비록 서른 구(句)에 불과하지만, 그는 학명의 〈신년가〉를 거침없이 외워보였다.

　　…… 도끼 들고 산에 들면 덤불 쳐서 개량하고

　　괭이 들고 돌밭 파면 황무지가 옥토 된다

　　우리 밭에 보리 싹은 눈 속에도 푸르렀고

　　우리 샘 물줄기는 소리치고 흘러간다

　　부질부질 나아가면 새 천지를 아니 볼까……

　"박 거사도 시가를 잘 짓으신단 말을 명안이한테 들었는디
……."

　"시가랄 것 있겠어라. 글자 맞춤이제."

　박중빈은 일단 겸사의 뜻을 표한 후, 인사 삼아 한 수를 소개
했다.

　"구곡로를 걷다가 한 수 얻은 것이 있는디, 스님께서 감정해
주씨요."

　　邊山九曲路 石立聽水聲

　　(변산구곡로 석립청수성)

　　無無亦無無 非非亦非非

　　(무무역무무 비비역비비)

변산의 구곡로에서 보자니

돌이 서서 물소리를 듣고 있더라

없다 없다 하는 것 또한 없고 없으며

아니다 아니다 하는 것 또한 아니고 아니니라

학명이 이 젊은 거사의 비범함은 진작부터 알고 있었지만 그의 오처(悟處)가 어디까지인지 미처 몰랐었다. 그런데 이 시를 대하자 박중빈의 경지가 몇 겹 뒤에 있는지 함부로 재단할 수 없음을 깨달았다. 학명은 묵묵히 찻잔을 들었다. 차를 한 모금 물고 입안에서 천천히 굴리며 음미하다가 조금쯤 씁쓰레한 웃음을 입가에 띠더니 갑자기 화제를 돌렸다.

"거사! 전에도 말힜소만, 이 절을 부설거사가 창건허고 진묵 스님이 중창허셨지라. 진묵당은 십칠 년간이나 머물르셨지만, 나는 한 십 년 다짐허고 있는디 지켜질랑가 몰르겠소. 허허허! 어허 허허허……."

새삼 부설과 진묵을 들먹이는 것이며, 묻지도 않는데 십 년을 머무르겠다는 둥 딴청을 피우는 것이며, 느닷없이 너털웃음을 웃는 것이며, 박중빈은 학명의 마음을 읽고 있었다. 이후 학명은 박중빈에게 노장으로서 체면을 고집하지도 않았고, 박중빈 역시 굳이 굴기하심(屈己下心)으로 겸양을 분식하지도 않았다. 그들은 망년우(忘年友)처럼 터놓고 대화하고, 마음을 열어놓고 거래하게 되었다. 백학명과 박중빈은 둘이 다 가사 짓기를 좋아하였기에 가사를 지어 함께 읽고 즐기기도 하였다. 박중빈은 〈안심곡〉〈회성곡〉〈교훈편〉〈십계법문가〉 등을 소개했고, 백학명은 〈원적가〉〈왕생가〉〈참선곡〉〈해탈곡〉 등을 지어보였다.

월명암에서 머무는 동안 두 사람의 우의는 도타워졌지만, 박중빈은 송규의 본색을 밝히지 않았고, 학명은 그들의 위장된 숙질 관계를 끝내 눈치채지 못했다. 박중빈은 월명암에 든 지 한 달쯤 되면서부터 자리를 옮겨야겠다고 생각했다. 대접은 융숭하나 너무 오래 신세를 지는 것이 미안했다. 학명은 겨울이나 나고 떠나라 만류했지만 정작 박중빈으로서는 불가피한 속사정이 따로 있었다. 입산 보름이 지나면서 월명암으로 박중빈을 찾는 손님들이 줄을 이었다. 영광 제자들이 아닌 이들은 태반이 증산교 신자들이었다. 그들 중에 대표적인 두 쌍이 있었으니, 하나는 금산사에서 '사자 부활(死者復活)'의 이적을 목격한 이만갑, 구남수 두 아낙이요, 또 하나는 이 소식을 풍편에 듣고 달려온 송찬오, 김성규 두 사내였다.

동짓달 칼바람을 뚫고 이만갑, 구남수가 먼저 찾아왔다.

"선상님, 여그 기신 줄을 몰라 김제, 영광을 두루 수소문히서 인자 제우 찾았서라우."

그들은 소원 성취라도 한 듯 신이 오른 얼굴을 하고 와서 박중빈에게 큰절을 올렸다. 금산사에서도 그들의 도움을 받은 바 있지만, 박중빈은 그들의 막무가내 신심이 내심 고맙지 않은 바는 아니었다. 그러나 법당 부처님께 예배하러 온 것도 아니고 주지 학명을 보러 온 것도 아니고, 한갓 식객 노릇을 하는 청년 거사를 불원천리 찾아와 언필칭 생불님이라 하고 받드니, 비록 드러내진 못해도 학명의 심기가 어찌 불편하지 않겠는가.

송찬오와 김성규는 오십대 중늙은이 친구들이었다. 눈보라가 치고 앙상한 나뭇가지가 징징 울던 오후에 얼굴이 검붉고 키가 껑충한 송찬오와, 안색이 희고 염소수염을 기른 단구의 김성규가 월명암에 나타났다. 송찬오는 아들 나쎄의 박중빈에게 넙죽 큰절을 올렸고 김성규도 얼결에 엉거주춤 따라했다.

"지는 증산 천사의 친자 종도(親炙宗徒) 송찬온디 원평에 살지라오. 금산사 이적에 대해 전해 듣고 한번 놀랐고, 영광으로 가셨단 소식 듣고 또 한번 놀랐구만유. 어른께서 대선생(大先生)이신 줄을 알고 왔응게, 물리치지 마시고 지그(저희)를 제자로 거둬주세유."

송찬오는 본래 충청도 출신이어서 말을 하다 보면 전라도 말에 가끔 충청도 말투가 비어져 나왔다. 송찬오는 열혈 청년처럼 적극적이었고 김성규는 그를 좇아 "나두!" 하는 식이어서 상대적 소극성을 보여주고는 있지만, 이들이 이 깊은 산속까지 눈보라를 뚫고 온 장한 뜻은 이만갑, 구남수와 함께 신성(信誠)의 귀감이 될 법했다.

"그런디, 무신 근거로 나를 대선생이라 헌다요?"

박중빈은 수선스럽게 서두르는 송찬오를 지그시 지켜보았다.

"천사님 생존시 노상 말씸허시기를 '나는 대신 대(代) 자 대선생(代先生)이지만 앞으로 큰 대(大) 자 대선생(大先生)이 한 분날 거다. 그분이 오면 동학도는 수운 대신사가 다시 오셨다 헐 거고, 야소교 신자는 야소씨가 재림했다 헐 거고, 부처 믿는 사람은 미륵불이 하생허셨다고 따린다 허심성, 지보고 '영광에서 소식 있거든 짚신 들메고 쫓아가라' 허셨는디, 이 늙은 눈구녕이 진작 알아뵙지 못허고 인자사 대선생을 찾아 여그까정 오게 되았구만유."

송찬오는 무슨 보따리 하나를 내놓더니 조심스럽게 풀었다. 기름때에 전 목침이었다.

"거 무신 목침이지라?"

옆에서 구경하던 오창건이 궁금하다는 듯 끼어들었다.

"야, 이 목침은 증산 천사께서 늘 비시든 것이지유. 천사님 화천 후(化天後) 용케 지 손에 들어와 소중히 간직허든 건디 선상님께 바치겄어유."

박중빈을 대선생이니 미륵불이니 하고 받드는 이들을 보며, 학명으로서도 더는 만류하기 힘들었지만 그렇다고 멀리 보내기도 싫다 보니 가까운 곳을 물색했다. 마침 한만허가 있는 실상사(實相寺) 옆 배씨(裵氏)네 초당이 비었다는 소식을 듣고 집주인을 불러다 흥정을 붙였다. 방 한 칸에 부엌 한 칸인데, 마당을 사이에 두고 헛간이 있고, 뒤꼍에는 작은 연못과 도랑이 있었다. 집터는 실상사 땅이지만, 배씨 소유의 논 너 마지기와 밭 한 뙈기를 같이 사기로 했다. 박중빈을 제쳐놓고 오창건과 송찬오가 나서서 흥정을 마무리했고, 대금은 영광서 가져온 회중시계 여덟 개를 팔고 다소 모자라는 돈은 이만갑이 보탰다. 그러나 금방 이사를 하기로는 난

점이 있었다. 방이 하나라서 스승을 모시기에 불편한 데다, 제자들도 최소한 남녀는 구분하여 잠자리를 해야 되겠기에 증축이 아니면 이사가 불가능했다. 겨울 공사지만 방 한 칸을 더 내어 짓기로 했다. 오창건은 본래 집 지어본 경험이 많거니와 김성규는 목수였고, 송찬오는 벽 바르고 구들 놓는 토수 일에 능했다. 그들은 한 달 안에 거뜬하게 준비를 마치고 세전에 이사하기를 서둘렀다. 학명은 서운한 마음을 담아 너비 한 자, 길이 두 자짜리 달마도 한 폭을 그려 집들이 선물로 보냈다.

응달엔 아직 잔설이 남았건만, 춘분이 지난 산에는 문득 생기가 돌고 있었다. 골짜기마다 눈 녹은 물이 졸졸거리며 흐르고 나무들은 싹 틔울 준비로 바빴다. 아침에는 내가 끼고 낮에는 아지랑이가 아른거리는 칙칙한 회색 풍경이 걷히고 나면 온 산이 싱싱한 자색 혹은 연두색의 엷은 빛깔을 띠기 시작한다. 산수유 노란 꽃이 곳곳에 무더기로 피어난다.

"사산! 여그 생활이 심들진 안허신가?"

"무신 그런 섭한 말씸을 허신다요? 당신님 모시고 법을 듣는 재미가 늘 진진허요. 다먼 이러고 궁벽헌 곳잉게 음석이 숭악히서 송구헐 뿐이지라."

둘은 쌍선봉을 오르는 길이었다. 정상에 오르자 가까운 월명암에 있는 송규가 이미 와서 기다리고 있었다. 박중빈이 실상사 옆 초당으로 이사한 뒤로 송규는 월명암을 나와 사부와 동거하고 싶어 했지만, 초당이 비좁아 송규까지 합류할 처지가 못 되니 안타까 웠다. 그 대신에 그는 밤이 되면 절집을 몰래 빠져나와 지름길로 질러 실상 초당을 찾는 일이 잦았다. 키 작은 산죽 숲을 헤치고 울 퉁불퉁한 바위를 피해 가며, 촛불 하나 없이 용케도 잘 찾아와서 사부를 뵙고 나면 다시 새벽이슬을 차며 아쉬운 마음으로 돌아갔 다. 오늘 소풍은 간밤에 약속한 바가 있었기에 송규가 미리 나와 기다린 것이다.

박중빈은 두 제자를 양쪽에 거느린 채 외변산 밖으로 그림처 럼 펼쳐진 서해를 바라보았다. 멀리는 무녀도, 선시도 등 고군산 군도가 보이고 좀 가까이론 비안도와 두리도가 보였다. 더 가까이 에 둥글고 작은 섬 하나가 있었다.

"저 섬 이름이 뭣인고? 정산, 니 아나?"

"새우 하(蝦) 자 하섬이라 들었습니더."

"새우는 영 아니시. 저 섬을 가만이 보드라고. 뭐같이로 보이 는고?"

봄바람이 가볍게 이는 하늘에는 조각구름이 천천히 흐르고, 구름의 그림자가 바다의 물빛을 무늬 놓고 있었다. 그 잔잔한 바다 에 흰 이빨을 드러내며 웃는 아이들처럼 물비늘이 찰랑이는데 동 그마니 솟아 있는 푸른 섬, 송규는 문득 하섬이 꽃 같다고 생각했 다. 그렇게 보니 정말 물 위에 뜬 한 송이 연꽃으로 보였다.

"싸부님! 꽃입니더, 연꽃입니더."

송규는 신기한 듯 흥분하여 목소리를 높였다. 좀 반응이 둔한 오창건은 그제서야 맞장구를 쳤다.

"허기사 연못에 뜬 수련 같기도 허구만요. 글치만 바다에 웬 연꽃이 있간요?"

"사산! 용궁에서 심청이가 타고 온 연꽃도 인당수 바다에 안 픘다든가?"

박중빈은 빙그레 웃었고, 송규가 옆에서 거들었다.

"불경에는 바다에서 피는 연꽃뿐 아니라, 타는 불 속에서 피는 연꽃도 있다 합디다."

오창건도 그제야 짚이는 데가 있는 듯, 이를 드러내고 웃었다.

"앞으로는 연꽃 하(荷) 자 하섬으로 불르세.· 훗날 우리 회상에서 저 섬을 요긴허게 쓸 날이 올 것이네."

셋은 양지 바른 곳에 자리를 잡고 나란히 앉아 따뜻한 봄볕을 쬐며 이야기하였다.

"내가 산에 들어온 후 첨 한 나들이가 지난 정월 보름에 아랫동네에 들어온 남사당패 굿 보러 간 것 아니겠능가. 그께 사산헌테 내가 물었제! 박첨지놀음을 봄서 무신 생각을 힛냐고?"

"야아, 그께는 얼름 답변 드리기가 어려왔는디 뒤에 곰곰이 생각을 히봤지라우. 지가 전에도 구수미서 남사당패 노넌 걸 두세

· 하섬(荷島)은 전북 부안군 변산반도 내해에 위치한 섬으로 면적은 약 삼만 오천 평이다. 1954년 원불교에서 매입한 후 경전 결집, 교도 훈련 등에 쓰였다. 현재는 원불교 유일의 해상훈련원으로 되어 있다.

번 본 적이 있제만, 이 패덜 노넌 것은 벨스럽드만요. 홍·청·백·황 각색 탈을 쓴 허떠깨비들이 나타나서 서로 밀치고 당김서 법석을 부리다가 박 첨지가 나스먼 허떠깨비들이 씨러지고 숨어번져. 결국 박첨지가 시상을 평정 안 허요? 뜻이 짚어 보이고 아무래도 무신 조짐 같어라우."

구경은 함께 가지 못했지만, 송규도 관심을 보였다.

"이런 놀음이 요즈음 변산 지방에서 갑자기 유행하는 것도 필시 곡절이 있을 낍니다. 또 실상동(實相洞) 농요에 '석문(石門)을 열고 십 리를 들어가면 새 시대 개법주(開法主)가 피난도 하고 개법도 한다'는 대목이 나오는데, 내변산 백천내 중류에 석문이라는 마실이 있고 거기서 십 리를 들어오니까에 바로 실상 초당, 지금 싸부님 계신 곳이 아이겄습니꺼. 이게 다 한 소식을 전하는 것 같습니더."

박중빈은 두 제자의 말을 들으며 시종 빙긋이 미소만 머금고 있을 뿐 가타부타 말을 않더니, 이윽고 불쑥 이렇게 제의했다.

"날도 좋고 형게 나허고 가사나 불러보세."

박중빈은 '박첨지놀음'을 패러디한 〈안심곡(安心曲)〉의 일부를 흥이 나서 읊었다.

가련하다 가련하다 너의 신명 가련하다
대명천지 이 세상에 너의 시절 오래가면
천지 운수 가련이라 저 봉사 거동 보소

제 물건 잃었으되 잃은 줄도 모르고
제정신 얻다 두고 서로 잡고 싸우는데
혹은 도적놈이라 하며 혹은 더듬더듬 달아나며
혹은 앉아 통곡하며 혹은 혼자 헛웃음하며
이리 저리 야단이라

이번엔 송규가 받아 읊었다.

이 말 저 말 다 버리고 초라니 봉사 개과로다
좋은 법문 들어보니 원형이정 돌아선다
죄도 내가 짓고 복도 내가 짓고
잠도 내가 자고 밥도 내가 먹고
천지라 만물이라 원수라 은인이라
도무지 내가 지어 짓는 대로 되는 것을
원망이 무수하여 원수라 이름하고
허수아비 세상으로 봉사 놀음 이러하며
허송세월 하였으니

이번엔 오창건이 받았다.

달아 달아 밝은 달아 구름 속에 노는 달아
너는 밝아 중천 법계 달이 되고

나는 밝아 백 일 중천 해가 되어

이리저리 밝혀내니 춘하추동 사시절에

춘추법려로 놀아보자 에루와 낙화로다.

마무리는, 사도에 현혹되어 앞을 못 보고 방황하던 봉사들이 정법을 알아보고 깨침을 얻어 개과천선하는 것으로 끝났다.

"봉사견청산(奉事見靑山)! 봉사〔盲人〕가 눈 뜨고 청산을 본 격이지라."

오창건이 감탄하며 얼굴 가득 웃음이 푸짐하다. 때맞추어 송규는 가져온 보따리를 부스럭거리고 풀더니 바릿대에 담아 온 떡 몇 조각과 찻물 한 주전자를 내놓는다.

"사산은 갑제기 만면에 웃음을 베이니 무신 까닥인고?"

박중빈이 짐짓 엄숙한 표정으로 물었고, 오창건은 정색을 하고 대답했다.

"당신님 가사를 불르다 봉께 우리네 줄봉사 같은 중생덜이 정법을 만내서 눈을 뜨는 디 감격해서 그러구만이라."

"내 보기엔 그런 것 같지 안허고, 정산이 떡 보제기를 푼께 웃음보가 터진 것 같은디? 바른대로 고허소."

"아, 고건 아녀라. 지는 정산이 보제기 풀기 전부텀 웃었는디요."

웃자고 한 말에 발명이 부산한 꼴을 보자 박중빈은 크게 너털웃음을 터뜨렸고, 오창건과 송규도 따라 웃었다.

화려한 북소리

○

　검은 정자관 밑으로 희고 부드러운 피부와, 선이 굵고 윤곽이
또렷한 이목구비, 반지르르 윤기가 도는 길고 검은 턱수염에 무겁
고 우람하기는 바위와 같은 도인. 나이는 갓 서른밖에 안 됐지만,
그의 꽉 다문 입매와 쏘는 듯이 이글거리는 눈빛을 마주하면 젊은
이나 늙은이, 남자나 여자 가릴 것 없이 모두 몸이 오그라드는 위
엄을 느꼈다. 비록 당목 중의 적삼을 입었을망정 그의 풍채는 금관
조복을 한 정승이나 면류관에 곤룡포를 입은 제왕 못지않게 당당
했다. 그러나 그가 한번 낯빛을 바꿔 다사로운 미소를 띠고 자비로
운 목소리로 말할라치면 아이나 어른이나 모두 어리광을 부려도
좋을 만큼 마음이 편하고 푸근해졌다.
　박중빈이 오창건을 부안 사는 갓장이에게 보내 맞춤 정자관
을 사다가 쓴 것은 그 나름대로 계산이 있었기 때문이다. 백학명,

한만허, 송만암 등 내로라하는 승려들과 교제를 하노라니 승속을
별종으로 보는 불가의 관행에 거리끼어 피차 불편한 점이 없지 않
았던 것이다. 학명만 해도 덜했지만 만허나 만암은 한갓 우바새(남
자신도)와 맞상대를 하는 것이 출가승의 체면에 맞지 않다고 느끼
는 것 같았다. 박중빈은 유건을 씀으로 해서 그런 심사를 잠재우고
불교 내지 승려와 일정한 거리를 유지하고자 했다. 아울러 자신이
비록 몸은 세간을 떠나 은둔자를 시늉하고 있지만 승려 같은 출세
간이 결코 아님을 보여주고 싶었는지도 모른다. 기왕이면 갓이 아
니라 정자관을 쓰고 상대하면 더욱 품격이 있겠다 싶었다.

　　지게문을 열어놓고 동쪽을 향하여 앉아 있자니 맞은편 산에
우뚝 솟은 인장바위가 눈에 절로 들어왔다. 사각 도장처럼 보이는
인장바위를 한참 눈여겨보다가 박중빈은 놀라서 눈을 부릅떴다.
어느새 바위의 모습이 엄지손가락처럼 보이는 것이다. 주먹을 쥐
고 엄지를 들어 보이듯 마디주름과 손톱까지 선명히 보이는 듯했
다. 박중빈은 법인기도에서 사무여한을 다짐하며 혈인을 나투던
아홉 제자들의 엄지를 연상하였다. 영광에 두고 온 제자들의 면면
이 떠올랐다. 선진포 나루에서 눈물 흘리며 손 흔들던 정다운 얼굴
들이 못내 그립다. 공부(수도)들은 잘하고 있는가, 언답(논) 관리
는 잘들 하는가, 두루 궁금하다. 박중빈은 지난번 구곡로를 걸으
며 바위에 새겨진 '蓬萊九曲(봉래구곡)' 넉 자를 보다가 주자의 시
〈武夷九曲(무이구곡)〉을 떠올린 기억을 되살렸다.

武夷山下有仙靈 山下寒流曲曲清
(무이산하유선령 산하한류곡곡청)
欲識箇中奇絶處 櫂歌閑廳兩三聲
(욕식개중기절처 도가한청량삼성)

무이산 아래는 신선이 살고 있네
차고 맑은 물은 굽이마다 흐르는데
그중에도 절경을 굳이 보고 싶다면
뱃노래 한가로이 들리는 곳 찾아가보소.

무이산을 봉래산(변산)으로 바꿔놓으면 〈무이구곡〉이 〈봉래구곡〉에 대응할 만하다는 생각이 들었다. 박중빈은 영광 제자들에게 편지를 써서 두루 안부를 묻고 애틋한 정을 담았다. 그리고 따로 〈무이구곡〉을 베꼈다. 당신의 현재 심경과 생활 정서를 넌지시 전하는 뜻이었다.

"사산! 그간 집일도 궁금허고 식구 걱정도 될 팅게 길룡리 댕겨오소. 글고 이 편지는 가는 길에 팔산(김광선)한테 갖다주고."

이튿날 오창건이 짚신 두 켤레를 둘러메고 길을 나서자 느닷없이 송찬오가 자기도 원평엘 다녀오겠다고 나섰고, 무슨 생각인지 김성규도 전주에 갈 일이 있다며 따라나섰다. 오창건은 박중빈의 심부름이라는 명분이 있었지만, 송찬오와 김성규는 제 나름대로 숨겨진 사연이 있었다.

송찬오는 박중빈이 주자의 〈무이구곡〉을 써 보내는 것을 보고는 속으로 무릎을 쳤다. 그렇다! 증산 천사께서 천지공사를 행할 때 우선구궁수(右旋九宮數), 좌선구궁수(左旋九宮數)에 맞추어 교단의 운로(運路)와 도수(度數)를 짠다고 했고, 이 구곡시를 구궁수에 연결하여 안팎이 같이 열려가도록 짜놓는다고도 허지 않던가. 저 어른이 〈무이구곡〉을 써 보내는 것이 어찌 우연일까 보냐. 저 어른이 증산께서 말씀한 큰 대(大) 자 대선생(大先生)에 틀림없구나.

송찬오는 그 길로 원평, 전주 등지로 쏘다니면서 옛 동지들(증산교 도꾼)을 만나 대선생의 출현을 홍보하며 박중빈에게로 상당수의 인연들을 인도하였다. 박호장, 문정규, 전일, 차봉천 등의 남자며, 장정수, 송월수, 김정각 등의 여자를 비롯하여 직간접으로 그가 연원이 되어 박중빈의 제자가 된 사람이 수십 명에 이른다.

김성규는, 조석 챙겨드릴 부엌데기 하나 없이 궁하게 지내는 스승의 모습이 몹시 마음에 걸리던 판에 한 가지 기특한 생각이 떠올랐다. 딸만 하나 두고 혼자되어 친정살이를 하고 있는 큰딸 모녀를 실상동으로 데려다 놓으면 안성맞춤이 아니겠냐는 생각이 든 것이다. 그는 전주로 가서 삼십대 후반의 딸과 열세 살짜리 외손녀를 데리고 왔다. 오는 길에는 줄포장에 들러 쌀과 찬거리를 사서 등짐으로 지고 돌아왔다.

"지 딸년과 솔럽니다. 팔자가 싸나와서 외로온 아그덜이지라. 들락거리는 여자덜보담 선상님 뫼시기엔 워너니(훨씬) 낫을 듯도 싶고, 저 아그덜도 성인을 가차이 뫼시다 보먼 제도받겄제라."

"이름이 뭔고?"

"여자라 놔서 변변헌 이름이 읎지라우. 딸년은 그냥 애기니 언년이니 혔고, 손지딸은 음전이라고도 허고 어려서는 몬생이(못 난이)라고도 혔지라우."

"그거 이름 못쓰겄네."

박중빈은 김성규의 큰딸은 혜월(慧月)이라 하고, 손녀는 청풍 (淸風)이라 하였다. 그리고 내친김에, 드나드는 제자들에게 그간 미뤄 놓았던 법명을 하나씩 주었다. 송찬오는 적벽(赤壁), 김성규 는 남천(南天), 그리고 이만갑, 구남수 등도 이 무렵에 받은 법명 이었다.

"김혜월, 이청풍, 참 좋다! 멋쟁이 이름이다."

평생 처음으로 이름 같은 이름을 얻은 모녀는 신기한 듯 어리 둥절했지만, 정작 당사자 아닌 김성규(남천)가 더 좋아했다.

"미상불(未嘗不) 과분헌 이름이구만요."

"법명을 받았응게 이름값을 혀야 되느니!"

혜월 모녀는 그제서야 박중빈을 힐끗 보고 나서 얼굴을 붉히 며 기뻐하였다.

"미상불 이름값을 헐랑가 몰루겄습니다요."

"아따! 미상불은 엥간치 찾아쌓네. 남천이가 바로 미상불이 여! 장에서 쌀팔아 왔응게 쌀 미(米) 자, 장사 상(商) 자, 부처 불 (佛) 자, 미상불 아닌가."

박중빈의 해학에 남천도 웃으며 토를 달았다.

"미상불 쌀팔아 왔응게 미상(米商)은 맞제만 부처 불 자는 안 맞지라우."

"보소, 남천! 풀 한 포구, 낭구 한 그루, 자갈 한 개까정 부처 아닌 게 없당께. 더군다나 남천이가 부처 아님 뭣이 부처랑가? 지금 한 말의 뜻을 잘 연구해보드라고."

김혜월과 이청풍 모녀가 온 뒤로 초당에는 제법 훈훈한 가정의 온기가 돌았다. 마치 주부와 동자아치라도 되는 듯 그들은 방아 찧고 밥 짓고 빨래하고 청소하는 것에 손발이 척척 맞았다. 푸성귀와 산나물 한두 가지라도 밥상에 더 올랐고, 기름때 묻은 저고리 소매나 풀기 없는 바짓가랑이는 이제 더는 볼 수 없었다. 모녀는 항상 신이 나서 일했다. 틈틈이 화단도 가꾸어 영산홍, 모란, 함박, 백일홍이 때맞추어 피었다. 그중에도 영산홍은 박중빈이 특별히 좋아하는 꽃이었다.

박중빈은 가까운 실상사와 월명암은 물론 내소사, 청련암(靑蓮庵) 등 봉래산에 있는 사암들을 틈틈이 둘러보고, 거기서 승려들이며 신도들을 상대하여 대화를 나누었다. 그것은 칩거생활의 답답함에 소창도 되려니와, 그를 통하여 조선 불교의 실상을 속속들이 꿰뚫어보는 기회가 되었다. 그것은 얼마간 새로운 것이 없지도 않았지만, 좀 더 정확히는 그가 세속에서 얻어듣고 불갑사나 선운사, 금산사에서 친히 본 견문과 송규로부터 전해 들은 지식의 재확인 과정이었다.

박중빈은 마침내 대문장을 짓기 시작했다. 그것은 조선 불교 일천 육백 년을 청산하는 절차였고, 새 불교의 탄생을 예고하는 화려한 북소리였다. 먼저 과거 조선사회의 불교관을 정리했다.

불교는 조선에 인연이 깊은 종교로서 환영도 많이 받았고 배척도 많이 받았으나, 환영은 여러 백 년 전에 받았고 배척받은 지는 오래지 아니하다. 조선사회에서는 유교의 세력에 밀려 세상을 등지고 산중에 들어가 유야무야 중에 초인간적 생활을 하고 있었으므로 그 법을 아는 사람이 적다. 이에 따라 혹 안다는 사람은 말하되, 산수와 경치가 좋은 곳에는 사원이 있다 하며, 그 사원에는 승려와 불상이 있다고 하며, 승려와 불상이 있고 보면 세상에 사는 사람은 복을 빌고 죄를 사하기 위하여 불공을 다닌다 한다. 그 승려는 불상의 제자가 되어가지고 처자 없이 독신생활을 한다 하며, 삭발을 하고 머리에는 굴갓을 쓰고 몸에는 검박한 옷을 입는다 한다. 목에는 염주를 걸고, 손에다가는 단주를 들고, 입으로는 염불이나 송경을 하며, 등에다는 바랑을 지고 밥을 빌며 동냥을 한다고 한다.

이렇게 불교에 대한 피상적인 인식의 정도를 나열하고 나서 여러모로 왜곡된 승려관을 비판적으로 지적한다.

우리 세상 사람은 양반이라든지 부귀하다든지 팔자가 좋은 사람이든지 하면 승려가 아니 되는 것이요, 혹 부모 없는 불쌍한 아이나, 사주를 보아서 단명하다는 아이나, 죄를 짓고 망명하는 사람이나, 혹 팔자가 사나운 사람이나, 의식(衣食) 없이 걸식하는 사람이나, 이러한 무리가 다 승려가 되는 것이라 한다. 혹 승려 중에도 공부를 잘하여 도승이 되고 보면 사람 사는 집터나 백골을 장사하는 묘지를 고르는 풍수라든가 호풍환우(呼風喚雨)*와 이산도수(移山渡水)** 같은 도술을 마음대로 한다고도 한다. 그렇지만 그런 사람은 천에 일인이요 만에 일인이 되는 것이니, 불법이라 하는 것은 허무한 도요 세상 사람은 못 하는 것이라 한다. 그러니 돈이 있다면 우리가 주육과 악기를 준비하여가지고 경치를 찾아서 한 번씩 놀다 오는 것은 좋다고 한다. 누가 절에를 다닌다든지 승려가 된다든지 하면 그 집은 망할 것이라 하며, 불법을 믿는 승려라면 인종은 인종이라도 별난 동물같이 아는 것이 조선사회의 습관이 되었다.

다음으로 그는 자신이 목도한 조선 승려의 실생활을 그려 보인다.

---

* 주술에 의하여 바람을 부르고 비를 내리게 하는 일.
** 도술을 부려 산을 옮기고 물을 건너는 일.

풍진 세상을 벗어나서 산수 좋고 경치 좋은 곳에 정결한 사원을 건축하여 존엄하신 불상을 모신다. 그들은 사방에 인연 없는 홀가분한 몸으로 몇 사람의 동지와 더불어 솔바람과 향기로운 달에 마음을 의지하여 새소리 물소리 자연의 풍악을 사면으로 둘러놓고 있다. 그리고 세속 사람이 가져다주는 의식으로 근심 걱정 하나도 없이, 등 다습게 옷 입고 배부르게 밥 먹는다. 또 몸에는 수수한 흑색 장삼을 입으나 어깨에는 비단 홍가사에 일월광을 흉배로 놓아 둘러메고, 한 손에는 파초선 또 한 손에는 단주를 든다. 이와 같은 위의로 목탁을 울리고 염불이나 송경이나 혹은 좌선을 하다가 화려하고 웅장한 대건물 중에서 나와 수목 사이에 몸을 드러내고 산보하는 모습을 보라. 조선 사람의 생활로서 그 위에 더 좋은 생활이 어디 있을 것인가.

그는 승려들의 귀족적 생활, 신선놀음을 전제하고 서민 대중의 참혹한 생활상을 대비시켜 신랄한 비판을 가한다.

세속 풍진 중에 사는 사람은 혹 만석꾼이나 재상처럼 부귀한 사람이라도 그와 같이 한가한 생활, 정결한 생활, 취미 있는 생활은 하지 못할 것이다. 그러니 아무리 못난 승려, 빈천한 중이라도 속가에 일이백 석 받는 사람보다는 취미 있는 생활, 한가한 생활을 한다 할 것이다. 우리 세간의 농촌 빈민이 생활하는 것을 보라. 마치 꼬인 두 가닥 새끼줄 새에 목이 끼인 듯 고통받으며 죽지 못해 살고 있지 않은가. 여름이 되고 보면 보리밥 삶아 먹은 더운 방에서 모기, 빈대 뜯겨가며 잠을 잔다. 밥은 꽁보리밥에 된장, 간장이 반찬이요 그도 못 먹으면 가까스로 보리죽을 먹으며, 자리는 갈자리*나 밀대방석**을 사용하고, 몸에는 흉악한 무명베로 검박한 옷을 해 입는다. 삼복 시절 더운 날에 팥죽 같은 땀을 흘려가며 쉴 틈 없이 노력하여 겨우겨우 농사라고 지어놓으면, 빚 받을 사람이 성화같이 달려와서 다 가져가고 먹을 것이 없게 된다. 필경에는 부모, 처자 식구들까지라도 서로 싸우고 원망하며, 이러한 세상 어서 죽었으면 좋겠다고 한숨으로 세월을 보낸다. 이에 비하면 산중 승려의 수도생활은 천상 선관의 생활이라 아니할 수 없다.

그는 이어서 장(章)을 넘겨 석가세존의 지혜와 능력을 조목조목 열거하고 '…… 중생 제도하는 그 교리를 말하자면 높기로는 수미산 같고, 깊기로는 항하수 같고, 교리 수효로는 항하사 모래수 같고, 넓고 크기로 말하자면 천지 만물 허공법계를 다 포함하였다'고 최고의 찬사를 보내어 연원불(淵源佛)로서 석가세존에 대한

---

* 갈대를 엮어서 만든 자리. 표준어로는 샛자리라 함.
** 밀짚으로 만든 방석.

예우를 극진히 하였다.

다음으로 장을 옮기며 그는 불교 혁신의 핵심을 사자후한다.

먼저 그는 인도 불교 혹은 중국 불교의 현상적 전통에 발목 잡혀 주체적 민족불교를 건설하지 못하고 있는 현실을 혁신하여 불교 본연의 모습을 찾자고 외친다. 그것이 '외방의 불교를 조선의 불교로 만들자'는 구호로 드러난다.

또 불교의 교리와 제도가 출가 승려 본위로 되어 있어 재가 신자는 종교 생활에서 주체가 될 수 없고 교단에서 소외당할 수밖에 없음을 지적하고 이를 시정할 구체적 방안들을 제시한다. 출가·재가(승속)를 신분화하여 차별할 것이 아니라 각자의 공부(성불)와 사업(제중)에 따라 평가 대우하고, 결혼도 본인들 의사에 맡기고, 의식주 해결할 직업도 각자 가질 것이며, 교당은 산속에 둘 것이 아니라 신자 많은 곳에 세우도록 하자는 등의 대안을 제시한다. 그것이 '소수인의 불교를 대중의 불교로 돌리자'는 구호로 드러난다.

그는 또 종래의 불교가 종파에 따라 신앙과 수행의 특정 분야나 방식만을 고집하여 편벽되고 분열된 양상을 보이고 있어 원만한 신앙생활이 불가능하다고 비판하고 있다. 이는 통합해야 할 부분이지 선택적인 것이 아니라는 것이다. 그것은 '분열된 교과목을 하나로 통합하자'는 구호로 드러난다.

끝으로 박중빈은, 수천 년 계속돼온 등상불〔佛像〕 숭배 방식을 폐기할 것을 주장한다. 이는 실로 파천황의 선언이었다.

농부가 농사를 지어놓고 가을이 되고 보면, 뭇 새로부터 농작물을 보호하기 위하여 인형 허수아비를 만들어 새가 꼬이는 논밭에 세워둔다. 그러면 그 새들이 허수아비를 보고 놀라며 며칠 동안은 오지 않다가 저희들도 또한 각가지로 시험을 해보아 알아냈는지, 필경에는 달려들어 농작물을 해치며 쪼아 먹다가 허수아비 위에 올라앉아 쉬기도 하고 혹은 똥도 싸며 유희장같이 사용하지 않던가. 이로 보건대, 미물에 불과한 날짐승도 허수아비의 정체를 알거든, 하물며 최령한 사람으로서 저 동작 없는 인형에 불과한 불상을 이천 년 가까이 모셔보았으니 어찌 각성이 없으리요? 만일 각성이 생겨난다면 무상대도의 교리는 알지 못하고 다만 그 한 방편만 허무하다 하여 이해 없는 여러 사람에게 악선전을 하는 사람이 많을 것이다. 그렇다면 이것이 참된 불교 발전에 어찌 장해가 되지 않을 것인가? 또한 존엄하신 불상을 방방곡곡에서 여러 사람이 영업 목적으로 삼아 사용하며 각자의 생계 수단을 삼으니 이것이 어찌 부처의 제자로서 할 도리인가.

박중빈은, 직업 없는 승려가 불상을 악용하여 불공을 유치하고 매불 행위를 함으로써 신성한 도량이 영업집이 되고, 사이비 불자가 불상을 매개로 영리만 취하여 불법의 본질이 왜곡되는 것을 개탄했다. 그리고 내친김에 법신불의 표상인 일원상을 신앙의 대상과 수행의 표본으로 모실 것을 그 대안으로 제시하였다.

초당을 찾는 사람들로는 영광 제자, 증산계 신도, 승려 등 다양한 신분의 인물들이 있었지만, 인근 주민들도 종종 찾아왔다. 큰 도인이 계시다는 소문이 나서 단지 호기심으로 찾아오는 사람들도 있고, 무언가 간절한 소망을 가지고 부탁을 하러 오는 사람들도 있었다. 그중엔 독립운동에 뜻을 둔 이들도 있었다. 한번은 부안에서 대여섯 젊은이가 찾아왔다.

"선상님! 저희는 독립운동을 헐라는 청년들인디, 선상님께서 큰 도인이란 소문을 듣고 찾아왔습니다. 도인이시라먼 분명히 범인과 달븐 능력을 가지고 기실 것잉게 부디 우리 지도자가 되아주십시오."

열혈 청년들은 박중빈이 자기들을 이끌고 독립운동에 앞장서기를 간청하였다.

"큰 바다 물고기를 잡을라는 어부가 몽뎅이를 둘러메고 물로 뛰어들면 몇 마리나 잡을 성싶나?"

청년들은 어리둥절하여 박중빈의 얼굴만 쳐다보았다.

"나는 오대양 고기를 오만 년 동안 잡을 큰 그물을 짜고 있는 중이라네."

박중빈은 그들의 멍한 얼굴을 보며 재미있다는 듯 빙그레 웃었다. 그들은, 무언가 모르지만 이 도인이 자기들과는 차원이 다르다는 것을 어렴풋이 느꼈다.

"그러먼 나라가 망했는데도 저희는 가만히만 있어야 옳다는 말씀입니까?"

"물에 빠진 사람을 구헐라는 사람은 시엄(헤엄)을 칠 줄 알아야 허네. 급헌 맘에 앞뒤 가리지 안허고 텀벙 뛰어들면 같이 빠져 죽는 수뿐이 없지 안허겄능가? 자네덜은 지금이라도 늦지 안헌게 시엄을 먼첨 배워야 헐 것이구만!"

그들은 풀이 죽어 코가 쑥 빠진 채 물러갔다.

하루는 군내 진서면 사는 박 주사(朴主事)라는 노인 부부가 실상사를 찾아오는 길에 초당 마당으로 들어섰다.

"노인장께선 어딜 가시는 길이시다요?"

먼 길에 지친 모습, 그늘진 얼굴을 보면서 박중빈이 먼저 말을 걸었다.

"야, 실상사 가는 길인디 헐각도 헐 겸 물이나 한 바가치 얻어묵고 갈라고 들어왔지라우."

"실상사는 뭘라 가신다요?"

노인이 머뭇거리며 말을 아끼는 빛이 역력한데, 보다 못한 노파가 옆에서 거들었다.

"지가 솔직이 말허지라. 지덜이 외아들에 메누릴 봤는디, 언청(워낙) 뱀뱀이가 없는 지집이라 시부모를 문문히 보아갖고 매사 엇나가고 만당께라. 속앓이를 허다허다 실상사 부처님이 영험허시다 항께 거그나 가 빌어보자고 쎄빠지게 오지라. 모도 전생의 죄겄지라우?"

말하는 품을 보니 고부간 갈등으로 맘고생이 얼마나 심한가 짐작이 갔다.

"아들, 메느리 금실은 좋습디여?"

"좋다마다요. 그 자껏이 지 지집이라면 꿈뻑 죽는당께요."

노파는 며느리와 한통속인 아들한테도 유감이 적잖은 눈치다.

"손주는 보셨능가요?"

"야, 그러게 봤지라. 손지놈이 지 에밀 쏙 빼다박지 안혔겄어라!"

"즈그덜끼리 금실 좋고 손주꺼정 있응게 갈라스게도 못 허고 솔찬히 속이 타시겄구만요."

"암만요! 속 몰리는 사람덜은 메누리 얻고 손주 보고 좋겄다고덜 혀쌓는디, 알고 보면 우리 안안팍이 징허게 시집살이 허고 있지라우."

영감이 마누라 말에 '옳제!' 하는 심정으로 맞장구를 치더니, 안팎이 경쟁하듯 며느리의 험담을 늘어놓기 시작했다. 박중빈은 그 집안 꼬락서니를 가히 알 만했다.

"그런디 두 분은 살아 있는 진짜 부처님을 집에 두고 이 먼 길에 뭐 땀시 죽은 부처, 가짜배기 부처를 찾아오요? 차말로 딱도 허시요."

"그게 먼 말씸이다요? 살아 있는 진짜 부처님이라니?"

"아따, 두 분께 효허고 불효허는 것이 실상사 죽은 부처님 맘대로 되간요? 고건 집에 있는 메느님 맘에 달린 것이제! 그랑게 메느님이 살아 있는 부처님이라 안 허요? 불공은 실상사 부처님헌테 드릴 게 아니라 집에 있는 메느리 부처님께나 드리시지라."

박중빈은 그들을 자상하게 설득했다. 시키는 대로 하면 기필코 며느리를 효부로 만들어드릴 것이라고 장담하였다.

"불공에 들일 비발을 갖고 먼첨 메느리가 좋아헐 물건을 사다 주시쇼잉. 메느리가 어뜨케 허든지 싫은 소리, 잔소리는 허지 말고 잘헌 것을 찾아 추어주시고라우. 메느리가 힘들어허는 일은 도와주고 손주를 아조 많이 이뻐허시고요. 조심헐 것은, 겉으로만 시늉허지 말고 진심을 비주고, 한두 번 허다가 그만두지 말고 끝까정 정성을 들이는 것이지라. 두 분은 나를 믿고 꼭 시키는 대로만 허시게라잉?"

"야, 야! 암만요."

"몰라 그러제, 그 댁 메느님은 시상에 보기 드문 소부(효부)요. 부처님께 불공 드리드끼 백 일만 혀보셔라우. 메느님은 지금 지가 소부 아닌 것맨치로 두 분을 쇡이는 것인디 백 일만 지나믄 더는 못 버트고 소부 본색을 드러낼 것잉게 두고 보드라고요."

그들은 청풍이가 떠다 준 냉수를 벌컥벌컥 들이켜고 나서, 박중빈의 작전 지시를 귀 기울여 들으며 연신 고개를 끄덕거렸다. 그로부터 일주일 후 박 주사가 다시 나타났다.

"어쩌요? 그래 시킨 대로 불공을 허싰소?"

"암만요. 메누리가 입고 자프다든 인조견 치마저구릿감 한 벌을 떠다가 농속에 살쩨기 넣어주었지라우. 근디 좋아허기는커녕 두런두런 험시롱 신청도 안 허드랑게요. 그리서 말씸대로 우리 양주는 몰른 척허고 싫은 내색을 안 혔지라우."

"잘혔소. 일이 잘 되아갑니다. 메누리가 갖고 자퍼허든 것이 또 있습디여?"

"마느레 이애기론, 은비녀를 꽂고 자퍼허드라 히서 그놈을 사주자고 혔는디…… 아, 또 있구만이라. 저번에 삼신을 사돌라 허는 걸 못 사주었는디 그놈도 사줘보까요?"

"아믄! 사줘야지라우. 부처님헌티 백 일 불공 드리는디 그까튼 삼신, 은비녀가 대수간디요? 그런디 삼신은 발에 잘 맞어야 쓸 거인디 어쩔라고라?"

"아, 그거사 뺌어보든가 지푸락으로 몰래 메누리 신발 기럭지 허고 볼을 재갖고 가면 되지라우. 마느레 것도 그래 사줬는디…… 허허허!"

"맞소, 맞소! 손주 이뻐허고, 궂은일 도와주고, 싫은 소리 안 허고 차꼬 추어주고…… 그러큼 불공허는 법 잊지 말소. 마나님도 꼭 그리 허라 허소."

"암만요! 나보다 마느레가 더 불공을 잘 허등만요. 밥헐 때 아그 봐주고, 방에도 찔어주고, 바뿔 적엔 설거지도 대신 혀놓고 …… 속이사 열 번도 더 두비지겠지라우."

"되았소. 속이 뒤비져도 잘 참고 백 일만 버트라고 허시쇼. 역질로 말고 부처님 모시드끼 있는 정성 없는 정성 다 바치고 받드시 고라우. 내 말만 잘 듣는다 치면 박 주사 집에 복뎅이가 공으로 굴러 들어간당게요."

"선상님만 믿습니다요. 메누리만 안 그라믄 우리 집은 넘부러울 게 옳당게요."

박 주사는 그 후로도 두 번 더 찾아왔다. 처음엔 한 이레 만에 오더니 다음엔 보름 간격이 되고 다시 한 달 간격이 되었다. 그러다가 결국 소식이 뚝 끊겼다 했더니, 하루는 박 주사 내외가 짐꾼까지 얻어 푸짐한 이바지를 지우고 찾아왔다. 떡, 고기, 과줄, 과일에 약주까지, 마치 새댁의 친정 이바지처럼 정성껏 차려가지고 왔다.

"선상님 은혜가 백골난망입니다요."

"우리 집안에 경사가 났어라우."

척 볼지라도 눈에 띄게 신수가 훤해진 박 주사 내외는 연신 굽실굽실 몇 번이고 인사를 했다.

"아니, 뭔 경사가 났는디 성찬이 내 몫꺼정 있다요?"

박중빈은 내심 짐작은 가지만 짐짓 궁금한 듯 딴청을 피웠다.

"선상님 말씸대로 메누리가 산부처님인 줄은 몰르겄으나 관셈보살은 되는 것 같구만요. 일러주신 대로 부처님 받들디끼 불공을 혔드니 메누리가 영판 딴사람이 돼부렀어라우. 시방은 보살 같고 선녀 같당게요. 우리 메눌애기가 저러코롬 착허고 이쁜디 왜 우리가 그러코롬 미워혔는가 알 수가 옰등만요. 이거이 모다 선상님 덕분이지라이. 오널이 손꼽아 기둘리든 백 일 불공 막날잉게 기양 넘어갈 수가 옰어 왔어라우."

희색이 만면한 노인 내외를 보며 박중빈은 고개를 끄덕거렸다. 그는 제자들에게 말했다.

"이것이 실지불공이라 허는 것이오. 앞으로 밝은 시대가 되면, 무형의 진리 부처님에게 올리는 진리불공이 있고, 은혜가 나오는 당처에 허는 실지불공은 있으되, 불상에게 허는 형식불공은 설 자리가 없을 것이오."

석두암을 지은 뜻은

○

    박중빈이 대각을 이룬 병진년(丙辰年) 춘삼월 스무엿새로부터 네 돌이 되는 날, 그는 제자들을 초당 앞 언덕, 거북바위와 느티나무가 있는 자리로 불러 모았다.

    "날씨는 화창허고 봄꽃은 만발헝게 방에 있기보담은 바깥에 나와서 용두암도 체다보고 인장바우도 바라봄서 내 말을 듣는 것도 재미가 있을 듯허요이. 오늘은 내가 특별히 준비헌 말이 있응게 잘덜 들어두소."

    박중빈은 책상다리를 하고 앉았고, 제자들도 정좌는 하였으되 털퍼덕 주저앉아 편하게 들었다.

    "지금이 어뜬 때인고 허니, 곧 물질이 개벽되는 시대요. 그 증거를 대제라. 교통으로 볼 것 같으면, 수레가 댕기고 말이 가든 땅우게 자동차와 화차(기차)가 달리고, 새가 날고 구룸이나 떠댕기든 하늘에는 비행기가 날아댕기고, 낭구로 맹근 걸레(거룻배)나 돛단배가 뜨든 바다를 철강으로 맹근 기선 거함이 누비는 시대가 되았소. 또 전기가 발명되어서 밤도 낮처럼 밝히고, 기계를 돌려 의식주 물품을 생산허고, 통신이 발달해서 천 리 바깥에서도 옆에 앉은 드끼 말을 주고받는 시대가 아니오? 앞으로는 이 정도에 끈치지 않고 실로 상상 못 헐 문명세계가 열릴 것이요. 그나 좋아만 헐 일이 아닌 것이, 물질의 세력이 날로 융성허고 사람의 정신은 점점 쇠약해서 결국에는 사람이 물질의 종이 되고 말 것인디 이러고(이렇게) 되면 인류가 파란고해를 면헐 수 없응게 그것이 심히 걱정되는 바요."

박중빈은 듣는 이들이 짓고 있는 '이 먼 소리당가' 하는 표정을 읽고 있었다. 박중빈은 입산 후 병든 세상을 위한 처방을 마련하느라 고심하였다. 고해에 빠진 중생을 건지기 위한 그물을 짜느라고 온갖 정성을 다 기울였다. 그 그물은 결코 고원하거나 고상하지 않았고, 복잡하거나 장황하지도 않았다. 극히 쉽고 간단명료해서 유무식, 남녀노소, 빈부귀천을 가릴 것 없이 누구나 받아들일 수 있는 것이었다. 그것을 그는 사은사요(四恩四要), 삼강령팔조목(三綱領八條)이라고 불렀다. 이 그물은 굵고 튼튼하여 고래나 상어라도 꼼짝없이 걸리며, 이 그물은 코가 가늘고 촘촘하여 새우, 멸치까지 다 건질 수 있게 돼 있었다. 다만 어부가 쓰기 나름인 것이다.

"여러분, 옛 부처님은 인생을 고해라 허고 해탈허라 가르쳤고, 서양의 야소씨는 인간이 모두 죄인이라 험서 회개허라 가르쳤으나 나는 세상만물이 모다 은혜잉게 이 은혜를 알아서 보은을 허라 갈치는 것이오."

제자들은 귀 기울여 들었지만, 정작 박중빈의 시선은 제자들을 향하는 것 같지 않았다. 몇 사람 제자들을 청중 삼아 하는 것이 아니라 마치 나무랑 풀이랑 돌이랑 벌레랑 모든 삼라만상을 향해 법을 설하는 것 같았다. 어쩌면 허공을 향하여 말하는지도 모른다. 박중빈은 영광에서 이미 제자들에게 뭉뚱그려 말한 은혜를 이제 네 가지로 정리하여 설법하였다.

"나는 그 은혜를 네 가지로 말허오. 내가 네 가지 은혜라 헌게 세상에 많고 많은 은혜 중에 중요헌 네 가지를 뽑은 것으로 알지 몰르나 그게 아니요. 세상만사와 천지만물이 근본적으로는 모다 은혜이고 그걸 동서남북 나누듯 쪼개기로 허면 네 가지란 것이오.

첫째는 천지의 은혜이니, 하늘에는 해와 달과 별이 있고, 바람과 구름과 눈비가 있으므로 우리가 그 빛과 물과 공기로 살고 있고, 땅이 있으므로 거기에 의지하여 살고 있지 않소? 이것이 천지은이니, 천지는 살아 있는 만물에게 온갖 덕을 베풀지만 대가를 바라지도 안허고 생색내는 일도 없소. 이것을 무념보시라 허는 것이오. 천지께 보은하는 길은 뭣인가? 옛사람들은 음식을 장만허고 짐승을 잡아 바치며 천신지기(天神地祇)에게 제사를 드리고 복을 빌었으나 나는 이렇게 말허요. 천지보은의 길은 천지의 도를 배우고 천지를 닮아서 우리도 남에게 무념으로 베푸는 삶을 실천허는 것이 천지의 은혜에 보답허는 길이라는 말씸이오.

다음은 부모의 은혜이니, 이 세상에서 생명을 누리드락 우리를 낳아주고, 아무 심(힘)도 없는 우리가 자력을 얻을 때까지 길러주고, 무지몽매헌 우리가 사람 구실을 허드락 갈차주신 큰 은혜를 어찌 다 말로 허겄소. 부모은을 갚는 길은 효도이니 부모 살아생전 잘 봉양하고 돌아가시면 제사를 모시며 추모 정성을 바치라 헌 것이 옛 성현들의 가르침이지만 나는 그것 외에 이러고 말허요. 우리가 어려서 자력이 없을 때에 부모가 우리를 보호허고 자력을 얻드락까지 도와주싰응게 우리도 우리 도움이 필요헌 무자력헌 약자를 보호허고 도와줌이 진정헌 보은이라는 것이오. 현생의 부모만이 아니라 전생의 숱헌 부모, 또 내생에서 은혜 받을 숱헌 부모를 생각허면 삼세에 부모 아닐 분이 없을진대, 가찹고 멀고를 가릴 것 없이 약자에게 심 미치는 대로 도움을 베푸는 것이 근본적인 보은의 길이라 헐 것이오.

셋째는 동포의 은혜요. 여그서 동포라 험은 하늘과 땅의 은혜 속에 생명 가지고 사는 만물을 통틀어 갈치는 것잉게, 사람만이 아니라 금수초목까지도 우리 동포요. 옛 성경에는, 사람이 만물의 영장이니 금수초목을 맘대로 이용허며 번성허라 일렀으나 나는 이러고 말허요. 사람과 금수와 초목은 서로 돕고 살아가는 것이요 없으면 못 사는 관계라, 이런 이치를 알고 보면 은혜가 끝이 없응게, 그 은혜를 갚기로 허면 서로 도움서 사는 것이오. 내 욕심, 내 이익만 챙길라 들면 서로 손해 보고 서로 고통을 줄 뿐이오. 자리이타가 바른 길이라는 것이오.

넷째는 법률의 은혜인디, 법률이 무엇인가. 법률이란 인도정의의 공정헌 법칙을 이름이니 성현의 가르침도 법률이요 국가와 사회의 규범도 법률이니, 인간이 금수와 달븐 것은 이 법률이 있기 때문이오. 짐승은 본능에 따리고 약육강식이 질서이나, 사람은 오랜 역사를 지냄서 사람답게 사는 법을 맹글어 그 덕을 입고 살아왔소. 개인에는 수신허는 법률이 있듯이, 가정·사회·나라·세계에는 각기 그를 다스리는 법률이 있는 것이오. 우리 인류가 이를 지킴으로써 그 덕택에 세상은 안녕 질서가 유지되고 우리가 보호받으며 인간답고 자유롭게 살 수 있는 것이오. 법률이라 허면, 허라는 권장사항과 허지 말라는 금지사항으로 되아 있소. 이를 지키면 은혜가 오고 이를 어기면 죄벌이 따리게 마련이니, 법률은에 보은허는 길은 바로 권장이든 금지든 그것이 인도 정의의 공정헌 법칙일진대 그 법률을 지키고 따리는 것이오.

이 네 가지 은혜는 잘게 펼치면 종류가 무한히 만허지고 합치면 진리부처님, 곧 법신불이니 하나의 둥그런 일원상으로 나타내는 그것이 되오. 그렇게 알고 보면 삼라만상이 부처가 아님이 없소. 항상 감사허는 마음, 보은허는 태도로 만물을 부처님 대허드끼 공경허고 매사를 불공드리디끼 정성으로 혀야 되오. 이것이 세상을 건지는 법이오."

박중빈은 부모가 불민한 자녀에게 이르듯이 간곡한 음성으로 말하였고, 제자들은 또 부모의 말씀을 듣듯이 공손하게 받들었다.

박중빈은 이어서 사요(四要)˙를 들어 평등사회를 실현하는 네 가지 방법을 설하고, 삼학(三學)˙˙을 들어 수행의 세 분야를 설하고, 팔조(八條)를 열거하여 수행의 원동력이 되는 네 가지˙˙˙와 방해가 되는 네 가지˙˙˙˙를 설명하였다.

박중빈은 말을 멈추고 잠시 눈을 들어 협시불처럼 둘러선 왼편의 용두봉과 오른편의 천왕봉 쪽을 둘레둘레 바라보았다. 제자들도 스승의 시선을 따라 눈을 돌리면서도 다음에 무슨 말씀이 나올까 긴장하였다. 스승은 마지막으로 혼신의 기를 모아 또박또박 목소리에 힘을 실었다.

"불교에는 팔만사천 법문이 있고, 유가에는 사서삼경이 있고, 야소교에도 수천 마디 말씀이 있어서 인류를 구원헌다지만, 그것은 선천 이약이고 지금 후천은 그렇게 만허고 어려운 장광설이 필요헌 시대가 아니오. 진리가 본시 복잡헌 것도 어려운 것도 아니지만, 나는 이 사은사요와 삼강령팔조목으로 간이헌 법을 짤 것이요. 여러분은 그 간이헌 법을 익혀 생활에 활용허고 세상을 낙원으로 맹글어봅시다."

˙   용어의 변경이 있으나 취지는 자력양성, 지자본위, 교육우선, 공도권장 등 네 가지 덕목이다.

˙˙ 정신수양(일심공부)과 사리연구(알음알이)와 작업취사(실행공부) 등 세 가지.

˙˙˙ 믿음, 분발, 의문, 정성 등 네 가지.

˙˙˙˙ 불신, 탐욕, 나태, 우치 등 네 가지.

설법은 마무리되었다. 박중빈은 말을 마치고 몸을 일으켰다. 그리고 동쪽으로 구릉 위에 우뚝 선 인장바위를 가리켰다.

"보소! 저그 인장바우가 오늘 따라 유정허게 뵈지 않소?"

제자들은 자리에서 일어나 스승과 나란히 섰다. 신록이 싱그러운 숲을 뚫고 올연히 솟아 이쪽을 마주보는 듯한 인장바위의 인상적인 모습을 대면하였다. 이때 무슨 일인가가 일어났다고 전하는데, 확인할 수 없는 증언들이 몇 가지 있다.

어떤 사람은, 마치 바위가 하늘에서라도 떨어진 듯 우레 같은 소리가 나더니 그 소리가 용두암 병풍석에 부딪히고 나서 산골마다 메아리치는 것을 들었노라고 했고, 또 어떤 사람은 지진이 일어난 듯한 땅의 떨림을 감지할 수 있었다고도 했고, 또 다른 사람은 인장바위가 마치 도장을 꾹꾹 눌러가며 찍듯이 동서남북으로 움직움직 흔들리는 것을 분명히 보았노라고 했다. 그러나 같은 장소에 있던 사람이면서도 어떤 이는 아무 소리도 못 듣고 아무 떨림도 못 느끼고 아무 흔들림도 못 보았다며, 그런 것은 실제 상황이 아니라 단지 각자의 마음이 감응한 것일 뿐이라고 일축하였다.

박중빈은 이 교리의 핵심을 그물의 벼리라고 보아 교강(敎綱)이라고 불렀는데, 그는 이 교강을 적어 영광 제자들에게 보냈고 학명에게도 보내주었다. 이무렵 박중빈은 교강과 함께 삼강령 중 수양·연구를 훈련시키기 위해 『수양연구요론』의 초안을 썼으니, 이는 그가 당시 제자들에게 일심공부와 더불어 알음알이 위주의 공부를 시켰음을 뜻한다. 주목할 것은 이전에 정산 송규가 강증산의 딸 순임에게서 받아온 『정심요결』이 일심공부의 요긴한 자료가 되었음이다. 또한 서사가사 〈회성곡(回性曲)〉을 비롯하여 〈안심곡〉 〈교훈편〉 등을 짓고 도교적 권선서 〈감응편〉 등을 번역하여 읽혔으니, 이는 근기 낮은 제자들의 발심을 돕고 흥을 돋우어 대중 교화에 심혈을 기울였음을 뜻한다. 유식하고 혜두가 밝은 제자는 성리 공부에 흥미를 내서 재미가 진진했고, 글이 짧은 사람이나 부녀자들은 가사 부르기나 비유담 듣기를 재미있어했다.

실상 초당에 상주하는 식구들은 밭에다 작물을 가꾸고 산에서 산채와 산과를 채취하는 등 낮에는 노동을 하다가, 밤이면 참선도 하고 스승의 법문을 받드는 주경야선의 생활에 대만족을 하고 있었다. 그러나 드나드는 사람들이 많아지면서 비좁은 처소 때문에 불편함이 컸다. 일 년이 지나자 새 집을 장만하자는 의견이 심심찮게 나오더니 일이 점차 구체성을 띠어갔다. 매사에 적극적이고 열정적인 송적벽이 앞장서고 김남천, 오창건, 이만갑, 구남수 등이 뒤를 받치며 일은 착착 진행되었다. 학명화상이 나서서 초당 옆에 있는 실상사 땅을 집터로 마련해주고 목재 등 건축자재도 보조해주었다. 적벽은 축대 쌓고 터다지는 일을 주도했고, 남천은 목수 일을 했고, 오창건은 설계와 시공 감독을 했다. 이만갑과 구남수는 식량을 대고 자질구레한 비용을 자담하였다. 염주도 몫몫이요 쇠뿔도 각각이라고, 저마다 힘을 보태다 보니 유월에 착공한 일이 팔월 한가위 전에 끝났다.

기존 초당보다 북쪽, 선인봉 벼랑 기슭으로 바투 당겨 축대 위에 지어놓은 두 칸짜리 건물은 숲이 우거진 산을 등지었으되, 아래쪽에서 보면 제법 우뚝 드러난 대 위에 세운 듯 품위가 있어 보였다. 비록 초당이긴 해도 엎드린 거북바위를 곁에 거느리고 서 있는 품새가 당당해 보였고, 방 앞과 양 옆에는 마루를 붙이고 방 안쪽에는 다락을 들여 작으나마 꽤 쓸모도 있었다. 오른쪽 방은 박중빈 전용의 조실이 되었고, 왼쪽 방은 창건, 적벽, 남천 등 남자 제자가 쓰고 혜월, 청풍 모녀와 여제자들은 아래 초당을 편히 썼다.

박중빈은 이때부터 스스로를 '석두거사(石頭居士)'라 칭하면서 새 초당을 '석두암(石頭庵)'이라 명명했다. 학명은 검은 바탕에 흰 글씨로 손수 '石頭庵'이라 써서 현판을 달아주었다. 훗날에는 먼저의 초당과 석두암을 포함한 이 일대 도량을 '봉래정사(蓬萊精舍)'라 불렀다.

처소가 비좁아 월명암에 머물고 있던 송규는 석두암 신축 후 집들이를 도와준다는 핑계로 내려와서는 그대로 눌러앉았다. 학명에겐 미안한 일이지만 송규도 박중빈도 이때를 오래 기다려온 터였기에 더 미룰 수가 없었던 것이다. 송규를 중국으로 유학도 보내고 크게 키워 수제자로 삼으려던 학명은 석두암에 가서 돌아오지 않는 상좌에게 어서 올라오라고 전갈을 보냈다. 실상사를 통해서 혹은 월명암 식구를 통해서 수차례 독촉을 했다. 이쯤 되니, 그냥 버티고 있는 것이 송규로서도 불안했고, 석두거사 역시 분명한 회답을 할 필요가 있었다.

석두거사는 한만허와 함께 단풍이 물든 구곡로를 걷고 있었다. 학명을 직접 만나 입장을 전달하는 것이 예일 듯하여 나선 길인데, 중로에 실상사에 들렀더니 만허가 자기도 학명을 만날 일이 있으니 동행을 하자며 따라나선 것이다. 빽빽하던 여름 숲의 그늘로 어둑어둑하던 길이 이제는 홍색, 등색, 황색 등 단풍의 화사한 빛깔에 물들면서 한결 밝게 보였다. 계곡 물은 여름보다 한결 줄었으나 그 대신 더욱 투명하게 흐르고 있었다. 늙었어도 엄장이 틀스러운 만허가 성큼성큼 걷더니 혼잣말처럼 중얼거렸다.

"강류(江流)에 석부전(石不轉)이로다(물은 흐르지만 돌은 구르지 않도다)."

뒤에 가던 석두거사가 큰 소리로 말곁을 챘다.

"강류하처(江流何處)오(물이 흘러 어디로 가느뇨)?"

"......?"

만허는 석두의 기습에 놀란 듯 석장을 멈추고 우뚝 서버렸다. 대답을 기다리던 석두가 이윽고 먼저 말했다.

"석부전(石不轉)에 강역불류(江亦不流)로소이다(돌이 구르지 않으매 물 또한 흐르지 않습니다)."

석두는 아직도 서 있는 만허를 앞질러 두어 걸음 가다가 뒤를 돌아보았다.

"스님!"

"야?"

"석전(石轉)에 강역류(江亦流)로소이다(돌이 구르매 물 또한 흐릅니다)."

성리문답(선문답)이라면 내로라하던 노회한 만허선사, 삼십
오 세나 연하인 이 젊고 패기만만한 석두거사에게 자기가 완패했
음을 깨달았다. 월명암에 이르기까지 만허는 한 마디도 하지 않고
석두거사의 뒤를 묵묵히 따라 걸었다.

학명은 석두거사를 맞이하자 대뜸 힐난하듯 물었다.

"왜 명안(송규)일 안 데리꼬 왔소?"

"지가 데리꼬 헐 일이 있어서 그리 되었소이다."

"그라믄 은제쯤 올라보낼 것이지라우?"

"기약이 없소이다."

학명은 행여나 하던 기대가 무너지고, 진작부터 우려하던 예
상이 적중했음을 직감했다. 그는 잠시 묵묵히 있더니 마침내 체념
하듯 중얼거렸다.

"내가 쑤꾹새 새끼를 키웠구만!"

"에미 지빠귀는 복혜가 양족헐 것이외다."

"때까친지 지빠귄진 몰라도 에미 쑤꾹새가 부럽소."

뻐꾸기(쑤꾹새)가 지빠귀나 때까치 둥지에 알을 낳아놓고 오
면 지빠귀나 때까치는 제 알인 줄 알고 부화시켜 키우는데, 다 키
우고 나면 어미 뻐꾸기가 와서 제 새낄 찾아간다는 얘기에 비유해
서 주고받은 말이다. 내 제자려니 하고 애지중지하던 명안이가 이
태나 키워준 학명을 버리고 끝내 석두의 품으로 달아난 것이, 내심
줄곧 걱정하던 일이긴 했어도 너무나 아쉬웠던 것이다.

섭섭한 마음에 한동안 뜸하게 지내던 학명은 오래잖아 다시

오며가며 석두암을 들렀다. 그는 석두거사뿐 아니라 그의 제자들과도 성리문답하기를 좋아하였다. 성리란 인간의 본성을 가리키는 성(性)과 우주 자연의 이법을 가리키는 이(理)의 합성어이니, 이를 연구하고 직관하여 적실히 드러내는 문답은 지혜를 연마하는 핵심인 동시에 이를 통하여 깨달음의 정도를 가늠할 수 있는 척도도 되는 것이다. 그러나 석두는, 학명의 성리문답이 성리의 본질에 접근하는 방법이기보다는 형식논리에 집착하여 관념유희나 재치문답으로 흐르고 있지 않은가 싶어 못마땅했다. 더구나 제자들의 공부 길을 오도할까 우려가 되었다.

하루는 학명이 찾아오는 것을 본 석두가, 절구질을 하고 있던 청풍이를 불러 넌지시 몇 마디 일러두었다. 학명을 반가이 맞이하고 나서 슬쩍 한마디 던졌다. 미끼였다.

"스님! 저그 방에 찧고 있는 청풍이가 어리긴 혀도 도가 무르익은 것 같소이다."

물색 모르고 낚싯밥을 덥석 문 학명은 청풍이를 시험하고자 곧장 다가가서 큰 소리로 외쳤다.

"한 발도 띠지 말고 도를 일러라!"

눈치 싼 청풍이는 절굿공이를 하늘로 치켜든 채 멈추고 있었다. 그러자 학명은 말없이 방으로 들어왔고 청풍도 묵묵히 그 뒤를 따라 들어갔다. 학명이 이번엔 벽에 걸린 달마상을 가리켰다. 석두거사가 월명암서 나와 딴살림을 차릴 때 학명이 손수 그려 보낸 바로 그것이었다.

"저 달마상을 걸릴 수 있겠느냐?"

"야, 걸릴 수 있어라우."

청풍이 당돌하게 대답했다.

"좋다. 글먼 걸려보그라!"

청풍이 서너 걸음 걸어가자 학명은 무릎을 쳤다.

"십삼세각(十三歲覺)이로다. 열세 살배기가 견성을 혔어!"

학명은 청풍에게 견성 인가를 내리며 감탄을 거듭했다. 석두
거사는 옆에서 빙그레 웃고만 있다가 청풍이를 내보내고 말했다.

"스님! 견성허는 것이 말에 있지도 안허고 없지도 안허지만,
앞으로는 그런 방식으로 견성 인가를 내리지 못헐 것이외다."

석두거사는, 실상사를 왔던 길에 해탈 도인이 있다는 소문을
듣고 찾아오는 나그네 스님과도 곧잘 성리문답을 했지만, 상리에
벗어난 유별난 연출, 이른바 격외 선문답은 하지 않았다. 실상사
에서 머무는 선승 하나가 석두암을 찾아와서 물었다.

"'세존께서 도솔천을 여의지 아니하시고 이미 왕궁가(王宮
家)에 내리시며, 어머니 태중에 있으나 중생 제도하기를 다 마치
셨다' 하니 그것이 무슨 말씀이지요?"

석두거사는 담담하게 말했다.

"스님은 실상사를 여의지 않고 이미 석두암에 있으며, 석두암
에 있으나 중생 제도를 다 마쳤소이다."

한번은 금강산에서 왔다는 선승이 석두거사를 찾아왔다.

"스님께선 무신 일로 여까지 오시니라고 욕을 보시오?"

"예, 도를 듣고자 합니다. 도 있는 데를 일러주소서."

석두거사는 잠시 뜸을 들인 뒤 조용히 말했다.

"도가 스님 묻는 디 있소이다."

선승은 두 말 않고 예배한 후 물러갔다.

외인으로 석두암을 자주 찾기로는 학명만 한 이가 드물었다. 그는 박중빈의 인물을 알아보았고, 그래서 늘 안타까워했다. 저만한 인물이 이런 산속에서 세월만 축내며 썩어가는 것이 얼마나 아까우냐.

"석두거사! 나는 기왕 출가헌 몸잉게 산중을 떠날 수 없소만, 거사는 굳이 이 산속에서 은둔헐 일이 뭣이라요? 시상에 나가서 중생 제도를 허시구려. 세불아연(歲不我延)이라, 세월은 기둘르지 않소이다."

"천하의 선승 학명 대선사께서, '세존(世尊)이 미리도솔(未離兜率)에 이강왕궁(已降王宮)허시고 미출모태(未出母胎)에 도인이 필(度人已畢)허싰다(세존은 도솔천을 여의지 아니하시고 이미 왕궁가에 내리시며 모태 중에 있으나 이미 중생 제도하기를 마치셨다)', 그 첫째 공안(선문염송, 제1칙)도 아직 못 푸셨등가요? 허허허……."

"왜 이러시나, 석두거사? 지금은 말법시댄디 강태공이 낚시질 허듯 때나 기둘르고 있으면 되간요? 나라와 백성이 이러코롬 도탄에서 헤미는디 지도자 될 사람이 폴짱을 끼고 있다면 이것은 자비가 아니제요 잉?"

"스님! '임연양어(臨淵養魚)는 불여퇴결망(不如退結網)이라 (못가에서 물고기 못 잡는 걸 걱정이나 하고 있느니 물러가 그물을 짜라)', 그 말씀은 또 어처코 생각허십니껴?"

학명은 끝내 석두거사의 태도를 수긍할 수 없었던지 월명암으로 올라간 뒤 인편에 시 한 수를 보내왔다.

透天山絶頂 歸海水成波
(투천산절정 귀해수성파)
不覺回身路 石頭倚作家
(불각회신로 석두의작가)

하늘을 뚫고 솟은 산의 절정이여
바다로 돌아간 물은 파도를 이루도다
몸 돌이킬 길을 깨닫지 못하니
돌머리에 의탁하여 집을 지었구려

석두거사는 빙그레 미소 짓고 나서 바로 붓을 들었다.

絶頂天眞秀 大海天眞波
(절정천진수 대해천진파)
復覺回身路 高露石頭家
(부각회신로 고로석두가)

절정이 빼어남도 천진이요

대해가 출렁임도 천진이로다

몸 돌이킬 길을 다시 깨달았기에

돌머리에 집이 높이 드러나도다

왕래하는 남녀 제자들은 계속 불어났는데 그중에 주목할 인물들을 몇 열거하면 다음과 같다.

시창 5년(1920)에 찾아온 문정규와 박호장은 둘 다 전주 사는 이들로, 송적벽의 안내를 받아 인연이 되었다. 이 가운데도 문정규는 본래 곡성 사람이나 전주에 자리 잡아 한의사로 입신했다. 그는 성리 공부에 재미를 붙여 오십팔 세의 고령임에도 매월 실상동으로 찾아와 이틀 사흘씩 유하면서 가르침을 받들고, 학명 등의 승려들과도 선문답하기를 즐겼다.

같은 해 오월에, 이만갑이 원평에 갔다가 오는 길에 자기 또래의 여자 하나를 데리고 왔다.

"선상님, 지가 오늘 큰 괴기 한 마릴 낚아 왔습니다요."

만갑은 여인을 소개하기에 앞서 우스갯소리부터 했지만, 석두거사는 이 여인이야말로 큰 인물임을 금세 알아보았다. 여인은 경남 통영의 부유한 집안에서 태어나 곱게 자라 열여섯에 이씨 문중으로 출가하여 아들 둘을 낳고 살았으나, 천성이 활달하고 구속을 싫어하였다. 서른 살에, 매여 지내는 가정생활에 결별을 고했다. 보따리 하나를 꾸려들고 황아장수로 돌아다니던 그녀는 전라도에 이르러 증산교에 입문하고 몇 해 동안 도꾼 생활에 빠져 있었다.

"지가 흠치흠치 태을주를 외면서 오륙 년 지냈는데, 요새는 자꼬 허무하단 생각이 들어 심란하던 판이었어예. 우연히 이 친구를 만났더니 변산에 생불님이 기시다 안 캅니까! 그래 혹시나 하고 따라왔는데 인자 뵈니 지가 다리품 판 보람이 있는갑십니더. 부대 거두어주시이소."

이 여인은 며칠 머무르며 법설을 받들고 그 사는 모습을 보더니, 석두거사의 고결한 인품에 매료당했다. 미적지근한 것을 싫어하는 그녀는 원평과 변산을 왕래하며 온갖 신성을 바쳤는데, 앞서 온 구남수나 이만갑을 뺨칠 정도였다. 그 신성에 대한 평가는 다음 일화로 잘 드러날 것이다.

대종사 석두암에 계실 때에, 장적조, 구남수, 이만갑 등이 여자의 연약한 몸으로 백 리의 먼 길을 내왕하며 알뜰한 신성을 바치는지라, 대종사 기특히 여기시어 말씀하시기를 "그대들의 신심이 이렇게 독실하니 지금 내가 똥이라도 먹으라 하면 바로 먹겠는가" 하시니, 세 사람이 바로 나가 똥을 가져오는지라, 대종사 "그대로 앉으라" 하시고 말씀하시기를 "그대들의 거동을 보니 똥보다 더한 것이라도 먹을 만한 신심이로다. 부디 오늘 같은 신성으로 영겁을 일관하라." (대종경, 신성품 13)

신바람이 나서 이리저리 다니며 석두거사 홍보에 열중하던 그녀는 처음에 풍(風)이라는 법명을 받았으나 너무 설치고 다니는 것을 경계한 석두거사가 이내 법명을 적조(寂照)라고 고쳐주었다. 이후 그녀의 활동상은 눈부시게 펼쳐졌다.

시창 6년(1921) 구월에는 사십육 세의 한학자 이지영(李之永)이 찾아와 뵙고 즉석에서 십오 세 연하의 청년 석두거사와 사제지의를 맺으니, 그의 법명은 이춘풍(李春風)이다. 그는 정산 송규의 외사촌형으로, 고모부 송인기(법명 碧照)가 일가를 거느리고 고향 성주를 떠나 낯선 땅 영광으로 이사한다고 하자 펄쩍 뛰며 말렸었다. 끝내 고모부가 처(이운외), 며느리(여청운), 작은아들(송도성)뿐 아니라 칠십 세 노친 송성흠(법명 薰勳)마저 모시고 가는 것을 본 그는, 전라도 사교에 홀려 고향을 버린 고모네를 구하겠다고 결심하고 영광으로 찾아왔다. 고모부 송인기는, 당장 담판이라도 할 듯이 달려온 조카를 설득하여 봉래정사에 머무는 석두거사에게로 끌고 갔다. 공자를 하늘처럼 숭상하던 유학자 이지영은, 석두거사야말로 공자의 후신이라는 생각이 들었다. 결국 이춘풍으로 거듭난 그는 고향으로 내려가더니, 그해 섣달에 아내 정삼리화와 딸 경순, 정화 등 전 가족을 이끌고 부안으로 이사를 했다. 그는 스승의 뜻을 따라 곰소만 연안인 종곡에 집을 장만하였는데, 이후로 춘풍의 집은 영광과 변산을 오가는 제자들의 중간 연락처이자 기숙처가 되었다.

석두거사를 따르는 제자들의 신성은 놀라운 것이었지만, 그 신성에 한계가 있다는 것, 그 신성이 건전한 것만은 아니었다는 것을 입증한 사건이 있다. 그것은 열혈 중년 송적벽에게서 터졌다.

어느 날 저녁, 석두는 저녁상을 받고 수저를 들지 않았다.

"선상님, 먼 일로 진지를 안 드시지라우?"

상을 올린 김혜월은 말할 것도 없거니와 송적벽과 김남천을 비롯하여 남녀 제자들이 모두 걱정스러워했다.

"내가 이 궁벽헌 산속에서나마 그동안 잘 지내온 것은 적벽과 남천의 도움이 큰디, 지금 기운 뜨는 것을 봉께 두 사람이 크게 다툴 상이오. 오늘 밤에는 쌈을 허고 내일 해가 뜨기 전에 떠나갈 팅게 내가 밥을 묵고 싶은 생각이 없어졌소."

김남천과 송적벽은 적잖이 난처한 표정이었다.

"지덜 새이가 벨나게 다정헌디 무신 일로 맘이 쫌 상헌들 쌈까정 허겠어유. 혹 싸우기로서니 스승님 슬하럴 떠나기사 허겠어유?"

적벽은 남들 보기 민망해서 얼굴을 벌겋게 달구면서도 웃음을 띠고 어이없다는 듯이 말했다. 남천도 웃음을 띠고 거듭 공양 들기를 권했다.

"아무리 속이 상허더라도 지덜이 슬하를 떠날 일은 읎을 팅게 안심허시고 어여 공양에 응허시쇼. 넘덜 보는디 우세시룹지라오."

"두 사람이 지금 헌 말을 믿어도 되겠소? 다짐헐 수 있소?"

"허다마다요."

"염려 놓으씨요야."

석두거사는 고개를 끄덕이고 나서 태연히 저녁을 들었다. 몇 시간 후, 깊은 밤이었다. 아랫방에서 송규와 오창건이 스승을 모시고 자고 있을 때 윗방에 있던 두 사람이 갑자기 격렬히 다투는 소리가 들렸다. 오창건이 건너가서 싸움을 말리려 하자 송규가 그를 붙잡았다.

"가만두십시오. 말려서 될 일이 아닙니다."

새벽에 좌선이 시작되었다. 남녀 제자들이 함께하는 참선은, 석두거사의 체험적 관점에서 승려들의 것과는 차별이 있었다. 그는 선가에서 흔히 하듯 화두를 잡고 씨름하는 간화선은 대중적이지 못하다고 비판했다. 근본적으로 화두에 의심이 걸리지 않는 사람은 선을 괴로워하거나 아니면 쉽게 졸음에 빠질 뿐이고 실익이 없다고 보았다. 그러면서 그는 수승화강(水昇火降)의 원리를 전제로 하여 단전에 기운을 주하는 단전주선(丹田住禪)을 주장하였다.

대범 좌선이라 함은 마음에 있어 망념을 쉬고 진성을 나타내는 공부이며, 몸에 있어 화기를 내리게 하고 수기를 오르게 하는 방법이다. 망념이 쉰즉 수기가 오르고 수기가 오른즉 망념이 쉬어서 몸과 마음이 한결같으며 정신과 기운이 상쾌하리라. (정전)

그는 제자들의 좌선 훈련을 위해 세심하게 마음을 썼다. 방석을 깔고 편안히 앉은 후, 머리와 허리를 곧게 하여 앉은 자세를 바

르게 하라. 호흡을 고르게 하되 들숨은 길고 강하게 하며 날숨은
짧고 약하게 하라. 눈은 뜨고 입은 다물라. 다리가 아프면 바꿔 놓
으라. 몸은 가려워도 긁지 마라. 고이는 침을 때때로 삼켜 내리라.
정신은 항상 고요히 하되 초롱초롱히 깨어 있으라.

적벽과 남천은 좌선에 참석하지 않았다. 적벽이 남천에게 말
했다.

"스승님을 잘 모시게. 나는 더 머물를 염치가 없응게 떠나지
만, 언제 다시 올랑가는 몰르겠네."

적벽은 바깥마당에서 스승이 있는 곳을 향해 하정배로 큰절
을 올리고 총총히 사라졌다. 떠나는 적벽의 뒷모습을 바라보는 남
천의 마음은 착잡하기 이를 데 없었다. 둘도 없는 도반이라고 믿었
던 적벽인지라 그가 없는 봉래정사는 갑자기 정이 뚝 떨어지는 것
만 같았다. 그러나 적벽을 붙잡지는 않았다. 적벽이 석두거사에
대해 가지는 불만은 해묵은 것으로 남천에게만은 그 불만을 숨기
지 않고 털어놓았었다. 그 불만을 무마시키는 데 한계를 느낀 남천
이 모처럼 야멸찬 소리를 한 것이 적벽에겐 큰 상처가 된 것이다.
좌선 시간 내내 밖에서 서성이던 남천은 좌선이 끝나자 스승에게
나아가 큰절을 올렸다.

"적벽이 떠났어라우."

남천은 고개를 떨군 채 눈물을 글썽거렸다.

석두거사도 적이 마음이 쓸쓸했다. 첫 대면 때, 눈보라를 뚫
고 월명암까지 찾아와 넙죽 절하던 모습이 생생히 떠올랐다. 어려

울 때 많은 도움을 주고 힘이 돼준 사람인데 이렇게 떠나다니…….

"남천은 내가 적벽을 잡지 안헌 이유를 아요?"

석두는 남천의 눈을 정면으로 응시했다. 남천은 속마음을 들킨 듯 뜨끔했지만 이 기회에 할 말은 해야겠다고 결심했다.

"선상님! 적벽은 스승님께서 증산 선상같이로 천지공사도 허고 이적도 뵈시길 원혔어라우. 지는 적벽에게, 증산 선상으 허신 일은 사람을 현혹시키는 방편이제 정도가 아니라고 말험시렁, 그런 걸 안직도 못 잊어서 그래싸면 원평으로 돌아가불라고 나무랬지라우. 참말로 가란 뜻은 아니었는디…….."

남천은 말을 끊지 못하고 머뭇거리더니 용기를 내서 이어나갔다.

"미상불, 말이사 그래 혔지만 지도 당신님께 아수움은 있구만요. 언제까정 우리 스승님은 산속에서 이러코롬 초라허게 사시나. 큰 바람을 인나켜서 시상에 위신을 떨칠 수는 읎을까. 기적을 인나켜서 시상 사람덜이 구룸같이로 모여들게는 못 허시나. 그런 의심이 갔어라오."

"남천이! 앞엣말은 철난 말이지만, 뒤엣말은 철부지 소리요. 증산 선상과 나를 비교해선 아니 되오. 그분은 선천의 끝이지만 나는 후천의 첨이고, 그분이 떡시루라면 나는 밥솥인 까닥이오."

아침부터 비가 추적추적 내리고 있었다. 가랑잎 위로 구르는 빗물을 바라보는 김남천은 찬비를 맞으며 외롭게 하산하고 있을 적벽이 눈에 선하여 가슴이 저렸다.

하산

○

　시창 6년(1921) 구월, 석두거사(박중빈)는 정산 송규를 산에
서 내보냈다.

　"규야! 선인의 비결에 우성재야(牛性在野)란 말이 있다든디
그게 먼 소리라냐?"

　행장을 차리고 나서는 것을 보며 석두거사가 지나는 말처럼
불쑥 던졌다. 송규가 얼른 대답을 못하고 머뭇거리자, 석두는 대
답을 듣자고 한 질문은 아니었던 듯 이내 말머리를 돌렸다.

　"어디든 니 가고 싶은 대로 가보드라고. 전주에는 들르지 말
고……."

　입산 때 단지 '불경은 보지 말라'고 조건을 달았듯이, 이번에
도 '전주에는 들르지 말라'는 조건 하나만으로 하산을 명했다. 석
두암으로 옮긴 후 학명 스님의 낯을 대하기가 적이 면구스럽던 송

규로서는 일단 변산을 벗어나는 것이 홀가분하긴 했다. 그렇지만 도대체 어디로 가라는 것인지, 왜 가라는 것인지, 또 전주는 어째서 들르지 말라는 것인지 스승의 속을 알 수가 없었다. 그러나 송규는 스승의 깊은 뜻을 굳이 헤아리고자 하지 않았다.

그는 산을 내려왔다. '불경은 보지 말라'는 스승의 지시에 복종하여 월명암에선 불경을 올려놓는 경상조차 외면했던 것처럼, '전주에는 들르지 말라'는 말씀을 받든 그는 전주 쪽은 돌아보지도 않고 길을 갔다. 서쪽으로는 바다밖에 없으니 동쪽으로 정처 없이 걸었다. 반계 선생 고택이 있는 우동리를 거쳐 영전에 이르러 줄포로 갈까 하다가 배는 탈 일이 없겠다 싶었다. 고부로 해서 황토재를 넘어 정읍 땅에 들어섰다. 증산의 생가가 있는 손바래기에서 증산의 외동딸 강순임과의 인연을 추억하고, 화해리 쪽을 보면서는 김해운 모자를 그리면서 정작 발길은 태인으로 향했다. 태인지나 원평을 거쳐 걷다가 모악산을 만났으나 굳이 산으로 들어갈 이유도 없기에 기슭을 우회하였다. 다시 동쪽으로 또 걸었다. 사람들에게 물으니 북쪽으로 조금 가면 전주가 된다기에 이번에는 방향을 남쪽으로 틀어 임실 쪽으로 무작정 걸었다. 쉬다 걷다 날이 저물면 방을 빌려 자고, 끼니때가 되면 밥을 얻어먹으며 정처 없이 걸었다. 아직 햇볕이 따가운 가을 오후를 지친 걸음으로 터덜터덜 걷다 보니 발길이 관촌 사선대 근처에 이르렀는데, 길에서 우연히 스님 한 분을 만났다. 그는 회색 승복에 삭발을 한 송규의 행색을 보자, 나그네중이로구나 단정을 하고 반갑게 알은체를 했다.

"나는 만덕산 미륵사에 사요만, 스님은 어느 절에 기시다요?"

"네, 지는 변산 월명암에 있습니더."

그가 자기 이름을 지공(指空)이라 하자, 송규도 편한 대로 자기 이름을 명안이라고 소개했다.

"명안 스님은 그래, 어디로 가는 길이다요?"

못 돼도 환갑 나이가 됐음직한 지공은 자식뻘이나 될 젊은 송규에게 깍듯이 예를 차렸다.

"정처 없이 떠난 몸이지예. 발길 대이는 대로 갈 낍니더."

그러자 지공은 더욱 반가워했다.

"명안 스님! 마침 잘 되았소. 우리 절이 식구도 단출허고 조용해서 공부허긴 안성맞춤잉께 같이 갑시다."

공부다운 공부를 해본 지가 까마득한 처지의 지공이었지만, 그는, 상호가 비범한 이 젊은 승려를 데려다 두면 여러모로 덕을 볼 것 같다는 느낌이 들었다. 마땅히 갈 데도 없으려니와 미상불 사람 좋아 보이는 지공이 송규로서도 그리 싫지 않았기에 못 이기는 체 따라나섰다.

만덕산은 해발 763미터로 그리 높은 산은 아니지만, 노령산맥에 딸려 진안과 완주 두 군의 경계를 이루는 겹산이라 능선에 날이 서고 수목이 울창하여 품이 넉넉한 산이었다. 미륵사로 말할 것 같으면, 일찍이 진묵 스님이 주석한 바 있다는 것이 단 하나 내세울 거리일 뿐, 지금에 와선 한갓 이름 없는 가난뱅이 절에 불과했다. 앞니가 빠져 합죽해 보이는 지공 주지는 나이보다 더 늙어 보이는데, 맺힌 데가 없이 소탈한 성격의 호인이었다. 웃을 때면 눈이 거의 감기고, 이마에는 굵은 주름, 눈가에는 잔주름이 쪼글쪼글 잡히는 그는 어디 하나 악의가 자리할 데가 없듯이 지적(知的)인 구석 또한 약에 쓰려도 찾을 수가 없는 위인이었다. 지공은 송규의 달덩이같이 원만하고 고운 상호에도 반했지만, 그가 가지지 못한 총명한 눈빛에 매료당했던 것이다.

"하하하!"

산등을 넘다 말고 지공이 송규를 돌아보며 실없이 웃었다.

"와 웃습니꺼?"

"진묵 스님이 미륵사 기실 때 허신 말씸이라고 전해오는 거이 생각나서 그러제라."

"무슨 말씀이길래 그러시능교?"

"'가승(假僧)은 입산(入山)허고 진승(眞僧)은 하야(下野)헌다(가짜 중은 산으로 들어가고 진짜 중은 속세로 내려간다).' 그라셨다 안 허요! 변산에서 하야헌 명안 스님은 진짜 중이었는디 만덕산으로 입산허는 바람에 가짜 중이 되아부렸응게 우습지라우. 하하하!"

아하! 송규는 번쩍 정신이 들었다. 떠나올 때 스승님이 수수께끼처럼 던진 '우성재야' 의두(疑頭)가 일시에 풀렸다. 소는 수도인의 비유이니 우성(牛性)이란 사람의 심성이렷다. 산이야 호랑이나 스라소니가 살 데지 어찌 소가 머무를 곳이랴.

"잠시만 스라소니 탈을 쓸 기라예."

"먼 말이지라우?"

송규는 말없이 웃기만 했다.

미륵사에 머문 지 채 한 달이 못 되어 '미륵사에 생불이 계시다'는 소문이 나면서 시주꾼들이 모여들었다. 궁벽한 빈찰에 전에 못 보던 재주(齋主)들의 발길이 바빠지고 때 아닌 불공 요청이 많아졌다. 지공 주지로선 명안 스님이 복덩이였다. 이 무렵 대단히 중요한 인물이 송규에게 다가왔으니, 그가 바로 최인경이라는 여인이다. 이 여인은 향후 석두거사의 교화사업에 직간접으로 중대한 역할을 하게 되는데, 그녀의 인생은 남다른 데가 있었다.

전북 임실군에서 딸만 일곱이 있는 집의 여섯째딸로 태어난 그녀는 일곱 살 때 부친을 여의고 홀어머니 슬하에서 살았다. 자라면서 불행히도 위로 자매들이 모두 죽고 끝내는 아래 일곱째와 그녀, 둘만 남았다. 그녀는 어려서 동네 어른들이 고소설 읽는 것을 귀동냥으로 종종 들었던 모양인데 아홉 살 때 마침『소대성전』읽는 것을 어깨너머로 들을 기회가 있었다. 소대성이 불우한 운명의 고비에서 청룡사 노승 백운도사를 만나 큰 인물이 되어 성공하는 것을 보자 자기도 그런 큰 스승을 만나 인생의 꿈을 유감없이 펴보았으면 하는 소망을 키우게 되었다. 그러나 그녀는 한갓 아들 없는 집의 큰딸로서, 열세 살 어린 나이에 집안에서 부리던 머슴의 짝이 되었다. 남자 없이 광작하기가 버겁던 어머니는 착실한 머슴 조성옥(법명 大盡)을 놓치고 싶지 않아 그를 데릴사위로 들인 것이다. 그로부터 아들 하나, 딸 하나를 낳고 살았으나, 인생에 대한 회의

와 고뇌 끝에 일찍이 도꾼의 소질을 키워가고 있던 그녀는, 단지 부지런하고 일밖에 모르는 남편에게 깊은 정을 느낄 수가 없었다.

최인경은 자신의 인생을 비관하고 세상살이가 싫어져서 스물여덟 살 때 동네 방죽에 몸을 던졌다. 때마침 지나가던 여승에게 발견되어 목숨을 건지자, 이로부터 그녀는 여승을 따라 집을 나섰다. 서울 두뭇개(성동구 옥수동)에 있는 종남산 미타사에서 머리를 깎았다. 이 년간 날마다 천 배를 하면서 도를 얻고자 몸부림쳤으나 진전이 없자 다시 계룡산으로 옮겼다. 동학사에서 나반존자 주력을 지성으로 독송하며 효험을 보려 하였으나 그도 신통치 않았다. 그녀는 마침내 환속하여 전주로 왔고, 이번에는 증산도에 입문하여 여러 해 동안 도를 닦았으나 거기서도 역시 마음이 부쩝을 못했다. 그 후로도 영험 있다고 하는 기도처를 순방하고 도통하였다는 도꾼을 찾아 여러 곳을 방황하였으나 모두가 헛수고임을 알았다. 그녀는 결국 스스로 독공하기로 마음먹고 고향 가까운 만덕산에다 초막(산신각)을 짓고 기도생활을 하는 한편, 생계를 위해 전라도 일대를 누비고 다니며 비단 장사를 하였다.

그녀는 미륵사(만덕산)에도 자주 들르며 화주임을 자처하였는데, 새로 온 젊은 스님 명안(송규)을 보자 그 선풍도골의 풍모와 단정한 상호에 홀딱 반해버렸다. 그녀는 제 나름의 오랜 수도과정에서 터득한 안목으로, 이분이야말로 생불일 것이라고 직감하고 아들 또래의 명안 스님을 극진히 시봉하였다. 최인경은 명안의 낡은 옷을 보자 승복을 새로 지어드리자고 마음먹었다. 거래하던 포목점에서 감을 끊어다가 정성껏 마름질을 하고 박음질을 해서 이레 만에 면누비 바지저고리 한 벌을 짓고, 따뜻이 햇솜을 두어 목도리와 버선까지 평상복 일습을 장만하였다. 또 돈이 되는 대로 다음번에는 가사, 장삼까지 마련해드리기로 혼자 다짐하였다.

이 무렵 송규는 석두거사가 보낸 편지를 받았다. 저번에 마침 인편이 있기에 그간의 경위와 생활상을 낱낱이 보고하는 서찰을 보냈는데, 그 답장으로 보름 만에 스승님의 친서를 받고 보니 반갑기 그지없었다. 개봉한 서찰에는 이렇다 할 사연도 없이 다만, '그만허면 되았응게 인자 돌아오니라' 하는 짧막한 글귀가 있었다. 송규는 스승님의 친서를 읽는 즉시 미륵사를 떠날 채비를 했다. 지공 주지에게만 짧막한 하직의 글을 남겨놓았을 뿐 아무도 모르게 빈 몸으로 절을 빠져나와 스승이 계신 부안을 향해 발걸음을 재촉했다. 때는 시창 7년(1922) 이월 보름경이었다.

"어째서 도성이가 안 보이는고?"

석두거사는 청풍이에게 물었지만, 옆에 있던 문정규가 먼저 대답했다.

"도성이는 아까참에 다기(茶器) 씻치러 시암에 안 갔능가요?"

"그러게 말이제. 한 시간은 실히 되았을 거인디 오들 안헝게 궁금해서 허는 말이제."

"지가 시암에 가보겠어라우."

"오냐, 좀 가보그라."

댕기머리를 좌우로 흔들며 용두암 쪽 숲 속으로 사라지는 청풍이의 꼭뒤를 보며, 석두는 도성이가 부모 따라 영산으로 와서 처음 상면하던 때의 일이 문득 떠올랐다. 시창 4년 구월이니까, 송벽조와 이운외의 둘째아들이자 송규의 하나밖에 없는 아우인 도성이는 아직 열세 살 나이였다. 그 어린 도성이 석두거사를 보자 대뜸 이렇게 말했었다.

"부족하나마 지를 제자로 삼아주시이소."

"제자가 되겠다고? 어린 니가 어처코 그런 맘을 냈느냐? 아부니가 시키시드냐, 아니먼 성이 그리 허라드냐?"

"아바이가 시키신 것도 아니고 성이 그리 카라 한 적도 없심더. 오로지 지 마음이 내킨 일임더. 부심자(夫心者)는 지광지대물(至廣至大物)이니 수련정신(修練精神)하여 확충기지대지심이이(擴充其至大之心而耳)임더(마음이라는 것은 지극히 넓고 지극히 큰 것이니 정신을 수련하여 그 지극히 큰 마음을 넓히어 충실하게 할 따름입니다)."

네 살 때부터 조부 송성흠의 지도로 글을 익혔고, 자라면서는 형과 함께 당대의 거유(巨儒) 송준필에게서 그 총명을 인정받았다는 말이야 들었지만, 석두거사는 그가 범상한 인물이 아님을 첫눈에 읽어냈다. 『맹자』에 나오는 문자를 거침없이 인용하는 솜씨도 대견하기 이를 데 없었다.

"니 본명이 도열(道悅)이라 힜것다. 니가 이미 도의 성품을 알았응게 길 도 자, 성품 성 자 도성(道性)이라 불르자."

그 후 석두거사는 어린 도성이를 사랑하여 알뜰히 챙겨주었지만, 미처 두 달이 못 돼 변산으로 떠나오고 말았다. 못 보고 지낸 지가 이태도 넘은 지난해 섣달 열여드렛날, 이 신통한 아이가 봉래정사로 찾아온 것이다. 나이도 곧 열여섯이 되겠지만, 그새 코밑에 수염발이 가뭇가뭇해질 만큼 성숙해 있었다.

"도성이 너, 여가 어딘 줄 알고 들어왔냐. 어린 니가 얼매나 고상을 헐라고 여까정 왔단 말이냐."

석두거사는 대견하고 반가우면서도 짐짓 꾸중을 했다. 그러자 그는 미리 준비한 종이를 내놓고 자기가 쓴 출가시를 바쳤다.

獻心靈父 許身世界
(헌심영부 허신세계)
常隨法輪 永轉不休
(상수법륜 영전불휴)

마음은 영부께 바치고 몸은 세상에 내놓아서
항상 스승님의 법륜을 따라 영원히 쉬지 않겠나이다

청풍이가 앞장서서 쫄래쫄래 오고, 그 뒤를 도성이가 머리를 수그린 채 따라왔다.

"오라바니가 다기 주전자를 깨고 면목이 읎응게 못 돌아오고 있었지라우. 네레찐(떨어진) 꼬투래기를 대보고 붙였다 뗐다 험시렁 기양 앉아 있드랑께요!"

청풍이가 풀 죽은 도성이를 힐끗거리며, 반 동정 반 조롱 투로 말했다. 워낙 지망지망한 성격이 아닌데 어쩌다 그런 실수를 했냐며 문정규가 혀를 끌끌 찼고, 거기다 석두거사가 한마디 핀잔을 보탰다.

"아따! 도성이 저 머시메를 어따 쓴다냐. 뭐 하나 헐 줄 아는 기 없응게 시킬 일도 없고만그랴."

이렇게, 할 줄 아는 것이 없다고 꾸중 듣던 송도성이 심부름 차 월명암을 두어 번 다녀오더니 웬일로 틈만 나면 남몰래 붓장난을 하는 눈치였다. 석두거사가 한번은 도성을 불러 물었다.

"도성아, 너 요새 붓장난을 허는 모냥인디 뭣을 허냐?"

도성은 나쁜 짓을 들킨 듯 움찔하더니 조심스레 대답했다.

"월명암에 올라갔을 때 보이 학명 스님께서 달마도를 그리시는 기 재미있어 보여 그걸 숭내냈심더."

"그려? 어디 니 솜씨 좀 보자."

가져온 그림을 몇 장 보고 난 석두거사의 얼굴에 절로 미소가 번졌다.

"지법이구나. 그런디, 스님은 늙은 달마만 그리시고 너는 젊은 달마만 그리는구나!"

달마도 감정을 받을 겸 송도성이 가끔 월명암으로 나들이하는 걸 허용했는데, 하루는 학명이 오더니 석두에게 엉뚱한 제의를 했다.

"거사! 앞전에 내가 이태를 키운 명안이를 데레가서 안 돌려 보냈게 오늘은 내가 그 보상을 받아가야 쓰겄소."

"무신 말씸이다요, 스님? 보상이다 허면?"

"명안이는 못 보낸당께 그 아는 그렇다 치고, 대신 도성이를 주소. 꿩 대신 닭이라는디 저 아그라도 나한테 보내시오."

학명이, 말이야 '꿩 대신 닭'이라고 했지만, 몇 차례 만나 달마도를 가르치면서 도성이 제 형에게 그다지 처지지 않을 법기(法器)임을 간파한 것이다. 내심으로는 도성이만 얻으면 명안이와 바꾸어도 별로 손해 볼 게 없다고 계산을 하고 있었다. 그러나 석두거사의 대답은 완곡하되 단호했다.

"그리는 안 되겠구만이라. 나도 인자 시봉을 받고 싶은디, 도성이는 내 시자(侍者)지라오."

미륵사의 명안 스님, 송규가 마침내 봉래정사로 귀환했다. 송규는 스승님을 다시 뵙고, 동지들을 만나게 되어 기뻤다. 게다가 그립던 아우 도성이 입산하여 의젓하게 시자 노릇을 하고 있는 것이 대견하기 이를 데 없었다. 하지만 자신의 이번 나들이가 무엇을 뜻하는지, 어떤 소득이 있었는지 그는 아직도 알 수가 없었다. 며칠 후, 어떻게 알고 왔는지 최인경이 봉래정사를 찾아왔을 때, 그는 비로소 석두거사의 보이지 않는 손이 쓴 각본이 있음을 어렴풋이 짐작하였다.

"스님! 이게 어츠케 된 일이제라우?"

마침 송규가 땔감을 한 짐 해서 지고 돌아오는 길이었다. 언제부턴가 길목을 지키고 기다리던 최인경은 송규를 만나자 허리를 기역자로 구부려 합장을 하였다. 그녀는 자기가 생불님이라고 믿고 있는 고귀한 스님이 후줄근하게 낡은 승복에다가 땔나무를 해서 지고 내려오는 모습을 보고 충격을 받았다. 대중의 우러름을 받던 미륵사를 버리고 숨듯이 온 데가 고작 이렇게 홀대받는 곳이었던가. 도대체 누가 이 귀한 어른을 이렇게 머슴처럼 함부로 부린단 말인가.

"갑재키 스님이 종적을 감추셔서 주지 스님이랑 대판 싸우지 안혔었어라우. 나는 명안 스님을 어따 감차놨냐 내노라 악을 쓰고, 주지 스님은 보나마나 내가 명안 스님을 어디로 빼돌르고 당신한티 미안항게 덮어씌우는 거 아니냐고 따지고…… 난리도 아녔어라. 그래도, 변산 월명암서 왔다 힜응게 찾아가보라고 일러는 주십디다."

최인경은 먼 길에도 곱게 옮겨 온 옷 보따리를 내놓았다.

"이 옷을 입으씨요. 귀헌 어런이 이러코롬 추레허니 지내서야 쓰겄어라. 지가 몇날 메칠 정성드레 맹근 옷잉게 그래 알고 받으시씨요."

"보살님, 우리 사부님의 허락 없이는 이 옷 몬 입심더. 먼저 우리 사부님을 뵙고 허락을 받아주시라예."

송규는 이 막무가내 숭배자를 스승에게 끌고 갔다. 최인경은 석두거사를 보고야 비로소 개안을 했다. 이 어른이야말로 내가 평생 방황하며 찾아온 미륵불이로구나. 어릴 때부터 찾던 소대성과 백운도사를 합친 분이 바로 이분이로구나. 그녀는 황홀하여 몇 번이나 일어나 큰절을 올렸다. 불전에서 하듯 두 팔로 한 아름 원을 그려 합장을 하고 오체투지로 절을 하고 또 했다.

"지가 만덕산에서 명안 스님 만낸 데가 미륵사였는디, 오늘 선상님을 뵈옹게 지가 꼭 미륵불을 만낸 것마냥 기쁩니다요. 시상에는 미륵부처님과 용화회상을 목말르게 지달리는 사람덜이 만허고, 또 미륵불과 용화회상을 자처허는 교주와 단체도 만헌디, 과연 미륵불은 누시고 용화회상은 머신가 알고 자픕니다."

"부인께서 나를 존경허는 맘이 만허서 나를 미륵불이라 허고, 또 어뜬 사람들은 내가 맹그는 회상이 용화회상이라고 믿고 있지만, 미륵불과 용화회상은 그런 것이 아니요. 미륵불이라 험은 부처님의 진리가 크게 드러나는 것이요, 용화회상이라 험은 크게 밝은 세상이 된다는 것이라. 미륵불이라고 누구 한 분이 따로 있는 것이 아니고, 용화회상이라고 어느 정해진 교파가 독차지허는 것도 아닐 것이오. 세상 어디나 부처님 진리가 가득허면 그게 미륵불이고, 밝은 세상이 되어 그 부처님 은혜가 가득허면 그게 용화회상인 것이오. 그런 세상이 오면 집집마다 부처가 살고 무신 일을 허나 은혜가 넘치나서, 그 찬란험을 말과 글로는 다힐 수가 없을 것이고만이라."

석두는 최인경의 귀의를 받아들이고 그녀에게 법명을 주었다.

"부인을 통해 내 도법(道法)이 꽃필 것 같소. 길 도, 꽃 화 도화(道華)라고 헙시다."

최도화는 이후 실로 눈부신 활동을 했다. 겉으로는 기껏 비단 행상이나 하는 것 같으나, 전북과 서울 지역의 교화는 거의 이 여인의 인연으로 꽃을 피웠다. 그녀가 인도한 인물이 무려 삼백수십 명이며, 그중에는 한 많은 천기(賤妓)로부터 당대 최고 지성에 이르기까지 대단한 인물들이 즐비하고, 다시 그들이 이차적으로 인도한 인물들은 더욱 화려했다.

송규가 맺은 만덕산 인연, 최도화 인연은 그해 섣달그믐께 석두거사의 만덕산행으로 이어진다. 석두거사가 오창건과 송도성을 데리고 줄포 종곡에 있는 이춘풍의 집에 들러 하룻밤을 묵고 나서 찾아간 만덕산에는 만덕암(萬德菴)이라는 산제당이 기다리고 있었다. 만덕암은 미륵사 반대편, 그러니까 만덕산 동쪽 산마루 너머, 진안군 성수면 중길리 산 중턱에 벼랑바위를 등지고 선 세 칸짜리 기와집인데, 좌포리 김 승지가 부종병(신장염)을 앓는 며느리 이씨를 위해 지어준 것이었다. 이곳에서 휴양도 하고 기도도 하고 굿도 하더니 병을 다스리고 원하던 아이도 가졌다고 했다.

만덕암에서 석두거사 일행은 삼 개월여를 머물렀다. 그동안 석두거사는 최도화의 인도로 만덕암 주인 김 승지 및 아들 김 참봉〔金精進〕일가와 인연을 맺은 데 이어 소중한 제자 둘을 만난다. 그들은 군내 마령면 평지리 살던 전(田)씨와 그 아들 전세권(全世權) 모자였다. 전씨는 오백 석지기 부유한 집안에 시집와 부족함이 없이 살다가 돌림병으로 그만 딸 둘을 잃고 남편마저 죽자 이젠 외아들을 데리고 힘겹게 지내던 차였다. 수해를 당하여 농토를 잃은 데다 남에게 맡겨 손을 댄 미두(米豆)*에서 막대한 손해를 보고, 다시 보천교에 현혹되어 속임수로 재산을 떼였다. 옹이에 마디라고 불운이 연속되던 처지라 차라리 고향을 떠나려고 맘먹던 참에 석두거사를 만난 그녀는 새로운 희망을 얻은 듯 아들을 데리고 왔다.

계해년(1923) 원단, 석두거사의 얼굴을 대하자 전씨는 황홀한 낯빛으로 우선 정성스레 큰절을 했다. 그것도 남들처럼 한 번만 하는 것이 아니라 부처님에게 하듯 연거푸 세 번을 올렸다.

"지가 딸 둘을 잃고 냄편할라 시상 뜨고 나서 혼차 아덜 한나만 믿고 안 살어라우. 그저 이 아덜 한나 잘되는 거이 일구월심 소원이라. 그동안에 산신님이 좋다 허면 산신님 찾아 빌고, 어느 절 부처님이 영검시룹다 허면 또 거 가서 빌고, 흠치교가 좋다 허면 또 거 가서 빌고 이럼성 방황했어라우. 그 새이 살림도 많이 축냈는디 인자사 평상 섬길 생불님을 만냈는가 싶으요. 불쌍헌 우리 모자 인자 선상님만 믿고 따리겄어라우."

눈물이 주르르 흐르는 전씨의 얼굴에서는 신뢰와 애원이 절절히 배어났다. 전씨가 다시 일어나 사붓이 거듭 삼배를 올리고 나자, 이번엔 아들이 나섰다.

---

* 쌀의 시세를 이용하여 현물 없이 약속으로만 팔고 사는 일종의 투기 행위.

"제우 메칠 전에사 아부님 탈상을 혔습니다만, 지한테는 아무런 희망도 읎는 것 같았습니다. 그란디 오늘 스승님을 뵈옹께 돌아가신 아부님이 살아오신 듯 반갑고, 암흑 속에서 광명을 찾은 것모냥 심이 솟습니다."

아들은 머리가 명민하고 언변이 있어 금방 조리 있게 자기 소감을 피력했다.

"내게 시 번썩 거듭 절허는 모습이 지극히 정성시로웅게 그 뜻을 영겁 일관허라는 뜻으로 부인께는 삼삼(參參)이라 법명을 드리오. 또 너는 나를 보고 암흑 속에서 광명을 찾은 것 같다 형게, 그 광명을 속으로 짚이 삼키고 잘 키우라는 뜻에서 음광(飮光)이라 불르마."

이렇게 하여 이들 모자는 전삼삼, 전음광이라 불리게 되는데, 전음광은 석두거사와 부자지의를 맺고 어머니가 하는 이상으로 석두거사를 따랐다. 열 살 어린 나이에 조혼한 음광에게는 다섯 해 연상인 처 권씨가 있었으니 그녀는 법명을 동화(動華)로 받았다. 이 무렵 이들이 임실로 옮길 생각을 비치자 석두는 이들을 설득하여 전주로 이사토록 했다.

오월경, 석두 일행은 변산으로 돌아왔다. 때맞춰 봉래정사에서는 서상진(徐相晉)과 서상인(徐相仁) 형제 한의사가 기다리고 있었다. 원평(전북 김제군)에서 한의원을 하는 형 상진은 이미 장적조의 안내로 석두거사를 찾아뵙고 동풍(東風)이라는 법명까지 받았으나, 아우 상인을 석두거사 문하로 인도하고 싶어서 함께 와 기다리고 있었던 것이다. 상인은 형보다 열세 살이나 아래였지만, 이십팔 세에 이미 김제군 성덕면장을 지냈을 만큼 대중의 신망이 형을 앞서고 있었다. 김제에서 인화당(仁和堂) 한의원으로 명성을 얻어 한약업도 크게 하는 상인은 도꾼들을 별로 신용하지 않는 처지였다. 이번에도 형의 간곡한 권유를 뿌리치지 못해 인사 삼아 한 번 따라나선 길이었으나 첫 대면에 그만 석두거사에게 감복하고 말았다.

"이 험헌 데꺼정 뭔 일로 나를 찾아오셨소?"

"성님헌테 선상님의 도덕이 높으시다는 말씸을 듣고 도덕을 배울라고 왔습니다."

"세상인심이 거짐(거의) 신기헌 자취와 묘헌 술수를 원허는디 그대는 범상헌 사람이 아닌 줄 알겄소. 형제덜이 의공(醫功)을 쌓아 명성이 있다 허도만! 인자부텀은 도덕을 공부해서 몸엣병뿐 아니라 마음병까지 고치는 양의(良醫)가 되드락 허시오."

석두거사는 서상인에게 중안(中安)이라는 법명을 주고 사제지의를 맺었다. 그러나 하룻밤을 자고 난 서중안은 석두의 인격에 깊은 감동을 받은 듯, 굳이 부자지의로 인연을 고치자고 졸라댔다. 나이도 아홉 해나 연상이 되니 사제지의만으로 무관하다 해도 막무가내였다. "육신의 아부지가 아니라 정신적 아부님, 영부(靈父)가 되아주십시오." 결국 마흔두 살의 중년 서중안은 서른세 살의 청년 석두와 부자지의를 맺는 데 성공했다. 이후 서중안으로 인해 석두거사의 제도(濟度) 사업은 커다란 전기를 맞게 된다. 서중안은 유월에 다시 아내 정(鄭)씨를 데리고 와 세월(世月)이라는 법명을 받게 하고는 본격적으로 석두거사의 하산을 추진했다.

"사부(師父)님! 여그는 도로가 험난허고 장소가 비좁습니다. 교통이 편리허고 장소가 광활헌 곳에 도량을 정허고 여러 사람의 전도를 널리 인도허심이 시대의 급선무이지 않은가 헙니다."

석두가 묵묵히 듣고 수긍하는 태도를 보이자 서중안은 용기가 나서 바짝 끈을 당겼다.

"사부님, 지금은 천하에 도덕이 미약허고 인도 정의가 무너져서 창생의 고통이 끝이 읎습니다. 사부님의 높은 도덕으로 일체 생령을 구제헐라면 하레라도 일찌거니 시상으로 나가셔야 헙니다."

"내가 시상에 나가는 것이사 어려운 일이 아니제만, 중안이 이 일을 감당허겄능가?"

석두거사는 서중안의 마음을 넌지시 떠보았다. 그러나 그만한 생각도 없이 일을 서두를 중안도 아니었다.

"소자가 큰 재산은 읎고 정성도 부족허제만 기엉코 감당헐 작정입니다."

석두거사는 마침내 칠칠한 서중안의 제의를 받아들이기로 하고 회상을 공개할 구체적 계획을 토의하였다. 같은 형제인 서동풍이 태음인이어서 덩치가 크고 중후한 데 비해 중안은 소음인이어서 체구가 작고 선병질이었다. 형은 수염이 풍성하고 풍모가 훤한 반면 중안은 염소수염에 그나마 숱이 적었고, 수평으로 찢어진 눈에 콧방울이 가냘픈 작은 코며, 역삼각형에 하관이 빤 얼굴 바탕이 쥐나 족제비를 연상시켰다. 그러나 그의 성격은 정의감이 강하여 한번 옳다고 생각한 일은 결코 타협을 모르게 단호했고, 아울러 정력적인 추진력이 있었다. 훗날 석두거사가 서동풍에게 춘산(春山), 송적벽에게 하산(夏山), 문정규에게 동산(冬山)이라 법호를 주면서 서중안을 추산(秋山)이라 한 이유도 이런 그의 성격을 감안한 것임에 틀림없다. 정력적 추진력이라면 송적벽과 비슷한 데가 있으나, 서중안은 송적벽처럼 다혈질이 아니라 냉정하고 치밀한 점이 달랐다. 그래서 송적벽이 뜨거우나 쉽게 식는 단점이 있다면 서중안은 그리 뜨겁지는 않으나 그 대신 줄기차고 끈기가 있었다.

한창 회문(會門)을 열 계획을 짜느라 바쁘던 유월 그믐께, 영광에서 모친 유씨의 환후가 위중하다는 급보가 날아왔다. 석두거사는 문정규를 대동하고 줄포를 거쳐 배편으로 법성포에 닿고, 거기서 걸어 읍내 연성리 사는 아우 육산 박동국의 집으로 갔다. 한의사인 문정규의 도움으로 진맥을 하고 한동안 시탕을 하였으나 같은 달 보름, 유씨는 끝내 운명하였다. 석두거사는 이름이 없는 모친을 위하여 법명을 정천(定天)이라 하고, 애통한 가운데 초상을 치렀다.

부고를 받자, 영광 일대는 물론이려니와 부안, 김제, 진안, 전주 등지에 흩어져 있던 제자들이 문상차 영산으로 모여들었다. 이들에게 장례 일정은 동문 제자로서 정신적 결속을 다지는 자연스러운 기회도 되었다. 문상객들은 초종장례를 치르는 동안 옥녀봉 아래 구간도실에서 숙박을 하였는데, 도실이 비좁고 땅이 습해서 적잖은 불편을 겪었다. 이렇게 되자 그들은 새 도실을 신축할 필요가 있음에 공감하면서 본격적으로 건축을 추진하게 된다.

팔산 김광선의 주선으로 돛드레미〔帆懸洞〕의 비탈을 사서 터를 닦았다. 먼저 구간도실을 헐어 옮겨 짓고, 이어서 새 집을 지었다. 이때 헌신적으로 노력한 사람들이 많았으니, 일산, 삼산, 사산, 오산, 팔산, 정산 등 최초 제자들 외에도 이동안, 송도성, 김원봉 등이 온통 매달려 몸으로 때웠다. 여기에 변산서 김남천과 다투고 떠났던 송적벽이 스스로 돌아와 합류하였음은 특기할 일이다. 동짓달까지 열 칸짜리 한 채, 여덟 칸짜리 두 채 등 세 동의 건물이 완공되었다. 옮겨 지은 구간도실에는 영산원(靈山院)이라는 현판을 걸었다. 이 무렵 조주현(영운)이 몇 해 만에 박중빈을 찾아왔다.

"어르신, 조영운이 왔습니다."

"이게 얼메 만인가. 그동안 어디 가 있었나?"

"기미년 만세 불르고 일경한테 쫓겨서 만주로 시베리아로 한이 년 돌아댕기다 왔습니다. 지는 환고향헌 지 두어 해나 지났는디 이번엔 어르신께서 고향에 안 기싱게 못 뵈었죠."

"그리 되았구만그랴."

"송구헌 말씸인디, 실은 어르신께 사람을 보냈든 적이 있습니다. 작년에 어르신 찾아뵈온 부안 청년들이 지 동지들입니다. 말씀 드렸다가 본전도 못 건졌다고 들었습니다."

조영운은 쑥스러운 낯을 얼버무리며 짐짓 껄껄 소리 내어 웃었다.

"어쩐지 그 청년덜 말투가 꼭 자네 말허고 탁혔다 힜네."

석두거사도 마주 웃었다.

"그나저나 자당님 상을 당허셨단 소식을 늦게사 들어서 문상 시기를 놓쳐부렀으니 어쩌지라우?"

"인자라도 왔응게 되았네. 그래 요짐엔 뭘 헌당가?"

"기미년 후로 사이토 총독이 문화통치를 허는 바람에 숨통은 쬐까 텄습니다요. 교육이 중요헐 것 같응게 영광학원을 설립해서 조선어도 갈치고, 향토문예운동으로 잡지도 맹글고, 시조동인회 엮어서 시조집도 내고, 고창 신재효 선생 유적을 찾아가서 판소리 발굴 작업도 했습니다."

"참 장허네그려."

"지한테 장허다고만 허시지 말고 어르신께서도 하산허셔야 안 되겠습니까? 지는 어르신이 저희 운동에 대두목이 되어주시면 딱 좋겠는디……."

조영운은 농반진반 만면에 웃음을 띠었다.

"대두목이라, 허허허 그거 좋제! 근디 자네는 내가 변산 꼬라 당에 숨어서 신선놀음이나 허는 줄로 아는 거여?"

"지는 알제요. '오대양 고기를 오만 년 동안 잡을 큰 그물을 짜고 있는 중'이라고 허셨단 말씸 전해 들었습니다."

"글면 되았네. 인자 나도 하산을 서둘를 걸세만 암만 혀도 영 광 바닥은 떠야 쓰겄네."

"그럼 어디로 가시지라우? 서울로 가십니까?"

"비밀이네."

박중빈은 빙글빙글 웃더니 덧붙였다.

"비밀일 거사 있겠네만, 안즉 미정이네."

알겠다는 듯 고개를 끄덕이던 조영운은 갑자기 생각난 듯 말했다.

"그런디 어르신께 송구시런 일이 있습니다. 다름이 아니고, 어르신께서 지한테 영운이란 좋은 이름을 주셨는디 지가 시조를 쓰다 봉께 좀 더 간결한 이름이 낫지 싶어서요. 동지들도 그냥 운이라 허는 게 더 좋겄다 해서 요짐 그리 쓰고 있습니다."

"쓰고 싶다면 쓰는 거제 굳이 나한테 송구헐 것까지사 있나. 좋을 대로 허소."

박중빈은 영운에서 영이 떨어지듯이 조운도 머지않아 영광을 떠날 것을 알았다. 아니, 영광을 떠날 뿐 아니라 더 멀리 떠날 줄을 내다보았다.

일단 하산을 결심하고 회문을 열기로 작정한 석두거사의 행보는 빨라졌다. 석두는 오창건을 데리고 영광을 떠나 장성서 기차를 타고 이리를 거쳐 전주로 왔다. 완산동 전음광의 집에는 서중안이 먼저 와 기다리고 있었다. 전음광의 집이 비좁아 사무소로 쓰기 어렵자 대정동 통문 근처에 한 달 계약으로 집을 얻어 자리를 옮겼다. 변산에서 추진하다가, 모친 병환과 초상치레며 영산원 건축 등에 밀려 중단되었던 일을 위하여 전주를 임시본부로 정한 것이다. 여기서 회상 창립을 위한 준비회의가 모두 이루어졌다.

어디에 자리를 잡고 일을 벌일 것인가, 언제 회상을 공개할 것인가, 누가 임원이 되고 조직은 어떻게 할 것인가, 사업은 무엇부터 시작할 것인가, 재정 문제는 어떻게 풀어갈 것인가, 법규와 제도는 어떻게 정할 것인가? 정작 회문을 열 계획을 구체화하자니 걸리는 것도 많고 일이 여간 복잡한 것이 아니었다. 석두거사는 당신의 복안을 쉽게 털어놓기보다는 제자들의 의견과 생각을 주로 경청하였다.

그러는 동안에도 석두거사는 새로운 제자를 만나고 인연을 짓는 일을 게을리 하지 않았다. 그중에도 섣달 스무이렛날의 일은 별스러운 것이었다. 그날 최도화의 인도로 찾아온 사람은 전주 기생으로 이름을 날리던 이화춘이라는 여인이었다. 그녀는 기생답게 스스럼없이 신세 한탄을 했고, 또한 오랜 기녀 생활에서 터득한 바 남자 보는 눈으로 석두거사의 인간을 첫눈에 읽은 것도 같았다.

"서룬야달 퇴물 기생이 되고 봉께 지치고 허망시럽기가 넘덜 백 년 산 것맨치나 된가 싶어라우. 한번은 되아지 장오(자웅)가 노는 걸 봄시롱 내 인생이 저눔덜과 달블 기 웂구나, 그란 생각이 들어서 살고 자픈 맘이 기양 싹 웂어지등만요. 갖고는 조천자(태극도 조철제)를 따라댕기도 봤는디 아이다 싶어 그만두고, 인자는 살아도 사는 거이 아이지라."

"인자라도 늦지 안혔응게 새 인생을 살면 되지라우."

"글씨, 선상님을 뵈옹게 지옥에서 부처님 만낸 것마니로 좋제만, 죄만 많이 짓고 다 어긋낸 비천헌 인생인디 무를 수 있간디요. 한번 간 청춘이 다시 오겄어라?"

"육신에는 노소가 있고 신분에는 귀천이 있지만, 우리의 본래 성품에는 노소도 귀천도 없는 법이요. 나를 따라 댕김서 공부만 잘 허면 평생을 청춘으로 살 수도 있지라우."

석두는 그녀에게 청춘(靑春)이라는 법명을 주었다.

전음광의 이웃집에 사는 목물장수˙ 하재룡과 그 부인 김행선 옥, 그리고 그들의 딸 하성봉을 만난 것도 바로 이 무렵이었다.

"김동순이 간밤에 시상 떴어라우."

하루는 문정규가 와서 보고했다. 김동순은 문정규의 처가 쪽 조카사위가 되는 이로, 이태 전에 석두거사를 찾아와 제자가 되었다. 그는 영광에 가서 간석지 정관평을 보고는 감동하였다. 아직 염독이 남아 소출이 부족한 것을 안타깝게 생각하고, 언둑의 배수 문이 목재로 되어 부식한 것을 보자 상당한 비용을 쾌척하여 콘크리트 수문을 만들게 하기도 했다. 그 후 그는 왕래가 뜸했는데 알고 보니 건강이 좋지 않았던 것이다. 지난번 석두거사가 문병을 갔을 때 문정규가 귀띔을 했었다.

"황달이 심해 흑달이 되어서 손을 쓰기엔 폴쎄 늦어부렀어라."

˙ 나무로 만든 온갖 물건을 통틀어 목물이라 하고, 목물을 파는 상인을 목물장수라 함.

문정규는 적이 안됐다는 표정이었다.

"인자 마운을 제우 넹긴 나인디, 어른아(어린애)덜도 닛이나 되지라우. 조카딸 아그가 참 안되았습디다. 다행히 살림은 묵고살 마치 된다 헝께……."

석두거사는 다가공원 아랫말, 남쪽으로 완산칠봉이 다정하게 보이는 위치에 자리 잡은 김동순의 상가를 몸소 찾아가 문상했다. 김동순의 처는 내외도 않고 울고불고 매달리며 남편을 살려달라고 애원을 했다. 마치 석두거사가 마음만 먹으면 남편을 살릴 수도 있는 것처럼. 박중빈은 유가족을 측은히 보고 간절한 말로 위로를 한 후, 같은 내용을 만장으로 써주었다. 그것이 바로 가사체 33구로 된 희한한 만사였다.

저 산아 넌 푸르냐 나는 누렇도다

나는 또한 푸레지고 너는 또한 누레진다

푸렜다 누렜다 이 사이에 완산칠봉 다시 본다

소소영령 이 천지가 변화무궁 여기로다

여봐라 처자야 말 들어라

애고대고 그만두고 오는 기약이나 들어봐라

사람마다 가는 기약은 알지마는 오는 기약은 모르도다

올 래(來) 자가 아니면은 갈 거(去) 자가 왜 있으며

갈 거 자가 없으면은 올 래 자가 있을쏘냐

갈 거 올 래 하는 때에 나 올 기약을 알아보소

저기 저 산은 누레지고 여기 이 산이 푸르거든

날인 줄만 알려무나 다시 온 줄 알려무나

서산에 졌던 해가 동방에 밝았도다

거년에 누른 가지 금년에 푸렇도다

허허 몽중이로고 모두가 꿈이로다

흥망성쇠 있는 줄을 이같이 몰랐으니

허송세월 되는 줄을 앞날에 알았더면

죽을 사(死) 자가 왜 있으리, 허허 웃어볼까 울어볼까

석두거사는 서중안 등에게 계획된 일들을 차근차근 추진하도록 이르고, 거의 반년 만에 봉래정사로 돌아왔다. 석두는 학명에게 그간의 지낸 일을 말하고, 금년 중으로 하산하여 불법연구회 회문을 열고 회상을 공개하련다고 귀띔하였다. 평소 석두거사의 경륜에 전폭적 지지를 보냈던 학명은 불법연구회 취지를 듣고는 바짝 구미가 당겼다.

"석두거사! 거번에 용운당 만해 스님이 날 찾아왔잖겠소. 만세 사건으로 옥고를 치르고 낭께 더욱 절실하게 생각나는 것이 선풍진작이라나, 날보고 내장사 주지로 가라고 간곡히 당부허시기에, 그만 그러마 약속을 혀불고 말았구려."

학명은 잠시 뜸을 들이며 박중빈의 눈치를 살피더니 말을 이었다.

"내가 내장사 가기로 작정헌 것은 석두거사 주장에 공감해서

반농반선주의(半農半禪主義)를 실천허는 혁신 선원을 맹글 생각 따문이요. 거사의 불법연구회 취지가 내 생각과 같응게, 기왕이면 내장사에서 불법연구회 운동을 시작허심이 어쩌요? 거사가 모든 책임을 맡아 허고 나는 뒤에서 지원만 허리다."

학명은 그 나름대로 구체적 계획을 세워놓고 있었다.

"거사님 주처는 원적암으로 허시오. 고내장(古內藏)에는 선원과 강원을 설립해서 모든 선객과 학인을 양성허고, 거사의 주장 대로 주작야선(晝作夜禪), 영육쌍전(靈肉雙全)을 장려허는 것이오. 월조암 전면에 호수를 막아 저수지 맹글고 그 밑에 초생지에다 논을 풀먼 근 백여 두락이 될 것이오. 내장사 부근 산판에 감나무, 밤나무 수만 주를 심고, 현재 사중 도조 백여 석을 받아서는…… 이 대로 차차 주선해서 간다먼 장차에는 기백 명의 인재라도 양성허게 될 것잉게 그리 아시고 바로 내장사로 오드락 허시오."

"스님! 계획도 주밀허시고 말씸은 더헐 수 없이 고마우나 내 장사는 스님의 단독 소유가 아니라 공유 기관이 아니겄으요! 외인 덜이 떼 지어 몰려가 주인 노릇을 헌다 치면 산중 공의가 분분헐 터인디, 그게 그리 쉬운 일만은 아닐 거외다."

"그건 염려 말으시고 동의만 혀주시면 내가 책임지고 일을 꾸미겄소. 대중덜이 나를 따링게 내 생각을 대놓고 반대허진 못헐 것 아닌게라우."

석두거사는 학명의 간절한 기대를 저버릴 수가 없었다. 명안 (송규) 일로 미안한 데다 사오 년 변산 칩거 중 학명에게 신세진 일만 생각하더라도 어떻게 한마디로 등을 돌린단 말인가. 석두는 먼저 송규, 오창건 등 서너 명 제자를 내장사로 보내어 사중(寺中) 형세를 살피게 했다.

석두거사는 솝리(이리)로 가서, 김남천의 사위 되는 박원석의 집에 들러서 전주 전음광의 집을 찾아가니 최도화가 기다리고 있었다. 석두거사는 이미 최도화와 서울 공략 작전을 대강 짜두고 있었고 다만 택일만 남겨둔 상황이었다. 마침 최도화가 옷감을 떠다가 음광의 처 권동화에게 시켜 지었다는 옥양목 두루마기를 주기에 받아 입고 보니 신수가 한결 펴 보였다. 최도화와 다시 다짐을 두고, 김제 인화당 한의원으로 갔다. 서중안은 그간의 추진 상황을 꼼꼼하게 보고했다.

"차질 없이 추진허소. 나는 학명 스님 만낼라 내장사엘 들러 올 팅께."

석두거사는 전음광을 대동하고 내장산 깊은 숲길로 들어섰다. 줄지어 선 부도 밭을 끼고 영은암을 왼편에 둔 채 한참을 걷노라니 연자봉, 금선대, 신선봉과 마주한 서래봉이 병풍처럼 나타났다. 한참을 바라보고 있으면 지나가는 구름에 하늘이 맴을 도는 듯 현기증이 이는 곳, 서래봉이 새파란 하늘을 이고 벌을 섰고, 그 밑에선 벽련암(고내장)이 창연한 고색을 띤 채 가부좌하고 있었다. 석두거사가 나타나자 먼저 와 있던 제자들이 반겨주기는 하나 그들의 표정이 왠지 어두워 보였다.

"당신님, 학명 스님의 처지가 딱허게 되고 말았어라우. 대중이 똘똘 뭉쳐 불법연구회 입주를 반대허고 있습니다요."

"그럴 것이구먼."

학명을 만났다. 그는 약속을 못 지키게 된 미안함도 미안함이겠거니와, 믿었던 대중의 완강한 반발로 인해 생긴 충격이 커서 의기소침하기가 이루 말할 수 없었다. 오히려 석두거사가 학명을 위로하고 안심시키느라 애써야 할 형편이었다.

"스님! 외레 잘된 일인가도 몰르겠소. 지는 속세로 내려가 판을 벌이고 스님은 산중에서 일을 도모헌다 치면, 승속이 함께 제도받을 거 아니겄소."

석두거사의 내장사 방문은 예상한 대로 무위로 끝났지만, 여기서 소중한 제자 하나를 만났으니 그가 송상면이다. 그는 김제 용지면에서 면장을 지냈던 인물인데, 얼마 전부터 수양차 내장산에 머물고 있었다. 십오 세 연하인 석두를 만나자 그 인품에 감격한 그가 즉석에서 제자 되기를 자청하여 만경(萬京)이라는 법명을 받았다. 그는 오래잖아 출가를 단행함으로써 회상 창립에 요긴한 몫을 담당하게 된다.

내장산을 내려오면서 석두거사는 중요한 결심을 했다. 곧 서울을 공략하기로 결정한 것이다. 그것은 본격적인 교화(포교)의 시작을 뜻하는 것이요, 산중과의 결별을 뜻하는 것이기도 했다. 송상면의 법명인 만경은 곧 서울 입성을 앞두고 크나큰 기대를 보여주는 것이었다. 입산 이후 내내 상투머리에 정자관, 길고 검은 수염을 지키던 그는 정작 하산을 결단하고 나서는 삭발을 단행하고, 수염도 콧수염만 남긴 채 밀어버렸다. 이제 학명에게 졌던 빚도 더는 발목을 잡지 않았고, 산중 불교와의 관계에 미련 둘 일도 없었다.

바다처럼 광대한 도덕

◯

시창 9년(1924) 이월 그믐, 서울행 기차에는 최도화와 서중 안이 젊은 스승 석두거사를 모시고 있었다. 그리고 송규와 전음광이 수행하였다. 궁벽한 시골 두메, 영광 길룡리에서 태어나 산골과 바닷가를 벗어나지 않았던 서른네 살 시골뜨기 석두거사로서는 평생 처음 서울 구경을 하게 된 흥분이 없지 않았다. 그러나 한편으론 오백 년 왕조의 영욕이 얽히고설킨 도읍지 한양, 이제는 서슬푸른 대일본 제국의 총독부가 버티고 선 '경성' 땅에 첫발을 내딛는 감회가 착잡하지 않을 수 없었다. 푸른 솔에 뒤덮인 남산을 만나자, 석두거사는 기슭에서부터 가르마길을 따라 정상께를 향하여 시선을 옮겨갔다. 조선의 민족혼이 숨 쉬던 단군굴과 국사당은 헐렸고, 육부능선 그 명당자리에 저들의 조선신궁이 자리 잡고 앉아 서울의 관문인 경성역사(京城驛舍)를 느긋이 굽어보고 있었다.

"선상님, 지가 박 보살을 찾아올 팅게 어디서 쪼까 쉬심서 지둘르고 기셔라우. 용산에 상께 전차 타고 퍼뜩 댕겨오면 금방이구만요."

최도화가 경성역에 도착하고 보니, 이제껏 박 보살을 만난 뒤의 일만 몇 차례나 곱씹어 생각했지 그 전에 챙길 일에는 깜박 생각이 못 미쳤음을 알았다. 일행을 대합실에 둘 수도 없고, 길가에 세워놓을 수도 없었다. 도포처럼 풍덩한 진솔 옥양목 두루마기를 새하얗게 차려입고 뚜벅뚜벅 걸어가는 거구의 스승을 앞세우고 왜소한 서중안과 송규, 그리고 열여섯 살 애송이 전음광이 양쪽에 붙어 따르는 모습은 꽤나 대조적이었다. 중절모 밑에서 이글거리는 형형한 안광과, 희고 맑은 빛을 발하는 둥근 얼굴은 보는 이의 눈을 부시게 하였다.

"어서 오세요, 어르신! 저희 집으로 가십지요."

이때 뜻밖에, 한 삼십대 여인네가 석두 일행을 반가이 맞이하였다. 서중안이 보니, 고운 양자에 싹싹한 말씨, 경중미인(鏡中美人)이라는 속설이 이래서 나왔겠구나 싶었다. 그러나 이 여인은 누구이고 왜 자기 집으로 가자는 것인지 어리둥절한 판인데, 스승은 마치 아는 사람 따라가듯 성큼성큼 여인을 따라 걸었다. 일행이 인도된 곳에는 태평여관(太平旅館)이라는 간판이 붙어 있었다. 서중안은 그제서야, 이 상략한 여인이 다름 아니라 호객꾼으로 길에 나선 여관 안주인임을 알았다. 그러나 여인의 융숭한 대우는 단지 손님 끌기 작전만은 아닌 듯싶었다.

"제가 이 여관 안주인입니다만, 어르신네를 길에서 뵈옵고 어쩐지 그렇게 반가울 수가 없었답니다. 저만치서 걸어오시는 모습이 꼭 무슨 불덩이가 굴러오듯 환하게 빛나 보였세요. 저희 집에 모시는 것만도 영광이니 비용은 걱정 마시고 편히 쉬세요. 필요한 일이 있으면 무슨 일이라도 시키시고요."

저녁에 여관 주인 내외가, 시키지도 않았는데 저녁상을 잘 차려 가지고 들어왔다. 여자가 해사한 얼굴에 거동이 엽렵한 데 비하여 남자는 거무튀튀한 얼굴에 촌스럽게 생겼으나 그래도 예의는 발랐다. 저녁상을 물리고 나서 한참이 지나자 주인 남자가 지필묵을 챙겨 가지고 들어왔다.

"어르신께 부탁이 있습니다. 제가 글은 많이 못 배웠지만, 저의 집에 묵으시는 어른들의 글씨를 받아두는 것이 취미올시다. 제가 보감을 삼을 만한 좋은 글귀를 한 장 써주실 수 없겠습니까?"

"내가 글이 짜룹소마는 주인장 부탁이 그렇다면 써드리리다. 낙관 준비는 안 되았응게 그리 알으소."

그는 '處處佛像 事事佛供(처처불상 사사불공)'이라 쓰고 石頭居士(석두거사)라 서명했다.

"무신 말씸인고 허니, 이 여관 들락거리는 손님을 모도 부처님으로 알고 부처님 섬기드끼 모셔라, 그런 뜻이오."

뜻이야 알아들었는지 말았는지 모르나 주인은 흔감스레 여기고 고개를 주억거렸다.

한편, 최도화는 용산으로 박 보살을 찾아갔다. 고향은 남원이지만 지금은 서울서 바느질품을 팔며 혼자 살고 있다는 박 보살을 알게 된 것은 지난해 구월이었다. 호남선 기차를 타고 가던 길에 전주를 지날 무렵 우연히 만난 이 늙은 과수댁은, 단골인 도정궁(都正宮)˙ 노마님을 대신하여 불공차 구례 화엄사로 가는 길이라고 했다. 목에 백팔 염주를 걸고 눈을 지그시 감은 채 우물우물 염불을 외우는 모습을 유심히 보던 최도화는, 옳거니 하고 다가가서 일단 말문을 튼 뒤 스승 석두거사의 인물과 가르침을 침이 마르도록 칭찬하였다.

"하이고, 성님! 산부처님이 기신디 뭘라 인형 부처, 죽은 부처님을 찾으신다요?"

붙임성 좋은 최도화는 나이가 열여섯 살이나 위인 박 보살과 어느새 형이야 아우야 하며 넋을 쑥 빼놓았고, 박 보살은 산부처님을 꼭 만나도록 해달라고 신신당부를 하기에 이르렀던 것이다. 그 후로 서울 집을 찾아가 한 차례 더 만나서 정의를 도탑게 다져둔 최도화는 스승을 서울로 모실 준비를 제 나름대로 진행했다. 변산까지 박 보살을 안내하기가 여의치 않기도 하려니와, 그보다는 박 보살을 발판 삼아 스승을 서울로 모시고 본격적인 서울 교화의 닻을 올리자는 속셈이 있었던 것이다. 최도화는 박 보살을 찾아가 하룻밤을 함께 자고 이튿날 일찌감치 태평여관으로 그녀를 데리고 왔다.

˙ 종로구 사직동 소재 도정궁은 조선 14대왕 선조의 아버지 되는 덕흥대원군의 사저로, 아들이 왕위에 오르면서 궁으로 승격되었다.

"지는 팔자가 쎄놔서 영감이랑 십육 년을 살았어도 일점혈육을 두들 못혔는디, 그나마 영감할라 죽고 낭께 의지헐 디가 읎어서 혼차 서울 와가꼬 삯바너질로 연명을 허고 안 있능가요. 인자 열매도 읎이 시들어 떨어질 꽃잉게 뭔 희망이 있겄소잉? 죽어서나 극락 가게 혀돌라고 부처님헌테 보챔서 하레하레 살고 있어라우."

쉰여덟 살 박 보살은, 여자로서의 연약함이나 섬세함보다는 오히려 뼈대 굵은 남정네 같은 용모에 걱실걱실한 성격이 여장부다운 데가 있었다. 저런 여인네가 골방에 틀어박혀 세침에 실오리를 꿰며 공그르기 같은 세기(細技)를 부리고 있다니 믿어지지가 않았다.

"부인! 왜 해필 죽어서 극락 갈 생각을 허요? 살아서 극락 가는 비법을 갈쳐드릴 팅게 희망을 가지씨요."

박 보살은 살아서 극락 갈 수 있다는 말이 무슨 뜻인지조차 잘 알아들을 수 없었지만, 상호가 부처님같이 생긴 이 젊은이의 얼굴에서 깊은 신뢰를 느꼈다. 그녀는 자리에서 일어나 아들 또래의 석두거사에게 사제지의를 다짐하며 큰절을 올렸다.

"몸의 꽃은 시들어 떨어졌을랑가 몰르겄소만, 맘만은 항상 젊게 가지고 앞으로는 사시사철 도(道)의 꽃을 피우시라고 법명을 사시화(四時華)로 드리겄소."

도화와 사시화는 마주보았다. 이심전심으로 동시에 웃음이 피어났다. 박사시화는 이어서 쌍둥이 여동생을 데려왔다. 그녀도 혼자되어 무남독녀 딸네 집에서 얹혀살고 있었으니, 법명을 공명선(孔明善)으로 받았다. 언니처럼 걱실거리기보다는 성격이 조용했지만, 언니의 말을 따라 석두거사를 스승으로 모시기에 이의가 없었다. 사시화는 아우와 의논하고 나서 석두 일행을 종로구 계동에 있는 조카딸네 집으로 안내했다. 종로2가까지 전차를 타고 가서 계동 집까지는 함께 걸었다. 사위 진주현(晉宙鉉)은 세브란스 의전을 나온 젊은 내과의사로서, 본래 전북 임실에서 한다하는 부잣집 아들이었다. 그는 정원을 갖춘 이 층짜리 저택에서 아직 애도 없는 스무 살짜리 새댁과 함께 장모(박공명선)를 모시고 단출하게 살고 있었다. 이 집에서 사흘을 머무는 동안 석두거사는 여인네들과 진주현을 훈자(薰炙)*하였다. 시차를 두고 박공명선의 딸은 성성원(成聖願)이라는 법명을 받았고 진주현은 대익(大翼)이라는 법명을 받았다. 그 사이 서중안은 전음광을 데리고 복덕방을 찾아다니더니, 당주동에 한옥 한 채를 임차하여 한 달간 쓰기로 하고 스승을 옮겨 모셨다.

　최도화가 일행의 음식과 빨래 등 안일을 책임졌다. 박사시화 자매도 최도화를 도와 안일을 거들긴 했지만, 그보다 더욱 중요한 일을 맡았다. 그들은 이런저런 인연으로 아는 여인들을 찾아다니며 입소문을 냈고, 솔깃하게 관심을 보이는 이들이 있으면 곧장 당주동으로 데리고 와서 스승을 만나도록 주선하였다. 하루는 박사

---

* 　남에게 좋은 영향을 주어 그를 변화하게 함. 스승이 제자를 가르쳐 변화를 이끎.

시화가 삼십대 초반으로 보이는 귀티 나는 부인을 데리고 왔다. 그녀는 구황실 종친인 이규용(李逵鎔)의 소실 이경수(李慶洙)였다. 이규용이라면 완순군 재완(完順君 載完)의 차남이니, 흥선대원군의 둘째형이자 고종황제의 중부(仲父)인 흥완군 정응(晸應)의 손자이기도 했다. 비록 소실이긴 할망정, 이경수는 궁가(宮家)의 귀인으로서 우아하고 기품 있는 자태였고 표정에는 당당한 자존심이 보였다. 남들은 석두거사를 뵙는 예로 큰절을 올렸고, 앉음새도 무릎을 꿇거나 양 무릎을 한쪽으로 쏠리게 하거나 혹은 한 무릎을 세운 다소곳한 자세였지만, 이 여인은 절도 하지 않았고 앉음새도 책상다리로 꼿꼿했다.

"사람이 세상에 나서 뭔 일을 허고 살아야 사는 가치가 있지라우?"

석두거사가 이경수에게 물었다. 이경수는 속으로 흠칫 놀랐다. 실은 도인을 만나면 그 말을 물어보리라고 벼르고 박사시화를 따라왔던 것이다. 남편의 사랑이 지금은 비록 극진하다 하나 내가 사는 것이 꽃병에 꽂아놓은 화초와 다를 게 없구나. 조만간 시들 것이고 시들면 버림받을 것이다. 꽃을 탐하는 벌나비처럼, 남편은 언제고 더 젊고 더 예쁜 꽃을 찾아 떠날 것이다. 내 인생은 너무나 허무하고 무의미하지 않은가. 더구나 슬하에 자식도 두지 못했으니……. 그녀는 극도의 신경쇠약에 시달리며 위장병과 두통으로 고생을 하고 있었다.

"실은 제가 여쭙고 싶은 말씀입니다. 저는 인생이 너무나 허무하여 왜 살아야 하는지도 모르겠습니다."

이경수는 자기 말에 감동하여 눈망울이 금세 핑그르르 젖어들었다. 석두거사는 이 여인의 마음을 읽고 있었다.

"부인! 사람이 세상에 나서 헐 일 가운데 으뜸가는 것 두 가지가 있소. 한나는 진리를 깨달은 스승을 만나 도를 깨치는 일이고, 둘은 도를 깨치고 난 후에 고해 중에 있는 중생을 건지는 일이오. 이 두 가지 일이 모든 일 중에 젤로 근본이 되지라우. 자, 그런게 인생이 허무허다, 사는 게 무의미허다 그러는 것은 어리석은 생각 아니겠소?"

"그게 남자한테는 맞을지 모르나 아녀자한테야 어디 당한 말씀입니까?"

"남자와 여자를 차별허는 풍속은 멀지 안허 깨질 것이오. 나의 교법이나 우리가 맹그는 회상에선 남녀가 아무런 차별이 없소. 도를 깨치는 데는 남녀노소가 따로 없고 빈부귀천도 없소. 아직 개벽이 덜 되아 지금은 실감이 안 나겠지만 개벽이 되면 참 좋을 것잉게 그런 생각일랑 접으시요!"

위엄이 있으나 자상하고 따스한 낯빛으로 조용조용 일러주는 석두거사의 상호를 감히 우러러보던 이경수는 마침내 자리에서 일어나 큰절을 올렸다. 말투도 옷차림도 촌티가 질질 흐르는 이 시골뜨기 젊은이야말로 거스를 수 없는 힘을 가지고 있음을 그녀는 깨달았다. 석두거사는 그녀에게 동진화(東震華)란 법명을 주었다. 동방에서 떨치는 꽃, 이경수의 운명이 큰 고비를 넘고 있었다. 이동진화를 동행했던 침모로 세 살 연상인 과부 김씨는 삼매화(三昧華)란 이름을 얻었고, 이어서 유세련, 최만수화, 이현공 등이 줄줄이 제자가 되었다. 이 중 이현공은 바로 만덕산 만덕암의 주인인 김 승지의 며느리이니, 그녀는 외아들과 둘째딸의 학업을 뒷바라지하러 서울에 올라와 있었던 것이다.

"지난겨울엔 만덕산에 찾아가 부인의 산제당에서 석 달이나 신세를 겼는디 여그서 안주인을 뵙게 되니 반갑고 고맙구만이라."

"인경(최도화) 성님한테 다 들었지라오. 신세랄 것도 읎응게 필요허시다면 언제라도 쓰셔라우."

한 달 동안 서울 교화의 터전을 일구고 난 석두거사는, 이제 집을 내주고 서울을 떠나 전주로 내려가기로 했다. 때는 삼월 하순이었다. 박공명선은 같은 동네 사는 이경길(李瓊吉)이라는 유식하고 예쁜 청상과부를 꼭 소개하고 싶었는데, 그렇게 할 수 없어 참으로 아쉬웠다. 이현공도 한때 아들이 그 집에서 하숙을 한 적이 있어 잘 아는 처지인지라 옆에서 거들었지만, 이경길은 남편 상중이라 외출을 삼가고 있었다. 더구나 외간 남자를 만나라는 권유라면 말도 말라고 했다. 박공명선이나 이현공으로부터 이경길의 인물됨을 전해 들은 석두거사는 이 여인을 놓치지 않으리라고 다짐하고 탈상일인 시월 열여드렛날을 유념하였다.

삼월 그믐(양력 5월 2일), 전주 전음광의 집에서는 불법연구회 창립을 위한 발기인회가 열렸다. 발기인으로는 일곱 명이 동참하였지만 다소 곡절이 있었다. 서중안, 문정규, 이춘풍, 박원석 등

네 사람은 당연한 것으로 받아들였지만, 송만경, 전음광, 이청춘을 포함하는 데는 꺼리는 사람이 있었고 본인들도 사양하였다. 송만경은 학명 스님 만나러 내장사 갔다가 얻은 인물이니 입문한 지 불과 두 달이요, 전음광은 나이가 열여섯밖에 안 된 소년이었고, 이청춘은 여자에다가 그나마 화류계 출신이었다. 그럼에도 석두거사는 굳이 이들을 추천하였다.

"입문헌 경력이 일천허다고 차별허거나 나이가 어리다고 차별허거나 더구나 여자라고 차별해선 안 되오. 우리 회상에선 단지 지우(智愚, 지혜로운 자와 어리석은 자) 차별만 용납될 뿐 남저지는 모도 평등허게 대우받아야 허오."

서중안 등이 그간의 준비와 창립 절차를 설명하는 데까지는 일사천리로 돌아갔다. 다만 총부 건설 기지에 대해서는 의견이 분분했다. 더러 석두거사의 고향이자 기반 시설이 있는 영광이 총부가 돼야 한다는 당위론을 내세우는 사람이 없지 않았으나, 대개의 의견은 완주군과 익산군을 벗어나지 않았다. 고산, 봉동, 왕궁, 북일 등 면 단위가 적지로 제시되고 각기 유리한 점과 문제점이 논의되었다.

"지덜 의견이 인자 다 나왔응께 결정은 사부님께서 혀주시지라우."

서중안이, 묵묵히 제자들의 토론을 경청하고만 있는 석두거사에게 결심을 촉구했다. 그러자 석두가 비로소 입을 열었다.

"솝리〔裡里〕 부근 익산은 토지가 광활허고 또 교통이 편리해

서 무산자가 생활허기도 좋고, 각처 회원이 왕래허기도 편리헐 듯

헝게 거그로 정허면 어쩌요?"

발기인들은 전원 그 뜻에 따르기로 찬성하고, 회관 부지의 매

입은 현지를 답사한 뒤에 하기로 했다. 창립총회는 한 달 뒤인 6월

1일(사월 그믐)에 하기로 결정하고, 박원석 등에게 장소를 물색하

도록 위임했다.

석두거사가 전주에 머무르며 창립총회를 준비하는 동안에 인

연 있는 제자들을 두루 챙겼지만, 총회 십여 일 전 조공진(曺工珍)

을 만난 일은 중요한 사건이었다. 조공진은 정읍 사람으로 열아홉

살에 갑오년 동학농민항쟁에 참가하여 관군의 포로가 되기도 하면

서, 칠보산 전투에서 패퇴하자 도망하여 몸을 숨기고 한의학을 익

혔다. 그 결과 그는 김제, 원평, 정읍 등지에서 한의사로 명성을

얻게 되었다. 그러다가 문득 뜻한 바 있어 야소교(개신교)로 개종

하고 집안이 모두 독실한 신앙생활을 하였다. 원평 구봉리에 예배

당을 지었고, 청소년에게 신교육을 시키기 위하여 학교도 세웠다.

그는 기미년 이후로 독립지사와 애국부인회에 은밀히 자금을 지원

하고, 목사 등 기독교계 독립지사들과 유대를 가지고 협력하며 신

념에 찬 활동을 했다. 그러나 성과가 뜻과 같지 않자 실의에 빠졌

다. 한때는 보따리 하나 둘러메고 도보로 전도 행각에 나서서 이

마을 저 마을을 전전하는 고행도 마다하지 않았다. 때로는 발이 부

르터서 절뚝거리며 걸었고, 혹은 끼니도 거른 채 비까지 함빡 맞아

가며 고난에 찬 순교(巡敎) 행진을 강행하였다.

갑자년(1924) 들어 곧 지천명(知天命)의 나이를 앞두고, 그는 자기 생을 돌아보며 인생에 대한 의혹이 해명되지 않고 있음을 깨달았다. 그는 재림 예수를 만나게 해달라고 기도하였다. 말세에 구세주가 도둑같이 다녀간다던 예언대로라면, 바라건대 그 구세주를 놓치지 않고 꼭 만나도록 해달라고 열심히 기도하였다. 이 무렵, 이웃에 사는 송찬오(적벽)가 찾아와 이러저러한 이야기를 하던 끝에, 석두거사의 인물됨과 그 탁월한 깨침의 경지를 들려주었다. 그는 호기심이 영 없지는 않았으나, 예수 믿는 마음이 견고하여 흔들리지 않았다. 더구나 '불법연구회'란 이름만으로도 그는 거부감을 느꼈다. 그럼에도 여러 차례 듣다 보니, 한 번쯤 만나봐도 손해 될 건 없겠다 싶은 생각이 들었다. 마침내 그는 송적벽의 안내로 전주를 향했다.

전음광의 집으로 찾아갔다가 석두거사의 자취를 따라 간 곳이 한벽당이니, 앞으로는 완산칠봉이 보이고 우측으로는 다가공원이 조망되는 전주 팔경의 하나다. 여기서 석두거사와 조공진의 역사적인 만남이 이루어졌다. 조 장로는 십오 년 연하의 이 비범한 젊은이와 한바탕 대결을 벌여 반드시 굴복시키고 말리란 각오를 가지고 임했다. 그러나 두 시간을 못 넘겨 조 장로 쪽의 완패로 끝났다. 그 문답 대결의 핵심은 이렇게 전해지고 있다.

"선생은 보통 사람과 다른 점이 있어 보이는디 어떤 믿음을 가지고 있소이까?"

"이십오 년 동안 하나님을 신앙해온 예수교 장로로소이다."

"장로님이 그리 오래 하나님을 믿었다 허싱게 묻겄는디, 하나님이 어디 기시지라우?"

"하나님은 전지전능허시고 무소부재하사 기시지 않는 곳이 없소이다."

"그렇다면 장로님은 늘 하나님을 만날 수도 있고 말씀도 나누고 허시겄구만이라?"

"에…… 그게 글씨…… 안직까지는 만낸 적도 없고 말을 나눈 적도 없소이다."

"그렇다면 장로님은 아직 예수의 심통 제자는 못 되는 것이지라우?"

무소부재한 하나님이라면서 이십오 년 동안 만나지도 못하고 말 한마디 못 나누었다 하자니 당황스러웠다. 속수무책으로 당하는가 생각하니 부끄럽기도 하고 기운이 쭉 빠졌다. 조 장로는 한참 동안 묵묵히 있었다. 그러나 같은 질문으로 역공을 펼 수가 있다는 데 생각이 미치자 다시 기운을 차렸다.

"아니 그럼, 선생은 부처를 믿는다고 들었는디 선생께선 부처를 만내고 말도 나누어보았소?"

"아믄! 부처님뿐 아니라 하나님도 수시로 만나지라우. 장로님이 공부를 잘 해서 예수의 심통 제자만 되면 장로님도 그리 헐 수가 있지라우."

조공진은 자기가 지고 있음을 깨달았다. 이 젊은 도인의 말은 어느 것도 의심할 수가 없다. 부처를 정말 만났느냐, 하나님을 언제 보았느냐 하고 반문하거나 따질 수가 없다.

"성경에는 예수께서 말세에 다시 오시되 도둑같이 댕겨가리라 혔고, 그때는 여러 가지 증거도 나타날 것이라 혔는디, 선생은 참으로 예수께서 오시는 날이 있다고 허시오?"

"성현은 거짓이 없응게 장로께서 공부를 잘 히서 심령이 열리고 보면 예수께서 댕겨가시는 것도 알 것이오."

마침내 조공진은 소태산의 인격에 깊은 감명을 받았고 스스로 승복하지 않을 수 없었다.

"지가 오랫동안 기도험성 지를 지도허실 스승을 지둘렀는디, 오늘 선생을 뵈옹게 맘이 흡족해서 당장 제자가 되고 잡소. 그런디 한편으론 변절 같아서 양심에 꺼림이 있구만이라."

"예수교에서도 예수의 심통 제자만 되면 내가 허는 일을 알게 될 것이고, 내게서도 나의 심통 제자만 되면 예수가 헌 일을 알게 될 것이오. 그렇게 몰르는 사람은 저 종교 이 종교의 간격을 두어 마음에 변절헌 것같이 생각허고 교회 사이에 서로 적대시허는 일도 있지마는, 참으로 아는 사람은 때와 곳에 따라 이름만 달블 뿐이요 다 한 집안으로 알게 될 것이오. 장로님이 가고 오는 것이사 오직 자신이 알아서 허시쇼."

"참으로 거룩허시구만이라. 선생의 도덕은 바다맹키로 광대헙니다."

조공진은 자리에서 일어나 석두거사에게 큰절을 올렸다.

그가 예수교 관계를 정리하고 정식 제자가 되기까지는 시간
이 다소 필요했지만, 걸핏하면 "거룩합니다, 광대합니다" 하고 칭
송하는 그에게 석두거사는 기릴 송, 넓을 광, 송광(頌廣)이라는 법
명을 주었다. 석두는 조송광을 제자로 받아들이면서 그에게 이렇
게 당부하였다.

"내 제자가 된 후라도 하나님을 신봉허는 맘이 더 두터워질지
언정 하나님을 믿는 맘이 덜해지거나 예수의 가르침을 저버리는
일이 있다면 송광은 나의 참된 제자가 못 되는 것잉게 명심허시요."

6월 1일, 예정대로 창립총회가 열렸다. 장소는 이리읍 마동
죽산에 있는 작은 절 보광사(普光寺)였다. 10시 개회에 맞추어 모
인 사람이 서른아홉 명이니, 이 가운데 영광 지역 대표로는 김기
천, 김광선, 오창건, 이동안 등이요, 김제 지역 대표로는 서중안,
송만경, 구남수 등이요, 익산 대표로 박원석, 전주 대표로 문정규,
전음광 등이었다.

"지금부터 불법연구회 창립총회를 개최허겠습니다. 소태산
박중빈 선생을 모시고 영광, 김제, 익산, 전주 등 각처에서 회원들
이 모였습니다. 비록 수효는 적으나 일당백의 신심과 공심을 갖춘
대표 회원들이니만큼 진지헌 토의로 좋은 성과가 있기를 기대헙
니다."

송만경이 개회사를 했고, 이어서 임시의장 서중안이 박수를 받으며 앞으로 나아갔다.

"우리 사부님께서 병진년에 대각을 이루신 후 팔구 인 동지들과 더불어 저축조합을 설립허여, 기미년에 방언공사와 기도로 회상의 토대를 맹글고 불법연구회 기성조합을 설립허신 지가 이미 오 년이 지났습니다. 그간 사부님께서는 변산에 은거허시며 대도정법을 제정허셨으나, 교통이 험난허고 장소가 협착허여 세상을 널리 교화헐 자리가 못 되었습니다. 그리서 우리는 곧 교통이 편리허고 토지가 광활헌 익산 땅에 총부를 건설허기로 결정헌 바 있거니와, 오날 창립총회로부터 새 천지가 개벽허고 새 역사가 시작되았습니다. 도덕이 바로 서서 창생을 도탄에서 구허고 낙원세계를 개척헐 터전이 마련된 것입니다. 참으로 감격시로운 일입니다……."

서중안은 다소 떨리는 목소리로 창립 취지를 설명하였다. 이어서 그간 준비했던 불법연구회 규약을 조목조목 심의하고 만장일치로 채택하였다. 채택된 규약은 총칙·임원·회의·회원의 권리와 의무·가입 및 탈퇴·회계 및 기타 등 총 6장 22조로 되어 있는데, 조직은 서무·교무·연구·상조조합·농업·식사·세탁의 7개 부를 두고, 임원은 총재 1인, 회장 1인, 부장·평의원·간사를 각각 약간 명 두며, 회의는 정기총회·임시총회·평의원회·월례회 등 4종을 두게 돼 있었다. 유지(재정)는 입회금·연회비·의연금·농작 식리금 등을 충용(充用)키로 하였다.

규약에 따른 임원 선출도 있었다. '불법에 정통하고 범사에 모범이 될 만한 자로 본회를 지도 감독할 책임을 지는'(규약 7조) 총재에는 소태산을 추대하고, 회장에 서중안, 그리고 임시서기로 김광선을 선출하였다. 평의원으로는 서동풍, 박원석, 김기천, 문정규, 송만경, 오창건, 이동안, 전음광 등이 뽑혔다. 다른 것은 순조로이 진행되었지만 힘든 토의는 재정 문제였다. 기지가 확정되는 대로 토지를 매입하고 총부 본관을 건축하는 일이 급선무인데, 그 만만치 않을 비용은 모든 회원에게 큰 부담이 아닐 수 없었다. 영광에는 유지답도 있고 건물도 여러 채 있지만, 새로이 총부를 건설하는 일은 그들에게 그야말로 평지조산(平地造山)의 대역사(大役事)였다. 그러나 영광 제자, 그중에도 삼산 김기천, 사산 오창건, 팔산 김광선 등 방언공사에 참여했던 첫 제자들만은 담담했다. 그것은 스승에 대한 절대적 신뢰이기도 했지만, 이제 어떤 어려운 일이라도 해낼 수 있다는 자신감이요, 또 어떤 고통이라도 감내하겠다는 희생정신이었다.

"우리 회원이 남자 60명, 여자 70명, 도합 130명이 됭게, 십시일반으로 의연금을 모웁시다. 총재님께서 늘 말씸허시드끼 이소성대(以小成大) 정신으로 나가면 못 이룰 바가 읎다고 봅니다. 초가 몇 간이라도 금년 중에 꼭 짓기로 약속헙시다."

회원들의 토의를 정리하여 송만경이 결론을 내렸다.

"건축은 추워지기 전에 막음혀야 헝게 서둘러서 의연금을 모와야 허는디 여그서 구체적 방안을 마련허긴 곤란허지라. 서중안

회장과 문정규 씨, 이케 두 분이 책임을 지고 추진허드락 일임헙시
다."

이어서 김기천이 재가와 출가의 공부(수행)법과 솔성요론(率
性要論)에 대해 강연을 했다. 마지막으로 《시대일보》 이리지부장
정한조의 웅변조 축사를 박수로 마무리했다. 석두거사는, 회상의
공개는 언론을 통하는 것이 마땅하다고 보아 숍리 사정에 밝은 박
원석에게 이리지국 신문기자들을 교섭하게 해두었다. 그 결과,
영향력 있는 《동아일보》 《조선일보》 등은 관심을 안 보인 반면, 창
간한 지 겨우 삼 개월밖에 안 된 새 신문 《시대일보》 만이 참석한
것이다. 그래도 정한조 덕분에 토막기사일망정 6월 4일자 《시대
일보》 한 귀퉁이에 '이리 불법연구회 창립'이라는 기사가 실렸으
니 아쉬운 대로나마 회상 공개의 의미는 달성한 셈이다. 늦게나마
《동아일보》도 이듬해(1925. 5. 26.)에 '익산에 수도원, 주경야독
으로 불법을 연구해'란 제목의 4단 기사를 실어 회상 공개를 홍보
해주었다.

창립총회를 마친 회원들의 자부심과 각오는 예사롭지 않았
다. 그중에도 회장 서중안의 경우, 어깨는 무거웠지만 회상 창립
의 주역으로서 누구보다도 자부심이 넘쳤고 각오도 확고했다. 그
는 총재 소태산을 모시고 이리 근교를 날마다 순회하였다. 해당 지
역 지리에 밝은 회원들을 동행하여 그 위치와 땅값과 장래의 전망
을 놓고 토론을 하면서 답사한 결과, 익산군 북일면 신룡리(新龍
里)가 최적지로 낙점되었다.

이런 와중에 석두거사는 무슨 생각인지 서중안 등에게 의연금 모금 등 총부 건설사업의 추진을 맡겨놓은 채 다시 만덕산으로 들어갔다. 역시 만덕암이었다. 그러나 이번에는 지난해 섣달에 찾아갈 때보다 한결 당당했다. 그때는 최도화 하나만 믿고 찾아갔는데, 임실댁이라는 무당이 만덕암에 대한 기득권을 가지고 굿을 한다, 산제를 지낸다, 주인 행세를 하면서 소태산 일행을 적잖이 괄시하였었다. 훗날 최도화는 그 무렵의 일화를 후진들에게 재미있게 들려주면서 곧잘 웃겼다.

"그 임실떡이 말시, 지가 치성 드레줘서 김 승지 메누리 이현공이가 부종병도 낫고 싯쩨(셋째)도 생산했다고 소락배기(큰소리)가 끄리끄리혀. 종사님(소태산) 모시고 강께 이 예펜네가 첨부터 좋아허덜 안허도만. 고시랑고시랑 자꼬 나헌테 사살허길래 아닌보살하고 있는디, 하레는 산제를 지낸다고 음석을 장만허데. 내가 도와주다가 우리 종사님 드리고 자풍게 음석을 요곳조곳 쪼깨썩 덜어 챙기들 안했겄능가! 아, 근디 요 당골에미가 느닷없이 소리를 꽥꽥 지름시롱 숭헌 소리를 혀쌓더라고! 먼 소리냐구? 아, 나보고 '저년이 워디서 젊은 서방을 델꽈서 정헌 음석을 먼제 헐어가꼬 지물(제물)이 다 부정타부렀다!' 허더라고. 갖고는 내가 '이 사람아, 고거이 아녀. 산신님도 중허지만 산부처님께 공양을 잘 혀야 소험이 있어. 그리 애먼 소리 허면 쓰간디?' 허고 달랬제. 글도 계속 욕을 퍼붓어. 근디 갑제기 임실떡이 '악' 허고 외매디 소릴 질르더니 택이 뚝 떨어져부러. 잘코사니! 택만 빠진 기 아이라

게버큼을 물고 자빠지드랑깨. 동자가 확 두비지고 댐방 죽게 생깄
어. 내가 겁이 나서 종사님께 지발 살리돌라고 빌었잖은가베. 긍
게 종사님이 싸묵싸묵(천천히) 나오시더만, 그 예펜네 텍조가리
를 한 번 쓱 쓰담음시롱 '죽지는 안헐 팅게 서늘헌 디다 눕히소' 그
러시데. 겔국 텍도 붙고 살아나긴 혔지만, 그 죗값으로 펭생 입삐
뚤로 안 살고 있나."

　그러던 것이 이번엔 서울서 제자가 된 집주인 이현공의 배려
로 당당하게 입주하였다. 임실댁도 얼씬 않고, 최도화도 굳이 안
내자가 될 필요가 없었다.

　석두거사는 여기서 열두 명의 제자와 더불어 무더운 계절 달
포를 안거로 보냈다. 이때의 선(禪, 정기훈련)에 동참한 이들은 영
광 제자 송규, 오창건, 김광선과 진안 제자 최도화와 전삼삼, 전음
광 모자, 그리고 서울서 얻은 제자 박사시화, 이동진화, 김삼매화,
거기다 전주서 얻은 제자 이청춘이 합세하였다. 그러나 이들 못지
않게 중요한 인물 두 사람이 동참하였으니, 그들은 만덕산 자락인
성수면에 사는 노덕송옥(盧德頌玉)과 김대거(金大擧)였다. 그들은
육십육 세의 할머니와 열한 살짜리 손자였다. 최도화는, 평소 불
심이 장했던 조모 노씨를 설득하기는 쉬웠다. 하지만 조모는 사랑
하는 장손자와 동행하기를 고집했다. 어린 중을 보면 때때중이라
고 놀리던 개구쟁이 시절을 갓 벗어난 손자가 그런 일에 도무지 관
심이 있을 리 없었지만, 할머니의 계산법은 따로 있었다. 어렵사
리 얻은 맏손자가 단명하리라는 관상가의 말을 듣고 고민하던 터

라 큰스님에게 수양아들로 팔면 수명을 연장할 수 있으리라는 절박한 소망이 있었던 것이다. 석두거사는 그녀에게 큰스님이었다.

그리하여 만덕산 초선엔 원불교 역사상 그럴듯한 구도(構圖)가 마련되고 있었다. 일단 석두거사는 당신이 구상한 제자 훈련의 과정(정기훈련법)을 시험할 좋은 기회였을 것이다. 그러나 정작 주목할 그림은 교조이자 1세 종법사인 소태산 박중빈과, 2세 종법사인 정산 송규와, 3세 종법사인 대산 김대거가 처음으로 한자리에 모여 도를 닦는 모습을 연출했다는 점이다. 이것은 우연이 아니라 소태산의 치밀한 연출에 의하여 마련한 원불교 교단 창립을 위한 큰 그림이었을 것이다.

갑자년에 문을 열다

○

불법연구회 총부 본관 건축은 발 빠르게 진척되었다. 서중안 회장이, 익산군 북일면 신룡리 344-2번지 삼천 오백 평의 기지를 단독으로 매입하여 기증한 데 이어 육백 원의 건축비를 쾌척하였고, 각지 회원들의 모금 운동으로 의연금이 육칠백쯤 모이자 우선 착공부터 하였다.

달구질 선소리는 팔산 김광선이 잘 메겼다.

어어허라 다알구우~ 나무아미타아부울
혼몽 중에 있던 우리~ 나무아미타아부울
취중에 있던 우리~ 나무아미타아부울
교육받지 못한 우리~ 나무아미타아부울
어어허라 다알구우~ 나무아미타아부울

그는 후에 불법연구회 취지규약에 들어갈 내용을 넣어 선소리를 메기고, 그것이 끝나면 〈경축가〉〈권도가〉 등 소태산의 가사들을 넣어 메기기도 하면서 흥겹게 가락을 넣었다.

이렇게 바쁜 역사(役事)로 지샐 때이건만, 소태산은 경성 계동 산다는 청상 이경길의 부군 탈상일인 시월 열여드렛날을 잊지 않고 있었다. 소태산은 탈상 일주일쯤 지나 서울로 가서 창신동 이동진화의 별채를 임시 거처로 정했다. 박사시화, 박공명선 쌍둥이 자매로부터 소태산 상경 소식을 전해 들은 계동 이 부인은, 박씨 등이 하도 입에 침이 마르도록 칭찬을 한 덕에 그러잖아도 기다리던 차라 기꺼이 창신동 605번지를 찾아 나섰다. 스무엿샛날이었다. 그는 육십대의 친정어머니와 사십대의 친정 언니를 동행하고 있었다. 부대한 체구, 원만한 상호에 형형한 안광은 세 여인들을 다정하게 맞이했지만, 누가 뭐라지도 않건만 이들은 이미 압도당하여 절로 공경심이 솟았다.

"각자 원허는 바가 있어 나를 찾아오싰겄는디 어디 말씸들을 들어봅시다. 근디 내가 아는 것을 원해야 내가 갈차드리지, 내가 알지 못허는 것을 갈차돌라시면 나도 어쩔 수 없지라우."

소태산은 옆에 있던 가죽가방과 손에 든 염주를 가리키며 부연했다.

"가령, 나는 염주 깎는 법은 알지만 가방 맹그는 법은 몰르요. 부인들이 염주 깎는 법을 갈차돌라면 나는 성심으로 갈차드리겄지만, 가방 맹그는 법을 갈차돌라면 그건 사양헐 수밖에 없지 안허겄소? 어디 노부인부텀 말씸해보시지라우!"

소태산은 따뜻한 미소로 여인들의 얼어붙은 긴장감을 녹여주었다.

"저는 인생살이에 별로 불만은 없이 살아왔고 남들도 행복한 가정이라고 합니다. 다만, 여기 큰딸애는 열일곱에 출가하여 딸 둘을 낳고 스물둘에 혼자가 되더니 이번엔 둘째가 스물에 혼인해서 아들 둘 낳고 스물여덟에 혼자가 됐으니 애처롭습니다. 불교를 믿고 지내면서 늘 궁금한 것은 전생·금생·내생의 삼세사입니다. 무슨 업이 있길래 사위들은 그렇게 일찍 가고 저 애들은 저렇게 청상이 되었는지 알고 싶습니다."

"이거 놀래운 일이구려! 한 가정에 얽매여 가정사밖에 관심이 없을 부인네가 삼세 일을 알고 싶다니 그 뜻이 장허요. 그 일이라면 내가 전문잉게 갈차드리지라우. 자, 이번엔 큰따님이 말씸해 보시구려."

소태산은 언니 되는 딸에게 채근했다.

"저는 일찍 불문에 귀의해서 어머님과 함께 백용성 스님 문하에서 신앙을 하고 있습니다만, 저도 궁금한 것을 여쭙겠습니다. 서가세존 열반 후 영산회상의 정법·상법·계법 삼천 년이 지나면 용화회상 미륵존불이 출세하신다 했고, 영산회상 말과 용화회상 초에 사도(邪道)가 분분하고 사람의 정신이 여기 현혹되어 정·사(正邪) 분별이 어렵다 했는데, 지금이 바로 그런 때가 아닌가 합니다. 저는 정도와 사도를 확실히 구별하는 법을 알고 싶습니다."

"허허, 이거 갈씨락 태산이라드니, 모친보담 한 수 더 뜨시는 구려! 정도와 사도를 구분허는 방법이라면 내가 잘 알지라우. 그건 자신 있게 갈차드리리다. 자, 그럼 이번엔 작은따님 차례요."

"네, 선생님께선 삼세 일도 잘 아시고 정도와 사도를 구별하는 법도 잘 아신다 하니, 저는 둘 다를 알고 싶습니다."

입가에 보일 듯 말 듯 웃음기를 머금고 눈길을 다소곳이 방바닥에 깐 채 조용조용히 말하는 젊은 여인, 소태산이 처음부터 점찍어둔 여인이 바로 이 여인 아니던가. 기부(肌膚)가 눈같이 희고 고우나 슬픔이 한 꺼풀 덮인 얼굴, 소태산은 민망스럽지 않을 만큼 여인에게 시선을 모으고 고개를 끄덕였다.

"거 참, 욕심도 많구만이라! 허허허, 그런 욕심이라면 만헐수록 좋지라우. 내가 부인께는 두 가지를 다 갈차드리리다."

소태산은 세 부인에게서 맑고 향기로운 기운을 느꼈다. 특히 젊은 부인과는 숙겁의 연이 있음을 직감했다.

"오늘은 참으로 뜻이 깊은 날인가 싶으요. 나는 평소 사람들을 많이 상대해서, 말을 허자면 그때마다 상기가 되어 심이 드는디, 부인들을 대허면서는 외레 하기가 되고 기분이 상쾌허요. 부인들과 법연을 두텁게 허기 위해서 내가 법명을 지어드릴 팅게 생년월일과 성명을 말해보시오."

어머니와 큰딸은 소태산의 이 제의가 난감했다. 그들은, 독립선언 삼십삼 인 중 한 분인 백용성 스님의 대각교 포교당에 다니는 신도로, 각각 민대각화와 이원각화라는 불명을 받았던 것이다. 결국, 모친과 언니의 권유에도 불구하고 포교당에 다니지 않던 작은 딸만 법명을 받기로 양해가 되었다.

"생일은 병신생 섣달 스무사흘이고 이름은 옥구슬 경(瓊)에 길할 길(吉), 이경길입니다."

이경길은 종이에 생년월일과 이름을 적었다. 달필이었다. 소태산은 그것을 받아 들고 잠시 침음(沈吟)하다가 곧 웃음을 띠고 말했다.

"부인! 부인의 법명은 함께 공(共), 구슬 주(珠), 공주라고 헙시다. 어디 거그다가 본인이 한번 써보소."

그는 정성들여 '李共珠'라고 한자로 써 보였다.

"부인! 젊으나 젊은 나이에 홀엄씨가 되았으니 을매나 한시롭겄소. 허나 운명을 탓헐 것만은 아니요. 외레 그런 운명 땜에 더 큰일을 해낼 수도 있을 것이오. 구슬은 귀헌 것이고 누구나 좋아허는 것잉게, 인자는 한 남자의 손바닥에서 사랑받는 구슬이 아니라 만인이 함께 소중히 여기고 사랑허는 구슬이 되드락 허씨오."

그 순간 이경길은 전율을 느꼈다. 그녀는 일찍이 은사 하란사 선생을 따라 이화학당에 입학하였으나 종교적 갈등 때문에 동덕여자의숙(동덕여대 전신)으로 옮겼었다. 거기서 다시 여관시보(女官試補)로 추천받아 융희황제(순종)의 곤궁인 윤 황후의 시독(侍讀)*이 되어 다른 네 명의 동료와 함께 창덕궁으로 입궁한 것이

---

* 본래는 임금에게 경전을 가르치는 경연의 벼슬이지만, 여기서는 황후

십삼 세였고, 그는 한일합병 때까지 사 년간 윤 황후를 모시며 황실의 예의범절과 한문, 일어 등을 배우고 익혔다. 윤 황후는 그녀를 유난히도 총애했다. 경자(慶子)라는 본명 대신 경길이라는 이름을 쓰게 된 것도 윤 황후의 뜻이었다.

"경자야, 그 일본식 이름 고치자. 여자의 팔자는 남자에게 달렸느니라. 너는 용모가 곱고 두뇌가 명민해서 남편의 사랑을 많이 받을 것이니, 아름다운 옥을 가리키는 옥구슬 경(瓊)에다가, 흉한 일은 없고 평생 길한 일만 있으라고 길할 길(吉)을 보태 경길이라고 부르자."

그러던 윤 황후도 망국의 마지막 황후로서 흉한 꼴만 보고 있지만, 자신의 운명 역시 길한 게 하나 없다. 아니, 불길하고 어두운 그림자만 덮이지 않았던가. 궁에서 나와 경기여고보(경기여고 전신) 본과를 졸업했을 때만 해도 희망에 부풀었다. 그러나 은사 니시가와[西澤] 선생의 주선으로 일본 동경여대 문학부 입학 수속까지 마치고도, 집안의 완강한 반대에 부딪혀 결국 유학을 포기하는 뼈아픈 좌절을 겪었다. 별수 없이 마음을 바꾼 그녀는, 남원 갑부의 장손으로 당대 일급 인텔리 청년이던 박장성의 구혼을 받아들여 동덕여학교 교장의 주례로 행복한 결혼식을 치렀다. 갓 스물에, 꿈을 접은 대가로 만인의 부러움과 축하를 받으며 치른 결혼이건만, 여기에도 그녀가 견디기 힘든 충격이 기다리고 있었다. 남

———————

를 모시고 함께 글을 배우는 역할이다.

편에겐 고향에 본처가 있었던 것이다. 고뇌와 모멸감 속에서도 두 아들을 낳으며 상처가 아무는 듯했으나, 메이지대학 유학 중이던 남편이 급성폐결핵으로 스물여덟 나이에 급사하고 말았다. 두 아이를 둔 청상이 겪는 슬픔과 고통은 곧장 생에 대한 회의로 이어질 수밖에 없었다.

윤 황후가 그랬듯이 이 도인이 그녀에게 또 구슬이 되라 한다. 윤 황후는 그녀에게 한 남자의 손아귀에 든 구슬이 되라 했지만, 이 사람은 그녀에게 만인의 사랑을 받는 구슬이 되라 한다. 이틀 뒤 이들은 다시 소태산을 찾았다. 이때는 언니(이원각화)의 딸, 경기여고보에 다니는 열일곱 살 김순득까지 동행하였다. 김순득은 공부와 운동 가릴 것 없이 경기여고보가 자랑하는 재원이었는데, 경성 소재 여덟 개 여고보 연합운동회에 육상선수로 출전하였다가 넘어져 얼굴에 부상을 입었다. 뜻밖에도 상처가 덧나 급성뇌막염으로 진행되어 사경을 헤맨 끝에 겨우 목숨은 건졌으나 병은 아직도 완쾌되지 않았고, 완쾌되더라도 상흔은 이미 지울 수가 없는 상태였다.

"공주에겐 무신 소원이 있소?"

소태산은 이경길을 공주라고 불러주었다. 그녀는 정말 이 낯선 이름이 맘에 들었다. 경자에서 경길로, 이제는 경길에서 공주로 바뀌며 또 하나의 새로운 운명이 기다리고 있었다.

"네, 저는 일본 유학을 하여 문학박사가 되고 싶습니다."

"문학박사가 되어선 뭣을 허려고 허요?"

"문학박사가 돼서, 조선의 천대받는 불행한 여자들을 위해 그들을 계몽하는 글을 쓰겠습니다."

"참 좋은 소원이오. 이천만 조선인의 절반인 일천만 여성을 위하겠다니 참말로 장헌 생각이오. 그런디 공주가 쓴 글을 몇 사람이나 읽을 것 같소? 아니, 천만이 다 읽는다고 칩시다. 그러면 남치기 절반인 조선 남자덜은 우대받고 행복항게 몰른 체해도 되는 것이오? 또 조선인이 아닌 일본인이나 중국인이나 혹은 서양 사람은 불행해도 헐 수 없고, 천대받더라도 내 알 바 아니다 그 말이오?"

소태산은 빙그레 웃음까지 띠고 담담히 하는 말일지 모르나, 이공주에게는 비수를 턱밑에 들이대고 사정없이 다가드는 것 같았다. 이공주는 어떻게 대답할 바를 몰라서 쩔쩔맸다.

"그렇지만 조선 여자를 위한 것만도 제 힘으로는 감당키 어렵습니다."

"그러지 않소. 부처님의 품에는 우주가 들고 육도사생, 구류중생이 다 들어가지라우. 공주의 품에도 우주가 들고 육도사생, 구류중생이 다 들어가는 것이오. 일천만 조선 여성을 위해서 문학박사가 되는 것은 너무 알량허지 않소? 내가 공주를 세계 모든 인류와 삼세의 중생을 위헌 도덕박사가 되게 허리다. 어쩌요?"

이공주는 옹달샘을 파던 자신에게 태평양 광막한 바다가 넘실거리며 밀려오는 환상에 현기증이 일었다. 수평선 너머로 끝없이 펼쳐지는 바다를 바라보며, 그는 자기가 파다 만 옹달샘이 마냥 부끄러웠다.

"큰애기는 시방 여학교를 댕긴다 힜제? 요짐 세상에 여자가 학교를 댕기는 건 쉽지 않은 일인디 복도 많이 지었나 보구먼. 그려, 한창 꿈이 만헐 나인디 무신 소원이 있는고?"

소태산은 왼쪽으로 광대뼈와 눈가가 일그러진 김순득의 상처를 눈여겨보며 물었다.

"저는 여자로 태어나서 얼굴에 상처를 입고 보니 마음에도 상처가 생겼습니다. 기왕 버린 얼굴이지만 불법을 잘 배워 저처럼 상처받은 사람을 위해 설교로 감화하고 위로를 주고 싶습니다."

"아믄, 허고말고! 부처님 법을 공부허면 그런 설교를 잘 헐 수 있고만. 세상 사람덜 중에는 저마다 넘이 아는 상처든 넘이 몰르는 상처든 간에 상처를 가진 사람이 아조 많제. 얼굴에 난 상처만 상처가 아니라, 가족 잃은 상처, 남편에게 소박맞은 상처, 자석 못 낳아 가진 상처, 재산 잃고 생긴 상처…… 겁나 많제. 그려! 공부 잘 해서 그런 상처를 위로허고 새 힘을 불어주는 설교선수가 되아보세. 육상선수보다 설교선수가 얼매나 더 좋은 것인지 안즉 몰르제?"

이들이 백용성 스님을 떠나 소태산의 제자가 되기로 하고 새로운 법명을 받은 것은 해를 넘기고서였다. 공주의 모친은 민자연화(閔自然華), 언니는 이성각(李性覺), 조카 순득은 김영신(金永信)으로 받았다.

소태산은 곧 익산 공사 현장으로 돌아갔지만 이들에 대한 소태산의 배려는 남달랐다. 동짓달 초이틀, 소태산은 짐짓 그럴듯한 문어체의 편지를 이공주에게 보낸다.

…… 相逢한 지 未幾에 分在南北이오나 相扶之心은 未嘗一時弛라. 望須永久相愛하시와 世世生生에 共作靈山會하시기를 企祝不已이옵니다. 貴座四人을 逢看한 後로 緊實한 誠意와 高明한 才質을 念念不忘하와 心中이 恒常 快樂하온즉 今般 京城之行은 大得無價之寶로소이다…….

(…… 서로 만난 지 얼마 안 되어 남과 북으로 나뉘어 있으나 서로 의지하는 마음은 진정 한시라도 풀어지지 않습니다. 바라건대 모름지기 서로 길이 사랑하여 세세생생 함께 영산회상 만들기를 빌어 마지않습니다. 귀하신 네 분을 만나본 후로 견실한 성의와 고명한 재질을 생각마다 잊지 못하여 마음이 항상 즐거운즉 이번 서울행에선 대단한 보배를 얻었습니다…….)

이듬해 보낸 편지에선 유덕하고 활달한 자연화, 천진보살 성각이, 만화보살 공주, 진묘한 영신이 등으로 네 사람을 평가하고 있거니와, 이들은 소태산의 기대를 저버리지 않고 창립기 교단의 튼실한 주추가 되어갔다.

일곱 칸 겹집 한 동을 비롯하여 도합 열한 칸의 목조 본관이 완공된 것이 동짓달, 예산이 부족하여 부득이 눈보라 치는 엄동까지 끌긴 했으나, 이로써 일차 목표는 성공적으로 달성하였다. 그동안 회원들은 추가로 돈을 모금하여 협조하거나 아니면 몸으로 출역하여 기여하였다. '불법연구회총부(佛法硏究會總部)'라는 간판을 내걸었고, 소태산은 석두암 건축 이래 창립총회 이후까지도 쓰던 자호 석두거사를 비로소 버렸다.

"…… 모든 사업은 이소성대가 정도(正道)잉게 우리가 지금 이룬 것을 작다고 무시허지 마시오. 한여름에 잠시 났다가 죽는 호박이야 외레 씨가 크지만 느티나무같이 수백 수천 년을 자라는 나무는 씨가 작지 않소? 우리가 세운 회관이 비록 초라허고, 또 낙성을 허면서도 잔치는 못 허지만, 이 일이 얼마나 큰일인지 훗날에는 알 것이오. 여러분의 공덕을 놓고 태산보담 높고 하해보담 넓다고 허면 어쩌요? 필시 나를 부황허다 허겄지만 결코 그렇지가 않소. 우리 회상의 무궁헌 발전을 따라 여러분의 공덕도 길이 빛이 날 것이오."

그러나 저물어가는 갑자년의 혹한은 너무나 매서웠다. 공동생활에 들어간 십여 명 출가자들의 춥고 배고픈 육신만은 소태산의 격려로도 달랠 수가 없었다.

"총재 선상님! 성조를 막음혔응게 한시름 놓게는 되았지만서도 회관만 덩그러니 지어노먼 머 헌다유? 유지 관리 비용은 둘째 치고라도 당장 묵고살 양식을 벌어야 살 것 아니겠어유? 더군다나 우리가 공부 비용을 저축허지 안허면 출가헌 보람도 읎을 것이지유. 지가 생각히봉께 엿방을 허는 것이 으짤까 싶네유잉. 엿을 고먼 엿밥이라도 나올 것이고, 식구가 만헝께 한 목판썩 메고 나가 행상을 허면 넘한테 싸게 넹기지 안허도 되지 않겄어유. 그야말로 꿩 먹고 알 먹기제!"

송적벽의 제안이었다. 그는 원평서 여러 해 엿도가를 한 경력이 있었다.

"지두 그 의견에 찬성입니다요. 엿을 고면 엄동에 군불 안 때도 따시게 지낼 수 있응게 고것도 한 부주지라우."

팔산 김광선이 재청을 했고, 문정규도 찬성 발언을 했다.

"팔산! 길룡리서 숯장사 허든 때와는 또 달브요. 숯은 구워서 쟁여뒀다가 도매로 넹기면 되았지만, 이건 고아갖고 한 목판썩 들고 나가 도부를 치야 허는디 고런 일 누가 히봤소?"

소태산이 우려했지만, 모두들 못 할 것 없다고 큰소리를 치는 바람에 송적벽, 김광선을 주무로 하여 일이 급진전되었다. 가마를 사다가 설치를 하고, 엿기름을 구하고, 목판이랑 엿가위랑 도구까지 준비는 척척 진행되었다. 송적벽이 앞장서 뛴 덕분이었다. 섣달에 들어서면서 엿이 생산되었다. 송적벽과 김광선을 제외한 식구들은 추위를 무릅쓰고 더러는 눈보라를 맞아가면서 숍리로, 황등으로, 더러는 진안 좌포나 김제 부용역까지도 나가 길거리와 골목을 종일 누비고 저녁 무렵이면 회관으로 모여들었다. 추위로 사지는 동태처럼 굳어버린 데다 점심으론 잘해야 오 전짜리 빵 한 개로 때웠으니 뱃가죽은 등에 달라붙었고 호객하느라 목까지 쉬었지만, 그들은 자신들이 하는 일을 고생으로 생각지 않았다. 오히려 거룩한 사업에 참여한다는 보람으로 재미를 느끼며 마음 편히 지냈다. 저녁 식사조차 엿밥 혹은 엿밥죽으로 대신할 때가 빈번했지만 그들은 불평이 없었다. 저녁을 먹은 후에는 모여 앉아 그날 행상의 경과보고와 감상담을 하면서 내일을 기약했고, 소태산의 법설을 받들다 보면 단란하기가 이루 말할 수 없었다. 훗날 그들은 그 시절의 일화를 추억처럼 즐겁게 이야기했다.

"송만경 씨는 김제서 면장끄지 지낸 분 아닌가베. 엿목판을 메는 디끄지는 개안타고 혔지만 '엿 사시오' 소리가 안 나왔제. 그래서 첨엔 넘우 뒤만 따라댕김시로 넘이 '엿 사시오!' 허믄 즈그는 '나아두우!' 그리 혔다 안 헙디여."

"이동안 동지는 으쨌게. '엿 사시오' 소리가 차마 안 나옹께 동네 쪼무래기덜한티 엿 도막을 한나씩 노나 주고 가덜보고 대신 소리치게 안 혔소!"

"요런 일도 있었제. 지녁에 엿목판을 문도 없는 복도에 쌓아두고 안 자요. 근디 종사님(소태산)이 보시더니, '너그덜이 이러다가 도독맞으면 어쩔 거이냐. 그라지 말고 방에 들에놓고 자그라' 그라싰제. 글도 그동안 개안혔응께, 멀라고 귀찮허게 그러냐 싶어 냅뒀어. 방도 비좁고 항께 말이시. 근디 새복에 일어나 봉께 엿목판이 읎어져삤어. 도독맞었제. 워메, 이를 어쩌꺼나? 엿도 엿이지만 종사님 말씸 안 듣다 낭패를 봤응께 종사님 낯을 어뜨케 볼 거이냐……. 종사님이 머라시드냐구? 야단은 한나도 안 치시고, '너그덜이 내 말은 안 들었지만 인자 엿목판을 꼭 방에 들에놓고 잘 것이다. 긍게 그 도독님이 나보담 큰 선상이다. 잃어번진 엿과 목판은 그런 큰 선상한테 사례비 드린 심 치라. 사례비 치곤 넘 싸다잉!' 안 그라시냐. 모다 쥐구녁을 찾았제."

엿방은 이듬해 칠월에 문을 닫았다. 엿밥에다 찬으로는 아카
시아 잎을 소금에 절여 먹는 강행군을 했지만 워낙 이문이 박해서
도무지 타산이 맞질 않았다. 게다가 회원들이 외경에 너무 자주 노
출되다 보니 수도에 방해가 될 우려가 있었다.

제이업 대안으로 착수한 것은 논농사였다. 동양척식회사로부
터 만석리 논 열다섯 마지기를 정식으로 임차하여 소작을 시작했다.
곤궁하긴 마찬가지지만 해를 거듭할수록 생활종교로서 노동과 공
부를 병진하는 주작야선(晝作夜禪)의 풍토가 자리를 잡아갔다. 어
느 날 화류계 출신 이청춘이 소태산에게 단독 면담을 신청했다.

"청춘이, 먼 일로 나를 따로 만내자 허시나?"

"총재 선상님, 화류계 이십 년에 지한티 남은 거라곤 시방 사
는 집 한 채허고 넘한티 도지 주고 있는 논 일흔 마지기가 전부지
라우. 선상님 가라침 받음서 생각항께 이 재산을 지가 갖고 있을
게 아니라 꼭 회상을 우해서 좋은 일에 써야 쓰겠어라. 집은 당장
어짤 수 읎지만 먼차 땅을 바치겄어라. 한 평도 냄김 없이 바칠 것
잉게 부데 받아주씨요."

이청춘은 땅문서가 든 보자기를 풀어 보였다. 소태산은 잠시
말없이 이청춘을 바라보았다. 본디 사구일생으로 변덕 부리는 사
람이 아닌 줄은 알지만, 그녀의 표정은 단호했다.

"청춘이 뜻은 참말로 장허요. 더군다나 나를 믿고 이런 큰 재
산을 초개처럼 내놓응게 고맙기 이를 디 없소. 허나 이 재산은 청

춘이 평생 번 재산이나 진배없는디 나중에 혹시라도 아까운 생각이 나거나 후회가 안 될랑가 짚이 생각해서 결정허드락 허소."

"어쩌코름 생각 없이 내놓겠어라. 열 번 백 번 다시 생각혀도 지 맘이 변헐 일은 없을 텡게 받아주씨요."

그러나 소태산은 군이 땅문서를 이청춘에게 돌려주었다.

"그래도 한 번 더 생각해보소. 또 자당을 모시고 기싱게 어르신께 상의도 해보고 그담에 결정해도 늦지 안허니께 오늘은 그만 갖고 돌아가소."

이청춘을 달래 보내고 나자, 소문을 전해 들은 듯 회원들이 삼삼오오 수군거리는 눈치더니 얼마 후 송적벽과 김광선을 앞세우고 몇이서 소태산을 만나러 왔다.

"우리 회상이 지금 아무리 곤궁혀도 부정헌 돈을 갖고 사업을 헐 수는 없다고 보요. 공자도 후목(朽木)은 불가조야(不可彫也)며 분토지장(糞土之牆)은 불가오야(不可杇也)라, 썩은 낭구로는 조각을 못 허고 더러운 흙담에는 쇠손을 못 쓴다 안 힜소? 사나해덜 등골 뽑아 맹근 돈, 몸 폴아 챙긴 재물인 줄 뻔히 암서 그걸 꼭 받아야 쓰겄소?"

"맞습니다유. 불사는 빈자일등(貧者一燈)이라도 정재를 갖고 히야 쓰제, 부정헌 돈을 멀라고 받겄습니껴. 그거 아니면 굶어죽는 것도 아닌디 받아선 안 되지유."

김광선이 얼결에 알쏭달쏭한 문자까지 써가며 열을 내자 송적벽이 맞장구를 쳤고, 다른 젊은이들도 옳소 하는 표정으로 고개를 끄덕거렸다. 소태산은 절로 입가에 미소가 떠올랐다.

"오늘은 내가 기쁘요. 평생 모든 재물을 아까운 줄 몰르고 흔쾌히 희사허겠다는 사람도 장허려니와, 당장 헐벗고 굶주림성 우리 회상을 곧게 지키고 부정헌 재물을 물러내자는 의기 있는 사람덜이 이러코 있응게 아조 기쁜 일이오."

소태산은 잠시 말을 끊고 좌중을 훑어보았다. 그들은 스승으로부터 칭찬을 받고 기분이 흐뭇했다. 소태산이 자기들의 의견에 동의한다고 생각했다.

"그나 한편 생각허면 이렇지라. 정헌 재물이냐, 부정헌 재물이냐 허는 판단은 그 재물 자체에 있는 것이 아니라 그 재물을 사용허는 사람의 맘에 달린 것이 아니겠소? 돈에서 상내(향내)가 나도 나쁜 목적으로 쓰면 고것은 부정헌 돈이고, 돈에서 비렁내가 나도 좋은 목적으로 쓰면 그것은 정재가 되오. 이청춘이 그 재물을 번 수단이 뜻뜻헌 것은 아니지만, 공익을 우해서 좋은 목적에 쓰라고 내놓응게 그 맘이 깨깟허요 아니면 더럽소? 나는 그 재물이 뜻뜻허게 번 것이 아닝게 더욱더 공익을 우해서 써야 옳다고 보요. 만약 청춘이가 그 돈을 혼차 호의호식허거나 환락을 위해 쓴다 치면 그 죗값시는 어찌허고 그 빚은 다 어뜨케 갚겠소? 이런 재물을 우리 회상 발전을 위해 바치는 것은 청춘에게는 죄를 씻는 일이려니와, 우리가 이 재물을 잘 쓰면 잘 쓸수락 우리 회상에도 이롭고 청춘이에게도 좋은 것이 아니겠소?"

아무도 더 이의를 달지 않았다. 이튿날 이청춘은 어머니 김설

상화를 모시고 와서 다시 토지문서를 바쳤다. 김설상화는 김남천의 누나로, 청춘이 입회할 때 함께 입회하여 소태산에게 귀의한 몸이었다.

"총재님, 엄니도 지 뜻을 존중허싱게 확인허고 받으시요잉."

"지가 피눈물 나게 번 돈 지가 쓰겄다는디 누가 말기겄어라? 더군다나 좋은 일에 쓰자는디 지가 왜 말긴다요. 부정헌 재물잉게 못 받겄다면 헐 말 읎지만 그게 아니라면 받아주시씨요."

소태산은 비로소 문서를 받았다.

영광 논(정관평)도 염독이 가시면서 소출이 나락 여남은 섬은 되고, 회원들이 늘어나면서 입회비며 의연금(기부금)도 증가하였다. 농토가 늘어나고 사업이 다양해지면서 농업부는 산업부로 개편되었고, 벼농사 외에 양잠, 원예, 축산 등으로 확장되었다. 이삼 년이 지나면서는 과원만 하더라도 진안 만덕산에 사천 그루 감 과수원, 익산 황등에 이천 사백 그루 밤 과수원, 영산에 천 그루 복숭아 과수원, 영광 신흥에 이천 그루의 종합과수원, 그리고 총부 뒤 알봉에 밤 칠백 주, 총부 앞쪽에 복숭아 천 주 등 빠르게 불어났다.

총부에도 사람들이 꼬이기 시작했다. 회원들은 총부 가까이로 이사 오거나 숫제 총부 구내에 집을 짓고 이주하기도 했다. 초창에 공동생활에 참여한 사람들은 십여 명이었으나 금방 배로 불어났다. 처음엔 성인 남자들만 참여했으나 곧 여자들이 합류했고 아이들도 함께 생활하게 되었다.

소태산은 공동생활 초기부터 총부 생활의 규칙은 물론 교단의 전반적 규범을 단계적으로 구비했고, 그것을 계속적으로 수정 보완하였다. 정신적 지도에 속하는 부분은 소태산이 손수 제정하였고, 세속적 규범은 회원의 중지를 모아 민주적 절차를 거쳐 공의로 결정하였다. 갑자년 첫해부터 교리와 제도를 지도하기 위하여 정기훈련법과 상시훈련법을 준비하고, 이듬해 사월에 이를 공표하였다. 이는 변산 봉래정사에서 여러 해 가다듬고, 지난해 여름 만덕산에서 일차 실험을 마친 뒤 확정한 것이었다.

정기훈련은 재래불교의 동·하 안거처럼 각 삼 개월씩으로 하되, 기간은 농촌 현실과 맞지 않은 바 있으므로 다소 수정하였다. 여름 훈련〔夏禪〕은 음력 오월 초엿샛날 결제하여 팔월 초엿새에 해제하고, 겨울 훈련〔冬禪〕은 음력 동짓달 초엿샛날 결제하여 이듬해 이월 초엿새에 해제하기로 하였다.

상시훈련이란 동·하선과 같은 정기훈련 기간이 아니라 평소에 마음공부를 놓지 않게 하는 훈련법인데 매우 다양하고 치밀했다. 예컨대 유·무념 조사가 있으니, 하루 생활 중에 모든 경계를 대하면서 온전한 생각으로 바르게 처리한 일은 유념 처리라 하고, 생각 없이 그릇 처리한 것은 무념 처리라 하여, 이를 통해 일과 중에 공부 잘 하고 못한 것, 죄 짓고 복 지은 것을 자각하게 하였다. 또 일기조사법을 두어 공부 실행 여부며, 정신·육신·물질로 남에게 베푼 것과 받은 것을 기재하고, 삼십 계(戒)를 두어 이의 범과(犯過) 유무를 기재하게 하였다.

한편 소태산은 학력고시법과 학위등급법을 제정 발표하였다.

여기서 학력이니 학위니 하는 것은 수행 결과로서 얻은 법력과 법위를 뜻하는 것이다. 학력은 수양·연구·취사 세 과목에서 각기 다섯 단계로 우열을 분별하고, 학위는 보통·특신·법마상전·법강항마·출가·대각여래 등의 여섯 단계를 분별하는 방식으로 각기 삼 년마다 평가하게 되어 있다.

또한 사업고시법도 제정 발표하니, 이는 정신·육신의 근로 봉사와 물질의 희사 등을 종합 평가하여 업적과 공로를 드러내는 법으로, 십이 년에 한 차례 사정하는 것이다. 이로써 소태산은 불법연구회의 독특한 평가제도인 공부와 사업 양면의 합리적 사정법(査定法)을 확립하였다.

'조선의 근대 예법이 너무나 번거하여 인류 생활에 많은 구속을 주게 하고, 또는 경제 방면에도 공연한 허비를 하여 도리어 사회 발전상 장애된 바 있음을 개탄하고 일찍이 개혁에 유의한'(창건사) 소태산은 1926년(원기 11) 이월에 신정의례(新定儀禮)를 발표하였다. 출생·성년·혼례·상장·제사 등으로 나누어진 신정예법은, 의례의 본의는 살리되 미신·허세·허식적 요소를 제거하고 낭비가 없도록 한 것이었다. 그는 이런 의례를 정해놓는 것으로 끝내지 않고 반드시 실천으로 보이고 회원의 공감과 동참을 유도했다. 유가적 전통과 묵은 가례를 혁신하는 신정의례의 시행 과정에는 적지 않은 반발이 있었다. 예컨대 서동풍의 상장 때, 자기의 상장을 신정의례로 치러달라는 고인의 유언이 있었음에도 그 일가와 향리 원로들의 비방과 조소가 빗발쳤다. 고인의 아우 서중안의 단호한 의지가 없었더라면 도저히 실행에 옮길 수가 없었을 것이다. 소태산도 고민이 깊었다. "불법연구회가 다른 법은 다 좋은데 예법은 오랑캐법이라 하여 회원들이 많이 떨어졌다"고 한탄할 정도였지만, 소태산은 조금도 흔들리지 않았다. 1934년 조선총독부에서 「의례준칙」을 제정할 때 불법연구회의 신정예법을 모본(模本)으로 함으로써 불연의 낯을 세워주었으니 참으로 역설적이다. 잔고기 가시 세다지만, 총독부나 경찰이 외형은 보잘것없는 불연을 문문히 보지 못하게 된 것은 다 이러저러한 이유가 있던 것이다.

도둑고개에서 피는 연꽃

○

1929년(원기 13) 11월, 소태산은 총부 동쪽 둔덕에 있는 송대(松臺) 숲을 산책하고 있었다. 동편으로는 멀리 용화산(미륵산)을 배경으로 황등호가 하얗게 반짝거리고 그 앞쪽으로는 가을걷이가 끝난 들판에 미처 다 꺼들이지 못한 짚더미가 드문드문 보였다. 뒤편으로 눈을 돌리면 지평선을 깔고 앉은 배산(盃山)이 시야를 가리고 있을 뿐이다. 어느새 웅기중기 자리 잡으며 들어선 기와지붕 초가지붕 크고 작은 집들이 오순도순 보금자리를 튼 신룡리 불법연구회 총부 신앙촌의 모습이 대견스럽다. 총부 담장을 따라 이리서 황등 오가는 길목 도치, 어스름 녘이면 장꾼이나 나그네들이 잡목 숲에 은신했던 도둑들한테 짐이나 돈을 털리고 심하면 몸도 상하기가 다반사였던 황토 고개, 사람들은 여기를 도둑고개라 하고 왕래를 꺼렸다. 그러나 불법연구회가 들어선 지 오 년이 된 지금은 한밤중에라도 부녀자가 맘 놓고 오가는 안심 고개가 되어 도둑고개〔盜峙〕 아닌 도덕고개〔道峙〕라고들 하였다.

소태산은 손 안에 든 단주알을 천천히 돌렸다. 단단한 가래알 열여섯 개를 동글동글 다듬어 만든 것으로 손때에 결어 반질반질 윤이 나는데 소태산은 마치 젖먹이 손을 만지듯이 가만가만 굴렸다. 이럴 때는 항상 소태산의 머릿속에서 무엇인가 궁리가 한참 진행되고 있음을 뜻한다. 소태산의 양옆에는 전음광과 송도성이 의초 좋은 형제처럼 배행하고 있었다. 두 젊은이는 또래 중에서도 신심이 장하고 영대가 출중하게 밝은 데다 소태산을 친아버지처럼 극진히 따르고 있었다. 대중의 신임도 두터워 지난 총회에서 음광은 교무부 서기, 도성은 서무부 서기로 선출되어 각기 교무부장 송만경과 서무부장 김기천을 돕고 있었다.

"음광아! 1대 3회가 뭣이드냐?"

음광은 소태산의 갑작스러운 질문에 이제는 이골이 났다. 그는 잠시 머릿속을 정리한 뒤 침착하게 답했다.

"1대는 36년이요 1회는 12년잉게 1대는 곧 3회가 됩니다. 영부(靈父)님께서 시창(始創) 3년(1918)에 영산에서 회상 창립의 경륜을 그르코롬 세 단계로 구상해서 밝히셨다고 들었습니다."

영산(靈山)은 소태산이 태어나 대각을 이룬 영광 길룡리 일대를 가리키는 이름이니 이는 연원불인 석가불 회상의 중심지였던 영취산에 근거하여 붙은 명칭이다.

"1대 3회의 경륜이 뭐뭔지 어디 도성이가 말해보그라."

도성이도 자기 차례가 올 줄 이미 알고 있었기에 망설이지 않고 대답을 했다.

"1회 12년은 교단 창립의 정신적·경제적 토대를 세우고 창립 인연을 만나는 데 주력하는 기간인 줄 압니다. 2회 12년은 교법을 제정해갖고 회원의 훈련 교재를 맹그는 기간이요, 마지막 3회 12년은 인재를 양성하고 훈련시켜 교화에 힘쓰는 기간이 되겠습니더."

"느그들 말이 맞다. 정작 일이사 그러코롬 금 긋드끼 될 리는 없겄제? 첨부텀 세 가지 일이 병행되는 일면도 있고, 창립의 토대를 세우는 일이 1회 12년이 끝났다고 해서 완결될 일도 아니니라."

말은 이렇게 하지만, 지난 삼월 스무엿샛날(양력 5월 5일)에 제1회를 평가 정리하는 총회를 하면서 그는 내심으론 흐뭇했다. 일제 치하의 간고함 가운데서도 정신적·경제적 기반 조성을 위해 추진했던 방언공사와 법인기도를 성공리에 마쳤고, 그간 염독으로 폐농을 거듭하던 정관평도 이제 옥답이 되었다. 총부 건설로 신앙 공동체가 이루어지고 경제적 토대도 상당 수준으로 갖추어졌다. 영산과 변산에서 혹은 만덕산과 익산에서 혹은 경성(서울)에서 만난 남녀노소 인연들은 소중하기 이를 데 없다.

배은자 오내진의 탈락으로 보궐단원이 되었던 오산 박세철이 지지난해 사십팔 세 나이에 내종병(늑막염)으로 열반에 들었다. 그는 구 인 제자 중 나이로는 가장 어른이라 할지라도 그 인물로는 가장 처졌다. 못생기고 왜소하고 학식 없고 가난하여 무엇 하나 내세울 바가 없었지만, 소태산은 그를 놓고, "넘들은 신언서판으로 인물을 따진다지만, 내가 보기에 그 사람은 하심과 겸손으로 넘들 싫어허는 일을 도맡아 실천혔응게 나는 그를 조선 총독과도 못 바꾼다"하고 기렸다.

지난 총회에서는, 예수교 장로 출신 조송광이 서중안에 이어 제2대 회장으로 추대되었다. 비록 그와 같이 출중한 인물들은 못 될지라도 남자 회원 176명, 여자 회원 262명 등 누구 하나도 소태산에게는 대단한 제자 아님이 없다. 지난해부터 산업부·육영부 창립단을 조직하면서 영육쌍전과 인재양성의 풍토가 조성되고, 각지의 과수원 등 산업 기관이 속속 확장 개설되고 있다. 이동진화가 앞장서고 이공주 등이 합심하여 경성 출장소를 설립한 데 이어 영광에는 신흥 출장소가 설립되었다. 이동안이 고향인 묘량면 신천리 신흥마을에 설립하여 경영하던 수신조합은 전 조합원의 입회와 전 자산의 기부로 힘을 보탰다.

총부 건설 이듬해 유월부터 석 달 동안의 하선이 송규를 지도법사로 하여 실시되니 이것이 최초의 정기훈련이었고, 다시 동짓달부터 석 달간 이춘풍을 지도법사로 하여 동선이 실시되니 이로써 동·하선 각 삼 개월의 정기훈련법이 정착되었다. 그 교재로『취지규약서』가 쓰인 이래『상조부규약서』『수양연구요론』『불연규약』 등이 발간되고, 금년 총회부터는《월말통신》이라는 이름으로 정기 간행물이 나오기 시작하였다. 이렇게 1회 12년을 성공적으로 마무리하고 난 이제는 사회의 인식이 달라지고 있음을 피부로 느낀다.

"도성아! 음광아! 느그들 요짐도 배고푸드냐?"

소태산은 느닷없이 허를 찌르는 질문을 던졌다.

"아, 아닙니다. 지금은 배불리 먹고 있습니다."

두 젊은이는 앞다투어 대답을 했지만, 당황스럽고 송구스럽기 짝이 없었다. 지난핸가 소태산은 두 사람에게 "내 듣자 허니 대중이 송도성이를 송껄떡이라 허고 전음광이를 전허천이라 불른다든디 그게 사실이냐?" 하고 물은 적이 있었기 때문이다. 이는 엿방을 하던 시절, 한창 먹을 나이에 늘 배를 곯던 두 사람이 엿 짜는 부엌에 나타나 엿밥이라도 한술 더 얻어먹을까 하고 얼씬거리는 일이 빈번해서 놀림감으로 붙여진 조명이었던 것이다. 뭘 좀 얻어먹으려고 늘 껄떡거리는 송도성을 송껄떡으로, 늘 허기가 져서 허천 난(걸신들린) 듯 엿방을 싸고도는 전음광을 전허천이라 한 것이다. 껄떡쇠, 허천배기는 다름 아닌 거지귀신(걸귀)을 가리키는 말이었다.

"야들아! 내가 무신 수를 쓰든지 느그들 배를 안 곯릴 방편이 없기사 허겠냐. 허지만 옛날 영산에서 아홉 분 선진들이 조수 내왕 허든 바다 물길을 막고 논풀던 그때, 돈이 있었겠냐, 기계가 있었겠냐. 또 그중에 지게 지고 가래질허는 일이 몸에 익은 사람이 몇이나 되았겠냐. 글도(그래도) 그 기적 같은 일을 기언치 해냈다. 그 심이 하늘을 움직이고 허공법계를 감동시킨 것이다. 도성아! 음광아! 느그들 고상이사 아무리 만허도 그분들만 허겠냐. 고상이 고상이 아니라 훈련이고 기도니라."

소태산은 두 손으로 송도성과 전음광의 손을 꼭 잡아주었다.

두 젊은이는 소태산의 따뜻한 배려에 감동하지 않을 수 없었다.

"영부님! 어제 난 신문 기사를 본께 저희가 심이 절로 납니더."

"맞습니다. 우리가 허는 일을 인자 사회에서도 알아주기 시작 허는구나 생각항께 더 열심히 히야지 허고 심이 솟습니다."

두 사람이 다투어 말하는 바는 《동아일보》에서 불법연구회 총부를 취재한 르포 형식의 기사를 크게 실어준 일을 두고 하는 것 이었다. 총부를 건설하고 불법연구회를 공개한 이래 처음으로, 당 시 가장 영향력 있는 신문인 《동아일보》가 불법연구회를 극찬하였 으니 얼마나 감격스러운 일인가.

"칭찬허는 이가 있으면 훼방허는 사람도 따라서 생기는 법이 야. 앞으로 우리 교세가 더 융성해지고 명성이 드러나면 우리를 시 기허는 무리도 생겨날 것잉게 느그들은 이 점을 미리 각오허그라. 세간의 칭찬과 비방에 너무 끌리지 말고 오직 살피고 또 챙김성 당 연헌 일만 꾸준히 해나가야제."

말은 그렇게 했지만, 조실 금강원으로 돌아온 소태산은 신문 기사를 다시 한번 읽고 싶었다.

"야들아, 그 기사 다시 한번 읽어보그라."

송도성이 신이 나서 읽기 시작했다.

"제목이 '세상 풍진 벗어나서 담호반(淡湖畔)의 이상적 생활' 이라. 작은 제목은 '정신수양·사리연구·작업취사의 3대 강령하에 움직이는 4백 회원, 익산 불법연구회의 특별한 시설'이라."

이리역에서 대전행 열차를 탑승하고 역구내를 벗어나서 4, 5분 동안 북진하면 서편으로 용립한 호남 절승 배산(盃山)의 웅자가 점점 가까워오고, 동편으로 80리 주위를 대해연(大海然)한 담호 요교호(腰橋湖)의 은파(銀波), 요철 무상한 소산(小山) 너머로 보일락말락한다. 이리 황등의 가도가 백사형(白蛇形)으로 굽으러 들어오다가는 사그라지고 또 소림(小林)이 울창한 그 속에 전자에 보지 못한 대소 와초가(瓦草家)의 촌락이 분장한 장벽으로 농성하여 있다. 여기저기 반듯반듯한 밭이 개척되어 있어 무심히 내왕하는 행인들의 호기심을 유발하는 바가 있나니, 이곳은 익산군 북일면 신룡리 구내에 신설된, 조선의 명물이요 또는 이상향이라는 별칭을 가진 익산 불법연구회의 본부이며 또한 그 시설의 일부분이다.

　　이 연구회는 오로지 불법에 근거하여 정신수양·사리연구·작업취사의 3대 강령의 기치하에서 움직이면서도 현실화한 것이 특색이다. 지금에 경성과 영광에 지부가 있으며 경향을 통하여 신실한 남녀 회원이 사백이요, 현재 본부시설 구내 공동 거주자만도 오십여 명이다. 또 기본 자산이 십만 거금에 가까워 현 상태로는 하등의 궁색을 느끼지 않는 터이요, 앞으로 삼년을 기하여 양식(洋式)으로 굉장한 수도원을 건축키 위하여 이미 요교호반 절승지대에 광활한 기지까지 잡아놓았다. 또 대농원의 설계와 기타 만반의 계획이 착착 진행되는 중이라 함은 누구나 그저 간과할 수 없는 찬양(讚揚)의 표적이라 하겠다.

그들의 질서 있고 규모 있는 조직적 부서와 구체적 설비는 실로 경탄치 않을 수 없으며 괄목치 않을 수 없다. 그리고 각자는 누구의 지휘를 기다리지 않고 그 할 바의 직능을 여실히 발휘 궁천(躬踐)하여 일거수일투족이 한 가지도 심상한 바가 없다. 한 개의 종을 울림으로써 잠자고 일하고 먹고 공부하며 무엇에나 동하고 정하는 것을 여일 엄수하나니, 경내에는 오직 염불소리와 타종소리만으로 그치지 않는다.

이번에는 음광이 뺏어 읽기 시작했다.

이렇게 수다 대중은 종 울리는 대로 오직 화기애애리에서 매일의 과정을 힘쓰며 연구를 가하여 1, 2회씩의 강연이나 토론회를 개최하고, 남녀 회원이 큰방에 회집하여 각각 대기염을 토하는 것이 정례이다. 그리하여 자유롭게 교양하고 자유롭게 노동하여 숭고 단란한 공동생활의 극치를 여실히 체험하고 있음은 과연 보는 자로 하여금 유연자재함을 느끼게 한다. (중략)

그들은 이와 같이 만사에 허위가 없고 실질적이며 날로 융성의 결실을 거두며 매진하나니 이런 시설의 주인공은 과연 누구일까. 오로지 불법연구회의 회주요 총재격인 박중빈 선생의 포부의 일단이라 한다.

선생은 오백여 대중의 유일한 지도자로서 오십 년 전에 영광군 백수면 길룡리에서 출생하였다. 신동이라 하였던 그는 십삼 세에 종적을 감춘 이래 입산수도하여 수십 성상을 일일같이 연마를 가하여 오다가, 뜻한 바 있어 지난 기미년에 하산하고 동지 8, 9인을 규합하여 비로소 불법연구회 기성조합을 설시하였다. 그 후 7, 8천 원의 자금을 저축하며 토지를 개척하여 생활의 근원을 삼은 것이 토대가 되어 차례로 동지 공명자들이 상종되매 자연 금일의 융성을 보게 되었으며, 전도는 실로 양양하여 일진월장의 형세로 발전되어 나간다 한다. (쇼와 3년 11월 25일자, 동아일보)

불법연구회는 날로 발전했고, 총재 소태산의 호칭도 종사님으로 정착되었다. 유무명의 인재들도 속속 모여들었다.

박대완(朴大完)은 전남 순천 출신으로, 열세 살 나이에 목포에서 있던 한시 백일장에 출장하여 장원을 하리만큼 총명했다. 어려서 일본으로 건너가 소학교와 중학교를 마치고 귀국하여 삼일운동에 참가하였다가 중국으로 망명하였다. 그는 만주로, 러시아로, 다시 중국으로 다니며 혼신을 다하여 독립운동에 투신하였다. 결국 일경에 체포되어 삼 년간의 옥고를 치르고 풀려나긴 했으나, 그 후 사 년간이나 실의와 비탄에 찬 방랑 생활을 하던 끝에 1927년 소태산을 만났다.

"사십여 년 생애 중에 삼십 년을 조선, 일본, 중국을 방황하며 안 지냈습니까! 기미만세 이후 독립운동에도 투신하였고 옥고도 치렀습니다만, 이제 독립의 희망도 사라지고 제 인생은 영원한 미완의 일생이 되고 마는가 싶소이다."

그러나 그는 여섯 살 연하인 소태산에게서 독립의 희망을 보았다. 삶의 의욕이 샘솟았다. 그는 소태산의 출가 제자가 되었고, 젊은 스승은 그에게 인분을 퍼다가 박을 심고 뽕나무를 가꾸게 하였다. 그는 어떤 궂은일을 시키나 조금도 불평하지 않았다. 지게를 지고 다니면서도 입으로는 염불을 했고 얼굴에는 늘 웃음이 넘쳤다. 그는 소태산이야말로 새 시대를 선도하고 나라와 인류를 구원할 성자라고 믿었기에 젊은이 못지않게 활동하였다. 해박한 지식과 외국어 실력을 이용하여 일본 오사카(大阪)로 혹은 만주 목단강시(牧丹江市) 등으로 동분서주하며 해외 포교에도 힘썼고, 마령, 원평, 용신 등 농촌 교당을 맡아 눈부신 활약을 펼치기도 했다. 그리하여 칠십사 세로 열반에 들 때, 그는 자기가 한생을 크게 완성하는 대완의 길을 살았음을 자부하였다.

유허일(柳虛一)은 영광 명문가 출신으로, 네 살 때부터 한학을 배워 다섯 살에 이미 한시를 짓는 천재성을 발휘하는 등 신동으로 이름을 날렸다. 열세 살에 벌써 사서오경을 읽었고, 이십대 초반에 주역에 달통하여 '유 주역'이라는 별칭으로 불릴 정도였다. 독립운동에 뜻을 두고, 마침 상해에서 활동하던 친구와 연락을 취한 것이 일경에 발각되자 그는 항상 요시찰인으로 감시당하며 살아야 했다. 부득이 뜻을 돌려 교육계에 투신하고, 보통학교 교원을 거쳐 상급학교 교원으로 진출코자 했으나 '사상 불온'이 걸림돌이 되어 그

길마저 막히었다. 게다가 어떤 자리에서 조선사 강의를 하던 중 일경의 방해로 좌절당하자 깊은 실의에 빠지고 말았다. 이 무렵 (1932) 그는 일산 이재철의 안내로 소태산을 만난다.

"제 생애 오십 년은 실패한 인생입니다. 하나는 독립운동가로 서려다 실패했고, 둘은 교육가로 뜻을 펴려다 실패했습니다. 일경과 맞서기는 계란으로 바위 치기라 아무것도 헐 수 없으니 인자 살 의욕조차 없습니다."

그는 소태산의 인격을 사모하여 기꺼이 제자가 되었고 이어서 출가까지 하게 되었다.

"불교에 '만법귀일 일귀하처'란 공안이 있응게 이를 잘 참구해서 도를 얻드락 허소. 만법귀일 자리에서 그 한나라는 것 외에는 텅 비우고 학문도, 명예도, 집착도, 원한도 다 털어버리소."

그래서 소태산으로부터 허일(虛一)이라는 법명을 받은 그는 박학한 식견과 투철한 신념으로 교단 발전에 남은 이십여 년을 오롯이 헌신하였다.

성정철(成丁哲)은 경남 창녕에서 부잣집 아들로 태어났다. 그러나 스무 살 무렵에 부친이 죽자, 형수 조창환의 인도로 전북 정읍 황새몰로 이주하였다. 거기엔 형수의 친정조카인 조철제가 있었다. 강증산 사후 그를 사모하여 찾아온 조철제는 증산교 분파인 태을도의 교주가 되어 큰 세력을 얻고 있었다. 그는, 같은 증산 제자로 보천교를 창립하여 교주가 된 차경석을 차천자라고 부르는 데 대응해 조천자로 통칭되었다. 조철제로부터 절대적 신임을 받은 성정철은 태을도의 간부로 재무를 총괄하는 요직에 있었으나, 태을도(뒤에 무극대도로 개칭)가 정법이 아님을 알고 실망이 컸다. 이만갑, 장적조의 안내로 어머니 손학경과 형수 조창환이 먼저 소태산을 만나서 믿음을 바치게 되자, 1925년에 성정철도 소태산을 찾아간다.

"갑자년에 증산 천사가 재림하여 도통케 해주고 영생을 주신다고 했심더. 신자들로부터 많은 재물을 모아 궁궐 같은 집을 짓고 호사스러운 생활을 하며 절기마다 소, 돼지를 잡아 치성을 드렸지예. 지는 그 많은 재물을 관리하느라 억수로 바빴어예. 돌아오는 운을 받을라카믄 숟가락 한 개 안 남기고 홀랑 바쳐야 한다고 꾀니까 부녀자들은 패물이며 노리개며 있는 대로 안 바쳤겠능교. 은가락지만도 일일이 셀 수가 없어 말로 되니까 서 말이 넘었심더. 그래서 여기는 도덕 회상이 아이구나, 내는 여기 있을 사람이 아이다 하는 생각이 들어 번민하던 끝에 어무이와 형수님의 권유를 받고 찾아뵙게 되었지예."

호의호식하던 성정철은 소태산 품으로 들어오자 배곯고 헐벗으며 험궂은 농사일에 시달렸다. 그러나 소태산에 대한 확고한 믿음과 회상에 대한 신뢰가 있었기에 그는 늘 기쁘고 즐거웠다. 태을도의 원로로 대우받던 형수(조창환)와 어머니(손학경)를 비롯하여 아내와 아우(성철석) 등 일가가 모두 귀의하였고, 끝내는 조천자의 어머니(민하각)와 제수까지 설득하여 귀의시키는 데 성공하였다.

최도화의 외아들 조갑종(趙甲鍾)은 총부 건설 직후에 생불님을 만나보겠다고 찾아와서 곧장 출가하니, 갑자년에 와서 중생 깨우치는 진리의 종을 울리라는 뜻으로 갑종이라는 법명을 받았다. 역시 최도화 연원으로 할머니 노덕송옥을 따라와 만덕산에서 얼결에 달포간이나 교리 훈련을 받았던 김대거도 철이 들자 십육 세에 총부로 와서 출가, 수행에 들어간다.

한편 1933년에는 이공주가 출가를 단행하였다. 경성지부(서울 교당)에서 재가로서 교무역을 맡아 하던 그녀지만, 작은아들의 요절과 모친 민자연화의 열반을 겪고 나자, 서울 생활을 청산하고 큰아들 박창기와 더불어 익산 총부로 와서 공식적인 출가를 한 것이다. 그녀는 이로써 소태산의 여러 제자 가운데 여성 수제자로서 혹은 교단 경영상 일급 참모로서 화려한 출가 생애를 펼치게 된다.

고향 영광의 인연들이 많았는데, 그중에도 묘량면 출신의 함평 이씨 자제들이 무더기로 발심 출가했다. 이동안(李東安)은 아홉 제자 버금가는 초기 유공인으로 일찌감치 교단의 동량이 되었고, 그의 아우 이완철(李完喆), 그의 조카 이운권(李雲捲)을 비롯하여 줄줄이 출가하였다. 군서면 사람 조희석(趙喜錫), 길룡리 출신 정광훈(丁光薰)과 그의 누이 정양선(丁良善) 등등의 출가도 그 무렵이고, 팔산 김광선의 아들 홍철도 가정 형편 때문에 미루고 있다가 마침내 출가를 단행하였다. 소태산의 혈연으로도 친누이 박도선화의 아들 서대원(徐大圓)과 그 사촌누이 서대인(徐大仁)이 출가하였다.

전음광의 인도로 전북 진안 사람 송혜환(宋慧煥)이 출가하는
가 하면, 부산 사는 불교 신자 양원국(梁元局)이 천수경 십만독을
한 공덕으로 생불님과 정법회상을 만났다고 감격하더니 딸 도신을
출가시켰다. 전북 임실 천석지기 부자의 외동딸 최수인화(崔修仁
華)는 천도교를 독신하다가 소태산을 보고 최수운 대신사의 후신
이라며 환희용약 귀의하였고, 전남 함평 출신 안이정(安理正)은
중 되려고 백양사 송만암에게 갔다가 현몽한 소태산을 찾아와 출
가 제자가 되었고, 조송광의 딸로 기독교 독신자이던 조전권(曺專
權)은 마귀에 홀린 아버지를 찾으러 총부에 왔다가 소태산에게 감
복하여 귀의 출가하고, 언니 조만식, 동생 조일관 등 자매들도 줄
줄이 출가하였다.

소태산의 제자들은 대개 인연 따라 스스로 찾아와서 귀의하
였지만 그 이면에는 종종 보이지 않는 손이 있었다. 그 손은 소태
산의 것이었지만 제자들의 눈에 띄는 일이 거의 없었다. 그러나 하
성봉을 부려 김석규(金碩奎) 일가를 귀의케 한 일은 굳이 그 손을
감추지 않은 예이다.

하성봉(河聖奉)은 소태산이 변산 석두암에서 내려와 회상 창
립을 위해 잠시 머물던 때 전주에서 그 어머니 김행선옥과 함께 귀
의한 뒤 총부에 들어와 출가의 길을 걷고 있던 터였다. 그녀는 넉
넉한 집안의 딸로 태어나 곱게 자라서 지체에 걸맞은 어느 부잣집
아들과 정혼을 하기까지 모든 게 순풍 같은 생애였다. 그러나 남자
는 일본에 유학을 갔다가 돌아와서 일방적으로 파혼을 선언하더니

같은 유학생 출신 여자와 혼인을 하고 말았다. 스물도 채 안 된 꽃다운 나이에 어이없이 파혼을 당하고 보니 충격을 감당할 수가 없었다. 결국 그녀는 딴 남자와 결혼할 생각을 끊고 출가(出家)하여 정녀로 살며 수도에 전심하기로 작정을 했던 것이다.

총부에서 사 년째 수도하고 있던 어느 날 소태산은 하성봉을 불렀다.

"성봉아, 인자 니가 시집갈 때가 되었다. 내가 신랑을 구해주마."

평생 순결한 몸으로 살리라 결심했던 그녀는 스승님의 말씀이 웬 날벼락이냐 싶었다.

"종사님, 지는 시집 안 갈라요. 지는 정혼헌 남자가 있었지만 정녀로 살기에 흠이 없는 깨깟한 몸여라. 지발 그런 말씀 허지 마시씨요. 시집갈 마염이 있다면 왜 이 나이 되드락 총부에 있겠으요?"

하성봉은 무릎을 꿇고 두 손을 모으며 애원하였다. 그러나 소태산은 성봉이가 가슴에 맺힌 멍을 풀 길이 결혼밖에 없음을 알고 있었다. 그녀는 출가한 지가 네 해이건만 아직도 밤이면 남자를 원망하며 혼자 소리 죽여 우는 한갓 원부(怨婦)였다.

"성봉아! 너는 한번 시집을 가야 한이 풀릴 것이다. 서쪽에서 혼처가 나오면 암 생각 말고 가그라. 선을 보면 상투 틀고 볼품없는 늙은잉게 니가 좀 섭허긴 헐 테지만, 그래도 그 잘난 일본 유학생보담 몇 배 낫을 것이다. 그 사람이 니 연분잉게 그리 알고 내가 시키는 대로만 허면 회상에도 좋고 니한테도 이로울 것이다."

소태산이 최도화를 매파로 부려 찾아가게 한 사람은 정읍 사는 김석규였다. 아들 하나 딸 둘을 둔, 쉰을 바라보는 중늙은이로 부농에다 상당한 학식도 있던 터였다. 그는 인생의 내리막길에서 삶에 대한 회의에 빠져 만사가 귀찮았다. 그는 집안일을 아들에게 맡긴 채 울적한 생활을 하고 있었다. 게다가 그의 병약한 아내는 자리보전을 하는 일이 잦았다. 잠자리조차 버겁던 아내는 미안한 마음에 작은집을 보라고 했지만, 그는 귓등으로 흘렸다. 어느 날, 아내는 최도화가 데리고 온 하성봉을 보자 마음에 쏙 들어 남편에게 선이라도 한번 보라고 권했다. 아내의 사심 없는 성화에 마지못해 하성봉을 만나본 김석규는 마침내 마음이 동하여 결국 하성봉을 소실로 들여앉혔다.

하성봉은 소태산과 익산 총부를 그리워하면서 기도하는 마음으로 나날을 지냈다. 남편을 설득하여 스승님께 귀의케 하고 싶었으나 남편은 코도 신청 안 했다.

"요새 시상에 도사네 교주네 허는 사람덜은 한나같이 혹세무민허는 사기꾼덜일세. 이녁도 조심허게!"

삼 년이 흘렀을 때 하성봉은 소태산의 편지를 받고 총부를 찾아갔다.

"성봉아! 시상 재미가 어떻드냐? 살림도 잘 허고 공부도 잘 힜제?"

"예, 지는 종사님 덕분에 너머나 잘 지내고 있지라우. 영감도 지를 끔찍허게 위해주시지라."

하성봉은 자기를 곁에 두지 않고, 굳이 안 간다는 시집을 보낸 종사님께 조금쯤 샐쭉한 마음이 일어 심통 부리듯 대답했다. 소태산은 그 속을 짐짓 모르는 체하고, 다만 대견하기만 하여 빙그레 웃었다.

"그럴 것이다. 니가 잘살 줄 알았다. 그런디 영감한테 같이 공부허자고 권해보았드냐?"

"하이고야! 한 번만이라도 종사님 뵈러 총부 가자고 여러 차리 권해봤는디 들은 척도 안허지라우. 인자 더는 말도 안 헐라요."

"대체 그 늙은이가 고집이 시서 그럴 것이다. 일이란 다 때가 있는 법이여. 앞으로는 우리 회보를 보낼 팅게 암 소리 말고 영감 눈에 잘 띄는 데 놔두기만 혀라."

하성봉은 소태산이 매월 보내주는 불법연구회 기관지 《회보》(《월말통신》 후신)를 영감이 쓰는 문갑 위에 얌전하게 올려놓았다. 회보가 겹겹이 쌓여도 본체만체하던 김석규는 어느 날 무료를 달랠 겸 궁금증도 풀 겸 손에 잡히는 대로 아무 것이나 집어 들었다. 스무 쪽쯤 되는 책자엔 가지가지 내용이 규모 있게 실려 있었다. 그 가운데 이런 글이 눈에 들어왔다.

한때에 종사주 법좌에 오르시사 일반 선도(禪徒)에게 말씀하셨다.

"여러분이 입선하여 매일 이와 같이 공부를 하는 것은 비컨대 소 길들이기와 같다고 하겠습니다. 대저 소로 말하면 어려서 어미 젖 떨어지기 전에는 제멋대로 논에나 밭에도 뛰어들어가고 혹은 곡식도 잘라 먹으며 모든 행동을 저 하고 싶은 대로 하더라도 그대로 두고 봅니다. 그렇지만 차차 커서 젖만 떨어지게 되면 그때에는 비로소 사람이 들어 길들이기를 시작하는데, 같은 소에도 그 성질이 얌전한 것은 곧 길들기가 쉽고 불량한 것은 사람의 애를 많이 먹이는 것입니다. 여기 그 경로를 대강 들어 말하자면, 맨 처음에는 목을 얽어서 말뚝에다가 잡아매두면 불의에 구속을 받게 된 송아지가 그만 죽는소리를 치고 어미를 연속해 부르며 먹도 않고 눈이 벌개가지고 몸살을 칩니다. 그럴 때 같으면 곧 못 살 것 같지만 그대로 여러 날이 지나고 또 지나면 점진적으로 안심을 하게 되는 것입니다. 그다음은 목에다가 줄을 달아매서 끌고 다니며 풀도 뜯기고 이랴! 저랴! 워! 등도 가르쳐 단련시키는 가운데 나날이 커가는 것입니다. 그래가지고 송아지에게 구루마질도 시켜보며 논밭도 갈려보는 등 점차로 버릇을 가르칩니다. 그런데 처음으로 쟁기질을 시켜보면 전에 해보지 못한 일이라 정처 없이 뺑뺑이질만 하게 되니까 한 사람은 앞에서 잡아당기고 또 한 사람은 뒤에서 밀어대서 이리저리 고통을 받습니다. 그때 생각에는 길을 박지 못할 것 같으나 한 번 두 번, 한 달 두 달, 한 해 두 해, 이와 같이 꾸준히 연습을 시켜 숙(熟)이 드는 날에는 그 멍청하던 것이 말귀도 척척 알아듣고 전답도 많이 갈게 됩니다. 또 사방에 곡식이 있으되 본 체도 않고

저는 풀이나 뜯어먹습니다. 그렇게만 되고 보면 길 잘 든 소
라 하여 가치가 오르며 누구나 사다가 귀중히 여기게 되는 것
입니다. 이와 같이 사람도 도덕의 훈련을 받기 전과 받을 때
와 받은 후의 모습이 꼭 같은 것입니다."

김석규는 무슨 고매한 경전이나 현학적 설법을 예상했다가
의외로 친절한 설명과 비근한 예화를 대하며 부쩍 마음이 끌리고
구미가 당겼다. 또 이런 글도 있었다.

  동선 해제식을 하였던바 종사님 법좌에 출석하시사 대중을
향하여 말씀하셨다.
  "오늘 이 자리에 모인 여러 사람들로 말하면 전문으로 공
부하러 온 사람도 있고 혹은 예회나 보고 가려고 온 사람도
있을 것입니다. 비하건대 여러 가지 병을 가진 환자들이 각
자의 병을 치료하기 위하여 병원을 찾아온 것과 같다고 하
겠습니다. 즉, 전문 입선을 하러 온 사람들로 말하면 병원에
입원 치료하는 사람과 같고, 예회나 참여하는 사람들로 말
하면 통원 치료하는 사람과 같다고 봅니다. 그러면 혹자는,
왜 공부하러 온 사람들을 보고 환자라고 하며 공부하는 선
방을 병원이라고 하는고, 할는지도 모릅니다. 그러나 만일
이 가운데 그러한 생각을 가진 사람이 있다면, 그 사람은 참
으로 중병 든 환자라고 나는 인증합니다. 보십시오! 누구든

지 감기나 몸살 같은 경한 병은 제 몸에 병이 든 줄을 알지마는, 저 무서운 폐병이나 늑막염같이 생명에 관계되는 중한 병은 전문 의사의 진찰을 받기 전 초기에는 누구나 자기 몸에 병이 든 줄도 모르는 것이 아닙니까. 내가 여러분들을 본즉 마음병 안 든 자가 하나도 없는데, 만일 여러분들은 각자 마음에 병이 든 줄도 모른다면 그것은 반드시 중병 환자라고 아니할 수 없습니다. …… 반드시 마음병에도 적절한 의술과 병원이 필요하겠으므로 나는 그와 같은 생각을 가졌던 것입니다."

김석규는 이것을 읽으며 절로 탄식이 나왔다. 이는 꼭 자기들으라고 하는 말씀임을 깨달았다.

"이거 봐, 이녁! 나, 그 종사님이란 어른을 한번 만내게 혀주소."

하성봉은 '드디어 올 게 왔구나' 하고 쾌재를 불렀다. 1938년 겨울, 하성봉의 안내로 익산 총부를 찾은 김석규는 나이차에도 불구하고 조카뻘이나 됨직한 소태산에게 정중히 큰절 두 번을 올렸다.

"반갑소. 그런디 노인이 왜 절을 두 자리썩이나 허시오?"

"먼차 헌 절은 성인을 뵙는 인사요, 난중 헌 절은 지를 제자로 삼아돌라는 부탁의 절입니다."

그는 당장 소태산의 제자가 되기로 다짐했을 뿐 아니라 몇 달

후 출가를 단행하였다. 아버지의 출가에 이어 큰딸 지현(智現)과 작은딸 이현(理現)이 잇따라 출가하니 이들은 훗날 교단의 큰 별이 되었다.

"성봉아, 니가 큰일 혔다. 인자 너도 출가 수도허그라."

하성봉은 잠시 남의 기관에 파견되었던 사람이 자기 직장으로 되돌아오듯, 한동안 나그네 되어 집을 나갔던 사람이 귀가하듯, 다시 총부로 돌아와 소태산 품으로 복귀하였다.

소태산을 찾아오는 이들 가운데는 엉뚱한 사람들도 있었다. 신문에 불법연구회 기사가 나간 뒤 웬 초로의 남자가 총부를 찾아왔다. 남원에서 이사와 숩리 남바우에 사는 양(梁) 아무개라고 자기를 소개한 그는 자신도 소태산의 제자가 되고 싶으니 받아달라고 부탁하였다.

"알겄는디 그리 서둘를 것은 없소. 앞으로 두어 번 더 댕기보고 나서 결정해도 늦지 안헝게 오늘은 여그 사람들이 공부허고 사는 모습이나 구경허고 가시오."

웬일인지 소태산은 평소와 달리 그의 입회를 선뜻 허가하려 들지 않았다.

"지 뜻이 이무 철석맹키로 굳웅게 다시 와보들 안혀도 되지라오. 오날 꼭 입회허게 허락해주씨요."

반백의 머리에 나이도 부형뻘이 되는 양씨는 무릎을 꿇고 머리를 조아리며 거듭 애원했다. 소태산은 마지못한 듯 그의 입회를 허락하고 관례에 따라 법명을 주었다. 날 일(日) 자, 갈 지(之) 자해서 일지였다. 그는 넙죽 절을 올려 사례하고 이내 대중을 찾아가 인사를 나누었다.

"쪼께 전 스승님한티 법명을 받고 나도 인자 여러분네 같은 회원이 되았응게 이삐 봐주씨요. 양일지라 허요."

대중은 새로 입회한 동지로서 환영하고 인사를 나누었다. 그러고 나자 양일지는 그의 짐을 풀고 웬 환약을 내놓았다.

"내가 동지덜을 위해서 좋은 환약을 소개헐라요. 이 환약으로 말헐 것 같으면 육 년근 삼에 녹용, 지황, 복령, 오갈피, 영지 같은 귀헌 약재를 모타 맹근 것인디, 남자 양기 도디고 허약헌 아그 경풍허는 디 좋고, 부인네덜 산후에도 꼭 필요헌 보약이어라. 한 스승 밑에서 수도허는 동지덜한티 내가 꼬물도 이문 볼 수 읎응게 본전에 드리지라. 자, 이리덜 와서 보고 한 봉다리썩 사씨요."

아무도 그의 말에 귀를 기울이지 않았다. 그는 거듭거듭 환약의 효능을 강조했지만 누구 하나 약을 사려 들지 않았다.

"같은 회원으로 어째 요럴 수 있으까잉? 인정머리라곤 담배 씨만치도 읎는 사람덜이고마잉!"

그는 그날로 해가 떨어지기 전에 떠나가 버렸다. 제자들은 그의 법명을 해[日]와 간다[之]는 두 글자로 지은 스승의 속뜻을 비로소 눈치챌 수 있었다.

출가제자 가운데서도 문제는 종종 있었다. 그중에서 서대원의 경우가 대표적이라고 할 만하다. 어느 날 서대원이 총부 구내에서 자귀를 가지고 자기 손목을 절단하는 사건을 일으켰다. 이는 선종의 초조 달마대사에게 팔을 끊어 바친 이조 혜가(慧可)를 본받은 행위였던 것이다. 소태산은 곧 서대원을 병원으로 보내어 응급 치료를 받게 하였다. 소태산은 퇴원하여 돌아온 서대원을 조실로 맞이하였다.

"무신 일로 손목을 잘랐드냐? 목공일을 허다가 실수로 그랬등갑네?"

"그게 아녀라. 실은 달마한테가 팔을 잘라 바친 혜가의 선례를 뽄받아 종사님께 신심을 증명해 뵈이고 싶었어라우."

"혜가가 달마한테 왜 팔을 끊어 바쳤다드냐?"

"달마께서 양 혜왕과 헤어진 뒤 숭산 소림사에서 구 년 면벽을 허고 기실 때, 혜가대사가 찾아와 법을 청허는디, 눈이 물팍까정 쌓이드락 밖에서 기둘려도 종내 허락허들 안혔지라우."

"그리서?"

"달마가, 무상묘법을 전헐 제자는 몸과 목심을 아까허들 안허는 사람여야 헌다고 헝게, 혜가가 칼을 뽑아 자게 팔을 잘라 바치고 비로소 제자가 될 수 있었지라우."

"너, 말 잘했다. 내가 너를 제자로 받아들였느냐, 안 받아들였느냐? 어디 말해봐라!"

"진작부터 제자로 받아주셨지라우."

"글먼 되았지, 뭘라 팔목을 잘랐드냐? 혜가처럼 내 후계자 자리를 차지헐라고 그랬드냐?"

벼락치는 듯한 소태산의 불호령이 보꾹까지 쩡쩡 울렸다. 문밖에 웅기중기 모여 방 안의 동정을 살피며 새어나오는 말소리에 귀 기울이던 제자들은 혼비백산했다. 종사님이 저렇게 노발대발 꾸중하시는 것을 일찍이 본 적이 없다.

"아아…… 아니여라. 그런 것은 아이지라."

서대원의 덜덜 떨리는 음성이 목구멍으로 기어들어가고 있었다.

"아니라면? 오, 인자 알겄다. 니가 농공부원으로 있으면서 일 허는 게 싫응께 그리서 잘랐구나. 책상머리 앉아서 붓대나 놀리고 사무는 보겄는디 농사일은 심들고 천해서 못 허겄다, 이 말이제? 설마 외팔이한테 심든 농사일 시키랴 싶어서 헌 짓이렷다? 이눔! 종작없는 소리 말고 저저이 이르거라!"

서대원은 감히 얼굴도 못 들고 눈물만 줄줄 흘렸다.

"종사님, 지가 잘못혔습니다. 용서허시씨요."

소태산은 이후로도 한참을 다그치며 서대원의 혼쭐을 내놓고 나서 조용조용히 타일렀다.

"대원아! 사람의 몸은 공부와 사업을 허는 데 없지 못헐 소중헌 자본이다. 그 몸을 상해감시렁 신(信)을 바친들 그 신을 뭣에 쓰겄느냐. 달마가 불석신명자(不惜身命者)에게 무상묘법을 전허 겄다 헌 것은, 공자께서 '아침에 도를 들으면 저녁에 죽어도 좋다' 허신 간절헌 구도심을 요구헌 것이다. 우리 회상에선 헐 일이 태산 같은디 너도나도 신 바친다고 폴 잘르고 다리 잘르고 헌다면 우리 회상엔 병신만 득시글거릴 턴디 일은 누가 헌다냐? 내 참된

제자는 일시적 특행으로 대중의 신망을 얻는 인물이 아니라 오직
이 공부, 이 사업에 죽어도 변치 안헐 신성으로 노력허는 사람인
거이다."

금강산은 없다

○

시창 13년(1928) 구월 스무엿샛날, 이날은 행사가 있어서 익
산 본관 대중 외에도 전국 각처의 회원들이 참석하였는데, 소태산
은 대중에게 '금강산과 그 주인'이라는 주제로 설법을 하였다.

"…… 현재 우리나라의 상태를 보면 여러분이 다 아는 바와
같이, 모두가 부패요 가난이요 낙오요 치욕이오. 그러제만 오직
금강산만은 날이 갈쑤락, 세계의 면목이 열릴쑤락 더욱 성가가 높
아지며 세계인의 숭앙을 받게 될 것이오. 동서양 어느 나라 사람을
막론허고 금강산이라면 말만 들어도 짓거해서 그걸 조선 제일의
자랑거리로 꼽으니, 구경허지 못헌 사람이면 한번 구경허기가 평
생소원이라 허지 않소?"

소태산은 점차 열정을 담아 법설을 이어갔다.

"예로부터 '인걸(人傑)은 지령(地靈)이라' 했응게, 그만헌 강

산 그 좋은 보물이 있을 때에사 어쩨 그 주인이 없을 것인가? 주인
이 있어도 상당헌 주인이 있을 것이오. 반듯헌 집칸이나 지니고 자
게 땅 마지기나 경작허는 그 주인도 깐깐으로(나름대로) 그것을
유지헐 자격이 있어야 허는 법인디, 하물며 세계의 명물인 금강산
을 짊어지고 있는 그 주인이사 더 말해 뭣헐 것이여. 아, 산이 세계
의 명산인 만큼 주인도 세계의 명인이 되아야 안 허겠소!"

소태산은 준비된 찻물을 두어 모금 마시며 잠시 뜸을 들이고
나서 계속했다.

"…… 이 금강산은 누가 팔래야 팔 수 없고, 살래야 살 수 없
고, 버릴래야 버릴 수 없는 것잉게, 하늘이 조선에 점지허신 값이
없는 보물이오. 그 주인이 아무리 학식 없고 권리 없고 빈천해서,
고국산천을 다 버리고 동서남북으로 흩어져 남의 집에 밥을 빌러
댕길지라도 '나는 조선을 버리지 안헌다' 허고 꿋꿋이 서서 흔들
리지 말 일이오. 여러분은 결코 우리의 현실을 비관허지 말으시
오. 갑시를 매길 수 없는 중보요, 광명의 뿌리인 금강산은 아직도
우리의 것이며 미래에도 우리의 것이오."

소태산의 사자후는 오늘따라 너무나 간절했기에 만장한 대중
은 숨이 막힐 듯한 긴장에 휩싸였다. 소태산은 소매에서 손수건을
꺼내어 이마에 솟는 땀을 닦았고 안색은 상기되어 붉게 물들었다.

"…… 바라건대 여러분이여! 금강산이 되드락 허시오. 여러
분헌테는 각자의 자성금강(自性金剛)이 있응게 닦어서 밝히면 광
명을 얻을 것이오. 금강산이 된다 치면 어쩔 것인가? 첫째, 순실

(純實)허시오. 금강산이 비록 아름답다 허나 금강산은 분 바리고 연지 찍은 것이 아니라 그 본래의 모습을 있는 그대로 보여줌께 아름다운 것이오. 모든 일을 헐 때에 여러분도 외식을 삼가고 실질을 주장해서 순연헌 본래 면목을 잃지 말드락 허시오. 금강산이 되려면 또 정중(鄭重)허시오. 금강산은 넘이 칭찬헌다고 우쭐거리거나 넘이 구박헌다고 풀 죽지 안허고 의연허오. 그러드끼 여러분도 넘이 나를 사랑허고 미워허고 알아주고 몰라주는 디 끌리지 말고 당당히 자게 헐 일만 묵묵히 허시오. 담으로, 금강산이 될라먼 견고(堅固)허시오. 금강산이 추우나 더우나 비가 오나 눈이 내리나 천년만년 변함없이 자기 본분을 지키는 것맨치로, 여러분은 암만 천신만고를 당헐지라도 신성이 변허거나 신념이 꺾이지 말아야 허오. …… 여러분! 어서 바삐 인도의 요법(사은사요)을 부지런히 연마허여, 세계의 산 가운데 홀로 금강산이 드러나드끼 우리 회상이 모든 교회 가운데 가장 모범적인 교회가 되드락 노력헙시다. 글먼 강산과 더불어 사람이 함께 찬란헌 광채를 낼 것이오."

1930년 사월, 소태산은 기차 편으로 경성역에 도착하여 이공주, 이동진화 등의 환영을 받으며 창신동으로 향했다. 불법연구회 경성지부(창신동 회관)는 1926년에 간판을 단 이래 송도성, 송규, 이춘풍, 김광선 등이 짧은 기간씩 교무로 거쳐 갔고, 1930년부터는 이공주가 재가로서 교무 역할을 하고 있던 터였다. 소태산은 창신동과 계동을 오가며 법회를 주재하기도 하고 회원(교도)들과 법담을 나누기도 하면서 지냈다. 그런데 이공주는 이동진화 등과 한 가지 계획을 꾸미고 있었다.

"종사님! 재작년 구월, 익산 본관에서 하신 금강산 법설은 아직도 기억에 남아 저희 심금을 울리고 있습니다. 그런데 정작 종사님께선 아직도 금강산 유람을 못 하셨다는 이야기를 듣고 저희가 송구스러웠습니다. 기왕 상경하셨으니 이번 기회에 저희와 금강산 유람을 하셨으면 좋겠습니다."

미처 준비가 없던 터에 여자들과의 긴 나들이가 썩 마음에 내키지 않아 즉답을 피하며 며칠이 흘렀으나, 이공주 등은 금강산 여행을 기정사실로 하고 준비를 착착 진행했다. 음력 오월 초하루(5월 28일), 이공주, 이동진화 그리고 신원요(愼元堯) 등 세 여인이 소태산을 모시고 가는 일행이 되었다. 신원요는 본래 황해도 평산 출신으로 올해 예순넷 되는 노파였다. 자기 딸과 박공명선의 딸인 성성원이 친구가 된 인연으로 입교한 지 삼 년째였다. 세 여인들은 모두 재력이 튼튼했다. 소태산은 그 덕에 여비 걱정 없이 금강산 길에 올라 이로부터 팔 박 구 일간의 유람이 시작되었다.

오전 8시 50분, 경성역에서 기차를 타고 두 시간 반쯤 경원선을 달려서 철원역에 도착하였다. 거기서 금강산행 전철로 바꿔 타고 가다가 단발령을 거쳐 금강구에서 내리고 다시 자동차로 바꿔 타고 달리니, 오후 5시 반이 되어서야 장안사 가까이 있는 금강산 여관에 여장을 풀 수 있었다. 첫날은 장안사를 둘러보는 것으로 일정을 마감하고 이튿날부터 본격적인 유람에 나섰다.

소태산은 여관에다 두루마기를 벗어놓고 파나마모자에 운동화 차림으로 단장을 짚고 세 여인과 함께 산길을 걸었다. 압봉, 명경대, 영원암, 옥초대, 보문암, 관음암, 장경암, 장안사, 백천동, 명연암, 삼불암, 표훈사, 만폭동, 영아지, 보덕굴, 관음약수, 팔담, 사자암, 마하연, 만회암, 반야암, 불지암, 묘길상, 비로봉, 만물상, 만상정, 만상계, 관음룡, 극락현, 신계사 등을 차례로 답파했다.

소태산은 신라 영원조사가 십 년간 피나는 수행 끝에 득도했다는 전설의 영원암을 둘러본 후 문득 '보습영원경 영원개골여(步拾靈源景 靈源皆骨餘)'라는 시구를 탄식하듯이 읊었다. '영원암 경치를 다 구경하고 보니 영원암은 뼈다귀만 남았네.' 한문을 하는 이공주까지도 깊은 뜻을 알 수 없어 머리만 갸우뚱하고 물어보지는 못했다. 셋째 날, 삼불암에서는 나옹 스님과 금동거사가 목숨을 걸고 누가 먼저 불상을 조각하는가 내기를 했다는 일화를 듣고, 보덕굴에서는 회정선사가 관음보살의 현신인 보덕각시를 친견했다는 전설을 음미하였다. 만회암에 들러서는 이태째 입선 중인 신봉운 선사와 문답하였다.

반야암 바위를 구경하고 오는 길에 보니 절에 딸린 해우소(변소) 지붕에 다람쥐 한 마리가 앉아 재롱을 떨고 있었다.

"고놈 귀엽네요!"

다람쥐를 먼저 본 신원요가 신기한 듯 지붕을 가리키자 모두 서서 다람쥐 노는 모습을 바라보았다. 이때 소태산이 돌멩이를 하나 줍더니 느닷없이 다람쥐를 향하여 팔매를 날렸다. 그 모습은 꼭 짓궂은 머슴애의 장난 그것이었다. 그러나 다음 순간 여인네들은 깜짝 놀랐다. 방금 전까지 두 손에 무엇을 들고 입을 오물거리며 재롱을 떨던 다람쥐가 날아간 돌멩이에 머리를 정통으로 맞고 여지없이 굴러 떨어졌던 것이다. 소태산은 얼른 다가가 다람쥐를 집어 올렸다. 다람쥐는 머리에서 피를 흘리며 마지막 숨을 거두느라 사지를 바르르 떨고 있었다.

"귀여워서 어쩌나 볼라고 내가 돌 한나를 던졌는디, 니가 그걸 피하지 못허고 그만 맞아 죽었구나. 그러지만 너도 평생 금강산 다람쥐 노릇만 해서야 쓰겠느냐?"

처음엔 애석한 듯 언짢은 낯빛을 하던 소태산도 이내 체념한 듯 심상한 얼굴이 되었다. 소태산은 죽은 다람쥐를 땅 위에 가만히 내려놓고 나서 손가락에 다람쥐의 피를 묻힌 채 걸어 내려갔다. 이공주가 뾰족한 돌을 들어 땅을 파고 다람쥐를 묻어주었고, 신원요는 다람쥐가 가여워서 혀를 끌끌 찼다. 이동진화가 말했다.

"다람쥐가 막 떼를 쓰는군요."

이공주도 말했다.

"이제 저놈은 팔자가 늘어졌습니다."

앞서 걷던 소태산이 문득 생각난 듯 고개를 돌리더니 말했다.

"평안북도에 가 여자로 태어날 것이오."

넷째 날, 나옹화상이 미륵불의 좌상으로 조성한 거대한 마애불, 묘길상(妙吉祥)에 당도하였다. 소태산은 혼잣말처럼 중얼거렸다.

"나옹은 석공 노릇도 잘했다. 이같이 산간으로 돌아댕김서 소리 없는 장난을 해갖고 중생 제도를 허는구나!"

비로봉 오르는 길에 들어서자 양지쪽의 철쭉은 만개하여 화사한 자태를 자랑하고 있고, 응달진 비탈에는 아직 반개한 철쭉이 또 다른 미태로 나그네를 유혹하고 있었다. 정상에 오르자 내금강, 외금강, 해금강을 비롯하여 멀리 장전포 밖으로 망망대해가 검푸르게 깔려 있었다. 이공주는 시구를 섞어가며 감상을 표했다.

"시위종사주(侍衛宗師主)하고 등상비로봉(登上毘盧峯)하여 망견사방경(望見四方景)하니 즉견낙천지(卽見樂天地)러라. 종사님을 모시고 비로봉에 올라 사방의 경치를 바라보니 여기가 곧 극락세계로구나. 제가 보기엔 종사님이야말로 금강의 주인이십니다."

"깨치고 보면 누구나 다 금강의 주인인디, 다들 그걸 광채 있게 쓸 줄 모릉게 안타까운 노릇이오."

다섯째 날에는 비가 내려서 여관에 머물렀다. 마침 찾아온 장안사 주지와 오랜 시간 동안 불교를 주제로 간담을 나누었다.

여섯째 날, 소태산은 이제 금강산 구경에 싫증이 났다. 피곤했다. 흥미가 없었다. 애초 소태산의 금강산 여행은 경치 구경이 주된 관심사가 아니었다. 고찰이 즐비하고 고승이 별처럼 박혀 있을 법한 조선 불교계의 본산, 거기서 살아 있는 불교의 진수와 불멸하는 불법의 본질을 접할 수 있기를 기대하고 갔던 길이었다. 그러나 조선의 세속이 그랬던 것처럼, 산속에서도 기대할 인물이나 본받을 제도와 법리는 찾을 수가 없었다. 그래서 영원암에서 읊었던 시구와 같은 토막시를 여기저기서 읊으며 실망과 탄식을 털어놓았다.

步拾金剛景 金剛皆骨餘

(보습금강경 금강개골여)

금강산을 다 구경하고 보니

금강산은 뼈다귀만 남았네

　　겨울 금강산을 개골산이라 부른다지만 초목이 왕성하게 우거지는 오월의 금강산을 굳이 뼈다귀뿐이라고 읊는 소태산의 속마음을 누가 알 것인가. 영원암에 가서는 영원암이 뼈다귀뿐이라고 하더니 금강산 전체를 놓고 보아도 뼈다귀뿐이라는 것은 결코 눈앞에 펼쳐진 풍광을 놓고 하는 말이 아니다. 그러나 이 시구는 이미 증산 강일순도 읊조린 적이 있지 않던가.

步拾金剛景 青山皆骨餘

(보습금강경 청산개골여)

其後騎驢客 無興但躊躇

(기후기려객 무흥단주저)

금강산을 다 구경하고 보니

청산엔 뼈다귀만 남았더라

그 뒤에 노새 탄 나그네가

흥이 없어 다만 머뭇거릴 뿐이네

금강산의 절승한 경치와 기기묘묘한 아름다움을 누가 부인하랴. 그러나 산은 아무리 보아도 산이요, 물은 아무리 보아도 물이었다. 산 밖에도 산이요 물 밖에도 물이며, 여기도 물 저기도 산, 저기도 물 여기도 산이라. 다만 같은 산, 같은 물이지만 사람 스스로가 고대 전설이나 기적을 빙자하여 각종각색의 명칭을 붙임으로, 이 산과 저 산이 달리 보이고 이 물과 저 물이 달리 들릴 뿐이었다. 비로봉과 만물상이 이름이 다르다 하지만 산 아님이 아니요, 구룡연과 팔담이 다르다 하지만 물 아님이 아니다. 금강산이 아무리 절승하다 할지라도 오직 산과 물 두 가지 외에는 없다. 소태산은 처음 그 한 곳을 본 후에 금강의 전경을 미리 헤아리고 구구히 다 보려고 아니하였다. 그러나 동반자들을 실망시키지 않으려고 며칠 동안 험준한 벼랑과 깊은 계곡을 헤매면서, 다만 피로를 느끼고 건강을 상할 뿐이라고 생각했다.* '노새 탄 나그네'는 흥이 없어 다만 머뭇거릴 뿐이었다.

그러나 모처럼 유람을 온 세 여인이 저녁마다 유람 일정을 점검하며 기대와 흥분 속에 들떠 있으니 차마 그들의 기대를 저버리고 돌아가자고 하기에는 너무 야박한 듯했다.

일곱째 날 아침, 세수를 마치고 난 소태산은 남쪽 하늘을 이윽히 바라보고 있었다. 그의 얼굴에 비치는 처연한 그림자를 읽어

---

* 앞의 단락은 《월말통신》 27호(1930. 5.) 〈독실한 신념은 인생의 행복이다〉에서 인용.

낸 이동진화가 걱정스레 물었다.

"종사님! 무슨 걱정거리라도 있으십니까?"

"오늘, 다정허고 인연 깊은 사람이 가는구려!"

혼잣말처럼 중얼거리고 난 소태산은 그게 누구를 두고 하는 말인지 더 말하지 않았다.

이날은 신계사 주지 김해운 스님을 동행으로 하여 외금강, 만물상 등을 보고 온정리 금강여관에 들렀다. 무리를 해서 따라다닌 길이라 노독에 몸살이 났다. 저녁 공양도 들지 않은 데다 신열이 올라 밤새 고통을 당했다. 이튿날은 마침 비가 내려 핑계 김에 여관에서 누워 쉬다가 느지막이 온정탕(溫井湯)에 가서 목욕을 하며 땀을 냈다.

여덟째 날, 끄물거리는 날씨에도 불구하고 여관을 나섰다. 소태산은 여관에서 빌린 우산을 쓰고, 이동진화는 준비해 온 양산을 쓰고, 이공주와 신원요는 겨우 삿갓을 하나씩 얻어 썼다. 각오는 한 일이지만 얼마 못 가 기어코 폭우를 만났다. 옷을 적시면서도 외금강 신계사를 찾아가니, 구면인 김해운 주지가 친절히 안내를 하며 접대가 융숭했다. 소태산은 이날 밤 여관으로 돌아오자 여인들을 설득했다. 금강산 구경은 이만하면 됐으니 다음날 귀경하자고.

"종사님! 해금강도 못 가보고, 더구나 외금강에 와가지고 그 유명한 구룡연도 못 본 채 그냥 가시면 후회되지 않겠어요."

"종사님! 비 때문에 이틀은 구경도 못 했는데 한 이틀 더 놀다 가시면 좋을 텐데요……."

이공주와 신원요가 특히 아쉬운 듯했다. 그러자 이동진화가 나서서 무마를 했다.

"아이고, 성님은 환갑 진갑 다 지난 노인네가 근력도 좋으시구려. 그래도 노인 건강은 못 믿는 법이니 이번엔 이쯤 마쳐요. 서운하면 내년에라도 한 번 더 종사님을 모시고 와서, 이번에 못 본 구룡연도 보고 해금강 쪽으로 돌아 총석정까지 구경합시다."

이날 밤, 금강산 일정 아흐레 가운데 가장 의미 있는 일이 있었다. 여관 주인이 찾아와 소태산 일행과 대화를 하게 된 것이다. 그는 본래 경성 출신에 전문학교를 졸업한 인텔리로서 독실한 예수교 신자였다. 한때 뜻밖의 화재로 전 재산을 날리는 불행을 당하였으나 믿음으로 절망을 극복하고, 근검·근신·절약을 신조 삼아 잃은 재산을 회복했을 뿐 아니라 그 몇 배의 재산을 모은 것이었다. 그는 자랑 삼아 자신의 인생 역정과 함께 신앙생활을 이야기했다. 여관 주인은 그동안 일행을 지켜보면서 소태산에게 궁금한 생각이 있었던 듯 이렇게 물었다.

"손님은 술도 안 드시고 담배도 안 피우시고 모든 동작이 범인과 달라 보이니 어느 종교를 믿고 계십니까? 혹시 불교입니까?"

소태산은 짐짓 부인하였다.

"나는 아무 종교도 믿지 않소이다. 심심헐 때 구경삼아 절에도 가보고 예배당에도 몇 번 가보긴 했으나 평소에 내 생각은 불교 신자나 야소교 신자나 똑같이 허망헌 사람들이라는 것이오. 아무 말귀도 못 알아듣는 우상에 절허며 복을 비는 사람이나, 텅 빈 하늘을 향해서 죄가 어떠니 복이 어떠니 하는 사람이나 허망허기는 매일반이 아니겄소?"

소태산은 어이없어하는 상대에게 좀 더 오금을 박듯 말을 이어갔다.

"나는 어느 여름철에 모 유명 사찰에 간 일이 있었소. 법당에는 크단헌 황금불상이 있는디 승려는 그 앞에 머리를 숙여 예불도 허고 음식도 차려놓고 정성이 지극헙디다. 나는 부처한테 대처 영험이 있는가 시험허리라 허고 몰리 법당에 들어가 불상의 뺨따구를 때리고 허리를 쥐어박아보았소. 나는 부처의 벌을 받아 죽을지도 몰른다 생각을 해서 공포 속에 하룻밤을 지냈지만 종내 아무런 일도 일어나지 안헙디다. 벌은커녕 꿈속에 선몽(현몽)이라도 해서 머퉁이(꾸지람)를 헐 만도 헌데 그러지도 안허니 저 불상헌테 무신 영험이 있다 허겄소? 나는 부처를 안 믿기로 힜소."

여관 주인은 동감이라는 듯 고개를 자주 끄덕였다.

"또 한번은 예배당엘 가봉께 모든 사람들이 '하늘님 아버지! 하늘님 아버지!' 험서 복을 주십사 병을 나수어주십사 허고 빌고, 인간의 부귀빈천과 수명복락이 하늘에 달렸다고 주장허드란 말이오. 하늘에 정말 그런 영험이 있을까 의심이 나서 이번에 또 시험을 혀보자 생각허고 짝대기로 하늘을 찌름서 큰 소리로 온갖 악담을 다 힜소. 그런 후로 혹시 천벌이 내려 내가 죽지 안헐까 두려웠지만, 역시 아무런 일도 일어나지 안헙디다. 나는 하늘도 불상과 마천가지로 아무 영험이 없는 것인디 신자덜이 왜 그런 어리석은 짓을 헐까 비웃게 되었소. 이것은 무식헌 나의 일시적 망동일지 모르게 주인장은 이런 불경을 용서허시고, 어디 하느님이 기신 데와 생긴 모냥을 좀 갈차주시면 고맙겠소."

소태산은 시치미를 떼고 주인의 표정을 살폈다.

"글쎄올시다. 저도 이십 년을 믿어오지만 이것이 제일 해결하기 어려운 문제입니다. 거룩하신 하느님이 계시기는 반드시 계시리라고 확신하나 어느 곳에 계시다고 설명 드리기는 어렵습니다."

주인은 적이 난처한 표정을 짓더니 문득 안색이 변하며 당황하는 눈치였다. 자기 신앙의 약점을 송두리째 드러내어 자존심을 크게 다친 듯, 안간힘을 쓰며 황급히 덧붙였다.

"그러나 전지전능하시고 무소부재하신 하느님이니까 이 우주 강산에 계시지 않은 곳이 없습니다."

소태산은 옆에 있던 주판을 얼른 집어 들며 한 호흡의 틈도 주지 않고 즉각 공격했다.

"그러면 여그도 하느님이 있소?"

그러자 주인은 매우 어색한 낯빛을 띠었다.

"거기…… 거기야 설마 계시겠습니까."

소태산은 공격의 고삐를 늦추지 않았다.

"무소부재헌 하느님이 이 주판에는 있지 안허면 그 어느 곳에 있지라우? 그 있는 디만 확실히 일러주시면 내가 하느님을 믿겠소."

당황하고 부끄러운 빛이 역력한 주인은 대답할 말을 잊고 묵묵히 있었다. 소태산은 이제 그의 기를 다시 살려줄 때라고 판단했다.

"내가 여관에 묵은 이 메칠 동안, 때맞추어 기도허고 찬송가를 불르는 것이며, 항상 감사헌 맘으로 부지런히 일허고 손님을 공경시레 모시는 주인의 모습에서 큰 감명을 받았소. 더구나 큰 화재로 전 재산을 잃고도 하느님을 원망허지 안허고 근검절약해서 가정을 다시 일내켰다는 이약을 듣고 절로 존경허는 맘이 났소. 당신 같은 분은 우리 조선 사람들의 사표가 될 만해요. 하느님이 정말 기시지 않다면 야소교가 이천 년 세월 동안 동서양 숱헌 사람들한테 그러코롬 믿음을 줄 수 있겠소. 아마 하느님은 우리 육안에는 뵈이잖지만 어떤 신령시로운 곳에 기심서 영력으로 우주와 인간을 다시릴 것이오."

"아! 꼭 그렇습니다. 죄복을 주시는 것은 제가 실제로 경험한 지 오랩니다."

주인은 다시 살았다는 듯이 생기가 돌아서 자기가 겪은 증거를 장황하게 얘기하기 시작했다.

이튿날 아침 일찍부터 서둘러 8시에 출발하였다. 그러나 금강구에서 두어 시간이나 기다려 전차를 타는 등 바꿔타기가 잘 안 되어 밤 11시나 되어서 경성역에 도착하였다. 돌아오는 차 안에서 세 여인은 금강산의 추억거리를 놓고 여러 이야기를 했으나, 소태산의 뇌리에는 금강여관 주인의 독실한 신앙심에 대한 감동이 오래오래 떠나지 않았다.

소태산은 금강산에서 짧은 시구를 두 가지 더 읊었다. 하나는 속인들을 위해 읊은 것이다.

'金剛現世界 朝鮮更朝鮮(금강이 세계에 드러나면 조선은 새 나라가 되리라).'

다른 하나는 불제자들을 위해 읊은 것이었다.

'金剛現世界 如來度衆生(금강이 세계에 드러나면 부처가 인류를 구원하리라).'

이동진화는 총부에 도착하자 '다정하고 인연 깊은 사람'이 누군가를 알았다. 초대회장이었던 서중안, 그가 바로 그 일곱째 날 오후 2시경에 마흔아홉 살 나이로 열반에 들었던 것이다. 일행의 들뜬 여행 흥취를 깨지 않으려고 중안의 죽음을 감춘 채 흥 안 나는 여행길을 따라다닌 것도 제자 사랑이요, 안타까운 제자의 열반에 애도를 표하기 위해 여정을 서둘러 마감하려던 것도 제자 사랑이었던 것이다.

금강산 다녀온 이듬해 소태산은 영남 여행길에 나섰다. 금강산 여행에는 이공주가 수행하고 그 일기(〈금강산 탐승기〉)를 남겨 전했는데, 영남 여행에는 조송광이 수행하고 그 견문을 자서전(『조옥정 백년사』)에 남겨 상당히 정확한 정황을 전하고 있다.

1928년(원기 13) 동선에 참가한 조송광은 소태산으로부터 '만법귀일'의 화두를 받고 고심하며 "우리 선생님이 나의 애간장을 태워보려고 이러시는가!" 하고 탄식하기도 하고, 혹은 "나는 어찌 그리 어리석을꼬? 선생님이 일일시시 직접 간접으로 지도 주력하건마는 이 문제 해결은 가망 없다"하며 자괴감에 시달리기도 한다. 그럼에도 대중의 신망은 점차 두터워져서 그해 삼월 스무엿새 총회에서 병중인 서중안의 후임으로 회장에 선출되었고, 이로부터 그는 더욱 소태산을 받들며 수행 정진에 박차를 가했다. 그러나 그에겐 불법 공부의 어려움뿐 아니라, 지난 생애의 습관과 인연 때문에 따르는 갖은 비난이나 유혹과도 싸워야 했다. 광주에 갔을 때 그는 예수교인 일고여덟 명으로부터 집단적인 공박을 당했는데, 그때 그는 임기응변으로 위기를 넘기기도 했다.

"야소교인으로 불법에 종사험은 무신 까닥이오? 초심으로 평생을 일관해서 한쪽에 신(信)을 바침시롱 펜허게 지내다가 여년을 막음함이 옳지 않소?"

"그렇지 않소. 세상 백천만사가 모다 한쪽에 치우치는 것보담 양쪽을 겸하는 것이 적합허다고 생각허요."

"이 무신 해괴헌 소리당가! 한 몸으로 양쪽을 셍기는(섬기는) 것은 부녀자라도 못 헐 짓인디, 하느님을 셍기는 장로의 몸으로 어쩌케 다시 부처의 일을 헌당가?"

"그건 그러지 안허지라. 내가 비근헌 예를 들어보리다. 우리 눈도 한나로 보는 것보담 둘로 보는 것이 낫고, 손도 한나로 일허기보담은 둘이 있어야 일허기가 낫고, 다리도 한나로 걸키보담 둘로 걸허야 더 낫지 않소?"

그는 또 풍광을 사랑하고 시를 좋아하여 시우들과 경승지를 찾아가 거문고를 뜯으며 청풍명월을 벗 삼아 시율을 읊는 일을 취미로 하였다. 다만 기녀나 술을 가까이 하지 않는 것만으로 신앙적 양심에 부끄럽지 않다고 생각하였다. 그는 문중 보사(족보 제작)를 핑계 삼아 전남 완도로, 충북 청주로 쏘다니며 문장 재사들과 어울려 음풍영월로 세월을 보내고 있었다. 어디를 가나 탁월한 의술로써 그 지방 부호 한둘의 지병만 처방해주어도 먹고 자는 일은 걱정이 없는 데다, 거문고 타는 솜씨며, 율시와 시조와 가사를 가리지 않고 즉흥적으로 읊고 노래하는 그의 재능은 따라올 사람이 흔치 않았다. 시우들이 부르는 그의 아호는 초학(楚鶴)이었다.

풍월 여행의 여흥이 미진한 채 원평으로 귀가는 하였으나, 칠월 보름 밤 창가에 앉아 맑은 바람을 쐬며 밝은 달을 바라보노라니 또 절로 시흥에 겨웠다. 그는 혼자 중얼거렸다.

"천지는 광대하여 고금에 송려(送旅)하고 일월은 주야 가객(佳客)이라, 적적한 청산은 말없이 섰고 호호한 녹수는 뜻 없이 흐른다. 찰나 찰나 이 가운데 이팔청춘 어디 가고 육십 백발 재촉하니 십년등하(十年燈下) 배운 문필 일조송하(一朝松下) 황진 되면 전공가석(前功可惜) 이 아닌가."

그는 문득 붓을 들어 즉흥적으로 달 월(月), 바람 풍(風) 자를 넣어 칠률을 지었다.

無主其風無主月 好尋月月又風風
(무주기풍무주월 호심월월우풍풍)

順逆風憐成色月 盈虛月愛作聲風

(순역풍련성색월 영허월애작성풍)

中天明夜千年月 大地淸塵萬里風

(중천명야천년월 대지청진만리풍)

惟我江山同樂月 風兼月矣月兼風

(유아강산동락월 풍겸월의월겸풍)

임자 없는 바람에 임자 없는 달이라니

내가 즐겨 찾는 것도 달과 바람이라네

순풍에도 역풍에도 달빛을 생각하고

초승달도 보름달도 바람 소릴 사랑하네

중천의 밝은 밤은 천년을 비추는 달이요

대지의 맑은 티끌은 만리를 불어온 바람이라

오직 나만이 강산과 더불어 달을 즐기나니

바람은 달을 아우르고 달은 바람을 아우르도다

　평측과 압운을 살려 한 차례 낭송을 하고 난 송광은 스스로 만
족스러워서 절로 "좋다!" 하는 소리를 냈다. 이때 언제나처럼 얼
굴이 검붉고 키가 껑충한 송적벽이 나타났다. 익산 본관으로부터
소태산의 친필 서찰을 가지고 온 것이었다. 편지는 짤막했다.

　'송광은 만고 대의를 경륜하는 사람으로 어쩌다 한갓 풍월 두
글자에 그 좋은 정신을 희생하는가.'

깜짝 놀란 조송광은 즉각 풍류생활을 청산하고 익산 본관으로 찾아가 소태산에게 무릎을 꿇었다. 소태산은 남들 귀를 피해 조용히 타일렀다.

"불보살들은 이 천지를 보림이나 험성 편안히 살고 가는 안주처로 삼기도 허고, 제생의세의 제도 사업을 허고 가는 사업장으로 삼기도 허고, 유유자적허게 놀고 가는 유희장으로 삼기도 허는디, 송광은 우리 조선에서 지금 자게가 처헌 위치가 어디에 합당허다고 보시는가?"

참회하고 분발을 다짐한 조송광에게 대중의 신망은 더욱 두터워졌고, 그는 1931년 총회에서 다시 삼 년 임기의 회장에 재선되었다. 그는 고향 원평에다 출장소를 설치하고 공부와 포교에 더욱 정진하였다.

이해 팔월, 부산 아들집에 머물며 포교에 열중하던 장적조가 소태산을 초청하였다. 천수경 십만독의 공덕으로 생불님을 만났다고 기뻐하며 총부에서 삼 개월 동선을 나고 돌아간 양원국이 벌써부터 간청하던 바라, 조송광은 소태산을 모시고 부산으로 내려갔다. 소태산은 거기서 장적조가 끌어들이는 숱한 인연들을 만나 그들의 아픔을 다독거리고 그들의 번뇌를 씻어주고 그들의 어둠을 걷어주면서, 팔십여 명의 입회자를 기록했다. 그들 중에는 종교적으로는 불교 신자가 많았고, 직업으로는 상인과 어부가 많았고, 지역으로는 남부민정과 사하면 하단리 주민이 많았다. 내방자가 뜸한 틈을 타서 조송광은 젊은 스승 소태산을 혼자 모시고 동래온

천으로 가서 목욕을 하고 금정산에 올라 범어사 구경도 하였다.

"종사님! 양산이 여그서 멀지 안헌디 통도사 귀경허시는 기 어쩌끄라우?"

그러자 소태산은 기다리기라도 했던 듯 한술 더 떴다.

"송광이 좋은 의견을 냈소. 내친김에 통도사를 거쳐 경주까지 댕겨서 귀관허기로 헙시다."

경주 탐방 첫날에 소태산은 밀양 박씨 후손으로서 시조 혁거세의 능에 참배하였다. 여관에서 일박한 후 이튿날에는 불국사를 거쳐 석굴암을 향했다. 가쁜 숨을 몰아쉬며 토함산 가파른 고갯길을 꼬불꼬불 오르는 조송광은 한 발 앞서 걷고 있는 소태산의 거구가 오늘따라 더욱 크고 높게 느껴졌다. 모시 두루마기를 입고 파나마모자에 단장을 짚으며 뚜벅뚜벅 걷는 소태산의 등짝을 보고 있노라면, 그것이 마치 천길 단애처럼 까마득히 보였다. 언제나 누구에게나 신기한 기틀을 감추고 그냥 평범한 모습만을 보이는 스승, 그러나 조송광은 스승의 그 평범한 언행 가운데 언뜻언뜻 번득이는 비범을 눈치챔으로써 소태산이라는 태산 교악의 비밀을 엿보고 있었다.

부산 회원 여남은과 함께했던 어제의 통도사 탐승, 그때 일만 생각해도 아리송하여 도무지 이해가 되지 않는다.

신라 선덕여왕 15년(643)에 자장율사가 창건했다는 명찰, 주변 산세와 숲과 계곡만으로도 속인의 찌든 마음을 유혹하기에 넉넉했다. '영취산 통도사'란 편액이 걸린 일주문에서부터 석비에 새긴 '佛之宗家(불지종가)' '國之大刹(국지대찰)'의 붉은 글씨가 승가의 자긍심을 뽐내고 있었다. 그러나 속인의 자만심은 자동차, 인력거를 타고 산사 깊이까지 쳐들어와 염불 소리, 목탁 소리조차 흐렸고, 떼 지어 다니는 유람객이 흘리는 헤픈 소음들은 새소리 물소리를 능가하고 있었다. 조송광은 통도사를 구경하고 난 스승이 어쩌면 '보습통도경 통도개골여(步拾通度景 通度皆骨餘)'라고 하지 않을까 생각하며 혼자 웃었다.

천왕문을 통과하여 영산전, 극락보전, 약사전, 만세루, 범종각 등 하로전을 고루 보고, 중로전 들어 대광명전, 용화전, 관음전, 장경각 등을 구경하고 나서 준비한 점심 식사를 나눌 때까지는 여느 유람객과 다를 바 없었다. 불이문을 지나 상로전에 들어 응진전, 명부전, 산령각, 삼성각을 건성건성 지나치며 산보를 할 때까지도 송광은 소태산이 왜 대웅전으로 곧장 가지 않고 외곽으로만 도는가 하는 생각이 잠깐 들었을 뿐 무슨 별스러운 의문은 없었다. 부처님의 진신사리와 가사를 봉안했기에 따로 불상을 모시지 않은 대웅전. 적멸보궁, 대방광전, 금강계단 등 사방으로 다른 이름의 편액이 붙은 이 건물이야말로 불보 사찰 통도사의 중핵이었다. 소태산은 금강계단 방향으로 접근하여 잠시 불당 안을 둘러보더니 갑자기 안으로 들어섰다. 그러더니 마치 자기 방에 들어가는 사람처럼 거침없이 성큼성큼 걸어서 빈 법상 위로 올라갔다. 자리를 잡고 앉아 가부좌를 틀더니 오른손을 고리 지어 들고 왼손을 펴서 무률 위에 놓는 항마촉지인을 지어 보였다. 회원들은 물론 관광객 모두가 눈이 둥그레져서 바라보았다. 이 돌연한 행동은 송광에게 적잖은 충격이었다. 그는 소태산의 그 모습이 조금 전에 용화전에서 본 미륵불의 자세를 그대로 모의했음을 미처 깨닫지 못했던 것이다.

지난 봄(1930년 이월 초엿새) 완주군 봉서사 가는 길에 겪은 일의 충격도 아직은 생생하다. 동선 해제 후 소창차 선객 일동과 나선 길이었다. 경편열차로 간 삼례역에서 삼십 리 길을 걷는 도중에 소태산은 우뚝 멈춰서더니 조송광에게 "오직 나는 수천만 년 전과 이후 천만 년 일을 보기도 허고 만질 수도 있소" 하였다. 얼떨떨한 송광이 "무신 말씸입니껴?" 하자, 소태산은 "오직 나의 머리 우게 (위)와 발 아래를 보시오" 하고 더욱 알쏭달쏭한 말만 하였었다.

"종사님! 인자 거즘 다 올라온 것 같습니다."

솔숲 사이로 멀리 보이는 동해의 출렁거림을 보고 계곡에 깔린 구름의 이동에 따라 사이사이 출몰하는 푸른 능선을 보면서, 두 사람은 참외를 사서 해갈을 하고 땀을 들였다. 다시 한참을 걸어 드디어 석굴 앞에 이르렀다. 조송광은 소태산의 뒤를 따라 굴을 두어 바퀴 돌면서 입구의 인왕상과 중앙의 대불과 벽면의 보살상을 두루 살피며 감탄하였다. 남들처럼 좌대 위에 동전도 한 닢 올려놓았다. 그리고 대불 앞에 나란히 서서 사진을 박았다. 관리인이 방명록을 내밀며 필적을 청하자 소태산은 송광에게 순서를 양보했다.

'吐含山石窟庵 無語佛度衆生(토함산 석굴암에선 말없는 부처가 중생을 제도하네).'

송광이 붓을 넘기자 소태산도 국한문으로 몇 자 적었다.

'無情(무정)한 석굴암 부처도 모든 사람의 讚美(찬미)를 받거든 하물며 分別力(분별력) 있는 사람이 어찌 그저 있으랴.'

소태산은 그 옆에 '不侶居士(불려거사)'라고 서명을 하였다. 조송광은, 소태산이 쓴 기념 문구야 그 뜻을 금방 알겠는데 서명이 맘에 걸렸다. 변산 석두암에 머무르며 자호를 석두거사(石頭居士)라 했지만, 불려거사는 처음 쓰는 호가 아니던가. '불려'란 짝할이가 없다는 말이니 독존(獨尊)을 뜻함인가? '불여만법위려자시심마(不與萬法爲侶者是甚麼)'에서 슈은 글자인가? 그보다도 거사라니? 변산에서야 백학명 등 승려들과의 차별성을 보이느라 겸손히 거사니 처사니 하였다지만, 이제 불법연구회 총재로 수백 대중의 스승이요 새 회상의 교조로서 굳이 거사를 쓰다니 무슨 뜻인가.

이튿날 소태산은 예정에 없던 제의를 했다. 뜻밖에도 수운 최제우의 유적을 찾아보자는 것이었다. 송광은 대구행 차편을 이용하여 스승을 사평촌까지 모시고 갔고, 거기서 도보로 삼십 리 길을 걸어 구미 용담까지 안내를 하였다. 잡풀이 거칠고 돌이 깔린 길을 물어물어 찾아가는 도중에 마침 수운의 조카뻘이 된다는 칠십 세 노옹을 만났다. 그는 수운의 생애를 세세히 들려주었고 기꺼이 유적의 안내자로 나서주었다. 먼저 성지 경내로 들어서 그 풍광을 구경하고 유적에 관한 설명을 들었다. 동학의 일파인 시천교(侍天

敎)에서 수운의 석상과 비를 세워놓았는데, 한 손에 경전을 들고 또 한 손에 염주를 들고 머리에는 법관을 쓴 형태로 남향하고 있었다. 뒤에는 용담정이 있고, 앞에는 생가가 있는 가정리 마을이 보였다. 소태산은 구미산 계곡 물을 두 손으로 움켜 마시고 나서 "그분은 이렇게 놀았구나!" 하더니, 느닷없이 호탕하게 껄껄 웃음을 터뜨렸다. 송광과 노인은 당황하여 바라보았지만, 소태산은 금세 아무 일도 없던 것처럼 자리를 털고 일어났다.

다시 안내를 받아 풀숲을 헤치고 구릉을 넘어 수운묘를 찾아갔다. 노인과 송광은 수운묘에 엎드려 절을 하였다. 그런데 소태산은 읍한 자세로 눈을 감고 잠시 묵묵히 있더니 또 한번 송광의 뒤통수를 쳤다.

"송광! 자게 묏등(무덤)에 절허는 사람 보았는가?"

조송광은 삼세 윤회에 의심이 걸려 견딜 수가 없었다. 하도 얼떨떨하여 소태산에게 대놓고 물을 수가 없던 송광은 후에 정산 송규를 찾아가서 수운묘에서 있던 일을 털어놓았다.

"정산 선생, 종사님이 정말 수운 대신사의 후신이란 걸 믿어도 된다요?"

그러자 정산은 난감한 듯 망설이다가 마지못해 귀띔했다.

"맞아예. 종사님은 이 회상을 여실라꼬 진작부터 조선 땅에 인연을 닦으셨어예. 수운 이전에도 신라의 영원조사, 고려의 나옹화상, 조선의 진묵대사 말고도 이름 없는 도인으로 수월찮이 댕기 갔심더."

송광은 정산의 설명을 듣자 오히려 의문이 증폭되었다.

"나더러 고걸 다 믿으라는 말여라?"

정산은 혀를 끌끌 차며 탄식하듯 덧붙였다.

"하루살이는 낼이 있는 것을 모르고 버마재비는 내년이 있는 걸 모르능 거같이, 범부들은 삼생을 모르능 기라예."

송광은 번개처럼 스치는 생각이 일어서 다급하게 물었다.

"글먼 정산 선생은 혹시 해월 최시형 신사(神師)의 후신이 아이다요?"

정산은 못 들은 척 입을 꼭 다물고 더는 말이 없었다.

시창 17년(1932) 정산 송규가 조실 금강원으로 소태산을 찾아왔다.

"지가예 가사를 하나 지어보았습니더. 한번 읽어디리고 싶심더."

"그려? 어디 읽어봐라."

"쫌 깁니더."

정산 송규는 가사를 송(誦)하기 시작했다.

　망망한 너른 천지 길고 긴 저 세월에

　과거 미래 촌탁하니 변 불변이 이치로다

　변화 변화 하는 것은 천지 순환 아닐런가⋯⋯

　일관으로 알아보니 불변 불변 아닐런가

불변 불변 하는 것은 불생불멸 진리로다……
변 불변이 동도(同道)하니 변화가 불변이요 불변이 변화로다

무려 252구의 장편이었다. 소태산의 가사 중 372구나 되는 〈안심곡〉이 있으니 비교가 되지는 않지만 정산의 호흡도 만만치 않다는 걸 보여준다.

어화 우리 동무들아 일원 대덕 지켜내어
불변 성심 맹세하고 만세동락 하여보세
장하도다 장하도다 츄추법려 되었도다

송규는 숨 돌릴 새도 없이 송하더니 마지막을 마무리하고 나서 스승의 표정을 살폈다. 소태산은 눈을 지그시 감은 채 듣고만 있더니 송규가 마치고 나자 비로소 표정이 활짝 펴졌다. 소리 없는 파안대소였다.

"츄추법려로 놀아보자 에루화 낙화로다!"

소태산은 일찍이 그가 대각 첫해에 지은 〈탄식가〉에서 읊은 마지막 구절을 되뇌며 송규의 작품에 갈채를 보냈다. 소태산은 사년 전(1928) 삼산 김기천에게 견성 인가를 내줄 때, 삼산은 작은 집을 짓기에 일찍 마쳤지만 정산은 큰 집을 짓기에 시간이 더 필요하다고 했었다. 그런 정산이 이미 큰 집을 지었음을 알았다. 오늘 이 가사를 듣고서 그것을 확인하자 기쁨을 감추기 어려웠다. 이제

그를 후계자로 맡기고 떠나더라도 아쉬울 바가 없다고 생각하였다.

"사부님께서 밝혀주신 불생불멸 진리를 불변의 법으로, 인과 보응의 진리를 변화하는 법으로 놓고 보니 딱 들어맞는데 왜 이를 진작 몰랐을까 의문입니다. 부끄럽심더."

"넘이 묵는 밥에 니 배가 불르드냐. 넘이 일러주는 것이 아무리 진리라도 깨쳐야 내 것이 되는 거여. 내가 유상·무상이라 한 것을 니는 변·불변이라 했응게 니 것이 된 거여."

"사부님께서 대각을 이루시고 경전들을 열람하신 후, '나의 안 바는 옛 성인들이 먼저 알았도다' 하신 심정을 지대로 느껴보았 심더."

"어떤 성인이 변·불변이라 했드냐?"

"고향에서 경서 배울 때 공산 송준필 선생이 주역을 가르치면 서, 역에는 항상 변하는 진리인 변역(變易)과, 언제까지나 변하지 않는 진리인 불역(不易)이 있다 하신 걸 건성 들었는데 변·불변이 나 변역·불역이나 같은 걸 알고 본께 허망한 생각마저 들었습니더. 더구나 소동파의 〈적벽부〉에 이미 '그 변하는 것으로 보면 천지가 일찍이 한순간도 그대로일 수 없고, 그 불변하는 것으로 보면 만물 이나 사람이나 모두가 영원하다'˙ 하는 문장을 보고서는 '이런 진 리는 옛 시인도 벌써 알았는데 나만 뒤늦게 깨쳤나' 하고 절로 탄

˙   自其變者而觀之 則天地曾不能以一瞬 自其不變者而觀之 則物與我皆無
盡也.(前 赤壁賦)

식이 나왔습니더. 더구나 변과 불변으로 대를 이룬 것까지."

소태산은, 이런 거라면 이골이 붙은 선진답게 빙글빙글 웃음을 참지 못했다.

"허허허! 역은 몰르겠다만, 동파까지 니가 깨친 구경처를 알았을까, 고건 몰를 일이제. '변 불변이 동도(同道)하니 변화가 불변이요 불변이 변화로다' 거까지 도달했을까? 허허허!"

소태산은 한마디 덧붙였다.

"제목을 〈원각가(圓覺歌)〉라 허는 게 좋겠구나.《월보》에 실으렴."

정산은 이 노래 제목을 〈원각가〉로 하였고,《월보》 38호(1932. 7.)에 실었다.

전법의 현장

◯

"받어라 받어! 으쌰으쌰! 심내라이!"

"우리 부사리 용타! 용타! 요용타! 아이구구 저눔으 소!"

"옳거니, 옳제, 고거다! 얼씨구야! 우리 부사리 자알헌다!"

1934년 시월 스무이틀. 공설운동장에서 이리축산공진회 주
최로 전국소싸움대회를 치르고 있었다. 북일면을 대표하여 불법
연구회에서 출전시킨 누렁소와, 부산에서 내보낸 칡소가 결승에
서 붙었다. 코뚜레와 고삐를 벗은 소들은 둘 다 천이백 근이 넘는
거구에 식식거리며 코와 입으로는 더운 김을 내뿜었다. 거품 침은
떨어질 듯 말 듯 매달려 있는데, 부릅뜬 눈은 상대를 노려보며 뿔
을 부딪치는 소리가 딱딱 울렸다. 누렁소의 뿔은 화태뿔로 비녀 꽂
은 듯 양옆으로 뻗어 있었으나 칡소의 뿔은 우격뿔로 활처럼 밖으
로 굽어 더욱 위협적으로 보였다. 싸움은 밀어치기로 시작하여 머

리치기로 발전하면서 점차 열기를 더해갔다. 상대편 칡소는 별로 표가 안 나는데 불연(불법연구회)의 누렁 부사리는 땀에 젖은 몸이 누렁색깔보다는 진한 적갈색으로 보여 마치 피를 흘리는 것 같았다. 불연 식구들은 애가 닳았다. 그렇게 보아서 그런지 누렁이는 힘에 겨운 듯 보였고 칡소는 더욱 길길이 날뛰고 있었다. 뒷다리를 앙버티고 마주 밀어대는 품이 가히 호각지세를 이루기는 했지만, 이윽고 누렁이의 뒷다리가 좌우로 조금씩 흔들리고 그러다가는 뒤로 주춤주춤 밀리는 것 같았다. 상대가 밀리는 눈치를 보았는지 칡소는 들치기에다 간간이 목치기를 하며 누렁이의 허를 찌르는데, 그때마다 누렁이는 힘쓰는 방향을 잃은 머리를 추어 잡느라고 당황하는 기색이 역력해 보였다. 이때다 싶은지 칡소는 방향을 틀면서 입체적으로 공격을 퍼부었다.

소 가까이 붙어 누렁이와 호흡을 맞추며 응원을 하는 전구일은 말할 것도 없지만, 외곽에서 에워싼 불연의 젊은 층들도 소리를 버럭버럭 지르면서 안간힘을 썼다. "우리 부사리 씨이다!" "우리 소 장하다! 역시기 잘헌다!" 북을 준비한 회원들은 북채가 부러져라 쳐댔고 꽹과리를 가진 회원은 울림판이 뚫어질 듯이 두들겨댔다. "하이고야! 저놈이 저러다 쓰러지겠네. 우메메! 어쩌끄나? 저래 지면 어쩌끄나이?" 발을 동동 구르는 사람이 있는가 하면, 금방 누구를 치기라도 할 것처럼 주먹을 불끈불끈 쥐고 허공에다 연신 때리는 시늉을 하는 젊은이도 있었다. 왈달박달 복대기를 치는 참관 회원 한가운데에 소태산이 있었다. 그는 젊은 층이 하듯 소리를 지르거나 주먹질을 하지는 않았지만, 누렁이가 잘 싸우면 때때로 "옳제! 그렇구말구!" 하며 추임새를 넣거나 박수를 쳤고, 밀리는 추세면 안타까운 듯 탄식을 하거나 혀를 끌끌 차기도 했다.

"와! 와!" 갑자기 함성이 하늘을 찔렀다. 무슨 일이 일어났는가? 본래 뿔걸이나 뿔치기가 장기인 누렁이가 마침내 장기를 발휘하며 전세를 역전시키려고 마지막 안간힘을 쓰고 있었다. 다 이긴 시합이라는 듯, 신이 나서 공격의 고삐를 늦추지 않던 칡소가 뜻밖에도 뒤로 밀리기 시작했고, 승기를 잡은 듯한 누렁이는 거칠게 몰아쳤다. 그러자 칡소는 어쩐 일인지 점점 맥을 못 추고 비실비실하더니 돌아서서 껑충껑충 달아나는 것이 아닌가! 순식간에 일어난 반전이었다. "야! 저 칡소 뿔이 빠져부렀어. 왼짝 뿔 보소." 빠져서 덜렁거리는 뿔에서는 이미 새빨간 피가 흘러나오고 있었다. "이겼다! 우승이다!" 불연 회원들은 누가 명령이라도 내린 듯 일제히 만세를 부르며 뛰어나갔다. 펄쩍펄쩍 뛰는 회원들 사이를 열고 누렁이에게 다가간 소태산은 땀에 흥건히 젖은 소의 등을 두들겼다.

"그려, 용타! 니가 일만 잘허는지 알었등만 쌈도 잘허는구나! 미물이지만 너도 우리 회상 창립에 한 목시(몫) 거다리고 있능 거이다. 참말 장허다!"

상금 칠십 원을 타 가지고 돌아오는 길은 개선장군이 부럽지 않았다. 삼십여 명의 회원들이 소를 앞세우고 기쁨에 넘쳐 행진을 하였다. 그들은 있는 힘을 다해 회가를 불렀다.

물욕 충만 이 세상에 위기 따라서
구주이신 대종사님 탄생하시사
자수 성각 하신 후에 법음 전하니
유연중생 모여들어 도문 열도다

공부 요도 삼학 팔조 제정하시고
인생 요도 사은사요 밝혀내시니
미묘하온 자비 바람 우주에 불고
찬란스런 공덕 꽃이 시방에 피네

창가풍으로 씩씩하게 부르는 이 회가는, 부를 때마다 회원들의 가슴에 벅찬 감동을 주었지만 오늘따라 그 감격이 유달랐다. 노랫말에 넘실대는 것은 회상에 대한 신뢰와 교법에 대한 자긍심과 교조에 대한 숭배심이었고, 그에 대한 전폭적 공감이 그들을 마냥 흥분시키고 있었다.

북을 치고 꽹과리를 울리며 총부를 향해 돌아오는 십 리 길은 하나도 지루하지 않았다. 남바우(남중리) 밋밋한 오르막길을 지나 구릉지대로 올라서면 길가에는 해묵은 노송 숲이 우거져 한낮에도 컴컴한 숲 그늘을 드리운 데다 무덤이 드문드문 깔린 꽃밭재 공동묘지를 넘자면 아닌 게 아니라 무섬증이 났다. 그러나 오늘은 도무지 겁날 것이 없다. 새말을 지나 다시 언덕길을 오르면 여기가 바로 재빼기 도치재, 크고 작은 총부 집들이 정답게 모여 마을을 이루고 있었다. 총부가 다가올수록, 남아 있던 총부 식구들 들으란 듯이, 회가 소리는 더욱 우렁차게 울렸다.

전무후무 유일하신 우리 대종사
만유관통 이 도덕을 끊임없도록
삼라만상 갖은 문명 기계 삼아서
천양무궁 만만겁을 즐겨봅시다

이 소는 얼마 후 전주에서 벌어진 밭갈기 대회에서 일등 상을 받아 다시 한번 불법연구회의 성가를 드높였다.

원기 21년(1936), 동선 중인 대중들과 일반회원 등 백여 명이 대각전에 모여서 법회를 보고 있었다. 법좌에 오른 소태산은 혜안으로 보는 미래상을 설파하고 있었다.

…… 근래 어떤 사람들은, 이 세상이 말세가 되어 영영 파멸밖에는 길이 없다고 허는 모냥이나 나는 그렇지 않다고 보오. 성인의 자취가 끊어진 지 오래고 정의와 도덕이 희미하여졌응게 말세란 말도 맞기는 허나 이 세상이 이대로 파멸되지는 안헐 것이오. 아니, 돌아오는 세상이야말로 참으로 크게 문명한 도덕세계일 것이오. 지금은 묵은 세상의 끗이요 새 세

상의 처음이 되아서 범상헌 사람으로서는 시대의 앞길을 추측허기가 퍽 어려울 것이나, 오는 세상의 문명을 내다보는 사람으로서야 어찌 든든허지 안허겠소?

오는 세상의 모든 인심은 이럴 것이오. 지금은 대개 넘의 것을 못 빼앗아서 한이요, 넘을 못 이겨서 걱정이요, 넘에게 해를 못 입혀서 근심이지마는, 오는 세상에는 넘에게 주지 못해 한이요, 넘에게 지지 못해 걱정이요, 넘을 위해 주지 못해서 근심이 될 것이오. 또 지금은 대개 개인의 이익을 못 채워서 한이요, 뛰어난 권리와 입신양명을 못 해서 걱정이지마는, 오는 세상에는 공중사를 못 해서 한이요, 입신양명헐 기회와 권리가 돌아와서 수양헐 여가를 얻지 못할까 걱정일 것이오. 또 지금은 대개 사람이 죄 짓기를 좋아허며, 죄 다스리는 감옥이 있고, 개인·가정·사회·국가가 국한을 정허고 울과 담을 쌓아서 서로 방어에 전력허지마는, 오는 세상에는 죄 짓기를 싫어헐 것이며, 개인·가정·사회·국가가 국한을 터서 서로 융통헐 것이오.

또 지금은 물질문명이 세계를 지배허고 있지마는, 오는 세상에는 위없는 도덕이 굉장히 발전되어서 인류의 정신을 문명케 허고 물질문명을 지배할 것이오. 물질문명은 인간을 타락시키고 도덕 발전에 장애가 되는 것이 아니라 오히려 도덕 발전에 도움이 될 것이라, 멀지 안헌 장래에 물질문명과 도덕문명이 함께허는 참 문명세계를 보게 될 것잉게 바로 이를 일러 낙원세상, 미륵세계라 허는 것이지라.

　대중들은 스승의 눈빛이며 입술의 움직임 혹은 손짓 하나하나를 넋을 놓고 황홀하게 바라보았다. 소태산의 음성은 늘 법당 안의 공기를 흔드는 우렁우렁한 공명이 있었고, 그 느낌은 대중의 가슴속까지 예민한 울림으로 다가왔다. 소태산의 법석은 말하는 자와 듣는 자, 스승과 제자가 격리되지 않았고 판소리 마당이나 탈춤판처럼 흥겨운 어울림이 파도처럼 일렁거리고 있었다.
　"미륵 시상(세상) 좋다! 영판 좋구나!"
　"얼씨구절씨구 좋다. 겁나게 좋구나!"
　누군가가 흥이 나서 추임새 넣듯 소리쳤다. 박사시화가 먼저 자리에서 일어나더니 두 팔을 들어 올리고 덩실덩실 춤을 추며 앞으로 나왔다. 그러자 최도화가 더는 못 참겠다는 듯 강중강중 나오더니 두 팔을 들어 한 아름 원을 그리며 소태산을 향해 예배를 올리기 시작했다. 이 흥겨운 법열의 잔치는 금세 온 법당에 가득히 번져나갔다. 전삼삼, 노덕송옥 등은 최도화에게 선수를 뺏겨서 아쉽다는 듯 앞다투어 나오더니, 소태산 앞에 둘러서서 누가 더 오래 더 우아하게 하는지 내기를 하듯 무수히 절을 올렸다. 변산 시절의 제자 문정규, 김남천도 함께 손을 잡고 나오더니 박사시화와 어울려 춤을 추기 시작하였다. 이들 세 남녀는 한결같이 백발이 성성한 노인들이었지만 얼굴에는 흥분과 만족에 겨운 엷은 홍조가 깔려 있었다. 자리에서 지켜보던 이들도 어떤 이들은 어깨춤을 추거나 머리 위로 팔을 올려 춤사위를 시늉했고, 또 어떤 이들은 손을 모으고 잇달아 배례를 하였다.

소태산은 춤추고 절하는 늙은 남녀 제자들을 내려다보며 얼굴 가득히 미소를 띠었다.

"큰 회상이 열리려 허면 음부(진리계)에서 불보살들이 미리 회의를 열고 각기 한 가지썩 책임을 맡아가지고 나오는 법인디, 아마 저 사람들은 춤추고 절허는 임무를 띠고 나온 보살들인가 보오. 지금은 우리 몇몇 사람만이 이리 즐기지만 장차는 시방세계 육도 사생이 함께 즐길 날이 올 것이오."

불법연구회는 날로 달로 눈부시게 발전하고 있었다.

회상 최초로 견성 인가를 받은 삼산 김기천은 장적조가 터 닦아놓은 부산에 가서 하단지부를 세워 부산 교화의 큰 걸음을 활기차게 열어가고 있었고, 정산 송규는 이제 훨씬 법력이 솟으니 영산에서 성지 수호와 교화에 싱싱한 빛을 발하고 있었다. 또 독립운동가 출신 박대완은 조송광 등의 도움으로 개척한 오사카에서 박식한 달변과 강직한 의욕으로 대판(오사카)지부를 창설하여 일본 교화의 깃발을 날리고 있었다. 전음광 송도성 서대원 조갑종 김대거며, 조전권 김영신 이공주 이경순 같은 남녀 신진들이 해마다 눈에 띄게 법력이 향상하고 역량이 증진되었다. 회원은 속속 늘어나고 건물과 시설이 불어났으며, 농업·축산·원예·한약업 등 산업이 성큼 성장하였다.

이러한 불법연구회의 성장에 눈을 크게 뜨고 관심을 기울인 것은 역시 언론이었다. 신문들이 앞다투어 불법연구회를 기사화 하였다.《동아일보》와《대판조일신문》(1934. 5. 28.),《조선일보》 (1934. 8. 3.) 등에 이어《매일신보》가 각별한 호감을 보였다.《매 일신보》는 쇼와 10년(1935. 5. 9.)에 불법연구회의 역사와 교리 특성을 소개하고, 그 조직과 활동상을 찬양하는 기사를 처음 실었 는데 그 후로도 무려 열다섯 차례에 걸쳐 불법연구회 관련 보도 를 이어가며 관심을 보였다.《매일신보》보도의 백미는 쇼와 12년 (1937)에 실은 '심전개발과 자력갱생, 장래가 기대되는 익산 불법 연구회'라는 제목의 기사다. 교법에 대한 소개와 회상에 대한 칭 찬이 두드러진 장문의 기사였다.

거금 21년 전 전남 영광에서 박중빈의 창시에 의한 불법연 구회란 것이 있었다. 그들은, 조선 고유의 불교는 시대와 배 치되는 초세간적 생활을 함으로써 종지를 삼아왔는바 그것이 결코 불교의 종지가 아니라고 보았다. 또한 종래의 조선 불교 는 조선의 불교가 되지 못하고 외방의 불교를 모방한 불교이 므로 이를 혁신하여 영구불변하는 무상대도 하에 조선의 실 정에 맞는 조선의 불교를 만들자는 것이다. 또한 초세간적인 불교로부터 시대적·대중적 불교가 되게 하여 세간생활에 필 요한 인생의 요체를 규명하며, 교리 운전의 제도와 방편을 시 대 인심에 적응하도록 쇄신하여 불교의 대중화를 도모하자는 것이 동 연구회의 취지였다.

그리하여 15년 전에 익산군 북일면으로 본부를 이전하는 동시에 건전한 발전을 이루어 현재 회원 약 4천여 명에 달한다는데, 이 불법연구회의 종지와 교리는 그 연원(淵源)을 불교에 두었으면서도 현재 조선인 생활에 가장 적절한 수양기관으로 되어 있음에 묘미가 있다는 것이다. 일례를 들면……

불법연구회의 공동생활상이나 교리에 대한 관심뿐 아니라 지도자 소태산에 대한 관심 또한 컸다.

박 씨는 아직 오십 미만의 장년으로서 이십여 년 전에 물심양전(物心兩全)의 불법연구회를 목적하고 동지 팔구 인으로 더불어 불법연구회 기성조합을 설시하였다. 씨는 조합원과 더불어 낮에는 미간 토지를 개척하여 생활의 근원을 삼고, 밤에는 불법의 진리를 연구하여 정신의 양식을 삼아서 드디어 연구회를 조직하고 종법사로 추대되어 금일에 이르렀다. 씨는 흔히 보듯이 정적이고 초연한 태도를 가진 종교인이 아니요 투지만만하게 의지를 실행하는 활동적 인물로 보인다. 씨는 익산에 본부를 설치한 15년간에 오로지 자립정신하에 회원, 즉 교도와 함께 척박한 토지를 개간하여 옥토를 만들고 산야를 개척하여 과수를 식재하며 양잠, 양돈 등 축산에도 힘썼다. 아울러 불교의 대중화에 진력하니 심지어 엿장사까지

하여 근검저축한 것이 현재 2천여 만 원의 자산을 조성하였다. 씨의 양손에는 공이가 박혀서 농부 이상의 험상궂은 손을 가지고 있는 것으로 보아 씨를 종교인으로 대하는 것보다는 자력갱생의 살아 있는 모범으로 볼 수 있다.

같은 해《조선일보》(1937. 8. 10.)에서도 거듭되는 관심을 표했다. 그중에 '불교 혁신 실천자, 불법연구회 박중빈 씨'라는 기사에서는 소태산 소개를 중심한 우호적 내용이 실려 있었다.

씨는 20년 전에 재래불교의 시대적 종언에 입각하여 과거의 제 단계를 합리적으로 분석한 후 단연 혁신을 고양하여 불법연구회를 조직하였다. 동회가 표방하는 바는 종교의 시대화·대중화, 물심양면의 개발, 일체 미신의 타파, 정신수양·사리연구·작업취사 등 실로 민중의 현실적 의식을 반영하여 재래종교의 형이상학적 신비적 형태에서 완전 탈각한 대중적 종교라 아니할 수 없다. 이런 의미에서 씨는 조선 불교사상에 루터라 하여도 과언이 아니다. 씨는 이상의 신종교를 창설하고 다수 대중을 포용한 불법연구회의 총재의 지위에 있건마는 근검질소하고 사(私)를 망각하여 촌토(寸土)의 소유와 일푼의 사축(私蓄)이 없나니, 그 부인 양씨는 상금도 밭 갈고 김매며 손수 생활비를 벌어 살고 있다.

같은 해,《중앙일보》는 '불교 혁신운동과 불법연구회의 장래'라는 장문의 기획기사를 삼 회로 나누어 연재하였다. 여기서는 익산 총부 중심의 기사뿐 아니라 경성지부 소개를 포함하고 있음이 특이했다. 이후에도《중앙일보》의 '불교의 혁신운동과 불법연구회의 장래',《중앙시보》(1937. 9. 11.)의 '재래불교의 조선불교에 경종을 울린다, 조선불법연구회를 방문해서',《조선경찰신문》(1937. 11. 1.)의 '생활화된 조선불교' 외에《경성일보》(1941. 10. 21.~ 24.)가 '생활화한 조선 불교'란 제목의 기사를 나흘간 연재하기도 했다.

1936년 시월 초, 이화장 안주인 황온순(黃溫順)은 혜화동 천주교회를 지나 이화동 호박밭을 샛길로 하여 낙산을 넘어 돈암동 앵두나뭇골을 찾아가고 있었다. 앵두나뭇골에는 양식과 일식을 절충한 이십여 칸의 불법연구회 경성지부 회관이 있었던 것이다. 이동진화가 기증했던 창신동 회관을 팔고, 이공주의 계동 집을 팔아 합친 돈에다가 여러 회원들이 성금을 모아 이천 원이라는 거금을 들여 오 개월의 공사 끝에 지은 번듯한 회관이었다. 회관 터는 도심에서 벗어나 우람한 노송과 고풍스러운 성곽, 하얗게 빛나는 바위와 맑은 시냇물이 있는 곳이었다. 거기에는 관음보살같이 우아하고 아리따운 용모의 여교무 이동진화와, 심한 전라도 사투리에 입은 비뚤어지고 눈썹은 송충이 같아 얼핏 달마상을 연상시키는 남자교무 이완철이 주석하고 있었다.

어려서부터 기독교 가정에서 자라고, 학교 역시 미션스쿨인 이화학당을 다니면서 독실하게 예수를 믿던 그녀가 불법을 찾아 나선 것은 스스로 생각해도 황당했다. 그녀는 기독교에 굳이 불만이 있다고 생각하지는 않으면서도 불법에 끌리는 자신의 마음을 어쩔 수 없었다.

1935년 여름의 일이었다. 황온순은 다섯 살짜리 아들 필국이를 데리고 금강산으로 갔다가 원산 해수욕장으로 갔다가 다시 금강산으로 돌아가는 식으로 마음과 몸이 방황을 하고 있었다. 경성법전 출신 인텔리이자 장안에서 손가락 꼽는 갑부가 남편이겠다, 이화여전 출신에 영어·일어·중국어까지 구사하는 당대 엘리트 미녀 황온순으로서는 도무지 남부러울 게 없어 보였다. 황해도 연안에서 자수성가한 부자로 소문났던 아버지로부터 물려받은 재산이 적지 않은 데다가, 남편은 전기와 증권 등 사업이 날로 번창하고, 자신이 손댄 부동산 투자도 성공적이었다. 게다가 첫딸을 낳고 기다리던 아들도 낳았다. 그뿐 아니라 삼천 평 부지를 확보하여 맘먹고 지은 이화동 1번지 대저택 이화장은 이미 장안의 명물이 되어 있었다. 정작 중요한 것인즉 그녀가 도무지 행복하지 않다 함이다.

영원암에서 개성 사는 이천륜이라는 여인을 만난 황온순은 그녀의 자상한 마음씨에 끌려 자신의 신세 한탄을 늘어놓았다. 개화사상에 일찍 눈뜬, 부유한 아버지 덕에 이화학당과 경성여고보를 거치며 남달리 일찍 신학문을 한 일이며, 아버지의 갑작스러운 죽음과 삼일운동 바람에 만주로 가서 길림성립 여자중학교를 다니고 다시 귀국하여 이화여전을 다니던 일 등을 이야기했다. 이어서, 그녀의 발자취를 밟아 만주로, 연안으로, 경성으로 팔 년간이나 집요하게 따라다니던 남자 강익하와 피치 못할 결혼을 한 일이며, 본처가 있는 남편과의 결혼이 안겨준 갈등 및 시가와의 불화며, 이제는 또 다른 꽃을 찾아 방황하는 남편에 대한 배신감 등 삶의 기쁨도 의미도 없다고 했다. 일 남 이 녀의 자식이 아니면 죽고 싶다고 했다. 그러나 서른넷 젊은 나이가 아직은 아쉽다고도 했다.

"종교가 꼭 필요할 것 같습니다." 이천륜은 그렇게 말했다. 열 살 때부터 믿어온 게 예수교지만 지금 자기가 처한 고민을 풀기엔 별다른 도움이 안 되더라고 황온순이 고백했다. "그것이 모두 전생의 인연이고 업이니 부처님의 뜻을 따르십시오." 이천륜은 그렇게 말하면서, 자기가 불법연구회를 다닌다고 했다. 자기는 '세상일을 다 아는 깨친 스승님'으로부터 가르침을 받는다고 했다. 황온순은 인연이니 업이니 하는 말을 들으며 세상을 바라보는 눈이 자기와는 다른 것에 유념했다. 뒷날 그녀는 이를 비유하기를, 같은 운동경기인데 내가 이제까지 따르던 것(기독교)과는 전혀 다른 규칙이 적용되는 게임을 하고 있구나, 하고 느꼈다고 말했다. 결국 황온순은 이천륜의 간절한 권유와, 개성에서부터 기차를 타고 달려와 안내하는 그 친절에 감동이 되었다. 함께 불법연구회 경성회관을 찾은 것이 그해 구월 초엿새였다는 것까지 기억할 만큼 그 인연은 그녀의 생애에서 각별한 의미를 주었다.

오늘은 그 '세상일을 다 아는 깨친 스승님'이 시골에서 상경

했다는 전갈을 받고 가는 특별한 나들이였다. 이동진화의 안내로 마주한 소태산, 무명 바지저고리를 입고 앉아 있는 이 '깨친 스승님'의 위풍에 눌려 황온순은 저도 모르게 무릎을 꿇고 두 손을 가지런히 모아 무릎 위에 얹었다.

"어찌케 오셨지라우?"

"이천륜 씨 소개로…… 여기가 부처님 공부하는 곳이라 해서 왔습니다."

"그렇지라우!"

전라도 사투리로 응대하는 이 스승님의 촌스러움이, 얼결에 위축되었던 황온순의 심기를 한결 편하게 해주었다.

"부처 되는 공부는 어떻게 합니까?"

"그건 내가 갈차주지라우."

스승님은 벽시계를 가리켰다.

"이 시계가 어디로 돌지라우?"

"오른쪽으로 돌지요."

"몇 번 돌면 하레가 되지라우?"

"스물네 번입니다."

"메칠 돌면 한 달이지라우?"

"서른 날 돌면 한 달입니다"

"몇 달 돌면 일 년이지라우?"

"열두 달 돌면 일 년입니다."

"사람이 얼매나 살면 많이 사는 것이지라우?"

"한 일흔 살면 많이 산다고 하겠지요."

"그렇지라우!"

스승님은 한동안 어이없는 질문을 하고 나더니, 황온순에게 정신행(淨信行)이라는 법명을 주었다. 스승님의 첫 면담이 적이 실망스러웠다. 그럼에도 불구하고, 간 길을 되짚어 돌아오는 황온순은 발길이 한결 가벼웠다. 졸졸거리며 흐르는 시냇물은, 시계가 몇 번 돌면 하루가 되지요, 하고 물었다. 물에 씻겨 하얗게 빛나는 너럭바위는, 며칠 돌아야 한 달이지요, 묻고 있었다. 용틀임하는 노송의 붉은 둥치가 일산처럼 이고 있는 푸른 잎도, 몇 달 돌면 일년이지요, 묻고 있었다. 허물어진 성곽의 이끼 낀 돌까지, 사람이 얼마를 살면 많이 사는 것입니까, 하고 물었다. 보이는 것, 들리는 것이 아까와는 사뭇 달랐다. 무엇인지 꼭 집어 말할 수는 없지만, 이 시골 양반에게 특별한 매력이 있음을 직감하였다. 그리고 그것이 그녀를 구원할 수 있는 힘이 되리란 예감에 심장 속까지 서늘한 전율이 전해졌다.

며칠 후 그녀는 소태산을 이화장으로 초대하였다. 외간 남자를 초대한 것이니만치 그녀는 남편 강익하를 설득하여 접빈을 부탁하였다. 평소부터 불교에 대한 관심과 도인에 대한 호기심이 많은 남편은 못 이기는 체하고 승낙을 했다. 황정신행은 정성 들여 성찬을 마련했고 스승과 남편은 겸상을 했다. 소태산은 음식을 복스럽고 맛있게 먹었다. 차린 음식과 찬을 한 젓갈씩이라도 골고루 들었다. 식사가 끝나자 차를 들며 대화가 시작되었다. 강익하는 묻기를 주로 했고 소태산은 대답을 주로 했다. 황정신행은 그중 두어 가지를 백 세가 된 만년까지도 생생히 기억했다.

"춘원 이광수 씨가 도인을 만나러 가자고 하여 수락산으로 간 일이 있었지요. 토굴 속에 혼자 앉아 있는데 옷은 냄새 나는 누더기에다 머리는 산발을 했지만, 눈은 빛나고 있더군요. 밥 깡통이 있기에 보니 먹고 남은 밥에 파리 떼가 새까맣게 달라붙어 있는데 쫓지도 않습디다. 파리 같은 미물과도 함께 나눠 먹고 사는 것 같더군요. 참으로 흔치 않은 진짜 도인을 만났습니다."

들기에 따라서는, 단정한 용모와 청결한 옷차림을 하고 와서, 진수성찬이라 할 만한 음식을 사양하지 않고 맛있게 든 당신이 무슨 도인이냐는 조롱의 뜻이 있는 듯도 하였다. 그러나 소태산은 담담한 표정으로 차근차근 달래듯이 말했다.

"그런 도인도 있고 이런 도인도 있지요. 도인이라고 꼭 그러코롬 괴벽(乖僻, 성격 따위가 이상야릇하고 까다로움)헌 모냥만 허는 건 아니지라. 나의 제자들도 모다 도인이지만, 그들은 의식주를 검소허게 하고 분수를 지키되 생업을 가지고 노동을 허며, 가정과 사회를 위해서 각자 맡은 책임과 의무를 다허고 삽니다. 몸과 옷과 거처는 항상 청결하게 허구만요."

강익하는 다시 말했다.

"한번은 양주 부도암에 갔다가 거기서 입적한 환웅대사(幻翁大師) 이야기를 듣고 감동했지요. 서울 부자나 궁에서 재를 지내러 오는 일도 있어서 돈이 많이 들어오지만 파재 때면 이 절 저 절에서 모였던 중들이 하직 인사를 하는데, 누구나 가릴 것 없이 돈을 한 움큼씩 다 나누어 주었답니다. 같은 사람이 돌아서서 다시 인사를 하면 아는지 모르는지 또 주더랍니다. 선물이 들어오면 시자에게 주고 다시는 찾지를 않았다 하고요. 시주들이 절의 재정을 위해 논밭을 부치자고 해도, 절에 재산 있으면 도둑이나 꼬이지 필요 없다 거절하고, 그러다 식량이 떨어지면 불기(佛器)나 뭐나 돈될 만한 것이면 거침없이 갖다 잡히고 꿔 오게 했다네요. 평생 돈 세어본 일도 없고, 재물 욕심은 애당초 없는 분이지요. 그뿐 아니라 내외법 같은 형식도 다 초월해서, 옷 갈아입을 일이 있으면 여자 신도들이 있거나 말거나 바지랑 속옷까지 벗고 알몸으로 갈아입더랍니다. 누가 법명을 지어달라고 하면 문풍지 쭉 찢어 거기다 써주고 그런 분이랍디다. 이런 분이 진정한 도인이 아닐까요?"

강익하는 존경심과 흥미로 들뜬 듯 다소 장황스레 떠벌였다. 소태산은 가끔 고개를 조금씩 끄덕거리며 경청하였다. 그러고는 마지막 말이 끝나자 빙그레 웃고 나서 대답을 했다.

"참 훌륭헌 스님이오. 아마 물욕이나 색욕을 다 초월헌 도인인가 싶소."

잠깐 뜸을 들인 후 소태산은 말을 이었다.

"나는 제자들헌테 이러코롬 갈치요. 돈이 생기면 아껴 쓰고 알뜰허게 모았다가 쓸 자리에 광채 있게 써라. 특히 재비(齋費) 같은 시줏돈은 고인의 복을 빌기 위한 것잉게 교육이나 자선사업에 써라. 금전출납은 부기를 배운 담당자를 시켜 꼼꼼히 기록하게 헙니다. 또 살림을 규모 있게 해서 식량이 떨어지지 않게 허고, 불기 같은 신성헌 물건을 잡히고 양식 얻어오는 궁색시로운 일은 안 허드락 지도허지라우. 또 우리 익산 총부에서는 재산의 증식을 위해 농사도 짓고 양계, 양돈, 양잠, 과수에 금융사업까지 헙니다. 제자 도인들은 시주나 동냥에 의존허기보담 각자 능력 따라 직업을 가지고 재물을 모아 도 닦는 비용으로도 쓰고 세상을 위한 사업의 밑천을 삼게 허지라우. 돈은 물론 반다시 세어서 주고받드락 헙니다. 남녀 간의 예절은 더욱 깍듯허니 혀서 속옷이 아니라 겉옷을 갈아입드라도 넘이 안 보는 곳에서 하게 허지요. 법명을 지어 돌라면 정당헌 절차를 뽑아 회원으로 등록하게 허고 규정된 용지에 정성시레 써서 줍니다. 법명 땜시 문풍지를 찢을 일은 없지만 만약 달른 용도로라도 문풍지를 찢는다면 꾸지럼을 헐 것이오."

이날 이후 황온순은 남편의 인척이었던 이광수를 소태산에게 소개하려 애썼지만, 웬일인지 소태산은 끝내 만나기를 거부했다. 다만, 황온순이 춘원의 부인 허영숙을 회관에 데리고 다니는 것은 허락했고, 직접 만나 법명도 주었다. 허영숙의 법명은 건널 제(濟) 늦을 만(晚) 해서 제만이었다. 소태산 사후이지만, 훗날 이광수는 원불교(불법연구회)를 위해 노랫말 하나를 지어주었는데, 그것이 오늘날에도 애창되는 〈불자의 노래〉(성가 18장)이다. 원고를 전해준 때가 한국전쟁 발발 이틀 전인 6월 23일이었으니, 어쩌면 그가 납북되기 전 마지막으로 지은 작품이 아니었을까.

장애물을 넘어라

○

    시창 20년 삼월 스무엿새(1935년 4월 27일), 이날은 갑자년 (1924)에 익산 총부를 창설한 이래로 가장 성대한 잔칫날이었다. 전국 각지에서 회원(교도)들이 꾸역꾸역 모여들었다. 원로들은 훗날까지 이날 군중의 참집을 흔히 '구름처럼 모였다'고 표현하였 지만, 그 말은 정서적으로 결코 과장된 말이 아니다. 도치재, 이 황량한 지역에 개벽 이래 이만한 사람들이 모이기는 처음이다. 이 리역에서 신룡리까지는 십 리 길이다. 이틀 전부터, 정갈하게 흰 옷을 차려입고 삼삼오오 걸어가는 사람들의 모습이 드물지 않게 눈을 끌더니 이날은 이른 아침부터 남녀노소가 장꾼처럼 줄지어 가는데 목적지가 한결같이 불연(佛硏)이었다. 알상투 튼 사람에 갓 쓴 사람, 중절모 쓴 사람이 있고, 중의 적삼에 짚신감발을 한 사 람, 두루마기에 고무신 신은 사람이 있는가 하면, 드물게는 양복

정장에 구두를 신은 사람도 있었다. 온통 불연 경내가 흰옷의 물결로 강을 이루고 있는 모습은 글자 그대로 운집이었다.

이날은 불법연구회 총부 최대의 건물인 대각전(大覺殿)의 낙성식 날이었다. 소태산 대각 이후 이십 년이 되는 해를 기념하는 뜻도 있고, 불법연구회 창립 십 년의 발전을 자축하는 뜻도 있었다. 오백 명이 들어갈 수 있는 공간의 법당을 갖춘 이 건물은 당시 숩리(익산)에서 규모가 가장 큰 회관으로 평가받을 만큼 대단한 불사이기도 했지만, 천 명의 회원들이 모여 단합된 회세를 과시한 감격스러운 행사였다. 이 행사의 의의 가운데 특이한 것이 하나 있으니, 그것은 다름 아니라 불법연구회 이십 년 역사상 처음으로 치른 봉불식이었다. 회원들에게 잊지 못할 경험으로 남아 있는 봉불(奉佛), 그것은 황금색으로 빛나는 불상을 탱화와 함께 모시는 점안이 아니라, 목각으로 새기고 검은색을 칠한 일원상(一圓相)을 정면 중앙에 봉안한 것이었다.

이로부터 회원들은 가정마다 일원상을 모시는 운동을 일으켰다. 진리불을 상징하는 일원상, 모든 은혜의 표상인 일원상, 그것은 신앙의 대상이요 수행의 표본으로서 가정을 법당으로 삼고 가족을 도반으로 하여 항상 진리부처님을 가정에 모시고 사는 혁신 불교의 모습이었다. 이와 함께 소태산은 〈심불일원상 내역급서원문(心佛一圓相內譯及誓願文)〉이라는 경문을 지어 보급하였다. 이 경문은 후에 〈일원상서원문〉이라고 명칭을 바꾸었지만, 일원상의 진리와 신앙을 극히 간략히 정리한 명문*으로, 불연회원들은 가정에 모신 일원상 앞에 조석으로 예불하고 이 경문을 암송하며 수도를 생활화하게 되었다.

어느 날 문정규가 소태산을 찾아오더니 흥분한 목소리로 말했다.

"종사님, 차말로 차말로 신기헙니다."

"머가 그리 '차말로 차말로' 신기허요?"

"정감록에 '산에 가도 이롭지 안허고 물에 가도 이롭지 안허니 활 두 개가 젤로 좋다(不利於山 不利於水 最好兩弓)' 했고, 도선비결에도 '산도 이롭지 안허고 물도 이롭지 안허니 이로운 건 활 두 개에 있다(山不利水不利 利在弓弓)' 이러코롬 되어 있는디, 활 두 개가 바로 일원상 아니다요. 또 요번에 지가 격암유록을 보다봉께, '활 두 개인 사람이 용의 해, 뱀의 해에 나서 천하를 통일헌다(弓弓人 辰巳之生 統一天下)', 요런 글귀가 나오는디 가만히 생각해봉께 활 두 개인 사람은 일원상 진리를 드러낸 종사님을 갈키는 것이 영축없어라. 종사님이 도를 깨치신 거이 병진·정사 양년 새이라 허싰응게라. 긍께 종사님이 일원의 진리를 드러내사 도덕세계를 통일허신단 뜻에 딱 분질러지게 맞어라우."

"뭐가 또 그러코롬 딱 분질러지요."

소태산이 어이없는 표정으로 실실 웃음을 흘리자 문정규는 답답하다는 투로 말을 이었다.

• 제목을 제외한 본문이 300자로 되어 있는데 후에 306자로 늘어났다.

"신도안 대궐터에서 '불종불박(佛宗佛朴)' 글씨가 새겨진 바우가 나와서 모도덜 야단여라. '으뜸가는 부처는 박씨 성 가진 부처라' 그 뜻잉게 바로 종사님을 갈키는 게 아니면 뭣이라요?"

소태산은 조금쯤 정색을 하고 문정규를 타일렀다.

"비결이나 도참이 시국의 예지(豫知)나 인물의 지감(知鑑)에 더러 도움이 되기도 허요만, 믿을 것은 스승과 법과 회상이면 되았지 쓸데없는 데 현혹되지 말으시오. 비결에 나왔그나 말그나, 공으로 되는 게 어디 있겠소. 스스로 닦아 성불허고 제중허는 것이 '딱 분질러지는' 정도제. 일원의 진리는 갖다 쓰는 것이 임장게 따로 주인이 있어갖고 독점권을 행사허는 것이 아니제라. '불종불박'은 무학대사가 쪼까 장난을 친 모냥인디 기양 웃고 말 일을 넘덜이 이러고저러고 헌다고 들뜨면 되간요?"

1936년 2월, 민족지도자 도산 안창호가 대전형무소에서 출옥하였다. 그는 윤봉길 의사가 일군 최고사령관 시라카와 등을 폭살한 사건 후 중국 상해에서 일경에 체포되어 사 년형을 받고 복역하다가 만기 사 개월을 앞두고 가출옥으로 나온 것이었다. 건강이 악화된 그는 한동안 요양을 한 후 건강을 추스르자 일경의 온갖 방해를 무릅쓰고 전국 순회에 들어갔다. 이리역에 내린 도산은 김제 백구에 있는 치문학교(전치문 설립)를 방문하고 다시 익산 북일면 신룡리에 있는 계문학교(김한규 설립)를 방문했다. 그런데 도산은 일정에 없던 불법연구회 총부를 아무 예고도 없이 찾아온 것이다. 안내는 《동아일보》 지국장 배헌(裵憲)이 맡고 있었는데, 그는 칠 년 전 《동아일보》에 불법연구회를 소개하며 찬양하는 기사를 쓴 적이 있는 기자다. 도산은 불법연구회의 현황과 소태산의 인물에 대한 그의 설명을 듣고 나서 돌연 일정을 바꿔 발길을 불연으로 돌린 것이었다. 도산 일행을 수행한 기자는 《매일신보》 이창태 지국장, 《중외일보》 김철중 편집국장, 《조선일보》 조기하 지국장 등이었고, 이리경찰서 고등계 형사 스키야마 세이기치〔杉山精吉〕가 뒤를 밟고 있었다.

소태산의 시봉을 맡고 있던 김형오는 도산 일행을 안내하여 먼저 신축 대각전 등 시설을 둘러보게 한 후, 경내에 있는 이공주의 집 청하원(淸河院)에다 소태산 면담의 자리를 마련하였다. 이공주의 집에는 넓은 양식 응접실이 있어서 귀빈이 방문한 때에는 전에도 종종 빌려 쓰던 터였다. 아직 건강을 회복하지 못하여 지치고 초췌하게 보이는 도산을 보며, 소태산은 은근하고 정중한 말씨로 민족을 위한 그간의 노고에 감사를 전했다. 아울러 오랫동안 겪은 망명생활의 수난과 그 후의 옥고를 위로하고, 앞으로의 건강을 염려하는 따뜻한 정의도 표했다. 도산은, 생각했던 것보다 큰 시설의 규모에 놀랐다고 운을 뗀 후, 동석하여 감시하는 형사들을 가리키며, 출옥은 했으나 자유가 없어 대화도 맘 놓고 못 하고 왕래도 뜻대로 할 수 없는 처지임에 양해를 구했다. 몇 마디 대담도 제대로 하지 못하고 떠나며 그는 소태산에게 마지막 말을 이렇게 하였다.

"박 선생과 내가 속내를 털어놓고 말을 하다 보면, 나야 기왕에 낙인이 찍혔으니 더 핍박받을 일도 없겠지만 박 선생께서는 사업에 많은 불편을 겪으실 것이오. 섭섭하긴 하지만 부득이 이렇게 얼굴이나 정답게 보며 이심전심으로 그냥 떠납니다."

그러나 불행히도 도산의 우려는 적중하였다. 도산의 불법연구회 방문 사실을 보고받은 전북도경에서는 바로 이리경찰서를 문책하였다.

"서장은 안창호가 부스렌〔佛研〕을 방문한다는 정보를 사전에 알지도 못했단 말인가?"

도경국장의 호통을 듣는 이리경찰서장 이즈미카와 히데오〔泉川秀雄〕는 부동자세로 서서 떨리는 목소리로 변명했다.

"북일면 신룡리에 있는 계문보통학교를 방문하여 설립자 김한규를 만난다는 정보만 있었는데 갑자기 부스렌으로 향했습니다. 예고나 사전 통지가 없이 행한 우발적인 상황이어서 어쩔 수가 없었습니다."

"바카야로(멍청이)! 조선의 민족지도자인 안창호가 와서 감복하고 간 단체라면 부스렌을 그대로 두어서는 안 된다. 즉각 대책을 강구하라. 와카루(알았나)?"

"하이(네)! 와카리시다(알았습니다)!"

호된 질책을 받고 경찰서로 돌아온 이즈미카와 서장은 충직한 조선인 순사 황가봉을 불렀다.

"황가봉! 북일면은 지역이 넓은 데다 취체의 대상인 부스렌이 있다. 본서에서 직접 취급하기는 곤란하니 거기에 주재소를 설치하는 것이 좋겠다. 주재소 설치를 건의하는 보고서를 당장 작성하라."

"하이!"

당시 익산에는 이리역과 춘포면 등 두 군데만 주재소가 있을 뿐이었는데 세 번째로 북일면에 주재소가 서는 것이었다. 보고서를 올린 후 한 달 만에 허가가 나왔다. 10월경, 북일주재소는 불연총부 구내에 설치되었고, 본서에서 황가봉과 함께 일본인 순사 고지마 교이치〔小鳥京市〕를 파견하였다. 건물을 따로 지은 것이 아니라 소태산이 안창호 일행을 만났던 청하원이 징발되었다. 이른바 화양식(和洋式)으로 지은 이 건물은 구내에 있는 개인집으로는 가장 잘 지은 기와집이었다. 응접실을 사무실로 접수하였을 뿐 아니라 숙소까지 차지해버렸다.

황가봉과 고지마는 총부 식당에서 매끼 두 사람 몫의 통밥을 가져다 먹었다. 반찬은 워낙 형편없었기에 따로 장만한 부식과 왜간장 끓인 것을 먹었지만, 밥만은 따뜻한 새 밥으로 하루 일인당 세 홉 밥을, 값을 쳐주기로 하고 갖다 먹었던 것이다. 한 달이 지나자 식비 청구서가 날아왔다. 먹은 날, 안 먹은 날 정확히 따져 기록한 식비 계산서를 첨부하였다. 두 순사는 어이가 없었다. 말인즉 사먹는다고 했지만 감히 식비 청구를 할 줄은 꿈에도 생각지 못했던 것이다. 고지마는 화를 냈다. "부스렌 놈들, 나쁜 놈들! 감히 우리한테 그 몇 푼 안 되는 식비를 내라니 겁도 없는 놈들이군. '와이로(뇌물)'를 갖다 바쳐도 시원치 않을 텐데, 어디 너희 놈들 걸리기만

해봐라. 우리 경찰을 모욕한 죄의 대가를 톡톡히 치르게 하겠다.”

밥값은, 적을 때는 일 원 팔십 전에서 많아야 이 원이었는데 매달 꼬박꼬박 계산서를 보내왔다. 황가봉과 고지마는 짐짓 무시하고 밥값을 지불하지 않았다. 불연에서도 밥값을 독촉하지는 않았지만, 한 달도 거르지 않고 정확한 계산서와 함께 식비 청구서를 주재소로 보내왔다. 어쩌나 보려고 식비를 주어보면 당당하게 사양하지 않고 받아갔다. 고지마는 괘씸하여 못 견디겠다는 듯이 “와루이 야쓰라!(나쁜 놈들)”를 연발하며 무슨 트집을 잡으려고 눈을 부릅뜨지만, 이렇다 할 범법사항을 찾아낼 수 없어서 안달이었다. 황가봉의 생각은 좀 달랐다. 기껏해야 이 원도 못 되는 밥값이지만 자기네를 감시하러 온 경찰에게 당당히 청구서를 들이미는 것은 이들이 아무 꿀릴 일이 없다는 뜻이다. 약점이 있다면 우리에게 잘 보이려고 비위 맞추기에 애쓸 것이 아닌가. 죄 없는 이들이라면 경찰이라고 해서 굽실거릴 일도 없거니와 마땅히 받을 식대를 청구하는 것은 당연한 일이다. 오히려 잘못한 쪽은 애초에 한 계약을 어기고 식대를 안 주는 우리다. 황가봉은 위법사항을 찾아내서 부스렌을 해체시킬 구실을 만들기로 한 서장과의 약속, 그러면 승진을 시켜주겠다는 약속을 상기하며 혼란스러움을 느꼈다.

이듬해 3월, 한국 사교사(邪敎史)의 백미라 할 백백교 사건이 사회를 발칵 뒤집었다. 진실성을 의심할 여지는 있지만, 어쨌건 경찰이 밝혀낸 사건의 전말은 이랬다.

백백교(白白教)는 동학의 분파인 백도교가 양분되면서 인천교와 함께 1923년에 생겨난 유사종교다. 교주 전용해(全龍海)는 그의 제자 문봉조, 이경득 등 부하 간부들을 사주하여 1928년부터 1937년까지 십 년 동안 전국 곳곳에서 팔십여 회에 걸쳐 삼백여 명의 신도들을 집단으로 학살하였다. 그중에서 문봉조는 혼자서 백칠십여 명을 죽인 것으로 밝혀졌고, 이경득은 백여 명을 죽였다고 자백하였다. 학살 이유는 신도들의 재산을 빼앗고 정조를 유린하며 주지육림 속에서 사는 자신들의 비행이 탄로 날 것이 두려워 저지른 것이다. 1940년에 모두 체포되어 간부 열두 명이 사형을 선고받는 등 엄중한 처벌을 받으며 교단은 소멸하였다. 한편 수많은 처첩과 자녀를 거느리고 군림하던 교주 전용해는 재물 편취, 여신도 강간, 집단 학살 등의 죄목으로 수배되자 쫓겨 다니던 끝에 스스로 목숨을 끊었다.

1936년 8월에 부임한, 제8대 총독 미나미 지로〔南次郞〕는 손기정 선수의 베를린 올림픽 마라톤 우승을 보도하는 과정에서 있었던 일장기 말소사건으로《동아일보》에 무기 정간령을 내림으로써 강성 총독의 본때를 보였다. 그는 국체명징(國體明徵) 등 조선 통치 5대 지침을 발표하며 군국주의 정책을 강화해나갔다. 신사참배, 황궁요배, 국어(일본어) 보급 등을 강요했다. 이듬해 중일전쟁을 일으키자 그는 황민화 정책을 서둘렀다. 일본왕에게 충성을 맹세하는 황국신민서사(皇國臣民誓詞)를 제정하여 전 국민이 일본어로 외우도록 하였다. 미나미 총독에겐 백백교 사건이 조선의 종교를 탄압할 수 있는 좋은 명분이 되었을 뿐 아니라 이를 핑계로 전국 고등경찰에 비밀히 명령하여 당대 민족주의 세력의 집합처인 수양동우회 간부들을 검거하게 하였다. 안창호를 비롯하여 장이욱, 이광수, 주요한, 조병옥 등 간부들이 줄줄이 체포되었다.

황가봉은 서장의 부름을 받고 경찰서로 들어갔다. 서장과 고등주임이 은밀한 자리를 마련하였다. 털보서장 이즈미카와가 먼저 물었다.

"황 순사! 부스렌의 문제점을 아직도 못 찾아냈는가?"

"소데스(그렇습니다). 워낙 완벽해서 아무런 꼬투리도 찾을 수 없었습니다."

황가봉은 책임 완수를 못 한 것 같아 쩔쩔맸다. 그러나 서장의 목소리는 결코 황가봉의 무능을 꾸짖는 어조가 아니었다. 오히려 은근히 부탁하고 격려하는 말투였다.

"그 점은 우리도 잘 안다. 고지마한테서도 들은 바 있다. 그렇지만 천도교를 비롯해서 신흥 종교들이 다 조선의 민족의식에 뿌리박고 있어서 내선일체에 반하는 것이다. 미나미 총독께서 확고한 결심을 가지고 하시는 일이니 신흥 종교를 다 해산시켜야 한다. 백백교 사건도 있으니 내막을 알아내면 해산시킬 구실을 찾기는 식은 죽 먹기다. 귀군이라면 충분히 해낼 것이다."

이어서 고등주임 무카이[向井]가 나서 구체적인 지시를 했다.

"부스렌 내사에 있어서 그 요령을 제시하마. 첫째는 남녀 관계니, 교주를 비롯하여 간부들이 여신도와 음행하는 증거를 잡으면 된다. 둘째는 재산 관계니, 신도들에게 재산 헌납을 강요하거나 공금을 횡령하거나 유용하는 증거를 잡아라. 셋째는 사상 관계니, 민족주의나 공산주의 냄새만 풍겨도 옭아 넣는 거다. 이 일에 성공하면, 부스렌 재산을 모두 압수하여 경매로 처분할 때 절반은 황 순사 자네 손 안에 들어가도록 하겠다. 관등도 특진되도록 할 것을 약속한다. 무슨 말인지 알겠나?"

"하이! 잘 알겠습니다."

서장이 다시 말했다.

"요시(좋다)! 내일부터 자네는 비밀경찰로서 행동한다. 경찰복도 입지 말고, 주재소에 가지도 말고, 우리가 가도 인사는 물론 아는 체도 할 것 없다. 그 대신 부스렌에 들어가서 그 회원이 되어 그들과 모든 행동과 생활을 같이하면서 은밀히 그 정체와 내막을 밝혀내는 것이다. 봉급도 서에서 주재소를 통하여 가족에게 바로 전달할 것이니 그리 알아라. 보고도 일상적인 것이나 소소한 것은 할 필요 없다. 중요한 것이 있거든 비밀히 하라. 와카루?"

"하이! 분골쇄신, 명을 따르겠습니다."

황가봉은 황홀한 기분이 되었다. 순사부장으로 승진한 자신을 그려보는 것도 행복했고, 불연의 적잖은 재산을 경매 방식으로 물려받는다는 것, 전부는 아니라도 그 반만이라도 물려받을 수만 있다면 자기는 졸지에 거부가 될 것이라는 꿈에 부풀었다. 더구나 증산교의 최대 계파인 보천교의 해산 책임을 맡은 강재령 순사와 더불어, 자기가 특별히 선택된 두 사람의 조선인 순사 가운데 하나라는 것을 알자 전북도경에서 차지하는 자신의 위상을 실감할 수 있었다. 그는 이번에 반드시 공을 세워 조선 순사 가운데서 으뜸가는 인물이 되겠다고 하는 공명심이 발동하였다.

그는 당장 제복을 벗고 어슬렁거리며 불연을 찾아갔다. 정공법을 택하기로 한 그는 곧장 교주 소태산을 면담했다.

"어여 오시오, 황 순사님!"

소태산은 애송이 순사지만 언제나 깍듯이 존칭을 쓰며 예우했다.

"종사님! 인자 나는 순사 관두기로 혔습니다. 사표는 며칠 전에 냈었는디, 수리가 되었다는 연락을 오늘 받았네요."

황가봉은 시치미를 떼면서, 마치 앓던 이가 빠지듯 시원하게 잘 해결됐다는 투로 말했다.

"아니, 저런! 어쩌다 순사를 그만두셨능가? 그 말씸이 참말이라요?"

소태산도 시치미를 떼면서, 마치 그 아까운 자리를 버리다니 못 믿겠다는 듯이 말했다. 황 순사의 사직이 유감스러운 일이고 교단으로서도 아쉽다는 뜻을 보탰다.

"지금까정 황 순사님 덕에 우리 불법연구회가 보호를 받고 잘 지냈는디 이를 어쩌까이?"

"일본 놈들이 조선인을 어디 사람 취급이나 허간디요? 밸이 꼬여서 진즉부터 집어치울라 했는디, 이번에도 서장이 고지마라는 놈 말만 믿고 내가 불연을 두남둔다고 나무라길래 결단을 내번졌어라."

"저런! 저런! 그럼 결국 우리 땀시 황 순사님이 희생이 된 심이니 미안혀서 어쩌까이?"

"고로코롬까장 생각허실 거야 있겄소만, 정말 나한티 미안허게 생각헌다 치면 내 부탁 한나 들어주실라요?"

"그게 뭔지 말씸만 허시면 들어드려야지라."

"내가 인자 순사 노릇도 그만두었싱게 도나 닦아보고 싶은디 불연에서 나를 좀 받아주씨요."

"우리 회원이 되아서 머 허시게? 도를 닦을라면 차천자(보천교)나 조천자(무극대도)를 찾아가시는 기 좋을 틴디?"

"내가 그동안 여그 있어봉께 회원들이 모도 선량허고 모든 일이 양심적입디다. 더군다나 종사님을 가차이 모신다면 수도가 지절로 될 거 같어서 안 그라요? 내치지 말고 받아주씨요."

"황 순사님이 알으시다시피 우리 불연에서는 사람을 개리 받진 안허라우. 우리 집엔 밖에서 도독질허든 사내도 있고 화류계에서 이름 날리든 여자도 있고…… 어디 그뿐이겄소. 천황 폐하의 은공을 몰르고 독립운동입네 허고 불온헌 짓 허든 불령선인도 들어왔지라우. 영광에선 창부 멫 사람이 예회마다 나왔는디 회원덜이 넘부끄럽다고 그 여자덜 못 나오게 허자고 공사를 허길래 호통을 친 일이 있잖겄소. 살인강도가 와도 받을 판인디 황 순사님 같은 분이사 얼싸덜싸 환영받을 일이제라."

황가봉의 패를 다 읽어버린 소태산은 일부러 좀 더 촌스러운 말씨로 짓궂게 놀리고 나서 황가봉을 받아들였다. 이로부터 황가봉은 불법연구회에서 밤낮을 함께 생활하게 되었다. 소태산은 "황 순사님…… 허셨습니까?" 하던 말투를 "황 순사…… 했어?"로 편히 대하게 되었고, 황가봉은 비록 겉으로나마 아무런 경계를 받지 않고 수시로 경내를 휘젓고 다니게 되었다. 그러나 회원들은 황가봉을 결코 동지로 받아들이지 않았고 그래서 황가봉은 늘 외돌토리였다. 황가봉은 회원들에게 경원시되는 것에는 그리 마음 쓰지 않고 자기 임무를 치밀하게 수행하였다. 그는 여기저기를 싸다니며 회원들의 대화를 엿들었고, 법회마다 참석하여 거기서 행해지는 말과 행동을 일일이 점검하였다. 그뿐 아니라 조실까지 무시로 출입하면서 소태산의 동정을 살폈다. 밤마다 남녀 숙소에 숨어들어 혹시나 있을지도 모를 풍기문란 행위를 염탐하였고, 조실 마루 밑에 숨어서 소태산과 간부들의 동향을 감시하였다. 사무실에 숨어들어가서 장부를 몰래 열람하여 경리에 부정이 있는지를 따지고, 불령선인과의 교신 등 불온한 사상의 흔적을 사냥개처럼 탐색했다.

두세 달이 지나면서 황가봉은 초조해지기 시작했다. 순사부장 특진, 재산의 경매 처분 등이 물건너가나 보다 하는 생각이 들며, 자기가 승산 없는 도박에 뛰어들었다는 예감이 왔다. 강재령의 보천교 내사는 제법 성과가 있었다. 차천자(차경석)는 비리가 드러나면서 위기를 모면하고자 신도들로부터 거둬들인 거금을 총독부에 바치며 안간힘을 쓴다는 것이었다. 해를 넘기면서 그는 이제 성과가 별무하다는 문책이 두려웠다. 그러나 아무리 트집을 잡으려 해도 헛수고였다. 재산 관계는 매우 청렴하였다. 수입과 지출이 일 전이라도 틀림이 없이 투명하게 관리되었고, 그것도 경성에서 정식으로 부기를 배운 젊은 사무원들이 꼼꼼하게 기록하였다. 교도가 내는 희사금은 물론이려니와 과자나 음식물 같은 선물이 하나 들어와도 적절한 가격으로 쳐서 수입으로 적었고, 무보수로 출역을 해도 품삯으로 환산하여 사업 성적에 올렸다. 교주 소태산을 비롯하여 사가에 처자가 있는 교단 간부들도 도무지 공금을 개인 용도로 가져가는 일이 없었다. 회원 가운데 정히 사가가 어려워 도움을 줄 일이 있더라도 공의에 부쳐 의결한 후 지출하고 그 사실을 회의록과 장부에 적어 남겨놓았다.

"제가 조사한 바로는 더는 혐의를 잡아낼 수 없습니다. 다만 금고만은 접근할 수 없고 장부도 세세히 조사할 수가 없으니까 뭐라고 단정은 못 합니다."

"아아, 소까(그런가)?"

황가봉의 보고를 들은 서장은 고개만 두어 번 끄덕거릴 뿐 이렇다 저렇다 더는 말이 없었다.

사흘 뒤 어둑새벽에 도경에서 보낸 일경 둘이 총부 사무실로 들이닥쳤다. 이리 서장이 불연 내사의 애로를 보고하면서 전문가 출동을 요청했던 것이다. 하나는 내무국 회계주임이었고 또 하나는 고등계 형사였다. 그들은 사무원 모두에게 손을 들고 책상에서 물러서라고 지시하여 장부 일체를 압수하고, 금고 열쇠를 받아 문을 따고 보관된 현금을 꺼냈다. 두어 시간에 걸쳐 장부를 꼼꼼히 대조하고 금고 잔액과의 차질 여부를 검토하였다. 한 치의 오차도 없다는 것에 회계주임은 적잖이 실망하였다. 마지막으로 경리 장부를 집어던지고 담배를 꺼내 무는 주임을 쳐다보며, 형사는 이제까지 그를 믿고 기다린 것이 억울했다.

"상기도 못 찾았소이까?"

"……."

회계주임은 담배 연기를 내뿜으며 고개를 끄덕거렸다.

"요시, 조토마테(좋아, 잠깐 기다려)!"

형사는 갑자기 무슨 생각이 떠오른 듯 번개같이 조실로 달려갔다. 문갑을 따고 뒤졌으나 거기엔 이렇다 할 물건이 안 보였다. 그는 소태산에게 팔을 올리게 하고 몸수색을 시작하였다. 그가 겨우 찾아낸 것은 손수건 한 장과 조그만 주머니칼 하나가 전부였다. 그들은 설탕물 한 잔씩을 얻어 마시고 소득 없이 돌아갔다.

남녀 관계는 더욱 엄격하였다. 남녀가 둘이 만날 일이 있을 때에는 반드시 노인을 입회시키도록 제도화하였다. 남자로서는 일산 이재철, 여자로서는 전삼삼, 이청춘, 정세월 같은 원로가 흔히 입회하는데, 얼마나 엄했던지 친남매가 만날 때도 원로를 입회시킬 정도였다. 남녀 숙소는 물론 현격하게 격리시켰고, 특히 여자 숙소의 야간 경비는 철통같았다. 한 방에 네다섯씩 조를 짜서

기거하는데 그중에는 원로급이 실장으로 있으면서 단속을 하였다. 주야간을 막론하고 여자 혼자 외출을 못 하게 하고, 취침 중에 혹 뒷간을 가더라도 반드시 실장을 깨워 동행케 하였다.

1937년 3월, 얼음은 풀렸지만 아직도 저녁 날씨는 쌀쌀한데 이날따라 소태산은 일과 후의 대청소를 독려하였다. 제자들을 시키는 게 아니라 당신이 몸소 나섰다. 밖으로 나가서는 마당 구석구석을 쓸고 쓰레기를 파묻고, 안으로 들어와서는 걸레질을 하고 유리창을 닦았다. 남녀 제자들은 송구스러워 늦도록 청소에 매달렸다. 종법사가 손수 비를 들고 걸레질을 하며 청소를 하는 이유를 아무도 몰랐다.

이튿날 새벽, 기침(起寢) 시간을 알리는 종소리와 함께 각자 잠자리를 정리하고 선방에 가서 좌선을 시작한 지 채 오 분이나 됐을까 지프차 두 대가 총부 안으로 조용히 스며들었다. 거기엔 종교 사상 단체를 총괄 감독하는 총독부 보안과장과 신임 서장 가와무라 마사미〔河村正美〕, 그 밖에 고등과장을 비롯한 서너 명의 수행인이 나누어 타고 있었다. 기미를 챈 소태산의 지시를 받고 일어를 잘하는 김형오가 얼른 마중을 하자 그들은 당장 김형오를 돌려세우고 숙소 점검에 나서 남녀 숙소를 하나씩 모조리 훑었다. 방은 언제 사람이 잠을 잔 흔적조차 찾을 수 없을 만큼 말짱하게 치워져 있었고, 사람은 그림자도 없었다. 그들은 마침내 선방에 이르렀다. 문밖에 가지런히 놓인 수십 켤레의 신발을 보며 그들은, 그러면 그렇지! 여기서 남녀 풍기에 관하여 무언가 결정적 단서를 찾아내겠구나, 지레짐작하였다. 성급한 그들은 출입문을 활짝 열어 젖히고 들이닥쳤다. 선방 안을 들여다본 순간 흑! 하고 숨이 멎는 기분이었다. 희미한 가스등 불빛 아래 수십 명의 남녀가 두 패로 나뉘어 가부좌한 자세로 앉아 선을 하고 있었다. 그들은 침입자들에게 곁눈 한 번 안 주고, 미동도 않은 채 한창 숨고르기에 들어가고 있었다. 이럴 수가!

소태산은, 기가 꺾일 대로 꺾인 경찰 일행을 응접실로 데리고 가서 따끈한 차 한 잔씩을 대접하고는 김형오의 통역으로 교단 현황을 대강 설명하였다. 먼저 교단 창건사와 불교 혁신의 방향을 말하고 나서, 불연에서 그간 해온 사업과 교도 훈련의 실상을 비교적 소상히 들려주었다. 금테 안경을 쓴 총독부 보안과장은 깊은 감동을 받은 듯 고개를 끄덕이며 '하이! 하이!'를 연발하여 공감을 표했고, 서장 등은 덩달아 고개를 주억거리며 자기들도 보안과장의 생각에 전혀 이의가 없음을 표시했다.

"자, 그러면 지가 안내헐 팅게 우리 구내 시설을 시찰허시겠소?"

소태산이 앞장서서 걷고 경찰 일행은 두말없이 뒤를 따랐다. 이동하는 시간을 이용해 소태산은 지방 사업의 근황을 말했다. 근래에 만덕산에 밤나무, 감나무 사천여 그루를 새로 심었다든가, 황등 과원과 영산 과원의 지난해 작황이 의외로 좋았다든가 따위를 이야기하고, 삼 년 전에 문을 연 건재약국 보화당이 중국 무역까지 손을 뻗치며 날로 번창하고 있다는 자랑도 덧붙였다. 소태산은 여기저기를 가리키며 식당, 법당, 숙소는 물론 산업부의 양잠실이랑 우사, 돈사와 토끼장까지 다 보여주었다. 통역은 함께 온 경찰이 했지만 부족하거나 서툰 대목은 김형오가 부연을 하였다. 그들이 순시하는 사이에 날은 훤히 밝았고, 티끌 하나 없이 정갈하게 청소된 경내가 더욱 일행의 눈길을 끌었다. 모두들 깊은 감동을 숨기지 않고 칭찬의 말을 늘어놓았다. 서장이, 낮에는 일하고 밤에는 공부하는 불연의 생활 모습이 일본 불교 조동종의 개조 도겐선사〔道元禪師〕의 방식과 같다고 말하자, 고등과장은 소태산이야말로 일련종의 개조 니치렌상인〔日蓮上人〕과 비슷한 인물이라고 치켜세웠다.

남녀 관계와 재산 관계에서 문제나 비리를 잡아내지 못한 황가봉은 사상 관계에서 트집을 잡아내려고 애썼다. 전통적인 관혼상제 등의 풍속을 과감히 개혁하는 것이나, 불교 혁신을 주장하는 것이나, 개인주의를 불용하고 공동생활을 하는 것이나, 어디든 좌익 냄새가 풀풀 난다고 느꼈다. 이는 사회주의 이상사회를 실현하려는 의도로 풀이되었다. 사산 오창건의 생질로 미국에서 돈 벌어 귀국한 후 총부에서 생활하던 신영기 교도, 신영기의 아우로 러시아와 북만주를 떠돌다 돌아온 신성기 교도, 목단강과 대련 등지로 다니며 포교 활동을 하는 장적조 교도 등에 의혹을 두고 뒷조사를 의뢰했다. 끝내 이렇다 할 꼬투리를 잡아내지 못했다. 황가봉은 맥이 풀렸다. 그를 사갈시하는 회원들의 표정을 대하며 처음처럼 무덤덤할 수가 없었다. 그는 점차 우울해졌다. 그러나 소태산만은 그를 극진히 살펴주었다. 색다른 음식이라도 있으면 꼭 챙겨 먹였고, 무슨 일이 생기면 불러서 의견을 묻기도 하였다. 어느 날 황가봉은 조실 마루 밑에 숨어 엿듣다가 딴 회원들이 자신을 비난하는 말을 들었다.

"종사님예, 황 순사 그 사람 꼬라지 정말 몬 보겠심더. 백해무익한 사람이라예. 내보내시는 기 안 좋겠습니꺼?"

"여자 숙소까장 들락거리는 걸 본 사람도 있답니다. 여자들은 그 사람을 보면 미친개마니로 싫어허고 무서와혀요. 소름이 끼친다는 회원도 있습니다요, 종사님!"

"시방은 순사도 아닌데 종사님은 뭐가 무서워서 그 사람을 그렇게 챙기신대유? 제깐 게 무슨 대단한 인물이라도 되는 것모냥 거들먹거리니까 눈꼴셔서 차마 못 보겠네유."

제자들의 성토가 줄을 잇고 있었다. 그러자 소태산은 더는 못 들어주겠는지 나섰다.

"그 사람 미워들 허지 마라. 순사 노릇 허든 습관이 있어 쪼께 버릇은 없다만 본심은 그게 아녀. 인자 우리 회원이 되겠다고 허지 안허드냐? 누구나 첨부터 잘허는 건 아니다. 그 사람이 나중에 착실헌 회원이 되아서 교단 보호허는 주인 노릇 헐 팅게 두고 봐라. 이용허는 법을 알고 보면 천하에 버릴 것이 한나도 없다 안 허냐."

황가봉은 가슴이 뜨끔하였다. 이튿날 법회가 있었는데 황가봉은 여느 때처럼 뒤쪽 한구석에 가서 앉아 있었다. 설법 중에 소태산은 느닷없이 황가봉을 큰 소리로 불렀다.

"황 순사! 그 이름 바까야 허겄어. 가봉 못 써! 인자부터 두이(二), 하늘 천(天), 이천이라고 혀!"

회원이 되겠다고는 했지만 이제까지 정식으로 입회원서를 쓰거나 회원으로 등록도 않고 엉거주춤 있던 터라 법명이 없었다. 그런데 이렇게 공개적으로 법명을 준다는 것은 소태산이 그를 정식회원으로 받아들임을 공표하는 것이다. 의표를 찔린 황가봉은 당황하였다. 그날 밤 황가봉은 조실로 소태산을 찾아갔다.

"종사님, 지가 죽일 놈입니다. 순사를 그만두었다고 헌 것은 거짓깔이고, 지금까장 비밀경찰이 되아서 은밀히 내사를 혀왔습니다."

"아, 그렀나? 나는 깜빡 쇡았네. 이 사람 알고 봉께 겁나 무선 사람이구만?"

"죄송헙니다. 인자 차말로 종사님 가라침 따라 마음공부 잘 허고, 미력이나마 교단 보호에 진력허겄습니다."

소태산은 빙그레 웃으며 고개를 두어 번 끄덕거렸다. 이로부터 황이천(가봉)은 겉으로는 일본의 왕(천황), 속으로는 불법연구회의 총재(대종사) 등 두 하늘을 섬기는 이천으로 살아가게 되었다. 훗날 황이천은 자녀를 인도하여 소태산의 제자로 출가(出家)시키기까지 했다.

생사의 갈림길

○

1938년 8월, 하선(夏禪, 여름정기훈련) 해제식에서 소태산은 짧은 법설 한 가지를 하였다.

"하레(하루)는 내가 거처허는 조실 앞에서 뭐가 퍼드득퍼드득 소리를 내길래 궁금해서 문을 열고 보았소. 참새 한 마리가 거무줄에 걸려 있고, 처매 끝에 숨어 있는 거무는 그것을 보고 수가 난 것모냥 나와서 활동을 개시했소. 아마도 그 거무는 여러 날 두고 묵을, 살찌고 기름진 양식을 얻은 기쁨에 취헌 듯했소. 그걸 보면서 한 감상이 생겨났으니, 나는 그 거무가 무지헌 사람보담 낫다는 것을 깨달았소. 왜 그러냐 허면, 저 거무가 먹이를 잡는 것이나 사람이 묵고살 돈을 벌려는 것이나 그 원허는 바가 같다고 헐 수 있잖소? 그런디 거무는 그것을 잡되 심(힘)으로만 허지 안허고 지혜로써 헐 줄을 알았응게, 머리를 써서 지혜 넓힐 줄은 몰르고 다만 육신의 수고로만 돈을 벌려는 사람에 비헌다면 오죽이나 우월하오?

보소! 거무와 새, 이 두 가지 동물을 비교해 보면 그 강약, 우열이 판이하오. 거무는 새와 같이 날캄헌 주둥이나 날쌘 날개도 없소. 심으로도 그 새를 당적치 못할 것이며, 담박질로도 그 새를 미치지 못헐 것이오. 만약 이러한 거무로서 그 새를 마구 쫓아 심으로만 잡을라면 잡기는커녕 뎁데 지가 잡아묵히지 별수 있겠소? 그런디 이 지혜 있는 거무는 폴쎄 그것을 간파해서, 육신의 심으로 잡을 계획은 단념헌 대신 한 걸음 물러나 그 새가 왕래허는 길목에 줄을 치기 시작했소. 그물을 완성헌 후에는 가만치 처매 속에 은신해서 때가 오기를 기둘르다가 결국 새를 잡고 말았소. 이걸 보면 거무는 과연 영리헌 물건이 아니오?"

정산 송규는 문득, 그 옛날 자신을 월명암에 보내며 불경은 보지 말라던 스승의 말씀 뜻을 생각했다. 유서를 읽은 탓에 자기가 법설을 하려면 자꾸 경서에서 문자를 인용하는 버릇이 있다. 불경까지 많이 보았더라면 또 불경에서 전거를 많이 들 것이다. 그러나 사부는 언제나 고원한 경전에서가 아니라 일상의 생활 경험에서 비근한 예를 잘도 찾아낸다. 그래서 법설은 맞춤옷처럼 쏙쏙 귀에 들어와 박힌다. 그는 속으로 탄식을 했다. 사부는 어려운 것도 쉽게 말하고 나는 쉬운 것도 어렵게 말하는구나.

"사람도 그와 같이, 돈을 벌고자 헐 때에 다만 육신으로만 노력해서, 저 거무가 밥을 구헐 때 새를 마구 쫓아가 잡을라는 것과 같이 헐 것이 아니오. 몬저 일심을 양성허고 지혜를 넉넉히 갖추었다가 때를 가려 그 지혜를 한 번 운용헌다면, 그 결과로는 육신으로 백날 천날 버는 것보다 몇 배 이상의 돈을 일시에 벌 수가 있는 것이오. 그런디, 이와 반대로 지혜를 준비헐 줄은 몰르고 다만 육신만 노력헌다면 그 버는 돈도 약소해서 항상 빈천의 구렁창을 면치 못헐 것 아니겠소? 또 어떤 사람은 지혜 없이 돈을 직접 취헐라다가, 거무가 직접 새를 잡을라면 뎁다 잡아묵히게 되는 것과 같이, 돈을 벌기는커녕 외레 화를 당허고 마는 수도 있으니 딱헌 일이오. 이것이 어째 돈 버는 일뿐이겠소. 무신 소원을 이룰라 헐 때나 이치는 매한가지요."

이날 대중 가운데 이 법설의 속뜻을 아는 사람은 그리 많지 않았다. 그러나 이공주는 이 법설을 들으며 퍼뜩 1928년 서울 계동 집에서 들은 법설이 생각났다. 수집벽이 있고 기록으로 남기기 좋아하는 그녀는 그 법설을 받아썼고, 1932년 《월말통신》이라는 정간물을 맡아 내게 되었을 때 그 창간호에 이를 실어 널리 알렸다. 그녀는 아직도 그 내용이 기억에 생생하다.

'무진년 윤이월 이십육일(1928. 4. 16.)' 선생님(소태산)이 송규를 동반하고 종로구 계동 이공주의 집으로 와서 이공주, 민자연화 모녀와 언니 이성각 외에 이철옥, 이현공, 성성원, 이동진화 등을 상대로 법좌가 펼쳐졌다. 민자연화가 먼저 물었다.

"선생님, 나라와 나라 사이나 사람과 사람 사이가 왜 평화롭지 못하고 늘 아웅다웅하며 서로 괴롭힐까요?"

"부인께선 시국에 맞는 좋은 질문을 허셨구려. 세상의 모든 갈등은 강자와 약자 사이에서 생기지라우. 강자는 약자를 착취허고 약자는 강자를 미워만 허다가 강자와 약자와는 원수가 되어 혹은 생명을 희생허며, 더욱 심허면 대를 잇는 보복으로 죄를 짓고 고통을 받는 것이 아니겠소?"

"그러면 죄도 안 짓고 고통도 안 받는 길이 없을까요?"

"왜 없겠소. 강자는 늘 강의 자리를 유지허고 약자는 하루빨리 약의 자리를 벗어나 강자가 되면 해결이 되지라우. 강자가 더욱 강해서 영원헌 강자가 되고 약자라도 점점 강해지면 영원헌 강자가 되는 법, 지도 좋고 넘도 좋은 그 자리이타법(自利利他法)이 있는디 세상 사람들이 그걸 왜 모르는지 답답허요."

"그 자리이타법이 무엇이랍니까?"

이번에는 이성각이 궁금하다는 듯이 물었지만, 다른 이들도 모두 젊은 스승에게 초롱초롱 시선을 모으고 있었다.

"내가 비근헌 예를 들어 말해볼라요. 이웃에 갑(甲)과 을(乙) 두 동네가 있다고 칩시다. 그런디 갑동네 사람들은 모다 가난허고 배운 게 없어 무식허고 어리석은 자뿐이요, 을동네는 가세도 넉넉허고 견문이 넓어 유식허고 똑똑해서 누구에게든지 굴헐 일이 없소. 그러고 보면, 강자인 을동네 사람들이 약자인 갑동네 사람들에게 덕을 베풀어 자리이타(自利利他) 되는 법을 써야 헐 것인디, 그러지 못허고 약자를 업신여기기만 허드니 끝내는 을동네 사람들이 갑동네로 넘어왔소. 와서는 가지가지 수단으로 둘러도 묵고 재산도 빼앗고 토지전답도 저그가 차지험서, 심허면 그 땅의 세금까지 저그들이 받아묵지라우. 그러고도 외레 무식헌 놈이니 미개헌 자니 야만인이니 허고, 갑동네 사람들에게 갖은 학대를 험서 문서 없는 노예를 삼고, 각색으로 부려묵음서도 압제는 압제대로 허니, 이렇게 되면 갑동네에서는 어쩌야 허겄소?"

이공주가 말귀를 알아듣고 말했다.

"어떤 이는 사즉생(死卽生)의 신념으로 목숨 걸고 싸우는 도리밖에 없다고 합니다."

"물론 그런 생각도 나겄지요. 헐 수 없이 그 압제를 참고 받더라도 저항헐 기회를 노리겄지라. 그중에도 성정깨나 있는 사람은 당장 압제받는 것만 원통해서 을동네의 명령을 복종치 안허고 저항하다가 혹독헌 처분을 받으며, 혹은 갇히거나 죽거나 여러 가지로 설움을 당헐 것이오. 그중에는 똑똑허고 의식 있는 사람도 더러 있어 지가 압제받는 원인을 생각해보다가, 그 원인이 딴 것이 아니라 곧 가난허고 무식허며, 어리석고 심없는 까닭인 줄을 자각허게 될 것이오. 그 사람이 어떤 방법으로든지 노력을 해서 강자가 되리라 굳게 결심허고 분발해서 공부를 헌 결과 혼차라도 학식 있고 힘 있는 자리에 앉게 되었다 칩시다. 그러면 어쩌겄소? 그 사람은 앞으로 해야 헐 일을 신중히 생각지 못하고, 압제받든 분풀이 몬저 허고 싶은 생각이 날 게 뻔허요. 동지를 구해보지만 자기의 뜻도 이해헐 자가 몇 안 됨을 알게 되지라."

듣는 이들은 여기저기서 고개를 끄덕끄덕하면서 무언의 추임새를 넣었다.

"그리 되면 뎁다 자기 동네 사람들을 욕허고 숭보며 허는 말이 '느그덜처럼 생각 없고 무식헌 자들 땀시 우리 동네는 이런 설움을 당험서도 대항 한 번을 못 해본다' 하고 원망허지라. 끝내 참지 못허면 몇몇 사람이 작당해서 을동네에 항거허고 시키는 일마다 불복허고, 기회 나는 대로 을동네를 해칠라 들지요. 그럼 강자인 을동네가 그들을 가만히 둘 리가 있겠소. 먼처보담 더욱 심허게 탄압을 가헐 것이고, 갑동네 사람은 힘으로 못 당항게 욕을 보거나 심허면 생명만 희생허게 될 것이오."

"계란으로 바우 치기제 벨수 있간디요?"

이현공이 한숨을 쉬며 불쑥 말했다. 그러자 누군가 소리를 죽여 속삭였다.

"팔자다 생각허고 사는 기 젤로 속 펜헌 겨."

"죽어지내먼사 속은 펜헐지 몰라도 펭생 종 아닝가?"

성성원이 역시 속삭이듯 받았다. 소태산이 이공주에게 물었다.

"공주! 병서(兵書)에 유능제강(柔能制剛)이니 약능승강(弱能勝强)이니 허는 말이 있다는디 그 뜻을 아요?"

"유능제강이라면 '부드러운 것이 단단한 것을 능히 이긴다'는 뜻입니다만, 약능승강이 '약한 것이 강한 것을 능히 이긴다'는 뜻이라면 얼른 이해가 안 됩니다."

"그런 이치가 있소이다. 내 이약을 다 듣고 나면 이해가 될 것잉게 들어보소. 갑동네가 암만 약해도 참 정신이 지대로 백힌 지혜로운 자가 있다면, 생명 하나 잃을 일이 없이 동네를 살리고 동네 사람들도 구허는 법이 있지라. 그 법인즉, 을동네의 강자들이 와서 토지와 전곡을 빼앗고 여러 가지로 압제를 허더라도 아무 소리 말고 종노릇을 잘해주는 것이오. 경우에 따라서는 매라도 맞음서 약자의 분수를 잘 지키고, 될 수 있는 대로 외면은 어리석고 못난 체를 해서 강자를 안심시켜야 허지라. 그러지만 내용으로는 바삐 헐 일이 있소. 어뜬 방면으로든지 돈 벌기를 주장허고 배우기를 주장허는 것이오. 다만 몇 사람썩이라도 뜻을 합허고 맘을 뭉쳐 자본금을 세우고 교육기관을 설치혀갖고 배우고 갈치고 서로 권고허되, '우리는 돈 없고 배운 것이 없어서 약자가 된 것잉게 아무쪼록 각성해서 근검 저축허며 배우기를 힘쓰자. 우리 동네가 일심 단결허고 보면 뭐가 두려우리요? 우리는 을동네 이상으 강자가 되자!' 한 사람이 열 사람을 갈치고 열 사람이 백 사람을 갈차서 서로 서로 막혔던 울타리를 트고, 이기심을 버리고 공익심을 길르는 것이오. 마침내 한 동네를 위헐 만한 공공심(公共心)이 생긴다면, 곧 그 동네는 살림도 풍부해질 것이고 지식도 넉넉허게 될 것이오. 그리만 되면 괴롭게 시비를 아니해도 을동네의 강자들은 갑동네의 형세를 보고 이전에 즈그덜이 저질른 무리헌 행동을 돌아보고 제물에 겁을 묵을 것이오. 혹독헌 압제는 고사허고 즈그덜 스스로, 뺏어갔던 토지와 전곡도 내놈서 앞전의 잘못을 후회해서 용서를 청허게 될 것이오."

'을동네가 얼마나 악랄한데 그렇게 호락호락 제 잘못을 인정하고 용서를 청할까? 더구나 빼앗은 것을 내놓고 저희 동네로 물러갈까?' 공주는 이런 의문이 생겼지만 차마 스승의 말을 중단시키고 이의를 달 용기는 나지 않았다.

　젊은 스승은 잠시 대중을 둘러보며 동의를 구하는 눈치더니 굳이 한 마디를 부연했다.

　"여러분 중에는 혹, '을동네가 얼매나 악랄헌디 고로코롬 호락호락 지 잘못을 인정허고 용서를 청헐까? 더구나 뺏은 것까지 내놓고 즈그 동네로 과연 물러갈까?' 하고 의심허는 이도 없지 않을 것이오. 허나 그것은 갑동네한테 달렸지요. 갑동네 사람들이 똘똘 뭉쳐서 교육과 경제로 강자의 길을 가면 을동네 사람은 스스로 반성허고 용서를 구헐 것이나, 안 글면 언제까지나 갑동네 사람을 무시허고 노예 취급을 헐 것이오. 급헐쑤락 돌아가라 했응게 시간이 걸리드라도 정도를 걷다 보면 무위이화로 되는 이치가 있소. 느린 것 같아도 알고 보면 그게 가장 빠른 길이라 허면 믿을랑가?"

　이공주는 갑동네가 받는 부당한 처우를 생각하면 가슴이 아팠다. 특히 '가지가지 수단으로 둘러도 먹고 재산도 빼앗고 토지 전답도 저희가 차지하며, 심하면 그 땅의 세금까지 저들이 받아먹고, 그러고도 오히려 무식한 놈이니 미개한 자니 야만인이니 하고 갖은 학대를 하면서 문서 없는 노예를 삼고, 각색으로 부려먹으면서도 압제는 압제대로'라는 대목에 이르자 울컥 눈물이 솟았다.

오늘 대종사님께서 그 말씀을 하신 속뜻은 무엇일까? 약자가 된 것만 원망하고 한탄하며 지리한 압제를 면치 못하는 우리 중생을 깨우치는 말씀이 아닐까 보냐! 약자 거미가 강자 참새를 잡는 지혜는 돈 벌기를 주장하고 배우기를 주장하는 말씀 가운데 있지 않던가!

저녁을 먹는 둥 마는 둥 하고 숙소에서 혼자 멍하니 생각에 잠겨 있는데 누가 찾아왔다.

"이모! 무슨 생각을 그리 하세요? 곧 깔깔대소회가 열리는데 대각전으로 갑시다."

조카 김영신 교무가, 멍하니 생각에 잠긴 이모를 채근했다. 언제나 명랑한 조카지만 오늘따라 철없어 보였다.

"깔깔대소회가 그리 좋으냐?"

"그러믄요, 이모! 이모도 좋아하시면서 오늘따라 왜 시치미를 떼세요?"

개성 교당 교무로 있는 조카 김영신. 사실 김영신이 스물일곱 살 나이에, 정녀로는 처음으로 교무 사령을 받고 부산 남부민 교당에 부임한다고 했을 때, 이공주는 미덥지가 않아 걱정을 많이 했었다. 그러나 김영신은 이태 만에 초량 교당까지 세우고, 지금은 개성 교당에 가서 제법 교화를 활발히 하는 중견 교무가 되어 있었다. 그래도 그녀는 별명처럼 만년 소녀였다. 다니러 온 길이지만 총부에 온 것만으로도 즐거워 못 견디는 조카를 굳이 나무랄 맘은 없었다. 이공주는 못 이기는 체하고 대각전으로 향했다.

깔깔대소회란, 말하자면 행사 뒤풀이로 소창(消暢) 삼아 남녀 노소가 한가지로 즐기는 오락회였다. 지위도, 체면도 불고하고, 남녀 내외법도 잠시 접어두고 누구 눈치도 볼 것 없이 맘껏 웃고 즐기는 시간이다.

"요번참엔 항꾼에 〈원각가〉를 불릅시다."

이미 시작이 되고, 회가에 이어 〈원각가〉를 부르는 모양이다.

> 망망한 너른 천지 길고나 긴 세월에
> 과거 미래 촌탁하니 변 불변이 이치로다
> 변화 변화 하는 것은 천지 순환 아닐런가
> 천지 순환 하는 때에 주야 사시 변화로다
> 봄이 변해 여름 되니 만화 방창 하여 있고
> 여름 변해 가을 되니 숙살 만물 하여 있고
> 가을 변해 겨울 되니 풍설 산하 하여 있고
> 겨울 변해 봄이 되니 만물 다시 화생일레

〈원각가〉는 장편가사이니 전편을 읊기는 애초 엄두를 못 내지만, 서사(序詞)라 할 제36구까지는 그리 어렵지 않게들 노래했다.

> 천지 변화 이 가운데 만물 변화 자연이요
> 만물 변화 하는 때에 인생 변화 아닐런가
> 인생 변화 하고 보니 세계 변화 절로 된다

변화에 싸인 생령들아 이런 이치 알아내어

동서남북 통해 보고 내두사를 기약하소

영허질대 우주 간에 세상만사 어떻던고

흥망성쇠 번복되니 부귀빈천 무상이요

강자 약자 전환되니 계급 차별 달라진다

'영허질대(盈虛迭代, 차고 빔이 교대함) 우주 간에 세상만사 어떻던고. 흥망성쇠 번복되니 부귀빈천 무상이요, 강자 약자 전환되니 계급 차별 달라진다.' 무심코 듣던 이 대목이 오늘따라 유심히 들리는 것은 무엇 때문인가.

"담엔 종사님께서 재미진 이약을 들려주신다네요. 박수!"

회원들은 우르르 박수를 치며 좋아했다.

"그랴! 깔깔대소회에 나도 구겡 값은 히얄 팅게 재미없어두 들어덜 보드라구잉?"

소태산은 일부러 사투리를 써서 웃음을 유도하며 이야기를 시작하였다.

"이전이(예전에) 영광에 멍바우라는 머심이 있었는디 말여. 하레는 쥔이 멍바우헌티, '야, 니 오널 장성장에 갔다 와야 씨겄다' 헝게, 멍바우가 '야, 가쥬' 힜것제. 난중 참에 쥔이 멍바우를 장에 보낼라고 찾응게 사람이 있어야제. 요상타 허고 있는디 한나잘은 거울러서(지나서) 멍바우가 나타났어. '야, 니 워디 갔다 인자 온다냐?' 물응게 멍바우가 '장성장에 갔다 왔지라' 그라지 안허겄어.

쥔이 기가 멕혀 '장성장엔 멀라 갔드냐?' 긍게 멍바우 허는 말이 '아따메! 아칙에 장성장에 갔다 오니라 히놓고는 왜 그런다요?' 허드란다."

대중들은 '하하 깔깔' 웃었다. 젊은 여자들도 스스럼없이 '까르르까르르' 웃어댔다.

"요참엔 정산 선상께서 춤을 추실랑게라 박수!"

사회자의 소개가 끝나기 무섭게 송규가 나갔다. 나올 때는 씨암탉걸음으로 아장아장 걸었지만, 느닷없이 두 주먹을 불끈 쥐더니 하늘에다 번갈아 뻗어가며 다리도 번쩍번쩍 들어 올리며 근원 모를 막춤을 추어댔다. 온통 와그르르 웃음판이 휘늘어졌다. 장구를 쳐주자 비위 좋은 김정각이 일어나 춤을 추었다. 어쩌면 송규 춤을 흉내 내는 것도 같고 맞춤을 추는 것도 같은데 그 모양이 너무나 흡사하여 배꼽을 잡았다. 이어서 황정신행이 그 고운 얼굴에 고깔과 가사장삼을 갖추 입고 나와 승무를 멋들어지게 추어서 갈채를 받았고, 임칠보화의 고전 무용 역시 춤사위가 전문가 수준이라고 칭찬이 많았다. 다음으로 한때 판소리를 배웠다는 황이천이 등장하였다.

"요번참엔 신판 박타령 들어보소. 견성보살 삼산 교무가 지은 〈설중(雪中)에 박노래〉라 허는 것인디 들어보소. 기가 멕히요. 자! 고수, 북 치소!"

이렇게 운을 떼더니 우선 중모리로 느긋이 들어간다.

나의 팔자 기박허여 삼재팔난 겪은 후에, 세전 조업 여지없고 자수 직업 바이없네. 입추지지 없는 몸이, 사중은의 덕택인가, 우리 종사 만났도다. 만난밧자 지도받아 영겁에 잃은 심지(心地) 이제 다시 찾았도다. 호호망망 넓은 심지, 이런 장자 또 있는가. 억만 석도 부럽잖고 천자 왕후 안 바꾸네.

이쯤에서 대화체 아니리로 바꿔 들어간다.

　"여보, 주인공! 무슨 재미스러운 일이 있어서 날마다 노랫소리가 등천허요?"
　"예에! 지가 박 농사를 항게 자연 박 노래가 나옵니다."
　"여보, 주인공! 당신이 꿈을 꾸요, 망어를 하요? 이 눈 속에 박 농사란 웬 말이오?"
　"예, 지가 마음이 방탕혀서 가대·전지 헐 것 없이 다 팔아묵고 넘의 토지 빌려갖고설라매 근래에 대성 종사를 만나 박씨 시(세) 개를 얻고 전에 잃어버렸던 조업토지인 심지라는 땅을 찾았습니다그려. 그 땅에다가 세 굿(구덩이)을 파고, 얻은 박 종자 시 개를 심었더니 이 박 농사는 제철이 따로 없습니다. 비가 와도 이 박은 크고 눈이 와도 서리가 내려도 이 박은 잘만 큿게, 이리허여 한 번 심어놓고 뽑지 아니허면 몇만 겁이라도 그대로 있고, 거름만 잘 허면 꽃도 늘 피고 잎도 줄기도 늘 피고 자라서 박이 열고 열어 상속 부절헙니다. 그럼

그중에 익은 놈 한 통만 따다 타놓아도 박통 안에 금은보화가
도무지 다 말헐 수 없습니다."

"아니, 바가지를 만들어 쓰는 것이 아니라 흥부네 박이구
려!"

"아따, 인자서 아시었소그려!"

폈던 부채를 탁 접으며 다시 소리로 들어간다. 이번에는 중중
모리로 시작한다. '뚜다락 딱딱' 북을 치던 고수도 점차 흥이 올라
추임새를 넣기 시작한다.

　세 굿이 무엇인고. 제1굿은 정신수양, 제2굿은 사리연구,
제3굿은 작업취사, 염불·좌선 비료랑은 제1굿에 거름하고,
경전·회화·성리 등은 제2굿에 거름하고, 주의·조행·일기 비료
제3굿에 거름하여…….

자진모리로 넘어가고 있었다.

　천만 개의 박덩이가 즐비허게 드러누워, 먼저 연 놈 익어가
네. 익는 대로 따다 놓고 자연 톱을 들어놓아 어이영차 타 제
키니, 어화 이런 보화 보소. 도리천과 도솔천당 삼십삼천 일
체 천당, 화장 극락 연화 국토, 이 박 안에 다 들었네. 다시 한
통 타 제키니, 어화 이런 보배 보소. 금 은 유리 호박 진주 자

개 산호 그 보배며, 일광 월광 비단 보배, 선동 옥녀 노비 전지, 기차 전등 비행기며 일체 보살 일체 부처 팔만 장경 모든 법보, 이 박 농사 허는 사람 어찌 아니 좋을쏜가.

소태산이 박(朴) 씨임을 근거로 그 가르침을 박 농사에 견주고, 〈흥보가〉(박타령)를 원용하여 만든 삼산의 가사는 그 절묘한 비유만으로도 주목을 받을 만하지만, 이를 판소리로 부르자 또 다른 맛이 났다.

대중들은 유허일의 시조창이나 최도화의 회심곡보다는 김형오의 점쟁이 흥내와 박노신의 병신춤에 배꼽을 잡았다. 특히 등에 박짝을 엎어 넣고, 토막낸 나뭇가지를 위아래 입술 사이에 끼워 언청이 곱추로 분장한 곱추춤은 너무나 우스꽝스러워 모두들 배꼽을 잡았다.

적당한 시간에 물러나와 조실로 자리를 옮긴 소태산은 따라 들어온 송도성에게 말했다.

"도성아, 멍바우 이약을 내가 그냥 웃자고만 헌 것으로 들었느냐?"

"아입니더. 생사거래 간에 맹목적으로 까닭 없이 오가지 말그라 하는 말씀인 줄로 알았심더."

"그려, 이승엘 오나 저승엘 가나 멍바우같이 취생몽사로 오가면 불쌍헌 인생 아니겠냐? 글고 박노신의 병신춤은 웃고 좋아만 헐 것이 아니다. 앞으로는 삼가드락 혀야 쓰겄다. 그런 병신 당인이나 가족덜이 보면 맘이 안 아프겠냐? 안 그러냐?"

"네, 그렇지 싶어예."

얼마 후 전음광, 황이천, 김형오 등이 조실로 소태산을 찾아왔다. 깔깔대소회를 예정보다 한 시간쯤 연장하도록 허락을 받기 위하여 대표로 온 것이었다. 소태산의 대답은 단호했다.

"안 되아! 공중생활은 규율이 생명이여. 또 여흥이란 건 흐드러질 정도보담 쪼께 아숩게 끝나는 것이 좋은 법잉게 어여들 침소로 돌아가라 일러!"

"종사님! 대중이 모다 아수와덜 허는디 쪼까, 반시간만이라도 허락허시지라우."

"두 번 말 안 허게 혀!"

세 사람은 시쁘장한 마음으로 돌아갔다. 특히, 순사하며 생긴 버릇이 남아 성미가 벋버듬한 황이천은 대각전으로 돌아갈 때까지도 툴툴거리며 불만스러워했다.

이튿날 아침 이른 시간에 갑자기 자동차 두 대가 총부로 들이닥쳤다. 차에서 내리는 일행은 총독부 미쓰바시〔三橋〕 경무국장을 필두로 하여 전북도경의 경찰부장과 고등과장, 이리서에서 따라나온 서장과 고등주임, 그리고 총독부 도서과 종교 전문 관속 한 사람과 두 명의 신문기자 등 여덟이었다. 분위기는 삼엄했다. 총독부의 경찰 총수인 경무국장이 지방의 작은 종교단체를 몸소 찾아온다는 것부터가 예사롭지 않지만, 그 표정으로 보아 이번에 어떤 결판을 짓겠다는 각오가 엿보였다. 대각전에 딸린 응접실로 안내를 받은 미쓰바시는 짤막하게 명했다.

"교주를 데려오라!"

황이천의 안내로 소태산이 들어서자마자 미처 수인사를 나눌 여유도 없이 국장은 예리한 공격을 가했다. 통역은 황이천이 했다.

"당신들이 종지를 일원이라 하고 일원의 내역을 사은으로 설명하는데 천지은, 부모은, 동포은, 법률은은 모시면서 왜 황은은 빼놓았는가? 천황 폐하의 은혜를 인정하지 않는 것 아닌가?"

황이천은 통역을 하면서, 종사님도 이번에는 속수무책으로 당하시겠구나 하는 생각에 아찔한 느낌이었다. 황이천은 소태산이 생각할 시간을 벌도록 일부러 느릿느릿, 또박또박 통역을 하고 나서 다시 불필요한 부연 설명까지 자세히 하였다. 그러나 소태산은 조금도 당황한 기색 없이 대답하였다.

"예, 우리들은 부처님을 믿고 섬기는 불제자올시다만, 사은 가운데 불은은 없습니다. 불제자의 처지에서 보면 모든 은혜가 불은 아닌 것이 없는 것맨치 국민의 입장에서 보면 모든 은혜가 황은 아님이 없기 땀시 그러제라. 그러니께로 불은이나 황은을 개별적인 은으로 구별해서 사은과 나란히 쓰는 것은 부처님이나 천황 폐하의 격을 외레 낮추는 일이 되지 않겠습니까?"

말이 막힌 것은 소태산이 아니라 경무국장이었다. 더구나 옆에 배석했던 총독부 도서과에서 온 종교 전문가는 얼결에 "시카리데스(그렇습니다)!"를 두어 번이나 소리 내어 중얼거렸다.

"뭐가 '시카리데스'야? 결코 그렇지 않아!"

체면을 구긴 분풀이로 소리는 쳤지만, 국장도 별로 트집 잡을 대답이 아님을 잘 안다. 시작은 위엄을 갖추고 거만하게 나왔지만 정작 뒤끝은 타협조가 분명했다.

"황은이 사은의 상위에 있다는 것을 회원들에게 가르치시오. 그 증거도 남겨놓으시오."

경무국장은 바로 소태산을 비롯하여 불연 식구들을 다 내보내고 황이천에게 물었다.

"군이 오랫동안 부스렌 내사 책임을 맡아왔다는데, 어디 솔직하게 말해봐. 이 단체를 없애는 게 좋겠나, 아니면 그냥 두어도 괜찮겠나?"

"제가 보는 견해로는, 부스렌이 좋은 단체라고 생각합니다."

도경과 이리 서(署)에서 나온 경찰들은 눈이 동그래지면서 화난 표정으로 노려보았다. 황이천은, 솔직하게 말해보라는 국장의 유화적 미끼를 아뿔싸, 내가 잘못 물었구나, 이제 꼼짝없이 죽었다 싶었다. 그러자 기왕 내친김에 할 말은 다 해버리자 하는 자포자기의 심정도 들었다.

"조선 사람들이 뭉치는 건 위험하다는 걸 모르나? 지금은 좋은 단체라고 해도 덩치가 커지면 언제 일본에 등 돌릴지 모르는데 이건 사자 새끼를 키우는 것 아닌가?"

"그렇지 않습니다. 종법사라는 이는 온건한 사람이어서 전에 불온한 사상을 품었던 불령선인들도 이 사람 밑에만 오면 양처럼 순해집니다. 제 짧은 견해로는 농촌 진흥의 교화사업이나 정신 계몽에 유효 적절히 이용할 가치가 충분한 단체라고 봅니다."

"요시(좋아)! 군이 한 말에 책임을 져야 해! 이용할 가치가 충분하다, 그 말이 맘에 드는구먼!"

금방 불연을 박살이라도 낼 기세로 왔던 그들은 암전하게 돌아갔다. 소태산은『불법연구회 근행법』이라는 책자를 내면서, 교리도(敎理圖)의 사은(四恩) 윗자리에 불은과 황은을 첨가하였다. 이 책은 이리 서와 전북도경은 물론 총독부에까지 보냈다.

시창 25년(1940) 불법연구회 종법사로서 소태산은 교화 역량을 발휘하기보다 시국 대처에 더 많은 정력을 쏟게 되었다. 교화 쪽으로만 보자면 성과가 작지는 않다. 지부(교당)는 스물한 개소로 늘어났고, 전무 출신(출가교역자)은 팔십여 명에 달하고, 회원은 특별회원과 일반회원을 합쳐 육천 명에 육박하고 있으니, 갖은 난관을 뚫고 거둔 그동안의 성과치고는 서운하지 않았다. 언론의 격려 보도도 잇따르고 사회적 평판도 썩 좋다. 또 산업 분야로 보면, 양잠이나 약초 재배가 소득이 괜찮은 데다 열여덟 칸짜리 대형 양계장에서는 만주까지 계란을 수출하고 있고, 영광 등지의 과수원도 수확이 본격화한 상태다. 더구나 지난 이월에는 삼례에 임야 칠만 평에 야심찬 투자를 하여 황도(黃桃) 과수원을 창설하였다. 그러나 아픈 일, 괴로운 일도 있었다. 부산에서 교화에 열정을 바치던 삼산 김기천 교무가 시창 20년(1935)에 장질부사에 걸려 마흔다섯 아까운 나이로 객지에서 열반하더니, 팔산 김광선 교무 역시 여러 해 지병으로 시달리던 끝에 지난해 육십 세를 일기로 영광에서 열반에 들었다. 회상 창립 초기부터 팔다리처럼 도와준 인물들이라서 정이 각별했기에 소태산은 그들의 열반 소식을 접할 때마다 소리 내어 흐느껴 울었다.

가장 시달린 일은 지난해 있던 마령지부 교무 송벽조의 천황 모독 필화사건이라 할 것이다. 초여름부터 극심한 한발로 폐농을 할 지경에 이르러 민심이 흉흉하던 판에, 송벽조가 천황을 꾸짖고 총독에게 물러나라는 글을 써서 천황과 총독 앞으로 발송한 것이다. 물론 익명으로 한 것이었으나 결국 고등계 형사에게 신원이 발각되어 일 년 육 개월의 형을 받아 아직도 영어에 있고, 그에 앙심을 품은 형사의 트집에 걸려 맏아들인 정산 송규도 광주감옥에서 이십일 일간이나 옥고를 치렀다. 소태산도 연행됐지만 하루 동안 신문받는 것으로 액땜을 했다.

1939년 초가을 어느 날 저녁 무렵 조운이 신룡리(익산 총부)로 소태산을 찾아왔다.

"그간 법체 평안허셨습니까?"

"자네 그동안 어찌케 지냈나? 무신 '삐라 사건'으로 옥고를 치른단 소문이 들리든디?"

---

* 1934년 조운 등이 영광체육단을 조직하여 민중을 결속시키며 점차 규모가 커가니 1937년에 일경이 체육단에서 '대한독립만세' 등의 전단을 붙였다고 날조하여 삼백여 명을 체포하고 조운 등 네 명을 예심에 넘겼다. 조운은 1937년 9월 투옥되어 1939년 2월에 출옥했다.

"한 일 년 반은 옥살이를 했습죠. 나온 지는 반년 남짓이나 되았지만 못 찾아뵀었습니다. 나는 이리 생고생하고 나왔는디 불법연구회는 조선독립운동엔 관심도 없구나 싶어 서운했구만여라. 옛날엔 산속에서 도 닦던 서산, 사명 같은 스님들도 나라 위해선 창도 들고 살생도 꺼리질 안했는디 불법연구회 어르신은 왜 그리 무심허신가, 그랬구만여라."

"그런디 지금은 왜 생각이 배껴서 왔는가?"

조운은 빙글빙글 웃음기까지 띠며 표정이 밝고 기분이 썩 좋아 보였다.

"불법연구회 높으신 교무님이 일본 천황을 꾸짖고 총독을 물러나라고 투서해서 감옥 가셨다는 소문을 듣고, 옳거니 불연도 남몰래 독립운동을 허고 있었구나, 그리 생각되어 지가 속이 다 후련해졌습니다. 송규 교무도 이십여 일 유치장 생활을 허고 어르신도 경찰서를 드나드신다 허든디?"

"그려, 불법연구회 교무가 감옥 가고 내가 경찰서 드나등께 기분이 그리 좋든가? 예끼 이 사람! 이녁이 감옥 가서 혼자만 고상헌 게 억울했는디 넘덜도 감옥 강게 잘코사니 꼬시다 그 말이제?"

얘기가 삐딱하게 나가자 조운은 적잖이 난처했다.

"그란 뜻이 아니옵고…… 지는 그냥 걱정이 되아서……."

"걱정이 되아서 그러코 신이 났는가? 아조 겁나게 좋은 표정인디 뭘 그래쌓나."

조운이 난감한 표정으로 변명을 하느라 안간힘을 쓰는데, 짐짓 화난 표정을 지었던 소태산은 얼굴에 화기(和氣)를 띠면서 차분히 다독거렸다.

"여보게 조운이, 그릇도 지마다 용도가 따로 있지 안허등가. 간장종재기도 있고 짐채보시기도 있고 밥주발도 있고 장뚝배기도 있제. 근디 가마솥을 간장종재기로 쓰거나 국 대접으로 쓸 수야 없지 않겄는가?"

"밥을 한 상 묵는다 치면 종재기도 뚝배기도 필요헌 것이지요."

"당연허제! 그랑게 종재기는 종재기 노릇, 뚝배기는 뚝배기 노릇이나 히야제, 솥보고 종재기 노릇 허라고 험 되간디?"

조운은 소태산의 경륜의 호대함을 비로소 알 것 같았다. 할 말이 없었다. 소태산은 풀 죽은 조운을 달랠 겸 화제를 돌렸다.

"그래, 그동안 활동을 많이 혔는디 감옥 가는 바람에 지장이 크겄네."

"풍비박산이여라. 영광체육단은 말할 것도 없지만, 지가 회장을 맡고 있던 영광청년회랑 갑술구락부랑 다 해산 상탭니다. 문화 계몽운동 수단으로 시조도 보급헐라 했는디 저놈들이 하도 못살게 군께 되는 일이 없구만요."

"말 안 혀도 짐작이 가네. 그나저나 자네 시조 나도 한번 보게 히주게나."

"제법 많이 쓰긴 했지만 어르신께 뵈어드릴 만한 작품이 어디 있간요."

조운은 쑥스러운 듯 웃더니 이내 덧붙였다.

"실은 어르신을 생각험서 쓴 시조가 있는디 다음 기회에 뵈어 드리지요."

이만 가보겠다는 조운을 보내며 소태산은 서대원을 불러 소개했다.

"법성포 용덕리 사람여. 문학을 좋아허고 시조도 곧잘 짓는 모냥인디 사과(사귀어)보드라고."

소태산에게 인사를 하고 나온 조운은 서대원과 따로 환담 시간을 가졌다. 그해 10월에 서대원이 영광을 다녀오더니 조운을 만나 받았다면서 소태산에게 시조 두 수를 가져왔다.

구룡폭포

사람이 몇 生(생)이나 닦아야 물이 되며 몇 劫(겁)이나 轉化(전화)해야 금강에 물이 되나! 금강에 물이 되나!

샘도 江(강)도 바다도 말고 玉流(옥류) 水簾(수렴) 眞珠潭(진주담)과 萬瀑洞(만폭동) 다 고만두고 구름 비 눈과 서리 비로봉 새벽안개 풀끝에 이슬 되어 구슬구슬 맺혔다가 連珠八潭(연주팔담) 함께 흘러

九龍淵(구룡연) 千尺絶崖(천척절애)에 한번 굴러보느냐.

이 시조는 조운이 쓴 유일한 사설시조다. 소태산은 이 시조를 읽어보고 경탄을 했다.

"야야, 대원아! 조운이 한 소식 했다. 나는 금강산 가서 겨우 '보습금강경 금강개골여', 궁게 알맹이만 보려다가 정작 금강산 경치는 놓쳤는디, 야는 껍데기를 통해 알맹이까지 엿보았다. 너도 이런 시조 좀 써보그라."

"한 편이 또 있습니다. 이 시조는 조운이 종사님께 바치는 헌시랍니다. 지 말로는, 종사님 열반 전에는 어떤 신문 잡지나 책에도 이 작품만은 발표를 안 허겠답니다."

"어디 보자. 먼 너스레가 그리 장황허냐?"

석류

투박한 나의 얼굴
두툴한 나의 입술

알알이 붉은 뜻을
내가 어이 이르리까

보소라 임아 보소라
빠개 젖힌
이 가슴.

소태산은 〈구룡폭포〉를 보던 때와는 달리 천천히 고개를 끄덕이더니 이내 탄식처럼 한 마디 붙였다.

"야는 담 생에나 우리 회상으로 올 것이다."

서대원은 영광 다녀온 기행문을 〈성지순례기〉(회보 60호)로 발표하였는데 기행문 속에 시조가 네 편 들어 있다. 이전에 쓴 시조가 종장의 음수율을 한결같이 어겼는데 이번 시조들은 모두 정확히 지키고 있다. 조운 만났을 때 감수를 받았다더니 그 덕인가 싶다. 조운은 훗날 소태산 열반(1943) 때 문상을 다녀갔고, 1947년 영광을 떠나 서울로 이사했고, 그해에 『조운시조집』을 간행하면서 명작 〈석류〉를 비로소 발표했고, 1949년 가족 및 영광 제자 정태병* 등과 함께 월북했다.

소태산은 국내외의 갖은 사건을 혜안으로 투시할뿐더러 자주 상경하여 경성지부에 머물면서 정보 수집에 인맥을 동원하였다. 그는 결코 시국을 비관하지 않았고, 그렇기 때문에 조선과 불법연구회의 미래를 낙관하였다. 그러나 현실적 여건은 날로 악화하고 있었다. 1939년에 창씨개명을 제도화하더니 1940년 2월부터는 이를 노골적으로 강요하기 시작하였다. 조선어 말살정책과 맞물린 언론탄압책으로 《동아일보》와 《조선일보》가 폐간을 당했다.

---

* 1916년생, 영광 출신. 동화, 동요, 동시 등 아동문학으로 일가를 이룸. 그의 시 〈추풍부〉는 노래로도 잘 알려짐.

소태산은 담담하게 창씨개명을 받아들였다. '일원(一圓)'으로 창씨를 하고 이름은 '증사(證士)'라고 했다. 일원증사, 일본식 이름은 틀림없으나, 뜻인즉 '일원의 진리를 깨달은 선비'이다. 다만 일원은 '이치엔'이 아닌 '모토마루'로 읽기로 했다.* 소태산은 '모토마루 쇼시'가 되는 셈이지만 물론 그런 식으로 불린 적은 없다.

어쨌건 이로부터 회원들은 앞다투어 창씨개명을 했으나 알고 보면 별것이 아니었다. 대개는 법명에다가 일원이라는 성을 올려 쓰거나 발음과 뜻을 고려하여 약간의 손질을 한 것뿐이었다. 김대거는 일원대거(一圓大擧)로, 송도성은 일원도정(一圓道正)으로, 그리고 송규는 일원광(一圓光)으로 하였다. 전삼삼은 일원삼삼(一圓參參)이 되어 '모토마루 신산 상!'이라고 불리게 되자 이사람 저사람 장난삼아 부르며 한바탕 웃기도 했다.

오랫동안 불연의 기관지로서 회원들의 공부 자료가 되고 사업 의욕을 진작하고 대외 홍보에 공이 큰 정기간행물《회보(會報)》를 66호로 자진 폐간하였다. 기왕부터 황국신민서사 게재 등을 비롯하여 저들의 비위를 거스르지 않으려고 애썼지만 친일 기사를 더욱 많이 싣고 기사도 일어로 쓰라는 요구를 받고는 더 버티기를 포기한 것이다.

---

* 一圓을 '이치엔'으로 읽어 돈 일 원으로 들리는 것을 피하기 위한 것. '모토'는 처음이니 근본이니 하는 뜻(原, 元)을 취한 것이요 '마루'는 동그라미(圓, 丸)를 가리킨다.

회관 등 외벽에 내선일체(內鮮一體)니 국체명징(國體明徵)이니 혹은 종교보국(宗敎報國)이니 하는 구호도 저들의 요구대로 내다 걸었다. 그러나 불법연구회와 소태산에 대한 일제의 목조르기는 점점 더 악랄해졌다. 각종 조선 단체를 모조리 해체시키고 종교도 신흥 종교들은 유사종교로 분류해 모두 문을 닫게 하였다. 불법연구회는 그 명칭에서 저들이 옹호하는바 불교에 속함을 밝히고 있는 데다 경무국장까지 내려와 해산의 구실을 찾지 못하자 황이천의 조언대로 이용할 방안을 찾았다. 그 획책이 조선 불교 통합 혹은 내지(內地, 일본 본토) 불교와의 연계를 통하여 황도불교화 작업을 하는 데 이용하려는 쪽으로 추진되었다.

"조선 불교를 통합하고 황도불교화하여 내선일체를 실현하지 않으면 안 되겠는데 선생께서 그 일을 맡아주셔야 하겠습니다. 그런 뜻에서 먼저 천황 폐하를 알현하도록 하십시오."

총독부에서 내려온 종교 담당관은 깍듯이 공손하게 부탁을 했다.

"지가 뭣을 알간디요. 백성은 나라에서 시키시는 대로만 허면 됫게 지는 따라만 가지라우. 영광 두메 꼬라당에서 뭣을 배우기나 했간디요!"

소태산은 조선어를 알아듣는 담당관에게 짐짓 촌스러운 사투리를 써가며 합장한 손은 뗄 줄도 모르고 절절맸다. 거듭 세 번이나 부탁을 해도 한결같이 굽실거리며 같은 대답만 했다. 총독부 관리는, 사람을 잘못 보았다는 듯 실망한 표정을 숨기지 않고 떠났다. 시국 순회강연에 동원하려는 요구도 여러 차례 있었다. 이른바 대동아전쟁의 총후로서 사상 통일을 통하여 황국신민의 정신적 단결을 이루자는 것이었다. 그러나 그때마다 소태산은 완곡하게 사양하였다.

"지도만 잘 혀주시씨요. 지맹키로 무식헌 촌것이 뭣을 알겄어라? 지는 갈차주시는 대로만 따라서 허지라우."

몇 번을 말해도 노상 같은 말로 사양할 뿐 끝내 나서려고 하지 않았다. 사양하는 태도는 항상 비굴할 정도로 공손하고 좀 모자라는 촌민 그대로였다. 콧대 높은 관리 앞에 쩔쩔매는 시골 늙은이의 연기를 흔적 없이 해냈다.

"머가 무서서 고로코롬 쩔쩔메시지라? 농판(멍청이)맹키로 그리 안 혀도 될 것인디……."

보다 못한 김형오가 비위가 상해서 툴툴거렸다. 차마 말은 못해도 황이천도 불만이 적지 않았다.

"이천이도 그리 생각허나?"

"……."

"대답 안 허는 걸 봉께 그런 모냥이구만! 여보게 이천이, 내가 노래 한자리 해볼 팅게 들어볼라나?"

"갑재기 먼 노래다요?"

이천은 여전히 퉁명스럽게 말했다.

집에 들면 노복 같고 들에 가면 농부 같고

산에 가면 목동 같고 길에 나면 고로(雇奴)같이

그렁저렁 공부하여 천하 농판 되어보소

뜻이 있게 허고 보면 천하제일 아닐런가

-〈천하농판〉

열반

'콜록콜록콜록 까르륵까르륵…….'

소태산은 평소에도 해수 천식으로 고생을 했지만, 오십대 들어서는 더욱 악화하여 한번 발작이 일어나변 호흡이 막혀 심한 고통을 당했다. 법설 중에도 느닷없이 기침이 터지기 시작하면 제자들의 안타까움과 송구스러움은 말할 수 없었다.

대종사 겨울철에는 매양 해수로 괴로움이 되시사 법설을 하실 때마다 기침이 아울러 일어나는지라 인하여 대중에게 말씀하시기를 "내가 자라난 길룡리는 그대들이 아는 바와 같이 생활의 빈궁함과 인지의 미개함이 세상에 드문 곳이라, 내가 다행히 전세의 습관으로 어릴 때에 발심하여 성심으로 도는 구하였으나 가히 물을 곳이 없고 가히 지도받을 곳이 없으

므로, 홀로 생각을 일어내어 난행고행을 하지 아니함이 없었
나니, 혹은 산에 들어가서 밤을 지내기도 하고, 혹은 길에 앉
아서 날을 보내기도 하며, 혹은 방에 앉아 뜬눈으로 밤을 새
우기도 하고, 혹은 얼음물에 목욕도 하며, 혹은 절식도 하고,
혹은 찬 방에 거처도 하여, 필경 의식을 다 잊는 경계에까지
들었다가 마침내 그 의심한 바는 풀리었으나, 몸에 병근은 이
미 깊어져서 기혈이 쇠함을 따라 병고는 점점 더해가나
니……."(대종경, 수행품 47)

소태산은 또 과로하거나 흥분될 때에 종종 상기증이 발하는
데 안면에 홍조가 뜨고 두통으로 고통을 당하므로 찬 물수건을 이
마에 얹고 열기를 식혔다. 더러 심할 때는 누워 지내며 식사조차
못 하기도 했다. 환절기나 겨울엔 감기로 고생하는 일도 잦아졌
다. 그러나 그 모든 증상을 묶어 보아도 그따위 것들이 죽을병은
아니었고, 오히려 대중은 평소 소태산을 건강하다고 믿었다.
시창 25년(1940)에, 이리 농림학교 다니던 차남 길주가 십팔
세 나이로 요절하였다. 병약하던 아들의 죽음은 부정을 몹시 아프
게 했지만, 소태산은 평정을 잃지 않고 평소와 같이 공사에 임하였
다. 그러나 이듬해 도산 이동안(道山 李東安)의 열반을 당하자 소
태산은 "교단 재산의 절반을 주고라도 도산의 생명을 살릴 수만
있다면 그리 하고 싶다"고 탄식하며 눈물을 흘렸다. 그는 초기 아
홉 제자에 버금가는 공로자로 특히 사업 분야에서 큰 업적을 남겼

고, 그로 인해 영광의 함평 이씨 문중에서 인재들이 무더기로 출가하였다. 그 애석함은 자식의 죽음에 비할 바가 아니었다.

일제의 탄압 강도는 깊어졌고 그것도 다양한 방법으로 이루어졌다. 구내에 설치한 주재소가 이렇다 할 성과를 거두지 못하자 일경은 새말〔新洞〕로 주재소를 옮기기로 결정했다. 이때 서장이 소태산을 소환하여 명분도 없이 주재소 신축비 육백 원을 불법연구회에서 대라고 강요했다. 소태산은 두말없이 그러마고 허락하고 왔다. 분하고 억울하여 불끈거리는 제자들을 달래면서 "주재소를 옮기는 것만도 우리에겐 고마운 일이니 무엇을 팔아서든 그 돈을 갖다주라"고 일렀다. 한번은 악질 조선인 고등계 순사부장 송종태가 버릇없이 조실에 벌렁 누워 낄낄 웃으며 소태산을 조롱했다.

"종법사! 나한티 각시 하나 주소. 당신 친딸은 송도성이한티 주었응께, 제자 딸내미들 중에서 이쁜 가시나 하나 뽑아 이 송종태 각시로 주소! 아, 도성이만 송가가 아니라 나도 송가 아뇨?"

제자들은 그 무례함을 보다 못해 몹시 분개했지만, 정작 소태산은 개의치 않았다. 고등계 형사부장 미와〔尾蝸〕 등 형사 둘이 이리 명기 유앵(柳鶯)을 데리고 와서 술을 먹자 떼를 썼을 때도 그랬다. 소태산은 제자를 시켜 그들이 좋아하는 정종을 받아오게 하고 오창건, 유허일 등과 함께 흔쾌히 그들을 접대하였다. 유앵을 포함하여 그들 셋은 경쟁하듯이 소태산을 집중 공략하였다. 일 대 삼이었지만 소태산은 사양하지 않고 냉큼냉큼 받아 마셨다. 유앵은 간드러진 목소리로 노래를 했고 갖은 아양을 떨며 소태산에게 접근했다. 마침내 미와 등이 먼저 곯아떨어졌고 유앵의 유혹도 제풀에 꺾여 시들어버렸다. 소태산은 짐짓 너털웃음도 웃고 색깔 있는 농담도 비윗살 좋게 받아넘겼지만 몸가짐에선 터럭 하나 흐트러짐이 없었다. 그 저녁에 돌아가던 유앵이 인력거에서 굴러 떨어져 얼굴에 피칠갑을 했더란 소식을 접하고 혀를 끌끌 찼을 뿐이었다.

이렇게 의연하던 소태산도 박해원옥(朴解怨玉)의 봉변 소식엔 마음이 쓰렸다. 남편 이만영이 전주에서 대서방을 하건만 굳이 총부 구내에 사가를 마련해 살면서 독실한 믿음을 바치던 그녀였다. 박해원옥이 하루 저녁은 실수로 등화관제*를 따르지 못했는데, 이것이 발각되어 새말에 있는 북일주재소로 끌려갔다. 담당 순사는 대뜸 이년 저년 하며 나무랐고, 생전 그런 모욕을 처음 당하는 그녀는 왜 좋은 말로 하지 욕부터 하느냐고 항변했다. 그러자 그들은 무슨 살인강도라도 저지른 죄인처럼 말끝마다 죽일 년 살릴 년에 온갖 쌍욕을 하더니, 그도 성에 안 찬 듯 주먹질에 발길질에 갖은 봉변을 가했다. 결국 죽을죄를 저질렀다고 용서를 빌고 겨우 풀려나긴 했지만, 곱게 자란 아낙으로서 박해원옥은 기가 막히고 치가 떨리어 울고불고 난리였다.

"그랑게 내가 뭐라드냐? 욕을 허면 욕먹고 때리면 맞아주고 바보같이 죽어 살라고 힜냐 안 힜냐. 나도 농판맹키로 사는디 니가

---

* 적기의 야간 공습에 대비하여 소등을 하거나 등을 가려서 불빛이 새나가지 못하게 하는 조처.

꼭 똑똑헌 체를 혀야 쓰겄냐?"

소태산은 참으로 답답하다는 듯이 해원옥을 꾸중했다. 그러
나 곧 어조를 바꾸어 나지막한 소리로 탄식을 했다.

"그려! 알고 보면 니가 맞은 것이 아니라 내가 맞은 것이고,
내가 맞은 것이 아니라 우리 불법연구회가 맞은 것이로구나!"

지방에서도 일제의 핍박은 여러모로 나타났다. 예컨대 회가
중에 제4절 마지막 구절 '천양무궁 만만겁을 즐겨봅시다'에서 '천
양무궁'은 천황 폐하께만 쓸 수 있는 것인데 이를 불경스럽게 썼으
니 천황 모독이라는 것이다. 또는 1절에 나오는 '구주이신 대종사
님 탄생하시사'에서 교주를 '구주(救主)'라고 한 점을 물고 늘어
져, 기독교인들이 예수를 '구주'라고 하는 것은 그렇다 치고 너희
마저 교주가 구주냐는 식으로 트집을 잡아 시비하였다. 조송광의
딸 조전권의 소지품을 압수하여 조사하던 경찰은, 조전권의 메모
중에 소태산을 존중하여 그 몸을 '성체(聖體)'라 하고 물건 주심을
'하사(下賜)'라 표현한 것을 걸고넘어져, 이런 표현은 신하 된 자
로서 천황에 대한 불충이며 사상적으로 불온한 증거라고 을러댔
다. 정읍 화해리 김해운의 집에서는 동네 사람들을 모아놓고 법회
를 보다가 어디서 쇠붙이('새 부처'의 왜곡)가 나왔다 하고, 불상
도 없는데 돈 놓고 기도하고, 죽지도 않고 생전에 극락 간다고 하
니 이는 혹세무민이라고 뒤집어씌웠다. 일경은 김해운의 아들 김
도일을 책임자로 지목하여 끌어다가 신문을 하면서 장작개비로 패
는 등 횡포를 부렸다. 뒷날의 일이지만, 회기를 도안하면서 일원

상을 여러 가지 색깔로 시험 삼아 칠한 것을 보고 붉은 색깔 일원상을 초들어, 이는 대일본 제국의 히노마루(일장기)의 가운데를 도려내고 테두리만 남겨 회기를 만든 것이니 국기 모독에 불경죄라고 윽박질렀다. 마령, 영광, 신흥, 개성, 남원, 전주, 이리, 정읍 등 여기저기서 크고 작은 사건이 보고되는데 그 태반은 일제의 근거 없는 트집이었다. 이럴 때마다 회원들 간에는 불법연구회를 해체하기 위한 명분 축적용이 아닌가 하는 우려가 불어났다.

한때 잠잠하다 했더니, 다시 총독부에서 소태산의 '천황 알현'을 서둘러 추진하였다. 소태산은 그들 말을 고분고분 따르는 것 같았다. 경성 화신백화점에 가서 국민복을 사 입고 군모를 사 쓰고 사진을 찍는 등 저들의 요구대로 도일 준비를 착착 진행하는 것 같았다. 마침내 도일을 위해 부산에 이르렀을 때 소태산은 안질에 걸렸다. 처음엔 초량 교당에 머물며 안과 치료를 받았고 뒤에는 남부민 교당으로 옮겨 치료를 받았다. 저들에겐 안질 치료가 끝나는 대로 도일하기로 양해가 되었다. 그러다 시일이 자꾸 천연되자, 당장 일본으로 가서 천황을 배알하고 충성을 다짐하라고 닦달하였다.

"의사 선상님 말씸인즉 나의 안질은 전염성이 강허다고 허는디 어뜨케 이런 몹쓸 병을 가진 몸으로 천황 폐하를 뵐 것이오? 만에 한나라도 안질이 폐하께 옮기라도 허먼 그러코롬 민망헐 디가 어디 있겄소잉?"

소태산은 마치 자신도 천황 알현을 빨리 하고 싶은데 그리 못

해 안타깝다는 듯이 하소연을 했고, 도일은 수차례 연기가 되었다.
정작 소태산은 지부장 박허주 안내로 부산 일대의 일본사찰(동본
원사, 서본원사, 묘심사, 화광원)이랑 신사(이즈모대신사)를 시찰
하고 혹은 용두산공원을 관광하는가 하면, 밤마다 모여드는 교도
들을 상대로 〈목우십도송〉 〈사십이장경〉 등 경강을 하면서 유유자
적 소일을 하였다. 그러는 사이에 전황이 여의찮고 민심이 흉흉하
매 저들이 먼저 소태산의 도일을 재검토하게 되었다. 결국 소태산
의 출현이 재일 조선사회를 자극할 우려가 있다는 결론에 이르자,
저들이 오히려 만류하는 쪽으로 돌아서 다시는 채근하지 않았다.
이로써 황도불교화의 1차 위기를 넘기기는 했지만, 소태산은 보이
지 않게 혹은 보이게 열반 준비를 하고 있었다. 분명한 것은 시창
26년(1941) 1월 25일에 있은 전법 게송의 발표에서 드러난다.

유(有)는 무(無)로 무는 유로
돌고 돌아 지극(至極)하면
유와 무가 구공(俱空)이나
구공 역시 구족(具足)이라

소태산은 제자들에게 이렇게 부촉했다.
"옛 도인들은 대개 임종 무렵에 숨 헐떡거림성 전법 게송을
바쁘게 전했지만 나는 미리 그대들에게 이를 전해주는 것이오. 또
그분덜은 선택된 몇몇 사람에게만 속새로 전했으나 나는 이같이

여러 사람에게 고루 전해주었소. 인자 법을 오스라니 받고 못 받는
것은 각자 나름으로 공부허기 달린 것이오. 각기 정진해서 후일에
아수움이 없드락 허소."

비록 말인즉 임종과 무관하다 하나 눈치 싼 제자들은 예감이
덜 좋다며 수군거렸다.

시창 24년(1939) 제2차 세계대전이 발발하고, 26년에 일본
은 이른바 대동아전쟁(태평양전쟁)을 일으켰다. 말레이시아, 필
리핀, 싱가포르, 버마(미얀마), 남양군도 등 전선에서 승승장구하
며 일본의 기세가 오르고 도조 히데키[東條英機]가 대동아공영권
건설을 제창하는 등 동아시아의 상황은 조선의 입지를 더욱 어렵
게 만들고 있었다. 조선의 입지가 좁아질수록 불법연구회의 운명
은 풍전등화처럼 살얼음판을 걷듯 아슬아슬했다.

소태산은 게송 발표에 이어 4월 총회에서 제자들에게 법복을
하나씩 내려주었다. 27년(1942) 10월에는 지방 교당(지부)을 순
회하며 현장에서 수고하는 교무들을 격려하고 알뜰히 살폈다. 후
에 안 일이지만 이런 일들은 그가 열반을 준비하는 과정이었다. 그
런데 소태산은 제자들이 이해하기 힘든 일들도 종종 시도하였다.
예컨대 교역자 양성 고등교육기관(전수학원)으로 유일학림(唯一
學林)의 설립을 당국에 신청하게 하였다. 이는 물론 관청에서 거
부되었다. 탁아소 겸 보육원으로 자육원(慈育院)의 설립 신청서도
접수시켰고, 역시 거부되었다. 거부될 것이 불을 보듯 뻔한데 소
태산은 왜 그 일을 추진하였을까? 또 이해하기 어려운 것은 개성

을 끝으로 더는 북쪽에 지부 설립을 추진하지 못하도록 했고, 이미 만주 교화에 상당한 성과를 거두고 있는 장적조를 철수시켰다. 일본 교화도 진작 중단시켰다.

한편 여자수위단의 조직을 마무리하도록 서둘렀다. 최고 의결기구인 수위단 조직은 초기에 남자 제자 아홉 사람만으로 했던 것을 후에 '남녀권리 동일'이라는 개념을 도입하여 여자도 남자와 동수인 아홉 사람으로 하기로 하였다. 시창 16년에 시보단(試補團)을 만들었을 뿐 마무리를 못 했던 것을 이제 정식으로 구성하였다. 최초 남자수위단에게 일산, 이산, 삼산…… 등으로 법호를 부여한 전례에 준하여 법호를 부여하고 아홉 사람을 정하니, 일타원 박사시화, 이타원 장적조, 삼타원 최도화, 사타원 이원화, 오타원 이청춘, 육타원 이동진화, 칠타원 정세월, 팔타원 황정신행, 구타원 이공주 등이었다. 그들은 모두 과부, 가출녀 아니면 퇴기, 소실 출신 등 한 많은 여인네들이었다. 그러나 이를 공표하지는 않고 굳이 숨겼다가 후계 종법사 정산 송규로 하여금 발표하게 배려한 것은 교단의 분열을 막으려는 소태산의 원려(遠慮) 때문이었으리라.

이 밖에 남이 알게 모르게 소태산이 꾸준히 진행시키고 있던 중대사는 따로 있었다. 그것은 그가 대각을 이룬 후 제자를 가르치고 교단을 이끌어오며 총정리한 교전의 출판이었다. 그동안 『통치조단규약』(1930), 『육대요령』(1932), 『삼대요령』(1934), 『조선불교혁신론』(1935), 『예전』(1935), 『회원수지』(1936), 『근행법』(1939) 등 그때그때 필요에 따라 각종 교서를 발간, 보급해왔다. 그러나 교리의 체계화에 걸맞은 교전의 필요성이 점차 증대되었고, 일제의 탄압이 심화할수록 서두르지 않을 수 없었다. 좀 더 절실한 것은 소태산이 자신의 열반을 준비하면서 그 전에 교전의 결집을 완료하려는 의도가 절실했던 것이다.

소태산은 시창 25년(1940)부터 제자 이공주, 송도성, 서대원 등을 뽑아 교전 결집의 실무 작업을 당부하였다. 실무진의 편수는 이듬해까지 신중하게 이루어졌다. 전체는 세 권으로 구성하고, 제1권에는 소태산의 독창적인 교법을 싣고, 제2권에는 「금강경」「반야심경」「업보차별경」 등 재래불교의 경전을 빌려다 싣고, 제3권에는 「수심결」「휴휴암좌선문」「목우십도송」 등 고승 석덕들의 법어를 실었다. 핵심은 제1권에 있으나 불교적 색채를 강조하기 위하여 제2권과 제3권에다 양적 비중을 늘렸다. 검열 통과를 위해 저들이 요구하는 대로 핵심 교리 중 사은 위에 '황은'을 얹어놓는 것도 잊지 않았다. 이 작업의 성과를 『정전(正典)』이라 이름 붙여 전라북도 경찰국에 출원하였다 거부당했다. 이유인즉 '황도 정신을 선양하는 내용이 없다'는 것이 첫째요, 설령 황도 정신을 선양하는 내용이 있다 하더라도 '일본어로 써야 한다'는 것이 둘째였다. 지레짐작이 없던 것은 아니나 참으로 낭패스러웠다. 황은을 수용한 것만도 울며 겨자 먹기인데 이 이상 무슨 황도 선양인가.

"종사님! 황도 선양까장은 못 혀도 우선 일본글로 출판허는 것이 어떨랑가요? 알고 보면 한문에다 언문 대신 즈그덜 가나로 토를 달아놓는 것뿐이 안 되는디."

"안 되아! 조선사람 위해 내는 책을 일본말로 써서 쓰간디? 일본 사람들 위해서 일본글로 번역허는 것은 나중 일이고, 시방 일본글로 인쇄했다가는 불쏘시개뿐이 안 될 것잉게 그런 소린 꺼내지도 말어."

일제의 핍박은 점점 심해지고 교전 간행의 허가를 받기는 난망이었다. "만일의 경우 불법연구회 문을 닫는 일이 생기드라도 정전 초안을 갖고 산중에 가서 때를 기둘르면 되제." 말은 이렇게 하지만 소태산은 내심 초조하지 않을 수 없었다. 다가오는 자신의 열반 계획이 차질을 빚을 것을 우려했기 때문이다. 그러나 뜻이 있는 곳에 길이 있다는 말이 맞았다.

시창 27년(1942) 구월경 어용 불교단체의 순회 시국 강연단이 이리에 오게 되었다. 그중에는 일본의 일련종 총감 구로다 에카이〔黑田惠海〕, 불교시보사 사장으로 있는 조선인 승려 김태흡(金泰洽)과 봉은사 주지 출신 나청호(羅晴湖) 등이 연사로 나왔다. 개운치는 않지만 이리 불교계가 총동원되는 행사인데 불교를 표방하고 있는 불법연구회가 외면할 수는 없었다. 소태산은 전력이 독립운동가인 유허일을 불연 대표로 나가도록 조처하였다.

"종사님! 전 그런 데 나가기 싫어요."

유허일은 투정 부리는 어린애처럼 한번 튕겨보았다. 그것은 스승의 명을 거스르겠다는 의사가 있어서가 아니라 전력과 성향을 다 아는 스승이 그런 자리에 보낼 사람으로 하필 자신을 지명한 데 대하여 불편한 심기를 드러내 보인 데 지나지 않았다.

"딴소리 말고 다녀와! 돌아올 때는 혼자 오지 말고."

동본원사에서 열린 시국 강연회에선 말 잘하는 유허일이 사회자로 뽑혀 능숙하게 진행을 했다. 행사를 마치자 유허일은 능변으로 김태흡과 나청호 등을 설득하여 총부로 데리고 오는 데 성공하였다. 김태흡 등을 맞이한 소태산은 그들과 세 시간 턱이나 대화를 나누었다. 훗날 김태흡은, 잠깐 인사나 나누고 가려던 길이었는데 한번 만나고 보니 도무지 떠나기가 싫었노라고 고백하였다.

"제가 조선과 일본의 많은 고승 석덕을 만나보았지만 어르신처럼 자비와 지혜가 탁월하신 분은 처음 뵙습니다. 저는 친일(親日)하는 조선 중으로 호가 난 사람입니다. 혹 제가 도와드릴 일이 있으면 힘닿는 대로 돕겠으니 말씀만 해주십시오."

소태산은 이 말을 기다렸다는 듯 즉각 『정전』 원고를 내놓았다.

"전북 도경에다 출판 허가를 받을라고 제출을 혔는디 퇴짜를 맞았소! 이걸 어찍허면 좋을랑가, 스님이 방법을 일러주씨요."

김태흡은 한동안 말없이 차례와 내용을 훑어보더니 결심한 듯 말했다.

"염려 놓으십시오. 제가 총독부 학무국과 선이 닿아 있으니 그들을 움직이면 경기도경에서 허가를 얻어낼 수 있습니다. 송구스럽습니다만, 불법연구회 이름으론 못 내고 불교시보사 사장인 제 이름으로 내겠습니다. 또, 그냥 『정전』이라고 하기보다는 『불교정전』이라 하는 것이 허가받기 쉬울 것 같으니 그리 하십시다."

김태흡은 원고를 총독부 학무국에 있는 지인에게 부탁하였고,

결국 일주일 만에 출판 허가를 받아내는 데 성공했다. 경성 예지동에 있는 수영사라는 인쇄소에서 인쇄를 하기로 했다. 조판을 하여 찍어낸 교정본을 놓고 박장식이 초교를 보고, 다시 몇 사람이 재교, 삼교를 돌려가며 본 뒤, 마지막 교정은 유허일이 보았다. 이듬해 (1943) 4월이 되어서야 교정작업을 마쳤다. 완제본을 내기 전 가제본을 만들어 가져오게 하여 다시 소태산이 감수를 하였다. 소태산은 밤늦도록 책을 읽고 또 읽으며 미진한 부분이 없도록 하였다.

한편, 시국은 점점 급박하게 돌아가고, 불법연구회는 풍전등화의 해체 위기에서 전전긍긍하고 있었다. 1942년에는 어용친일단체인 이리 불교연맹에 강제로 가입시키더니, 전승기원 법요, 전몰장병위령 법요, 국방성금, 국어(일어) 보급 운동, 근로봉사 등에 수시로 동원하였다. 그럼에도 총독부가 조선인 단체 스물일곱 개를 해산하고 책임자를 구속하는 등 상황은 불법연구회의 목을 점점 조여오고 있었고, 다음번 해체 대상에 불연이 포함되었다는 정보가 입수되었다. 소태산은 총무부장인 박장식을 보내 불교시보사장 김태흡에게 자문을 청했다. 김태흡은 친일파 불교 총무원장 이종욱에게 줄을 대도록 주선해주었으나 그쪽에선 상당한 금전적 대가를 요구하였다. 김태흡은 다시 장충동에 있는 일본인 절 히로부미지〔博文寺〕의 주지 우에노 준에이〔上野舜穎〕에게 연결해주었다. 이 절은 조선 침략의 수괴 이토 히로부미의 공덕을 기리기 위해 세워진 원찰이었다. 조동종 계통의 주지 우에노는 중풍으로 반신불수가 된 칠십대 노승이었지만, 조선 총독도 그를 함부로 대할 수 없는 막강한 인물이었다.

우에노는 경무국 촉탁의 신분으로, 불연의 교리 사찰을 명분 삼아 김태흡의 안내를 받아 익산 총부에 도착했다. 우에노는 일주일간 총부에 머물며 불연에서 간행한 교서 일체를 검열하고, 교리 전반에 대한 문답과 현장 사찰을 하였다. 통역은 이리경찰서 보안 주임인 육무철 경부가 맡아주었다.

"불연의 교법은 인류사회 이상향을 건설할 수 있는 교리로 되어 있고, 소태산 종법사는 조동종의 종조 도겐 선사보다 수승한 스승이다."

이것이 그의 결론이었다. 그는 소태산과 불연에 대해 깊은 감명을 받고 돌아가 불연을 적극 옹호하는 보고서를 경무국에 제출하였다. 그러나 시국이 만만찮았다. 조선인의 민족정신을 말살하고 일본 정신을 선양하려는 일제의 악랄한 정책들은 속속 시행되었다. 신사참배를 거부한 학교를 폐쇄하고, 기독교와 대종교 등 종교단체의 신도와 간부를 대규모로 구속하거나 투옥하고, 조선어 사용을 금지하는 등 숨 막힐 듯한 분위기는 계속되었다. 수백만의 신도를 자랑하던 보천교를 비롯하여 기세를 부리던 신흥종교들도 사교라는 딱지를 달고 소리 없이 사라졌다. 소태산은 회체 유지를 위하여 자신이 할 수 있는 마지막 준비를 바쁘게 진행시키고 있었다. 경상도에서 온 한 제자가 한숨을 푹 내쉬며 물었다.

"참말로 징합니더. 종사님예, 일본놈들의 저 극성이 월매나 가겠능교?"

"야야, 말헐 때 지발 '놈' 자는 빼고 허그라. 못 듣는다고 귀먹은 욕도 허면 안 되아. 알고 보면 넘이 아닝게 일본 사람 미워허면 못쓴다."

"예, 죄송합니더. 일본 사람들 극성은 언제까지 가겄능교, 종사님예?"

"떠오르는 해를 먹구름이 가린들 얼마나 가겄느냐. 심은 들지만 이 고비만 잘 넘기면 좋은 세상 온다."

소태산은 낙천가였다. 그는 회상의 미래를 걱정하는 제자들에게 항상 낙관적인 미래를 전망하였다. 물론 소태산은 사태의 심각성을 충분히 알고 있었다. 이리경찰서장을 지내고 전북도경을 거쳐 경북도경으로 옮긴 가와무리〔河村正美〕 고등과장, 총독부 촉탁으로 있는 일본 불교신문사 나카무라〔內村健太郎〕 사장, 히로부미지〔博文寺〕 주지 우에노 노사(老師), 이공주의 친척으로 총독부 편수관인 이종욱 등이 소태산이나 불연에 직간접으로 정보를 제공했다.

"경무국에서 나를 '조선의 간디'라고 지목허고 더 크기 전에 불법연구회를 조처해야 후환이 없겄다고 헌다네. 아무래도 여그 오래 머물를 수가 없을 것이네. 내가 멀리 떠나야 회상을 유지허는 데 도움이 될 것 같어."

1942년 4월에 소태산은, 상당 기간 영산 책임자로 있던 정산 송규를 총부로 불러들였다. 후계자로 내정한 송규에게 하는 말은 깊은 뜻이 있었지만, 송규는 답답하기 이를 데 없었다. 그게 무슨 뜻인지 짐작은 하면서도 이렇다 저렇다 대답할 말이 없었기 때문이다.

"너는 왜 내가 시키는 대로만 허고 니 역량을 드러내지 않는 거이냐? 인자부턴 니 의견도 내세워보고 자게 역량껏 대중을 거느려도 보야 혀."

"명심하겄심더."

송규는 지금 자신이 어떤 유촉을 받들고 있는지 잘 알고 있었다. 명치끝이 막힌 듯 답답하고 가슴이 아려왔다.

소태산은 전국 지부(교당)를 순회하였고, 재가·출가 제자들과 함께 식사를 나눈다든가 정표가 될 만한 선물을 준다든가 하는 식으로 일일이 자상한 정을 나누었다. 부처와 조사(祖師)들의 열반 준비가 게송과 의발 전수였듯이, 소태산은 이미 이태 전에 전법 게송을 공개적으로 발표했고, 4월 총회에서는 이 년여를 두고 제작한 법복 이백여 벌을 제자들에게 일일이 나누어주었다. 5월에는 지도급에 있는 제자 삼사십 명에게 별도로 새 법복을 내려주고 당부할 만한 일은 모두 부촉하였다. 하루는 김대거를 따로 불렀다.

"대거야, 내가 없으면 너는 누구를 스승으로 셍기(섬기)겄느냐?"

"정산 법형(法兄)을 스승으로 셍기겄습니다."

"그려, 잘 생각했다. 공부는 잘 되고?"

"열심히 허고 있습니다."

"그리서 깨침이 오드냐?"

"작은 깨침은 있는가 헙니다."

"니가 문자를 배웠응게 어디…… 푸를 청(靑), 소리 성(聲) 두 글자를 운으로 해서 니 오처(悟處)를 일러보그라."

김대거는 잠시 뜸을 들이며 망설이다가 스승의 〈변산시〉 '石立聽水聲(석립청수성)'에 생각이 미치자 이내 대답이 떠올랐다.

"노송곡곡독수청(老松曲曲獨守靑) 괴석올올청수성(怪石兀兀聽水聲). 구불구불 노송은 홀로 푸름을 지키고, 울퉁불퉁 괴석은 물소리를 듣는구나."

"그만허면 지법이구나."

늘 꾸중만 하던 스승 소태산이 이때만은 인심 후하게 칭찬을 하더니, 자신이 신던 고무신을 선물로 주었다. 너부 커서 맞지도 않는 낡은 고무신을 왜 주는가, 김대거는 얼떨떨했다.

소태산은 시창 28년(1943) 5월 16일 예회에서 제자들에게 마지막 설법을 하였다.

　성품이라는 것은 우주 만유의 근본으로서, 나고 죽는 일도 없고, 괴롭거나 즐거울 것도 없고, 말로 나타낼 수도, 뭐라도 이름 지을 수도 없는 자리요. 다만 사람들이 억지로 이름 지어 성품이라 불르는 것이제. 이 성품을 보는 것이 견성이니, 견성을 해야 부처를 이룰 수 있소.

　생은 사의 근본이요 사는 생의 근본이라 했듯이, 생사란 다람쥐 쳇바퀴 도는 것과 같고 또는 밤과 낮이 반복되는 것과도 같아서 언제나 쉬지 안허고 돌고 있소. 이것이 우주 만물을 운행허는 법칙이요 천지를 순환케 허는 진리지라. 누구나 견성을 허면 곧 이 진리를 깨치는 동시에 자연히 인과도 알게 되고 헐 일과 안 헐 일도 구별허게 되오. 견성은 집을 짓는 목수의 먹줄과 잣대 같은 것이니 인도를 밟아가는 데 없지 못헐 최상승의 법잉게 어서 부지런히 닦아서 견성 도인 되기에 노력덜 허시오.

소태산은 잠시 뜸을 들이며 제자들이 면면을 유심히 들여다보았다. 이윽고 한 마디 한 마디를 마치 꾹꾹 눌러 담듯이 무겁게 이어나갔다.

견성을, 가족과 직업을 놓고 산속에 들어가 고행해야 이루는 것인 줄 알지 말소. 견성 도인 되는 것은 그리 어려운 일이 아니오. 알고 보면 견성은 코 풀기보다 쉽소. 팔만장경이 무신 소용이며 '다섯 수레 책''은 또 뭐에 쓰겄소. 건달꾼 법회를 보지 말고, 삼학 팔조만 알뜰하게 닦으면 누구나 견성 성불헐 수 있소.

범부 중생이 불보살과 달븐 것이 뭐이냐. 불보살은 생사의

• 男兒須讀五車書(남자라면 모름지기 다섯 수레의 책은 읽어야 한다)에서 온 말로 다독을 권장하는 뜻이 있다.

오고 감에 어둡지 안허고 자유시러운디, 범부 중생은 생사의 오고 감에 어두워서 자유시럽지 못헌 게 달블 뿐이오. 내가 여러분들에게 마지막으로 당부허겄소. 사람만 믿지 말고 그 법을 믿을 것이며, 각자 생사의 오고 감에 어둡지 안허게 실력을 쌓으시오. 이 말씀을 길이 명심허시오.

이날 예회가 끝나고, 점심때가 되자 소태산은 조실에서 굴젓에 상추쌈을 싸서 맛있게 들었다. 때마침 우편물이 도착하였고, 소태산은 이를 점검한 뒤 부서별로 분류하여 보냈다. 잠시 후 무엇을 결심한 듯, 엄지로 방바닥에 글자를 몇 자 쓰고 나서 눈을 감더니 갑자기 복통을 호소하고 자리에 누웠다. 이로부터 소태산은 다시 일어나지 못하고 앓기 시작했다. 군산, 전주, 영광 등지에서 내로라하는 한의사를 모셔다가 한방도 써보고, 이리, 전주, 경성의 양의사들을 동원하여 온갖 치료를 해보았으나 효과는 거의 없었다. 이리병원의 와카스기, 삼산병원의 김병수, 경성의 내과전문의 고영순 등이 번갈아 드나들었다. 어느 때는 양·한의가 두세 명씩 한꺼번에 들이닥치기도 했다.

"급헐 때일쑤락 공부심을 놓지 말아야제, 생각 없이 이 의사 저 의사 막 불러대서야 쓰겄냐. 된장국에 아카시아 잎과 엿밥 묵음시롱 배곯고 알뜰살뜰 모튼 살림인디 내 병 낫운다고 다 털어묵을 작정인 거여?"

처음에는 설사를 심하게 했으나, 점차 심장 압박 증세로 왼쪽 가슴이 결리고 고통스러워 끙끙 신음소리를 내면서 앓았다. 끓는 물에 수건을 적셔다가 에키호스 찜질을 종일 하면서 가슴에 화상을 입기도 하였다. 미음만 들다가 입맛을 낸다고 비빔밥을 먹은 후 병이 더욱 악화한 것이 23일이었다. 수십 명이 모여서 종법사의 쾌유를 비는 무기한의 기도를 시작하였다. 26일에는 조실에 면회객을 금지시키고 간호하였으나 차도가 없더니 이튿날에는 기관지 천식이 악화하고 상기증도 나타났다. 마치 문밖에서 오래 기다린 손님들처럼 가지가지 병증이 일시에 몰려들고 있었다. 가래가 끓고 숨이 가빠 고통스러워하자 일본인 내과전문의 와카스기를 불러 산소 흡입 등 응급처치를 하였다. 그래도 피가래를 뱉는 등 병세가 심상치 않아 보이자 입원을 권고하였다. 소태산은 처음에 입원을 거부하였지만, 제자들은 회의를 하고 입원을 강권하였다. 제자들의 불안을 읽은 소태산은 체념하고 입원을 수락하였다.

이튿날, 소태산은 입원하기 전에 당신 만나기를 원하는 모든 제자와 총부 식구 들을 일일이 면담하였다. 학원생들에게는 공부를 잘하라고 당부하고, 양잠실 담당자에게는 누에가 몇 밥이나 먹었느냐고 묻기도 하고, 논농사를 책임진 회원과는 못자리 걱정도 나누었다. 어떤 여제자가 울면서 자기도 종사님을 따라갈란다고 떼를 쓰자 소태산은 그에게 농담도 하였다.

"내가 노상 안 그르드냐, 금강산에 가서 수도헐란다고. 암만 니가 따라올라고 히도 못 따라와. 내가 축지법을 쓰면 금세 천리만리 구만리 안 달으나냐!"

5월 27일 저녁 8시 반경 이리병원 10호실에 입원하였다. 이튿날 경성에서 황정신행이 내과전문의 고영순을 동반하고 달려왔으나 신통한 얘기를 들을 수 없었다. 다만 소변 검사를 통하여 신장염 증세가 확인되었다. 소태산은 잠을 못 이루고 앓았다. 하루하루 병세는 더욱 위중해갔고, 묽은 미음이나 딸기즙을 조금 마실 뿐으로 식음을 거의 폐하였다.

6월 1일, 소태산은 병실을 지키는 송규, 송도성, 박장식, 박광전, 박창기 들에게 자주 미소를 보이며 대화도 했다. 나머지 제자들은 문밖에서 대기하고 있었다. 오후 1시경, 송규는 문밖에 있던 이은석에게, "대종사님이 퇴원하여 총부 회관으로 갈 것이니 방을 치워놓고 대기하라"고 명했다. 이리경찰서에서 황이천이 병원으로 왔다. 병실 밖에는 이십여 명의 제자들이 초조하게 앉아 있었다. 성큼성큼 병실 쪽으로 다가가던 황이천은 '면회 사절'이라는 표지를 보자 무춤무춤하며 더는 움직이질 못했다. 이때 병실 문이 열리면서 박장식이 나왔다.

"종사님께서 이천을 찾으시네."

황이천이 병실에 들어가니 소태산이 미소를 띠며 반겨주었다.

"그려, 이천이를 보고 자팠는디 잘 왔어."

황이천은 깜짝 놀랐다. 위독한 줄로 안 소태산의 안색은 전혀 중환자의 모습이 아니었다. 환하게 빛나는 낯빛은 건강한 혈색이었고 아주 편안해 보였다. 오히려 간병하는 제자들의 얼굴이 지치고 초췌하여 병색을 띠고 있었다. 순사로서 말버릇이 불손한 황이천은 함부로 농담을 하였다.

"종사님! 밖에서 들응께 겁나게 위중허시다 허도만 와서 봉께 한나도 안 아픈 것 같으요. 꾀병이지라?"

"저런 멍청이 봤나. 금방 죽을 사람보고 꾀병이라네!"

"금방 죽는다 허시면서 눕지도 안허고 앉아 기신 건 또 뭣이지라? 옛날 선승맨치 좌탈허실라요?"

"옛 부처님이 앉아 열반에 드셨다던가 아니면 서서 입적허셨다던가? 좌탈입망이 혹 발심을 위헌 방편은 되았겠지만 밝은 시대엔 안 맞느니. 나는 고런 벨스런 꼴을 안 보일랑게라."

소태산은 빙긋이 웃으며 나무랐다.

"엊그저께 경찰서장 회의가 있었다던디 무신 회의였어?"

"대동아전쟁 승리를 위해서 신민이 전력을 총집중허라는 얘기지 뭐 벨것 있었어라."

"우리에 대한 말은 없든가?"

"부스렌(불연)에 대해서는 벨말 없었어라우."

소태산은 고개를 두어 번 끄덕이고 나서 황이천을 쳐다보며 말했다.

"이천! 세상이 허망헌 거여. 한 끼에 식은 밥 한 덩이면 사는 디 그게 그리 어려운 것이 아녀."

소태산은 진지한 표정으로 말했지만, 황이천은 말씀 뜻을 못 알아듣고 웃으면서 대답했다.

"지가 언제 그게 그리 대단허다 합딩겨!"

황이천은 일반 회원들의 눈치가 보여 자리에서 일어났다.

"저, 이만 갈라요."

밖에서는 김형오가 면회객을 통제하는 정광훈과 다투고 있었다.

"아니, 황 순사는 금방 와서도 면회를 시키고 사산님(오창건)이나 나는 나흘째 대기를 히도 면회를 안 시키다니 말이 되아! 우리가 잠깐 뵙는다고 종사님이 워찌게 되시기라도 허능가?"

문을 밀치고 들어서니 안에서 이공주의 아들 박창기가 또 막아섰지만, 김형오의 막무가내로 오창건이 들어갈 수 있었다. 잠깐만에 면회를 마치고 나오는 오창건은 소리 없이 눈물을 흘렸고, 밖에서 대기하던 제자들은 오창건의 낯빛을 살피며 불길한 예감에 휩싸였다. 이어서 김형오가 들어갔다.

"언제 왔냐?"

"사나흘 됩니다."

"언제 또 올라냐?"

"곧 올랍니다."

"그리야제."

이어서 부산에서 올라온 초량지부 교무 조전권이 들어갔다. 소태산은 조전권이 들어오자 박창기와 박장식에게 말했다.

"창기야, 너는 시내에 가서 모과수 한 통을 사오고, 장식이는 시내에서 젤 좋다는 샘물 한 그륵만 구해 오니라."

이제 병실에는 법통 후계자 정산(송규)과, 혈통 후계자인 장남 박광전(길진), 그리고 여자 전무 출신으로 정녀 제1호인 조전권 등 세 사람만이 남았다. 뿌리치기 어려운 두 측근까지 따돌린 소태산이 임종을 앞두고 이들 세 사람과 최후로 나눈 은밀한 대화가 무엇이었을까. 남은 세 사람은 무덤에 갈 때까지 비밀을 지켰다. 수수께끼는 풀고 보면 별것 아니지만 풀릴 때까진 신비롭다. 아직은 신비롭다.

"아버지, 이 탕약을 드시면 차도가 있을 것이라고 헙니다."

박광전이 약사발을 탁자에 올려놓았다.

"글씨, 그것 묵고 낫을까."

소태산은 힘에 겨운 듯 잠시 고개를 떨구고 있었다. 다음 순간 안락의자로부터 몸이 스르르 미끄러져 내려오며 소태산은 탁자 위로 쓰러졌다.

세수 오십삼 세, 영광 노루목에서 대각을 이루고 법을 편 지 이십팔 년, 6월 1일(음력 사월 그믐) 오후 2시 반(미시)에 숨을 거두었다. 이날은 이리 보광사에서 불법연구회 창립총회가 열리던 1924년 6월 1일(음력사월 그믐) 미시, 그때로부터 정확히 십구 년 후였다.

에필로그

〇

이리병원으로부터 불과 이삼백 미터 떨어진 이리경찰서에 불법연구회 종법사의 사망을 알리는 전화가 걸려왔다. 깃뽀(吉報)! 드디어 부스렌 종법사가 죽었다. 서장 이하 직원들은 왁자지껄 웃고 떠들며 마치 축배라도 들 듯 기뻐하였다. 다만 면회를 마치고 나온 지 불과 십여 분밖에 안 된 황이천만이 말없이 되돌아 나와 병원으로 달려갔다.

소태산의 열반은 전국에 있는 회원 제자들에게 통지되었다. 그 절망감과 비통은 무엇으로도 대신할 수 없었다. 그들은 땅을 치며 통곡을 하고 하늘을 우러러 울부짖었다. 일부는 소태산의 열반을 믿지 않고 입정에 들었을 뿐이라고 주장했지만, 실제로 시신은 생시와 진배없이 화기가 넘치고 살며시 미소조차 띠고 있어서 염습을 거부하는 명분이 되기도 하였다. 한때는 종법사가 소생했다는 뜬소문이 퍼져 총부를 발칵 뒤집기도 했지만 만사휴의다.

유리관에 영구 보관하여 후인들이 볼 수 있게 전시하자는 의견이 있어 황정신행은 일본에 유리관을 주문하고, 성성원은 경찰 공의로 있던 남편 진주현(대익)을 통하여 다량의 알코올을 구입했다. 그러나 경찰은 화장을 하도록 강요했고, 구 일장을 치르려던 것을 육 일로 단축토록 지시했다. 발인식은 김태흡 스님이 내려와 집례를 하여주었고, 불교연맹에서 파견한 일인 승려 다섯 명이 와서 독경을 하였다. 교단 대표의 고사는 절로 눈물을 자아냈다.

…… 삼십 년의 긴 세월에 일시일각을 쉬지 아니하시고 가지가지 방편으로써 눈 없는 중생에게는 눈을 주시고 귀 없는 중생에게는 귀를 주시며, 배고픈 자를 젖 먹이시고 목마른 자를 물 먹이시며, 어둔 밤에는 등불을 달고 깊은 바다에는 나룻배를 띄우시며, 원한 있는 자는 기쁨을 주시고 병 있는 자는 약을 주시와, 고목이 양춘을 만나고 대한에 단비를 내리신 듯 저희 우매한 중생들로 하여금 극락을 맛보게 하시던 중 천만 몽외(夢外)에도 오늘의 영결종천을 고하게 되오니…….

팔구백 명의 회원(제자)들이 달려왔고, 숲리 등지에서 구경꾼들이 구름처럼 모여들었다. 그러나 경찰은 상여를 따라갈 수 있는 수효를 이백삼십 명으로 제한하였다. 혹시나 흥분한 군중들이 일으킬지 모를 소요를 예방한다는 이유로 취해진 조처였다. 일원기와 '일원소태산종사'라 쓴 열반 표기를 앞세우고 소태산 진영을 실은 인력거가 따랐고, 쉰다섯 명의 젊은 제자들이 이마에 흰 띠를 두르고 각반을 한 차림으로 상여를 메었다.

만년에 "금강산에 수도하러 가야겠다"고 말했던 소태산. 그의 육신은 총부에서 시오리 떨어진 금강리 수도산에 있는 화장막에서 재가 되었다. 그러나 이제 자신의 죽음을 걸고 한 그의 해학에 웃을 수 있는 제자는 아무도 없었다. 사리 하나 감추지 못하고 떠나는 자는 수양력이 부실한 도인이라고 흉보았던 소태산은, 사후에 사리를 찾는다고 재를 헤집고 유골을 부수는 쓸데없는 짓은 하지 말라고 일렀다. 그는 비록 사리를 남기지는 않았지만, 무더운 여름임에도 사후 엿새가 되는 다비일, 화구에 들어가기 직전 그 몸에서 향내가 풍겨 감시차 나온 일경들을 놀라게 했다. 그리고 13일 밤 11시께, 다비 후 수습하여 조실에 봉안한 유골에서 방광 (放光, 빛을 내쏨)하여, 화재가 난 줄 알고 수십 명이 불을 끄러 달려가는 소동이 일었다.

소태산 장례 두 달 뒤인 8월 5일, 경성 수영사에서는 『불교정전』 천 권을 화물차편으로 부쳐왔다. 뒤통수를 맞은 전북도경은 경기도경과 김태흡에게 분통을 터뜨렸지만 불연은 남몰래 성취의 기쁨을 누렸다. 어쩌면 『불교정전』이야말로 소태산이 남긴 진신 사리(眞身舍利)일지도 모른다. 그의 생애는 완벽했다.

불법연구회는, 교주 박중빈의 죽음으로 이제 더는 힘을 쓸 수도 없고, 아마도 여느 유사종교들처럼 자중지란으로 소멸할 것이라 판단한 일경 덕분에, 한동안 그들의 독살스러운 감시를 벗어나 해산 위기를 상당 기간 유예시킬 수 있었다. 그러나 자리다툼으로 자멸할 것이라던 예상과 달리 종법사위는 정산 송규에게 이어졌고, 불법연구회는 소리 없이 굴러가고 있었다.

1944년, 해산 명분을 찾지 못한 총독부 경무국은 호남 전투사령관 마키[牧] 소장, 일본 불교신문사 나카무라 겐타로[中村健太郞] 등을 사주하여, 회명을 개칭할 것, 정전과 회규를 일본의 국체와 국책에 맞게 수정 개편할 것 등 황도불교화 작업에 박차를 가했다. 그리고 1945년에 들어서는, 일본 승려 하네야마[華山]를 파견하여 일방적으로 황도불교화 공작을 마무리하였다. 7월 25일에는 이른바 호선군(護鮮軍)이라 하여 전북지구 전투사령부를 총부에 진입시켜 대각전 등을 장악하고 정문에 걸 간판까지 준비하였다. 이제 종법사의 재가만 나면 불법연구회는 해산을 하고 일본 불교의 일부로 예속되는 운명을 앞두게 되었다.

2세 종법사 정산 송규는, 천황 배알을 강요당할 때 도일을 앞두고 부산에서 체류하며 안질을 핑계로 위기를 넘긴 소태산처럼, 부산으로 가서 체류하며 귀관을 미루었다. 명분은, 미 해군의 포격이 있을 것이라는 소문 때문에 불안에 떠는 민심을 수습함이 급선무라는 것이다. 시국이 안정되고 부산 민심이 가라앉는 대로 귀관하여 황도불교화에 동의하는 결재를 하기로 선선히 약속까지 했다. 그러는 사이 8월 15일이 되었고, 정산은 그제서야 익산으로 출발했고, 열차가 대전역에 왔을 때 일왕의 항복 방송이 나왔다. 불법연구회는 해체 위기에서 어렵사리 회체를 유지하고 황도불교화 책모로부터 정체성을 지켜낼 수 있었다.

불법연구회는 해방의 감격을 누릴 새도 없이 중국, 만주, 북한, 일본 등지로부터 밀려드는 귀환전재동포 구호를 위해 '동포를 살리기 위하여 우리는 거리로 간다'는 펼침막을 들고 이리, 전주, 서울, 부산 등지의 역전과 부두로 달려갔다. 그들은 급식, 숙박 제공, 피복 지급, 질병 치료, 사망자 장사, 분만 보조 등 헌신적 활동을 하였다. 그 와중에, 경성 역전에 설치한 귀환전재동포구호소 부소장 송도성은 환자를 돌보나가 자신이 발진티푸스에 감염되어 사십 세를 일기로 숨을 거두었다. 그는 소태산의 사위이자 정산 종법사의 유일한 아우였다.

불법연구회는 1947년(원기 32) 1월 재단법인 등록 인가를 받아 '유사종교'의 탈을 벗었고, 이듬해 4월 27일에 신종교로서 정식 명칭을 '원불교'로 선포하였다.

작가의 말

　　소설 『소태산 박중빈』(동아시아, 2004)은 내게 오래도록 '아픈 손가락'이었다. 원불교문화대상(저술상)을 받긴 했지만, 반응은 그다지 탐탁지 못했다. 1쇄 매진에 여러 해가 걸렸고, 그 사이 뮤지컬을 시도하던 음악인은 기획단계에서 좌절을 겪었고, 티브이 드라마를 계획하던 극작가는 각색까지 마치고도 여건이 맞지 않아 포기하였다. 띄엄띄엄 구매 문의가 이어졌지만 출판사는 2쇄에 들어갈 엄두조차 내지 못했다. 그렇게 세월은 흘러 십오 년이 되었지만 나는 이 작품에 대해 늘 애틋한 정을 놓은 적이 없었다. 그러던 차 이번에 이름을 바꿔 다시 책을 내기로 작정할 이유가 몇 가지 겹쳤다.

　　첫째, 논저 『'새로쏜' 소태산 문학세계』(2012)를 내고 『소태산 평전』(2018)을 내면서 본격문학(소설)의 위치가 새삼 허전해진 것이다. 특히 평전을 쓰면서 절감한 것이지만, 다큐(평전)와 짝을 이룰 픽션(소설)의 존재가 아쉬웠다. 평전 형식으로는 담을 수 없는 빈자리가 분명히 있고 그 자리를 채워줄 주인공이 바로 소설이라는 인식이 들었다. 전기소설로서 이 작품이 엄격하게 말하자면 픽션이기보다 팩션(팩트와 픽션)이라 볼 수도 있지만 어쨌건 평전(역사와 평론)을 보완할 장르임엔 틀림없다.

둘째,『소설 소태산』의 재간을 적극 권유하면서 나에게 동기부여를 해준 익명의 독지가가 있었다. 음양으로 베푼 그분의 격려에 보답할 기회를 찾았으나 그동안 평전 집필 등으로 여유가 없었다. 그러던 참에 평전 출판을 맡아준 출판사 한기호 사장이 소설 판권을 받아 재출판을 하기로 한 것이다. 이래저래 내게는 참으로 고마운 기회가 찾아온 셈이다.

셋째, 십여 년이 지나서 다시 본 소설에는 여러 가지 미흡한 점이 눈에 띄기 시작했는데, 거기엔 평전을 쓰면서 발견한 팩트의 오류, 작품 자체가 가진 내용 및 구성의 문제, 방언 등 문체상의 약점 등이 속속 드러났다. 게다가 모 인사로부터 근래에 새로 전해 들은 소태산 관련 정보 중에 제법 매력적인 내용이 쓰이기를 기다리는 중이었다. 개작이 '솔찬히' 이루어진 배경이다.

나는 이로써 논저, 다큐, 픽션 등 소태산 관련 삼종 세트를 갖춘 셈이다. 달리 보면 평전과 소설이란 사이좋은 쌍둥이 남매를 가진 어버이가 되었다. 적잖은 진통을 겪으면서 각별한 사랑을 부은 자식들이니만큼 정말 기쁘다. 얄궂게도 작가와 출판사가 같이 작품 파일을 분실하는 황당한 상황에서, '통 스캔'이라는 비상수단을 동원하여 파일을 복구하는 난감한 작업에 나서준 출판사에 감사드린다. 특히 편집자 정안나 님의 은혜는 각별히 기억하련다.

소태산 탄생 129돌을 앞두고

용봉재에서

지은이

소설 소태산

2020년 4월 28일 1판 1쇄 인쇄
2020년 5월 10일 1판 1쇄 발행

지은이   이혜화
펴낸이   한기호
편집   정안나, 도은숙, 유태선, 염경원, 김미향, 김은지
마케팅   윤수연
경영지원   국순근
펴낸곳   북바이북
              출판등록 2009년 5월 12일 제313-2009-100호
              주소 04029 서울시 마포구 동교로 12안길 14(서교동) 삼성빌딩 A동 2층
              전화 02-336-5675 팩스 02-337-5347
              이메일 kpm@kpm21.co.kr
              홈페이지 www.kpm21.co.kr

ISBN 979-11-90812-00-9 03810

·북바이북은 한국출판마케팅연구소의 임프린트입니다.
·책값은 뒤표지에 있습니다.

·이 도서의 국립중앙도서관 출판예정도서목록(CIP)은 서지정보유통지원시스템 홈페이지
(http://seoji.nl.go.kr)와 국가자료종합목록 구축시스템(http://kolis-net.nl.go.kr)에서
이용하실 수 있습니다.
(CIP제어번호: CIP2020016308)